STIEG LARSSON

DZIEWCZYNA, KTÓRA IGRAŁA Z OGNIEM

Przełożyła Paulina Rosińska

Wydawnictwo Czarna Owca
Warszawa 2009

9030 0000 124 005

Tytuł oryginału
FLICKAN SOM LEKTE MED ELDEN

Redakcja
Elwira Wyszyńska

Skład i łamanie
Marcin Labus

Korekta
Paulina Martela
Ewa Jastrun

Wydanie I

Wydawnictwo Czarna Owca Sp. z o.o.
(dawniej Jacek Santorski & Co Agencja Wydawnicza)
ul. Alzacka 15a, 03-972 Warszawa
e-mail: wydawnictwo@czarnaowca.pl
Dział handlowy: tel. (22) 616 29 36
faks (22) 433 51 51

Zapraszamy do naszego sklepu internetowego:
www.czarnaowca.pl

Druk i oprawa
Opolgraf S.A.
Wydrukowano na papierze Ecco Book Cream 70g/m², dystrybuowanym przez

map

ISBN 978-83-7554-090-1

PROLOG

LEŻAŁA PRZYPIĘTA pasami na wąskiej pryczy z hartowanej stali. Rzemienie uwierały ją w klatkę piersiową. Leżała na plecach. Ręce ułożone po bokach, unieruchomione na brzegach łóżka.

Już dawno zaniechała wszelkich wysiłków, by się wydostać. Nie spała, ale oczy miała zamknięte. Gdyby je otworzyła, znalazłaby się w ciemności, a jedynym źródłem światła byłaby wąska smuga sącząca się ponad drzwiami. Czuła niesmak w ustach i bardzo chciała umyć zęby.

Jakaś część jej świadomości nasłuchiwała odgłosu kroków, co oznaczałoby, że on nadchodzi. Nie miała pojęcia, czy to wieczór, czy noc, a jedynie poczucie, że zaczynało być zbyt późno na odwiedziny. Nagłe drżenie łóżka sprawiło, że otworzyła oczy. Tak jakby gdzieś w budynku włączyła się jakaś maszyna. Po kilku sekundach nie była już pewna, czy tylko jej się zdawało, czy naprawdę coś usłyszała.

Odhaczyła kolejny dzień w pamięci.

Czterdziesty trzeci dzień w tym więzieniu.

Swędział ją nos, więc przekręciła głowę, by go podrapać o poduszkę. Pociła się. W pokoju było duszno i gorąco. Miała na sobie prostą koszulę nocną, która wciąż się podwijała. Gdy przesuwała biodro, palcem wskazującym i środkowym udawało jej się dosięgnąć koszuli i obciągnąć ją za każdym ruchem o jeden centymetr. Powtarzała całą operację drugą ręką. Ale koszula nadal fałdowała się pod kręgosłupem. Materac był nierówny i niewygodny. Całkowite odosobnienie sprawiało, iż wszystkie delikatne bodźce, którymi w innej

5

sytuacji w ogóle nie zwróciłaby uwagi, bardzo zyskiwały na sile. Pasy były na tyle luźne, że mogła zmienić pozycję i położyć się na boku, lecz nie było to wygodne, bo musiała wtedy położyć rękę za plecami, więc ramię cały czas drętwiało.

Nie bała się. Czuła za to, że jej tłumiony gniew rośnie.

Jednocześnie dręczyły ją własne myśli, które wciąż zmieniały się w nieprzyjemne fantazje o tym, co się z nią stanie. Nienawidziła tej narzuconej bezsilności. Jak usilnie by nie próbowała koncentrować się na czymś innym, by zabić czas i odepchnąć świadomość swojej sytuacji, i tak pojawiał się lęk. Wisiał nad nią niczym chmura gazu, grożąc, że przeniknie przez pory skóry i zatruje jej egzystencję. Odkryła, że najlepszy sposób na to, by trzymać lęk z dala, to wyobrażać sobie coś, co daje jej poczucie siły. Zamykała oczy i przypominała sobie zapach benzyny.

Siedział w samochodzie z opuszczoną boczną szybą. Podbiegła, wlała benzynę do środka i podpaliła zapałką. Wszystko to trwało moment. Od razu buchnęły płomienie. A on wił się w męczarniach, słyszała jego krzyki przerażenia i bólu. Czuła woń spalonego mięsa i ostry zapach plastiku i tapicerki ze zwęglonego siedzenia.

PRAWDOPODOBNIE PRZYSNĘŁA, bo nie słyszała kroków, ale obudziła się od razu, gdy tylko otworzyły się drzwi. Wpadające światło oślepiło ją.

To *on*, jednak przyszedł.

Był wysoki. Nie wiedziała, ile ma lat, w każdym razie był dorosły. Miał rudobrązowe, zmierzwione włosy, okulary w czarnych oprawkach i rzadki zarost na brodzie. Pachniał wodą po goleniu.

Nienawidziła jego zapachu.

Stał cicho w nogach łóżka i przyglądał się jej dłuższą chwilę.

Nienawidziła jego milczenia.

Jego twarz skrywała się w cieniu, widziała tylko sylwetkę. Nagle się odezwał. Miał niski, wyraźny głos i pedantycznie akcentował każde słowo.

Nienawidziła jego głosu.

Powiedział, że dziś są jej urodziny i że chce złożyć życzenia. Jego głos nie był wrogi ani ironiczny. Był neutralny. Podejrzewała, że się uśmiechał.

Nienawidziła go.

Podszedł do wezgłowia pryczy. Wierzchem wilgotnej dłoni dotknął jej czoła i przesunął palcami u nasady włosów. Gest ten zapewne miał być przyjazny. Prezent urodzinowy dla niej.

Nienawidziła jego dotyku.

MÓWIŁ DO NIEJ. Widziała, jak porusza ustami, ale nie słyszała jego głosu. Nie chciała słuchać. Nie chciała odpowiadać. Usłyszała, gdy zaczął mówić głośniej. W jego głosie brzmiało poirytowanie z powodu braku jej reakcji. Mówił o wzajemnym zaufaniu. Po kilku minutach zamilkł. Zignorowała jego spojrzenie. Potem wzruszył ramionami i zaczął poprawiać pasy. Zacisnął trochę bardziej rzemienie na jej klatce piersiowej i pochylił się nad nią.

Odwróciła się natychmiast na lewy bok, tak daleko od niego, jak mogła, na ile tylko pozwalały rzemienie. Podciągnęła kolana pod brodę i spróbowała z całej siły kopnąć go w głowę. Celowała w jabłko Adama, ale trafiła czubkiem palca gdzieś poniżej szczęki, bo był na to przygotowany i zrobił unik, więc skończyło się na lekkim, ledwie odczuwalnym uderzeniu. Spróbowała kopnąć go jeszcze raz, ale był już poza zasięgiem.

Opuściła nogi na pryczę.

Prześcieradło zwisało z łóżka na podłogę. Koszula nocna podwinęła się wysoko nad biodra.

Stał chwilę w bezruchu, nic nie mówiąc. Obszedł pryczę i rozpiął pasy do krępowania nóg. Usiłowała je podkurczyć, ale chwycił ją za kostkę, przygniótł kolano i zacisnął rzemień. Znów obszedł pryczę i przypiął drugą nogę.

Teraz była już kompletnie bezradna.

Podniósł prześcieradło z podłogi i okrył ją. Patrzył na nią w ciszy przez jakieś dwie minuty. Wyczuwała w ciemności jego podniecenie, chociaż go nie okazywał, udawał obojętność. Na pewno miał erekcję. Wiedziała, że chce jej dotknąć.

Potem odwrócił się i wyszedł, zamykając za sobą drzwi. Słyszała, że je zaryglował, zupełnie niepotrzebnie, bo nie miała szans wyswobodzić się z więzów.

Leżała tak kilka minut i patrzyła na wąską smugę światła znad drzwi. Potem poruszyła się, sprawdzając, jak ciasno są zapięte pasy. Mogła trochę podciągnąć nogi, ale rzemienie na piersiach i wokół kostek natychmiast się napinały. Rozluźniła się. Leżała w całkowitym bezruchu i patrzyła w nicość.

Czekała. Marzyła o kanistrze z benzyną i zapałce.

Widziała go przesiąkniętego benzyną. Wyczuwała w dłoni pudełko zapałek. Potrząsnęła nim. Zagrzechotało. Wyjęła zapałkę. Słyszała, że on coś mówi, ale była głucha na jego słowa. Widziała wyraz jego twarzy, gdy przyłożyła zapałkę do pudełka. Słyszała trzask siarki w zetknięciu z draską. Brzmiało to jak spowolniony grzmot pioruna. Widziała, jak bucha płomień.

Uśmiechnęła się z zawziętością, nabrała wewnętrznej siły.

Tej nocy skończyła trzynaście lat.

Równania otrzymują nazwy według potęgi, do jakiej podniesiona jest niewiadoma (według wartości wykładnika). Jeśli ta wartość to 1, mówimy o równaniu pierwszego stopnia, jeśli jest to 2, drugiego stopnia itd. Równanie wyższego stopnia niż pierwszy jest spełnione dla wielu niewiadomych. Wartości te nazywamy pierwiastkami.

Równanie pierwszego stopnia (równanie liniowe):
$$3x - 9 = 0 \text{ (pierwiastek: } x = 3)$$

Część I

Równania nieregularne

16 – 20 grudnia

Rozdział 1
Czwartek 16 grudnia – piątek 17 grudnia

LISBETH SALANDER zsunęła okulary przeciwsłoneczne na czubek nosa i spoglądała spod ronda kapelusza. Widziała, jak kobieta z pokoju 32 wychodzi bocznym wyjściem z hotelu i spacerowym krokiem zbliża się do jednego z biało-zielonych leżaków przy basenie. W skupieniu wbijała wzrok w ziemię i zdawało się, że idzie na niepewnych nogach.

Salander widziała ją wcześniej jedynie z daleka. Wiek kobiety oszacowała na jakieś trzydzieści pięć lat, lecz mogła być równie dobrze dwudziestopięcio-, jak i pięćdziesięciolatką. Miała brązowe włosy do ramion, pociągłą twarz i dojrzałe ciało, jakby wyjęte z katalogu bielizny domu wysyłkowego. Miała na sobie sandały, czarne bikini i okulary przeciwsłoneczne o fioletowym zabarwieniu. Była Amerykanką i mówiła z południowym akcentem. Żółty kapelusz upuściła na ziemię obok leżaka i dała znak barmanowi z baru Elli Carmichael.

Lisbeth Salander odłożyła książkę na kolana, upiła łyk kawy i wyciągnęła rękę po papierosy. Nie odwracając głowy, przeniosła wzrok na horyzont. Ze swojego miejsca na tarasie przy basenie, między rododendronem a palmami, rosnącymi pod hotelowym murem, widziała w oddali Morze Karaibskie. Kawałek od brzegu płynęła z wiatrem żaglówka, na północ, ku Saint Lucia albo Dominice. Dalej na morzu zauważyła szarą sylwetkę masowca w drodze na południe, do Gujany lub któregoś z sąsiednich krajów. Delikatna bryza walczyła z przedpołudniowym upałem, jednak Lisbeth Salander czuła, jak kropla potu powoli spływa jej na brew.

13

Nie lubiła smażyć się na słońcu. Każdy dzień spędzała, o ile to było możliwe, w cieniu, dlatego wciąż przesiadywała pod markizą. Mimo to jej skóra zrobiła się brązowa jak orzech. Nosiła szorty w kolorze khaki i czarną koszulkę.

Słuchała dźwięków steel pan płynących z głośnika przy barze. Nigdy, nawet w najmniejszym stopniu, nie interesowała się muzyką i nie potrafiła odróżnić szwedzkiej kapeli Sven Ingvars od Nicka Cave'a, ale muzyka steel pan fascynowała ją. Nieprawdopodobne wydawało się, że ktoś mógł nastroić beczkę po ropie, a jeszcze bardziej to, iż można było z niej wydobyć kontrolowane dźwięki, niepodobne do niczego innego. Miała wrażenie, że to magiczne dźwięki.

Poczuła nagle irytację i przeniosła wzrok z powrotem na kobietę, która właśnie dostała drinka w kolorze pomarańczy.

Nie był to problem Lisbeth Salander. Nie potrafiła po prostu pojąć, dlaczego kobieta nie wyjechała. Przez cztery noce, odkąd tylko para przyjechała do hotelu, Lisbeth słuchała odgłosów przemocy dochodzących z sąsiedniego pokoju. Dobiegały ją ciche, ale wzburzone głosy, płacz, a czasem echo wymierzanych razów. Mężczyzna, który zadawał owe ciosy – Lisbeth podejrzewała, iż to mąż kobiety – miał około czterdziestki. Ciemne, proste włosy staromodnym sposobem czesał w przedziałek na środku i zdawało się, że przebywa na Granadzie w celach zawodowych. Jaki był jego zawód, Lisbeth Salander nie miała pojęcia, jednak każdego ranka mężczyzna w eleganckiej marynarce i pod krawatem pił kawę w hotelowym barze, po czym z aktówką w ręce wsiadał do taksówki.

Wracał do hotelu późnym wieczorem, kąpał się i siedział z żoną przy basenie. Mieli w zwyczaju jadać razem kolację, sprawiając wrażenie cichego i czułego małżeństwa. Kobieta czasem wypijała kieliszek lub dwa za dużo, ale jej stan nikomu nie przeszkadzał ani nie zwracał niczyjej uwagi.

Awantury w sąsiednim pokoju zaczynały się zwykle między dziesiątą a jedenastą wieczorem, mniej więcej w tym samym czasie, kiedy Lisbeth kładła się do łóżka z książką o tajemnicach matematyki. Nie było tu mowy o brutalnym maltretowaniu. Na ile dało się to ocenić przez ścianę, obok toczyła się nieprzerwana, jednostajna kłótnia. Poprzedniej nocy Lisbeth nie mogła opanować ciekawości i wyszła na balkon – mieli otwarte drzwi – aby posłuchać, o co w tym wszystkim chodzi. Ponad godzinę mężczyzna spacerował tam i z powrotem po pokoju, wyznając, że jest łajdakiem i na nią nie zasługuje. Raz za razem powtarzał, iż w jej opinii zapewne jest fałszywym człowiekiem. Ona po każdym takim stwierdzeniu odpowiadała, że wcale tak nie uważa i próbowała go uspokoić. Jednak on był coraz bardziej gwałtowny, aż w końcu zaczął nią tarmosić. Wreszcie odpowiedziała, jak chciał... *tak, jesteś fałszywy*. On potraktował wymuszone wyznanie kobiety jako pretekst, by natychmiast zaatakować jej prowadzenie się, charakter. Nazwał ją kurwą. Lisbeth Salander bez wahania podjęłaby działanie, gdyby chodziło o nią, jednak tak nie było i ogólnie rzecz biorąc, to nie jej problem, nie mogła więc rozstrzygnąć, czy powinna w jakiś sposób zareagować.

Lisbeth ze zdziwieniem słuchała jednostajnego gadania mężczyzny, zakończonego nagle odgłosem brzmiącym jak uderzenie w twarz. Już postanowiła wyjść na korytarz i kopniakiem otworzyć sąsiednie drzwi, gdy w pokoju zrobiło się cicho.

Przyglądała się teraz uważnie kobiecie przy basenie i zauważyła blady siniak na ramieniu oraz zadrapanie na biodrze, słowem, żadnych poważniejszych obrażeń.

DZIEWIĘĆ MIESIĘCY wcześniej przeczytała pewien artykuł w magazynie „Popular Science", pozostawionym przez kogoś na rzymskim lotnisku Leonardo da Vinci, i nagle zrodziła się w niej niewyjaśniona fascynacja tajemniczą

15

dziedziną, jaką jest astronomia sferyczna. Pod wpływem impulsu wstąpiła do księgarni uniwersyteckiej w Rzymie i kupiła kilka najważniejszych rozpraw na ten temat. Jednak aby pojąć astronomię sferyczną, musiała zgłębić arkana matematyki. Podróżując przez kilka ostatnich miesięcy, zaglądała do księgarń naukowych, by kupić kolejne pozycje z tej dziedziny.

Książki zazwyczaj leżały spakowane w walizce, a studia były niesystematyczne i właściwie bez określonego celu, póki nie zajrzała do księgarni w Miami, skąd wyszła z książką doktora L.C. Parnault *Dimensions in Mathematics* (Harvard University, 1999). Znalazła ją tuż przed podróżą na archipelag Florida Keys, skąd miała zacząć zwiedzanie wysp karaibskich.

Zaliczyła już Gwadelupę (dwa dni w niewyobrażalnej dziurze) i Dominikę (przyjemnie, pełny relaks, pięć dni), Barbados (doba w amerykańskim hotelu, gdzie czuła się bardzo niemile widzianym gościem) i Saint Lucia (dziewięć dni). Na tej ostatniej mogłaby nawet zostać dłużej, gdyby nie zadarła z ciężko myślącym miejscowym chuliganem, stałym bywalcem baru w jej położonym na uboczu hotelu. W końcu straciła cierpliwość i walnęła go cegłą w głowę, wymeldowała się z hotelu i popłynęła promem zmierzającym do Saint George's, stolicy Grenady, kraju, o którego istnieniu nie wiedziała, póki nie wsiadła na pokład statku.

Zeszła na ląd na Grenadzie w tropikalnej ulewie o godzinie dziesiątej pewnego listopadowego poranka. W „The Caribbean Traveller" znalazła informację, że Grenadę nazywano „Spice Island", wyspą przypraw, oraz że jest największym producentem gałki muszkatołowej na świecie. Wyspa ma 120 tysięcy mieszkańców, ale ponad 200 tysięcy obywateli tego kraju mieszka w USA, Kanadzie albo Anglii, co dawało pewne pojęcie o tutejszym rynku pracy. Wokół wygasłego wulkanu Grand Etang rozciągał się górzysty krajobraz.

Z PERSPEKTYWY HISTORII Grenada to jedna z wielu niewielkich byłych kolonii brytyjskich. W 1795 roku wywołała poruszenie wśród polityków, gdy pewien wyzwoleniec o nazwisku Julian Fedon, zainspirowany rewolucją francuską, wzniecił powstanie, co zmusiło koronę do wysłania tam wojsk, by ćwiartowały, rozstrzeliwały, wieszały i okaleczały zastępy rebeliantów. Tym, co oburzyło kolonialny reżim, był fakt, że do powstania Fedona przyłączyła się nawet grupa białych biedaków, nie licząc się w najmniejszym stopniu z etykietą czy względami rasowymi. Rebelię stłumiono, jednak sam Fedon nigdy nie został ujęty, zaszył się w masywie Grand Etang, a jego wyczyny obrosły legendą na miarę Robin Hooda.

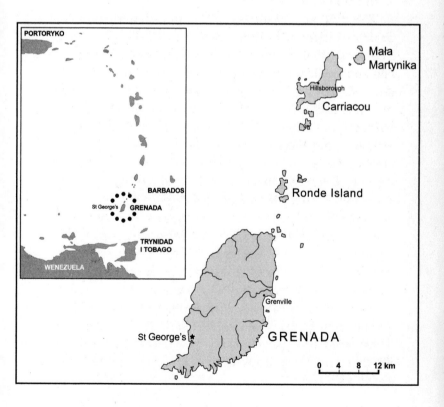

Trochę ponad dwieście lat później, w 1979 roku, adwokat Maurice Bishop wzniecił nową rewolucję, zainspirowaną – według przewodnika – przez *the communist dictatorships in Cuba and Nicaragua*. Jednak Lisbeth ujrzała tamte wydarzenia w zupełnie innym świetle, kiedy spotkała Philipa Cambella, nauczyciela, bibliotekarza i kaznodzieję w kościele baptystów, u którego wynajęła pokój na pierwszych kilka dni. Całą historię można by streścić następująco: Bishop to ludowy przywódca o autentycznej popularności, który obalił szalonego dyktatora i entuzjastę UFO w jednej osobie, poświęcającego część skromnego budżetu narodowego na to, by polować na latające spodki. Bishop agitował za demokracją ekonomiczną oraz wprowadził pierwsze w tym kraju ustawodawstwo dotyczące równości płci, nim został zamordowany w 1983 roku.

Po zamachu – masakrze, w której zginęło sto dwadzieścia osób, w tym minister spraw zagranicznych, minister do spraw kobiet oraz kilku ważnych przywódców związków zawodowych – Stany Zjednoczone najechały kraj i wprowadziły demokrację. Dla Grenady oznaczało to wzrost bezrobocia z ponad sześciu procent do niemal pięćdziesięciu, co spowodowało, iż handel kokainą stał się znów najważniejszym źródłem dochodów. Philip Cambell pokiwał tylko głową, czytając opis z przewodnika Lisbeth i udzielił jej kilku dobrych rad, jakich ludzi i dzielnic powinna unikać po zmroku.

W przypadku Lisbeth Salander takie rady właściwie na nic by się zdały. Jednak udało jej się całkowicie uniknąć kontaktów ze światem przestępczym Grenady, a to dzięki temu, że zakochała się w Grand Anse Beach, położonej na południe od Saint George's, odludnej, ciągnącej się przez wiele mil plaży, na której mogła godzinami spacerować, nie będąc zmuszona rozmawiać ani spotykać się z kimkolwiek. Przeniosła się do Keys, jednego z nielicznych amerykańskich hoteli przy Grand Anse, gdzie spędziła siedem tygodni, nie zajmując się niczym innym oprócz wędrówek po plaży i zajadania się miejscowym owocem chinups, który w smaku przypominał gorzki szwedzki agrest i niezmiernie przypadł jej do gustu.

Nie był to szczyt sezonu, więc Keys Hotel wynajmował ledwie jedną trzecią pokoi. Jedyny problem polegał na tym, że zarówno spokój Lisbeth Salander, jak i jej wyrywkowe studia matematyczne zakłócił nagle cichy dramat rozgrywający się w sąsiednim pokoju.

MIKAEL BLOMKVIST nacisnął dzwonek do drzwi mieszkania Lisbeth Salander przy Lundagatan. Nie oczekiwał, że otworzy, jednak nabrał zwyczaju przejeżdżania obok jej domu mniej więcej raz w miesiącu, aby sprawdzić, czy coś się zmieniło. Kiedy podniósł klapkę w drzwiach i zajrzał przez otwór na listy, dostrzegł stos ulotek. Było tuż po dziesiątej wieczorem, zbyt ciemno, by mógł stwierdzić, jak bardzo ów stos urósł od ostatniego razu.

Chwilę stał niezdecydowany na korytarzu, po czym niezadowolony odwrócił się i wyszedł z budynku. Bez pośpiechu dotarł do domu na Bellmansgatan, włączył ekspres do kawy i rozłożył wieczorne wydania gazet, oglądając jednocześnie późne wydanie wiadomości, „Rapport". Był w ponurym nastroju i zastanawiał się, gdzie przebywa Lisbeth Salander. Czuł lekki niepokój i po raz tysięczny zadawał sobie pytanie, co tak właściwie się stało.

Na poprzednie Boże Narodzenie zaprosił Lisbeth do domku w Sandhamn. Chodzili razem na długie spacery i dyskutowali półgłosem o następstwach dramatycznych wydarzeń, jakie stały się ich udziałem w trakcie minionego roku, kiedy Mikael przechodził coś, co z perspektywy czasu oceniał jako życiowy kryzys. Został skazany za zniesławienie i spędził kilka miesięcy w więzieniu, jego dziennikarska kariera utknęła w martwym punkcie, a on sam, uciekając z podkulonym ogonem, zrezygnował ze stanowiska wydawcy

19

odpowiedzialnego* w czasopiśmie „Millennium". Lecz nagle wszystko się zmieniło. Zlecenie napisania biografii potentata przemysłowego Henrika Vangera, które wydawało mu się niedorzecznie zyskownym rodzajem terapii, nieoczekiwanie stało się desperackim pościgiem za niezidentyfikowanym, przebiegłym seryjnym mordercą.

W trakcie tego pościgu spotkał Lisbeth Salander. Mikael z roztargnieniem dotknął ledwie wyczuwalnej blizny, jaką pozostawiła pętla tuż pod jego lewym uchem. Lisbeth nie tylko pomogła mu odnaleźć mordercę – dosłownie uratowała mu życie.

Raz za razem wprawiała go w zdumienie swoimi zadziwiającymi zdolnościami – fotograficzną pamięcią i fenomenalnymi umiejętnościami w dziedzinie informatyki. Mikael Blomkvist uważał się za obeznanego z obsługą komputera, ale Lisbeth Salander radziła sobie ze sprzętem, jakby weszła w konszachty z diabłem. Z czasem zrozumiał, że jest hakerką światowej klasy, a w ekskluzywnym międzynarodowym kręgu zajmującym się włamaniami do systemów na najwyższym poziomie jest lagendarną postacią, znaną jedynie pod pseudonimem Wasp.

To właśnie jej umiejętność włamywania się do cudzych komputerów dała mu materiał potrzebny do obrócenia własnej dziennikarskiej klęski w tak zwaną „aferę Wennerströma" – gorący temat, który po upływie dwunastu miesięcy nadal był przedmiotem międzynarodowych śledztw dotyczących przestępczości gospodarczej, a Mikaelowi dał okazję do regularnego przesiadywania w studiach telewizyjnych.

Przed rokiem sprawiało mu to kolosalną satysfakcję – jako zemsta, a także możliwość wydostania się z dziennikarskiego

---

* W Szwecji wszystkie regularnie ukazujące się gazety i czasopisma muszą wyznaczyć tzw. wydawcę odpowiedzialnego (szw. *ansvarig utgivare*) i to on, a nie konkretni dziennikarze, odpowiada prawnie za treść artykułów. Jest to związane z gwarantowanym w konstytucji prawem do wolności wypowiedzi i druku [przyp. tłum.].

rynsztoka. Jednak poczucie zadowolenia dawno go opuściło. Po upływie kilku tygodni był już znużony odpowiadaniem na wciąż te same pytania dziennikarzy i policji podatkowej. „Przykro mi, ale nie mogę ujawniać moich źródeł". Kiedy pewien dziennikarz z anglojęzycznego „Azerbaijan Times" zadał sobie trud i przyjechał do Sztokholmu jedynie po to, aby zadać mu te same naiwne pytania, miarka się przebrała. Mikael ograniczył do minimum udzielanie wywiadów i przez kilka ostatnich miesięcy właściwie zgadzał się jedynie wtedy, gdy dzwoniła Ta z TV4 i osobiście go namawiała, a robiła to tylko, jeśli dochodzenie wyraźnie wkraczało w nową fazę.

Współpraca Mikaela z Tą z TV4 miała jeszcze jeden, całkiem inny wymiar. Jako pierwsza z dziennikarzy podchwyciła całą tę aferę i gdyby nie jej wsparcie tamtego wieczora, kiedy „Millennium" opublikowało newsa, wątpliwe, by temat odbił się tak szerokim echem. Dopiero później Mikael dowiedział się, że musiała walczyć w redakcji zębami i pazurami, aby uzyskać czas na antenie. Opór wobec mówienia o oszuście z „Millennium" był ogromny i aż do momentu, gdy weszła na antenę, nie miała pewności, czy redakcyjna armia prawników nie zablokuje sprawy. Wielu starszych kolegów wydało już na nią wyrok, twierdząc, że jeśli się pomyliła, będzie to koniec jej kariery. Jednak nie ustąpiła, a afera okazała się tematem roku.

Relacjonowała sprawę przez pierwszy tydzień – jako jedyna z reporterów rzeczywiście zagłębiła się w temat – ale na krótko przed Bożym Narodzeniem Mikael zauważył, że wszystkie komentarze i nowe wątki w sprawie zostały przekazane jej kolegom – mężczyznom. Około Nowego Roku okrężnymi drogami dowiedział się, że odsunięto ją od sprawy, uzasadniając, iż tak ważnym tematem powinni zajmować się uznani reporterzy, a nie jakieś dziewczę z Gotlandii czy Bergslagen, czy skąd ona tam, u licha, pochodzi. Kiedy znów zadzwonili z TV4, Mikael stwierdził wprost, że udzieli wywiadu tylko wtedy, gdy Ta będzie zadawać pytania. Po kilku dniach posępnej ciszy chłopcy z TV4 skapitulowali.

Zainteresowanie Mikaela aferą Wennerströma zbiegło się ze zniknięciem z jego życia również Lisbeth Salander. Nadal nie pojmował, co się stało.

Rozstali się w drugi dzień świąt i nie widzieli się przez kilka następnych dni. W przeddzień sylwestra zadzwonił do niej późnym wieczorem, ale nie odebrała.

W sylwestra poszedł do niej dwa razy. Gdy za pierwszym razem dzwonił do drzwi, w oknach paliło się światło, ale nie otworzyła. Za drugim razem w mieszkaniu było ciemno. W Nowy Rok znów próbował się do niej bez skutku dodzwonić. Później odpowiadał mu już tylko komunikat, że abonent jest niedostępny.

W ciągu kilku następnych dni widział ją dwa razy. Ponieważ nie mógł skontaktować się z nią przez telefon, w pierwszym tygodniu stycznia poszedł do jej mieszkania, usiadł przed drzwiami na klatce schodowej i czekał. Miał ze sobą książkę i siedział tak cztery godziny, aż wreszcie przyszła, tuż przed jedenastą wieczorem, niosąc brązowy karton. Widząc go, stanęła jak wryta.

– Cześć, Lisbeth – przywitał się i zamknął książkę.

Zlustrowała go obojętnym wzrokiem, który nie wyrażał nawet odrobiny ciepła czy przyjaźni. Potem przecisnęła się obok niego i włożyła klucz do zamka.

– Zaprosisz mnie na kawę? – zapytał.

Odwróciła się do niego i powiedziała cicho:

– Idź stąd. Nie chcę cię więcej widzieć.

Po czym zatrzasnęła niezmiernie zdumionemu Mikaelowi Blomkvistowi drzwi przed nosem, a on usłyszał jeszcze, jak Lisbeth zamyka drzwi na klucz.

Drugi raz widział ją zaledwie trzy dni później. Jechał metrem ze Slussen do stacji Centrum, a kiedy pociąg stanął na Starym Mieście, wyjrzał przez okno i zobaczył ją na peronie mniej niż dwa metry od siebie. Zauważył ją dopiero w momencie, gdy zamknęły się drzwi. Przez pięć sekund patrzyła przez niego na wskroś, jakby był powietrzem, po czym odwróciła się na pięcie i gdy pociąg ruszył, zniknęła z jego pola widzenia.

Sygnał był oczywisty. Lisbeth Salander nie chciała mieć z Mikaelem Blomkvistem nic wspólnego. Usunęła go ze swojego życia równie skutecznie, jak usuwa się plik z komputera, bez żadnych wyjaśnień. Zmieniła numer komórki i nie odpowiadała na maile.

Mikael westchnął, wyłączył telewizor, podszedł do okna i spojrzał na ratusz.

Zastanawiał się, czy nie popełnia błędu, tak uparcie raz za razem ją odwiedzając. Miał taką zasadę – gdy kobieta dawała mu wyraźnie do zrozumienia, że nie chce o nim słyszeć, szedł swoją drogą. Ignorowanie tego sygnału byłoby w jego oczach równoznaczne z brakiem szacunku dla niej.

Mikael i Lisbeth sypiali ze sobą. Ale doszło do tego z jej inicjatywy, a ich związek trwał pół roku. Gdyby postanowiła zakończyć całą sprawę równie nieoczekiwanie, jak ją zaczęła, Mikael by to zaakceptował. Decyzja należała do niej. Bez problemu odnalazłby się w roli eks – jeśli rzeczywiście nim był – jednak fakt, że Lisbeth Salander zupełnie się od niego odcięła, budził w nim zdumienie.

Nie zakochał się w niej – różnili się od siebie tak bardzo, jak tylko dwie osoby mogą się różnić – ale lubił ją i naprawdę brakowało mu tego cholernie irytującego człowieka. Myślał, że przyjaźń była wzajemna. Krótko mówiąc, czuł się jak idiota.

Stał przy oknie dłuższą chwilę.

Wreszcie podjął ostateczną decyzję.

Jeśli Lisbeth tak bardzo go nienawidziła, że nie mogła się nawet zdobyć na słowo „cześć", gdy spotkali się w metrze, to prawdopodobnie był to koniec ich przyjaźni, a szkoda nie do naprawienia. W przyszłości nie będzie już próbował się z nią skontaktować.

LISBETH SALANDER spojrzała na zegarek i stwierdziła, że chociaż siedziała bez ruchu w cieniu, jest cała spocona. Wpół do jedenastej rano. Zapamiętała długi na trzy linijki wzór matematyczny i zamknęła *Dimensions in Mathematics*. Po chwili zabrała ze stołu klucz do pokoju i papierosy. Mieszkała na drugim, ostatnim piętrze w tym hotelu. Rozebrała się i poszła pod prysznic.

Dwudziestocentymetrowa zielona jaszczurka gapiła się na nią ze ściany tuż pod sufitem. Lisbeth popatrzyła na nią, ale nie próbowała jej przepędzić. Na wyspie roiło się od jaszczurek, wkradały się do pokoi przez żaluzje w otwartych oknach, przez szpary w drzwiach albo otwór wentylacyjny w łazience. Lubiła towarzystwo, które niczego od niej nie wymagało. Woda była zimna, ale nie lodowata. Lisbeth stała pod prysznicem pięć minut, żeby się ochłodzić.

Gdy weszła do pokoju, stanęła naga przed lustrem i ze zdziwieniem oglądała swoje ciało. Nadal ważyła tylko czterdzieści kilogramów i miała trochę ponad metr pięćdziesiąt wzrostu. Na to raczej nie mogła nic poradzić. Była drobna jak lalka, małe dłonie, wąskie biodra.

Jednak teraz miała piersi.

Całe życie była płaska, tak jakby nie weszła jeszcze w okres dojrzewania. Wyglądało to po prostu żenująco, więc czuła niechęć przed pokazywaniem się nago.

I nagle miała piersi. Nie były wielkie (takich nie chciała, zresztą wyglądałyby żałośnie w zestawieniu z jej chudym ciałem), lecz jędrne i okrągłe, średniej wielkości. Zmiana została przeprowadzona ostrożnie, a proporcje w dużym stopniu zachowane. Jednak różnica była ogromna, zarówno w jej wyglądzie, jak i samopoczuciu.

Spędziła pięć tygodni w klinice pod Genuą, gdzie wszczepiono jej implanty. Wybrała klinikę i specjalistów, którzy cieszyli się największym uznaniem w Europie. Lekarz prowadzący, czarująco oschła kobieta, Allessandra Perrini, stwierdziła, że jej piersi są niedorozwinięte i dlatego operację ich powiększenia można wykonać ze wskazań medycznych.

Zabieg nie był bezbolesny, ale piersi wyglądały zupełnie naturalnie i takie też były w dotyku, w dodatku blizny stały się już prawie niewidoczne. Ani przez sekundę nie żałowała swojej decyzji. Była zadowolona. Wciąż jeszcze, po sześciu miesiącach od zabiegu, nie potrafiła przejść z obnażonymi piersiami obok lustra, nie stwierdzając jednocześnie z zadowoleniem, że poprawiła się jakość jej życia.

Podczas pobytu w klinice usunęła również jeden z dziewięciu tatuaży, dwucentymetrową osę po prawej stronie szyi. Lubiła swoje tatuaże, a najbardziej wielkiego smoka sięgającego od łopatki do pośladków, lecz osy postanowiła się pozbyć. Powód: tak widoczny i charakterystyczny tatuaż sprawiał, że łatwo było ją zapamiętać i zidentyfikować. Lisbeth Salander nie chciała, by ją zapamiętywano i identyfikowano. Tatuaż został usunięty laserowo i kiedy przesuwała palcem wskazującym po szyi, mogła wyczuć delikatną bliznę. Z bliska dało się zauważyć, że jej opalona skóra miała w tym miejscu jaśniejszy odcień, ale patrząc pobieżnie, nie można było niczego dostrzec. W sumie jej pobyt w Genui kosztował w przeliczeniu sto dziewięćdziesiąt tysięcy koron.

Było ją na to stać.

Przerwała marzenia przed lustrem i założyła majtki i biustonosz. Dwa dni po opuszczeniu kliniki po raz pierwszy w swoim dwudziestopięcioletnim życiu weszła do sklepu z damską bielizną i kupiła coś, czego nigdy wcześniej nie potrzebowała. Teraz miała lat dwadzieścia sześć i nosiła biustonosz z pewnym zadowoleniem.

Założyła dżinsy i czarną koszulkę z napisem *Consider this a fair warning*. Odszukała sandały i kapelusz przeciwsłoneczny, a przez ramię przewiesiła czarną nylonową torbę.

W drodze do wyjścia zwróciła uwagę na rozmowę gości hotelowych przy recepcji. Zwolniła kroku i nadstawiła uszu.

– *Just how dangerous is she?* – zapytała czarnoskóra kobieta o wysokim głosie i europejskim akcencie. Lisbeth pamiętała ją – dziesięć dni wcześniej przyleciała z grupą turystów czarterem z Londynu.

Freddie McBain, siwiejący recepcjonista, który zawsze witał Lisbeth przyjaznym uśmiechem, wyglądał na zmartwionego. Wyjaśniał, że gościom zostaną przekazane odpowiednie instrukcje i nie ma żadnych powodów do niepokoju – jeśli tylko wszyscy będą się ich ściśle trzymać. Po tej odpowiedzi został zasypany pytaniami.

Lisbeth zmarszczyła brwi i poszła do baru, gdzie za kontuarem zastała Ellę Carmichael.

– O co chodzi? – zapytała, wskazując kciukiem na grupę przy recepcji.

– Grozi nam wizyta Matyldy.

– Matyldy?

– To huragan, który powstał u wybrzeży Brazylii kilka tygodni temu, rano przeszedł nad stolicą Surinamu, Paramaribo. Nie wiadomo, w jakim zmierza kierunku – prawdopodobnie dalej na północ, do USA. Ale jeśli podąży wzdłuż brzegu na zachód, Trynidad i Grenada znajdą się na jego drodze. Może więc powiać.

– Myślałam, że pora huraganów już minęła.

– Bo minęła. Ostrzeżenia o huraganach pojawiają się zazwyczaj we wrześniu i październiku, ale teraz wszystko tak się pogmatwało przez ten efekt cieplarniany i w ogóle, że nigdy nic nie wiadomo.

– OK, a kiedy mamy się spodziewać tej Matyldy?

– Niedługo.

– Powinnam coś zrobić?

– Lisbeth, huragan to nie zabawa. W latach siedemdziesiątych jeden z nich spowodował ogromne spustoszenia na Grenadzie. Miałam jedenaście lat, mieszkałam w wiosce nad jeziorem Grand Etang przy drodze do Grenville, nigdy nie zapomnę tamtej nocy.

– Hm.

– Ale nie musisz się niepokoić. W sobotę trzymaj się w pobliżu hotelu. Spakuj do walizki rzeczy, których nie chcesz stracić, na przykład ten komputer, którym zazwyczaj się bawisz, i przygotuj się, by ją zabrać, kiedy usłyszysz polecenie zejścia do schronu. To wszystko.

– OK.

– Chcesz się czegoś napić?

– Nie.

Lisbeth wyszła bez pożegnania. Ella Carmichael uśmiechnęła się za nią zrezygnowana. Minęło kilka tygodni, zanim przyzwyczaiła się do osobliwego sposobu bycia tej dziwnej dziewczyny i zrozumiała, że Lisbeth nie zadziera nosa – po prostu jest zupełnie inna. Ale płaci za drinki bez gadania, zawsze jest w miarę trzeźwa, zajmuje się swoimi sprawami i nie robi awantur.

KOMUNIKACJA PUBLICZNA na Grenadzie to przede wszystkim fantazyjnie ozdobione minibusy kursujące bez przejmowania się rozkładem jazdy czy innymi formalnościami. Za to jeździły wahadłowo od świtu do zmroku. Natomiast po zapadnięciu ciemności właściwie nie można było się przemieszczać, nie mając własnego samochodu.

Lisbeth nie czekała dłużej niż minutę przy drodze do Saint George's, gdy zatrzymał się minibus. Kierowcą był rastafarianin i w samochodzie na cały regulator rozlegało się *No women no cry*. Lisbeth nie słuchała muzyki, zapłaciła dolara i wcisnęła się między korpulentną posiwiałą damę a dwóch chłopców w szkolnych mundurkach.

Saint George's leży w półkolistej zatoce tworzącej The Carenage, wewnętrzny port. Wokół piętrzą się strome wzgórza, na których wznoszą się domy, stare kolonialne budynki i Fort Rupert, umocnienia zbudowane na urwistej skale wieńczącej cypel.

27

Saint George's to miasto niezwykle zwarte i ciasno zabudowane, z wąskimi uliczkami i mnóstwem zaułków. Domy wtulają się w zbocza i nie ma tu żadnej poziomej powierzchni, z wyjątkiem boiska do krykieta połączonego z bieżnią na północnych krańcach miasta.

Wysiadła w centrum portu i poszła spacerem do Mac-Intyre's Electronics na szczycie niewielkiego stromego wzniesienia. Właściwie wszystkie produkty sprzedawane na Grenadzie importowano z USA albo z Wielkiej Brytanii, w związku z czym kosztowały dwa razy tyle co gdzie indziej, za to sklep oferował klimatyzację.

Dostarczono wreszcie baterię, którą zamówiła do swojego PowerBooka Apple (G4 titanium z siedemnastocalowym monitorem). W Miami zaopatrzyła się w palmtopa ze składaną klawiaturą, na którym mogła odczytywać maile i który z łatwością mieścił się w jej nylonowej torbie, więc nie musiała dźwigać wszędzie PowerBooka, ale był to jednak marny substytut siedemnastocalowego ekranu. Jakość oryginalnych baterii pogorszyła się z czasem i wymagały ponownego ładowania po trzydziestu minutach pracy, co było sporym problemem, gdy chciała siedzieć na tarasie przy basenie, a także dlatego, że dostawy prądu na Grenadzie pozostawiały wiele do życzenia. W czasie jej pobytu na wyspie dwa razy wyłączono prąd na dłużej. Zapłaciła kartą kredytową należącą do Wasp Enterprises, schowała baterię do torby i znów wyszła na południowy upał.

Wstąpiła do Barclays Bank, podjęła trzysta dolarów gotówką, potem kupiła na targu pęczek marchewek, kilka mango i półtoralitrową butelkę wody mineralnej. Nylonowa torba zrobiła się wyraźnie cięższa, a gdy Lisbeth zeszła do portu, była już głodna i chciało jej się pić. Zastanawiała się, czy nie zajrzeć do The Nutmeg, ale wejście do restauracji zdawało się zupełnie zablokowane przez gości. Poszła do mniej popularnej knajpy Turtleback na skraju portu, usiadła na werandzie, zamówiła kalmary ze smażonymi ziemniakami i miejscowe piwo Carib. Sięgnęła po porzucony egzemplarz lokalnej gazety „Grenadian Voice" i przejrzała go w dwie minuty. Jedynym ciekawym artykułem było dramatyczne ostrzeżenie o prawdopodobnym nadejściu Matyldy. Tekst ilustrowało zdjęcie zniszczonego domu i przypomnienie spustoszeń, jakich w tym kraju dokonał poprzedni wielki huragan.

Złożyła gazetę, pociągnęła łyk piwa prosto z butelki i gdy odchyliła się na krześle, dostrzegła, że z baru na werandę wyszedł mężczyzna mieszkający w pokoju 32. W jednej ręce trzymał swoją brązową teczkę, a w drugiej dużą szklankę coca-coli. Spojrzał przelotnie na Lisbeth, nie rozpoznając jej, usiadł po przeciwnej stronie werandy i utkwił wzrok w wodach zatoki.

Lisbeth zlustrowała jego profil. Zdawał się zupełnie nieobecny, siedem minut siedział tak w bezruchu, po czym nagle chwycił szklankę i pociągnął trzy spore łyki. Odstawił colę i dalej się gapił przed siebie. Po chwili Lisbeth wyjęła z torby *Dimensions in Mathematics*.

PRZEZ CAŁE ŻYCIE Lisbeth bawiły zagadki i łamigłówki. Kiedy miała dziewięć lat dostała od mamy kostkę Rubika. Była to frustrująca próba dla jej zdolności logicznego myślenia – niemal czterdzieści minut minęło, zanim wreszcie pojęła, jak to działa. Nigdy nie popełniła błędu w testach na inteligencję drukowanych w dziennikach; pięć dziwacznych figur i pytanie, jak powinna wyglądać szósta w tej serii. Odpowiedź zawsze była dla niej oczywista.

W podstawówce nauczyła się dodawania i odejmowania. Mnożenie, dzielenie i geometria stanowiły naturalną kontynuację. Umiała zsumować pozycje na rachunku w restauracji, obliczyć kwotę faktury i trajektorię pocisku artyleryjskiego wystrzelonego z daną prędkością i pod danym kątem. Nic nadzwyczajnego. Póki nie przeczytała artykułu w „Popular Science", matematyka ani przez sekundę nie stanowiła przedmiotu jej fascynacji. Lisbeth nawet nie myślała o tym, że tabliczka mnożenia to matematyka, było to coś, czego nauczyła się na pamięć w jedno popołudnie i nie rozumiała, dlaczego nauczyciel przez cały rok wciąż o tym marudził.

Nagle zdała sobie sprawę z nieubłaganej logiki, jaka musiała stać za każdym prezentowanym sposobem myślenia czy wzorem, co zaprowadziło ją do działów matematycznych księgarń naukowych. Jednak dopiero gdy sięgnęła po *Dimensions in Mathematics*, otworzył się przed nią całkiem nowy świat. Matematyka była właściwie logiczną łamigłówką z nieskończoną liczbą wariantów – zagadek do rozwiązania. Rzecz nie w tym, by rozwiązać konkretne zadania. Pięć razy pięć zawsze będzie dwadzieścia pięć. Rzecz w tym, by zrozumieć kombinację różnych reguł, które umożliwiłyby rozwiązanie dowolnego problemu matematycznego.

Dimensions in Mathematics nie były suchym podręcznikiem matematyki, lecz tomiskiem na tysiąc dwieście stron, traktującym o historii tej nauki od starożytnych Greków do współczesnych prób zgłębienia astronomii sferycznej. Traktowano je niczym Biblię, dzieło o znaczeniu, jakie dla poważnych matematyków miała kiedyś (i nadal ma) *Arytmetyka* Diofantosa. Kiedy po raz pierwszy otworzyła *Dimensions in Mathematics* na tarasie hotelu przy Grand Anse Beach, znalazła się nagle w zaczarowanym świecie liczb. Autor książki potrafił uczyć, a jednocześnie rozbawić czytelnika anegdotą czy zaskakującym problemem. Mogła śledzić rozwój matematyki od Archimedesa do współczesnego Jet Propulsion Laboratory, centrum badawczego NASA w Kalifornii. Odkrywała metody rozwiązywania problemów.

Twierdzenie Pitagorasa ($x^2 + y^2 = z^2$), sformułowane około 500 roku p.n.e. stało się dla niej objawieniem. Nagle zrozumiała treść tego, czego nauczyła się na pamięć już w gimnazjum, na jednej z tych niewielu lekcji, na których była obecna. *W trójkącie prostokątnym kwadrat przeciwprostokątnej równa się sumie kwadratów przyprostokątnych.* Zafascynowało ją odkrycie Euklidesa (300 lat p.n.e.), że liczba doskonała zawsze jest *iloczynem dwóch liczb, z których jedna to 2 podniesione do dowolnej potęgi, a druga to różnica 2 podniesionego do kolejnej potęgi i 1*. Było to doprecyzowanie twierdzenia Pitagorasa i Lisbeth zdała sobie sprawę z nieskończonej liczby kombinacji.

$$6 = 2^1 \times (2^2 - 1)$$
$$28 = 2^2 \times (2^3 - 1)$$
$$496 = 2^4 \times (2^5 - 1)$$
$$8128 = 2^6 \times (2^7 - 1)$$

Mogła tak w nieskończoność, nie znajdując liczby, która przeczyłaby regule. Owa logika przemawiała do jej poczucia doskonałości. Z przyjemnością czytała o Archimedesie, Newtonie, Martinie Gardnerze i tuzinie innych klasyków matematyki.

Następnie doszła do rozdziału o Pierze de Fermacie, którego zagadka matematyczna, *wielkie twierdzenie Fermata*, zadziwiało ją przez siedem tygodni. To jednak nie było długo, biorąc pod uwagę fakt, iż owo twierdzenie doprowadzało matematyków do szaleństwa przez blisko 400 lat, zanim pewien Anglik, Andrew Wiles, zdołał rozwiązać zagadkę, i to dopiero w 1995 roku.

Twierdzenie Fermata było pozornie prostym zadaniem.

Pierre de Fermat urodził się w 1601 roku w Beaumont-de-Lomagne w południowo-zachodniej Francji. Znamienne, że nie był nawet matematykiem, lecz urzędnikiem państwowym, który poświęcał wolny czas matematyce w ramach osobliwego hobby. A jednak jest uważany za jednego z najzdolniejszych matematyków samouków wszech czasów. Tak jak Lisbeth Salander, bawiło go rozwiązywanie łamigłówek i zagadek. Zdawało się, że szczególnie lubił droczyć się z innymi matematykami, stawiając problemy, lecz nie zadając sobie trudu, by dołączyć rozwiązanie. Kartezjusz obrzucił go szeregiem poniżających epitetów, a angielski kolega po fachu, John Wallis, nazywał go „tym przeklętym Francuzem".

W latach trzydziestych XVII wieku ukazało się francuskie tłumaczenie *Arytmetyki* Diofantosa, zawierające kompletne zestawienie twierdzeń z teorii liczb sformułowanych przez Pitagorasa, Euklidesa i innych starożytnych matematyków. I właśnie gdy Fermat badał twierdzenie Pitagorasa, w przypływie czystego geniuszu stworzył ów nieśmiertelny problem. Sformułował wariant tego twierdzenia. Zamienił kwadrat, $(x^2 + y^2 = z^2)$, na sześcian, $(x^3 + y^3 = z^3)$.

Problem w tym, że nowe równanie zdawało się nie mieć rozwiązania w postaci liczb całkowitych. Tym samym Fermat, poprzez małą akademicką zmianę, ze wzoru posiadającego nieskończoną liczbę idealnych rozwiązań uczynił ślepą uliczkę bez rozwiązania. Na tym polegało jego twierdzenie – Fermat utrzymywał, że w nieskończonym uniwersum liczb nie istniała taka liczba całkowita, której sześcian można by wyrazić jako sumę sześcianów dwóch innych liczb, odnosiło się to bez wyjątku do wszystkich liczb podnoszonych do potęgi wyższej niż 2, która występuje w twierdzeniu Pitagorasa.

Co do tego, że tak było w istocie, zgodzili się wkrótce i inni matematycy. Metodą prób i błędów stwierdzili, iż nie mogą znaleźć liczby, która przeczyłaby twierdzeniu Fermata. Problem w tym, że nawet gdyby liczyli do końca świata, i tak nie zdołaliby sprawdzić wszystkich istniejących liczb – jest ich przecież nieskończenie wiele – a tym samym nie mogli być stuprocentowo pewni, że któraś z kolejnych liczb nie obali twierdzenia Fermata. W matematyce twierdzenia trzeba udowodnić, wyrazić je uniwersalnym i naukowo poprawnym wzorem. Matematyk powinien stanąć na podium i powiedzieć: „Jest tak a tak, ponieważ...".

Fermat, zgodnie ze swoim zwyczajem, pokazał kolegom po fachu środkowy palec. Na marginesie swojego egzemplarza *Arytmetyki* ów geniusz nagryzmolił równanie, dopisując na końcu kilka linijek. *Cuius rei demonstrationem mirabilem sane detexi hanc marginis exiquitas non caperet.* Dopisek zyskał nieśmiertelną sławę w historii matematyki: *Mam w istocie cudowny dowód na prawdziwość tego twierdzenia, lecz margines jest zbyt wąski, by go pomieścić.*

Jeśli jego zamiarem było doprowadzenie swoich kolegów do szału, to odniósł niebywały sukces. Od 1637 roku, ogólnie rzecz biorąc, każdy szanujący się matematyk poświęcał czas, nierzadko dużo czasu, by udowodnić twierdzenie Fermata. Pokolenia myślicieli ponosiły porażkę aż do chwili, gdy Andrew Wiles dostarczył zbawienny dowód w roku 1995. Rozmyślał nad tą zagadką dwadzieścia pięć lat, z czego ostatnich dziesięć na pełny etat.

Lisbeth Salander była bezgranicznie zdumiona.

Właściwie nie interesowała jej odpowiedź. Zabawa polegała na samym rozwiązywaniu. Gdy ktoś dał jej do rozwiązania zagadkę, rozwiązywała ją. Zanim pojęła zasady rządzące danym tokiem rozumowania, wyjaśnienie tajemnic liczb zajmowało sporo czasu, jednak zawsze znajdowała poprawną odpowiedź bez zaglądania do klucza.

Tak więc po przeczytaniu twierdzenia Fermata wyciągnęła kartkę papieru i zaczęła gryzmolić jakieś liczby. Nie zdołała jednak udowodnić wzoru.

Nie chciała zaglądać do klucza i dlatego ominęła fragment, gdzie prezentowano rozwiązanie Andrew Wilesa. Za to doczytała *Dimensions in Mathematics* do końca i stwierdziła, że żaden z kolejnych problemów sformułowanych w książce nie przysporzył jej większych trudności. Później dzień po dniu wracała do zagadki Fermata z coraz większą irytacją i zastanawiała się, jaki to „cudowny dowód" Fermat mógł mieć na myśli. Trafiała z jednej ślepej uliczki w drugą.

Podniosła wzrok, gdy mężczyzna z pokoju 32 nagle wstał i udał się w stronę wyjścia. Rzuciła okiem na zegarek i stwierdziła, że siedział tak bez ruchu dwie godziny i dziesięć minut.

ELLA CARMICHAEL postawiła przed Lisbeth Salander szklankę na kontuarze, myśląc, że w jej przypadku nie było mowy o różowych drinkach czy idiotycznych parasolkach. Lisbeth zawsze zamawiała tego samego drinka – rum z colą. Z wyjątkiem jednego wieczoru, kiedy będąc w niezwykłym humorze, tak się upiła, że Ella musiała skorzystać z pomocy swojego pracownika, by zanieść ją do pokoju. Przeciętna konsumpcja Lisbeth składała się z caffe latte i jednego drinka albo lokalnego piwa Carib. Jak zwykle usadowiła się po prawej stronie, przy samym końcu kontuaru i otworzyła książkę z zagadkowymi wzorami matematycznymi, co według Elli Carmichael było zastanawiającym wyborem dla dziewczyny w jej wieku.

Stwierdziła również, że Lisbeth Salander nie wykazuje najmniejszej ochoty, by ją podrywano. Nielicznym samotnym mężczyznom, którzy podjęli inicjatywę, grzecznie, lecz zdecydowanie podziękowała, a w jednym przypadku nawet niezbyt grzecznie. Z drugiej strony Chris MacAllen, któremu podziękowała obcesowo, był miejscowym zawadiaką i należały mu się niezłe baty. Ella nie była zbyt poruszona faktem, że dziwnym sposobem potknął się i wpadł do basenu, po tym jak cały wieczór naprzykrzał się Lisbeth Salander. Na jego korzyść przemawiało to, że nie był pamiętliwy. Wrócił następnego wieczoru, trzeźwy, i postawił Lisbeth piwo, które ona po krótkim wahaniu przyjęła. Później, spotykając się przypadkowo w barze, wymieniali grzeczne pozdrowienia.

– Wszystko w porządku? – zapytała Ella.

Lisbeth Salander kiwnęła głową i wzięła szklankę.

– Jakieś wieści o Matyldzie?

– Wciąż zmierza w naszym kierunku. To może być naprawdę paskudny weekend.

– Kiedy będzie wiadomo?

– Właściwie dopiero jak przejdzie. Może iść prosto na Grenadę, a gdy już tu dotrze, postanowi skręcić na północ.

– Często macie tu huragany?

– Przychodzą i odchodzą. Najczęściej nas omijają – w przeciwnym razie wyspy już by nie było. Ale nie musisz się martwić.

– Nie martwię się.

Usłyszawszy nagle trochę za głośny śmiech, obejrzały się za kobietą z pokoju 32, najwyraźniej rozbawioną tym, co opowiadał jej mąż.

– Kim oni są?

– Doktor Forbes? To Amerykanie z Austin, z Teksasu.

Ella Carmichael wypowiedziała słowo „Amerykanie" z pewnym niesmakiem.

– Wiem, że to Amerykanie. Co tu robią? To lekarz?

– Nie, to nie taki doktor. Jest tutaj w związku z Fundacją Santa Maria.

– A co to?

– Opłacają edukację zdolnym dzieciom. To wspaniały człowiek. Negocjuje z ministerstwem edukacji budowę nowego gimnazjum w Saint George's.

– Wspaniały człowiek, który bije żonę – powiedziała Lisbeth Salander.

Ella Carmichael zamilkła, posłała Lisbeth ostre spojrzenie, po czym odeszła na drugi koniec kontuaru podać piwo gościom.

Lisbeth siedziała przy barze kolejne dziesięć minut, nie odrywając wzroku od swojej książki. Jeszcze zanim weszła w okres dojrzewania, zdała sobie sprawę, że ma fotograficzną pamięć, przez co odróżnia się od kolegów i koleżanek z klasy. Nigdy nikomu się do tego nie przyznała – z wyjątkiem Mikaela Blomkvista, w chwili słabości. Treść *Dimensions in Mathematics* znała już na pamięć, a książkę nosiła ze sobą głównie dlatego, że stanowiła dla niej widomy łącznik z Fermatem, jakby stała się talizmanem.

Lecz tego wieczoru nie mogła skupić myśli ani na Fermacie, ani na jego twierdzeniu. Za to miała przed sobą obraz doktora Forbesa, siedzącego bez ruchu, ze wzrokiem utkwionym w jednym punkcie na wodzie The Carenage.

Nie potrafiła wytłumaczyć, dlaczego nagle poczuła, że coś jest nie tak.

W końcu zamknęła książkę, poszła do swojego pokoju i włączyła PowerBooka. O surfowaniu w internecie nie było mowy. Hotel nie dysponował łączem szerokopasmowym, jednak Lisbeth miała w laptopie wbudowany modem, który podłączała do swojej komórki Panasonic, dzięki czemu mogła wysyłać i odbierać pocztę. Szybko zredagowała maila na adres plague_xyz_666@hotmail.com.

[Brak łącza. Potrzebuję informacji: dr Forbes z Fundacji Santa Maria i jego żona, mieszkają w Austin, Teksas. 500 dolców dla tego, kto zrobi research. Wasp.]

Załączyła swój publiczny klucz PGP, zaszyfrowała maila kluczem *Plague* i nacisnęła „Wyślij". Potem, spojrzawszy na zegarek, stwierdziła, że jest chwilę po wpół do ósmej wieczorem.

Wyłączyła komputer, zamknęła drzwi na klucz i bez pośpiechu przeszła plażą czterysta metrów, minęła drogę do Saint George's i zapukała do drzwi baraku za The Coconut. George Bland miał szesnaście lat i był uczniem. Zamierzał zostać lekarzem albo adwokatem, albo może astronautą, był niemal tak samo chudy jak Lisbeth Salander i równie niski.

Lisbeth poznała George'a Blanda w pierwszym tygodniu swojego pobytu na Grenadzie, w dzień po przeprowadzce na Grand Anse. Spacerowała po plaży, potem usiadła w cieniu palm i obserwowała dzieci grające w piłkę nożną nad samą wodą. Otworzywszy *Dimensions in Mathematics*, pogrążyła się w lekturze, gdy nadszedł i usiadł zaledwie kilka metrów dalej, najwyraźniej nie zauważając jej obecności. Przyglądała mu się w ciszy. Chudy czarny chłopak w sandałach, czarnych spodniach i białej koszuli.

Tak jak ona otworzył książkę i pogrążył się w lekturze. Tak jak ona studiował książkę o matematyce – *Basics 4*. Czytał w skupieniu, a potem zaczął gryzmolić coś w zeszycie ćwiczeń. Dopiero gdy po pięciu minutach Lisbeth chrząknęła, zauważył jej obecność i zerwał się z miejsca, jakby w panice. Przeprosił za to, że jej przeszkodził i już miał odejść, gdy zapytała, czy to skomplikowane zadania.

Algebra. Po dwóch minutach wskazała zasadniczy błąd w jego wyliczeniu. Po trzydziestu minutach rozwiązała jego zadania domowe. Po godzinie przerobili cały kolejny rozdział ćwiczeń, a Lisbeth przystępnie wytłumaczyła mu tajniki opisanych tam operacji matematycznych. Patrzył na nią z nabożnym szacunkiem. Po dwóch godzinach powiedział, że jego matka mieszka w Toronto, ojciec w Grenville po drugiej stronie wyspy, a on sam w baraku, dalej na plaży. Był najmłodszym z czworga rodzeństwa – miał trzy starsze siostry.

Lisbeth Salander uważała jego towarzystwo za przedziwnie relaksujące. Nie była to zwyczajna sytuacja. Rzadko nawiązywała rozmowy z innymi ludźmi dla samego tylko rozmawiania. Nie chodziło tu o nieśmiałość. Dla niej rozmowa miała znaczenie praktyczne; gdzie znajdę aptekę albo ile kosztuje pokój. Konwersacja miała również znaczenie zawodowe. Pracując jako researcherka dla Dragana Armanskiego z Milton Security, bez problemu wdawała się w długie rozmowy, by zdobyć informacje.

Za to nie znosiła rozmów prywatnych, które zawsze prowadziły do jednego: grzebania w jej, jak twierdziła, osobistych sprawach. *Ile masz lat? – Zgadnij. Lubisz Britney Spears? – Kogo? Podobają ci się obrazy Carla Larssona? – Nigdy się nad tym nie zastanawiałam. Jesteś lesbijką? – A co cię to obchodzi.*

George Bland był niezgrabny i niepewny siebie, ale uprzejmy i starał się prowadzić inteligentną konwersację, nie konkurując z Lisbeth ani nie szperając w jej życiu prywatnym. Tak jak ona, sprawiał wrażenie samotnego. Co dziwne, zdawał się akceptować fakt, że bogini matematyki zstąpiła na Grand Anse Beach i był najwyraźniej zadowolony, że zechciała z nim posiedzieć i dotrzymać mu towarzystwa. Po kilku godzinach na plaży, gdy słońce zbliżało się do linii horyzontu, ruszyli w drogę. Szli bez pośpiechu w stronę hotelu, a on wskazał jej chatę, który stanowiła jego mieszkanie studenckie, i spytał zakłopotany, czy mógłby ją zaprosić na herbatę. Lisbeth przyjęła zaproszenie, czym wydawał się zaskoczony.

Jego mieszkanie było bardzo skromne; chata mieściła rozklekotany stół, dwa krzesła, łóżko, szafkę na ubrania i pościel. Jedyne oświetlenie stanowiła lampa biurowa z kablem pociągniętym do The Coconut. Funkcję kuchenki pełnił palnik turystyczny. George Bland zaprosił Lisbeth na kolację, składającą się z ryżu i warzyw podanych na plastikowych talerzach. Odważnie zaproponował jej nawet skręta z miejscowym narkotykiem, na co również się zgodziła.

Lisbeth nie musiała się wysilać, by zauważyć, że jej obecność wywarła na nim wrażenie i nie wiedział za bardzo, jak się zachować. Pod wpływem impulsu postanowiła, że pozwoli mu się uwieść. Dało to początek męczącym podchodom – on bez wątpienia rozumiał jej sygnały, lecz nie miał pojęcia, jak zabrać się do dzieła. Czaił się i czaił, aż wreszcie straciła cierpliwość, zdecydowanym ruchem pchnęła go na łóżko i rozebrała się.

Był to pierwszy raz, kiedy pokazała się komuś nago po operacji w Genui. Opuściła szpital z uczuciem lekkiej paniki. Dłuższą chwilę trwało, zanim zdała sobie sprawę, że absolutnie nikt się na nią nie gapi. Zazwyczaj w ogóle nie przejmowała się tym, co myślą o niej inni, i zaczęła się zastanawiać, dlaczego nagle poczuła się tak niepewnie.

George Bland był doskonałym debiutem dla jej nowego ja. Gdy wreszcie (po pewnych zachętach) zdołał rozpiąć jej stanik, natychmiast zgasił lampkę przy łóżku i dopiero potem sam się rozebrał. Lisbeth zrozumiała, że jest nieśmiały, i zapaliła lampę. Uważnie śledziła jego reakcje, gdy nieporadnie zaczął ją dotykać. Dopiero dużo później tego wieczora odprężyła się i stwierdziła, że jej piersi wydały mu się zupełnie naturalne. Z drugiej strony nie wyglądał na takiego, który by miał możliwość porównania.

Nie planowała, że znajdzie sobie na Grenadzie nastoletniego kochanka. To był impuls i gdy wychodziła od niego tamtej nocy, nie zamierzała wracać. Ale już następnego dnia znów spotkała go na plaży i naprawdę poczuła, że ten niezdarny chłopak stanowi przyjemne towarzystwo. Podczas siedmiu tygodni spędzonych na Grenadzie George Bland był stałym punktem jej rzeczywistości. Nie spotykali się za dnia, on spędzał popołudnia aż do zachodu słońca na plaży, a wieczorami siedział sam w swojej chacie.

Lisbeth stwierdziła, że gdy tak razem spacerują, wyglądają jak para nastolatków. *Sweet sixteen.*

On prawdopodobnie uważał, że życie stało się bardziej interesujące. Spotkał kobietę, która uczyła go matematyki i erotyki.

Otworzył drzwi i uśmiechnął się do niej zachwycony.

– Masz ochotę na towarzystwo? – zapytała.

LISBETH SALANDER wyszła od George'a Blanda chwilę po drugiej w nocy. Czuła w sobie ciepło i spacerowała wzdłuż plaży zamiast obrać drogę do Keys Hotel. Szła sama, w ciemności, świadoma, że George Bland podąża jakieś sto metrów za nią.

Zawsze tak robił. Nigdy nie została u niego na noc, a on często stanowczo się sprzeciwiał, by ona – kobieta, i to całkiem sama – szła po ciemku do hotelu, i upierał się, że jego obowiązkiem jest ją odprowadzić. Zwłaszcza że przeważnie było już bardzo późno. Lisbeth Salander zazwyczaj wysłuchiwała jego wywodów, po czym ucinała dyskusję zwięzłym „nie". *Chodzę tam, dokąd chcę i kiedy chcę. End of discussion. I – nie, nie potrzebuję eskorty.* Za pierwszym razem, gdy zdała sobie sprawę, że idzie za nią, strasznie się zdenerwowała. Jednak teraz skłonna była przyznać, że jego instynkt obrońcy miał pewien urok, dlatego udawała, iż nie widzi, jak za nią podąża, by zawrócić, dopiero gdy ona wejdzie do hotelu. Zastanawiała się, co by zrobił, gdyby nagle została napadnięta.

Sama zamierzała zrobić użytek z młotka, który zakupiła w sklepie żelaznym MacIntyre'a i trzymała w zewnętrznej kieszeni torebki. Niewiele można sobie wyobrazić zagrożeń, którym porządny młotek nie mógłby zaradzić, uważała Lisbeth Salander.

Była pełnia, a niebo skrzyło się gwiazdami. Lisbeth spojrzała w górę i tuż nad horyzontem rozpoznała Regulusa w gwiazdozbiorze Lwa. Prawie dotarła do hotelu, gdy nagle stanęła jak wryta. W pewnej odległości, tuż przy linii wody, zobaczyła na plaży niewyraźną sylwetkę. Pierwszy raz widziała tu człowieka po zapadnięciu zmroku. Mimo że dzieliło ich co najmniej sto metrów, Lisbeth w świetle księżyca bez trudu rozpoznała mężczyznę.

Był to czcigodny doktor Forbes z pokoju 32.

Kilkoma krokami przeszła szybko na bok i stanęła bez ruchu pod drzewami.

Gdy odwróciła głowę, George'a Blanda również nie było nigdzie widać. Mężczyzna nad wodą chodził powoli tam i z powrotem. Palił papierosa. Co jakiś czas przystawał i pochylał się, jakby badał piasek. Cała ta pantomima trwała dwadzieścia minut, po czym mężczyzna nagle się odwrócił i żwawym krokiem podążył do hotelowego wejścia od strony plaży i zniknął.

Lisbeth odczekała kilka minut, nim zeszła na miejsce, gdzie spacerował doktor Forbes. Powoli zatoczyła półkole, obserwując podłoże. Widziała tylko piasek, jakieś kamienie i muszelki. Po dwóch minutach przerwała obserwację i wróciła do hotelu.

Wyszła na balkon, wychyliła się za balustradę i zerknęła na balkon swojego sąsiada. Było cicho i spokojnie. Tego wieczora awantury najwyraźniej już się skończyły. Po chwili wzięła torebkę, wyciągnęła bibułkę i skręciła jointa z zapasów, w które zaopatrzył ją George Bland. Usiadła w fotelu na balkonie i patrzyła na ciemne wody Morza Karaibskiego, paląc i rozmyślając.

Jej umysł pracował na najwyższych obrotach.

Rozdział 2
Piątek 17 grudnia

NILS ERIK BJURMAN, adwokat, lat pięćdziesiąt pięć, odstawił kubek z kawą i spoglądał na przechodniów po drugiej stronie witryny Café Hedon przy Stureplan. Patrzył, jak mijają kawiarnię zwartym strumieniem, lecz nie obserwował nikogo z osobna.

Pomyślał o Lisbeth Salander. Często o niej myślał.

Te myśli doprowadzały go do wrzenia.

Lisbeth Salander go zmiażdżyła. Nigdy nie zapomni tej chwili. Przejęła władzę i upokorzyła go. Okaleczyła w sposób, który pozostawił na jego ciele niedające się wymazać ślady. A dokładniej, na ponad dwustucentymetrowym płacie skóry na brzuchu, tuż nad genitaliami. Skuła go w jego własnym łóżku, pobiła i wytatuowała przesłanie, którego nie sposób źle zrozumieć ani łatwo się pozbyć: JESTEM SADYSTYCZNĄ ŚWINIĄ, DUPKIEM I GWAŁCICIELEM.

Lisbeth Salander została uznana za niepoczytalną przez sąd rejonowy w Sztokholmie. Nilsowi Bjurmanowi przydzielono obowiązki opiekuna prawnego, co stawiało ją w sytuacji bezpośredniej zależności od niego. Już gdy spotkał ją pierwszy raz, zaczął o niej fantazjować. Nie potrafił tego wytłumaczyć, ale ona aż się o to prosiła.

Z RACJONALNEGO PUNKTU widzenia mecenas Nils Bjurman wiedział, że zrobił coś, co w społeczeństwie nie było ani akceptowane, ani dozwolone. Wiedział, że zrobił źle. Wiedział również, że jego postępowania nie dałoby się usprawiedliwić na gruncie prawnym.

Z emocjonalnego punktu widzenia powyższa wiedza była bez znaczenia. Od chwili, gdy ujrzał Lisbeth Salander po raz pierwszy, w grudniu przed dwoma laty, nie potrafił się jej oprzeć. Prawo, zasady, moralność i poczucie odpowiedzialności nie miały absolutnie żadnego znaczenia.

Przedziwna dziewczyna – w pełni dojrzała, ale o wyglądzie dziecka. Miał kontrolę nad jej życiem – mógł nią dysponować. Temu nie można się oprzeć.

Była ubezwłasnowolniona, a jej życiorys czynił ją osobą całkowicie niewiarygodną, gdyby przyszło jej do głowy protestować. Nie był to też gwałt na niewinnym dziecku – według akt miała wiele doświadczeń seksualnych, mogła wręcz zostać uznana za rozwiązłą. Pracownik socjalny napisał w raporcie, że Lisbeth Salander w wieku siedemnastu lat prawdopodobnie świadczyła płatne usługi seksualne. Ów raport powstał, gdy jeden z patroli policyjnych zauważył znanego w okolicy zboczeńca w towarzystwie młodej dziewczyny, siedzących na ławce w parku Tantolunden. Policjanci zatrzymali radiowóz i przeszukali parę: dziewczyna nie chciała odpowiadać na pytania, a zboczeniec był zbyt pijany, by udzielić jakichkolwiek sensownych wyjaśnień.

W opinii mecenasa Bjurmana wniosek był jasny: Lisbeth Salander to dziwka z nizin społecznych. Miał nad nią władzę. Nie było żadnego ryzyka. Nawet gdyby złożyła skargę w Komisji Nadzoru Kuratorskiego, on i tak z racji swojej wiarygodności i pozycji mógłby twierdzić, że jest oszustką.

Była idealną zabawką – dorosła, rozwiązła, społecznie nieprzystosowana, wydana na jego łaskę.

Pierwszy raz wykorzystał własną klientkę. Wcześniej nawet nie brał pod uwagę możliwości zbliżenia się do kogokolwiek, z kim łączyły go stosunki zawodowe. By dać ujście swoim szczególnym upodobaniom seksualnym, korzystał z usług prostytutek. Był dyskretny i ostrożny, i dobrze płacił; problem w tym, że kupował usługę od kobiety, która stękała i jęczała, odgrywała rolę, było to jednak równie nieautentyczne jak „dzieła sztuki" sprzedawane na targowisku Hötorget.

Uprawiając seks z żoną, w czasach kiedy jeszcze był żonaty, starał się nad nią dominować, na co ona się godziła, więc i to było tylko zabawą.

Lisbeth Salander była idealna. Pozbawiona ochrony. Nie miała rodziny ani przyjaciół. Była prawdziwą ofiarą, zupełnie bezbronną. Okazja czyni złodzieja.

Aż ni stąd, ni zowąd zniszczyła go.

Zaatakowała z taką siłą i stanowczością, o jakie jej nie podejrzewał. Upokorzyła go. Zadała mu cierpienie. Nieomal unicestwiła.

W trakcie minionych prawie dwóch lat życie Nilsa Bjurmana zmieniło się diametralnie. Po nocnej wizycie Lisbeth Salander przez pewien czas był jak sparaliżowany – niezdolny myśleć ani działać. Zamknął się w domu na klucz, nie odpowiadał na telefony i nie chciał kontaktować się ze stałymi klientami. Dopiero po dwóch tygodniach załatwił zwolnienie lekarskie. Jego asystent musiał zająć się bieżącą korespondencją, odwoływaniem spotkań i odpowiadaniem na pytania zirytowanych klientów.

Każdego dnia był zmuszony oglądać swoje ciało w lustrze na drzwiach od łazienki. W końcu je usunął.

Dopiero gdy nastało lato, wrócił do biura. Zrobił selekcję klientów i większość z nich przekazał swoim kolegom po fachu. Zachował jedynie kilka przedsiębiorstw, w których odpowiadał za finansowo-prawną część korespondencji, lecz nie musiał się angażować osobiście. Jedyną klientką, jaka mu pozostała, była Lisbeth Salander – co miesiąc sporządzał bilans jej finansów i raport dla Komisji Nadzoru Kuratorskiego. Robił to, czego zażądała – każdy raport był najczystszą fikcją, dokumentującą, że Lisbeth absolutnie nie potrzebuje opiekuna prawnego.

Każdy raport drażnił i przypominał mu o jej istnieniu. Jednak nie miał wyboru.

BJURMAN SPĘDZIŁ lato i jesień na bezproduktywnym rozmyślaniu. W grudniu wziął się wreszcie w garść i zaplanował wakacje we Francji. Umówił się na wizytę w klinice chirurgii plastycznej pod Marsylią, gdzie zasięgnął opinii lekarza co do najlepszej metody usunięcia tatuażu.

Lekarz ze zdumieniem zbadał jego oszpecone podbrzusze i zaproponował terapię. Tatuaż był duży, a igły wprowadzane zbyt głęboko, by go usunąć za pomocą zabiegów laserowych. Lekarz uznał więc, że skuteczne byłoby jedynie kilka przeszczepów skóry. Terapia droga i długotrwała.

Podczas minionych dwóch lat spotkał Lisbeth Salander tylko raz.

Tamtej nocy, gdy go napadła i zawładnęła jego życiem, zabrała również zapasowe klucze do biura i mieszkania. Powiedziała, że go obserwuje i złoży mu wizytę, kiedy będzie się tego najmniej spodziewał. Przez dziesięć następnych miesięcy niemal zaczął wierzyć, że były to czcze pogróżki, lecz nie odważył się wymienić zamków. Jej groźba była jednoznaczna – jeśli kiedykolwiek zastanie go w łóżku z kobietą, ujawni półtoragodzinny film, dokumentujący, jak ją gwałcił.

Pewnej nocy w połowie stycznia, blisko rok temu, obudził się nagle o trzeciej bez wyraźnej przyczyny. Zapalił lampę na nocnym stoliku i prawie zawył z przerażenia, widząc, że Lisbeth Salander stoi w nogach łóżka. Była jak duch, który nagle zmaterializował się w jego sypialni. Twarz miała bladą i bez wyrazu. W ręku trzymała ten swój przeklęty paralizator.

– Dzień dobry, mecenasie Bjurman – powiedziała wreszcie. – Przepraszam, że tym razem cię obudziłam.

Dobry Boże, to była tu już wcześniej? Kiedy spałem?

Nie mógł stwierdzić, czy blefuje. Chrząknął i otworzył usta. Przerwała mu gestem.

– Obudziłam cię z jednego tylko powodu. Wkrótce wyjadę na dłuższy czas. A ty dalej będziesz pisał co miesiąc raporty o tym, jak dobrze się czuję, ale zamiast przesyłać kopie do mnie do domu, będziesz je przesyłał na adres na hotmailu.

Wyjęła z kieszeni kurtki kartkę złożoną na pół i rzuciła ją na brzeg łóżka.

– Jeśli Komisja Nadzoru Kuratorskiego będzie chciała się ze mną skontaktować albo z jakiegoś powodu moja obecność będzie konieczna, napisz do mnie na ten adres. Zrozumiałeś?

Kiwnął głową.

– Zrozumiałem.

– Milcz. Nie chcę słuchać twojego głosu.

Zacisnął zęby. Nigdy nie odważył się z nią skontaktować, bo zagroziła, że przekaże film władzom. Za to przez wiele miesięcy planował, co jej powie, gdy ona się pojawi. Zdał sobie sprawę, że w istocie nie ma nic na swoją obronę. Jedyne, co mógł zrobić, to odwołać się do jej wspaniałomyślności. Gdyby tylko pozwoliła mu mówić, spróbowałby ją przekonać, że działał w stanie chwilowej niepoczytalności, że żałuje i chce zadośćuczynić za to, co zrobił. Był gotów się poniżyć, by ją poruszyć, a tym samym odsunąć od siebie niebezpieczeństwo, jakie dla niego stanowiła.

– Muszę coś powiedzieć – odezwał się słabym głosem. – Chcę cię prosić o wybaczenie…

Słuchała wyczekująco jego niespodziewanego błagania. Wreszcie pochyliła się nad ramą łóżka, posyłając mu złowrogie spojrzenie.

– Słuchaj uważnie: jesteś szują. Nigdy ci nie wybaczę. Ale jeśli będziesz grzeczny, zostawię cię w spokoju tego dnia, kiedy decyzja o moim ubezwłasnowolnieniu zostanie cofnięta.

Czekała, póki nie spuścił wzroku. *Zmusza mnie, bym się przed nią czołgał.*

– To, co powiedziałam rok temu, wciąż cię obowiązuje. Jeśli popełnisz błąd, ujawnię film. Jeśli spróbujesz się ze mną skontaktować w jakikolwiek inny sposób niż ten, który ustaliłam, ujawnię film. W przypadku mojej nagłej śmierci film i tak zostanie ujawniony. Jeśli znowu mnie tkniesz, zabiję cię.

Wierzył jej. Nie było tu miejsca na wątpliwości czy negocjacje.

– I jeszcze jedno. Od tego dnia, gdy zostawię cię w spokoju, będziesz mógł robić, co ci się podoba. Ale póki co twoja noga nie postanie więcej w tej klinice w Marsylii. Jeśli tam pojedziesz i rozpoczniesz terapię, zrobię ci nowy tatuaż. Ale tym razem na czole.

Kurwa mać. Jak się dowiedziała, że...

W następnej sekundzie już jej nie było. Usłyszał tylko zgrzyt drzwi wejściowych, gdy przekręcała klucz. Tak jakby nawiedził go duch.

To właśnie w tym momencie zaczął nienawidzić Lisbeth Salander z mocą, która zapłonęła w jego duszy niczym rozżarzona do czerwoności stal i zmieniła jego życie w obsesyjną żądzę zniszczenia tej dziewczyny. Wyobrażał sobie jej śmierć. Wyobrażał sobie, że zmusi ją, by na kolanach błagała o łaskę. Będzie bezlitosny. Marzył o tym, że położy dłonie na jej szyi i będzie dusił, aż zabraknie jej tchu. Chciał wyrwać jej oczy z oczodołów, a serce z piersi. Chciał ją zmieść z powierzchni ziemi.

Paradoksalnie, w tym właśnie momencie poczuł również, że znów zaczyna funkcjonować, że odnalazł stan przedziwnej równowagi duchowej. Wciąż miał obsesję na punkcie Lisbeth Salander i w każdej nieprzespanej minucie koncentrował się na jej istnieniu. Jednak odkrył, że znów zaczął racjonalnie myśleć. Jeśli miał ją zniszczyć, musiał przejąć władzę nad swoim umysłem. Jego życie zyskało nowy cel.

Tego dnia przestał wyobrażać sobie jej śmierć, tego dnia zaczął ją planować.

MIKAEL BLOMKVIST minął w odległości niecałych dwóch metrów odwróconego tyłem mecenasa Bjurmana, niosąc dwie filiżanki z gorącą caffe latte do stolika redaktor naczelnej, Eriki Berger, w Café Hedon. Ani on, ani Erika nigdy nie słyszeli o Nilsie Bjurmanie i nie zwrócili na niego uwagi.

Erika zmarszczyła nos i przesunęła na bok popielniczkę, żeby zrobić miejsce na kawę. Mikael powiesił kurtkę na oparciu krzesła, przesunął popielniczkę na swoją stronę stołu i zapalił papierosa. Erika nie znosiła dymu tytoniowego i spojrzała na niego umęczonym wzrokiem. Mikael wydmuchiwał dym z dala od niej.

– Myślałam, że rzuciłeś.

– Chwilowy powrót.

– Przestanę uprawiać seks z facetami, od których czuć papierosy – powiedziała, uśmiechając się uroczo.

– *No problem.* Są inne dziewczyny, mniej wymagające – stwierdził Mikael, odwzajemniając uśmiech.

Erika Berger przewróciła oczami.

– Więc o co chodzi? Za dwadzieścia minut spotykam się z Charlie. Idziemy do teatru.

Charlie to Charlotta Rosenberg, przyjaciółka Eriki z dzieciństwa.

– Przeszkadza mi nasza praktykantka. To córka którejś z twoich przyjaciółek. Jest w redakcji od dwóch tygodni, a zostało jej osiem. Jeszcze trochę, a z nią nie wytrzymam.

– Zauważyłam, że wodzi za tobą pożądliwym wzrokiem. Rzecz jasna oczekuję, że zachowasz się jak dżentelmen.

– Dziewczyna ma siedemnaście lat, a intelekt dziesięciolatki, delikatnie mówiąc.

– Po prostu imponuje jej fakt, że może cię poznać. To coś w rodzaju kultu idola.

– Wczoraj o wpół do jedenastej wieczorem zadzwoniła do mnie domofonem i chciała wpaść z butelką wina.

– No, ładnie!

– Też mi ładnie – odpowiedział Mikael. – Gdybym był dwadzieścia lat młodszy, pewnie nie zwlekałbym ani sekundy. Ale daj spokój, ona ma siedemnaście lat. Ja niedługo skończę czterdzieści pięć.

– Nie przypominaj mi. Jesteśmy w tym samym wieku.

Mikael Blomkvist odchylił się na krześle i strzepnął popiół z papierosa.

MIKAEL BLOMKVIST nie przeoczył faktu, że dzięki aferze Wennerströma zyskał osobliwy status gwiazdy. W zeszłym roku otrzymywał zaproszenia na przyjęcia i imprezy od najbardziej nieprawdopodobnych osób.

Było jasne, że ludzie ci wysyłali zaproszenia, ponieważ chcieli go wciągnąć do kręgu swoich znajomych; całus na powitanie od osób, z którymi wcześniej nie witał się nawet uściskiem dłoni, a teraz chciały, by postrzegano je jako jego zaufanych i bliskich przyjaciół. Nie byli to jego koledzy z branży medialnej – ich już znał i łączyły go z nimi albo dobre, albo złe stosunki – lecz tak zwani ludzie kultury, aktorzy, przeciętni felietoniści i drugorzędne gwiazdy. Mikael Blomkvist jako gość na *releaseparty* czy na prywatnej kolacji oznaczał dla gospodarza prestiż. Zaproszenia i zapytania w związku z taką czy inną imprezą zasypywały go przez cały miniony rok. Weszło mu już w nawyk udzielanie odpowiedzi w rodzaju: „Bardzo mi przyjemnie, ale niestety mam inne zobowiązania".

Do ciemnych stron gwiazdorstwa należała również narastająca fala plotek. Pewien znajomy skontaktował się z nim zaniepokojony, usłyszawszy pogłoskę, że Mikael szukał pomocy w klinice odwykowej. W rzeczywistości jego doświadczenia z narkotykami od wczesnej młodości obejmowały w sumie kilka jointów i ten raz, kiedy przed ponad piętnastoma laty spróbował kokainy razem z pewną dziewczyną z Holandii, która śpiewała w zespole rockowym. Alkoholu używał częściej, choć upijanie się zdarzało mu się sporadycznie w związku z jakąś kolacją czy imprezą. W pubie rzadko pił więcej niż jedno mocne piwo, a równie chętnie zamawiał piwo o niskiej zawartości alkoholu. Barek w jego mieszkaniu zawierał wódkę i kilka butelek *single malt*, które dostał w prezencie i otwierał bardzo rzadko.

O tym, że Mikael był singlem i miewał krótkotrwałe związki i romanse, wiedziano zarówno w kręgu jego znajomych, jak i poza nim, co powodowało kolejne plotki. Jego wieloletni romans z Eriką Berger zawsze był przedmiotem najróżniejszych spekulacji. Przez ostatni rok uzupełniono je o stwierdzenia, że przeskakiwał z łóżka do łóżka, podrywał bez opamiętania i wykorzystywał popularność, żeby przelecieć po kolei wszystkie klientki sztokholmskich pubów. Pewien dziennikarz, którego ledwie znał, zapytał wręcz przy jakiejś okazji, czy nie powinien poszukać pomocy w związku ze swoim uzależnieniem od seksu. Pytanie to spowodowała wiadomość, że jakiś sławny aktor amerykański trafił do kliniki z powodu tego typu przypadłości.

Mikael rzeczywiście miał wiele przelotnych związków i zdarzało się, że utrzymywał je jednocześnie. Sam nie był pewien, od czego to zależało. Wiedział, że nieźle wygląda, ale nigdy nie uważał się za bardzo atrakcyjnego. Za to często słyszał, że ma w sobie coś, co wzbudza zainteresowanie kobiet. Erika Berger mówiła mu, że emanuje z niego pewność siebie, a jednocześnie daje poczucie bezpieczeństwa i potrafi sprawić, by w jego towarzystwie kobiety czuły się swobodnie. Pójście z nim do łóżka nie było kłopotliwe, niebezpieczne ani skomplikowane – przeciwnie: erotyczna przyjemność bez zobowiązań. Czyli tak, jak (według Mikaela) powinno być.

Wbrew temu, co sądziło wielu spośród jego znajomych, Mikael nigdy nie był podrywaczem. W najlepszym razie dawał znać, że jest chętny, ale zawsze pozwalał kobiecie przejąć inicjatywę. Seks był często naturalnym następstwem. Kobiety, z którymi lądował w łóżku, rzadko były anonimowymi *one night stands* – choć i takie się zdarzały, co jednak najczęściej nie dawało mu satysfakcji. Najlepsze związki miał z osobami, które dobrze znał i lubił. Nieprzypadkowo więc nawiązał przed dwudziestu laty romans z Eriką Berger – byli przyjaciółmi i ciągnęło ich do siebie.

Ta późna sława zwiększyła jego powodzenie u kobiet w sposób, który wydał mu się dziwaczny i niepojęty. Największym zaskoczeniem był fakt, że młode kobiety pod wpływem impulsu składały mu propozycje w najbardziej nieoczekiwanych sytuacjach.

Fascynowały go kobiety zupełnie innego rodzaju niż pełne entuzjazmu nastoletnie panny w coraz krótszych minispódniczkach i o pięknie wymodelowanych sylwetkach. W młodości często miewał starsze partnerki, a w kilku przypadkach znacznie starsze i bardziej doświadczone. Jednak w miarę jak sam się starzał, różnice wieku zaczęły się wyrównywać. Romans z dwudziestopięcioletnią Lisbeth Salander oznaczał wyraźną zmianę.

Między innymi to było powodem pospiesznie umówionego spotkania z Eriką Berger.

Redakcja „Millennium" przyjęła praktykantkę z liceum o profilu medioznawczym w ramach przysługi dla jednej ze znajomych Eriki. W sumie nic nadzwyczajnego; co roku mieli wielu praktykantów. Mikael przywitał się grzecznie z siedemnastolatką i niemal od razu stwierdził, iż jej zainteresowanie dziennikarstwem było raczej nikłe poza tym, że „chciała pokazać się w telewizji" i że (jak podejrzewał Mikael) praktyka w „Millennium" najwyraźniej wiązała się z kwestią prestiżu.

Szybko sobie uświadomił, iż nie przegapiła żadnej okazji do bliższego z nim kontaktu. Udawał, że nie zauważa aż nadto widocznych zalotów, co jednak zaowocowało tylko tym, że zdwoiła swoje wysiłki. Było to po prostu męczące.

Erika Berger roześmiała się nagle.

– Mój drogi, jesteś molestowany w miejscu pracy.

– Ricky, to naprawdę męczące. Za nic w świecie nie chcę jej zranić ani zawstydzić. Ale ona jest tak subtelna jak klacz w okresie rui. Zaczynam się niepokoić, co jeszcze może wywinąć.

– Mikael, zakochała się w tobie, a jest po prostu za młoda, by wiedzieć, jak to się okazuje.

– *Sorry*, ale jesteś w błędzie. Ona jest cholernie świadoma, jak to się okazuje. Jej zachowanie wydaje się jakieś skrzywione i dziewczyna chyba jest już zirytowana, że nie daję się złapać na jej przynętę. A ja nie potrzebuję nowych plotek, które zrobią ze mnie obleśnego dziada w rodzaju Micka Jaggera uganiającego się za świeżyzną.

– OK, rozumiem twój problem. Więc przyszła do ciebie wczoraj wieczorem.

– Z butelką wina. Powiedziała, że była na imprezie u znajomego w pobliżu i starała się, żeby jej wizyta wyglądała na przypadek.

– Co jej powiedziałeś?

– Nie wpuściłem jej. Skłamałem, że przyszła nie w porę i że jest u mnie kobieta.

– Jak to przyjęła?

– Cholernie się wkurzyła, ale poszła.

– Czy chcesz, żebym coś z tym zrobiła?

– *Get her off my back.* W poniedziałek zamierzam przeprowadzić z nią poważną rozmowę. Albo z tym skończy, albo wywalę ją z redakcji.

Erika Berger zastanawiała się przez chwilę.

– Nie – powiedziała. – Nic nie mów. Ja z nią porozmawiam.

– Nie mam wyboru.

– Ona szuka przyjaciela, a nie kochanka.

– Nie wiem, czego szuka, ale...

– Mikael, też to kiedyś przeżyłam. Porozmawiam z nią.

NILS BJURMAN, podobnie jak wszyscy, którzy oglądali telewizję albo czytali popołudniówki przez ostatni rok, słyszał o Mikaelu Blomkviście. Nie rozpoznałby go jednak, a nawet gdyby, to i tak by nie zareagował. Był zupełnie nieświadomy, że istnieje jakiś związek między redakcją „Millennium" a Lisbeth Salander.

Poza tym za bardzo zajmowały go własne myśli, by zwracał uwagę na otoczenie.

Gdy jego paraliż intelektualny wreszcie ustąpił, Bjurman zaczął powoli analizować swoje położenie i rozmyślał, co zrobić, żeby unicestwić Lisbeth Salander.

Problem sprowadzał się wciąż do jednej i tej samej przeszkody.

Lisbeth Salander nagrała ukrytą kamerą półtoragodzinny film, który szczegółowo ukazywał, jak ją zgwałcił. Widział ten film. Nie pozostawiał on miejsca na jakiekolwiek wątpliwości. Gdyby prokuratura kiedykolwiek się o nim dowiedziała albo, co gorsza, gdyby znalazł się w szponach mediów, byłby to koniec jego życia, kariery i wolności. Znając wyroki za brutalny gwałt, wykorzystanie osoby pozostającej w stosunku zależności i brutalne pobicie, oszacował, że powinien dostać jakieś sześć lat więzienia. Gorliwy prokurator mógłby wręcz zrobić użytek z pewnego fragmentu filmu, żeby postawić zarzut usiłowania zabójstwa.

Mało brakowało, a by ją udusił, gdy w podnieceniu przycisnął jej poduszkę do twarzy. Żałował, że nie dokończył wtedy dzieła.

Nie zrozumieliby, że ona cały czas prowadziła grę. Prowokowała go, grała tymi swoimi słodkimi dziecięcymi oczkami i uwiodła go ciałem, które mogłoby należeć do dwunastolatki. Pozwoliła mu się zgwałcić. To jej wina. Nigdy by nie zrozumieli, że ona w rzeczywistości wyreżyserowała przedstawienie. Zaplanowała…

Cokolwiek chciałby zrobić, warunkiem było, iż odzyska film i upewni się, że nie ma żadnych kopii. W tym tkwiło sedno problemu.

Nie ulegało wątpliwości, że taka wiedźma jak Lisbeth Salander z biegiem lat zdążyła narobić sobie wielu wrogów. Bjurman miał jednak przewagę. W odróżnieniu od wszystkich, którzy wściekali się na nią z tego czy innego powodu, miał nieograniczony dostęp do jej kartotek medycznych, wywiadów środowiskowych i opinii psychiatrów. Był jedną z niewielu osób w Szwecji, które znały jej najgłębsze tajemnice.

Kartoteka, w jaką zaopatrzyła go Komisja Nadzoru Kuratorskiego, gdy zgodził się pełnić funkcję opiekuna prawnego Lisbeth Salander, była krótka i przeglądowa – dobre piętnaście stron, które dawały obraz jej dorosłego życia, podsumowanie ekspertyzy sądowo-lekarskiej, decyzja sądu rejonowego o ubezwłasnowolnieniu i sprawozdanie finansowe za poprzedni rok.

Czytał kartotekę raz za razem. Potem zaczął systematycznie zbierać informacje o przeszłości Lisbeth Salander.

Jako adwokat dobrze wiedział, co zrobić, aby zdobyć dane z rejestrów prowadzonych przez urzędy. Jako jej prawny opiekun nie miał żadnych problemów z przebrnięciem przez tajemnicę lekarską chroniącą jej dane. Był jedną z niewielu osób, które mogły dostać każdy wskazany przez siebie papier dotyczący Lisbeth Salander.

A jednak minęły miesiące, zanim poskładał jej życie, szczegół po szczególe, od najwcześniejszych notatek ze szkoły podstawowej, przez wywiady środowiskowe, akta policji i protokoły sądowe. Osobiście odszukał doktora Jespera H. Lödermana – psychiatrę, który po osiemnastych urodzinach Lisbeth Salander zalecał hospitalizację – i skonsultował z nim jej stan. Otrzymał gruntowną analizę przypadku Lisbeth Salander. Wszyscy byli pomocni. Pewna kobieta w ośrodku pomocy społecznej wręcz pochwaliła go za tak nieprzeciętne zaangażowanie w dążeniu do zapoznania się z wszelkimi aspektami życia Lisbeth Salander.

Prawdziwą kopalnią informacji były jednak dwa oprawione zeszyty znalezione w zakurzonym kartonie u pewnego urzędnika z Komisji Nadzoru Kuratorskiego. Zostały zapisane przez poprzednika Bjurmana, adwokata Holgera Palmgrena, który najwyraźniej poznał Lisbeth Salander lepiej niż ktokolwiek inny. Palmgren sumiennie składał Komisji co roku krótki raport, lecz Bjurman zakładał, że Lisbeth Salander nie była świadoma, iż jej opiekun gorliwie notował również własne przemyślenia w postaci dziennika. Wyglądało to na jego własne materiały robocze, które – gdy Palmgren miał wylew przed dwu laty – wylądowały w Komisji, gdzie nikt ich nawet nie otworzył.

To był oryginał. Nie istniała żadna kopia.

Idealnie.

Palmgren przedstawiał zupełnie inny obraz Lisbeth Salander niż to, co można było wyczytać ze sprawozdań pomocy społecznej. Bjurman mógł prześledzić jej trudną wędrówkę od nieokiełznanej nastolatki do młodej kobiety zatrudnionej w przedsiębiorstwie świadczącym usługi w zakresie ochrony i zabezpieczeń, Milton Security – dostała tę pracę dzięki kontaktom Palmgrena. Bjurman z rosnącym zdziwieniem zdał sobie sprawę, że Lisbeth Salander absolutnie nie jest opóźnioną umysłowo pomocą biurową, która obsługuje kopiarkę i robi kawę. Przeciwnie, miała wysoko wyspecjalizowaną pracę polegającą na zdobywaniu informacji osobowych dla dyrektora Milton, Dragana Armanskiego. Równie jasne było, że Armanski i Palmgren znali się i wymieniali informacjami na temat swojej podopiecznej.

NILS BJURMAN zapamiętał sobie nazwisko Dragan Armanski. Ze wszystkich ludzi obecnych w życiu Lisbeth Salander tylko dwóch można w jakimś sensie uznać za jej przyjaciół i obaj zdawali się traktować ją jako swoją podopieczną. Palmgren wypadł już z gry. Armanski był jedyną osobą, która mogła stanowić niebezpieczeństwo. Bjurman postanowił trzymać się od niego z dala.

Teczki wiele wyjaśniły. Nagle zrozumiał, skąd Lisbeth Salander tyle o nim wie. Nadal nie mógł pojąć, jak się dowiedziała, że w największej dyskrecji odwiedził klinikę chirurgii plastycznej we Francji, jednak straciła sporo ze swojej tajemniczości. Zajmowała się węszeniem w prywatnym życiu innych. Od razu stał się ostrożniejszy w swoich poszukiwaniach i zdał sobie sprawę, że skoro ona ma dostęp do jego mieszkania, absolutnie wykluczone jest przechowywanie tam papierów, które jej dotyczą. Zebrał całą dokumentację i przewiózł karton do domku letniego pod Stallarholmen, gdzie coraz więcej czasu spędzał na samotnych rozmyślaniach.

Im więcej czytał o Lisbeth Salander, tym bardziej był przekonany, że jest ona typem patologicznym. Aż drżał na myśl, że trzymała go skutego kajdankami w jego własnym łóżku. Był całkowicie zdany na jej łaskę i nie wątpił, że urzeczywistniłaby swoje groźby i zabiła go, gdyby ją sprowokował.

Nie miała zahamowań. *To pieprzona, chora i niebezpieczna wariatka. Odbezpieczony granat. Kurwa jedna.*

DZIENNIKI HOLGERA PALMGRENA pomogły mu również znaleźć ostatni brakujący element układanki. Wielokrotnie sporządzał on w najwyższym stopniu osobiste notatki na temat rozmów, jakie przeprowadził z Lisbeth Salander. *Pokręcony stary dziad.* Przy dwóch rozmowach nawiązał do wyrażenia „gdy wydarzyło się Całe Zło". Palmgren najwyraźniej zapożyczył je od Lisbeth, ale z tekstu nie wynikało, do czego ono się odnosi.

Zdumiony Bjurman zanotował słowa „gdy wydarzyło się Całe Zło". Lata spędzone w rodzinach zastępczych? Jakiś szczególny akt przemocy? Wszystko powinno znajdować się w obszernej dokumentacji, do której miał już dostęp.

Uważnie przeczytał po raz piąty czy siódmy diagnozę postawioną przez lekarza sądowego, gdy Lisbeth Salander skończyła osiemnaście lat. W tym momencie zdał sobie sprawę, że jego wiedza na temat Lisbeth Salander ma luki.

Posiadał wyciąg z notatek z okresu szkoły podstawowej, zaświadczenie stwierdzające, że matka Lisbeth Salander nie była w stanie się nią opiekować, raporty najróżniejszych rodzin zastępczych z czasów, gdy była nastolatką, i badanie psychiatryczne zrobione w dniu osiemnastych urodzin.

Coś wywołało jej szaleństwo, gdy miała dwanaście lat.

Istniały też inne luki w jej życiorysie.

Najpierw, ku wielkiemu zaskoczeniu, odkrył, że Lisbeth Salander ma siostrę bliźniaczkę, o której nie wspominano w materiałach, jakie otrzymał wcześniej. *Mój Boże, jest ich dwie.* Jednak nie mógł znaleźć żadnych notatek mówiących, co się z nią stało.

Ojciec był nieznany, brakowało też wyjaśnienia, dlaczego jej matka nie mogła już się nią opiekować. Bjurman zakładał wcześniej, że Lisbeth Salander zachorowała i to właśnie zapoczątkowało całą serię wizyt na oddziale psychiatrii dziecięcej. Teraz jednak był przekonany, że coś jej się przydarzyło, gdy miała dwanaście albo trzynaście lat. *Całe Zło.* Jakiegoś rodzaju trauma. Ale znikąd nie można było wywnioskować, na czym to Całe Zło polegało.

W ekspertyzie lekarsko-sądowej znalazł wreszcie odniesienie do jakiegoś brakującego załącznika – sygnatura dochodzenia policyjnego datowanego na 12 marca 1991 roku. Numer dopisano ręcznie na marginesie kopii, którą znalazł w aktach ośrodka pomocy społecznej. Jednak gdy chciał zamówić te dokumenty, natrafił na przeszkodę. Dochodzenie było opatrzone klauzulą „ściśle tajne" z upoważnienia Jej Królewskiej Mości. Bjurman mógł odwoływać się na szczeblu rządowym.

Ogarnęło go zdumienie. Fakt, że utajniono dochodzenie prowadzone w związku z dwunastoletnią dziewczynką sam w sobie nie był zaskakujący – normalna procedura ochrony prywatności. Jednak on, jako opiekun prawny Lisbeth Salander, miał prawo zażądać każdego dokumentu, który jej dotyczył. Nie mógł pojąć, dlaczego dochodzenie miało taką klauzulę tajności, żeby musiał ubiegać się o zgodę rządu, by otrzymać do niego dostęp.

Bez namysłu złożył podanie. Minęły dwa miesiące, nim zostało rozpatrzone. Ku jego szczeremu zdziwieniu – odmownie. Nie pojmował, cóż tak dramatycznego mogło być w dochodzeniu dotyczącym dwunastolatki sprzed niemal piętnastu lat, że podejmowano takie środki bezpieczeństwa, jakby chodziło o klucze do siedziby rządu.

Wrócił do dziennika Holgera Palmgrena i czytając linijka po linijce, usiłował zrozumieć, do czego odnosiło się Całe Zło. Jednak tekst nie dawał żadnych wskazówek. Najwyraźniej była to kwestia, o której Lisbeth Salander i Palmgren dyskutowali, lecz nie została spisana. W dodatku zapiski o Całym Złu znajdowały się na końcu tej długiej dokumentacji. Możliwe, że Palmgren po prostu nie zdążył zrobić porządnych notatek, gdyż dostał wylewu.

Skierowało to myśli Bjurmana w innym kierunku. Holger Palmgren był kuratorem Lisbeth Salander, odkąd skończyła trzynaście lat, a od jej osiemnastych urodzin opiekunem prawnym. Innymi słowy, Palmgren był przy niej krótko po tym, jak wydarzyło się Całe Zło i umieszczono ją na oddziale psychiatrii dziecięcej. Tak więc z dużym prawdopodobieństwem wiedział, co się stało.

Bjurman wrócił do archiwum Komisji Nadzoru Kuratorskiego. Tym razem nie prosił o akta dotyczące Lisbeth Salander, lecz o dokumenty opisujące zakres obowiązków Palmgrena w decyzji podjętej przez Ośrodek Pomocy Społecznej. Otrzymał dokumentację, która na pierwszy rzut oka wydała się bezwartościowa. Dwie strony zwięzłych informacji. Matka Lisbeth Salander nie była już zdolna do sprawowania opieki nad swoimi córkami. Ze względu na szczególne okoliczności siostry należało rozdzielić. Camillę Salander opieka społeczna umieściła w rodzinie zastępczej. Lisbeth Salander – w dziecięcej klinice psychiatrycznej św. Stefana. Nie brano pod uwagę innych możliwości.

Dlaczego? Jedynie zagadkowe sformułowanie: *W związku z wydarzeniami 910312 Ośrodek Pomocy Społecznej podjął decyzję o...* Następnie znów odwołanie do numeru owego tajemniczego, utajnionego dochodzenia. Jednak tym razem pojawia się kolejny szczegół – nazwisko policjanta, który je prowadził.

Mecenas Nils Bjurman wpatrywał się w nie zdumiony. Znał je. Bardzo dobrze je znał.

Stawiało to sprawy w nowym świetle.

Następne dwa miesiące zajęło mu zdobycie akt dochodzenia zupełnie innymi drogami – czterdzieści siedem stron formatu A4 krótkiego i treściwego raportu oraz ponad sześćdziesiąt stron notatek dołączanych w ciągu sześciu lat.

Początkowo nie rozumiał związku.

Później znalazł zdjęcia zrobione przez lekarzy sądowych i ponownie sprawdził nazwisko.

Mój Boże… to nie może być prawda.

Nagle uświadomił sobie, dlaczego sprawa została utajniona. Bingo.

Gdy potem, linijka po linijce, uważnie czytał raport z dochodzenia, zrozumiał, że na tym świecie jest jeszcze jeden człowiek, który ma powód, by nienawidzić Lisbeth Salander równie zawzięcie jak on.

Bjurman nie był jedyny.

Miał sprzymierzeńca. Najbardziej nieprawdopodobnego sprzymierzeńca, jakiego tylko mógł sobie wyobrazić.

Powoli zaczął nakreślać plan.

NILS BJURMAN wyrwał się ze swoich rozmyślań, gdy na jego stolik w Café Hedon padł cień. Podniósł wzrok i zobaczył jasnowłosego… olbrzyma, bo tak go ostatecznie nazwał. Na ułamek sekundy aż się cofnął, zaraz jednak odzyskał panowanie nad sobą.

Mężczyzna, który mu się przyglądał, miał ponad dwa metry wzrostu i był potężnie zbudowany. Nadzwyczaj potężnie. Bez wątpienia kulturysta. Bjurman nie mógł się dopatrzyć ani grama tłuszczu albo zwiotczenia. Ogólnie rzecz biorąc, olbrzym sprawiał wrażenie zatrważająco silnego.

Miał jasne włosy, wystrzyżone po bokach i krótką grzywkę. Owalna twarz o zadziwiająco łagodnym wyrazie zdawała się niemal dziecinna. Natomiast w jego lodowato błękitnych oczach nie dostrzegało się tej łagodności. Był ubrany w krótką czarną skórzaną kurtkę, niebieską koszulę, czarny krawat i czarne spodnie. Nawet jak na swój wzrost, ręce miał ogromne.

– Mecenas Bjurman?

Mówił z wyraźnym akcentem, ale jego głos był tak zadziwiająco wysoki, że Bjurman na sekundę niemal się uśmiechnął. Kiwnął głową.

– Otrzymaliśmy pański list.

– Kim pan jest? Chciałem rozmawiać z…

Mężczyzna o ogromnych dłoniach zignorował pytanie i usiadłszy naprzeciwko, przerwał mu w pół zdania.

– Ale porozmawia pan ze mną. Czego pan chce?

Nils Bjurman wahał się przez chwilę. Odrazą przepełniała go myśl, że musi się zwierzać zupełnie obcej osobie. Jednak było to konieczne. Przypomniał sobie, że nie jest jedynym, który nienawidzi Lisbeth Salander. Chciał znaleźć sprzymierzeńca. Ściszonym głosem zaczął wyjaśniać swoją sprawę.

Rozdział 3
Piątek 17 grudnia – sobota 18 grudnia

LISBETH SALANDER obudziła się o siódmej rano, wzięła prysznic, zeszła do Freddy'ego McBaina z recepcji i zapytała, czy jest jakiś wolny Beach Buggy do wynajęcia na cały dzień. Dziesięć minut później zdążyła już zapłacić kaucję, wyregulować siedzenie i lusterko wsteczne, uruchomić na próbę silnik i sprawdzić, czy w baku nie brakuje benzyny. Poszła do baru i zamówiła caffe latte, kanapkę z serem i butelkę wody mineralnej na wynos. Jedząc śniadanie, zajęła się bazgraniem liczb na serwetce i rozmyślaniem o wzorze Pierre'a de Fermata ($x^3 + y^3 = z^3$).

Tuż po ósmej do baru wszedł doktor Forbes. Był świeżo ogolony, miał na sobie ciemny garnitur, białą koszulę i niebieski krawat. Zamówił jajka, tost, sok pomarańczowy i czarną kawę. Wpół do dziewiątej wstał i wyszedł do czekającej na niego taksówki.

Lisbeth podążała za nim, zachowując bezpieczną odległość. Doktor Forbes wysiadł przy Seascape, tam, gdzie zaczyna się The Carenage, i ruszył bez pośpiechu wzdłuż brzegu. Minęła go, zaparkowała przy środku promenady i czekała cierpliwie, aż doktor Forbes przejdzie obok, a wtedy ruszyła za nim.

O pierwszej Lisbeth była zlana potem i miała spuchnięte stopy. Cztery godziny wędrowała w górę i w dół ulicami Saint George's. Szła niezbyt szybko, lecz nie zatrzymując się, a liczne strome podejścia nadwyrężyły jej mięśnie. Podziwiając energię Forbesa, dopiła ostatnie krople wody mineralnej. Właśnie zaczęła się zastanawiać, czy nie porzucić całego przedsięwzięcia, gdy Forbes nagle skierował się ku The Turtleback. Odczekała dziesięć minut, po czym weszła do restauracji i usadowiła się na tarasie. Siedzieli dokładnie na tych samych miejscach co poprzedniego dnia, a on, tak jak wtedy, pił coca-colę i gapił się na wody zatoki.

Forbes był jednym z nielicznych mężczyzn na Grenadzie noszących krawat i marynarkę. Lisbeth zauważyła, że upał zdaje się mu nie przeszkadzać.

O trzeciej Forbes wyrwał ją z rozmyślań, gdy zapłacił i wyszedł z restauracji. Pospacerował brzegiem The Carenage, a potem wskoczył do minibusa zmierzającego do Grand Anse. Lisbeth zaparkowała pod Keys Hotel pięć minut wcześniej, zanim i on tam dotarł. Poszła do swojego pokoju, odkręciła zimną wodę i wyciągnęła się w wannie. Miała obolałe stopy.

Zmarszczyła czoło. Dzisiejsza wycieczka dostarczyła jej jasnych informacji. Doktor Forbes każdego ranka wychodził z hotelu świeżo ogolony, w rynsztunku bojowym biznesmena i z teczką. Spędzał dzień nie inaczej, jak tylko zabijając czas. Cokolwiek robił na Grenadzie, nie wiązało się to z planowaniem budowy nowej szkoły, jednak z jakiegoś powodu chciał sprawiać wrażenie, że przybył na wyspę w interesach.

Po co ten teatr?

Jedyna osoba, przed którą miał powód coś ukrywać, to jego własna żona – powinna utwierdzić się w przekonaniu, że Forbes jest za dnia ogromnie zajęty. Ale dlaczego? Nie powiodły mu się interesy i duma nie pozwala mu się do tego przyznać? Jego pobyt na Grenadzie ma zupełnie inny cel? Czeka na coś albo na kogoś?

LISBETH SALANDER sprawdziła pocztę – miała cztery nowe wiadomości. Pierwsza była od Plague, wysłana dobrą godzinę po tym, jak do niego napisała. Mail był zaszyfrowany i zawierał dwa słowa: „żyjesz jeszcze?". Plague nigdy nie przepadał za pisaniem długich maili. Zresztą Lisbeth też nie.

Dwie kolejne wiadomości zostały wysłane około drugiej nad ranem. Jedna była od Plague, który przekazywał jej zaszyfrowaną informację, że znajomy z sieci o nicku Bilbo, który akurat mieszka w Teksasie, zareagował na jej pytanie. Plague załączył adres Bilbo i klucz PGP. Kilka minut później użytkownik Bilbo napisał do niej z adresu na hotmailu. Zwięzła wiadomość zawierała jedynie informację, że Bilbo zamierza przekazać jej dane o doktorze Forbesie w ciągu najbliższej doby.

Czwarty mail, wysłany późnym popołudniem, był również od Bilbo. Zawierał zaszyfrowany numer konta bankowego i adres ftp. Lisbeth wpisała adres i znalazła tam zzipowany folder o rozmiarze 390 kB, który zapisała i rozpakowała. Składały się na niego cztery zdjęcia o niskiej rozdzielczości w formacie jpg i pięć dokumentów w Wordzie.

Dwa zdjęcia to portrety doktora Forbesa, jedno zrobione na premierze teatralnej przedstawiało Forbesa i jego żonę, a na ostatnim Forbes stał na mównicy w kościele.

Pierwszy z dokumentów miał jedenaście stron – był to raport Bilbo. Drugi to osiem stron tekstu ściągniętego z internetu. Dwa kolejne dokumenty to wycinki z lokalnej gazety „Austin American-Statesman", zeskanowane z użyciem funkcji OCR, a ostatni to informacje o zgromadzeniu doktora Forbesa – The Presbyterian Church of Austin South.

Oprócz tego, że Lisbeth Salander znała na pamięć Trzecią Księgę Mojżeszową – rok wcześniej miała powód, by studiować biblijne prawo karne – jej wiedza o historii religii była skromna. Miała słabe pojęcie, na czym polega różnica między judaizmem, prezbiterianizmem a katolicyzmem, poza jednym – że świątynia żydowska to synagoga. Przez krótką chwilę obawiała się, iż będzie zmuszona zgłębiać szczegóły teologiczne. Później zdała sobie sprawę, że ma w nosie, do jakiego zgromadzenia należy doktor Forbes.

Doktor Richard Forbes, czasem nazywany też wielebnym Richardem Forbesem, miał czterdzieści dwa lata. Według prezentacji na stronie internetowej Kościół Austin South zatrudniał siedem osób. Listę otwierał wielebny Duncan Clegg, co sugerowało, że w kwestiach teologicznych był czołową postacią tego Kościoła. Zdjęcie ukazywało energicznego faceta o bujnych siwych włosach i wypielęgnowanej siwej brodzie. Richard Forbes był trzeci na liście i odpowiadał za nauczanie. Przy jego nazwisku w nawiasie widniał również napis Holy Water Foundation.

Lisbeth przeczytała wstęp do przesłania kościoła.

Modlitwą i dziękczynieniem będziemy służyć społeczności Austin South, ofiarujemy stabilność, teologię i niosącą nadzieję ideologię – wartości, których broni Kościół Prezbiteriański Ameryki. Jako słudzy Chrystusa dajemy schronienie ludziom w potrzebie oraz obietnicę pokuty poprzez modlitwę i baptystyczne błogosławieństwo. Cieszmy się miłością Boga. Nasz obowiązek to obalać mury dzielące ludzi i usuwać przeszkody na drodze do zrozumienia przesłania Bożej miłości.

Tuż pod tekstem widniał numer konta bankowego Kościoła i wezwanie, by miłość do Boga wcielić w czyn.

Bilbo dostarczył znakomity krótki życiorys Richarda Forbesa. Lisbeth mogła z niego wyczytać, że urodził się w Cedar's Bluff w Nevadzie, a zanim w wieku trzydziestu jeden lat przystąpił do Kościoła Austin South, pracował jako farmer, biznesmen, wychowawca szkolny, korespondent prasowy w Nowym Meksyku i menedżer chrześcijańskiego zespołu rockowego. Z wykształcenia był rewidentem, studiował też archeologię. Bilbo nie zdołał jednak znaleźć oficjalnego potwierdzenia tytułu doktorskiego.

W swoim zgromadzeniu Forbes poznał Geraldine Knight, jedyną córkę ranczera Williama F. Knighta, również wpływowej postaci w Austin South. Richard i Geraldine pobrali się w 1997 roku, po czym jego kariera w Kościele nabrała tempa. Został szefem Fundacji Santa Maria, której zadanie polegało na „inwestowaniu pieniędzy Boga w projekty edukacyjne dla najbardziej potrzebujących".

Forbes był dwukrotnie aresztowany. Jako dwudziestopię-ciolatek, w 1987 roku, został oskarżony o spowodowanie ciężkich obrażeń ciała w związku z wypadkiem samochodo-wym. Został uniewinniony przez sąd. Z wycinków prasowych Lisbeth wywnioskowała, że faktycznie był niewinny. W 1995 roku został pozwany za zdefraudowanie pieniędzy zespołu rockowego, którego był menedżerem. I tym razem go unie-winniono.

Richard Forbes to znana postać w Austin, był członkiem komisji edukacji we władzach miasta. Należał do Demokra-tów, skwapliwie brał udział w imprezach charytatywnych i zbierał środki na edukację dzieci z mniej zamożnych ro-dzin. Kościół Austin South w dużej mierze skupiał swoją działalność misyjną na rodzinach hiszpańskojęzycznych.

W roku 2001 wysuwano wobec niego oskarżenia o mal-wersacje w związku z działalnością Fundacji Santa Maria. Według jednego z artykułów prasowych Forbesa podejrzewa-no o ulokowanie w funduszach powierniczych większej części majątku fundacji, niż dopuszczał statut. Kościół odrzucił te oskarżenia, a w debacie, jaka rozgorzała po doniesieniach prasy, pastor Clegg wyraźnie wziął stronę Forbesa. Nie posta-wiono formalnego zarzutu, a kontrola nie wykazała żadnych nieprawidłowości.

Lisbeth z zainteresowaniem i uwagą prześledziła sprawo-zdanie dotyczące prywatnych finansów doktora Forbesa. Miał sześćdziesiąt tysięcy dolarów rocznego przychodu, co należało traktować jako przyzwoitą pensję, jednak nie posiadał żadnego majątku. W jego rodzinie za finansową sta-bilizację odpowiadała Geraldine Forbes. W 2002 roku zmarł jej ojciec, a córka była jedyną spadkobierczynią majątku war-tego ponad czterdzieści milionów dolarów. Nie mieli dzieci.

Tym samym Richard Forbes był uzależniony od swojej małżonki. Lisbeth zmarszczyła brwi. Nie był to dobry po-wód, by się nad nią znęcać.

Podłączyła się do internetu i wysłała szyfrem lakoniczną wiadomość do Bilbo z podziękowaniem za raport. Wpłaciła też pięćset dolarów na podane przez niego konto.

Wyszła na balkon i wychyliła się przez balustradę. Słońce właśnie zachodziło. Coraz silniejszy wiatr szarpał liście palm wzdłuż muru przy plaży. Grenada znalazła się już w zasięgu Matyldy. Lisbeth zastosowała się do rady Elli Carmichael i spakowała komputer, *Dimensions in Mathematics*, jakieś rzeczy osobiste i ubranie na zmianę do nylonowej torby, którą postawiła na podłodze przy łóżku. Potem zeszła do baru i zamówiła na kolację rybę i butelkę Cariba.

Jedynym wydarzeniem godnym uwagi było to, że doktor Forbes, w adidasach, jasnej koszulce polo i krótkich spodenkach, z zaciekawieniem wypytywał przy barze Ellę Carmichael o postępy Matyldy. Nie wydawał się zaniepokojony. Na szyi miał krzyżyk na złotym łańcuszku, wyglądał rześko i atrakcyjnie.

LISBETH SALANDER była wyczerpana po całodziennej wędrówce po Saint George's. Po kolacji poszła na krótki spacer, ale mocno wiało i temperatura wyraźnie spadła. Wróciła więc do swojego pokoju i już około dziewiątej położyła się do łóżka. Wiatr szumiał za oknem. Lisbeth zamierzała trochę poczytać, lecz natychmiast zasnęła.

Obudził ją nagle potężny łoskot. Zerknęła na zegarek. Kwadrans po jedenastej. Wstała z łóżka i otworzyła drzwi na balkon. Uderzyły w nią porywy wiatru tak silne, że musiała cofnąć się o krok. Wsparła się o futrynę, ostrożnie wychyliła na balkon i rozejrzała wokoło.

Kilka lamp wiszących wokół basenu kołysało się na wietrze, tworząc dramatyczny teatr cieni na dziedzińcu. Lisbeth widziała, że obudziło się wielu gości – stali na zewnątrz, wpatrując się w plażę. Inni trzymali się w pobliżu baru. Spojrzawszy na północ, widziała światła Saint George's. Chmury zakryły niebo, ale nie padało. W ciemności Lisbeth nie mogła dostrzec morza, lecz szum fal był o wiele głośniejszy niż zazwyczaj. Temperatura spadła jeszcze bardziej. Po raz pierwszy, odkąd tu przyjechała, Lisbeth poczuła nagle, że drży z zimna.

Gdy tak stała na balkonie, dobiegło ją głośne walenie do drzwi. Owinęła się prześcieradłem i otworzyła. Freddy McBain miał napięty wyraz twarzy.

– Przepraszam, że przeszkadzam, ale zdaje się, że nadchodzi huragan.

– Matylda.

– Matylda – potwierdził McBain. – Szalała dziś wieczorem w pobliżu Tobago, otrzymaliśmy informacje o dużych spustoszeniach.

Lisbeth przywołała swoją wiedzę z geografii i meteorologii. Trynidad i Tobago leżą mniej więcej dwieście kilometrów na południowy wschód od Grenady. Tropikalna wichura mogła bez przeszkód objąć obszar o promieniu stu kilometrów, jej centrum będzie się przesuwać z prędkością trzydziestu–czterdziestu kilometrów na godzinę. A to oznaczało, że Matylda właśnie puka do drzwi Grenady. Wszystko zależało od tego, jaki obierze kierunek.

– Nie ma bezpośredniego zagrożenia – kontynuował McBain. – Ale ostrożności nigdy za wiele. Chciałbym, żebyś spakowała wartościowe rzeczy do torby i zeszła ze mną do recepcji. Hotel zaprasza na kawę i kanapki.

Lisbeth posłuchała jego rady. Przemyła twarz, aby się dobudzić, założyła dżinsy, trapery, flanelową koszulę i zarzuciła na ramię nylonową torbę. Już miała wyjść, ale cofnęła się, otworzyła drzwi do łazienki i zapaliła światło. Zielonej jaszczurki nie było widać, musiała zniknąć w jakiejś dziurze. Mądra dziewczynka.

W barze nieśpiesznie zajęła swoje stałe miejsce i patrzyła, jak Ella Carmichael dyryguje pracownikami rozlewającymi gorące napoje do termosów. Po chwili Ella podeszła do niej.

– Cześć. Wyglądasz, jakbyś dopiero co się obudziła.

– Zdążyłam już zasnąć. Co się dzieje?

– Czekamy. Na morzu jest silny sztorm, a z Trynidadu otrzymaliśmy ostrzeżenie o huraganie. Jeśli sytuacja się pogorszy i Matylda przesunie się w naszym kierunku, zejdziemy do piwnicy. Możesz nam pomóc?

– Co mam robić?

– Mamy sto sześćdziesiąt koców, trzeba je znieść do piwnicy. Jest też masa rzeczy, które musimy pochować.

Przez jakis czas Lisbeth pomagała znosić koce i chować donice, stoły, krzesła i inne ruchome przedmioty znajdujące się wokół basenu. Gdy zadowolona z jej pomocy Ella powiedziała, że już dosyć, Lisbeth podążyła tam, gdzie mur otwierał się na plażę, i zrobiła kilka kroków w ciemność. Morze dudniło złowieszczo, a podmuchy wiatru szarpały nią tak mocno, że musiała z całej siły zaprzeć się nogami, aby nie stracić równowagi. Palmy wzdłuż muru kołysały się niepokojąco.

Wróciła do hotelu, zamówiła caffe latte i usiadła przy barze. Było tuż po północy. Wśród gości i personelu panowała atmosfera wyraźnego niepokoju. Przy stolikach toczyły się ściszone rozmowy i wszyscy co chwilę spoglądali na niebo. W Keys Hotel znajdowało się w sumie trzydziestu dwóch gości i około dziesięciu osób personelu. Lisbeth nagle zauważyła Geraldine Forbes przy stoliku niedaleko recepcji. Miała napięty wyraz twarzy, w dłoni trzymała drinka. Jej męża nie było nigdzie widać.

GDY LISBETH, pijąc kawę, znów zaczęła medytować nad twierdzeniem Fermata, Freddy McBain wyszedł z biura i stanął przy recepcji.

– Proszę państwa o uwagę. Właśnie otrzymałem wiadomość, że wiatr o sile huraganu dosięgnął Małą Martynikę. Chciałbym prosić, by wszyscy natychmiast zeszli do piwnicy.

Freddy McBain nie pozwolił na pytania ani rozmowy i pokierował gości ku schodom do piwnicy, znajdującym się za recepcją. Mała Martynika, która należy do Grenady, to wysepka kilka mil morskich na północ od głównej wyspy tego kraju. Lisbeth podsłuchała rozmowę Elli Carmichael z Freddym McBainem.

– Jest bardzo źle?

– Nie wiem. Telefon przestał działać – odpowiedział cicho McBain.

Lisbeth zeszła do piwnicy i umieściła torbę na kocu w rogu. Zastanawiała się chwilę, następnie idąc pod prąd, wróciła do recepcji. Złapała Ellę i spytała, czy może jeszcze w czymś pomóc. Ella z zaniepokojoną miną potrząsnęła głową.

– Zobaczymy, co się wydarzy. Matylda to *bitch*.

Lisbeth zauważyła grupę pięciorga dorosłych, którzy z dziesiątką dzieci weszli pośpiesznie do hotelu. Freddy McBain przyjął ich i skierował ku schodom do piwnicy.

Lisbeth dopadła nagle niepokojąca myśl.

– Zakładam, że w tej chwili wszyscy uciekają do piwnicy? – zapytała cicho.

Ella Carmichael popatrzyła na rodzinę przy schodach.

– Niestety jest to jedna z niewielu piwnic wzdłuż Grand Anse. Pewnie jeszcze więcej osób przyjdzie szukać tu schronienia.

Lisbeth spojrzała przenikliwie na Ellę.

– Co z innymi?

– Z tymi, którzy nie mają piwnicy? – zaśmiała się gorzko. – Kulą się ze strachu w domach albo szukają schronienia w jakiejś chacie. Muszą zdać się na Boską opiekę.

Lisbeth odwróciła się na pięcie, minęła recepcję i wybiegła z hotelu.

George Bland.

Słyszała, jak Ella za nią woła, ale się nie zatrzymała.

Mieszka w gównianej chacie, która zawali się przy pierwszym po- dmuchu wiatru.

Jak tylko znalazła się na drodze wyjazdowej z Saint George's, zachwiała się na wietrze. Zaczęła zawzięcie biec. Poruszała się pod wiatr, a silne podmuchy sprawiały, że słaniała

71

się na nogach. Prawie dziesięć minut zajęło jej pokonanie około czterystu metrów do domu George'a Blanda. Po drodze nie widziała żywej duszy.

DESZCZ NADSZEDŁ nie wiadomo skąd, jak lodowaty prysznic z gumowego węża, lecz w tym samym momencie Lisbeth skręciła w stronę chaty George'a i przez szparę w oknie zobaczyła blask jego lampy naftowej. W kilka sekund była przemoczona do suchej nitki, a widoczność zmniejszyła się do kilku metrów. Lisbeth załomotała do drzwi. George Bland otworzył i wybałuszył oczy.

– Co tu robisz? – wrzasnął, by przekrzyczeć wiatr.
– Chodź. Musisz iść do hotelu. Tam jest piwnica.

George Bland wyglądał na zdumionego. Nagle wiatr zatrzasnął drzwi i dopiero po kilku sekundach George zdołał wypchnąć je na zewnątrz. Lisbeth chwyciła go za koszulkę i wyciągnęła z chaty. Otarła wodę z twarzy i trzymając go za rękę, ruszyła biegiem.

Wybrali drogę wzdłuż plaży, dobre dwieście metrów krótszą od szosy, która zataczała łuk w głąb lądu. W połowie drogi Lisbeth zdała sobie sprawę, że to był chyba błąd. Na plaży nie mieli żadnej ochrony. Wiatr i deszcz miotały nimi tak mocno, że wiele razy musieli się zatrzymywać. Piasek i gałęzie unosiły się w powietrzu. Dudniło strasznie. Po czasie, który zdawał się wiecznością, Lisbeth ujrzała wreszcie mur hotelowy, przyspieszyła więc kroku. Gdy dotarli do bramy obiecującej bezpieczeństwo, Lisbeth przez ramię zerknęła na plażę i stanęła jak wryta.

NAGLE PRZEZ ULEWĘ zobaczyła na plaży dwie jasne postacie jakieś pięćdziesiąt metrów od siebie. George Bland szarpał ją za rękę, wciągając za bramę. Puściła jego dłoń i oparła się o mur, usiłując skupić wzrok. Na kilka sekund straciła z oczu sylwetki majaczące w deszczu, potem całe niebo rozjaśniła błyskawica.

Już wiedziała, że to Richard i Geraldine Forbesowie. Stali mniej więcej w tym samym miejscu, gdzie poprzedniego wieczora widziała Forbesa chodzącego tam i z powrotem.

Gdy rozbłysła kolejna błyskawica, Lisbeth zobaczyła, że Richard Forbes wlecze swoją żonę, a ona opiera się z całych sił. Nagle elementy układanki zaczęły do siebie pasować. Uzależnienie finansowe. Oskarżenia o malwersacje w Austin. Jego wczorajsze nerwowe spacery i rozmyślania na tarasie The Turtleback.

Zamierza ją zabić. Stawką w grze jest czterdzieści milionów. Huragan to jego kamuflaż. Teraz Forbes ma swoją szansę.

Lisbeth Salander wepchnęła George'a za bramę i rozejrzawszy się, znalazła chybotliwe krzesło – zazwyczaj siedział na nim nocny stróż – którego nie uprzątnięto przed huraganem. Chwyciła je, roztrzaskała, uderzając z całej siły o mur, i uzbroiła się w nogę od krzesła. Gdy ruszyła na plażę, George Bland krzyczał za nią zdumiony.

Podmuchy wiatru niemal przewróciły ją na ziemię, ale zacisnęła zęby i krok po kroku przedzierała się naprzód. Dotarła już prawie do Forbesów, gdy błyskawica rozświetliła plażę i Lisbeth ujrzała Geraldine na kolanach tuż nad wodą. Forbes pochylał się nad nią, a we wzniesionej dłoni trzymał coś, co wyglądało na żelazną rurę. Lisbeth zobaczyła, jak jego ręka opada łukiem ku głowie żony. Kobieta przestała się szamotać.

Richard Forbes nie zdążył nawet zobaczyć Lisbeth Salander. Noga od krzesła roztrzaskała się na jego karku, zanim padł na twarz.

Lisbeth schyliła się i chwyciła Geraldine. W zacinającym deszczu odwróciła ją, a jej dłonie nagle zrobiły się czerwone. Geraldine miała głęboką ranę na głowie. Była ciężka jak odlana z ołowiu i Lisbeth zdesperowana rozglądała się dokoła, zastanawiając się, jak przenieść kobietę pod mur hotelu. W następnej chwili pojawił się przy niej George Bland. Krzyczał coś, ale Lisbeth nic nie rozumiała w łoskocie huraganu.

Zerknęła na Richarda Forbesa. Był odwrócony do niej plecami, ale stał już na czworakach. Lisbeth chwyciła lewą rękę Geraldine, oparła sobie jej ramię na karku i dała znak George'owi, by podparł jej drugie ramię. Z wysiłkiem zaczęli wlec kobietę przez plażę.

W połowie drogi do hotelu Lisbeth była całkowicie wyczerpana, jakby opuściły ją wszystkie siły. Jej serce biło dwa razy szybciej, nagle poczuła, że czyjaś dłoń chwyta ją za ramię. Puściła Geraldine, odwróciła się i kopnęła Richarda Forbesa w krocze. Osunął się na kolana. Lisbeth zamachnęła się i kopnęła go w twarz. Spojrzawszy na George'a Blanda, napotkała jego przerażony wzrok. Poświęciła mu pół sekundy, po czym chwyciła Geraldine i powlokła ją dalej.

Po chwili znów odwróciła głowę. Richard Forbes szedł, zataczając się, dziesięć kroków za nimi, ale od podmuchów wiatru chwiał się na wszystkie strony jak pijany.

Kolejna błyskawica przecięła niebo i Lisbeth Salander wybałuszyła oczy.

Pierwszy raz poczuła paraliżujący strach.

Jakieś sto metrów za Richardem Forbesem, w wodzie, zobaczyła palec Boży.

Kadr zamrożony w blasku błyskawicy – smolistoczarny słup, który piętrzy się, znikając gdzieś w przestworzach.

Matylda.

To niemożliwe.

Huragan – tak.

Tornado – niemożliwe.

Na Grenadzie nie występują tornada.

Trąba powietrzna na obszarze, gdzie tornada nie mogą powstawać.

Tornada nie tworzą się nad powierzchnią wody.

To pomyłka natury.

To coś niespotykanego.

To coś przyszło po mnie.

George Bland również widział tornado. Pospieszali się nawzajem, krzycząc do siebie, choć nie mogli się usłyszeć.

Jeszcze dwadzieścia metrów do muru. Dziesięć. Lisbeth potknęła się i upadła na kolana. Pięć. Przy bramie ostatni raz zerknęła za siebie. Zdążyła dojrzeć Richarda Forbesa, gdy coś wciągało go w wodę, jakby niewidzialna ręka, a potem zniknął. Razem z George'em przewlokła nieprzytomną przez bramę. Chwiejnym krokiem przeszli przez tylne podwórze, a w odgłosach wichury Lisbeth słyszała dźwięk rozbijanych szyb i rozdzierające skargi giętej blachy. Drewniana płyta przeleciała w powietrzu tuż przed jej nosem. W następnej sekundzie poczuła ból, gdy coś uderzyło ją w plecy. Napór wiatru zmniejszył się, gdy dotarli do recepcji.

Lisbeth zatrzymała George'a, chwytając go za kołnierz. Przyciągnęła jego głowę do swoich ust i krzyknęła mu do ucha.

– Znaleźliśmy ją na plaży. Jej męża nie widzieliśmy. Zrozumiałeś?

Kiwnął głową.

Zwlekli Geraldine Forbes po schodach, Lisbeth kopnęła kilka razy w drzwi do piwnicy. Freddy McBain otworzył i wytrzeszczył oczy. Przejął od nich Geraldine, wciągnął oboje do środka i zamknął drzwi.

W jednej chwili huk wichury zmienił się w trzaski i hałas słyszane w tle. Lisbeth wzięła głęboki oddech.

ELLA CARMICHAEL nalała do kubka gorącą kawę i podała Lisbeth, która była tak wycieńczona, że ledwie zdołała unieść rękę. Oparta o ścianę, siedziała na podłodze całkiem nieruchomo. Ktoś okrył kocem ją i George'a Blanda. Lisbeth była przemoczona i mocno krwawiła z rany tuż pod rzepką kolanową. Na jej dżinsach widniało długie na dziesięć centymetrów rozcięcie, jednak zupełnie nie pamiętała, skąd je ma. Bez zainteresowania patrzyła, jak Freddy McBain wraz z kilkorgiem hotelowych gości zajmuje się Gerladine Forbes i owija jej głowę bandażem. Usłyszawszy jakieś pojedyncze słowa, zrozumiała, że ktoś wśród obecnych jest lekarzem.

Zauważyła, że piwnica jest przepełniona i że oprócz gości hotelowych także ludzie z zewnątrz znaleźli tu schronienie.

W końcu Freddy podszedł do Lisbeth i usiadł przed nią w kucki.

– Żyje.

Lisbeth nie odpowiedziała.

– Co się stało?

– Znaleźliśmy ją na plaży za murem.

– Brakowało mi trzech osób, kiedy liczyłem gości w piwnicy. Ciebie i Forbesów. Ella powiedziała, że wybiegłaś jak szalona, gdy nadszedł huragan.

– Pobiegłam po mojego przyjaciela George'a. – Lisbeth kiwnęła w stronę swojego towarzysza. – Mieszka dalej przy drodze, w chacie, której pewnie już nie ma.

– Głupio postąpiłaś, ale i bardzo odważnie – powiedział Freddy McBain, spoglądając na George'a Blanda. – Widzieliście jej męża, Richarda Forbesa?

– Nie – odpowiedziała Lisbeth, patrząc wzrokiem bez wyrazu. George Bland zerknął na nią i potrząsnął głową.

Ella Carmichael przekrzywiła głowę i posłała Lisbeth ostre spojrzenie. Ta popatrzyła na nią beznamiętnym wzrokiem.

Geraldine Forbes doszła do siebie około trzeciej nad ranem. Lisbeth Salander zdążyła wcześniej zasnąć z głową opartą na ramieniu George'a.

W JAKIŚ CUDOWNY SPOSÓB Grenada przetrwała tę noc. Nad ranem huragan ucichł, za to nadciągnęła najgorsza ulewa, jaką Lisbeth kiedykolwiek przeżyła. Freddy McBain wypuścił gości z piwnicy.

Keys Hotel czekał poważny remont. Zniszczenia w jego obrębie, podobnie jak na całej plaży, były znaczne. Bar Elli Carmichael przy basenie zniknął zupełnie, a jedna z werand została doszczętnie zdemolowana. Wzdłuż całej fasady wiatr pozrywał okiennice i powyginał dach na wysuniętej części hotelu. Recepcja zmieniła się w stos rupieci.

Lisbeth chwiejnym krokiem poszła do swojego pokoju, zabierając George'a. Prowizorycznie zasłoniła kocem pusty otwór okienny, by deszcz nie wpadał do środka. George napotkał jej wzrok.

– Będzie mniej wyjaśniania, jeśli nie widzieliśmy jej męża – powiedziała Lisbeth, nim zdążył o cokolwiek zapytać.

Kiwnął głową. Ściągnęła ubranie, rzuciła je na podłogę i poklepała brzeg łóżka tuż obok siebie. George znów kiwnął głową, rozebrał się i położył przy niej. Zasnęli niemal natychmiast.

Gdy Lisbeth obudziła się w środku dnia, słońce świeciło przez szczeliny w chmurach. Bolał ją każdy mięsień, a kolano spuchło tak bardzo, że trudno jej było zgiąć nogę. Wymknęła się z łóżka, stanęła pod prysznicem i popatrzyła na zieloną jaszczurkę, która wróciła na ścianę. Lisbeth włożyła szorty i koszulkę i, utykając, wyszła cicho z pokoju, nie budząc George'a.

Ella Carmichael wciąż była na nogach. Wyglądała na zmęczoną, ale zdążyła już otworzyć bar w recepcji. Lisbeth zajęła stolik przy kontuarze, zamówiła kawę i poprosiła o kanapkę. Wyjrzała przez puste otwory okienne obok wejścia i zobaczyła zaparkowany radiowóz. Właśnie dostała kawę, gdy Freddy McBain wyszedł ze swego biura przy recepcji, prowadząc policjanta w mundurze. McBain zauważył Lisbeth, powiedział coś do policjanta, po czym podeszli do jej stolika.

– To jest posterunkowy Ferguson. Chce zadać kilka pytań.

Lisbeth skinęła grzecznie głową. Posterunkowy Ferguson wyglądał na zmęczonego. Wyciągnął notes i długopis i zanotował nazwisko Lisbeth.

– Panno Salander, dowiedziałem się, że razem z przyjacielem znaleźliście panią Forbes podczas huraganu wczorajszej nocy.

Lisbeth kiwnęła głową.

– Gdzie ją państwo znaleźli?

– Na plaży, tuż przy bramie – odpowiedziała. – Praktycznie niemal się o nią potknęliśmy.

Ferguson zanotował.

– Mówiła coś?

Lisbeth pokręciła głową.

– Była nieprzytomna?

Lisbeth skinęła rozsądnie.

– Miała paskudną ranę na głowie.

Znów skinęła.

– Nie wie pani, jak się zraniła?

Lisbeth potrząsnęła głową. Ferguson zdawał się odrobinę zirytowany jej milczeniem.

– Sporo rupieci latało w powietrzu – podpowiedziała usłużnie. – Sama prawie dostałam drewnianą płytą w łeb.

Ferguson z powagą pokiwał głową.

– Zraniła się pani w nogę? – Wskazał na jej bandaż. – Co się stało?

– Nie wiem. Zobaczyłam ranę, dopiero gdy zeszłam do piwnicy.

– Była pani z młodym mężczyzną.

– To George Bland.

– Gdzie mieszka?

– W chacie za The Coconut, kawałek w stronę lotniska. Jeśli chata wciąż stoi, znaczy się.

Lisbeth nie pokwapiła się, by wyjaśnić, że George Bland obecnie śpi w jej łóżku piętro wyżej.

– Widzieli państwo jej męża, Richarda Forbesa?

Lisbeth potrząsnęła głową.

Posterunkowemu Fergusonowi najwyraźniej nie przychodziło na myśl kolejne pytanie, więc zamknął notes.

– Dziękuję, panno Salander. Przypadek śmiertelny, muszę spisać raport.

– Zmarła?

– Pani Forbes? Nie, jest w szpitalu w Saint George's. Chyba może podziękować pani i pani koledze za to, że żyje. Ale jej mąż zginął. Znaleziono go na lotniskowym parkingu dwie godziny temu.

Dobre sześćset metrów dalej na południe.

– Był bardzo pokiereszowany – powiedział Ferguson.

– To smutne – odrzekła Lisbeth, nie okazując większego zainteresowania.

Gdy McBain i posterunkowy Ferguson się oddalili, nadeszła Ella Carmichael i usiadła przy stoliku Lisbeth. Postawiła dwa kieliszki rumu. Lisbeth spojrzała na nią pytającym wzrokiem.

– Po takiej nocy trzeba się czymś wzmocnić. Stawiam. Stawiam całe śniadanie.

Popatrzyły na siebie. Następnie stuknęły się kieliszkami.

JESZCZE PRZEZ DŁUGI CZAS Matylda była przedmiotem badań naukowych i dociekań instytutów meteorologicznych na Karaibach i w USA. Tornada o skali Matyldy były niemal nieznane w tym regionie. Teoretycznie uważano za niemożliwe, by tworzyły się nad powierzchnią wody. Z czasem eksperci zgodzili się co do tego, że jakiś przedziwny układ frontów atmosferycznych stworzył „pseudotornado" – coś, co właściwie tornadem nie było, ale zdawało się nim być. Ekolodzy przedstawiali teorie o efekcie cieplarnianym i zakłóceniu równowagi ekologicznej.

Lisbeth Salander nie obchodziły te spory. Była pewna tego, co widziała, i postanowiła, że w przyszłości zawsze już będzie schodzić z drogi wszystkim siostrom Matyldy.

Wielu ludzi tej nocy zostało rannych. Na cud zakrawał fakt, że zginęła tylko jedna osoba.

Nikt nie mógł pojąć, co zmusiło Richarda Forbesa do wyjścia w taki huragan, pewnie brak rozsądku, jaki zwykle cechuje amerykańskich turystów. Geraldine Forbes nie mogła pomóc tego wyjaśnić. Miała ciężki wstrząs mózgu i bezładne wspomnienia z wydarzeń owej nocy.

Natomiast zasmucił ją fakt, że została wdową.

Zazwyczaj równanie posiada jedną lub więcej niewiadomych, często oznaczanych jako x, y, z itd. O wartościach niewiadomych, dla których prawa i lewa strona równania są sobie równe, mówi się, że spełniają to równanie albo że stanowią rozwiązanie równania.

Przykład: $3x + 4 = 6x - 2$ ($x = 2$)

Część 2

From Russia
with love

10 stycznia – 23 marca

Rozdział 4
Poniedziałek 10 stycznia
– wtorek 11 stycznia

LISBETH SALANDER wylądowała na Arlandzie o wpół do siódmej rano. Spędziła w podróży dwadzieścia sześć godzin, z czego bite dziewięć na Grantly Adams Airport na Barbadosie. British Airways nie chciały wypuścić samolotu, póki groźba ewentualnego ataku terrorystycznego nie została zażegnana, a pasażer o arabskim wyglądzie zabrany na przesłuchanie. Gdy wylądowała na Gatwick w Londynie, spóźniła się na ostatni samolot do Szwecji i musiała długo czekać na przebukowanie rezerwacji na następny dzień.

Lisbeth czuła się jak worek bananów, który za długo leżał na słońcu. Miała jedynie bagaż podręczny, do którego upchnęła swojego PowerBooka, *Dimensions in Mathematics* i ubranie na zmianę. Bez przeszkód przeszła przez stanowisko *nothing to declare* przy odprawie celnej. Kiedy wyszła na terminal autobusowy, powitała ją śnieżna chlapa przy temperaturze zero stopni.

Przez krótką chwilę się zawahała. Całe życie musiała wybierać najtańszą możliwość i wciąż trudno było jej się przyzwyczaić do myśli, że dysponuje prawie trzema miliardami koron, które ukradła, łącząc internetowy przekręt ze starym dobrym oszustwem. Po kilku minutach machnęła ręką na zasady i przywołała taksówkę. Podała adres przy Lundagatan i niemal natychmiast zasnęła na tylnym siedzeniu.

Dopiero gdy samochód zatrzymał się na Lundagatan, a taksówkarz szturchnął Lisbeth, zdała sobie sprawę, że podała mu zły adres. Poprosiła, by jechał dalej na Götgatsbacken.

Dała porządny napiwek w dolarach i zaklęła, postawiwszy stopę w kałuży. Miała na sobie dżinsy, T-shirt i lekką kurtkę. Na nogach sandały i cienkie, krótkie skarpetki. Dowlokła się do 7-Eleven, gdzie kupiła szampon, pastę do zębów, mydło, kefir, mleko, żółty ser, jajka, chleb, mrożone bułki cynamonowe, kawę, herbatę ekspresową Lipton, ogórki konserwowe, jabłka, duże opakowanie Billy's Pan Pizza i karton marlboro light. Zapłaciła kartą Visa.

Gdy wyszła na ulicę, znów zawahała się, którą drogę obrać. Mogła pójść w górę Svartensgatan albo też Hökens gata, kawałek w dół ku Slussen. Wybór Hökens gata miał tę wadę, że musiałaby przejść obok wejścia do redakcji „Millennium", a tym samym zaryzykować, iż natknie się na Mikaela Blomkvista. W końcu postanowiła, że nie będzie chodzić okrężnymi drogami, aby go unikać. Poszła więc spacerem ku Slussen, choć właściwie była to dłuższa droga, i skręciła w prawo przez Hökens gata w górę do placu Mosebacke. Przeszła na ukos przy pomniku Sióstr pod teatrem Södra i wspięła się po schodach na Fiskargatan. Zatrzymała się i popatrzyła z zadumą na budynek. Nie bardzo czuła się tu „jak w domu".

Lisbeth rozejrzała się. To odosobniony zakątek w samym środku dzielnicy Södermalm. Nie było tamtędy przejazdu, co doskonale jej odpowiadało. Łatwo dało się obserwować, kto się kręci po okolicy. Latem pewnie była to popularna trasa spacerowa, lecz zimą przechodziły tędy jedynie osoby mające coś do załatwienia w pobliżu. Ani żywej duszy – nikogo, kogo Lisbeth by rozpoznała i kto tym samym mógłby ją rozpoznać. Postawiła siatkę w śniegowej brei, żeby wyszperać klucz. Wjechała na najwyższe piętro i otworzyła drzwi z wizytówką V. Kulla.

JEDNĄ Z PIERWSZYCH RZECZY, jakie Lisbeth zrobiła, gdy nagle weszła w posiadanie ogromnej sumy pieniędzy i tym samym stała się finansowo niezależna do końca życia (albo tak długo, na ile mogą wystarczyć niecałe trzy miliardy koron), było znalezienie nowego mieszkania. Kupno mieszkania było dla niej nowym doświadczeniem. Nigdy wcześniej nie inwestowała pieniędzy w nic bardziej wartościowego niż przedmioty codziennego użytku, za które mogła zapłacić przy zakupie albo w rozsądnych ratach. Dotychczas najpokaźniejsze wydatki w jej budżecie to różnego rodzaju komputery i lekki motocykl kawasaki. Kupiła go za siedem tysięcy koron – właściwie za bezcen. Do tego jeszcze części zapasowe za mniej więcej tyle samo. Poświęciła wiele miesięcy, aby własnoręcznie rozkręcić maszynę i doprowadzić ją do porządku. Chciała mieć samochód, ale nie zdecydowała się na kupno, bo nie bardzo wiedziała, jak wtedy zwiąże koniec z końcem.

Miała świadomość, że zakup mieszkania to odrobinę większe przedsięwzięcie. Zaczęła od czytania ogłoszeń w internetowym wydaniu dziennika „Dagens Nyheter", co, jak odkryła, było odrębną dziedziną wiedzy.

2pok z kuch + jadalnia, pięknie położ. przy stacji Södra, licytac. od 2,7mln. Czynsz 5510/mies

3pok z kuch, widok na park, Högalid, 2,9mln

2,5pok z kuch, 47mkw, łazienka remont, 1998 wymiana rur, Gotlandsgatan, 1,8mln, czynsz/mies 2200

Podrapała się w głowę i zadzwoniła na chybił trafił pod kilka numerów, nie wiedząc jednak, o co pytać. Wkrótce poczuła się tak głupio, że przerwała te próby. Za to pierwszej niedzieli stycznia wybrała się obejrzeć dwa mieszkania. Jedno z nich znajdowało się przy Vindragarvägen na Reimersholme, a drugie na Heleneborgsgatan przy Hornstull. Pierwsze było jasnym czteropokojowym mieszkaniem w wieżowcu z widokiem na wyspy Långholmen i Essingen. Tam Lisbeth mogłoby się podobać. Mieszkanie na Heleneborgsgatan okazało się norą z widokiem na sąsiedni budynek.

Problem w tym, że właściwie nie wiedziała, gdzie chce mieszkać, jak jej mieszkanie powinno wyglądać i jakie powinna mieć wobec niego wymagania. Nigdy wcześniej nie brała pod uwagę innej możliwości niż te czterdzieści siedem metrów kwadratowych na Lundagatan, gdzie spędziła swoje dzieciństwo, i które dzięki ówczesnemu opiekunowi prawnemu Holgerowi Palmgrenowi uzyskała na własność, gdy ukończyła osiemnaście lat. Usiadła na zmechaconej sofie w pomieszczeniu będącym jednocześnie pokojem dziennym i gabinetem i zaczęła się zastanawiać.

Mieszkanie na Lundagatan było położone od podwórza, ciasne i nieprzytulne. Z sypialni miała widok na wyjście przeciwpożarowe na szczytowej ścianie budynku, z kuchni – na tyły domu stojącego od ulicy i piwnicę. Z pokoju dziennego widziała latarnię i kilka gałęzi brzozy.

Pierwszy warunek będzie więc taki, by z jej nowego mieszkania roztaczał się ładny widok.

Nie miała balkonu i zawsze zazdrościła bardziej zamożnym sąsiadom mieszkającym na wyższych piętrach, którzy spędzali ciepłe letnie dni przy zimnym piwie pod balkonową markizą. Drugi warunek będzie taki, by jej nowe mieszkanie miało balkon.

Jak powinno wyglądać? Pomyślała o mieszkaniu Mikaela Blomkvista – sześćdziesiąt pięć metrów kwadratowych jako jeden duży pokój na przerobionym strychu przy Bellmansgatan, z widokiem na Ratusz i Slussen. Dobrze się tam czuła. Chciała mieć przytulne mieszkanie, łatwe w umeblowaniu i utrzymaniu. To trzeci punkt na liście jej wymagań.

Latami mieszkała w ciasnocie. Ponad dziesięciometrowa kuchnia mieściła stolik i dwa krzesła. Pokój dzienny miał dwadzieścia metrów. Sypialnia – dwanaście. Jej czwarty warunek to, aby jej nowe mieszkanie było przestronne, z wieloma szafami na ubrania. Chciała mieć prawdziwy gabinet i dużą sypialnię, w której mogłaby się wygodnie rozłożyć.

Jej łazienka to klitka bez okien, z kwadratowym szarym gresem na podłodze, niepraktyczną wanną do siedzenia i plastikową tapetą, która, ile by nie szorować, nigdy nie była naprawdę czysta. Lisbeth chciała mieć kafelki i dużą wannę. Chciała mieć pralkę w mieszkaniu, a nie we wspólnej pralni w jakiejś zatęchłej piwnicy. Chciała, żeby w łazience pachniało świeżością i chciała móc ją wietrzyć.

Potem odpaliła komputer i poszukała pośredników. Następnego ranka wstała wcześnie i odwiedziła Nobelmäklarna, firmę pośredniczącą w handlu nieruchomościami, która według niektórych cieszy się największym uznaniem w Sztokholmie. Założyła wytarte czarne dżinsy, trapery i czarną skórzaną kurtkę. Podeszła do kontuaru i z roztargnieniem patrzyła na trzydziestopięcioletnią blondynkę, która właśnie zalogowała się na stronie firmy i zaczęła umieszczać na niej zdjęcia mieszkań. Wreszcie do Lisbeth podszedł mężczyzna około czterdziestki, krągły i o rzadkich rudych włosach. Zapytała o dostępne oferty. Przyglądał się jej zdumiony przez krótką chwilę, a następnie przybrał rozbawiony, rubaszny ton.

– No tak, młoda damo, a rodzice wiedzą, że zamierzasz wyprowadzić się z domu?

Lisbeth Salander w ciszy patrzyła na niego zimnym wzrokiem, póki nie przestał się podśmiewać.

– Potrzebuję mieszkania – wyraziła się jaśniej.

Mężczyzna chrząknął i zerknął na swojego kolegę.

– Rozumiem. Myślałaś już o czymś konkretnym?

– Chcę mieszkanie na Södermalmie. Musi mieć balkon i widok na wodę, co najmniej cztery pokoje i widną łazienkę z miejscem na pralkę. Oprócz tego zamykane pomieszczenie, gdzie mogłabym trzymać motocykl.

Kobieta przy komputerze przerwała pracę i zaciekawiona odwróciła głowę, by przyjrzeć się Lisbeth.

– Motocykl? – zapytał łysawy mężczyzna.

Lisbeth Salander przytaknęła.

– A można spytać… eee, jak się nazywasz?

Lisbeth przedstawiła się. Zapytała mężczyznę, jak on się nazywa, a ten przedstawił się jako Joakim Persson.

– No więc, mieszkanie własnościowe w Sztokholmie trochę jednak kosztuje…

Lisbeth nie odpowiedziała. Pytała przecież, jakie mieszkania są w ofercie, natomiast informacja, że to trochę kosztuje, była zbędna i bez znaczenia.

– Czym się zajmujesz?

Lisbeth zastanawiała się chwilę. Formalnie miała swoją firmę. W praktyce pracowała jedynie dla Milton Security, ale przez ostatni rok robiła to bardzo nieregularnie, a od trzech miesięcy nie wykonała dla nich żadnego zlecenia.

– Obecnie niczym konkretnym – odpowiedziała zgodnie z prawdą.

– Ach nie... zakładam, że chodzisz do szkoły.

– Nie, nie chodzę do szkoły.

Joakim Persson obszedł kontuar, przyjaźnie położył rękę na ramieniu Lisbeth i ostrożnie poprowadził ją do drzwi wyjściowych.

– No więc, młoda damo, zapraszamy serdecznie za kilka lat, ale przynieś wtedy *trochę* więcej pieniędzy niż to, co masz w śwince-skarbonce. Rozumiesz chyba, że kieszonkowe ci raczej nie wystarczy.

Uszczypnął ją dobrodusznie w policzek.

– Wróć koniecznie, to z pewnością i dla ciebie znajdziemy mały kącik.

Lisbeth Salander kilka minut stała na ulicy pod siedzibą Nobelmäklarna. Myślała, jak zareagowałby Joakim Persson, gdyby tak wrzucić mu koktajl Mołotowa przez witrynę. Potem wróciła do domu i włączyła PowerBooka.

Dziesięć minut zajęło jej włamanie się do wewnętrznej sieci Nobelmäklarna za pomocą haseł, które – jak Lisbeth mimochodem zauważyła – kobieta przy stanowisku wklepała do komputera przed umieszczeniem zdjęć w internecie. Po jakichś trzech minutach stwierdziła, że komputer, przy którym pracowała kobieta, był również serwerem tej firmy – *czy można być aż tak tępym?* – a w ciągu trzech kolejnych uzyskała dostęp do wszystkich czternastu komputerów podłączonych do sieci. W ciągu około dwóch godzin zdążyła przejrzeć księgowość Joakima Perssona i odkryła, że przez ostatnie dwa lata zataił przed fiskusem niemal siedemset pięćdziesiąt tysięcy koron zarobionych na czarno.

Ściągnęła wszystkie potrzebne pliki i przesłała je mailem do urzędu skarbowego z anonimowego konta na serwerze w USA. Następnie wyrzuciła Joakima Perssona ze swoich myśli.

Przez resztę dnia przeglądała oferty Nobelmäklarna o najwyższych cenach. Najdroższy był nieduży zamek pod Mariefred, gdzie nie miała najmniejszego zamiaru się osiedlać. Z przekory wybrała wspaniałe mieszkanie przy Mosebacke, które pod względem ceny plasowało się na drugim miejscu.

Dłuższą chwilę poświęciła na oglądanie zdjęć i planów mieszkania. W końcu stwierdziła, że mieszkanie przy Mosebacke spełnia wszystkie jej warunki. Wcześniej było własnością jednego z dyrektorów ABB, który usunął się w cień po tym, jak, gwarantując sobie rozgłos i krytykę, postarał się o odprawę w kwocie około miliarda koron.

Wieczorem zadzwoniła do Jeremy'ego MacMillana, wspólnika w kancelarii adwokackiej MacMillan&Marks na Gibraltarze. Już wcześniej robiła z nim interesy. Za hojnym wynagrodzeniem pozakładał firmy krzaki figurujące jako właściciele kont, na których Lisbeth zdeponowała majątek ukradziony rok wcześniej finansiście Hansowi-Erikowi Wennerströmowi.

Znów skorzystała z usług MacMillana. Tym razem poinstruowała go, by jako przedstawiciel jej firmy, Wasp Enterprises, rozpoczął negocjacje z Nobelmäklarna w sprawie nabycia upragnionego mieszkania przy Fiskargatan w pobliżu Mosebacke. Negocjacje trwały cztery dni, a na widok sumy, na jakiej ostatecznie stanęło, Lisbeth aż uniosła brwi. Plus pięć procent wynagrodzenia dla MacMillana. Przed końcem tygodnia przeniosła dwa kartony ubrań, pościel, materac i trochę drobiazgów do wyposażenia kuchni. Ponad trzy tygodnie spała na materacu i w tym czasie posprawdzała kliniki chirurgii plastycznej, zakończyła pewne niewyjaśnione sprawy natury biurokratycznej (między innymi przeprowadziła nocną rozmowę z niejakim Nilsem Bjurmanen) oraz uregulowała z góry bieżące opłaty.

NASTĘPNIE ZAREZERWOWAŁA bilety na podróż do kliniki we Włoszech. Po zakończeniu terapii i wypisaniu ze szpitala siedziała w pokoju hotelowym w Rzymie i rozmyślała, co dalej robić. Powinna wrócić do Szwecji i wziąć się za swoje życie, jednak z wielu powodów nie miała ochoty nawet myśleć o Sztokholmie.

Nie miała konkretnego zawodu. Nie widziała dla siebie przyszłości w Milton Security. Jednak nie była to wina Dragana Armanskiego. On chciałby pewnie, żeby Lisbeth pracowała na etacie jako sprawny trybik w jego firmie, jednak w wieku dwudziestu pięciu lat nie miała wykształcenia, a skończywszy pięćdziesiątkę, nie chciała odkryć, iż nadal chałturzy, szukając danych o łobuzach z dyrektorskiego światka. Było to zabawne hobby, lecz nie powołanie życiowe.

Inny powód tego, że ociągała się z powrotem do Sztokholmu, to Mikael Blomkvist. Bez wątpienia narażałaby się na ryzyko przypadkowego spotkania – *Pieprzony Kalle Blomkvist* – a w chwili obecnej to ostatnia rzecz, jakiej pragnęła. Zranił ją. Musiała szczerze przyznać, iż nie było to jego zamiarem. Zachował się w porządku. To jej wina, że się w nim „zakochała". Już samo słowo nie pasowało do *postrzelonej kozy Lisbeth Salander.*

Mikael Blomkvist był znanym kobieciarzem. A ona – w najlepszym razie zabawką, nad którą zlitował się w chwili słabości, gdy niczego innego nie miał pod ręką, a którą szybko porzucił na rzecz bardziej rozrywkowego towarzystwa. Przeklinała się za to, że opuściła gardę i pozwoliła się zranić do żywego.

Gdy się opamiętała, zerwała z nim wszelkie kontakty. Nie było to łatwe, ale się zawzięła. Kiedy ostatni raz go widziała, stała na peronie stacji metra Stare Miasto, a on siedział w wagonie pociągu do centrum. Obserwowała go przez całą minutę i postanowiła, że nie ma już w sobie ani odrobiny uczucia, bo inaczej musiałaby wykrwawić się na śmierć. *Fuck you*. On dostrzegł ją w tym samym momencie, gdy zatrzasnęły się drzwi, i zdążył popatrzeć na nią badawczym wzrokiem, nim odwróciła się na pięcie i odeszła, a pociąg ruszył.

Nie pojmowała, dlaczego nadal tak uparcie starał się, by pozostać z nią w kontakcie, jakby stanowiła dla niego jakiś pieprzony projekt społeczny. Irytowało ją, że był taki niedomyślny. Za każdym razem, gdy przysyłał jej maila, musiała walczyć ze sobą, by go usunąć bez czytania.

Sztokholm nie wydawał jej się ani odrobinę atrakcyjny. Oprócz ludzi z Milton Security, jakichś łóżkowych partnerów, odstawionych na bok, i dziewczyn z nieistniejącego zespołu rockowego Evil Fingers nie znała już chyba nikogo w swoim rodzinnym mieście.

Jedyna osoba, którą w pewien sposób szanowała, to Dragan Armanski. Trudno jej było określić, jakie żywiła wobec niego uczucia. Delikatne zdziwienie budził w niej zawsze fakt, że trochę ją pociągał. Gdyby nie był tak oczywiście żonaty, tak oczywiście starszy i tak oczywiście konserwatywny w swoim podejściu do życia, mogłaby nawet pomyśleć o tym, by go poderwać.

W końcu wyjęła kalendarz i otworzyła go na części z mapami. Nigdy nie była w Australii ani w Afryce. Czytała o piramidach i Angkor Wat, ale nigdy ich nie widziała. Nigdy nie płynęła linią Star Ferry między Koulun a Victorią w Hongkongu. Nigdy też nie nurkowała na Karaibach ani nie siedziała na plaży w Tajlandii. Z wyjątkiem nielicznych krótkich podróży służbowych, gdy kilkakrotnie odwiedziła kraje nadbałtyckie i skandynawskich sąsiadów oraz oczywiście Zurych i Londyn, nigdy nie wyjeżdżała ze Szwecji. Tak właściwie to rzadko wyjeżdżała z samego Sztokholmu.

Nigdy nie było jej na to stać.

Podeszła do okna i wyjrzała na via Garibaldi. Rzym to miasto, które wygląda jak zbiorowisko ruin. Potem podjęła decyzję. Założyła kurtkę, zeszła do recepcji i zapytała, czy w pobliżu jest jakieś biuro podróży. Zarezerwowała bilet w jedną stronę do Tel Awiwu i kilka kolejnych dni spędziła na spacerach po jerozolimskim Starym Mieście, oglądając meczet Al-Aksa i Ścianę Płaczu i podejrzliwie zerkając na uzbrojonych żołnierzy na rogach ulic. Następnie wyruszyła do Bangkoku i do końca roku podróżowała.

Musiała załatwić jeszcze tylko jedno. Dwa razy poleciała na Gibraltar. Pierwszy raz, by zrobić dokładny wywiad na temat człowieka, któremu zamierzała powierzyć zarządzanie swoimi pieniędzmi. Drugi raz – dopilnować, by dobrze się sprawował.

CZUŁA SIĘ OBCO, przekręcając klucz w zamku drzwi swojego mieszkania na Fiskargatan po tak długim czasie.

Postawiła w przedpokoju siatkę i torbę i wystukała czterocyfrowy kod wyłączający alarm. Następnie ściągnęła mokre ubranie i rzuciła je na podłogę. Naga poszła do kuchni, włączyła lodówkę i włożyła do niej jedzenie, po czym kolejne dziesięć minut spędziła pod prysznicem w łazience. Zjadła posiłek złożony z pokrojonego jabłka i całej Billy's Pan Pizza, odgrzanej w mikrofalówce. Otworzyła jeden z kartonów i znalazła poduszkę, prześcieradło i koc, który pachniał dość podejrzanie, przeleżawszy tu cały rok. Pościeliła materac w pokoju przy kuchni.

Zasnęła w ciągu dziesięciu sekund, ledwie przyłożyła głowę do poduszki, i spała niemal dwanaście godzin, prawie do północy. Wstała, nastawiła ekspres do kawy, okryła się kocem i usiadła z poduszką i papierosem we wnęce okiennej, skąd patrzyła na wyspę Djurgården i wody Saltsjön. Fascynowały ją światła. Siedziała tak w ciemności, rozmyślając nad swoim życiem.

NASTĘPNEGO DNIA Lisbeth Salander miała bardzo napięty rozkład zajęć. O siódmej rano zamknęła za sobą drzwi do mieszkania. Zanim zeszła po schodach, otworzyła okno na klatce i zawiesiła zapasowy klucz na cienkim miedzianym drucie, który wcześniej przymocowała pod rynną. Z doświadczenia wiedziała, jak korzystny jest ciągły i wygodny dostęp do zapasowego klucza.

W powietrzu czuć było lodowaty chłód. Lisbeth miała na sobie stare, wytarte dżinsy, z rozdarciem pod tylną kieszenią, spod którego wystawały niebieskie majtki. Do tego założyła T-shirt i ciepły sweter z nadprutym golfem. Znalazła jeszcze swoją starą zniszczoną skórzaną kurtkę z ćwiekami na ramionach. Stwierdziła, że powinna oddać ją do krawca, by naprawić porozrywaną i niemal nieistniejącą już podszewkę kieszeni. Miała grube skarpetki i trapery. Ogólnie rzecz biorąc, było jej całkiem ciepło.

Przeszła spacerem ulicę S:t Paulsgatan do Zinkensdamm i dalej pod górę w kierunku swojego dawnego mieszkania na Lundagatan. Na miejscu najpierw sprawdziła, czy jej kawasaki nadal stoi w piwnicy. Pogładziła siodełko, po czym udała się do starego mieszkania; żeby wejść, musiała pokonać potężny stos broszur reklamowych.

Nie była pewna, co zrobić z mieszkaniem. Zanim rok wcześniej wyjechała ze Szwecji, najprostszym rozwiązaniem okazały się stałe zlecenia płatności bieżących rachunków. Wciąż miała tam meble, z trudem zbierane w najróżniejszych śmietnikach, obtłuczone kubki, dwa stare komputery i sporo papierów. Jednak nic, co przedstawiałoby jakąś wartość.

Przyniosła z kuchni czarny worek na śmieci i przez pięć minut oddzielała pocztę od reklam. Większa część papierów od razu wylądowała w worku. Lisbeth dostała niewiele listów na swoje nazwisko – okazały się wyciągami z konta, PIT-ami z Milton Security i różnego rodzaju kryptoreklamą. Zaletą posiadania opiekuna prawnego było to, że nigdy nie musiała nawet oglądać deklaracji podatkowych. Poza tym przez cały rok uzbierały się tylko trzy przesyłki.

Pierwsza była od Grety Molander, która sprawowała kuratelę nad matką Lisbeth. List zawierał zwięzłą informację, że sporządzono inwentarz spadku po śmierci pani Salander oraz że Lisbeth Salander i jej siostra Camilla Salander otrzymały po dziewięć tysięcy trzysta dwanaście koron. Wymieniona wyżej suma została wpłacona na konto panny Salander; czy mogłaby potwierdzić otrzymanie niniejszej kwoty. Lisbeth schowała list do wewnętrznej kieszeni kurtki.

Drugi list był od pani Mikaelsson, dyrektorki domu opieki w Äppelviken, która uprzejmie przypominała jej, iż wciąż przechowują karton z rzeczami jej mamy – czy Lisbeth Salander byłaby uprzejma skontaktować się z Äppelviken i udzielić instrukcji co do dalszego postępowania z odziedziczonym przez nią mieniem. Kończyła uwagą, że jeśli nie otrzymają jakichkolwiek wiadomości od Lisbeth albo jej siostry (której adresu nie miała) przed końcem roku, owe rzeczy zostaną wyrzucone. Lisbeth popatrzyła na nagłówek listu – nosił datę czerwcową – i wzięła do ręki komórkę. Po dwóch minutach ustaliła, że jeszcze nie wyrzucili kartonu. Przeprosiła, że nie odezwała się wcześniej i obiecała odebrać rzeczy następnego dnia.

Ostatni list był od Mikaela Blomkvista. Zastanawiała się chwilę, po czym postanowiła bez otwierania wyrzucić go do śmieci.

Zapakowała do kartonu kilka przedmiotów i jakieś drobiazgi, które chciała zatrzymać, i wzięła taksówkę z powrotem na Mosebacke. Umalowała się, założyła okulary i blond perukę do ramion, a do torebki schowała norweski paszport na nazwisko Irene Nesser. Obejrzała się w lustrze i stwierdziła, że Irene Nesser bardzo przypomina Lisbeth Salander, jest jednak innym człowiekiem.

Po szybkim lunchu składającym się z bagietki z serem brie i caffe latte w Café Eden na Götgatan poszła spacerkiem do wypożyczalni samochodów przy Ringvägen, gdzie jako Irene

Nesser wypożyczyła nissana micrę. Pojechała do Ikei w centrum handlowym Kungens Kurva i spędziła tam trzy godziny, przeglądając cały asortyment i notując numery towarów, których potrzebowała. Podejmowała szybkie decyzje.

Kupiła dwie sofy, model Karlanda z piaskowym obiciem, pięć foteli Poäng o sprężystej ramie, dwa okrągłe stoliki do kawy z lakierowanej brzozy, ławę Svansbo i kilka nietypowych stolików z serii Lack. W dziale z półkami na książki i systemami przechowywania zamówiła dwa komplety Ivar i dwa regały Bonde, stolik pod telewizor i regał z drzwiczkami, model Magiker. Do tego dołożyła trzydrzwiową garderobę Pax Nexus i dwie małe komody Malm.

Dłuższą chwilę poświęciła na wybór łóżka, wreszcie zdecydowała się na ramę Hemnes z materacem i dodatkami. Na wszelki wypadek kupiła też łóżko Lillehammer do pokoju gościnnego. Nie liczyła na to, że kiedykolwiek będzie miała gości, ponieważ jednak posiadała pokój gościnny, mogła go równie dobrze umeblować.

Łazienka w jej nowym mieszkaniu była już w pełni wyposażona w szafki, półki na ręczniki i pozostawioną przez poprzedniego właściciela pralkę. Lisbeth kupiła tylko tani kosz na brudną bieliznę.

Potrzebowała jednak mebli do kuchni. Po chwili wahania zdecydowała się na stół Rosfors z masywnego buku ze szklanym blatem oraz cztery kolorowe krzesła.

Musiała mieć też meble do gabinetu. Ze zdumieniem oglądała nieprawdopodobne „zestawy do pracy", z przemyślnymi szafkami na komputery i klawiatury. Wreszcie potrząsnęła głową i zamówiła zwyczajne biurko Galant w okleinie bukowej z narożnym blatem i zaokrąglonymi krawędziami oraz dużą szafką. Nie spieszyła się z wyborem krzesła – na którym prawdopodobnie będzie przesiadywać godzinami – i zdecydowała się na jedno z najdroższych, model Verksam.

W końcu obeszła sklep i wybrała pokaźną liczbę kompletów pościeli, ręczników, kołder, koców, poduszek, zestawów sztućców, porcelany kuchennej, patelni oraz deskę do krojenia, trzy duże dywany, wiele praktycznych lamp i sporą ilość wyposażenia biurowego w postaci segregatorów, kosza na śmieci, pudeł do przechowywania itp.

Gdy zakończyła obchód, podeszła ze swoją listą do kasy. Zapłaciła kartą wystawioną na Wasp Enterprises, legitymując się jako Irene Nesser. Zapłaciła również za transport do domu i montaż. Rachunek wyniósł niewiele ponad dziewięćdziesiąt tysięcy koron.

Wróciła na Södermalm około piątej po południu i zdążyła jeszcze wpaść do Axelssons Hemelektronik, gdzie kupiła osiemnastocalowy telewizor i radio. Tuż przed zamknięciem wpadła jeszcze do sklepu ze sprzętem AGD na Hornsgatan i sprawiła sobie odkurzacz. W Mariahallen kupiła mopa do podłóg, płyn czyszczący, wiadro, proszek do prania, mydło, szczoteczki do zębów i wielkie opakowanie papieru toaletowego.

Była wyczerpana, ale zadowolona z tego szaleństwa zakupów. Upchnęła wszystko do wypożyczonego nissana i ledwie żywa padła na piętrze Café Java na Hornsgatan. Z sąsiedniego stolika pożyczyła popołudniówkę i stwierdziła, że socjaldemokraci nadal rządzą, a podczas jej nieobecności w kraju raczej nie wydarzyło się nic wielkiej wagi.

Do domu dotarła o ósmej. Pod osłoną ciemności wyładowała zakupy z samochodu i wniosła do mieszkania. Rzuciła wszystko na stertę w przedpokoju i spędziła pół godziny w poszukiwaniu miejsca parkingowego na jednej z bocznych ulic. Potem napuściła wody do jacuzzi, w którym swobodnie zmieściłyby się przynajmniej trzy osoby. Chwilę rozmyślała o Mikaelu Blomkviście. Nie myślała o nim od miesięcy, dopóki tego ranka nie zobaczyła listu od niego. Zastanawiała się, czy jest u siebie w domu w towarzystwie Eriki Berger.

Po chwili odetchnęła głęboko, nachyliła się twarzą do powierzchni wody i zanurkowała. Położyła dłonie na piersiach, ścisnęła mocno brodawki i wstrzymywała oddech przez trzy minuty, aż poczuła nieznośny ból w płucach.

REDAKTOR NACZELNA Erika Berger zerkała na zegarek, gdy Mikael Blomkvist, spóźniony prawie piętnaście minut, wszedł na zebranie, które – zawsze o dziesiątej w drugi wtorek miesiąca – było rzeczą świętą. Właśnie na tych spotkaniach planowano z grubsza kolejny numer i podejmowano decyzje co do zawartości magazynu „Millennium" na kilka miesięcy naprzód.

Mikael Blomkvist przeprosił za późne przybycie, mamrocząc wyjaśnienie, którego nikt nie usłyszał, a na pewno nie zapamiętał. Uczestnicy spotkania to, poza Eriką Berger, sekretarz redakcji Malin Eriksson, wspólnik i szef działu foto Christer Malm, reporterka Monika Nilsson oraz Lottie Karim i Henry Cortez, oboje pracujący na pół etatu. Mikael Blomkvist od razu stwierdził, że brakuje siedemnastoletniej praktykantki. W towarzystwie, przy niewielkim konferencyjnym stole w pokoju Eriki, odnotował za to zupełnie nową twarz. Niezwykle rzadko zdarzało się, by Erika dopuszczała kogoś z zewnątrz do planowania kolejnych numerów „Millennium".

– To jest Dag Svensson – powiedziała. – Wolny strzelec. Kupujemy jego tekst.

Mikael Blomkvist kiwnął głową i wymienili uścisk dłoni. Dag Svensson miał niebieskie oczy, krótko obcięte jasne włosy i trzydniowy zarost. Na oko trzydziestolatek, wydawał się nieprzyzwoicie wysportowany.

– Zazwyczaj robimy jeden albo dwa numery tematyczne w roku – kontynuowała Erika. – Ten temat chcę zamieścić w numerze majowym. Drukarnię mamy zamówioną do dwudziestego siódmego kwietnia. Daje nam to dobre trzy miesiące na zrobienie tekstów.

– Jaki temat? – zapytał Mikael, nalewając sobie jednocześnie kawy z termosu na stole.

– Dag Svensson przyszedł do mnie w zeszłym tygodniu z wersją roboczą. Poprosiłam go, by uczestniczył w tym spotkaniu. Możesz to omówić? – Erika zwróciła się do Daga.

– *Trafficking*. Czyli handel kobietami. W tym przypadku głównie z krajów bałtyckich i Europy Wschodniej. Aby zacząć od początku, powiem, że piszę na ten temat książkę i dlatego właśnie skontaktowałem się z Eriką – macie obecnie niewielką ofertę książkową.

Wszyscy wyglądali na rozbawionych. Wydawnictwo „Millennium" opublikowało dotychczas jedną książkę i było to tomiszcze sprzed roku, autorstwa Mikaela Blomkvista, na temat imperium finansowego miliardera Hansa-Erika Wennerströma. W Szwecji sprzedawano już siódme jej wydanie, poza tym została opublikowana w Norwegii, Niemczech i Anglii i właśnie tłumaczono ją na francuski. Sukces książki wydawał się niezrozumiały, ponieważ historia ta była ogólnie znana i nagłaśniana w niezliczonych gazetach.

– Jeśli chodzi o książki, to nie publikujemy znowu aż tak dużo – powiedział ostrożnie Mikael. Nawet Dag musiał się uśmiechnąć.

– Rozumiem. Ale macie wydawnictwo.

– Są większe – stwierdził Mikael.

– Bez wątpienia – powiedziała Erika. – Jednak już od roku dyskutujemy, czy nie wystartować z niszową serią na marginesie naszej stałej działalności. Podjęliśmy temat na dwóch zebraniach zarządu i wszyscy byli za. Wyobrażamy to sobie jako niewielką serię wydawniczą – trzy, cztery książki na rok – na którą, ogólnie rzecz biorąc, będą się składać reportaże z różnych dziedzin. Innymi słowy, typowe dziennikarskie produkty. To dobra książka na początek.

– *Trafficking* – podjął Mikael. – Powiedz coś więcej.

– Siedzę w temacie od czterech lat. Zająłem się tym przez moją dziewczynę. Nazywa się Mia Bergman, jest kryminologiem i badaczką gender. Wcześniej pracowała w Radzie do spraw Zapobiegania Przestępczości i robiła analizy dotyczące prawnego zakazu kupowania usług seksualnych.

– Poznałam ją – przytomnie zauważyła Malin Eriksson. – Robiłam z nią wywiad dwa lata temu, kiedy przedstawiła raport porównujący traktowanie mężczyzn i kobiet przez sądy.

Dag Svensson kiwnął głową i uśmiechnął się.

– Raport wywołał spore poruszenie – powiedział. – Mia bada *trafficking* od jakichś pięciu, sześciu lat. Tak się poznaliśmy. Pracowałem nad tekstem o sekshandlu w internecie i dostałem cynk, że ona coś o tym wie. I wiedziała. Aby nie przedłużać, powiem tylko, że zaczęliśmy też razem pracować, ja jako dziennikarz, ona jako naukowiec, i w trakcie całej tej historii zaczęliśmy się spotykać, a od roku mieszkamy razem. Mia pisze doktorat i będzie się bronić na wiosnę.

– Więc ona pisze doktorat, a ty…?

– Ja piszę wersję popularną tego doktoratu uzupełnioną o mój własny research. Oraz wersję skróconą w postaci artykułu, który otrzymała Erika.

– Okej, więc pracujecie razem. Co to za temat?

– Mamy rząd, który wprowadził ostry zakaz kupowania usług seksualnych, mamy policję, która powinna dopilnować, by to prawo było przestrzegane i mamy sądy, które powinny skazywać przestępców seksualnych. Nazywamy klientów przestępcami, bo kupowanie usług seksualnych jest nielegalne. Mamy też media, które dają wyraz moralnemu oburzeniu w swoich materiałach. Jednocześnie Szwecja jest w czołówce krajów, w których handluje się prostytutkami z Rosji i krajów bałtyckich.

– Potwierdzisz to faktami?

– Sprawa nie jest żadną tajemnicą. To nie jest nawet *news*. Nowość polega na tym, że rozmawialiśmy z ponad dziesiątką dziewczyn, takich jak ta z „Lilja 4-ever". Najczęściej mają piętnaście–dwadzieścia lat, wywodzą się z biednych środowisk dawnego bloku wschodniego, zostały zwabione do Szwecji obietnicą takiej czy innej pracy, a dostały się w szpony seksmafii nieznającej żadnych skrupułów. Przy niektórych przeżyciach tych dziewczyn „Lilja 4-ever" wydaje się zwykłym filmem familijnym. Mam na myśli, że te dziewczyny przeżyły coś, czego w ogóle nie da się pokazać w filmie.

– Dobra, kontynuuj.

– Na tym wątku koncentruje się doktorat Mii. Ale nie książka.

Wszyscy słuchali z uwagą.

– Mia przeprowadziła wywiady z dziewczynami. Ja natomiast zbadałem dostawców i klientów.

Mikael uśmiechnął się. Nigdy wcześniej nie spotkał Daga Svenssona, lecz nagle poczuł, że jest on właśnie takim dziennikarzem, jakich lubił – skupiał się na istocie tematu. Według Mikaela złota zasada dziennikarstwa stanowiła, że zawsze ktoś jest odpowiedzialny. *The bad guys.*

– I znalazłeś jakieś interesujące fakty?

– Mogę na przykład udokumentować, że pewien urzędnik z Ministerstwa Sprawiedliwości, współpracujący przy tworzeniu zakazu kupowania usług seksualnych, wykorzystał co najmniej dwie dziewczyny, które przybyły tu za pośrednictwem seksmafii. Jedna z nich miała piętnaście lat.

– A to dopiero!

– Od trzech lat pracuję nad tym tematem na pół etatu. Książka będzie zawierać przykładowe profile klientów. Są wśród nich trzej funkcjonariusze służb specjalnych i jeden policjant z obyczajówki. Pięciu adwokatów, prokurator i sędzia. A także trzej dziennikarze, z których jeden napisał wiele artykułów o sekshandlu. W wolnym czasie realizuje swoje fantazje o gwałcie na nastoletniej prostytutce z Tallina… i nie chodzi w tym przypadku o zabawy łóżkowe, na które obie strony wyraziły zgodę. Zamierzam podać ich nazwiska. Mam niepodważalną dokumentację.

Mikael Blomkvist aż zagwizdał. Po chwili przestał się śmiać.

– Ponieważ to ja znów objąłem stanowisko wydawcy odpowiedzialnego, przeanalizuję tę dokumentację z lupą w ręku

– powiedział. – Ostatnim razem, gdy niedbale sprawdziłem źródła, dostałem trzy miesiące paki.

– Jeśli zdecydujecie się to wydać, dostaniesz całą dokumentację, jakiej zażądasz. Ale jest jeden warunek, jeśli mam sprzedać „Millennium" ten temat.

– Dag chce, żebyśmy wydali również książkę – powiedziała Erika.

– Dokładnie. Chcę, żeby uderzyła jak grom z jasnego nieba, a obecnie „Millennium" jest najbardziej wiarygodną i odważną gazetą w tym kraju. Nie sądzę, by wiele innych wydawnictw ośmieliło się wydać tego rodzaju książkę.

– Więc bez książki nie ma artykułu – podsumował Mikael.

– Moim zdaniem brzmi to naprawdę nieźle – powiedziała Malin Eriksson. Henry Cortez przytaknął jej mruknięciem.

– Artykuł i książka to dwie osobne sprawy – kontynuowała Erika. – W pierwszym przypadku to Mikael odpowiada za tekst. Co do książki, autor sam ponosi odpowiedzialność.

– Wiem – odpowiedział Dag. – O to się nie martwię. Gdy książka zostanie opublikowana, Mia złoży jednocześnie zawiadomienie o przestępstwach popełnionych przez wszystkie te osoby, których nazwiska podaję.

- Rozpęta się istne piekło – zauważył Henry.

– To dopiero połowa tej historii. Starałem się też prześwietlić siatki kilku organizacji zarabiających na sekshandlu. Bo chodzi tu o zorganizowaną przestępczość.

– I kogo tam znalazłeś?

– Właśnie to jest najbardziej tragiczne. Seksmafia to paskudna zgraja najgorszych mętów. Sam nie bardzo wiem, czego się spodziewałem, rozpoczynając poszukiwania, jednak w jakiś sposób daliśmy – a przynajmniej ja dałem – się zwieść, że mafia to banda snobów z wyżyn społecznych, jeżdżących w eleganckich, luksusowych brykach. Przypuszczam, że do takiego obrazu przyczyniło się sporo amerykańskich filmów. Twoja historia o Wennerströmie – Dag zerknął na Mikaela – pokazuje, że tak właśnie może być.

Jednak Wennerström zdaje się należeć do wyjątków. Ja znalazłem gromadę brutalnych, sadystycznych nieudaczników, którzy ledwo umieją czytać i pisać i są kompletnymi idiotami w kwestii organizacji czy strategicznego myślenia. Mają powiązania z bikersami, członkami gangów motocyklowych, i trochę lepiej zorganizowanymi grupami, jednak ogólnie rzecz biorąc, sekshandlem zajmuje się stado osłów.

– Bardzo wyraźnie widać to w twoim artykule – powiedziała Erika. – Mamy prawodawstwo, służby policyjne i sądownictwo, które co roku finansujemy milionami koron z naszych podatków, żeby ukrócili sekshandel... a oni nie potrafią rozprawić się ze zgrają kompletnych idiotów.

– To permanentne łamanie praw człowieka, a dziewczyny, o które tu chodzi, stoją na najniższym szczeblu drabiny społecznej, więc tym samym są nieinteresujące z prawnego punktu widzenia. Nie głosują. Nie znają szwedzkiego, z wyjątkiem słownictwa potrzebnego do złapania klienta. Niemal sto procent wszystkich przestępstw związanych z sekshandlem nie zostaje nigdy zgłoszonych na policję, a jeszcze rzadziej zdarza się wniesienie oskarżenia. Dla szwedzkiego wymiaru sprawiedliwości jest to jak ogromna góra lodowa, której tylko czubek wystaje z wody. A gdyby równie nonszalancko traktowano napady na banki? Nie do pomyślenia. Mój wniosek jest niestety taki, że owa nonszalancja nie trwałaby nawet jednego dnia, gdyby władze po prostu zechciały temu zaradzić. Ściganie przestępców wykorzystujących nastoletnie dziewczęta z Tallina i Rygi nie jest priorytetem. Dziwka to dziwka. Stanowi to część systemu.

– I każdy łajdak o tym wie – powiedziała Monika Nilsson.

– No więc, co wy na to? – spytała Erika.

– Podoba mi się ten pomysł – odezwał się Mikael. – Z tym tematem wyjdziemy przed szereg, a po to właśnie założyliśmy kiedyś „Millennium".

– Dlatego wciąż jeszcze pracuję w tej gazecie. Wydawca odpowiedzialny musi dać się przymknąć od czasu do czasu – powiedziała Monika.

Wszyscy oprócz Mikaela roześmiali się.

– On jako jedyny był na tyle stuknięty, żeby przyjąć to stanowisko – odpowiedziała Erika Berger. – Dajemy to na maj. Jednocześnie wyjdzie też twoja książka.

– Jest już gotowa? – zapytał Mikael.

– Nie. Mam cały plan, ale napisałem trochę ponad połowę. Jeśli zgodzicie się na publikację i wypłatę zaliczki, będę pracować nad książką na pełen etat. Research jest już zrobiony niemal w całości. Zostało jeszcze kilka uzupełniających spraw, tak na marginesie. Właściwie tylko potwierdzenie czegoś, co już wiem, i konfrontacja z klientami, których zdemaskuję.

– Zrobimy tak samo jak w książce o Wennerströmie. Layout zajmie tydzień – przytaknął Christer Malm – a druk dwa tygodnie. Konfrontacje przeprowadzimy w marcu i kwietniu i podsumujemy je na piętnastu stronach, to będzie ostatni tekst. Chcemy więc dostać wersję roboczą piętnastego kwietnia, żebyśmy zdążyli sprawdzić wszystkie źródła.

– A jak robimy z umową?

– Nigdy nie sporządzałam umowy na napisanie książki, muszę więc pogadać z naszym radcą prawnym. – Erika zmarszczyła brwi. – Ale proponuję zatrudnienie na czteromiesięczną umowę o dzieło, od lutego do maja. Nie wypłacamy żadnych premii.

– Dla mnie OK. Potrzebuję pieniędzy, żeby całkowicie skoncentrować się na pisaniu.

– Poza tym mamy prostą zasadę: po opłaceniu kosztów dochodami z książki dzielimy się pół na pół. Co ty na to?

– Brzmi całkiem nieźle – odpowiedział Dag.

– Przejdźmy do obowiązków. Malin, chcę, żebyś zaplanowała numer tematyczny. To będzie twoim głównym zadaniem od nowego miesiąca; pracujesz z Dagiem i redagujesz teksty. A to oznacza, Lottie, że zostajesz tymczasowym sekretarzem redakcji na okres od marca do końca maja. Przejdziesz na pełny etat, a Malin albo Mikael będą ci pomagać w wolnej chwili.

Malin kiwnęła głową.

– Mikael, chcę, żebyś był redaktorem książki.

Spojrzała na Daga Svenssona.

– Mikael może i na takiego nie wygląda, ale naprawdę jest cholernie dobrym redaktorem, a poza tym zna się na researchu. Każde słowo w twojej książce obejrzy pod mikroskopem i jak jastrząb rzuci się na każdy szczegół. Schlebia mi, że chcesz wydać to u nas, ale mamy w „Millennium" szczególne problemy. Mamy pewnych wrogów, którzy tylko czekają, byśmy się ośmieszyli. Skoro wychodzimy przed szereg i publikujemy, musi to być bezbłędne w stu procentach. Nie stać nas na pomyłkę.

– To zrozumiałe.

– Dobrze. Jak zniesiesz to, że ktoś całą wiosnę będzie patrzył ci przez ramię i krytykował aż do bólu?

Dag wyszczerzył zęby i spojrzał na Mikaela.

– Bierz się do dzieła.

Mikael kiwnął głową.

– Skoro to numer tematyczny, musimy mieć więcej artykułów. Mikael, napiszesz o finansach w sekshandlu. O jakie sumy w skali roku chodzi? Kto na tym zarabia i dokąd trafiają pieniądze? Czy można znaleźć dowody na to, że część tych pieniędzy ląduje w państwowej kasie? Monika, sprawdzisz przestępstwa na tle seksualnym w ogóle. Porozmawiaj z centrami pomocy kryzysowej dla kobiet, ze specjalistami, lekarzami i władzami. Wy dwoje i Dag piszecie teksty, na których oprze się cały numer. Henry, chcę mieć wywiad z dziewczyną Daga, Mią Bergman, a nie może go przeprowadzić Dag. Sylwetka: kim ona jest, jakie robi badania i jakie wyciągnęła wnioski. Potem zrobisz analizy kilku przypadków na podstawie dochodzeń policyjnych. Christer zdjęcia. Nie wiem, jak to zilustrować. Przemyśl sprawę.

– Ze wszystkich możliwych tematów ten wydaje się najłatwiejszy do zilustrowania. Nie będzie problemu.

– Pozwólcie, że jeszcze coś dodam – powiedział Dag. – Są też nieliczni policjanci, którzy odwalają kawał naprawdę dobrej roboty. Wywiad z jednym z nich nie byłby złym pomysłem.

– Masz jakieś nazwiska? – zapytał Henry Cortez.

– I numery telefonów – przytaknął Dag.

– Dobrze – odezwała się Erika. – Temat majowego numeru: seksbiznes. Ma z niego wynikać, że *trafficking* to proceder łamania praw człowieka, a tych przestępców powinno się ujawnić i traktować jak zwykłych zbrodniarzy wojennych, szwadrony śmierci czy katów. Bierzemy się do dzieła.

Rozdział 5
Środa 12 stycznia – piątek 14 stycznia

ÄPPELVIKEN WYDAŁO SIĘ Lisbeth obcym, nieznanym miejscem, gdy po raz pierwszy od osiemnastu miesięcy podjechała pod dom opieki swoim wypożyczonym nissanem. Odkąd skończyła piętnaście lat, regularnie, kilka razy do roku, odwiedzała miejsce, gdzie umieszczono jej matkę po tym, jak wydarzyło się Całe Zło. Mimo nieczęstych wizyt Äppelviken było dla Lisbeth stałym punktem odniesienia. To tutaj jej matka spędziła ostatnie dziesięć lat życia i tutaj w końcu zmarła po ostatnim wyniszczającym wylewie, mając zaledwie czterdzieści trzy lata.

Nazywała się Agneta Sofia Salander. Na ostatnich czternastu latach jej życia piętnem odcisnęły się nawracające małe wylewy krwi do mózgu, które uczyniły z niej osobę niezdolną, by o siebie zadbać i radzić sobie w codziennych czynnościach. W pewnych okresach w ogóle nie można było się z nią porozumieć, miała też trudności z rozpoznawaniem Lisbeth.

Myśli o matce zawsze wywoływały w niej poczucie bezsilności i ponury nastrój. Jako nastolatka długo żywiła nadzieję, że matka wyzdrowieje i że zdołają nawiązać ze sobą jakąś relację. Jednak rozum mówił, że to nigdy nie nastąpi.

Matce, szczupłej i niskiej, daleko było do anorektycznego wyglądu Lisbeth. Przeciwnie, była wprost piękna i doskonale zbudowana. Podobnie jak siostra Lisbeth.

Camilla.

Lisbeth niechętnie o niej myślała.

Za ironię losu uważała fakt, że tak dramatycznie różniły się od siebie. Bliźniaczki, jedna urodziła się dwadzieścia minut po drugiej.

Lisbeth była pierwsza. Camilla była piękna.

Tak bardzo się od siebie różniły, iż wydawało się nieprawdopodobne, by rozwinęły się w jednej macicy. Gdyby nie błąd w kodzie genetycznym Lisbeth Salander byłaby tak samo oszałamiająco piękna jak jej siostra.

I prawdopodobnie równie tępa.

Od wczesnego dzieciństwa Camilla była osobą ekstrawertyczną, lubianą i odnoszącą sukcesy w szkole. Lisbeth była cicha, zamknięta w sobie, rzadko odpowiadała na pytania nauczycieli, co odzwierciedlało się w skrajnie różnych ocenach. Już w podstawówce Camilla odcięła się od siostry do tego stopnia, iż nawet do szkoły chodziły innymi drogami. Nauczyciele i koledzy zauważyli, że siostry nigdy nie spędzają razem czasu i nigdy nie siadają obok siebie. Po drugim roku nauki zaczęły chodzić do równoległych klas. Od dwunastego roku życia, gdy stało się Całe Zło, wychowywały się oddzielnie. Nie widziały się, odkąd skończyły siedemnaście lat, a ich ostatnie spotkanie skonczyło się tak, że Lisbeth miała podbite oko, a Camilla spuchniętą wargę. Lisbeth nie wiedziała, gdzie przebywa jej siostra, i nie podejmowała żadnych prób, by się tego dowiedzieć.

Siostry Salander nie kochały się.

W oczach Lisbeth Camilla była fałszywą, zepsutą manipulantką. Jednak to Lisbeth została przez sąd ubezwłasnowolniona.

Stanęła na parkingu dla gości, zapięła wytartą skórzaną kurtkę i w strugach deszczu ruszyła nieśpiesznie do głównego wejścia. Zatrzymała się przy parkowej ławce i rozejrzała. Właśnie w tym miejscu, przy tej ławce, półtora roku wcześniej widziała swoją matkę po raz ostatni. Odwiedziła Äppelviken po drodze na północ, gdy wspierała Mikaela w poszukiwaniach szalonego, choć dobrze zorganizowanego seryjnego mordercy.

Matka była niespokojna i zdawała się nie poznawać Lisbeth, ale i tak nie chciała jej puścić. Trzymała swoją córkę mocno za rękę, patrząc na nią błędnym wzrokiem. Lisbeth spieszyła się. Poluzowała uścisk, objęła matkę i zwiała na swoim motocyklu.

Dyrektorka domu opieki w Äppelviken, Agnes Mikaelsson, wyglądała na zadowoloną ze spotkania z Lisbeth. Powitała ją przyjaźnie i zaprowadziła do magazynu. Lisbeth uniosła pudło z rzeczami matki. Ważyło kilka kilogramów i niewiele z jego zawartości można by pokazać jako pozostałość po czyimś życiu.

– Nie wiedziałam, co zrobić z rzeczami pani matki – powiedziała Mikaelsson. – Zawsze jednak miałam przeczucie, że pewnego dnia pani wróci.

– Byłam w podróży – odpowiedziała Lisbeth.

Podziękowała, że zachowali karton, zataszczyła go do samochodu i opuściła Äppelviken na zawsze.

LISBETH WRÓCIŁA NA MOSEBACKE tuż po dwunastej i wniosła karton z rzeczami matki do mieszkania. Nie zaglądajac do środka, włożyła go do schowka w przedpokoju i znów wyszła.

Gdy otwierała drzwi wejściowe, ulicą przejechał powoli radiowóz. Przystanęła i uważnie obserwowała budzącą respekt obecność policjantów przed swoim domem, ponieważ jednak nie wydawało się, by mieli ruszyć do ataku, spokojnie poczekała, aż odjadą.

Po południu odwiedziła H&M i KappAhl i skompletowała nową garderobę. Kupiła pokaźny zestaw podstawowych ubrań, takich jak spodnie, bluzy i skarpetki. Nie interesowały jej markowe ciuchy, jednak czuła pewną przyjemność, mogąc bez mrugnięcia okiem kupić naraz kilka par dżinsów. Najbardziej ekstrawaganckiego zakupu dokonała w Twilfit, gdzie nabyła sporą liczbę kompletów majtek i biustonoszy. Znów były to niewyszukane fasony, jednak po trzydziestu minutach krępujących poszukiwań zdecydowała się na komplet, który uznała za seksowny czy nawet wyuzdany, a o którego kupnie nigdy wcześniej by nie pomyślała. Przymierzając go późnym wieczorem, wydała się sobie bezgranicznie żałosna. W lustrze zobaczyła chudą, wytatuowaną dziewczynkę w groteskowym stroju. Zdjęła bieliznę i wyrzuciła ją do śmieci.

W sklepie Din Sko kupiła solidne buty zimowe i dwie pary tenisówek. W ostatniej chwili wzięła jeszcze czarne botki na wysokim obcasie, które podwyższały ją o kilka centymetrów. Poza tym nabyła porządną kurtkę zimową z brązowego zamszu.

Przytaszczyła zakupy do domu, zrobiła kawę i kanapki, po czym pojechała oddać samochód do wypożyczalni przy centrum handlowym Ringen. Wróciła spacerem, a przez resztę wieczoru siedziała po ciemku we wnęce okiennej, patrząc na wody Saltsjön.

MIA BERGMAN, doktorantka kryminologii, pokroiła sernik i każdy kawałek udekorowała lodami malinowymi. Talerzyki podała najpierw Erice Berger i Mikaelowi Blomkvistowi, następnie Dagowi i sobie. Malin Eriksson stanowczo odmówiła deseru i zadowoliła się czarną kawą w nietypowej, staromodnej filiżance w kwiatki.

– To serwis mojej babci – powiedziała Mia, widząc, jak Malin ogląda filiżankę.

– Strasznie się boi, że któraś z nich się zbije – powiedział Dag. – Używamy ich tylko wtedy, gdy mamy szczególnie ważnych gości.

Mia uśmiechnęła się.

– Wiele lat wychowywałam się u mojej babci, a serwis to tak naprawdę jedyne, co mi po niej zostało.

– Jest przepiękny – powiedziała Malin. – Ja mam tylko Ikeę.

Mikaela nie interesowały filiżanki w kwiatki, krytycznie patrzył za to na talerz z sernikiem. Zastanawiał się, czy nie poluzować paska o jedną dziurkę. Erika Berger najwyraźniej podzielała jego uczucia.

– O rany, też powinnam zrezygnować z deseru – powiedziała, zerkając przepraszająco na Malin, po czym zdecydowanym ruchem chwyciła łyżeczkę.

Właściwie miała to być skromna robocza kolacja, żeby, po pierwsze, zatwierdzić decyzję o współpracy, a po drugie, przedyskutować plan numeru tematycznego „Millennium". Dag Svensson zaproponował, by spotkali się u niego w domu i coś przekąsili, a Mia Bergman podała najsmaczniejszego kurczaka w sosie słodko-kwaśnym, jakiego Mikael kiedykolwiek jadł. Do kolacji wypili dwie butelki dość cierpkiego hiszpańskiego czerwonego wina, a przy deserze Dag zapytał, czy ktoś ma ochotę na tullamore dew. Tylko Erika była na tyle głupia, żeby odmówić, więc Dag wyciągnął kieliszki.

On i Mia zajmowali dwupokojowe mieszkanie w Enskede. Byli razem już parę lat, ale dopiero przed rokiem podjęli decyzję o wspólnym zamieszkaniu.

Spotkali się około szóstej po południu, a gdy o wpół do dziewiątej podano deser, główny temat nie został jeszcze w ogóle poruszony. Mikael zdążył natomiast odkryć, że lubi Daga i Mię i dobrze się czuje w ich towarzystwie.

To Erika po pewnym czasie skierowała rozmowę na temat, dla którego się tu zebrali. Mia przyniosła wydruk swojego doktoratu i położyła go na stole przed Eriką. Rozprawa miała przewrotny tytuł – *From Russia with Love* – który odwoływał się oczywiście do klasyki Iana Fleminga o agencie 007. Podtytuł brzmiał *Trafficking, przestępczość zorganizowana oraz społeczne środki zaradcze*.

– Musicie odróżnić moją rozprawę od tego, co pisze Dag – powiedziała Mia. – Książka ma charakter reportażu zaangażowanego, koncentruje się na tych, którzy czerpią zyski z *traffickingu*. Moja rozprawa to statystyka, badania w terenie, cytaty z prawa i analiza traktowania ofiar przez społeczeństwo i sądy.

– Czyli tych dziewczyn.

111

– Są młode, zazwyczaj między piętnastym a dwudziestym rokiem życia, pochodzą z klasy robotniczej, brak im wykształcenia. Często mają zagmatwaną sytuację rodzinną, a zdarza się, że już w dzieciństwie były narażone na różnego rodzaju przemoc. Rzecz jasna, dały się zwabić do Szwecji, ponieważ ktoś wcisnął im masę kłamstw.

– Handlarze żywym towarem.

– W tym względzie rozprawę cechuje perspektywa genderowa. Rzadko kiedy badacz może tak jednoznacznie rozdzielić role według płci. Dziewczyny – ofiary; faceci – sprawcy. Z wyjątkiem kilku kobiet, które same czerpią zyski z sekshandlu, nie istnieje inny rodzaj przestępczości, gdzie płeć warunkuje rolę w przestępstwie. Nie istnieje też żaden inny rodzaj przestępczości, wobec którego społeczna akceptacja byłaby tak duża, a społeczeństwo robiłoby tak mało, by ją zwalczyć.

– Jeśli dobrze rozumiem, Szwecja ma mimo wszystko dość surowe prawodawstwo w kwestii traffickingu i sekshandlu – powiedziała Erika.

– Nie rozśmieszaj mnie. Około setki dziewczyn rocznie – nie ma dokładnej statystyki – przywozi się do Szwecji, żeby zarabiały jako dziwki, co w tym przypadku oznacza oddanie swojego ciała gwałcicielom. Odkąd uchwalono prawo o zapobieganiu traffickingowi, zastosowano je w sądzie dosłownie kilka razy. Pierwszy raz w kwietniu 2003 roku wobec tej szalonej burdelmamy po operacji zmiany płci. Rzecz jasna, została uniewinniona.

– Czekaj, myślałam, że ją skazano?

– Za prowadzenie burdelu – tak. Ale uwolniono ją od zarzutu traffickingu. Ofiary były również świadkami w sprawie i zniknęły tam, skąd przyjechały, gdzieś w krajach bałtyckich. Przez wiele miesięcy władze próbowały sprowadzić je na proces, poszukiwał ich między innymi Interpol. Bezskutecznie.

– Co się z nimi stało?

– Nic. Program telewizyjny „Insider" powrócił do sprawy i wysłał ludzi do Tallina. Mniej więcej jedno popołudnie zajęło reporterom znalezienie dwóch spośród tych dziewczyn – mieszkały u rodziców. Trzecia przeniosła się do Włoch.

– Innymi słowy policja tallińska nie była zbyt efektywna.

– Od tamtego czasu było faktycznie kilka wyroków skazujących, jednak zawsze chodziło o osoby, które albo zatrzymano z powodu innych przestępstw, albo były tak niewiarygodnie durne, że musiały dać się złapać. Prawo to czysta fikcja. Nie używa się go.

– Aha.

– W tym przypadku przestępstwa to brutalne gwałty, często z pobiciem albo ciężkim pobiciem oraz groźbą śmierci, nieraz połączone z przetrzymywaniem wbrew woli – wtrącił Dag.

– To chleb powszedni dla wielu dziewczyn, w minispódniczkach i z mocnym makijażem przewozi się je do jakiejś willi na przedmieściu. Sęk w tym, że one nie mają wyboru. Albo jadą i rżną się z obleśnym dziadem albo narażają się na pobicie i tortury ze strony swojego alfonsa. Nie mogą uciec – nie znają języka, prawa, reguł, nie wiedzą, do kogo się zwrócić. Nie mogą jechać do domu. Na samym początku zabiera się im paszporty, a w przypadku tamtej burdelmamy dziewczyny były zamykane na klucz.

– To brzmi jak opis obozu niewolników. Czy one w ogóle mają coś z tej działalności?

– O, tak! – odpowiedziała Mia. – Na otarcie łez dostają kawałek tego tortu. Pracują przeciętnie kilka miesięcy, a potem wracają do domu. Mogą mieć wtedy porządny plik banknotów, dwadzieścia do trzydziestu tysięcy, co w przeliczeniu na ruble stanowi mały majątek. Niestety często wcześniej popadają w ciężkie nałogi, alkohol albo narkotyki, prowadzą taki styl życia, że pieniądze szybko się kończą. Koło samo się napędza; po jakimś czasie wracają do Szwecji, by znowu pracować i dobrowolnie, że tak powiem, lądują u swojego kata.

– Jaki jest roczny obrót w tym biznesie? – zapytał Mikael.
Mia zerknęła na Daga i zastanowiła się chwilę, nim odpowiedziała.

– Trudno dać prawidłową odpowiedź na to pytanie. Liczyliśmy, i to wiele razy, jednak nadal są to tylko szacunki.

– Tak pi razy oko.

– OK, wiemy, że na przykład ta burdelmama, którą skazali za stręczycielstwo, ale za trafficking już nie, w ciągu dwóch lat ściągnęła trzydzieści pięć kobiet ze Wschodu. Pracowały od kilku tygodni do kilku miesięcy. Podczas procesu okazało się, że przez te dwa lata zarobiły razem ponad dwa miliony koron. Przeliczyłam to tak, że jedna dziewczyna zarabia ponad pięćdziesiąt tysięcy miesięcznie. Z tego ponad pięć tysięcy trzeba odjąć na wydatki – przejazdy, ubrania, mieszkanie itd. To nie jest luksusowe życie, dziewczyny często waletują w jakimś mieszkaniu, które zapewnia im szajka. Z pozostałych czterdziestu pięciu tysięcy inni biorą od dwudziestu do trzydziestu. Szef chowa połowę, powiedzmy piętnaście tysięcy, do kieszeni, a resztę dzieli między pracowników – kierowców, najemników i pozostałych. Dziewczyna dostaje jakieś dziesięć – dwanaście tysięcy.

– A miesięcznie…

– Powiedzmy, że grupa ma dwie albo trzy dziewczyny, które dla niej tyrają. To oznacza, że wyciągają ponad sto pięćdziesiąt tysięcy miesięcznie. Każda szajka składa się przeciętnie z trzech osób, które muszą się z tego utrzymać. Tak to mniej więcej wygląda.

– A ile ich jest… to znaczy w zaokrągleniu.

– Można założyć, że naraz jest około stu dziewczyn, które w takim czy innym sensie padły ofiarą traffickingu. Oznacza to, że miesięczny obrót w skali Szwecji osiąga ponad sześć milionów koron miesięcznie, czyli jakieś siedemdziesiąt milionów rocznie. A dotyczy to tylko traffickingu.

– Brzmi jak drobniaki.

– To są małe pieniądze. A żeby na to zapracować, ponad sto dziewczyn naraża się na gwałty. To doprowadza mnie do wściekłości.

– Nie mówisz jak profesjonalny badacz. Ale jeśli na jedną dziewczynę przypada trzech facetów, to ponad pięciuset albo sześciuset się z tego utrzymuje.

– W rzeczywistości prawdopodobnie mniej. Stawiałabym, że jakichś trzystu.

– Nie wygląda mi to na problem nie do rozwiązania – powiedziała Erika.

– Tworzymy prawa i oburzamy się w mediach, ale prawie nikt nie rozmawiał z prostytutką z bloku wschodniego, prawie nikt nie ma pojęcia o jej życiu.

– Jak to działa? Mam na myśli praktykę. Dość trudno ściągnąć tu szesnastoletnią dziewczynę z Tallina, tak by nikt niczego nie zauważył. I co się dzieje później, kiedy już tu są? – zapytał Mikael.

– Kiedy zaczęłam badania, wydawało mi się, że to bardzo dobrze zorganizowana działalność i jakaś rozbudowana mafijna siatka, która sprawnie przerzuca dziewczyny przez granicę.

– Ale to nie tak? – zapytała Malin.

– Ta działalność jest niby jakoś zorganizowana, jednak później odkryłam, że to w istocie wiele drobnych i raczej niejednolitych grup. Zapomnij o garniturze od Armaniego i sportowym samochodzie – przeciętna szajka składa się z dwóch–trzech ludzi, pół na pół, Rosjanie albo mieszkańcy krajów bałtyckich i Szwedzi. Wyobraź sobie takiego szefa: czterdzieści lat, siedzi w podkoszulku, popija piwo i drapie się po brzuchu. Bez wykształcenia. Pod pewnymi względami można by go uznać za nieprzystosowanego społecznie, z problemami od wczesnego dziecństwa.

– Bardzo romantyczne.

– O kobietach myśli jak neandertalczyk. Notorycznie używa przemocy, dużo pije, skopie dupę każdemu, kto mu podskoczy. W szajce istnieje wyraźna hierarchia przy podziale łupu, a współpracownicy często boją się szefa.

DOSTAWA MEBLI Z IKEI dotarła do Lisbeth po trzech dniach, o wpół do dziesiątej. Dwóch silnych facetów uścisnęło rękę jasnowłosej Irene Nesser, mówiącej z lekkim norweskim akcentem. Następnie, jeżdżąc niewielką windą tam i z powrotem, spędzili dzień na montowaniu stołów, szafek i łóżek. Byli szalenie sprawni i najwyraźniej robili to już wcześniej. Irene poszła do hali targowej Söderhallarna, kupiła greckie jedzenie na wynos i zaprosiła ich na lunch.

Monterzy skończyli około piątej po południu. Gdy odjechali, Lisbeth Salander zdjęła perukę i zaczęła przechadzać się samotnie po mieszkaniu, rozmyślając o tym, czy dobrze będzie się czuła w swoim nowym domu. Stół kuchenny wydawał się zbyt elegancki jak na jej upodobania. Obok, z wejściem zarówno z przedpokoju, jak i z kuchni, miała swój nowy pokój dzienny z modnymi sofami i fotelami wokół stolika do kawy przy oknie. Była zadowolona z sypialni, usiadła ostrożnie na łóżku Bergen i wypróbowała ręką materac.

Zerknęła do gabinetu z widokiem na Saltsjön. *Yes, bardzo efektywnie. Tu mogę pracować.*

Jednak nad czym dokładnie – nie wiedziała, a i bez tego patrzyła na umeblowanie krytycznie.

No dobra, zobaczymy, co z tego wyjdzie.

Resztę wieczoru Lisbeth spędziła na rozpakowywaniu i układaniu swoich rzeczy. Pościeliła łóżko, a ręczniki, pościel i poszewki schowała do szafy. Otworzyła torby i porozwieszała w szafach nowe ubrania. Mimo olbrzymich zakupów wypełniła nimi tylko mały ułamek wolnej przestrzeni. Poustawiała lampy i poukładała patelnie; porcelanę i sztućce ułożyła w kuchennych szafkach.

Patrząc na puste ściany, pomyślała, że powinna była kupić jakieś plakaty albo obrazy. Zwykle ludzie mają na ścianach takie rzeczy. Nie zaszkodziłaby też roślina w doniczce.

Następnie otworzyła kartony przyniesione z Lundagatan i wybrała książki, gazety, wycinki i stare papiery z poprzednich researchów, które zapewne powinna wyrzucić. Bez żalu pozbyła się starych, wytartych T-shirtów i dziurawych skarpetek. Nagle znalazła wibrator, wciąż jeszcze w oryginalnym opakowaniu. Uśmiechnęła się krzywo. Zwariowany prezent urodzinowy od Mimmi, zupełnie zapomniała o jego istnieniu, właściwie nigdy nawet go nie wypróbowała. Postanowiła, że to się zmieni, i postawiła go na sztorc na szafce przy łóżku.

Po chwili spoważniała. *Mimmi*. Poczuła ukłucie wyrzutów sumienia. Spotykała się z Mimmi dość regularnie przez rok, a potem rzuciła ją dla Mikaela Blomkvista bez słowa wyjaśnienia. Nie pożegnała się, nie powiedziała, że zamierza wyjechać ze Szwecji. Tak samo jak nie pożegnała się ani nie odezwała do Dragana Armanskiego czy dziewczyn z Evil Fingers. Muszą myśleć, że nie żyje, albo może o niej zapomniały – nigdy nie była numerem jeden w ich paczce. Dokładnie tak, jakby odwróciła się od wszystkich i wszystkiego. Nagle zdała sobie sprawę, że nie pożegnała się na Grenadzie z George'em Blandem. Zastanawiała się, czy chodzi po plaży i jej wypatruje. Pomyślała o tym, co powiedział jej Mikael, że przyjaźń opiera się na szacunku i zaufaniu. *Zaniedbuję przyjaciół*. Zastanawiała się, gdzie jest Mimmi i czy powinna się do niej odezwać.

Większą część wieczoru i nocy poświęciła na porządkowanie papierów w gabinecie, instalowanie komputerów i surfowanie w sieci. Prześledziwszy swoje inwestycje, stwierdziła, że jest bogatsza niż rok wcześniej.

Przeprowadziła rutynową kontrolę komputera Nilsa Bjurmana, jednak w jego korespondencji nie znalazła nic interesującego, z czego wywnioskowała, że trzyma się w ryzach.

Nie znalazła nic, co wskazywałoby na jego dalsze kontakty z kliniką w Marsylii. Wydawało się, że na płaszczyźnie zawodowej i osobistej ograniczył się do wegetacji. Rzadko korzystał z poczty elektronicznej, a surfując w internecie, odwiedzał głównie strony z pornografią.

Dopiero około drugiej w nocy wyłączyła komputer. Poszła do sypialni, rozebrała się i rzuciła ubrania na krzesło. Potem poszła do łazienki, żeby się umyć. W kącie obok drzwi przymocowane były ogromne lustra od podłogi do sufitu. Przyglądała się sobie przez dłuższą chwilę. Patrzyła na swoją kanciastą, krzywą twarz, nowe piersi i wielki tatuaż na plecach. Wyglądał pięknie – długi, wijący się smok, czerwono-zielono-czarny, od głowy na barku aż po wąski ogon, biegnący przez prawy pośladek do uda. Przez ostatni rok, kiedy podróżowała, zapuściła włosy do ramion, ale w ostatnim tygodniu pobytu na Grenadzie wzięła pewnego dnia nożyczki i obcięła je na krótko. Nadal sterczały na wszystkie strony.

Poczuła nagle, że w jej życiu dokonywała się właśnie zasadnicza zmiana. Może były to niekorzystne skutki tego, iż miała do dyspozycji miliardy i nie musiała liczyć każdej korony. Może to dorosłe życie, które powoli zaczęło jej doskwierać. A może śmierć matki wyznaczająca definitywny koniec jej dzieciństwa.

W trakcie zeszłorocznych podróży pozbyła się wielu piercingów. W genueńskiej klinice z medycznych względów przed operacją musiał zniknąć kolczyk w brodawce. Następnie wyjęła kolczyk z dolnej wargi, a będąc na Grenadzie, usunęła kolejny, z lewej wargi sromowej – uwierał i nie bardzo wiedziała, dlaczego kiedyś chciała mieć kolczyk w tym miejscu.

Otworzyła szeroko usta i wykręciła malutką sztangę, którą nosiła w języku przez siedem lat. Włożyła ją do miseczki na półce przy zlewie. Poczuła, że w ustach zrobiło się nagle pusto. Poza kilkoma kolczykami w płatku ucha, pozostały jej jeszcze tylko dwa: kółeczko w lewej brwi i ozdoba w pępku.

W końcu poszła do sypialni i wślizgnęła się pod nową kołdrę. Odkryła, że łóżko jest gigantyczne, a ona zajmuje jedynie niewielką część jego powierzchni. Czuła się tak, jakby leżała na brzegu boiska do piłki nożnej. Opatuliła się kołdrą i rozmyślała jeszcze dłuższą chwilę.

Rozdział 6
Niedziela 23 stycznia
– sobota 29 stycznia

LISBETH SALANDER wjechała windą z garażu na piąte piętro, najwyższe z trzech kondygnacji biurowca przy Slussen, zajmowanych przez Milton Security. Otworzyła drzwi windy dorobionym kluczem, o który postarała się wiele lat temu. Wchodząc w ciemny korytarz, odruchowo spojrzała na zegarek. Trzecia dziesięć, niedziela nad ranem. Ludzie z nocnej zmiany siedzieli w dyżurce na trzecim piętrze i Lisbeth wiedziała, że najprawdopodobniej będzie całkiem sama na tej kondygnacji.

Jak zwykle dziwiła się, że profesjonalne przedsiębiorstwo ochrony ma tak oczywiste braki we własnym systemie bezpieczeństwa.

Korytarz na piątym piętrze niewiele się zmienił w ciągu minionego roku. Lisbeth najpierw odwiedziła swój gabinet, mały sześcian za szklaną ścianą, przydzielony jej przez Armanskiego. Drzwi nie były zamknięte na klucz. Kilka sekund wystarczyło, by stwierdziła, że absolutnie nic nie uległo zmianie w jej pokoju, poza kartonem ze starymi papierami, który ktoś ustawił przy drzwiach. W pokoju znajdowały się stół, krzesło biurowe, kosz na śmieci i pusty regał na książki. Wyposażenie komputerowe stanowił prosty pecet Toshiba z 1997 roku z żenująco mało pojemnym twardym dyskiem.

Lisbeth nie znalazła niczego, co wskazywałoby, że Dragan przekazał pokój komuś innemu. Wzięła to za dobry znak, choć jednocześnie miała świadomość, iż nic to nie znaczy.

Pokój nie miał nawet czterech metrów kwadratowych i nie można go było przeznaczyć na nic sensownego.

Lisbeth zamknęła drzwi, przeszła bezszelestnie cały korytarz, sprawdzając czy gdzieś nie pracuje jakiś nocny marek. Była sama. Stanęła przy automacie do kawy, wzięła cappuccino, po czym udała się do pokoju Armanskiego i otworzyła drzwi dorobionym kluczem.

W jego biurze jak zawsze panował irytujący porządek. Obeszła pokój dookoła, spojrzała na regał, następnie usiadła przy biurku i włączyła komputer.

Z wewnętrznej kieszeni swojej nowej zamszowej kurtki wyciągnęła płytę CD i włożyła ją do napędu. Uruchomiła program o nazwie Asphyxia 1.3. Napisała go tylko po to, aby na twardym dysku Armanskiego zainstalować nowszą wersję programu Internet Explorer. Cała procedura zajęła około pięciu minut.

Gdy skończyła, wyjęła płytę z komputera, włączyła go ponownie i następnie uruchomiła zainstalowaną wersję Explorera. Program wyglądał i działał tak samo jak poprzednia wersja, ale był nieco cięższy i o ułamek sekundy wolniejszy. Wszystkie ustawienia pokrywały się z oryginałem, łącznie z datą instalacji. Po dodanym przez nią pliku nie pozostał żaden ślad.

Po wpisaniu adresu serwera ftp w Holandii, wyskoczyło okienko. Kliknęła polecenie *copy*, wpisała nazwę Armanski/MiltSec i nacisnęła enter. Komputer natychmiast rozpoczął kopiowanie zawartości twardego dysku Armanskiego na holenderski serwer. Pasek postępu wskazywał, że proces zakończy się za trzydzieści cztery minuty.

W trakcie transferu z ozdobnej wazy na regale wyciągnęła zapasowy klucz do biurka. Następne pół godziny poświęciła na zapoznanie się z zawartością papierów z prawej górnej szuflady, w której Armanski zawsze przechowywał dokumenty bieżących i pilnych spraw. Gdy usłyszała dźwięk oznaczający zakończenie transferu, odłożyła teczki w odpowiedniej kolejności.

Potem wyłączyła komputer, zgasiła lampę na biurku i zabrała pusty kubek po cappuccino. Wyszła tą samą drogą, którą weszła. Gdy wsiadała do windy, była czwarta dwanaście nad ranem.

Do domu na Mosebacke wróciła spacerem, usiadła przed swoim PowerBookiem i połączyła się z serwerem w Holandii, na którym uruchomiła kopię Asphyxii 1.3. Po włączeniu programu pojawiło się okienko, gdzie należało wybrać nazwę dysku. Lisbeth mogła wybierać spośród czterdziestu kilku możliwości i zaczęła przewijać w dół ekranu. Pominęła dysk NilsEBjurman, który przeglądała zazwyczaj raz na dwa miesiące. Na sekundę zatrzymała się przy Blom/laptop i MikBlom/office. Nie klikała na te ikonki od ponad roku i zawahała się, czy ich nie wyrzucić. Dla zasady postanowiła jednak je zachować – ponieważ już raz włamała się do tych komputerów, głupotą byłoby kasować informacje, bo może pewnego dnia będzie zmuszona powtarzać całą procedurę. To samo dotyczyło ikonki z nazwą Wennerström, której od dawna nie otwierała. Właściciel tego dysku już nie żył. Nowo utworzona ikonka Armanski/MiltSec znajdowała się na samym końcu listy.

Mogła wcześniej skopiować jego dysk, ale nigdy jej na tym nie zależało, ponieważ pracując w Milton i tak mogła dotrzeć do informacji, które Armanski chciał ukryć przed światem. Włamując się do jego komputera, nie miała złych zamiarów. Chciała po prostu wiedzieć, nad czym firma pracuje, i mieć rozeznanie w sytuacji. Kliknęła i od razu otworzył się folder z nową ikonką o nazwie Armanski HD. Wypróbowała, czy ma dostęp do tego dysku i stwierdziła, że wszystkie pliki są na swoim miejscu.

Siedziała przed komputerem aż do siódmej rano, czytając raporty, sprawozdania finansowe i pocztę elektroniczną. Wreszcie pokiwała w zadumie głową i wyłączyła komputer. Poszła do łazienki, umyła zęby, po czym rozebrała się w sypialni, zostawiła stertę ubrań na podłodze, wślizgnęła się do łóżka i spała do wpół do pierwszej po południu.

W OSTATNI PIĄTEK STYCZNIA w „Millennium" odbywało się coroczne posiedzenie zarządu. Brali w nim udział skarbnik, rewident oraz czworo udziałowców: Erika Berger (trzydzieści procent), Mikael Blomkvist (dwadzieścia procent), Christer Malm (dwadzieścia procent) i Harriet Vanger (trzydzieści procent). Na zebranie wezwano również sekretarza redakcji, Malin Eriksson, jako reprezentantkę pracowników i przewodniczącą miejscowej filii związku zawodowego w „Millennium". Do związku należeli oprócz niej także Lottie Karim, Henry Cortez, Monika Nilsson oraz dyrektor handlowy, Sonny Magnusson. Dla Malin było to pierwsze posiedzenie zarządu firmy.

Zebranie rozpoczęto o czwartej po południu, a zakończono ponad godzinę później. Większość czasu zajęły omówienia sprawozdania finansowego oraz rewizyjnego. Stwierdzono, że „Millennium" ma lepszą sytuację ekonomiczną w porównaniu z kryzysem, jaki dotknął firmę przed dwoma laty. Sprawozdanie rewizyjne wykazało, że firma osiągnęła dwa miliony sto tysięcy koron zysku, z czego ponad milion to dochody z książki Mikaela Blomkvista.

Na wniosek Eriki Berger postanowiono, że milion koron pozostanie w rezerwie jako zabezpieczenie na wypadek przyszłych kryzysów, dwieście pięćdziesiąt tysięcy pójdzie na niezbędny remont lokali redakcyjnych oraz zakup nowych komputerów i innego sprzętu, trzysta tysięcy umożliwi podwyżki płac oraz ewentualne przejście Henry'ego Corteza na pełen etat. Co do pozostałej sumy, zaproponowano wypłatę dywidendy w wysokości pięćdziesięciu tysięcy koron każdemu ze wspólników oraz łącznie stu tysięcy premii do równego podziału między czworo stałych współpracowników bez względu na to, czy pracowali na cały, czy tylko na część etatu. Dyrektor handlowy, Sonny Magnusson, premii nie otrzymał. Zgodził się mianowicie na kontrakt, który zapewniał mu procent od sprzedanych reklam, dzięki czemu często był najwyżej wynagradzanym pracownikiem. Wniosek został przyjęty jednogłośnie.

Propozycja Mikaela Blomkvista, by zmniejszyć budżet na zlecenia, a w zamian zatrudnić jeszcze jednego reportera na pół etatu, wywołała krótką dyskusję. Mikael miał tu na myśli Daga Svenssona, który mógłby wtedy traktować „Millennium" jako bazę w dalszej pracy freelancera, a później ewentualnie dostać cały etat. Propozycja spotkała się ze sprzeciwem Eriki Berger, której zdaniem gazeta nie poradziłaby sobie bez dostępu do stosunkowo dużej liczby tekstów z zewnątrz. Erikę poparła Harriet Vanger, natomiast Christer Malm wstrzymał się od głosu. Postanowiono nie naruszać budżetu, a jednocześnie sprawdzić, czy można dokonać korekty innych wydatków. Wszyscy bardzo chcieli zatrzymać Daga Svenssona przynajmniej na pół etatu.

Po krótkiej dyskusji o przyszłym kierunku pisma i planach jego rozwoju ponownie wybrano Erikę na prezesa zarządu na bieżący rok. Następnie uznano posiedzenie za zakończone.

Malin Erikson nie odezwała się słowem podczas zebrania. Licząc w pamięci, stwierdziła, że współpracownicy dostaną premię od zysków w wysokości dwudziestu pięciu tysięcy koron, czyli więcej niż miesięczna pensja. Nie widziała powodu, by protestować przeciw tej decyzji.

Zaraz po zebraniu Erika Berger zwołała dodatkową naradę udziałowców. Oznaczało to, że ona, Mikael, Christer i Harriet zostają, a pozostali opuszczą salę konferencyjną. Jak tylko zamknęły się drzwi, Erika otworzyła posiedzenie.

– Mamy jeden punkt w porządku obrad. Harriet, zgodnie z umową zawartą z Henrikiem Vangerem, jego zaangażowanie w firmę miało trwać dwa lata. Dotarliśmy do momentu, gdy umowa wygasa. Musimy więc postanowić, co stanie się z twoimi – a dokładniej mówiąc Henrika – udziałami.

Harriet kiwnęła głową.

– Wszyscy wiemy, że jego wejście do spółki było spowodowane impulsem i wymogami bardzo specyficznej sytuacji – powiedziała Harriet. – Sytuacja ta jest już nieaktualna. Co proponujecie?

Zirytowany Christer Malm zaczął wiercić się na krześle. Był jedyną osobą w sali, która nie za bardzo wiedziała, na czym owa specyficzna sytuacja polegała. Zdawał sobie sprawę, że Mikael i Erika zataili przed nim jakieś fakty, lecz Erika wytłumaczyła, iż chodzi o rzecz w najwyższym stopniu poufną, o której Mikael w żadnym wypadku nie chce rozmawiać. Christer nie był aż tak tępy, by się nie domyślać, że milczenie Mikaela miało coś wspólnego z Hedestad i Harriet Vanger. Rozumiał też, iż nie musi nic wiedzieć, podejmując decyzję w zasadniczej kwestii, a miał dla Mikaela dość szacunku, by nie robić z tego wielkiej sprawy.

– Przedyskutowaliśmy to we trójkę i doszliśmy do pewnego wniosku – odezwała się Erika. Zrobiła pauzę i spojrzała Harriet w oczy. – Zanim przedstawimy nasz punkt widzenia, chcielibyśmy wiedzieć, co ty o tym sądzisz.

Harriet Vanger popatrzyła kolejno na Erikę, Mikaela, na którym zatrzymała na moment wzrok, i Christera. Nie mogła jednak nic wyczytać z ich twarzy.

– Jeśli chcecie mnie wykupić, będzie to kosztować dobre trzy miliony plus odsetki, bo tyle Vangerowie zainwestowali w „Millennium". Stać was na to? – zapytała Harriet łagodnie.

– Owszem – powiedział Mikael z uśmiechem.

Dostał od starego przemysłowca, Henrika Vangera, pięć milionów koron za robotę, jaką dla niego wykonał. Jak na ironię, w jej zakres wchodziło między innymi odnalezienie Harriet Vanger.

– W takim razie decyzja jest w waszych rękach. Kontrakt stanowi, że możecie się pozbyć wspólnika z rodziny Vangerów dokładnie od dzisiaj. Sama nigdy nie spisałabym kontraktu tak niedbale, jak to zrobił Henrik.

– Możemy cię wykupić, jeśli będziemy chcieli – powiedziała Erika. – Pytanie brzmi, co *ty* chcesz zrobić. Kierujesz koncernem przemysłowym, a właściwie dwoma. Cały nasz roczny budżet to tyle, ile wy macie obrotu podczas jednej przerwy na kawę. Jaki masz interes w tym, by tracić czas na coś tak nieistotnego jak „Millennium"? Zwołujemy zebranie co kwartał, a ty, odkąd zastępujesz Henrika w zarządzie, za każdym razem rezerwujesz sobie ten czas i przychodzisz punktualnie.

Harriet Vanger spojrzała na prezesa zarządu łagodnym wzrokiem. Przez długą chwilę nic nie mówiła. Potem popatrzyła na Mikaela i odpowiedziała.

– Od dnia, kiedy się urodziłam, zawsze byłam właścicielką czegoś. Dni upływają mi na kierowaniu koncernem, w którym jest więcej intryg niż na czterystu stronach harlequina. Weszłam do zarządu, żeby wypełnić zobowiązania, których nie mogłam się zrzec. Ale wiecie co? W trakcie minionych osiemnastu miesięcy odkryłam, że lepiej się czuję w tym zarządzie niż we wszystkich innych razem wziętych.

Mikael z zadumą pokiwał głową. Harriet przeniosła wzrok na Christera.

– „Millennium" to jakby zabawa w zarządzanie. Problemy są tu drobne, zrozumiałe i przejrzyste. Oczywiście, firma chce wypracować zysk i zarabiać pieniądze – to podstawowy warunek. Ale cel waszej działalności jest zupełnie inny – naprawdę chcecie coś osiągnąć.

Wypiła łyk wody mineralnej Ramlösa i utkwiła wzrok w Erice.

– Czym owo *coś* miałoby być, nie wiadomo dokładnie. Cel jest po prostu nieokreślony. Nie jesteście partią polityczną ani żadnym lobby. Nie musicie postępować lojalnie wobec nikogo innego oprócz siebie samych. Wytykacie społeczeństwu błędy i wkurzacie osoby publiczne, których nie lubicie. Często chcecie dokonywać zmian i wywierać wpływ. Nawet jeśli udajecie, że jesteście cynikami i nihilistami, to jedynie wasza własna moralność nadaje kierunek tej gazecie, a wiele razy widziałam, że to moralność dość szczególna. Nie wiem, jak to nazwać, ale „Millennium" ma duszę. To jedyny zarząd, z zasiadania w którym naprawdę jestem dumna.

Harriet zamilkła, cisza trwała dość długo, wreszcie Erika się zaśmiała.

– Pięknie to brzmi. Ale wciąż nie odpowiedziałaś na pytanie.

– Świetnie się czuję w waszym gronie, a członkostwo w tym zarządzie naprawdę dobrze mi zrobiło. To jedna z najbardziej szalonych i absurdalnych rzeczy, jakich doświadczyłam. Jeśli chcecie, żebym została, to chętnie zostanę.

– No dobra – powiedział Christer. – Gadaliśmy i gadaliśmy, i jesteśmy całkowicie zgodni. Zrywamy dzisiaj kontrakt i wykupujemy cię.

Oczy Harriet rozszerzyły się odrobinę.

– Chcecie się mnie pozbyć?

– Gdy podpisywaliśmy ten kontrakt, mieliśmy nóż na gardle. Żadnego wyboru. Już wtedy zaczęliśmy odliczać dni do momentu, kiedy będziemy mogli wykupić udziały Henrika Vangera.

Erika otworzyła teczkę, wyjęła papiery na stół i podsunęła je Harriet razem z czekiem wystawionym z dokładnością do korony na sumę, jaką Harriet wcześniej podała. Harriet Vanger przejrzała kontrakt. Bez słowa wzięła ze stołu długopis i podpisała.

– Otóż to – powiedziała Erika. – Załatwiliśmy sprawę bezboleśnie. Chciałabym podziękować Henrikowi Vangerowi za miniony czas i za wkład, jaki wniósł w rozwój „Millennium". Mam nadzieję, że mu to przekażesz.

– Oczywiście – odpowiedziała Harriet. Wyraz jej twarzy nic nie zdradzał, jednak była dotknięta i głęboko rozczarowana, że skłonili ją do przyznania, iż chce zostać w zarządzie, a potem tak po prostu ją wyrzucili. *To było cholernie niepotrzebne.*

– Jednocześnie chcę cię zainteresować całkiem innym kontraktem.

Wyciągnęła nowy plik dokumentów i przesunęła go po stole.

– Zastanawiamy się, czy może miałabyś ochotę zostać współudziałowcem „Millennium". Cena dokładnie pokrywa się z kwotą, którą właśnie otrzymałaś. Kontrakt różni się tym, iż nie ma w nim żadnych ograniczeń czasowych ani szczególnych klauzul. Wchodzisz do zarządu jako pełnoprawny udziałowiec firmy z taką samą odpowiedzialnością i zobowiązaniami jak my wszyscy.

Hariet uniosła brwi.

– Po co ta zawiła procedura?

– Dlatego że prędzej czy później i tak trzeba by to zrobić – powiedział Christer. – Mogliśmy przedłużać stary kontrakt o rok do następnego zebrania wspólników albo dopóki byśmy się nie pokłócili i nie usunęli cię z zarządu. Wciąż byłby to jednak kontrakt, który należy spłacić.

Harriet podparła głowę ręką i spojrzała na niego badawczo. Przeniosła wzrok na Mikaela, a potem na Erikę.

– Różnica polega na tym, że do podpisania kontraktu z Henrikiem zmusiła nas sytuacja finansowa – powiedziała Erika. – Z tobą zawieramy umowę, ponieważ tego chcemy. A w odróżnieniu od poprzedniej nie będzie można tak łatwo cię zwolnić.

– Dla nas to ogromna różnica – odezwał się cicho Mikael. To był jego jedyny wkład w dyskusję.

– Po prostu uważamy, że wnosisz do „Millennium" coś więcej niż gwarancje finansowe, które zapewnia nazwisko Vanger – powiedziała Erika. – Jesteś mądra, wyrozumiała, proponujesz konstruktywne rozwiązania. Do tej pory starałaś się trzymać na uboczu, jak ktoś, kto przyszedł w odwiedziny. Dajesz temu zarządowi stabilność i oparcie, jakich wcześniej nigdy nie mieliśmy. Znasz się na interesach. Kiedyś zapytałaś, czy możesz na mnie polegać, a mnie zastanowiło, czy mogę polegać na tobie. W tym momencie obie znamy odpowiedź. Lubię cię i polegam na tobie – jak wszyscy tutaj. Nie chcemy, żebyś pozostawała na marginesie zgodnie z jakąś absurdalną umową. Chcemy cię jako partnera i pełnoprawnego współudziałowca.

Harriet przysunęła do siebie dokument i pięć minut czytała go dokładnie linijka po linijce. Wreszcie podniosła wzrok.

– I wszyscy troje jesteście co do tego zgodni? – zapytała.
Kiwnęli głowami. Harriet wzięła długopis i podpisała.
Przesunęła czek po stole. Mikael podarł go na kawałki.

WSPÓŁUDZIAŁOWCY „MILLENNIUM" jedli kolację w Samirs Gryta przy Tavastgatan. Spokojne przyjęcie z dobrym winem, kuskusem i jagnięciną na cześć nowego wspólnika. Rozmowa toczyła się bez napięć, a Harriet Vanger była wyraźnie oszołomiona. Przypominało to trochę krępującą pierwszą randkę, kiedy obie strony wiedzą, że coś się wydarzy, ale nie wiedzą dokładnie co.

Już około wpół do ósmej Harriet odłączyła się od towarzystwa. Usprawiedliwiła się, że chce wrócić do hotelu i się położyć. Erika Berger właśnie miała wychodzić do domu, do męża, przeszły więc kawałek razem. Rozstały się przy Slussen. Mikael i Christer leniwie siedzieli jeszcze chwilę, po czym Christer przeprosił i powiedział, że on też musi już iść.

Harriet wzięła taksówkę do Sheratona i poszła do swojego pokoju na siódmym piętrze. Rozebrała się, wykąpała i założyła hotelowy szlafrok. Potem usiadła przy oknie i patrzyła na Riddarholmen. Otworzyła paczkę dunhilli i zapaliła. Paliła około trzech, czterech papierosów dziennie, co było tak znikomą ilością, że czuła się niemal osobą niepalącą i potrafiła dla zabawy zaciągnąć się dla przyjemności, nie mając przy tym wyrzutów sumienia.

O dziewiątej ktoś zapukał do drzwi. Otworzyła i wpuściła Mikaela Blomkvista.

– Drań – powiedziała.
Mikael uśmiechnął się i pocałował ją w policzek.
– Przez chwilę myślałam, że naprawdę zamierzacie mnie wyrzucić.
– Nie zrobilibyśmy tego w taki sposób. Rozumiesz, dlaczego chcieliśmy od nowa sformułować kontrakt?
– Tak. To ma sens.

Mikael rozchylił szlafrok Harriet i delikatnie objął dłonią jej pierś.

– Drań – powiedziała znowu.

LISBETH SALANDER zatrzymała się przed drzwiami z nazwiskiem Wu. Gdy stała na ulicy, w oknie paliło się światło, a teraz słyszała muzykę dobiegającą z mieszkania. Nazwisko się zgadzało. Lisbeth wywnioskowała, że Miriam wciąż mieszka w kawalerce na Tomtebogatan przy S:t Eriks plan. Był piątkowy wieczór i przypuszczała, że Mimmi poszła gdzieś się zabawić, a w mieszkaniu będzie ciemno. Jedyne, co musiała ustalić to, czy Mimmi będzie jeszcze chciała ją znać, czy jest sama i wolna.

Nacisnęła dzwonek.

Mimmi otworzyła drzwi i ze zdumienia aż uniosła brwi. Oparła się o futrynę z ręką na biodrze.

– Salander. Myślałam, że nie żyjesz albo coś w tym stylu.

– Raczej coś w tym stylu – powiedziała Lisbeth.

– Czego chcesz?

– Jest wiele odpowiedzi na to pytanie.

Miriam Wu rozejrzała się po klatce schodowej, po czym znów utkwiła wzrok w Lisbeth.

– Spróbuj podać choć jedną.

– No, dowiedzieć się, czy wciąż jesteś singlem i czy masz dziś ochotę na towarzystwo.

Mimmi przez kilka sekund wyglądała na zdumioną, potem wybuchnęła śmiechem.

– Znam tylko jedną osobę, której przyszłoby na myśl zadzwonić do moich drzwi po półtora roku milczenia i zapytać, czy mam ochotę się pieprzyć.

– Chcesz, żebym sobie poszła?

Mimmi przestała się śmiać. Zamilkła na moment.

– Lisbeth… O rany, ty mówisz poważnie.

Lisbeth wyczekiwała.

Wreszcie Mimmi westchnęła i otworzyła szeroko drzwi.

– Wejdź. W każdym razie mogę cię zaprosić na kawę.

Lisbeth podążyła za nią i usiadła na jednym z dwóch taboretów w kąciku jadalnym, który Mimmi urządziła w przedpokoju, tuż za drzwiami wejściowymi. Mieszkanie o powierzchni dwudziestu czterech metrów kwadratowych składało się z ciasnego pokoju i z przedpokoju, który dało się nieco umeblować. Kuchnię stanowiła szafka w rogu przedpokoju, dokąd Mimmi podciągnęła wężem wodę z toalety.

Lisbeth zerkała na Mimmi, gdy nalewała wodę do ekspresu. Matka Mimmi pochodziła z Hong Kongu, a ojciec z Boden na północy Szwecji. Lisbeth wiedziała, że jej rodzice wciąż byli małżeństwem i mieszkali w Paryżu. Mimmi studiowała socjologię w Sztokholmie, a jej starsza siostra antropologię w Stanach. Matczyne geny objawiały się w jej kruczoczarnych, prostych, krótko ściętych włosach i lekko orientalnych rysach. Po ojcu miała błękitne oczy, które nadawały jej znamienny wygląd. Miała szerokie usta i dołki w policzkach, których nie zawdzięczała ani matce, ani ojcu.

Miała trzydzieści jeden lat. Lubiła wystroić się w błyszczącą skórę i włóczyć się po klubach z performance show – czasem sama w nich występowała. Natomiast Lisbeth nie była w klubie, odkąd skończyła szesnaście lat.

Jeden dzień w tygodniu dorabiała jako sprzedawca w Domino Fashion na którejś z przecznic Sveavägen. Klienci poszukujący ubrań w stylu pielęgniarskiego uniformu z gumy czy stroju wiedźmy z czarnej skóry zaglądali do Domino, gdzie zarówno projektowano, jak i wykonywano takie rzeczy. Mimmi wraz z kilkoma przyjaciółkami była współwłaścicielką butiku, co oznaczało skromny dodatek do kredytu studenckiego w kwocie kilku tysięcy miesięcznie. Lisbeth zobaczyła Mimmi przed kilku laty w przedziwnym show na paradzie równości Stockholm Pride, a wieczorem spotkała ją na piwie. Mimmi miała na sobie niezwykłą cytrynowożółtą sukienkę z plastiku, która więcej odkrywała niż zakrywała. Lisbeth z trudnością przyszłoby określić, na czym miałby polegać erotyzm tego stroju, lecz była na tyle pijana, by nagle nabrać ochoty na poderwanie dziewczyny przebranej za cytrus. Ku wielkiemu zdziwieniu Lisbeth owoc zmierzył ją wzrokiem, roześmiał się w głos, bez skrępowania pocałował w usta i powiedział *Chcę cię mieć.* Poszły razem do domu Lisbeth i uprawiały seks całą noc.

– JESTEM, JAKA JESTEM – powiedziała Lisbeth. – Wyjechałam, żeby uciec od wszystkich i wszystkiego. Powinnam była się pożegnać.

– Myślałam, że coś ci się stało. Chociaż ostatnio, kiedy jeszcze tu byłaś, nie miałyśmy raczej ze sobą kontaktu.

– Załatwiałam pewne sprawy.

– Jesteś taka tajemnicza. Nigdy o sobie nie mówisz, nie wiem, gdzie pracujesz ani do kogo zadzwonić, gdybyś nie odbierała komórki.

– Chwilowo nigdzie nie pracuję, a poza tym ty jesteś dokładnie taka sama. Chciałaś mieć seks, ale nie interesował cię związek. Czyż nie?

Mimmi spojrzała na Lisbeth.

– To prawda – odpowiedziała w końcu.

– Tak samo było ze mną. Nigdy ci nic nie obiecywałam.

– Zmieniłaś się.

– Nie bardzo.

– Wyglądasz na starszą. Dojrzalszą. Masz inne ciuchy. I wypchałaś sobie czymś stanik.

Lisbeth nic nie powiedziała. Poprawiła się na taborecie. Mimmi właśnie poruszyła kwestię, która wydawała się Lisbeth krępująca, nie mogła się zdecydować, jak ją wyjaśnić. Mimmi widziała Lisbeth nago i z pewnością nie uszedłby jej uwagi fakt, że zaszła pewna zmiana. W końcu Lisbeth spuściła oczy i wymamrotała:

– Zrobiłam sobie piersi.

– Słucham?

Lisbeth podniosła wzrok i odezwała się głośniej, nieświadoma tego, że przybrała zaczepny ton.

– Pojechałam do kliniki we Włoszech i zrobiłam sobie normalne piersi. To dlatego zniknęłam. A potem po prostu podróżowałam dalej. Teraz wróciłam.

– Żartujesz?

Lisbeth spojrzała na Mimmi wzrokiem bez wyrazu.

– Ale jestem głupia. Ty nigdy nie żartujesz, *doktorze Spock.*

– Nie zamierzam przepraszać. Jestem wobec ciebie szczera. Jeśli chcesz, żebym sobie poszła, to tylko powiedz.

– Naprawdę masz nowe cycki?

Lisbeth kiwnęła głową. Mimmi wybuchnęła nagle głośnym śmiechem. Lisbeth zachmurzyła się.

– Na pewno nie chcę, żebyś wyszła, zanim ich nie zobaczę. Proszę. *Please.*

– Mimmi, zawsze lubiłam seks z tobą. W ogóle cię nie interesowało, czym się zajmuję, a gdy byłam zajęta, to znajdowałaś sobie kogoś innego. I gówno cię obchodzi, co ludzie o tobie myślą.

Mimmi kiwnęła głową. Już pod koniec podstawówki zdała sobie sprawę, że jest lesbijką, i po kilku nieśmiałych, krępujących próbach, dostąpiła erotycznego wtajemniczenia w wieku lat siedemnastu, gdy przypadkowo poszła z kimś na imprezę organizowaną przez göteborską filię Krajowej Organizacji na Rzecz Równości Seksualnej. Nigdy później nie rozważała zmiany stylu życia. Jeden jedyny raz, mając dwadzieścia trzy lata, spróbowała seksu z facetem. Odbyła stosunek i mechanicznie robiła wszystko, czego od niej oczekiwał. Nie doświadczyła rozkoszy. Należała również do tej garstki dziewczyn, które w ogóle nie przejawiały zainteresowania małżeństwem, wiernością i intymnymi wieczorami w domu.

– Jestem w Szwecji od kilku tygodni. Chciałam się dowiedzieć, czy mam iść na podryw, czy może nadal jesteś zainteresowana.

Mimmi wstała i podeszła do Lisbeth. Pochyliła się i pocałowała ją delikatnie w usta.

– Zamierzałam się dzisiaj pouczyć.

Odpięła górny guzik bluzki Lisbeth.

– Jasna cholera...

Pocałowała ją jeszcze raz i odpięła następny guzik.

– Po prostu muszę to zobaczyć.

Znów ją pocałowała.

– Witamy z powrotem.

HARRIET VANGER zasnęła około drugiej nad ranem, Mikael leżał obok, słuchając jej oddechu. Wreszcie wstał i wyjął papierosa z paczki dunhilli w jej torebce. Usiadłszy nago na krześle przy łóżku, przyglądał się Harriet.

Nie planował, że zostanie jej kochankiem. Wręcz przeciwnie, po wydarzeniach w Hedestad czuł potrzebę, by trzymać się z daleka od rodziny Vangerów. Spotkał Harriet na kilku zebraniach zarządu zeszłej wiosny i zawsze zachowywał uprzejmy dystans; znali swoje tajemnice i mieli na siebie haki, jednak poza obowiązkami Harriet w zarządzie „Millennium", wszystkie ich wspólne sprawy były praktycznie zakończone.

W zeszłym roku na Zielone Świątki Mikael po raz pierwszy od wielu miesięcy wyjechał do swojego domku letniskowego w Sandhamn, żeby trochę odetchnąć, posiedzieć na pomoście, przeczytać jakiś kryminał. W piątkowe popołudnie, kilka godzin po przyjeździe, przespacerował się do kiosku po papierosy, gdy nagle wpadł na Harriet. Poczuła potrzebę, by wyrwać się z Hedestad, i zarezerwowała weekend w hotelu w Sandhamn, gdzie nie była od czasów dzieciństwa. Miała szesnaście lat, gdy uciekła ze Szwecji, a pięćdziesiąt trzy, gdy wróciła. To właśnie Mikael ją odnalazł.

Po kilku słowach powitania Harriet zamilkła zakłopotana. Mikael znał jej historię. Wiedziała, że wbrew swoim zasadom nie ujawnił przerażających tajemnic rodziny Vanger. Zrobił to między innymi przez wzgląd na nią.

Chwilę później Mikael zaprosił ją do siebie. Zrobił kawę i rozmawiając, przesiedzieli na werandzie kilka godzin. Od jej powrotu do Szwecji po raz pierwszy poważnie rozmawiali. Mikael musiał zapytać.

– Co zrobiliście z zawartością piwnicy Martina?

– Naprawdę chcesz wiedzieć?

Kiwnął głową.

– Sama posprzątałam. Spaliłam wszystko, co się dało. Kazałam zburzyć dom. Nie mogłam tam mieszkać, nie mogłam też go sprzedać i pozwolić, by ktoś inny tam mieszkał. Dla mnie to miejsce wiązało się tylko ze złem. Zamierzam zbudować tam nowy dom; mniejszy.

– Nikt się nie dziwił, gdy kazałaś go zburzyć? To była przecież elegancka i całkiem nowa willa.

Uśmiechnęła się.

– Dirch Frode puścił plotkę, że dom był zniszczony przez pleśń, a renowacja kosztowałaby więcej.

Dirch Frode to adwokat rodziny Vangerów.

– Co u niego?

– Niedługo skończy siedemdziesiątkę. Wciąż dla mnie pracuje.

Zjedli razem kolację. Nagle Mikael zdał sobie sprawę, że Harriet opowiada najbardziej intymne i osobiste szczegóły ze swojego życia. Gdy jej przerwał i zapytał, dlaczego to robi, zastanowiła się przez chwilę i odpowiedziała, że nie ma drugiej takiej osoby na świecie, przed którą nie miałaby powodu czegokolwiek ukrywać. Poza tym trudno jej było bronić się przed smarkaczem, którego dobre czterdzieści lat temu pilnowała jako opiekunka.

W całym swoim życiu Harriet uprawiała seks z trzema mężczyznami. Najpierw ze swoim ojcem, potem z bratem. Ojca zabiła, a od brata uciekła. W jakiś sposób przetrwała to wszystko, spotkała właściwego mężczyznę i stworzyła sobie nowe życie.

– Był czuły i kochający. Szlachetny, dawał poczucie bezpieczeństwa. Byłam z nim szczęśliwa. Przeżyliśmy razem ponad dwadzieścia lat, zanim zachorował.

– Nie wyszłaś ponownie za mąż? Dlaczego?

Wzruszyła ramionami.

– Miałam dwójkę dzieci, byłam właścicielką dużego przedsiębiorstwa w branży rolniczej w Australii. Nigdy tak naprawdę nie mogłam się wymknąć na jakiś romantyczny weekend. Nie brakowało mi seksu.

Przez chwilę siedzieli cicho.

– Późno już. Powinnam wracać do hotelu.

Mikael kiwnął głową.

– Chcesz mnie uwieść?

– Tak – odpowiedział.

Wstał, wziął ją za rękę, poprowadził na poddasze domku, do sypialni. Nagle Harriet zatrzymała go.

– Nie wiem za bardzo, jak się zachować – powiedziała. – Nie robię takich rzeczy na co dzień.

Spędzili razem weekend, a potem co trzy miesiące spotykali się na jedną noc po zebraniach zarządu „Millennium". Nie był to jakiś trwały związek. Harriet Vanger pracowała dwadzieścia cztery godziny na dobę i stale podróżowała. Co drugi miesiąc spędzała w Australii. Najwyraźniej jednak doceniała te sporadyczne i krótkie spotkania z Mikaelem.

DWIE GODZINY PÓŹNIEJ Mimmi robiła kawę, a Lisbeth leżała naga i spocona na pościeli. Przez otwarte drzwi patrzyła na Mimmi, paląc papierosa. Zazdrościła jej ciała. Jej mięśnie wyglądały imponująco. Trzy razy w tygodniu trenowała na siłowni, z czego jeden wieczór poświęcała na tajski boks czy jakieś tam inne gówniane karate i dzięki temu miała bezwstydnie wysportowane ciało.

Po prostu była całkiem apetyczna. Nie piękna jak fotomodelka, ale autentycznie atrakcyjna. Uwielbiała prowokować, zachowywać się wyzywająco. Gdy wystroiła się na imprezę, potrafiła zainteresować sobą każdego. Lisbeth nie pojmowała, dlaczego Mimmi w ogóle zwracała uwagę się taką kozę jak ona.

Ale cieszyło ją to. Seks z Mimmi był tak cudownie wyzwalający, że Lisbeth po prostu odprężała się i rozkoszowała, biorąc i dając jednocześnie.

Mimmi wróciła z dwoma kubkami, które postawiła na taborecie obok. Położyła się na łóżku, pochyliła i ustami chwyciła brodawkę Lisbeth.

– No dobra, mogą być – powiedziała.

Lisbeth milczała. Popatrzyła na piersi Mimmi. Też były dość małe, lecz wyglądały całkiem naturalnie.

– Mówiąc szczerze, Lisbeth, cholernie dobrze wyglądasz.

– To śmieszne. Piersi to ani plus, ani minus, ale w każdym razie teraz je mam.

– Ty i ta twoja obsesja na punkcie wyglądu.

– I kto to mówi, sama trenujesz jak szalona.

– Trenuję jak szalona, bo sprawia mi to przyjemność. Daje prawie takiego kopa jak seks. Powinnaś spróbować.

– Uprawiam boks – powiedziała Lisbeth.

– Gadanie. Boksowałaś najwyżej raz na dwa miesiące i tylko dlatego, żeby sprać zarozumiałych facetów. To dla ciebie niezły haj, a nie trening dla zdrowia.

Lisbeth wzruszyła ramionami. Mimmi usiadła na niej okrakiem.

– Lisbeth, naprawdę jesteś nieskończenie egocentryczna i masz obsesję na punkcie własnego ciała. Zrozum, lubiłam być z tobą w łóżku nie z powodu twojego wyglądu, ale tego, jak się zachowujesz. W moich oczach jesteś cholernie sexy.

– Ty dla mnie też. Dlatego do ciebie wróciłam.

– Nie z miłości? – zapytała Mimmi, udając zraniony ton.

Lisbeth potrząsnęła głową.

– Masz teraz kogoś?

Mimmi zawahała się chwilę, po czym skinęła.

– Może. Tak jakby. Chyba. To trochę skomplikowane.

– Nie chcę być wścibska.

– Wiem. Nie mam nic przeciwko, mogę ci powiedzieć. To pewna kobieta z uniwerku, trochę starsza ode mnie. Mężatka od dwudziestu lat, spotykamy się za plecami jej męża. Przedmieście, willa, takie tam. Kryptolesbijka.

Lisbeth kiwnęła głową.

– Jej mąż sporo podróżuje, więc spotykamy się od czasu do czasu. Trwa to od jesieni i zaczyna się robić trochę nudne. Ale niezła z niej laska. No i oczywiście spotykam się też z tymi co zawsze.

– Właściwie chodziło mi o to, czy mogę cię jeszcze odwiedzić.

Mimmi kiwnęła głową.

– Bardzo chcę, żebyś się odezwała.

– Nawet jeśli znów zniknę na pół roku?

– No to nie zrywaj kontaktu. Przecież chciałabym wiedzieć, czy żyjesz. W każdym razie pamiętam, kiedy masz urodziny.

– Żadnych zobowiązań?

Mimmi westchnęła z uśmiechem.

– Wiesz, z taką lesbijką jak ty faktycznie mogłabym zamieszkać. Dałabyś mi spokój, kiedy bym chciała.

Lisbeth nie odzywała się.

– Abstrahując od faktu, że właściwie nie jesteś lesbijką. Nawet nie „właściwie". Może jesteś biseksualna. A tak naprawdę to chyba po prostu lubisz seks, a płeć gówno cię obchodzi. Jesteś czynnikiem chaosu w entropii.

– Nie wiem, czym jestem – powiedziała Lisbeth. – W każdym razie jestem z powrotem w Sztokholmie, w dodatku kiepsko daję sobie radę w kontaktach z ludźmi. Prawdę mówiąc, nie znam tu nikogo. Jesteś pierwszą osobą, z którą rozmawiam, odkąd wróciłam do domu.

Mimmi przyjrzała się jej poważnym wzrokiem.

– Naprawdę chcesz spotykać się z ludźmi? Jesteś najbardziej zagadkowym i niedostępnym człowiekiem, jakiego znam.

Przez chwilę siedziały cicho.

– Ale te twoje nowe cycki są naprawdę niezłe.

Przyłożyła palce pod brodawką Lisbeth i naciągnęła skórę.

– Pasują ci. Nie za duże, nie za małe.

Lisbeth odetchnęła z ulgą, że recenzja jest pozytywna.

– I w dotyku są naturalne.

Ścisnęła pierś tak mocno, że Lisbeth wstrzymała oddech i rozchyliła usta. Spojrzały na siebie. Potem Mimmi pochyliła się i pocałowała ją namiętnie. Libeth odwzajemniła pocałunek i objęła Mimmi. Niewypita kawa stygła.

Rozdział 7
Sobota 29 stycznia – niedziela 13 lutego

W SOBOTNIE PRZEDPOŁUDNIE, około jedenastej, blond olbrzym wjechał do wsi Svavelsjö, położonej między Järna i Vagnhärad. Zabudowę stanowiło jakieś piętnaście domów. Zatrzymał się przy ostatnim domu, około stu pięćdziesięciu metrów od centrum wioski. W zniszczonym budynku dawniej była drukarnia, a obecnie wisiał na nim szyld z dumą obwieszczający, iż mieści się tu siedziba klubu motocyklowego Svavelsjö MC. Mimo nikłego ruchu w okolicy olbrzym rozejrzał się uważnie, zanim otworzył drzwi i wysiadł z samochodu. W powietrzu czuć było chłód. Założył brązowe skórzane rękawiczki i wyciągnął z bagażnika czarną sportową torbę.

Nie martwił się, że ktoś go zobaczy. Stara drukarnia była tak położona, że raczej nie dało się zaparkować w pobliżu, nie będąc zauważonym. Gdyby jakieś służby chciały wziąć budynek pod obserwację, musiałyby wyposażyć swoich ludzi w mundury kamuflujące i lornetki i umieścić ich w rowie po drugiej stronie pola. Nie uszłoby to uwagi miejscowych plotkarzy, a ponieważ właścicielami trzech tutejszych domów byli członkowie Svavelsjö MC, dotarłoby to wkrótce i do samego klubu.

Olbrzym nie chciał jednak wchodzić do budynku. Policja kilka razy przeszukiwała siedzibę klubu i nie było pewności, czy nie zainstalowano tam podsłuchu. Oznaczało to, że codzienne rozmowy w klubie dotyczyły przede wszystkim samochodów, panienek i piwa, czasem akcji, w które warto zainwestować, a rzadko tajemnic wielkiej wagi.

Dlatego blond olbrzym czekał cierpliwie na zewnątrz, póki Carl-Magnus Lundin nie wyjdzie z budynku. Trzydziestoszcześcioletni Magge Lundin pełnił funkcję Club President. Właściwie był drobnej kości, jednak przez kilka lat przybrał na wadze tyle kilogramów, że obecnie szczycił się pokaźnym brzuchem. Jasne włosy wiązał w kitkę, na nogach miał kowbojki, do tego czarne dżinsy i grubą zimową kurtkę. Miał na koncie pięć wyroków. Dwa za drobne przestępstwa narkotykowe, jeden za paserstwo na dużą skalę, a kolejny za kradzież samochodu i prowadzenie pod wpływem alkoholu. W piątym, najpoważniejszym zasądzono mu dwanaście miesięcy pozbawienia wolności za ciężkie pobicie, którego Magge Lundin dopuścił się przed wielu laty, zabawiając się po pijanemu w pewnej knajpie w Sztokholmie.

Magge Lundin i olbrzym uścisnęli sobie dłonie i zaczęli nieśpiesznie spacerować wzdłuż ogrodzenia wokół podwórza.

– Minęło parę miesięcy – powiedział Magge.

Blond olbrzym kiwnął głową.

– Jest interes do zrobienia. Trzy tysiące sześćdziesiąt gramów metamfetaminy.

– Umowa taka sama jak poprzednio?

– Pół na pół.

Magge Lundin wygrzebał paczkę papierosów z górnej kieszeni kurtki. Kiwnął głową. Lubił robić interesy z olbrzymem. Na ulicy metamfetamina osiągała cenę od stu sześćdziesięciu do dwustu trzydziestu koron za gram w zależności od podaży. Trzy tysiące sześćdziesiąt gramów odpowiadało, średnio licząc, wartości ponad sześćciuset tysięcy koron. Svavelsjö MC rozprowadzi te trzy kilogramy wśród swoich stałych sprzedawców w porcjach po około dwieście pięćdziesiąt gramów. Na tym poziomie dystrybucji nie mógł dostać więcej niż sto dwadzieścia, sto trzydzieści koron za gram, co zmniejszy jego całkowity przychód.

Dla Svavelsjö MC oznaczało to wyjątkowo korzystne interesy. W odróżnieniu od innych dostawców nie było tu nigdy mowy o płatności z góry czy stałych cenach. Blond olbrzym dostarczał towar i żądał pięćdziesięciu procent stanowiących jak najbardziej sensowny udział w zyskach. Mogli w przybliżeniu określić, jaki będzie przychód z kilograma metamfetaminy; dokładna wartość udziału zależała od tego, jak bardzo Magge Lundin wyśrubuje ceny. Różnica mogła wynieść kilka tysięcy powyżej albo poniżej oczekiwanej kwoty, jednak po załatwieniu całego interesu blond olbrzym miałby otrzymać jakieś sto dziewięćdziesiąt tysięcy koron, a Svavelsjö MC zachowałby identyczną sumę.

Przez lata zrobili sporo interesów, system zawsze był ten sam. Magge Lundin wiedział, że blond olbrzym mógłby podwoić swoje dochody, przejmując dystrybucję. Wiedział również, dlaczego akceptuje niższy zysk – może pozostać w cieniu, podczas gdy Svavelsjö MC bierze całe ryzyko na siebie. Dochód blond olbrzyma był mniejszy, ale stosunkowo pewny. I w odróżnieniu od innych dostawców, o jakich Magge Lundin kiedykolwiek słyszał, ten układ funkcjonował w oparciu o zasady biznesowe, kredyt i dobrą wolę. Żadnych ostrych słów, żadnego gadania ani gróźb.

Blond olbrzym przełknął nawet stratę około stu tysięcy koron, do której doszło w związku z nieudaną dostawą broni. Magge Lundin nie znał nikogo w tej branży, kto wziąłby na siebie taką stratę. On sam był śmiertelnie przerażony, zdając relację z tego, co się wydarzyło. Wytłumaczył szczegółowo, co poszło nie tak i jak to się stało, że policjant z Ośrodka Zapobiegania Przestępczości przeprowadził akcję u jednego z członków Bractwa Aryjskiego w Värmlandii. Jednak olbrzym nawet się nie zdziwił. Niemal współczuł. Takie rzeczy się zdarzają. Magge Lundin nic nie zarobił, a pięćdziesiąt procent z niczego to zero. Należało wpisać to w straty.

Magge Lundin nie był beztalenciem. Rozumiał, że mniejszy, ale dość pewny zysk, to po prostu niezły pomysł na biznes.

Nigdy nie zamierzał oskubać blond olbrzyma. To byłoby w złym stylu. Olbrzym i jego kumple zgadzali się na mniejszy zysk, dopóki rachunek pozostawał uczciwy. Gdyby Magge go oszukał, tamten złożyłby mu wizytę i Magge zapewne nie wyszedłby z tego żywy. Coś takiego nie wchodziło więc w grę.

– Kiedy możesz to dostarczyć?

Blond olbrzym rzucił na ziemię sportową torbę.

– Już dostarczone.

Magge Lundin nawet się nie pokwapił, by otworzyć torbę i sprawdzić zawartość. Za to wyciągnął rękę na znak, że mają umowę, której on bez targowania zamierza dotrzymać.

– Jeszcze jedno – powiedział olbrzym.

– Co?

– Chcielibyśmy zlecić ci specjalną robotę.

– Mów.

Blond olbrzym wyciągnął kopertę z wewnętrznej kieszeni kurtki. Magge Lundin otworzył ją i wyciągnął zdjęcie paszportowe i kartkę z danymi osobowymi. Uniósł pytająco brwi.

– Nazywa się Lisbeth Salander i mieszka przy Lundagatan na Södermalmie.

– No.

– Prawdopodobnie jest teraz za granicą, ale wcześniej czy później znów się pojawi.

– No.

– Mój zleceniodawca chce przeprowadzić z nią rozmowę na osobności i bez przeszkód. Trzeba więc dostarczyć ją żywą. Na przykład do tego magazynu nad jeziorem Yngern. Potem będziemy potrzebować kogoś, kto posprząta po tej rozmowie. Musi zniknąć bez śladu.

– To raczej da się załatwić. Skąd będziemy wiedzieć, że już wróciła?

– Zawiadomię cię, kiedy to nastąpi.

– Stawka?

– Co powiesz na dziesięć patyków za wszystko. To dość łatwa robota. Jedziesz do Sztokholmu, bierzesz dziewczynę, dostarczasz do mnie.

Ponownie uścisnęli sobie ręce.

144

BĘDĄC PO RAZ DRUGI na Lundagatan, Lisbeth usiadła na zmechaconej sofie i zaczęła się zastanawiać. Musi podjąć kilka kluczowych decyzji, a jedna z nich dotyczyła tego, czy chce zatrzymać mieszkanie.

Zapaliła papierosa, wydmuchnęła dym prosto w sufit i strzepnęła popiół do pustej puszki po coli.

Nie miała powodu, by kochać to mieszkanie. Przeprowadziła się tu z mamą i siostrą, gdy miała cztery lata. Mama zajmowała pokój dzienny, a ona dzieliła z Camillą małą sypialnię. Kiedy miała dwanaście lat i wydarzyło się Całe Zło, najpierw została umieszczona w klinice dziecięcej, a potem, gdy skończyła piętnaście lat, w kolejnych rodzinach zastępczych. W tym czasie mieszkanie było podnajmowane. Jej kurator, Holger Palmgren, zadbał jednak o to, by wróciło do niej, kiedy osiągnęła pełnoletność i potrzebowała dachu nad głową.

Było dla niej stałym punktem odniesienia przez większą część życia. Choć już go nie potrzebowała, nie podobał jej się pomysł, by z niego po prostu zrezygnować. Oznaczałoby to, że obcy ludzie będą deptać jej podłogę.

Problem logistyczny polegał na tym, że cała oficjalna poczta – o ile w ogóle taką dostawała – przychodziła na Lundagatan. Gdyby rozwiązała umowę, musiałaby postarać się o inny adres. Lisbeth Salander nie chciała być osobą, której nazwisko widniałoby w różnych rejestrach dostępnych publicznie. Charakteryzowało ją przewrażliwienie paranoika, nie miała też żadnego powodu, by ufać władzom ani komukolwiek innemu.

Przez okno spojrzała na drogę przeciwpożarową na tyłach budynku, na którą patrzyła całe życie. Nagle doznała ulgi w związku z decyzją o opuszczeniu tego mieszkania. Nigdy nie czuła się tu bezpiecznie. Zawsze gdy szła Lundagatan i dochodziła do swojej klatki – trzeźwa czy pijana – bacznie obserwowała otoczenie, zaparkowane samochody i przechodniów. Miała powody przypuszczać, że gdzieś tam są ludzie, którzy chcą jej wyrządzić krzywdę i najprawdopodobniej zaatakują ją, gdy będzie wchodziła do swojego mieszkania.

Żaden atak nie nastąpił. Nie oznaczało to jednak, że Lisbeth odetchnęła. Adres na Lundagatan widniał w każdym publicznym rejestrze, a przez wszystkie te lata nie miała pieniędzy, żeby zwiększyć środki bezpieczeństwa. Pozostawała jej stała czujność. Teraz sytuacja przedstawiała się inaczej. W żadnym wypadku nie chciała, by ktoś znał jej nowy adres na Mosebacke. Instynkt podpowiadał jej, że powinna pozostać na tyle anonimowa, na ile tylko się da.

Nie rozwiązywało to jednak problemu, co zrobić z mieszkaniem. Rozmyślała chwilę, po czym zadzwoniła do Mimmi.

– Cześć, to ja.

– Cześć, Lisbeth. Serio? Tym razem odzywasz się już po tygodniu?

– Jestem na Lundagatan.

– No.

– Zastanawiam się, czy nie masz ochoty wziąć tego mieszkania.

– Wziąć?

– Mieszkasz jak w klatce.

– Dobrze mi tutaj. Przeprowadzasz się?

– Już się przeprowadziłam. Mieszkanie stoi puste.

Na drugim końcu linii Mimmi się zawahała.

– Pytasz, czy nie chcę wziąć tego mieszkania. Lisbeth, nie stać mnie.

– To mieszkanie własnościowe, całkowicie spłacone. Czynsz dla spółdzielni mieszkaniowej wynosi tysiąc czterysta osiemdziesiąt koron miesięcznie, czyli pewnie mniej, niż ty płacisz za tę swoją klitkę. I jest opłacony na rok z góry.

– Ale czy zamierzasz je sprzedać? To znaczy, musi być warte grubo ponad milion.

– Ponad półtora, jeśli wierzyć ogłoszeniom.

– Nie stać mnie.

– Nie zamierzam sprzedawać. Możesz się tu wprowadzić już dzisiaj i mieszkać, jak długo będziesz chciała, i nie musisz płacić czynszu przez rok. Nie mogę ci go legalnie odnająć, ale dopiszę cię do umowy jako moją partnerkę, więc nie będziesz miała problemów ze spółdzielnią mieszkaniową.

– Lisbeth, oświadczasz mi się? – zaśmiała się Mimmi.

Lisbeth była śmiertelnie poważna.

– Nie przyda mi się teraz to mieszkanie, a nie chcę go sprzedawać.

– Czyli mówisz, że mogę tak jakby mieszkać tam za darmo. Serio?

– Tak.

– Jak długo?

– Jak długo chcesz. Interesuje cię to?

– Jasne. Nie co dzień ktoś mi proponuje darmowe mieszkanie w samym centrum Södermalmu.

– Jest jedno ale.

– Tak przypuszczałam.

– Możesz tu mieszkać, jak długo chcesz, ale nadal jestem tu zameldowana, więc listy przychodzą na ten adres. Wszystko, co musisz robić, to odbierać moją pocztę i dać znać, jeśli przyjdzie coś ważnego.

– Lisbeth, jesteś najbardziej stukniętą dziewczyną, jaką znam. Czym ty się w ogóle zajmujesz? Gdzie będziesz mieszkać?

– Później o tym pogadamy – odpowiedziała Lisbeth wymijająco.

USTALIŁY, ŻE SPOTKAJĄ SIĘ po południu, żeby Mimmi mogła dokładnie obejrzeć mieszkanie. Gdy Lisbeth zakończyła rozmowę, od razu poczuła się lepiej. Spojrzawszy na zegarek, stwierdziła, że ma jeszcze mnóstwo czasu, zanim przyjdzie Mimmi. Wyszła z mieszkania i przeszła się do banku na Hornsgatan, gdzie wzięła numerek i cierpliwie czekała na swoją kolej.

Okazała dowód tożsamości, wyjaśniła, że przebywała jakiś czas za granicą i chciałaby sprawdzić saldo na swoim koncie oszczędnościowym. Jej oficjalnie zadeklarowany kapitał wynosił 82 670 koron. Przez ponad rok na koncie nie było żadnych operacji, z wyjątkiem wpłaty na sumę 9 312 koron dokonanej jesienią. To spadek po jej matce.

Lisbeth podjęła kwotę odpowiadającą spadkowi. Zastanawiała się chwilę. Chciała użyć tych pieniędzy do czegoś, co ucieszyłoby jej matkę. Do czegoś stosownego. Poszła na pocztę na Rosenlundsgatan i anonimowo wpłaciła pieniądze na jeden ze sztokholmskich ośrodków kryzysowych dla kobiet. Nie wiedziała za bardzo, dlaczego tak postąpiła.

BYŁA GODZINA ÓSMA, piątkowy wieczór, gdy Erika Berger wyłączyła komputer i przeciągnęła się. Ostatnie dziewięć godzin spędziła, dopinając marcowe wydanie „Millennium", a ponieważ Malin Eriksson pracowała pełną parą nad numerem tematycznym Daga Svenssona, większą część prac redakcyjnych Erika musiała wykonać sama. Henry Cortez i Lottie Karim przyszli z pomocą, ale ponieważ zwykle zajmowali się pisaniem i researchem, więc nie byli doświadczonymi redaktorami.

Erika czuła się zmęczona i obolała od ciągłego siedzenia, ale w sumie zadowolona z mijającego dnia i z życia w ogóle. Sytuacja finansowa gazety wyglądała na stabilną, krzywe na wykresach szły we właściwym kierunku, teksty wpływały w terminie albo przynajmniej bez dramatycznych opóźnień, pracownicy byli zadowoleni i – choć upłynął ponad rok – nadal pod działaniem adrenaliny, jakiej dostarczyła im afera Wennerströma.

Przez chwilę próbowała rozmasować kark i stwierdziwszy, że musi wziąć prysznic, zastanawiała się, czy nie skorzystać z małej kabiny w aneksie kuchennym. Jednak czuła się zbyt ociężała i tylko położyła nogi na biurku. Za trzy miesiące skończy czterdzieści pięć lat i szczyt kariery powoli zaczynała mieć już za sobą. Doczekała się siatki drobnych zmarszczek i rys wokół oczu i ust, ale wiedziała, że nadal dobrze wygląda. W tym tygodniu miała dwie wyczerpujące sesje na siłowni, jednak zauważyła, że jest jej coraz trudniej wspinać się na maszt podczas długich wypraw z mężem na żagle. W razie potrzeby to ona musiała wdrapywać się na maszt – Greger miał okropne zawroty głowy.

Erika stwierdziła również, że jej dotychczasowe życie, mimo różnych *ups and downs*, było w sumie szczęśliwe. Miała pieniądze, pozycję, wspaniały dom i pracę, którą lubi. Miała czułego męża, który ją kocha i w którym sama po piętnastu latach małżeństwa nadal była zakochana. A poza tym miała pociągającego i najwyraźniej niezmordowanego kochanka, który nie zaspokajał wprawdzie potrzeb jej duszy, ale ciało owszem tak, ilekroć tego potrzebowała.

Uśmiechnęła się, myśląc o Mikaelu Blomkviście. Zastanawiała się, kiedy zbierze się na odwagę i zdradzi jej swoją tajemnicę, a mianowicie, że coś go łączy z Harriet Vanger. Ani Mikael, ani Harriet nie pisnęli słowa o tym związku, ale Erika nie urodziła się wczoraj. Że coś jest na rzeczy, domyśliła się na sierpniowym zebraniu zarządu, widząc ich wymianę spojrzeń. Z przekory próbowała tego samego wieczora dodzwonić się na komórkę Harriet i Mikaela i bez szczególnego zdziwienia stwierdziła, że oboje wyłączyli telefony. Nie stanowiło to rzecz jasna ostatecznego dowodu, jednak przy okazji kolejnych zebrań zauważyła, że Mikael był wieczorami niedostępny. Rozbawiło ją niemal, gdy widziała, jak szybko Harriet ulotniła się z przyjęcia po zebraniu, używając pokrętnej wymówki, że musi jechać do hotelu i się położyć. Erika nie była wścibska ani zazdrosna. Za to zamierzała przy dogodnej okazji podroczyć się z obojgiem w tej sprawie.

W ogóle nie wtrącała się w związki Mikaela z innymi kobietami, lecz miała nadzieję, że jego romans z Harriet nie spowoduje w przyszłości jakichś problemów w zarządzie. Nie był to jednak poważny niepokój. Mikael miał za sobą wiele takich związków, gdy po rozstaniu nadal przyjaźnił się z dawną partnerką i niezmiernie rzadko popadał w kłopoty. Dla Eriki Berger zażyła przyjaźń z Mikaelem była powodem do radości. W pewnych kwestiach nie był zbyt bystry, ale w innych wykazywał taką przenikliwość, że można by go uznać za wyrocznię. Za to nie pojmował jej miłości do męża. Po prostu nigdy nie rozumiał, dlaczego ona uważa Gregera za czarującego, ciepłego, intrygującego i wspaniałomyślnego człowieka, przede wszystkim pozbawionego wielu nawyków, jakich serdecznie nie znosiła u facetów. Greger to mężczyzna, u boku którego chciała się zestarzeć. Chciała mieć z nim dzieci, ale wcześniej nie było to możliwe, a teraz czas już minął. W roli życiowego partnera nie potrafiła sobie wyobrazić nikogo lepszego – to człowiek, na którym mogła całkowicie i bezwarunkowo polegać i który zawsze był przy niej, kiedy tego potrzebowała.

Mikael był inny. To mężczyzna o tak różnorodnych cechach charakteru, że czasem wydawało się, jakby miał podwójną naturę. W pracy zawodowej wykazywał upór i niemal chorobliwą koncentrację na zadaniu. Zabierał się za temat i dopracowywał go do poziomu bliskiego perfekcji, kiedy wszystkie elementy układanki są na miejscu. W swoich najlepszych chwilach był rewelacyjny, a w gorszych i tak wybijał się ponad przeciętność. Potrafił intuicyjnie odróżnić, który temat kryje w sobie drugie dno, a który będzie tylko mało interesującą masówką. Erika Berger nigdy nie żałowała podjęcia współpracy z Mikaelem.

Nigdy też nie żałowała, że została jego kochanką.

Jedyną osobą, która rozumiała, dlaczego Erikę tak ciągnie do seksu z Mikaelem, był jej mąż, a rozumiał to, ponieważ Erika odważyła się porozmawiać z nim o swoich potrzebach. Nie chodziło tu o niewierność, lecz o żądzę. Seks z Mikaelem dawał jej takiego kopa, jak z żadnym innym mężczyzną, nie wyłączając Gregera.

Seks był dla niej ważny. Straciła dziewictwo w wieku czternastu lat, a kilka kolejnych poświęciła na frustrujące poszu-

kiwania zaspokojenia. W tamtym czasie spróbowała wszystkiego, poczynając od śmiałego pettingu z kolegami z klasy
przez trudny romans ze starszym nauczycielem, a kończąc na
sekstelefonie i miękkim seksie z pewnym neurotykiem. Prze-
testowała większość tego, co ją interesowało w sferze erotyki.
Zabawiała się przy użyciu kajdanek i sznura, należała też do
Club Xtreme, który organizował imprezy niezupełnie akceptowane społecznie. Wielokrotnie próbowała seksu z kobietami
i z rozczarowaniem stwierdziła, że to nie to – kobieta nie była
w stanie wywołać w niej nawet ułamka tego podniecenia, jakie
Erika odczuwała, będąc z mężczyzną. Albo z dwoma. Razem
z Gregerem testowała seks z dwoma mężczyznami – jeden
z nich był znanym właścicielem galerii – i oboje odkryli, że
on ma silne skłonności biseksualne, ona natomiast czuła niemal paraliżującą rozkosz, gdy pieściło ją i zaspokajało dwóch
mężczyzn jednocześnie. Doświadczyła też niewytłumaczalnej
przyjemności, widząc, jak inny mężczyzna pieści jej męża. Ona
i Greger powtarzali tę zabawę, zawsze z taką samą satysfakcją,
spotykając się z kilkoma stałymi partnerami.

Ich życie seksualne nie było więc nudne czy rutynowe.
Po prostu Mikael Blomkvist dostarczał jej zupełnie innego
rodzaju przeżyć.

Miał talent. Był po prostu świetny w łóżku.

Tak świetny, że wydawało się, iż Erika osiągnęła stan ide-
alnej równowagi z Gregerem w roli męża i Mikaelem w roli
kochanka, stosownie do potrzeb. Nie mogłaby obejść się bez
żadnego z nich i nie zamierzała między nimi wybierać.

A Greger zrozumiał, że jej potrzeby wykraczały poza to,
co on sam mógł zaoferować w postaci akrobatycznej gimna-
styki w jacuzzi, choćby najbardziej wymyślnej.

W swoim związku z Mikaelem Erika najbardziej lubiła to,
że nie odczuwał niemal w ogóle potrzeby, by ją kontrolować.
Nie był ani trochę zazdrosny, a nawet jeśli ona sama miewała
na początku – przed dwudziestu laty – wybuchy zazdrości,
z czasem odkryła, że o Mikaela nie musi być zazdrosna. Ich

151

związek opierał się na przyjaźni, a on w przyjaźni wykazywał bezgraniczną lojalność. Taki związek mógł przetrwać najcięższe próby.

Erika Berger miała świadomość, że należy do grona ludzi, których styl życia byłby nie do zaakceptowania dla Chrześcijańskiego Koła Gospodyń Domowych w takiej na przykład prowincjonalnej mieścinie jak Skövde. Nie martwiło jej to. Już jako nastolatka postanowiła, że to, co robi w łóżku i jakie wybrała życie, nie powinno obchodzić nikogo poza nią samą. Jednak irytowało ją, że tylu jej znajomych szeptało między sobą o jej związku z Mikaelem, i to zawsze za jej plecami.

Mikael był mężczyzną. Mógł spokojnie zaliczać kolejne łóżka i nikogo by to nie dziwiło. Ona była kobietą, a fakt, że miała jednego kochanka, w dodatku za zgodą męża – i, co więcej, była temu kochankowi wierna przez dwadzieścia lat – stanowił temat najbardziej interesujących rozmów przy kolacji.

Fuck you all. Rozmyślała jeszcze przez chwilę, po czym podniosła słuchawkę, żeby zadzwonić do męża.

– Cześć, kochanie. Co robisz?

– Piszę.

Greger Backman był nie tylko artystą; był przede wszystkim docentem historii sztuki i autorem wielu książek z tej dziedziny. Często wypowiadał się w debatach publicznych, a duże firmy architektoniczne angażowały go do swoich przedsięwzięć. Przez ostatni rok pracował nad książką o znaczeniu artystycznego wystroju budynków oraz o tym, dlaczego ludzie w pewnych budynkach lubią przebywać, a w innych – nie. Książka zaczęła się przeradzać w nienawistny atak na funkcjonalizm, co (podejrzewała Erika) wywoła pewien ferment na rynku debat o estetyce.

– I jak ci idzie?

– Dobrze. Jak po maśle. A co u ciebie?

– Właśnie skończyłam następny numer. W czwartek wysyłamy do drukarni.

– Gratulacje.

– Jestem zupełnie wypalona.

– Brzmi to tak, jakbyś miała coś na myśli.

– Planowałeś coś na wieczór? Będziesz strasznie niezadowolony, jeśli nie wrócę dzisiaj na noc?

– Przekaż Blomkvistowi, że kusi los – powiedział Greger.

– Nie sądzę, żeby się tym przejmował.

– No, dobra. Przekaż mu, że jesteś wiedźmą, której nie można zaspokoić i że zestarzeje się przedwcześnie.

– To już wie.

– W takim razie jedyne, co mi zostaje, to popełnić samobójstwo. Będę pisał, póki nie zasnę. Baw się dobrze.

Pożegnali się, a potem Erika zadzwoniła do Mikaela. Był w Enskede, u Daga Svenssona i Mii Bergman, i właśnie zamierzał podsumować dyskusję na temat pewnych drażliwych szczegółów w książce Daga. Erika zapytała, czy jest zajęty tego wieczora, czy może byłby skłonny wymasować komuś obolałe plecy.

– Masz klucze – powiedział Mikael. – Czuj się jak u siebie.

– Oczywiście. Widzimy się za jakąś godzinę.

Spacer na Bellmansgatan zajął jej dziesięć minut. Rozebrała się, wzięła prysznic i zrobiła espresso. Potem wślizgnęła się do łóżka Mikaela i naga czekała na niego w niecierpliwym napięciu.

Idealne zaspokojenie dałby jej najprawdopodobniej seks we trójkę z jej mężem i Mikaelem, co jednak z niemal stuprocentową pewnością nie wchodziło w grę. Problem polegał na tym, że Mikael był tak bardzo hetero, że Erika droczyła się z nim, nazywając go homofobem. Jego zainteresowanie mężczyznami równało się zeru. Najwyraźniej nie można mieć wszystkiego na tym świecie.

MARSZCZĄC BRWI, zirytowany blond olbrzym jechał ostrożnie z prędkością piętnastu kilometrów na godzinę po tak kiepsko utrzymanej leśnej drodze, że przez chwilę myślał,

153

iż źle zrozumiał opis dojazdu. Właśnie zaczęło się ściemniać, gdy droga rozszerzyła się nieco i dojrzał wreszcie budynek. Zaparkował jakieś pięćdziesiąt metrów od niego, wyłączył silnik i rozejrzał się dookoła.

Znajdował się w pobliżu Stallarholmen, niedaleko Mariefred. Był to prosty domek z lat pięćdziesiątych, postawiony w samym środku lasu. Między drzewami dostrzegł jaśniejszą smugę lodu na jeziorze Mälaren.

Za nic nie mógł pojąć, dlaczego ktokolwiek chciałby spędzać wolny czas w jakimś odludnym lesie. Gdy zamknął za sobą drzwi samochodu, nagle poczuł się nieswojo. Las wydał mu się złowieszczy i przytłaczający. Miał wrażenie, że jest obserwowany. Ruszył powoli w stronę podwórka, lecz naraz usłyszał szelest i stanął jak wryty.

Gapił się w las. Zmierzch był cichy i bezwietrzny. Olbrzym stał tak dwie minuty, w największym napięciu, aż kątem oka dostrzegł postać przemieszczającą się ostrożnie między drzewami. Gdy skoncentrował wzrok, postać stanęła w bezruchu, jakieś trzydzieści metrów w głąb lasu, i wpatrywała się w niego.

Blond olbrzym poczuł się nieswojo. Starał się dojrzeć szczegóły. Widział ciemną, kościstą twarz. Postać zdawała się karłem, wysokim mniej więcej na metr, i była ubrana w coś, co przypominało strój ze świerkowych gałęzi i mchu dla kamuflażu. Bawarski leśny skrzat? Irlandzki leprechaun? Jest groźny?

Blond olbrzym wstrzymał oddech. Czuł, jak jeżą mu się włosy na karku.

Potem zaczął gwałtownie mrugać i potrząsnął głową. Kiedy znów spojrzał w tamtą stronę, istota przemieściła się jakieś dziesięć metrów na prawo. *Tam nic nie ma.* Wiedział, że tylko to jego wyobraźnia. A jednak całkiem wyraźnie dostrzegał kształt wśród drzew. Nagle zjawa poruszyła się i podeszła bliżej. Poruszała się szybko, gwałtownymi ruchami, zataczając półkole i przymierzając się do ataku.

Blond olbrzym śpiesznie pokonał ostatnie metry dzielące go od domku. Zapukał odrobinę za głośno i odrobinę zbyt niecierpliwie. Gdy tylko usłyszał odgłos ludzkich kroków dobiegający zza drzwi, strach ustąpił. Zerknął przez ramię. *Tam nic nie ma.*

Jednak odetchnął dopiero, gdy drzwi się otworzyły. Adwokat Nils Bjurman powitał go uprzejmie i zaprosił do środka.

MIRIAM WU ODSAPNĘŁA Z ULGĄ, wyniósłszy do śmietnika w piwnicy ostatni worek z pozostawionym dobytkiem Lisbeth Salander. Sterylnie czyste mieszkanie pachniało mydłem, farbą i świeżo parzoną kawą. To ostatnie było dziełem Lisbeth. Siedziała na taborecie, przyglądając się w zamyśleniu ogołoconemu mieszkaniu, skąd w jakiś magiczny sposób zniknęły zasłonki, dywany, kupony rabatowe z lodówki i jej podręczne rupiecie z przedpokoju. Dziwiła się, jak duże wydaje się teraz to miejsce.

Miriam Wu i Lisbeth Salander miały różne gusta w kwestii ubrań, wystroju wnętrz i zainteresowań intelektualnych. Poprawka: Miriam Wu miała swój styl i zdecydowany pogląd na to, jak jej mieszkanie powinno wyglądać, jakich mebli tam chce i jakie ciuchy się nosi. Lisbeth Salander w ogóle nie miała gustu, jak twierdziła Mimmi.

Gdy Mimmi weszła do mieszkania na Lundagatan i zlustrowała je okiem kupca, po przedyskutowaniu sprawy stwierdziła, że większość rzeczy musi zniknąć. Zwłaszcza nędzna, zszarzała z brudu sofa w pokoju dziennym. Czy Lisbeth chciałaby coś zatrzymać? *Nie.* Przez następne dwa tygodnie Mimmi spędzała po kilka godzin każdego wieczora oraz weekendy, wyrzucając stare meble, czyszcząc szafki, pucując, szorując wannę, malując ściany w kuchni, przedpokoju, sypialni i pokoju dziennym, w którym dodatkowo polakierowała parkiet.

Lisbeth nie interesowały takie zajęcia, jednak wpadała tam przy okazji i z zafascynowaniem obserwowała przyjaciółkę. Po zakończeniu prac mieszkanie było puste, z wyjątkiem wytartego stolika z litego drewna, który Mimmi zamierzała oszlifować i polakierować, dwóch porządnych taboretów, które Lisbeth zarekwirowała przy okazji porządkowania strychu, oraz solidnego regału w pokoju dziennym, który zdaniem Mimmi jeszcze się do czegoś nadawał.

– Wprowadzam się w ten weekend. Jesteś pewna, że nie żałujesz tej decyzji?

– Nie potrzebuję tego mieszkania.

– Ależ jest świetne! To znaczy, są większe i lepsze, ale to znajduje się w samym centrum Södermalmu, a czynsz właściwie żaden. Lisbeth, stracisz majątek, jeśli go nie sprzedasz.

– Mam tyle pieniędzy, że dam sobie radę.

Mimmi zamilkła, niepewna, jak zinterpretować zwięzłe komentarze Lisbeth.

– Gdzie będziesz mieszkać?

Lisbeth nie odpowiedziała.

– Można cię odwiedzić?

– Nie teraz.

Lisbeth otworzyła swoją torbę, wyciągnęła papiery i podała je Mimmi.

– Załatwiłam umowę z tutejszą spółdzielnią mieszkaniową. Najprościej było wpisać cię jako moją partnerkę i sprzedać ci połowę lokalu. Kwota sprzedaży wynosi jedną koronę. Musisz podpisać umowę.

Mimmi wzięła długopis i podpisała się, uzupełniając datę urodzenia.

– To wszystko?

– Wszystko.

– Lisbeth, właściwie zawsze uważałam cię za trochę stukniętą, ale czy zdajesz sobie sprawę, że właśnie sprezentowałaś mi połowę tego mieszkania? Chętnie je wezmę, ale nie chciałabym znaleźć się w sytuacji, kiedy ty nagle zmienisz zdanie i zrobi się między nami nieprzyjemnie.

– Nie zrobi się. Chcę, żebyś tu mieszkała. To mi odpowiada.

– Ale za darmo? Bez żadnej rekompensaty? To bez sensu.

– Zajmiesz się moją pocztą. Taki jest warunek.

– Poświęcę na to zapewne jakieś cztery sekundy tygodniowo. Zamierzasz wpaść do mnie kiedyś na seks?

Lisbeth utkwiła wzrok w Mimmi. Przez chwilę milczała.

– Bardzo chętnie. Ale to nie wchodzi w zakres kontraktu. Zawsze możesz odmówić.

Mimmi westchnęła.

– A już się zaczęłam cieszyć, że będę *kept woman*. Wiesz, ktoś zapewnia mi mieszkanie, płaci mój czynsz, a od czasu do czasu zakrada się, żeby trochę ze mną pohulać w łóżku.

Przez chwilę siedziały w ciszy. Potem Mimmi wstała zdecydowanie, poszła do dużego pokoju i zgasiła gołą żarówkę wiszącą u sufitu.

– Chodź tutaj.

Lisbeth poszła za nią.

– Nigdy nie uprawiałam seksu na podłodze w świeżo malowanym mieszkaniu bez mebli. Widziałam kiedyś taki film z Marlonem Brando, o mężczyźnie i kobiecie w Paryżu, którzy tak to właśnie robili.

Lisbeth zerknęła na podłogę.

– Chcę się zabawić. Masz ochotę?

– Prawie zawsze mam ochotę.

– Dzisiaj będę dominującą suką. Ja decyduję. Rozbieraj się.

Lisbeth zaśmiała się krzywo. Rozebrała się. Zajęło jej to jakieś dziesięć sekund.

– Kładź się na podłogę. Na brzuchu.

Lisbeth zrobiła, jak Mimmi rozkazała. Parkiet był chłodny i od razu dostała gęsiej skórki. Mimmi użyła T-shirtu Lisbeth z napisem *You have the right to remain silent*, żeby związać jej ręce na plecach.

Lisbeth nasunęła się refleksja, że w podobny sposób adwokat Nils Pieprzony Gnój Bjurman związał ją dwa lata temu.

Na tym kończyły się podobieństwa.

Będąc z Mimmi, Lisbeth czuła tylko przyjemne oczekiwanie. Ochoczo poddała się, a Mimmi przewróciła ją na plecy i rozsunęła jej nogi. Gdy zdejmowała swoją koszulkę, Lisbeth w ciemnościach dostrzegła jej miękkie piersi. Potem Mimmi przewiązała jej oczy swoją koszulką. Lisbeth słyszała szelest ubrań. Kilka sekund później poczuła na brzuchu język Mimmi, a jej palce po wewnętrznej stronie ud. Już od dawna nie była tak podniecona. Zacisnęła oczy pod przepaską i pozwoliła Mimmi narzucić tempo.

Rozdział 8
Poniedziałek 14 lutego – sobota 19 lutego

SŁYSZĄC DELIKATNE pukanie w futrynę, Dragan Armanski podniósł wzrok i zobaczył w drzwiach Lisbeth Salander. Starała się utrzymać dwa kubki kawy z automatu. Powoli odłożył długopis i odsunął raport.

– Cześć – powiedziała.

– Cześć.

– To przyjacielska wizyta. Mogę wejść?

Dragan Armanski na sekundę zamknął oczy, po czym wskazał jej krzesło dla gości. Zerknął na zegarek. Było wpół do siódmej wieczorem. Lisbeth podała mu kubek i usiadła. Przez chwilę mierzyli się wzrokiem.

– Ponad rok – powiedział Dragan.

Lisbeth kiwnęła głową.

– Jesteś zły?

– A powinienem być?

– Nie pożegnałam się.

Dragan wydął wargi, był w szoku, a jednocześnie czuł ulgę, wiedząc, że Lisbeth przynajmniej żyje. Nagle ogarnęły go gwałtowna irytacja i zmęczenie.

– Nie wiem, co powiedzieć. Nie masz obowiązku informować mnie, czym się zajmujesz. Czego chcesz?

Odezwał się chłodniejszym tonem, niż zamierzał.

– Sama za bardzo nie wiem. Przede wszystkim chyba się przywitać.

– Potrzebujesz pracy? Nie zamierzam cię więcej zatrudniać.

Potrząsnęła głową.

159

– Pracujesz gdzieś indziej?

Znów potrząsnęła głową. Zdawało się, że usiłuje znaleźć słowa. Dragan czekał.

– Podróżowałam – powiedziała wreszcie. – Niedawno wróciłam do Szwecji.

Armanski z zadumą pokiwał głową i przyjrzał się Lisbeth. Zmieniła się. Jakaś nowa... dojrzałość przejawiała się w doborze stroju i zachowaniu. I wypchała sobie czymś biustonosz.

– Zmieniłaś się. Gdzie byłaś?

– Trochę tu, trochę tam... – odpowiedziała wymijająco, dokończyła jednak, widząc jego zirytowane spojrzenie. – Pojechałam do Włoch, potem na Bliski Wschód i przez Bangkok do Hongkongu. Jakiś czas byłam w Australii i Nowej Zelandii, i podróżowałam po wyspach Pacyfiku. Miesiąc siedziałam na Tahiti. Potem przejechałam przez Stany, a ostatnie miesiące spędziłam na Karaibach.

Armanski kiwnął głową.

– Nie wiem, dlaczego się nie pożegnałam.

– Dlatego, że mówiąc szczerze, inni gówno cię obchodzą – powiedział rzeczowo Armanski.

Lisbeth zagryzła wargę. Zastanawiała się chwilę. Jego słowa może były prawdą, ale i tak odczuła to oskarżenie jako niesprawiedliwe.

– Zazwyczaj jest tak, że to ja innych w ogóle nie obchodzę.

– Gówno prawda – odpowiedział Armanski. – Twój problem to nastawienie, masz w dupie ludzi, którzy chcą być twoimi przyjaciółmi. To proste.

Cisza.

– Chcesz, żebym sobie poszła?

– Rób, jak chcesz. Zawsze tak robiłaś. Ale jeśli teraz pójdziesz, to nie chcę cię więcej widzieć.

Lisbeth nagle się przestraszyła. Człowiek, którego szanowała, był skłonny ją odrzucić. Nie wiedziała, co powiedzieć.

– Już dwa lata minęły, odkąd Holger Palmgren miał wylew. Nie odwiedziłaś go ani razu – mówił Armanski niewzruszony.

Lisbeth gapiła się na niego zszokowana.

– Żyje?

– Więc nawet nie wiesz, czy żyje, czy umarł?

– Lekarze powiedzieli, że…

– Lekarze dużo o nim mówili – przerwał Armanski. – Było z nim bardzo źle i nie mógł komunikować się z otoczeniem, ale przez ostatni rok jego stan znacznie się poprawił. Trudno mu mówić i trzeba uważnie słuchać, żeby go zrozumieć. W dużym stopniu jest zdany na pomoc innych, choć sam już chodzi do toalety. Ludzie, którym na nim zależy, odwiedzają go.

Lisbeth zaniemówiła. To ona znalazła Palmgrena, gdy przed dwoma laty dostał wylewu. Wezwała pogotowie, a lekarze, potrząsając głowami, stwierdzili, że prognozy nie są zachęcające. Zamieszkała na tydzień w szpitalu, aż jeden z lekarzy powiedział, że Palmgren leży w śpiączce i mało prawdopodobne, by miał się obudzić. W tamtej chwili przestała się martwić i wykreśliła go ze swojego życia. Wstała i wyszła, nie oglądając się za siebie. I najwyraźniej nie sprawdzając później jego stanu zdrowia.

Zmarszczyła brwi. W tamtym czasie zwalił się jej na kark adwokat Nils Bjurman, absorbując sporą część jej uwagi. Ale nikt, nawet Armanski, nie powiedział jej, że Palmgren żyje, i co więcej, że być może powraca do zdrowia. Sama w ogóle nie zastanawiała się nad taką możliwością.

Nagle łzy napłynęły jej do oczu. Nigdy wcześniej nie czuła się nędznym egoistycznym gównem. I nigdy wcześniej nie dostała od nikogo tak spokojnie powiedzianej, a zarazem wściekłej reprymendy. Spuściła głowę.

Przez chwilę siedzieli w ciszy. Milczenie przerwał Armanski.

– Jak ci się wiedzie?

Lisbeth wzruszyła ramionami.

– Z czego się utrzymujesz? Masz pracę?

– Nie, nie mam pracy i nie wiem, czym chcę się zajmować. Ale mam tyle pieniędzy, że radzę sobie.

Armanski zlustrował ją badawczym wzrokiem.

– Wpadłam tu tylko z wizytą... nie szukam pracy. Nie wiem... może i chciałabym zrobić dla ciebie jakieś zlecenie, gdybyś mnie kiedyś potrzebował, ale musi to być coś, co mnie zainteresuje.

– Zakładam, że nie chcesz powiedzieć, co się wydarzyło w Hedestad zeszłego roku.

Lisbeth siedziała w milczeniu.

– Coś się jednak wydarzyło. Martin Vanger zabił się w wypadku samochodowym, po tym jak wzięłaś stąd sprzęt obserwacyjny i ktoś groził wam śmiercią. A siostra Vangera powstała z grobu. Była to, delikatnie mówiąc, sensacja.

– Nie obiecywałam, że wszystko opowiem.

Armanski kiwnął głową.

– I zakładam, że nie chcesz mi również opowiedzieć, jaką rolę odegrałaś w aferze Wennerströma.

– Pomagałam Kallemu Blomkvistowi robić research. – Nagle jej głos stał się znacznie chłodniejszy. – To wszystko. Nie chcę być w to zamieszana.

– Mikael Blomkvist szukał cię wszędzie. Odzywał się co najmniej raz na miesiąc, pytając, czy mam od ciebie wieści. On też się przejmuje.

Lisbeth milczała, jednak Armanski zauważył, że jej usta zmieniły się w wąską kreskę.

– Nie wiem, czy go lubię – mówił dalej Armanski – ale jemu też naprawdę na tobie zależy. Spotkałem się z nim raz zeszłej jesieni. On również nie chce rozmawiać o Hedestad.

Lisbeth nie chciała dyskutować o Mikaelu Blomkviście.

– Wpadłam tylko się przywitać i powiedzieć, że znów jestem w mieście. Nie wiem, czy zostanę. To numer mojej komórki i nowy adres mailowy, gdybyś potrzebował się ze mną skontaktować.

Wręczyła Armanskiemu karteczkę i wstała. Gdy była już przy drzwiach, zawołał za nią.

– Poczekaj chwilę. Co zamierzasz?

– Pójdę odwiedzić Holgera Palmgrena.

– Dobra. Ale chodziło mi o to... czym będziesz się zajmować?

Spojrzała na niego zamyślona.

– Nie wiem.

– Musisz mieć z czego żyć.

– Mówiłam przecież, mam tyle, że daję sobie radę.

Armanski odchylił się na krześle i zamyślił. Nigdy nie miał pewności, jak interpretować jej słowa.

– Tak mnie zirytowało twoje zniknięcie, że niemal postanowiłem nigdy więcej cię nie zatrudniać. – Skrzywił się. – Nie można na tobie polegać. Ale jesteś świetnym researcherem. Może mam robotę, która będzie ci pasować.

Potrząsnęła głową. Podeszła do jego biurka.

– Nie chcę od ciebie pracy. To znaczy, nie potrzebuję pieniędzy. Mówię poważnie. Jestem niezależna finansowo.

Dragan Armanski zmarszczył brwi z powątpiewaniem. W końcu kiwnął głową.

– Dobra, jesteś niezależna finansowo, cokolwiek to znaczy. Wierzę ci na słowo. Ale gdybyś potrzebowała roboty...

– Dragan, jesteś drugą osobą, jaką odwiedziłam od mojego powrotu. Nie potrzebuję twoich pieniędzy. Jednak od wielu lat należysz do niewielkiego grona ludzi, których szanuję.

– Dobra. Ale wszyscy muszą jakoś się utrzymać.

– Sorry, nie interesuje mnie już zdobywanie dla ciebie informacji. Odezwij się, gdy naprawdę natkniesz się na jakiś problem.

– Jakiego rodzaju problem?

– Taki problem, z którym nie będziesz mógł dojść do ładu. Utkniesz i nie będziesz wiedział, co robić. Jeśli mam dla ciebie pracować, musisz zaproponować coś, co mnie zainteresuje. Może jakieś działania operacyjne.

– Działania operacyjne? Ty? Co znikasz bez śladu, kiedy tylko chcesz?

– Gówno prawda. Nigdy nie zawaliłam roboty, którą przyjęłam.

Dragan Armanski spoglądał na nią bezradnie. Pojęcie „działania operacyjne" to żargon, ale chodziło o robotę w terenie. Mogło to oznaczać wszystko, od ochrony osobistej po specjalistyczny nadzór ekspozycji sztuki. Jego zespół operacyjny to niezawodni i pewni weterani, często z doświadczeniem w policji. Poza tym w dziewięćdziesięciu procentach to mężczyźni. Lisbeth Salander stanowiła jaskrawy wyjątek od kryteriów, jakie stosował dla ludzi z jednostek operacyjnych Milton Security.

– No więc... – odezwał się z powątpiewaniem.

– Nie musisz się wysilać. Biorę tylko taką robotę, która mnie zainteresuje, tak więc są duże szanse, że odmówię. Odezwij się, gdy będziesz miał naprawdę trudny problem. Jestem niezła w rozwiązywaniu zagadek.

Odwróciła się na pięcie i wyszła. Dragan Armanski potrząsnął głową. *Jest stuknięta. Naprawdę stuknięta.*

Po sekundzie Lisbeth znów stała w drzwiach.

– A tak w ogóle... Dwóch twoich ludzi od miesiąca ochrania tę aktorkę, Christine Ruterford, przed jakimś wariatem, który wypisuje anonimowe groźby. Myślicie, że to robota kogoś z wewnątrz, bo zna tyle szczegółów z jej życia.

Dragan Armanski wpatrywał się w Lisbeth. Przeszedł go prąd. *Znowu to zrobiła.* Rzuciła uwagę na temat, o którym nie mogła nic a nic wiedzieć. *Nie mogła wiedzieć.*

– Tak...?

– Zapomnij. To lipa. Ona i jej chłopak napisali te listy, żeby wzbudzić zainteresowanie. W najbliższych dniach dostanie kolejny list, w przyszłym tygodniu będzie przeciek do mediów. Jest spore ryzyko, że oskarży o to Milton Security. Skreśl ją z listy klientów.

Zanim Dragan Armanski zdążył otworzyć usta, Lisbeth zniknęła. Gapił się na puste wejście. Na zdrowy rozum nie mogła nic wiedzieć o tej sprawie. Musi mieć wtyczkę w Milton, kogoś, kto wynosi dane i informuje ją na bieżąco. Ale tylko czterech – pięciu ludzi znało tę sprawę – sam Armanski, szef operacyjny i tych kilka osób, które zajmowały się groźbami... doświadczeni i pewni zawodowcy. Armanski potarł brodę.

Spojrzał na biurko. Teczka ze sprawą Ruterford leżała w szufladzie zamkniętej na klucz. W biurze była instalacja alarmowa. Zerkając znów na zegarek, stwierdził, że Harry Fransson, szef działu technicznego, poszedł już do domu. Otworzył pocztę i wysłał do Franssona maila z prośbą, by zjawił się w jego biurze następnego dnia i zainstalował ukrytą kamerę.

LISBETH SALANDER poszła prosto do domu na Mosebacke. Przyspieszyła kroku z poczuciem, że musi szybko coś zrobić.

Zadzwoniła do södermalmskiego szpitala i przedzierając się przez najróżniejsze centrale, zdołała po chwili zlokalizować Holgera Palmgrena. Od czternastu miesięcy przebywał w ośrodku rehabilitacyjnym Erstaviken w Älta. Nagle stanęło jej przed oczami Äppelviken. Dodzwoniwszy się, uzyskała informację, że Palmgren śpi, ale można go odwiedzić następnego dnia.

Spędziła wieczór, chodząc tam i z powrotem po mieszkaniu. Czuła się nieswojo. Położyła się wcześnie i niemal od razu zasnęła. Obudziła się o siódmej, wzięła prysznic i zjadła śniadanie w 7-Eleven. Około ósmej przeszła się do wypożyczalni samochodów przy Ringvägen. *Muszę sprawić sobie własny samochód.* Wypożyczyła tego samego nissana micrę, którym pojechała do Äppelviken kilka tygodni wcześniej.

Parkując przed ośrodkiem, poczuła nagły niepokój, ale zebrała się na odwagę i weszła do recepcji, gdzie poprosiła o spotkanie z Holgerem Palmgrenem.

Recepcjonistka z widniejącym na identyfikatorze imieniem Margit, sprawdziwszy w dokumentach, że Palmgren jest właśnie na rehabilitacji, wytłumaczyła, że nie będzie dostępny wcześniej niż po jedenastej. Lisbeth może posiedzieć w poczekalni albo przyjść później. Wróciła więc na parking i wsiadła do samochodu; czekając, wypaliła trzy papierosy. O jedenastej znów poszła do recepcji. Wskazano jej jadalnię, korytarzem na prawo, a potem w lewo.

Gdy stanęła w drzwiach pustawej jadalni, zobaczyła Holgera Palmgrena. Siedział zwrócony twarzą w jej stronę, lecz uwagę skupiał na swoim talerzu. Trzymał niezgrabnie widelec całą dłonią i skoncentrowany kierował jedzenie do ust. Mniej więcej jedna próba na trzy kończyła się fiaskiem i jedzenie spadało z widelca.

Zapadł się w sobie i zestarzał. Wyglądał, jakby miał koło setki. Jego twarz była dziwnie drętwa. Siedział na wózku. Dopiero w tym momencie Lisbeth zrozumiała, że Holger Palmgren naprawdę żyje i że Armanski jej nie okłamał.

HOLGER PALMGREN przeklinał cicho, po raz trzeci próbując nabrać na widelec kęs zapiekanego makaronu. Akceptował fakt, iż nie potrafi normalnie chodzić i nie jest w stanie robić wielu rzeczy. Jednak nie znosił tego, że nie może sprawnie jeść, a chwilami ślini się jak dziecko.

Jego umysł pracował doskonale. Umiał ustawić widelec pod odpowiednim kątem, zgarnąć jedzenie, podnieść i skierować do ust. Problem tkwił w koordynacji. Ręka zdawała się żyć własnym życiem. Gdy nakazywał jej podnieść widelec, powoli przesuwała się w bok. Gdy prowadził ją do ust, w ostatniej chwili zmieniała kierunek, sunąc w stronę policzka albo brody.

Jednak wiedział też, że rehabilitacja przynosi efekty. Jeszcze sześć miesięcy wcześniej jego ręka trzęsła się tak mocno, iż nie mógł donieść do ust nawet jednego kęsa. Teraz spożywanie posiłków szło mu wprawdzie wolno, lecz przynajmniej jadł samodzielnie. Nie zamierzał się poddawać, póki nie odzyska pełnej kontroli nad swoimi kończynami.

Opuścił dłoń, żeby nabrać kolejny kęs, gdy zza jego pleców wyłoniła się ręka i delikatnie wzięła od niego widelec.

Zobaczył, jak dłoń nabiera makaron i podnosi widelec do jego ust. Od razu poznał tę wąską jak u lalki piąstkę. Przekręcił głowę i napotkał wzrok Lisbeth Salander mniej niż dziesięć centymetrów od swoich oczu. Patrzyła wyczekująco. Wyglądała na przestraszoną.

Przez dłuższą chwilę Palmgren siedział w bezruchu, gapiąc się na jej twarz. Jego serce zupełnie bez sensu zaczęło nagle walić. Otworzył usta i przyjął podane mu jedzenie.

Karmiła go kęs po kęsie. Zazwyczaj Palmgren nie znosił, gdy ktoś mu pomagał przy posiłku, jednak rozumiał potrzebę Lisbeth. Nie chodziło o to, że jest niesprawny. Karmiła go w geście pokory – w jej przypadku nader niezwykłe zachowanie. Wydzielała kęsy w sam raz i czekała, aż skończy przeżuwać. Gdy wskazał na szklankę mleka ze słomką, podała mu ją spokojnie, żeby mógł się napić.

Nie zamienili ze sobą ani słowa w trakcie całego posiłku. Kiedy przełknął ostatni kęs, odłożyła widelec i spojrzała na niego pytająco. Potrząsnął głową. *Nie, nie chcę dokładki.*

Holger Palmgren odchylił się na wózku i odetchnął głęboko. Lisbeth wzięła serwetkę i wytarła mu usta. Nagle poczuł się jak ojciec chrzestny z amerykańskiego filmu, *capo di tutti capi*, któremu okazuje się szacunek. Przed oczami pojawił mu się obraz Lisbeth całującej jego rękę, uśmiechnął się na myśl o tej niedorzecznej fantazji.

– Myślisz, że można tu dostać jakąś kawę? – spytała.

Zamamrotał. Wargi i język nie chciały prawidłowo artykułować dźwięków.

– Buf zarg. *Bufet za rogiem.*

– Chcesz też? Z mlekiem i bez cukru, jak zawsze?

Kiwnął głową. Uprzątnęła tacę i wróciła po chwili z dwoma kubkami kawy. Zauważył, że pije czarną, co było rzeczą niezwyczajną. Uśmiechnął się, widząc, że zachowała jego słomkę ze szklanki z mlekiem, by mógł pić kawę. Siedzieli w milczeniu. Holger Palmgren chciał poruszyć tysiąc spraw, ale nie potrafił wyartykułować nawet jednej sylaby. Za to ich spojrzenia spotykały się nieustannie. Lisbeth wyglądała na straszliwie świadomą swojej winy. Wreszcie przerwała ciszę.

– Myślałam, że umarłeś – powiedziała. – Nie wiedziałam, że żyjesz. Gdybym wiedziała, nigdy bym nie... odwiedziłabym cię już dawno.

Kiwnął głową.

– Wybacz mi.

Znów kiwnął. Uśmiechnął się. Miał grymas na ustach.

– Leżałeś w śpiączce, a lekarze mówili, że nie przeżyjesz. Myśleli, że umrzesz w ciągu doby, więc po prostu sobie poszłam. Przykro mi. Wybacz.

Uniósł dłoń i położył ją na małej pięści Lisbeth. Chwyciła go mocno za rękę i odetchnęła.

– Zniś. *Zniknęłaś.*

– Rozmawiałeś z Draganem Armanskim?

Kiwnął głową.

– Podróżowałam. Musiałam uciec. Bez pożegnania, po prostu wyjechałam. Martwiłeś się?

Potrząsnął głową.

– Nigdy, przenigdy nie musisz się o mnie martwić.

– Nigdyś niemartw. Zawsz da sobirad. Alarmanski si martw. *Nigdy się nie martwiłem. Zawsze dasz sobie radę. Ale Armanski się martwił.*

Uśmiechnęła się pierwszy raz i Palmgren rozluźnił się. Ten jej zwyczajny krzywy uśmiech. Przyjrzał się jej, porównał jej obraz w swojej pamięci z dziewczyną, która siedziała przed nim. Zmieniła się. Była schludna i dobrze ubrana. Usunęła kolczyk z wargi i hm... wytatuowana osa również zniknęła z jej szyi. Wyglądała dorośle. Roześmiał się po raz pierwszy od kilku tygodni. Zabrzmiało to jak atak kaszlu.

Lisbeth uśmiechnęła się jeszcze bardziej krzywym uśmiechem i nagle poczuła, że jej serce przepełniło ciepło, jakiego nie doświadczyła od dawna.

– Dobrz sobi radzi. *Dobrze sobie radzisz.* – Wskazał na jej ubranie. Kiwnęła głową.

– Świetnie sobie radzę.

– Jaknow opiekn praw? *Jak nowy opiekun prawny?*

Holger Palmgren zobaczył, że twarz Lisbeth pociemniała. Nagle jej usta napięły się nieco. Popatrzyła na niego ufnym wzrokiem.

– Jest w porządku… umiem się z nim obchodzić.

Palmgren pytająco zmarszczył brwi. Rozejrzawszy się po jadalni, Lisbeth zmieniła temat.

– Jak długo tu jesteś?

Palmgren nie był w ciemię bity. Przeżył wylew i miał trudności z mówieniem i koordynacją ruchową, ale jego zdolności umysłowe pozostały nietknięte, jego radar od razu wykrył fałszywy ton w głosie Lisbeth. Uświadomił sobie, że odkąd ją znał, nigdy nie okłamała go wprost, ale też nie zawsze była całkiem szczera. Jej sposób na to, by go okłamać, polegał na odwracaniu uwagi. Najwyraźniej miała jakieś problemy z nowym opiekunem. Co wcale Palmgrena nie dziwiło.

Nagle poczuł ogromny żal. Ile to razy zamierzał skontaktować się ze swoim kolegą po fachu Nilsem Bjurmanem, żeby sprawdzić, jak się wiedzie Lisbeth, ale tego nie zrobił? I dlaczego nie zajął się kwestią jej ubezwłasnowolnienia, póki jeszcze mógł? Wiedział dlaczego – z egoistycznych pobudek chciał utrzymać z nią kontakt. Kochał tego cholernego, wkurzającego dzieciaka, jakby była córką, której nigdy nie miał, i chciał mieć powód, by tak to zostawić. W dodatku powrót do pracy jest zbyt kłopotliwy i trudny dla rośliny przebywającej w domu opieki, skoro doczłapawszy do toalety, ledwie rozpina rozporek. Czuł, jak gdyby to on w istocie zawiódł Lisbeth. *Ale ona zawsze przeżyje… Jest najbardziej kompetentnym człowiekiem, jakiego kiedykolwiek spotkałem.*

– Sss.

– Nie rozumiem.

– Ssąd.

– Sąd? Co masz na myśli?

– Msze uchlć… twojbezwłasn…

Twarz Holgera Palmgrena czerwieniała i wykrzywiała się, gdy nie mógł sformułować słów. Lisbeth położyła rękę na jego ramieniu i uścisnęła go ostrożnie.

– Holger... nie martw się o mnie. Planuję zająć się moim ubezwłasnowolnieniem w najbliższym czasie. Troska o mnie nie jest już twoim obowiązkiem, ale może się zdarzyć, że będę potrzebować pomocy. W porządku? Byłbyś moim adwokatem, gdybym cię potrzebowała?

Potrząsnął głową.

– Zast... – Uderzył knykciem o blat stołu. – Głupi... starch.

– Tak, pieprzony, głupi staruch z ciebie, skoro takie masz nastawienie. Potrzebuję adwokata. Chcę ciebie. Może i nie wygłosisz mowy końcowej w sądzie, ale będziesz mógł mi doradzić, gdy nadejdzie pora. Dobra?

Znów potrząsnął głową. Potem kiwnął.

– Pr?

– Nie rozumiem.

– Dzipracjesz? Ni u rmanskie. *Gdzie pracujesz? Nie u Armanskiego.*

Lisbeth zawahała się chwilkę, rozważając w tym czasie, jak powinna wytłumaczyć swoją sytuację życiową. Pokomplikowało się.

– Holger, nie pracuję już dla Armanskiego. Nie muszę już dla niego pracować, żeby się utrzymać. Mam własne pieniądze i czuję się świetnie.

Palmgren znów zmarszczył brwi.

– Od teraz będę cię często odwiedzać. Opowiem ci... ale nie spieszmy się. W tej chwili chcę robić coś zupełnie innego.

Schyliła się po torbę, położyła ją na stole i wyjęła szachownicę.

– Dwa lata nie miałam okazji porządnie cię ograć.

Poddał się. Planowała jakąś zagrywkę, której szczegółów nie chciała zdradzić. Był przekonany, że wzbudziłaby jego zastrzeżenia, ale ufał Lisbeth na tyle, by wiedzieć, iż czymkolwiek się zajmowała, mogło to być Wątpliwe z Prawnego

Punktu Widzenia, ale nie wbrew Prawom Bożym. W odróżnieniu od innych Holger Palmgren miał bowiem pewność, że Lisbeth Salander jest prawdziwie moralnym człowiekiem. Problem w tym, iż jej moralność nie zawsze pokrywała się z tym, co stanowiło prawo.

Położyła przed nim szachownicę. Zdał sobie sprawę, że to jego własna. *Musiała ją ukraść z mieszkania po tym, jak zachorował. Na pamiątkę?* Dała mu białe. Nagle poczuł się szczęśliwy jak dziecko.

LISBETH ZOSTAŁA u Holgera Palmgrena dwie godziny. Zdążyła pobić go trzy razy, zanim pielęgniarka nie przerwała ich przekomarzań nad szachami, tłumacząc, że pora na popołudniową sesję rehabilitacji. Lisbeth zebrała figury i złożyła szachownicę.

– Może pani powiedzieć, na czym polega ta rehabilitacja? – zapytała pielęgniarkę.

– To trening siłowy i koordynacji ruchu. I robimy postępy, prawda?

Ostatnie pytanie było skierowane do Holgera Palmgrena. Ten kiwnął głową.

– Już teraz możesz przejść kilka kroków. Do lata będziesz sam spacerował po parku. To twoja córka?

Spojrzenia Lisbeth i Palmgrena spotkały się.

– Przybr cór. *Przybrana córka.*

– Jak miło, że przyszłaś z wizytą. – Tłumaczenie: *Gdzie się, do cholery, podziewałaś przez cały ten czas?* Lisbeth zignorowała ton wypowiedzi. Pochyliła się i pocałowała Palmgrena w policzek.

– Przyjdę cię odwiedzić w piątek.

Palmgren z trudem wstał z wózka. Poszła z nim powoli do windy i tam się rozstali. Jak tylko zamknęły się drzwi, udała się do recepcji i zapytała, z kim rozmawiać w sprawach dotyczących pacjentów. Odesłano ją do doktora o nazwisku A. Sivarnandan, którego znalazła w biurze na końcu korytarza. Przedstawiwszy się, wyjaśniła, że jest przybraną córką Holgera Palmgrena.

– Chcę wiedzieć, jaki jest jego stan i co z nim będzie.

Doktor A. Sivarnandan otworzył kartę pacjenta i przeczytał wstępne strony. Miał ospowatą cerę i rzadki wąsik, który irytował Lisbeth. Wreszcie podniósł wzrok. Ku jej zaskoczeniu mówił z wyraźnym fińskim akcentem.

– Nie mam tu żadnej notatki o tym, że pan Palmgren ma córkę, rodzoną czy przybraną. W istocie, zdaje się, że jego najbliższą krewną jest osiemdziesięciosześcioletnia kuzynka z Jämtlandii.

– Opiekował się mną od trzynastego roku życia do momentu, gdy dostał wylewu. Wtedy miałam dwadzieścia cztery lata.

Poszperała w wewnętrznej kieszeni kurtki i rzuciła doktorowi A. Sivarnandanowi długopis na biurko.

– Nazywam się Lisbeth Salander. Niech pan wpisze moje nazwisko do jego kartoteki. Jestem dla niego najbliższą osobą na tym świecie.

– Możliwe – odpowiedział nieprzekonany doktor A. Sivarnandan. – Ale skoro jest pani dla niego najbliższą osobą, to naprawdę nieprędko się pani odezwała. O ile wiem, ktoś go odwiedzał kilka razy, nie jest to krewny, ale ma zostać powiadomiony, jeśli stan się pogorszy albo nastąpi zgon.

– Powinien to być Dragan Armanski.

Doktor A. Sivarnandan uniósł brwi i przytaknął.

– Zgadza się. Pani go zna.

– Może pan do niego zadzwonić i potwierdzić, kim jestem.

– Nie potrzeba. Wierzę pani. Otrzymałem informację, że siedziała pani z panem Palmgrenem dwie godziny, grając w szachy. Ale i tak nie mogę rozmawiać z panią o stanie zdrowia pacjenta bez jego zgody.

– A takiej zgody nigdy pan nie uzyska od tego upartego durnia. Jego przypadłością jest fałszywe wyobrażenie, że nie powinien mnie obciążać swoim cierpieniem i że to on jest nadal odpowiedzialny za mnie, a nie na odwrót – tak to wygląda. Przez dwa lata myślałam, że Palmgren zmarł. Wczoraj dowiedziałam się, że żyje. Gdybym wiedziała, że on... to skomplikowane, ale chcę wiedzieć, jakie są prognozy i czy wyzdrowieje.

Doktor A. Sivarnandan wziął długopis i starannie wpisał nazwisko Lisbeth do kartoteki Palmgrena. Poprosił o PESEL i numer telefonu.

– OK. Teraz jest pani formalnie jego przybraną córką. Może to niezupełnie według regulaminu, ale biorąc pod uwagę fakt, że jest pani pierwszą osobą, która odwiedza go od Bożego Narodzenia, kiedy to pan Armanski tu zajrzał... Spotkała się pani z nim dzisiaj i sama mogła stwierdzić, że ma trudności z koordynacją i mówieniem. Przeżył wylew.

– Wiem, to ja go znalazłam i zadzwoniłam po karetkę.

– Aha. Więc powinna pani wiedzieć, że przez trzy miesiące leżał na intensywnej terapii. Długi czas był nieprzytomny. Najczęściej pacjenci nie wybudzają się z takiej śpiączki, jednak czasem tak się zdarza. Najwyraźniej nie był jeszcze gotów, by umrzeć. Przeniesiono go najpierw na oddział dla przewlekle chorych z demencją, całkowicie niesamodzielnych. Wbrew wszelkim prognozom zaczął wykazywać oznaki poprawy i dziewięć miesięcy temu umieściliśmy go tutaj.

– Co go czeka?

Doktor A. Sivarnandan rozłożył ręce.

– Ma pani kryształową kulę, lepszą niż moja? Prawdę mówiąc, nie mam pojęcia. Może umrzeć z powodu krwotoku dziś w nocy. Albo żyć względnie normalnie jeszcze dwadzieścia lat. Nie wiem. Chyba można powiedzieć, że wszystko w rękach Boga.

– A jeśli będzie żył te dwadzieścia lat?

– To była dla niego żmudna rehabilitacja i dopiero podczas ostatnich kilku miesięcy mogliśmy tak naprawdę zauważyć wyraźną poprawę. Pół roku temu nie mógł jeść bez pomocy. Jeszcze przed miesiącem ledwie wstawał z wózka, co było związane między innymi z zanikiem mięśni od długotrwałego leżenia. W każdym razie teraz może jako tako przejść niewielką odległość.

– Będzie lepiej?

– Tak, nawet znacznie lepiej. Początki były trudne, ale teraz widzimy postępy każdego dnia. Stracił niemal dwa lata życia. Mam nadzieję że za kilka miesięcy, do lata, będzie mógł spacerować po naszym parku.

– A mowa?

– Problem polega na tym, że zarówno jego ośrodek mowy, jak i zdolność poruszania się przestały funkcjonować. Naprawdę przez długi czas był rośliną. Od tamtej pory musiał znowu nauczyć się kontrolować swoje ciało i mówić. Trudno mu przypomnieć sobie, jakich słów ma użyć, musi uczyć się ich od nowa. Lecz nie tak jak dziecko, które uczy się mówić – on rozumie znaczenie słów, ale nie potrafi ich formułować. Niech mu pani da jeszcze kilka miesięcy, zobaczy pani, że jego zdolność mówienia będzie lepsza niż dzisiaj. To samo dotyczy orientacji. Dziewięć miesięcy temu nie mógł rozróżnić strony prawej od lewej ani kierunku jazdy w windzie.

Zadumana Lisbeth pokiwała głową. Zastanawiała się dwie minuty. Poczuła, że lubi doktora A. Sivarnandana o hinduskim wyglądzie i fińskim akcencie.

– Co kryje się pod A? – zapytała nagle.

Spojrzał na nią rozbawiony.

– Anders.

– Anders?

– Urodziłem się na Sri Lance, ale zostałem adoptowany przez rodzinę z Finlandii, z Åbo, gdy miałem zaledwie kilka miesięcy.

– No dobra, Anders, jak mogę pomóc?

– Niech pani go odwiedza. Pobudza intelektualnie.

– Mogę przychodzić codziennie.

– Nie chcę, żeby przychodziła tu pani codziennie. Skoro panią lubi, chcę, żeby wyczekiwał tych wizyt i nie znudził się nimi.

– Czy jakaś forma specjalistycznej terapii może zwiększyć jego szanse? Zapłacę, ile będzie trzeba.

Doktor uśmiechnął się nagle do Lisbeth, lecz zaraz znów przybrał poważny wyraz twarzy.

– Obawiam się, iż to my jesteśmy ową specjalistyczną terapią. Życzyłbym sobie oczywiście, żebyśmy mieli większe środki i mogli uniknąć tych wszystkich cięć, jednak zapewniam panią, że pan Palmgren ma tu kompetentną opiekę.

– A gdyby nie musiał się pan martwić o cięcia w budżecie, co mógłby pan mu zaproponować?

– Dla pacjentów takich jak Holger Palmgren ideałem byłby osobisty trener w pełnym wymiarze godzin. Ale w Szwecji od dawna już nie mamy takich możliwości.

– To niech pan go zatrudni.

– Słucham?

– Niech pan zatrudni osobistego trenera dla Holgera Palmgrena. Niech pan znajdzie najlepszego, jakiego się tylko da. Zajmie się pan tym od jutra i dopilnuje, by wszelki potrzebny sprzęt był na miejscu. Ja dopilnuję, by pieniądze na opłacenie pensji i potrzebnego sprzętu zostały złożone w funduszu pod koniec tego tygodnia.

– Pani żartuje?

Lisbeth popatrzyła na doktora Andersa Sivarnandana twardym, nieugiętym spojrzeniem.

MIA BERGMAN ZWOLNIŁA i podjechała swoim fiatem do chodnika przy stacji metra Stare Miasto. Dag Svensson otworzył drzwiczki i w biegu wsiadł do samochodu. Przysunął się i pocałował ją w policzek, podczas gdy Mia wmanewrowała fiata za autobus komunikacji miejskiej.

– Cześć – powiedziała, nie odrywając wzroku od jezdni. – Poważnie wyglądasz, stało się coś?

Dag Svensson westchnął i zapiął pas.

– Nie, nic takiego. Tylko małe zamieszanie z tekstem.

– O co chodzi?

– Deadline za miesiąc. Zrobiłem dziewięć z dwudziestu dwóch zaplanowanych wywiadów. Mam problem z Björckiem ze służb specjalnych. Ten cholerny typ jest na długim zwolnieniu lekarskim i nie odbiera domowego telefonu.

– Leży w szpitalu?

– Nie wiem. Próbowałaś kiedyś wyciągnąć ze służb specjalnych jakieś informacje? Nie przyznają się nawet, że u nich pracuje.

– Sprawdzałeś jego rodziców?

– Oboje nie żyją. Facet nie jest żonaty. Ma brata, który mieszka w Hiszpanii. Po prostu nie wiem, jak go złapać.

Mia Bergman zerknęła na swojego chłopaka, kierując samochód przez Slussen do tunelu na Nynäsvägen.

– W najgorszym razie musimy wyciąć fragment dotyczący Björcka. Blomkvist żąda, by każdy, kogo oskarżamy, miał szansę to skomentować, zanim go ujawnimy.

– A szkoda byłoby pominąć przedstawiciela służb specjalnych, który chodzi na dziwki. Co zamierzasz zrobić?

– Odszukać go, rzecz jasna. A ty jak się czujesz? Żadnych stresów?

Skubnął ją ostrożnie w bok.

– Naprawdę nie. Obrona w przyszłym miesiącu i już będę doktorem, ale jestem spokojna.

– Znasz się na tym. Dlaczego miałabyś się denerwować?

– Spójrz na tylne siedzenie.

Dag Svensson odwrócił się i zobaczył torbę.

– Mia, już wydrukowana! – wykrzyknął.

Wyciągnął egzemplarz rozprawy.

From Russia with Love
Trafficking, przestępczość zorganizowana oraz środki zaradcze podejmowane przez społeczeństwo.
Mia Bergman

– Myślałem, że będzie gotowa dopiero w przyszłym tygodniu. O cholera... musimy to oblać, gdy wrócimy do domu. Gratulacje, pani doktor.

Przysunął się i znów pocałował ją w policzek.

– Spokojnie, doktorem zostanę nie wcześniej niż za trzy tygodnie. I trzymaj ręce przy sobie, kiedy prowadzę.

Dag Svensson roześmiał się. Po chwili znów przybrał poważną minę.

– A tak w ogóle, muszę zepsuć nastrój... robiłaś wywiad z dziewczyną o imieniu Irina P. jakiś rok temu.

– Irina P., dwadzieścia dwa lata, z Sankt Petersburga, pierwszy raz przyjechała tu w 1999 roku, obróciła kilka razy. A co?

– Spotkałem się dzisiaj z Gulbrandsenem. Tym policjantem, który zajmował się sprawą burdelu w Södertälje. Czytałaś w zeszłym tygodniu, że znaleźli tam dziewczynę w kanale? Było na pierwszych stronach popołudniówek. To właśnie Irina P.

– Nie, to straszne.

W ciszy minęli Skanstull.

– Pisałam o niej w mojej pracy – powiedziała wreszcie Mia. – Ma tam pseudonim Tamara.

Dag Svensson otworzył *From Russia with Love* na części zawierającej wywiady i wyszukał Tamarę. Gdy czytał w skupieniu, minęli Gullmarsplan i halę widowiskową Globen.

– Ściągnął ją tu człowiek, którego nazywasz Anton.

– Nie posługuję się prawdziwymi nazwiskami. Ostrzegano mnie, że mogą mi za to obniżyć stopień na obronie, ale nie ujawnię nazwisk tych dziewczyn. Ryzykowałyby wtedy życiem. Dlatego nie ujawniam klientów. Łatwo rozszyfrowaliby, z którą dziewczyną rozmawiałam. Tak więc w każdym przypadku mam jedynie pseudonimy i osoby, których nie da się zidentyfikować, czyli żadnych charakterystycznych szczegółów.

– Kim jest Anton?

177

– Prawdopodobnie nazywa się Zala. Nigdy nie mogłam go do końca zidentyfikować, ale myślę, że jest Polakiem albo Jugosłowianinem i w rzeczywistości nazywa się inaczej. Rozmawiałam z Iriną P. jakieś cztery – pięć razy i dopiero na ostatnim spotkaniu podała jego nazwisko. Właśnie porządkowała swoje życie, zamierzała z tym skończyć, ale naprawdę strasznie się go bała.

– Hm... – odezwał się Dag.

– No co?

– Właśnie się zastanawiam... Trafiłem na nazwisko Zala jakiś tydzień temu.

– Ale gdzie?

– Przeprowadzałem konfrontację z Sandströmem. Pieprzony dziennikarz i klient w jednym. Kurwa mać. Skończony łajdak.

– Jak to?

– Właściwie nie jest prawdziwym dziennikarzem. Projektuje broszury reklamowe dla firm. Ale ma naprawdę chore fantazje na temat gwałtu, które urzeczywistniał z tamtą dziewczyną...

– Wiem. To ja z nią rozmawiałam.

– A zwróciłaś uwagę, że robił layout do ulotki informacyjnej Instytutu Zdrowia Publicznego o chorobach przenoszonych drogą płciową?

– Nie wiedziałam.

– Odbyłem z nim konfrontację w zeszłym tygodniu. Rzecz jasna załamał się zupełnie, gdy przedstawiłem zebrane materiały na jego temat i zapytałem, dlaczego to robi, dlaczego chodzi na nastoletnie dziwki ze Wschodu i folguje swoim fantazjom o gwałcie. Powoli dostałem od niego jakby wyjaśnienie.

– Ach tak?

– Sandström znalazł się w takiej sytuacji, że nie tylko był klientem, ale i załatwiał interesy dla seksmafii. Podał mi nazwiska, między innymi Zala. Nie powiedział o nim nic szczególnego, ale to dość niespotykane nazwisko.

Mia Bergman zerknęła na niego.

– Nie wiesz, kim on jest? – zapytał Dag.

– Nie. Nigdy nie mogłam go zidentyfikować. Jest tylko nazwiskiem, które pojawia się od czasu do czasu. Zdaje się, że dziewczyny cholernie się go boją i żadna nie chciała nic więcej powiedzieć.

Rozdział 9
Niedziela 6 marca – piątek 11 marca

DOKTOR A. SIVARNANDAN zatrzymał się po drodze do jadalni, zobaczywszy Holgera Palmgrena i Lisbeth Salander. Siedzieli pochyleni nad szachownicą. Zwyczajem stało się, że Lisbeth przychodziła z wizytą raz w tygodniu, najczęściej w niedzielę. Zjawiała się zawsze około trzeciej i spędzała kilka godzin, grając z Palmgrenem w szachy. Opuszczała ośrodek mniej więcej o ósmej wieczorem, kiedy nadchodził czas, by Palmgren położył się spać. Doktor A. Sivarnandan zauważył, że Lisbeth nie traktowała Palmgrena ze szczególną powagą ani jak chorego – przeciwnie, zdawali się ciągle przekomarzać, a ona z chęcią pozwalała, by jej usługiwał, przynosząc kawę.

Doktor A. Sivarnandan zmarszczył brwi. Nie potrafił rozgryźć tej niesamowitej dziewczyny, która uważała się za przybraną córkę Holgera Palmgrena. Miała charakterystyczny wygląd i wydawało się, że obserwuje otoczenie z największą podejrzliwością. Żartować z niej było rzeczą wprost niedopuszczalną.

Prawie niemożliwa wydawała się też zwyczajna rozmowa z Lisbeth. Gdy przy jakiejś okazji zapytał ją, czym się zajmuje, odpowiedziała wymijająco.

Kilka dni po pierwszej wizycie wróciła z plikiem papierów, które były dowodem na utworzenie fundacji non profit i o jej określonym celu: wspierania rehabilitacji Holgera Palmgrena w domu opieki. Przewodniczącym fundacji był adwokat zamieszkały na Gibraltarze. W zarządzie zasiadała jedna osoba, również adwokat z Gibraltaru, a do tego rewident o nazwisku Hugo Svensson, zamieszkały w Sztokholmie. Fundacja dysponowała sumą dwóch i pół miliona koron, którą doktor A. Sivarnandan mógł rozporządzać według własnego zamysłu, jednak zgodnie z celem, który stanowił, że pieniądze mają służyć zapewnieniu Holgerowi Palmgrenowi wszelkiej możliwej opieki. Aby korzystać z funduszu, Sivarnandan musiał zgłosić zapotrzebowanie, a następnie rewident dokonywał wypłaty.

Było to niecodzienne, by nie powiedzieć nadzwyczajne przedsięwzięcie.

Sivarnandan zastanawiał się przez kilka dni, czy nie ma w tym systemie czegoś nieetycznego. Nie doszukał się niczego i dlatego postanowił zatrudnić Johannę Karolinę Oskarsson, lat trzydzieści dziewięć, jako osobistą asystentkę i trenerkę Holgera Palmgrena. Była dyplomowaną rehabilitantką po dodatkowych kursach z psychologii i miała spore doświadczenie w zakresie opieki rehabilitacyjnej. Została formalnie zatrudniona przez fundację, a ku ogromnemu zaskoczeniu Sivarnandana pierwszą pensję wypłacono jej z góry, zaraz po podpisaniu umowy o pracę. Wcześniej bowiem przychodziły mu do głowy podejrzenia, czy to nie jest blef.

Przedsięwzięcie zdawało się również przynosić efekty. Przez miniony miesiąc zdolność koordynacji i ogólny stan Holgera Palmgrena znacznie się poprawiły, co potwierdzały cotygodniowe badania. Sivarnandan zastanawiał się, ile z tego jest zasługą treningu, a ile samej Lisbeth Salander. Bez wątpienia Holger Palmgren starał się niemal ponad swoje siły i oczekiwał jej wizyt niczym niecierpliwe dziecko. Zdawało się go cieszyć, że regularnie obrywa od niej w szachy.

Doktor Sivarnandan towarzyszył im w jednym ze spotkań. Była to zadziwiająca partia. Holger Palmgren grał białymi, rozpoczął obroną sycylijską i robił wszystko, jak należy.

Długo i porządnie zastanawiał się nad każdym ruchem. Bez względu na to, jak dużą niesprawność fizyczną spowodował wylew, bystrość jego umysłu była bez zarzutu.

Lisbeth Salander czytała książkę na osobliwy temat – regulacji frekwencji radioteleskopu w stanie nieważkości. Siedziała na poduszce, żeby mieć blat stołu na odpowiedniej wysokości. Gdy Palmgren wykonał swój ruch, podnosiła wzrok i przesuwała którąś z figur, na pozór bez zastanowienia, po czym wracała do książki. Palmgren skapitulował po dwudziestym siódmym ruchu. Salander znów podniosła wzrok i przez kilka sekund przyglądała się szachownicy ze zmarszczonym czołem.

– Nie – powiedziała. – Masz jeszcze szansę na remis.

Palmgren, westchnąwszy, poświęcił pięć minut na obserwację szachownicy. Wreszcie utkwił wzrok w Lisbeth.

– Udowodnij.

Obróciła szachownicę i przejęła jego pionki. Doszła do remisu w trzydziestym dziewiątym ruchu.

– Mój Boże – odezwał się Sivarnandan.

– Ona po prostu taka jest. Niech pan nigdy nie gra z nią na pieniądze – powiedział Palmgren.

Sivarnandan sam grał w szachy od dziecka, a jako nastolatek wziął udział w międzyszkolnym turnieju w Åbo, w którym zajął drugie miejsce. Uważał się za kompetentnego amatora. Zrozumiał, że Lisbeth Salander to nietypowy szachista. Najwyraźniej nigdy nie grała w klubie, a gdy wspomniał, że rozgrywka zdaje się wariantem klasycznej partii Laskera, odniósł wrażenie, że zupełnie nie pojmowała jego słów. Wyglądało na to, że nigdy nie słyszała o Emanuelu Laskerze. Zaintrygowała go i zastanawiał się, czy jej talent jest wrodzony i czy w takim razie ma też inne zdolności, które mogłyby zainteresować psychologa.

Jednak o nic nie pytał. Stwierdził, że odkąd Lisbeth Salander przybyła do Ersta, Holger Palmgren zdaje się czuć lepiej niż kiedykolwiek.

ADWOKAT NILS BJURMAN wrócił do domu późnym wieczorem. Spędził cztery tygodnie w domku letniskowym pod Stallarhomen. Był przybity. Nie wydarzyło się nic, co istotnie zmieniłoby jego nędzną sytuację życiową. Tyle tylko, że blond olbrzym przekazał mu wiadomość, iż są zainteresowani propozycją – będzie go to kosztować sto tysięcy koron.

Na podłodze pod wrzutką na listy urosła sterta przesyłek. Pozbierał je i położył na stole w kuchni. Zobojętniał na wszystko, co miało związek z pracą i otoczeniem, dlatego dopiero po dłuższym czasie rzucił okiem na plik listów. Przejrzał je z roztargnieniem.

Jeden przysłano z Handelsbanken. Rozerwał kopertę i doznał szoku, widząc, że jest to kopia dowodu wypłaty na sumę dziewięć tysięcy trzysta dwanaście koron z konta Lisbeth Salander.

Wróciła.

Wszedł do gabinetu i położył dokument na biurku. Jakąś minutę patrzył na niego nienawistnym wzrokiem i zbierał myśli. Musiał odszukać potrzebny numer telefonu. Następnie chwycił słuchawkę i połączył się z komórką na kartę. Blond olbrzym odezwał się z lekkim akcentem.

– Tak?

– Tu Nils Bjurman.

– Czego chcesz?

– Wróciła do Szwecji.

Po drugiej stronie zaległa na krótko cisza.

– To dobrze. Nie dzwoń więcej na ten numer.

– Ale…

– Wkrótce dostaniesz wiadomość.

Zdenerwował się, gdy rozmowa została przerwana. Bjurman zaklął w duchu. Podszedł do baru i nalał sobie setkę burbonu z Kentucky. Wypił ją dwoma łykami. *Muszę ograniczyć picie*, pomyślał. Następnie nalał jeszcze odrobinę i wrócił z kieliszkiem do biurka, gdzie znów przyjrzał się dokumentowi z Handelsbanken.

MIRIAM WU MASOWAŁA plecy i kark Lisbeth Salander. Jej dłonie pracowały intensywnie od dwudziestu minut, natomiast Lisbeth ograniczyła się do paru pomruków zadowolenia. Być masowanym przez Mimmi to ogromna przyjemność i Lisbeth czuła się jak kociak, który mruczy i macha łapkami z rozkoszy.

Zdusiła w sobie westchnienie niezadowolenia, gdy Mimmi dała jej klapsa w tyłek, mówiąc, że już starczy. Chwilę leżała nieruchomo, żywiąc próżną nadzieję, iż Mimmi zmieni zdanie, ale gdy zobaczyła, że wyciąga rękę po kieliszek wina, przekręciła się na plecy.

– Dzięki – powiedziała.

– Myślę, że przesiadujesz całymi dniami przed komputerem. To dlatego bolą cię plecy.

– Tylko naciągnęłam sobie mięsień.

Leżały nago w łóżku Mimmi. Pijąc czerwone wino, chichotały. Po odnowieniu znajomości, Lisbeth wciąż jeszcze nie mogła nacieszyć się Mimmi. Nabrała fatalnego zwyczaju dzwonienia do niej prawie codziennie – zdecydowanie za często. Patrząc na Mimmi, napominała samą siebie, by za bardzo się nie przywiązywać. Mogło to skończyć się tym, że któraś z nich zostanie zraniona.

Nagle Miriam Wu, przechylając się przez brzeg łóżka, otworzyła szufladę nocnego stolika. Wyciągnęła małą, płaską paczuszkę, zapakowaną w kwiecisty papier z rozetką i złotym sznurkiem, i rzuciła ją w stronę Lisbeth.

– Co to takiego?

– Twój prezent urodzinowy.

– Urodziny mam dopiero za miesiąc i trochę.

– To twój prezent urodzinowy z zeszłego roku. Wtedy nie można było cię złapać. Znalazłam go, gdy pakowałam rzeczy przed przeprowadzką.

Lisbeth przez chwilę siedziała w milczeniu.

– Mam go otworzyć?

– No, jeśli masz ochotę.

Odstawiła kieliszek z winem, potrząsnęła paczuszką i otworzyła ją ostrożnie. Wyjęła piękną papierośnicę z wieczkiem z czarno-niebieskiej emalii, ozdobioną kilkoma małymi chińskimi znakami.

– Powinnaś rzucić palenie – powiedziała Miriam Wu.

– Ale jeśli już masz palić, to możesz przynajmniej trzymać papierosy w estetycznym opakowaniu.

– Dzięki. Jesteś jedyną osobą, która daje mi prezenty na urodziny. Co oznaczają te znaki?

– A skąd mam wiedzieć? Nie znam chińskiego. To tylko drobiazg, który znalazłam na pchlim targu.

– To piękna papierośnica.

– Taki tam tani szajs. Ale wyglądała, jakby była zrobiona dla ciebie. Wino się skończyło. Idziemy na piwo?

– Czy to znaczy, że musimy wstać z łóżka i się ubrać?

– Tego się obawiam. Co to za frajda mieszkać na Södermalmie, jeśli nie chodzi się raz na jakiś czas do knajpy.

Lisbeth westchnęła.

– No, chodź – powiedziała Miriam Wu, skubiąc kolczyk w pępku Lisbeth. – Możemy tu później wrócić.

Lisbeth znów westchnęła, postawiła jedną stopę na podłodze i sięgnęła po majtki.

DAG SVENSSON siedział przy swoim tymczasowym biurku w kącie redakcji „Millennium", gdy nagle usłyszał szczęk zamka w drzwiach wejściowych. Spojrzał na zegarek, zdał sobie sprawę, że jest już dziewiąta wieczorem. Mikael Blomkvist zdawał się również zdziwiony odkryciem, że ktoś jeszcze siedzi w redakcji.

– Co masz zrobić jutro, zrób dzisiaj. Cześć, Micke. Siedziałem nad książką i straciłem poczucie czasu. Co tu robisz?

– Zostawiłem tu jedną książkę. Wszystko w porządku?

– Tak, to znaczy, nie… Poświęciłem trzy tygodnie, żeby wytropić tego cholernego Björcka ze służb specjalnych. Tak jakby uprowadził go jakiś obcy wywiad. Po prostu zapadł się pod ziemię.

Dag opowiedział o swoich męczarniach. Mikael przystawił krzesło, usiadł i zastanowił się chwilę.

– Próbowałeś sztuczki z loterią?

– Czego?

– Zmyśl jakąś nazwę i napisz list informujący, że facet wygrał komórkę z GPS-em czy coś tam innego. Wydrukuj, żeby wyglądało ładnie i porządnie, i wyślij na jego adres – w tym przypadku na skrytkę pocztową. Tak więc, wygrał już telefon. Poza tym jest jedną z dwudziestu osób, które mogą przejść do kolejnego etapu i wygrać sto tysięcy koron. Musi tylko wziąć udział w badaniu rynkowym kilku produktów. Badanie zajmie godzinę i zostanie przeprowadzone przez profesjonalnego ankietera. A potem... no, tak.

Dag Svensson z otwartymi ustami gapił się na Mikaela.

– Mówisz serio?

– Dlaczego nie? Próbowałeś wszystkiego, a nawet tajniak ze służb specjalnych powinien umieć wyliczyć, że ma spore szanse wygrania stu tysięcy, skoro jest jednym z dwudziestu wybrańców.

Dag Svensson roześmiał się w głos.

– Oszalałeś. To legalne?

– Trudno mi uwierzyć, że sprezentowanie telefonu jest nielegalne.

– Niech mnie szlag, naprawdę oszalałeś.

Dag Svensson nie przestawał się śmiać. Mikael zawahał się chwilę. Właściwie był już w drodze do domu. Rzadko chodził do knajpy, ale lubił towarzystwo Daga.

– Masz ochotę wyskoczyć na piwo? – zapytał spontanicznie.

Dag Svensson spojrzał na zegarek.

– Pewnie – odpowiedział. – Szybkie piwo, jak najbardziej. Tylko przekręcę do Mii. Wyszła gdzieś z dziewczynami i ma mnie zgarnąć do domu.

POSZLI DO KVARNEN, głównie dlatego że było blisko. Dag Svensson śmiał się pod nosem, układając w myślach list

do Björcka ze służb specjalnych. Mikael zerkał lekko powąt-
piewającym wzrokiem na swojego rozbawionego towarzysza.
Mieli szczęście i dostali stolik tuż przy wyjściu, zamówili po
dużym piwie. Zaczęli dyskutować na temat, któremu Dag
Svensson poświęcał obecnie cały swój czas.

Mikael nie widział, że przy barze stoi Lisbeth Salander
w towarzystwie Miriam Wu. Lisbeth cofnęła się o krok, tak
że Mimmi znalazła się między nią a Mikaelem Blomkvistem
i obserwowała go przez ramię przyjaciółki.

Pierwszy raz od powrotu wyszła do knajpy i oczywiście
musiała się na niego natknąć. *Pieprzony Kalle Blomkvist.*

I pierwszy raz od ponad roku miała okazję go zobaczyć.

– Coś nie tak? – zapytała Mimmi.

– Nie, nic.

Wróciły do rozmowy. A właściwie to Mimmi dalej ciągnęła opowieść o pewnej lesbijce spotkanej w Londynie kilka
lat wcześniej. Chodziło o zwiedzanie galerii sztuki i coraz
bardziej komiczną sytuację, kiedy to Mimmi usiłowała ową
lesbijkę poderwać. Lisbeth kiwała raz po raz głową i jak zwykle przegapiła puentę całej historii.

Mikael Blomkvist zasadniczo się nie zmienił, stwierdziła.
Wyglądał nieprzyzwoicie dobrze; odprężony, na luzie, ale
z poważnym wyrazem twarzy. Słuchał swojego towarzysza i co
chwilę potakiwał. Miała wrażenie, że to poważna rozmowa.

Lisbeth przeniosła wzrok na znajomego Mikaela. Krótko
przystrzyżony blondyn, kilka lat od niego młodszy mówił
w skupieniu, jakby coś tłumaczył. Nigdy wcześniej go nie
widziała i nie miała pojęcia, kim jest.

Nagle do stolika Mikaela podeszło większe towarzystwo,
nastąpiła wymiana uścisków dłoni. Jakaś kobieta pogładziła go
po policzku i powiedziała coś, z czego wszyscy zaczęli się śmiać.
Mikael również, choć sprawiał wrażenie zakłopotanego.

Lisbeth Salander zmarszczyła brwi.

– Nie słuchasz, co do ciebie mówię – powiedziała Mimmi.

– Ależ słucham.

– W knajpie marne z ciebie towarzystwo. Poddaję się. Idziemy do domu się pobzykać?

– Za chwilę – odpowiedziała Lisbeth.

Przysunęła się trochę bliżej i położyła rękę na biodrze Mimmi, która popatrzyła na nią i powiedziała:

– Mam ochotę cię pocałować.

– Nie rób tego.

– Boisz się, że ludzie wezmą cię za lesbijkę?

– Nie chcę teraz zwracać na siebie uwagi.

– No to chodźmy do domu.

– Jeszcze nie. Poczekaj chwilę.

NIE MUSIAŁY DŁUGO CZEKAĆ. Minęło zaledwie dwadzieścia minut, odkąd Mikael i jego znajomy pojawili się w barze, gdy do znajomego Mikaela ktoś zadzwonił. Dopijając piwo, wstali od stolika.

– Patrz – powiedziała Mimmi. – To Mikael Blomkvist. Po aferze Wennerströma jest bardziej popularny niż gwiazda rocka.

– Ach tak?

– Przegapiłaś tę sprawę? To było mniej więcej wtedy, gdy wyjechałaś za granicę.

– Słyszałam o tym.

Lisbeth odczekała jeszcze pięć minut, po czym spojrzała na Mimmi.

– Chciałaś mnie pocałować.

Mimmi popatrzyła na nią zdumiona.

– Tak się tylko droczyłam.

Lisbeth stanęła na palcach, przysunęła twarz Mimmi do swojej i pocałowała ją namiętnie. Kiedy przestały, wokoło rozległy się brawa.

– Jesteś stuknięta.

LISBETH SALANDER wróciła do domu dopiero o siódmej rano. Przyciągnęła brzeg dekoltu koszulki do nosa

189

i powąchała. Zastanawiała się, czy wziąć prysznic, ale machnęła na to ręką. Rzuciła ubrania na stertę na podłogę i poszła do łóżka. Obudziła się o czwartej po południu, wstała i poszła do centrum handlowego Söderhallarna, gdzie zjadła śniadanie.

Rozmyślała o Mikaelu Blomkviście i swojej reakcji na fakt, że nagle znalazła się w tym samym lokalu co on. Zirytowała ją jego obecność, ale stwierdziła, że widok Mikaela nie sprawia jej bólu. Był już tylko odległym wspomnieniem, niewielkim zakłóceniem jej codzienności.

W życiu były większe problemy.

Nagle jednak zapragnęła mieć dość odwagi, by do niego podejść i się przywitać.

Albo może połamać mu kości, sama nie wiedziała za bardzo, co wybrać.

Tak czy inaczej, była ciekawa, czym się zajmuje Mikael Blomkvist. Po południu załatwiła kilka spraw i wróciwszy do domu około siódmej, włączyła swojego PowerBooka, a potem program Asphyxia 1.3. Ikonka MikBlom/laptop nadal znajdowała się na serwerze w Holandii. Lisbeth kliknęła i otworzyła dokładną kopię twardego dysku Mikaela. Odwiedzała jego komputer po raz pierwszy od czasu, gdy ponad rok temu wyjechała ze Szwecji. Zauważyła z zadowoleniem, że jeszcze nie ma najnowszej wersji systemu operacyjnego dla Maca, co oznaczałoby wyeliminowanie Asphyxii i przerwanie transferu danych. Stwierdziła również, że musi poprawić program, tak aby żadne aktualizacje nie mogły zakłócić jego działania.

Od jej poprzedniej wizyty zawartość twardego dysku powiększyła się o prawie 6,9 gigabajta. Spora część to dokumenty pdf i Quark. Te pliki nie zajmowały dużo miejsca, w przeciwieństwie do folderów ze zdjęciami, choć te były skompresowane. Odkąd powrócił na stanowisko wydawcy odpowiedzialnego, Mikael Blomkvist najwyraźniej rozpoczął archiwizację kopii kolejnych numerów „Millennium".

Uporządkowała zawartość dysku chronologicznie, rozpoczynając listę od najstarszych plików, i stwierdziła, że Mikael ostatnie miesiące poświęcił w dużej mierze materiałom z folderu o nazwie <Dag Svensson>, które wyglądały na projekt książki. Następnie otworzyła jego pocztę elektroniczną i przejrzała ją dokładnie.

Na widok jednego z maili drgnęła. Dwudziestego szóstego stycznia Mikael dostał maila od *Pieprzonej Harriet Vanger*. Otworzywszy go, przeczytała kilka zwięzłych linijek o zbliżającym się rocznym posiedzeniu zarządu „Millennium". Mail kończył się wiadomością, że Harriet zarezerwowała w hotelu ten sam pokój.

Lisbeth chwilę przyswajała sobie tę informację. Potem wzruszyła ramionami i ściągnęła pocztę Mikaela Blomkvista oraz tekst książki Daga Svenssona o roboczym tytule „Pijawki" i podtytule „Społeczne filary seksbiznesu". Znalazła także kopię rozprawy *From Russia with Love* autorstwa kobiety o nazwisku Mia Bergman.

Rozłączyła się, poszła do kuchni i nastawiła ekspres do kawy. Następnie usiadła z PowerBookiem na swojej nowej sofie. Otworzyła papierośnicę od Mimmi i zapaliła marlboro lighta. Resztę wieczoru spędziła na czytaniu.

Około dziewiątej skończyła rozprawę Mii Bergman. Z zadumą przygryzła wargę.

Do wpół do jedenastej przeczytała książkę Daga Svenssona. Zdała sobie sprawę, że wkrótce „Millennium" znów znajdzie się na czołówkach gazet.

KIEDY O WPÓŁ DO DWUNASTEJ kończyła przeglądać pocztę Mikaela Blomkvista, nagle podniosła się na sofie i wytrzeszczyła oczy.

Poczuła na plecach chłodny dreszcz.

To był mail od Daga Svenssona do Mikaela Blomkvista.

Mimochodem Svensson wspominał, że zastanawia się nad pewnym gangsterem ze Wschodu o nazwisku Zala,

191

któremu można by ewentualnie poświęcić osobny rozdział – stwierdzał jednak, że jest już niewiele czasu. Mikael nie odpowiedział na tę wiadomość.

Zala.

Lisbeth Salander, siedząc w bezruchu, rozmyślała tak długo, aż włączył się wygaszacz ekranu.

DAG SVENSSON odłożył notes i podrapał się w głowę. Zamyślony spoglądał na otwartą stronę i napisane u góry jedyne słowo. Cztery litery.

Zala.

W skupieniu przez trzy minuty rysował okrągłe labirynty wokół nazwiska. Wstał i z aneksu kuchennego przyniósł kubek kawy. Spojrzał na zegarek i stwierdził, że powinien iść do domu położyć się spać, odkrył jednak, że lubi siedzieć w redakcji „Millennium" i pracować właśnie nocą, kiedy jest tam cicho i spokojnie. Deadline zbliżał się nieubłaganie. Dag Svensson miał już prawie cały tekst, lecz po raz pierwszy od rozpoczęcia projektu miał wątpliwości. Zastanawiał się, czy przypadkiem nie umknął mu jakiś istotny szczegół.

Zala.

Dotąd niecierpliwił się, chcąc jak najszybciej skończyć manuskrypt i opublikować książkę. Nagle zapragnął mieć na to więcej czasu.

Rozmyślał nad protokołem z obdukcji, który inspektor Gulbrandsen dał mu do przeczytania. Irinę P. znaleziono w kanale Södertälje. Użyto wobec niej brutalnej przemocy, miała zmiażdżoną twarz i klatkę piersiową. Przyczyną śmierci było skręcenie karku, ale przynajmniej dwa z pozostałych obrażeń oceniono również jako śmiertelne. Złamano jej sześć żeber i przebito lewe płuco. Z powodu ciężkiego pobicia pękła śledziona. Trudno było ustalić narzędzie zbrodni. Patolog wysunął teorię, że użyto pałki owiniętej w materiał. Nie potrafiono wytłumaczyć, dlaczego morderca miałby owijać narzędzie zbrodni, jednak rany nie nosiły śladów charakterystycznych dla zwyczajnych przedmiotów.

Sprawy jeszcze nie rozwiązano, a Gulbrandsen stwierdził, że nie ma na to zbyt dużych szans.

Nazwisko Zala cztery razy przewinęło się w materiałach zebranych w ciągu ostatnich lat przez Mię Bergman, jednak zawsze gdzieś na marginesie, ulotne jak widmo. Nikt nie wiedział, kim jest Zala ani czy w ogóle istnieje. Część dziewczyn przedstawiała go jako nieokreślone zagrożenie, karę za nieposłuszeństwo. Dag Svensson poświęcił tydzień, by go rozszyfrować, wypytywał policję, dziennikarzy i różne źródła związane z sekshandlem, do których sam dotarł.

Znów skontaktował się z dziennikarzem, Perem-Åke Sandströmem, którego bez litości zamierzał zdemaskować w swojej książce. Sandström powoli zaczął zdawać sobie sprawę z powagi sytuacji. Błagał, żeby okazać mu litość. Oferował pieniądze. Svensson nie miał najmniejszego zamiaru ustąpić. Za to wykorzystał swoją przewagę, aby wycisnąć z niego informacje o Zali.

Efekt był przygnębiający. Sandström to skorumpowany łajdak, który załatwiał interesy dla seksmafii. Nigdy nie spotkał Zali, ale rozmawiał z nim przez telefon i wiedział, że Zala istnieje. Być może. Nie – nie miał do niego numeru. I nie – nie może też powiedzieć, przez kogo nawiązał z nim kontakt.

Daga Svenssona uderzyło odkrycie, że Per-Åke Sandström się boi. Ten strach wykraczał poza groźbę zdemaskowania. Sandström był śmiertelnie przerażony. *Dlaczego?*

Rozdział 10
Poniedziałek 14 marca
– niedziela 20 marca

PRZYJAZD DO HOLGERA PALMGRENA, przebywającego w domu opieki Erstaviken, był czasochłonny w przypadku korzystania z komunikacji miejskiej, a wypożyczanie za każdym razem samochodu zdawało się równie kłopotliwe. W połowie marca Lisbeth Salander postanowiła kupić samochód. Zaczęła od załatwiania miejsca parkingowego, co okazało się znacznie bardziej skomplikowane.

Miała miejsce parkingowe w garażu pod swoim domem na Mosebacke, ale nie chciała, aby samochód powiązano z jej nowym adresem. Natomiast już wiele lat wcześniej ustawiła się w kolejce oczekujących na garaż w dawnej wspólnocie mieszkaniowej przy Lundagatan. Gdy zadzwoniła tam, by się dowiedzieć, które miejsce zajmuje na liście, powiedziano jej, że jest pierwsza. Co więcej, od następnego miesiąca zwolni się jedno miejsce. I wszystko gra. Zadzwoniła do Mimmi i poprosiła ją, by od razu podpisała umowę ze spółdzielnią. Dzień później zaczęła polować na samochód.

Miała dość pieniędzy, żeby kupić rolls royce'a czy ferrari w ekskluzywnym mandarynkowym kolorze – co tylko chciała – jednak nie była zainteresowana posiadaniem samochodu przyciągającego uwagę. Odwiedziła dwóch dilerów w Nacka i wybrała czteroletnią bordową hondę z automatyczną skrzynią biegów. Ku rozpaczy dilera upierała się, by sprawdzić każdy element silnika – zajęło jej to godzinę. Dla zasady stargowała cenę o kilka tysięcy i zapłaciła gotówką.

Potem odprowadziła samochód na Lundagatan, zajrzała do Mimmi i zostawiła zapasowe kluczyki. Mimmi może oczywiście korzystać z samochodu, musi tylko wcześniej zapytać. Ponieważ miejsce w garażu miało się zwolnić dopiero od nowego miesiąca, zaparkowały samochód na ulicy.

Mimmi właśnie wybierała się na randkę do kina z przyjaciółką, o której Lisbeth nigdy wcześniej nie słyszała. Miała wulgarny makijaż i paskudne ciuchy, a na szyi coś, co przypominało psią obrożę, więc Lisbeth przypuszczała, że chodzi o którąś z jej partnerek, a gdy Mimmi zapytała, czy Lisbeth nie chce się przyłączyć, odmówiła. Absolutnie nie chciała znaleźć się w trójkącie z jakąś długonogą przyjaciółką Mimmi, z pewnością niezwykle seksowną, przy której ona sama poczułaby się jak idiotka. Za to miała coś do załatwienia w mieście, więc pojechały razem metrem do placu Hötorget i tam się rozstały.

Lisbeth poszła do OnOff przy Sveavägen i zdążyła przekroczyć próg na dwie minuty przed zamknięciem. Kupiła toner do drukarki, prosząc o wyjęcie go z kartonu, tak by zmieścił się do jej plecaka.

Gdy wyszła ze sklepu, była głodna i spragniona. Przeszła się na Stureplan i przypadkiem wybrała Café Hedon, miejsce, o którym nigdy nawet nie słyszała. Zawróciła w drzwiach natychmiast po rozpoznaniu adwokata Nilsa Bjurmana – siedział po skosie, tyłem do niej. Stanąwszy przy witrynie kawiarni, wyciągała szyję, by móc obserwować swojego opiekuna, sama zasłonięta przez kontuar.

Widok Bjurmana nie budził w Lisbeth Salander dramatycznych emocji, nie czuła gniewu, nienawiści ani strachu. Jeśli o nią chodzi, świat byłby niewątpliwie lepszy bez niego, jednak Bjurman żył, ponieważ zdecydowała, że w ten sposób będzie dla niej bardziej użyteczny. Przeniosła wzrok na mężczyznę siedzącego naprzeciw Bjurmana. Na jego widok oczy Lisbeth rozszerzyły się. *Pstryk.*

Był to nadzwyczaj rosły mężczyzna, co najmniej dwa metry wzrostu, i dobrze zbudowany. Wręcz wyjątkowo dobrze. Miał łagodny wyraz twarzy i krótko obcięte blond włosy, jednak ogólnie rzecz biorąc, sprawiał wrażenie bardzo silnego.

Lisbeth zobaczyła, jak blond olbrzym przysuwa się do Bjurmana i cicho wypowiada kilka słów, a ten kiwa głową. Gdy podali sobie dłonie, zauważyła, że Bjurman szybko cofnął swoją.

Co z ciebie za typ i co cię łączy z Bjurmanem?

Lisbeth Salander szybko się oddaliła i stanęła przy wejściu do kiosku. Oglądała afisze z czołówkami gazet, gdy blondyn wyszedł z Café Hedon i, nie rozglądając się, skręcił w lewo. Minął odwróconą tyłem Lisbeth w odległości mniejszej niż trzydzieści centymetrów. Dała mu piętnaście metrów przewagi, po czym ruszyła za nim.

NIE BYŁ TO DŁUGI SPACER. Na Birger Jarlsgatan blond olbrzym od razu zszedł do metra i kupił bilet przy bramce. Stanął na peronie w kierunku południowym – dokąd Lisbeth i tak zmierzała – i wsiadł do pociągu na Norsborg. Dojechał do Slussen, przesiadł się na zieloną linię na Farstę, ale wysiadł już przy Skanstull i udał się do Blombergs Kafé na Götgatan.

Lisbeth przystanęła na zewnątrz. Z zadumą obserwowała mężczyznę, z którym usiadł blond olbrzym. *Pstryk.* Lisbeth szybko stwierdziła, że szykuje się coś podejrzanego. Mężczyzna miał nadwagę, pociągłą twarz i potężny piwny brzuch, włosy związane w kitkę i jasny wąsik. Ubrany był w czarne dżinsy, dżinsową kurtkę i wysokie buty na obcasie. Na grzbiecie prawej dłoni widniał tatuaż, ale Lisbeth nie mogła rozróżnić motywu. Na ręku miał też złotą bransoletę, palił lucky strike'i. Oczy miał wytrzeszczone jak ktoś, kto jest dość często na haju. Lisbeth zauważyła również, że pod kurtką nosi kamizelkę. Nie widziała jej dokładnie, ale domyśliła się, że mężczyzna jest bikersem.

Blond olbrzym nic nie zamówił. Zdawał się coś tłumaczyć. Mężczyzna w dżinsowej kurtce kiwał co chwilę głową, ale nie wyglądało na to, by brał czynny udział w rozmowie. Lisbeth przypomniała sobie, że któregoś dnia musi w końcu kupić mikrofon kierunkowy.

Już po pięciu minutach blond olbrzym wstał i wyszedł z kawiarni. Lisbeth cofnęła się o kilka kroków, ale mężczyzna nawet nie spojrzał w jej stronę. Po czterdziestu metrach skręcił i wszedł po schodach na Allhelgonagatan, zbliżył się do białego volvo i otworzył drzwi. Włączył silnik i ostrożnie wyjechał na ulicę. Lisbeth zdążyła jeszcze zapamiętać numer rejestracyjny, zanim zniknął za rogiem na następnym skrzyżowaniu.

Lisbeth pospiesznie zawróciła do Blombergs Kafé. Minęły może ze trzy minuty, ale stolik był już pusty. Wycofała się, podniosła wzrok i rozejrzała się po ulicy, lecz nigdzie nie mogła wypatrzeć mężczyzny z kitką. Potem spojrzała na drugą stronę i dostrzegła go w chwili, gdy otwierał drzwi do McDonalda.

Musiała wejść do środka, żeby go znaleźć. Siedział w głębi lokalu w towarzystwie mężczyzny ubranego podobnie jak on. Tamten nosił kamizelkę na dżinsowej kurtce. Lisbeth przeczytała napis. SVAVELSJÖ MC. Poniżej widniało logo – wystylizowane koło motocyklowe przypominające krzyż celtycki z toporem.

Lisbeth wyszła z restauracji i niezdecydowana stała minutę na Götgatan, po czym ruszyła w kierunku północnym. Miała poczucie, że jej wewnętrzny system ostrzegawczy przeszedł w stan najwyższej gotowości.

LISBETH ZATRZYMAŁA SIĘ w 7-Eleven i zrobiła tygodniowe zakupy: duże opakowanie Billy's Pan Pizza, trzy mrożone zapiekanki rybne, trzy tarty z bekonem, kilogram jabłek, dwa bochenki chleba, pół kilograma żółtego sera, mleko, kawa, karton marlboro light i popołudniówki. Ulicą Svartensgatan doszła do Mosebacke i rozejrzała się uważnie, zanim wstukała kod do swojego mieszkania. Włożyła jedną tartę z bekonem do mikrofalówki i napiła się mleka prosto z kartonu. Włączyła ekspres do kawy, po czym usiadła przy komputerze, otworzyła program Asphyxia 1.3 i zalogowała się na kopii twardego dysku adwokata Nilsa Bjurmana. Kolejne pół godziny poświęciła na sprawdzanie zawartości jego komputera.

Nie odkryła zupełnie nic wartego zainteresowania. Bjurman zdawał się rzadko korzystać z poczty elektronicznej. W skrzynce było tylko kilkanaście krótkich prywatnych maili do albo od jego znajomych. Żadna z wiadomości nie miała z nią związku.

Znalazła nowy folder z twardą pornografią, co oznaczało, że Bjurmana nadal kręciły poniżane kobiety w sadystycznej scenerii. Technicznie rzecz biorąc, nie wykraczało to poza ustaloną przez Lisbeth zasadę, że nie wolno mu się zadawać z kobietami.

Otworzyła folder z dokumentami dotyczącymi pełnionej przez niego funkcji opiekuna prawnego i uważnie przeczytała każdy miesięczny raport. Dokładnie odpowiadały kopiom, które wysyłał regularnie na wskazany przez nią adres mailowy.

Wszystko wyglądało całkiem normalnie.

Może z jednym odstępstwem... Przeglądając właściwości poszczególnych raportów w Wordzie, mogła stwierdzić, że Bjurman zazwyczaj tworzył je w pierwszych dniach miesiąca. Na edycję każdego poświęcał przeciętnie cztery godziny i wysyłał go do Komisji Nadzoru Kuratorskiego dokładnie dwudziestego każdego miesiąca. Był już środek marca, a Bjurman nie zaczął jeszcze pracować nad bieżącym raportem. *Zaniedbanie? Opóźnienie? Zajęty czymś innym? Szykuje coś podejrzanego?* Na czole Lisbeth Salander pojawiła się zmarszczka.

Wyłączyła komputer, usiadła we wnęce okiennej i otworzyła papierośnicę od Mimmi. Zapaliła papierosa i popatrzyła w ciemność. Zaniedbała kontrolę Bjurmana. *Jest śliski jak węgorz.*

Poczuła silny niepokój. *Najpierw Pieprzony Kalle Blomkvist, potem Zala, teraz Pieprzony Gnój Nils Bjurman, a razem z nim jakiś napakowany samiec powiązany z gangiem motocyklowym.* W ciągu tych kilku dni wiele spraw zakłóciło uporządkowaną codzienność, jaką Lisbeth Salander usiłowała wokół siebie stworzyć.

O WPÓŁ DO TRZECIEJ tej samej nocy Lisbeth Salander otworzyła kluczem drzwi wejściowe do budynku przy Upplandsgatan niedaleko Odenplan, gdzie mieszkał adwokat Nils Bjurman. Przystanęła pod jego mieszkaniem, ostrożnie odsunęła klapkę wrzutki na listy i włożyła przez nią niezwykle czuły mikrofon, który nabyła w Counterspy Shop w londyńskim Mayfair. Nigdy wcześniej nie słyszała o Ebbe Carlssonie, ale w tym właśnie sklepie kupił on osławione urządzenia do podsłuchu, które pod koniec lat osiemdziesiątych spowodowały pospieszną dymisję szwedzkiego ministra sprawiedliwości. Lisbeth umieściła słuchawkę na właściwym miejscu i podregulowała głośność.

Usłyszała głuche pomrukiwanie lodówki i przenikliwe tykanie co najmniej dwóch zegarów, z których jeden wisiał na ścianie w pokoju dziennym na lewo od drzwi wejściowych. Znów podkręciła głośność i nasłuchiwała, wstrzymując oddech. Słyszała wszelkie możliwe trzaski i szumy w mieszkaniu, ale żadnych odgłosów ludzkiej aktywności. Dopiero po minucie udało jej się rozróżnić słaby odgłos ciężkiego, regularnego oddechu.

Nils Bjurman spał.

Wyciągnęła mikrofon i schowała go do wewnętrznej kieszeni skórzanej kurtki. Miała na sobie ciemne dżinsy i tenisówki z gumową podeszwą. Bezszelestnie włożyła klucz do zamka i uchyliła lekko drzwi. Zanim otworzyła je całkowicie, wyjęła z kieszeni paralizator. Nie wzięła żadnej innej broni. Nie uważała, że potrzebuje lepszego zabezpieczenia, aby poradzić sobie z Bjurmanem.

Weszła do środka, zamknęła drzwi wejściowe i bezgłośnie zakradła się do przedpokoju, tuż przy jego sypialni. Stanęła jak wryta, widząc światło, ale w tym samym momencie dotarło do niej chrapanie Bjurmana. Od razu wślizgnęła się do pokoju. W oknie stała zapalona lampa. *Co się stało, Bjurman? Boisz się ciemności?*

Stanęła przy łóżku i patrzyła na niego kilka minut. Postarzał się i sprawiał wrażenie zaniedbanego. Zapach w pokoju wskazywał, że nie dbał o higienę osobistą.

Nie miała dla niego ani odrobiny współczucia. Na sekundę błysnęła w jej oczach bezlitosna nienawiść. Zauważyła kieliszek na stoliku nocnym. Schyliła się i powąchała. Alkohol.

W końcu wyszła z sypialni. Rozejrzała się po kuchni, lecz nie znalazła nic godnego uwagi. Udała się do salonu i stanęła w drzwiach gabinetu. Sięgnęła do kieszeni i wyjęła garść pokruszonego chrupkiego pieczywa, które po ciemku ostrożnie rozrzuciła na parkiecie. Gdyby ktoś przemykał się przez salon, chrzęst okruchów ją ostrzeże.

Usiadła za biurkiem Nilsa Bjurmana i położyła przed sobą paralizator w odpowiedniej odległości. Rozpoczęła metodyczne przeszukiwanie szuflad. Przejrzała korespondencję adwokata dotyczącą bilansów jego prywatnych kont i zestawień finansowych. Zauważyła, że coraz bardziej sporadycznie i niedbale kontroluje swoje sprawy, jednak nie znalazła nic interesującego.

Najniższa szuflada biurka była zamknięta na klucz. Lisbeth Salander zmarszczyła brwi. Podczas jej ostatniej wizyty rok wcześniej wszystkie dało się otworzyć. Zdezorientowana przywołała w pamięci jej zawartość. Znajdowały się tam aparat fotograficzny, teleobiektyw, mały dyktafon Olympus, oprawny w skórę album na zdjęcia i pudełeczko z łańcuszkami, biżuterią i złotą obrączką, na której wygrawerowano napis *Tilda i Jacob Bjurman • 23 kwietnia 1951*. Lisbeth wiedziała, że to imiona jego rodziców i że oboje już nie żyją. Założyła więc, iż zachował na pamiątkę ich obrączkę ślubną.

Tak więc Bjurman trzyma pod kluczem to, co uważa za cenne.

Zajęła się szafką z żaluzją, która stała za biurkiem, i wyjęła stamtąd dwa segregatory dokumentujące obowiązki Bjurmana jako jej opiekuna prawnego. Przez piętnaście minut przeglądała wszystko dokładnie, strona po stronie. Raporty były bez zarzutu i dawały do zrozumienia, że Lisbeth Salander to grzeczna i porządna dziewczynka. Cztery miesiące wcześniej Bjurman sformułował przypuszczenie, iż Lisbeth wydaje się tak racjonalną i kompetentną osobą, że istnieją przesłanki, by podczas przyszłorocznej kontroli podjąć dyskusję, czy jej ubezwłasnowolnienie rzeczywiście jest nadal uzasadnione. Było to elegancko ujęte i stanowiło pierwszy krok na drodze do uchylenia decyzji sądu.

Segregator zawierał również odręczne notatki, z których wynikało, że z Bjurmanem skontaktowała się niejaka Ulrika von Liebenstaahl z Komisji Nadzoru Kuratorskiego, by przeprowadzić rozmowę o ogólnym stanie Lisbeth. Słowa „konieczna opinia psychiatryczna" zostały podkreślone.

Lisbeth wydęła wargi, odłożyła segregatory na miejsce i rozejrzała się.

Na pierwszy rzut oka nie znajdowała nic, do czego można by się przyczepić. Wyglądało na to, że Bjurman postępuje zgodnie z jej instrukcjami. Lisbeth przygryzła dolną wargę. Zdawało się jednak, że coś jest nie w porządku.

Podniosła się z krzesła i już miała zgasić lampę na biurku, lecz się powstrzymała. Znów wyjęła segregatory i przejrzawszy je jeszcze raz, osłupiała ze zdumienia.

Segregatory powinny zawierać więcej dokumentów. Rok wcześniej było tu podsumowanie jej rozwoju, od dzieciństwa poczynając, sporządzone przez Komisję Nadzoru Kuratorskiego. Teraz go brakowało. *Po co Bjurman miałby wyjmować materiały z bieżącej dokumentacji?* Zmarszczyła brwi. Nie przychodził jej do głowy żaden naprawdę dobry powód. Może trzymał dodatkową dokumentację gdzie indziej. Jej wzrok prześlizgnął się po szafce z żaluzją i najniższej szufladzie biurka.

Nie miała przy sobie wytrycha, więc wślizgnęła się z powrotem do sypialni Bjurmana i wydobyła klucze z jego marynarki wiszącej na drewnianym wieszaku. W szufladzie znalazła te same przedmioty co rok wcześniej. Jednak zbiór uzupełniono o płaskie pudełko ze zdjęciem przedstawiającym colta 45 magnum.

W myślach przebiegła dane, jakie zgromadziła na temat Bjurmana niemal dwa lata wcześniej. Zajmował się strzelectwem i należał do klubu. Według publicznego rejestru broni miał licencję na colta 45 magnum.

Niechętnie doszła do wniosku, że zamknięcie szuflady na klucz nie było czymś nienaturalnym.

Nie podobało jej się to, ale nie mogła się doszukać bezpośredniego pretekstu, by go obudzić i skopać mu dupę.

MIA BERGMAN OBUDZIŁA SIĘ o wpół do siódmej. Słyszała ściszone odgłosy telewizora w dużym pokoju i czuła zapach świeżo zaparzonej kawy. Dobiegł ją też stukot klawiatury iBooka. Uśmiechnęła się.

Nigdy wcześniej nie widziała, żeby Dag tak ciężko pracował nad jakimś tematem. „Millennium" było dobrym wyborem. Zazwyczaj Dag niemożliwie zadzierał nosa i zdawało się, że towarzystwo Blomkvista, Berger i całej reszty miało na niego dobroczynny wpływ. Coraz częściej wracał do domu przybity, kiedy Blomkvist wytykał mu braki i rozsnosił w pył jego argumentację. Po czymś takim pracował dwa razy więcej.

Zastanawiała się, czy to właściwy moment, by zakłócić jego skupienie. Okres spóźniał jej się trzy tygodnie. Nie była pewna i nie zrobiła jeszcze testu ciążowego.

Zastanawiała się, czy to już czas.

Niedługo skończy trzydziestkę. Za niecały miesiąc ma obronę. Doktor Bergman. Znów się uśmiechnęła i postanowiła nic nie mówić Dagowi, dopóki sama nie będzie pewna, a może nawet poczeka, aż on skończy swoją książkę, a ona zasiądzie na przyjęciu, świętując obronę.

Przeciągała się dziesięć minut, potem wstała i poszła do dużego pokoju owinięta prześcieradłem. Dag podniósł wzrok.

– Nie ma jeszcze siódmej – powiedziała.

– Blomkvist znów się stawia.

– Był dla ciebie ostry? Dobrze ci tak. Lubisz go, co?

Dag Svensson odchylił się na oparcie sofy i popatrzył Mii w oczy. Po chwili kiwnął głową.

– „Millennium" to niezłe miejsce pracy. Rozmawiałem z Mikaelem w Kvarnen, wtedy gdy po mnie przyjechałaś. Pytał, co zamierzam robić, gdy skończę ten projekt.

– Aha. I co odpowiedziałeś?

– Że nie wiem. Jako wolny strzelec snułem się tu i tam przez tyle lat. Chciałbym mieć coś stabilnego.

– „Millennium".

Kiwnął głową.

– Micke badał teren, pytał, czy byłbym zainteresowany pracą na pół etatu. Na taką samą umowę jak Henry Cortez i Lottie Karim. Dostałbym swoje biurko i stałą pensję z „Millennium", a resztę dorobię na własną rękę.

– Chcesz tego?

– Jeśli przedstawią konkretną ofertę, zgodzę się.

– Dobra, ale wciąż jeszcze nie ma siódmej, a dzisiaj jest sobota.

– E, tam. Chciałem tylko trochę pomajstrować przy tekście.

– Sądzę, że powinieneś wrócić do łóżka i pomajstrować przy czym innym.

Uśmiechając się do niego, odsunęła kawałek prześcieradła. Dag przełączył komputer na standby.

PRZEZ KILKA NASTĘPNYCH dni Lisbeth Salander robiła research, spędzając sporo czasu przed komputerem. Poszukiwania prowadziły ją w wielu różnych kierunkach, a ona sama nie zawsze miała jasność, czego tak naprawdę szuka.

Zebranie pewnych faktów było łatwe. Korzystając z Archiwum Mediów, sporządziła wyciąg z działalności Svavelsjö MC. Po raz pierwszy klub pojawił się pod nazwą Tälje Hog Riders w notce prasowej z 1991 roku, w związku z obławą policyjną na jego siedzibę, znajdującą się wówczas w dawnym budynku szkolnym pod Södertälje. Akcję zorganizowano, ponieważ zaniepokojeni sąsiedzi donieśli o strzelaninie przed budynkiem. Zaangażowane w obławę znaczne siły policyjne przerwały mocno zakrapianą piwem imprezę, która zamieniła się w zawody strzeleckie przy użyciu karabinu AK4, skradzionego – jak się później okazało – na początku lat osiemdziesiątych z nieistniejącego już oddziału Västerbotten I 20.

Według śledztwa przeprowadzonego przez pewną popołudniówkę Svavelsjö MC miał sześciu albo siedmiu członków i kilkunastu *hangarounds*. Wszyscy pełnoprawni członkowie byli przy różnych okazjach karani za dość amatorskie przestępstwa, które czasem bywały jednak brutalne. W grupie wyróżniały się dwie osoby. Szefem Svavelsjö MC był niejaki Carl-Magnus „Magge" Lundin, opisany w internetowym wydaniu dziennika „Aftonbladet" w związku z obławą policji na siedzibę klubu w 2001 roku. Na przełomie lat osiemdziesiątych i dziewięćdziesiątych skazywano Lundina pięć razy. W trzech procesach chodziło o kradzieże, paserstwo i drobne przestępstwa narkotykowe. Jeden wyrok był związany z poważną przestępczością, między innymi z ciężkim pobiciem, za co Lundin dostał osiemnaście miesięcy. Zwolniono go w 1995 roku, a niedługo po tym awansował na *prezydenta* Tälje Hog Riders, który to klub nosił obecnie nazwę Svavelsjö MC.

Numerem dwa w grupie był – według wydziału do spraw przestępczości zorganizowanej – niejaki Sonny Nieminen, lat trzydzieści siedem, któremu w rejestrze karnym poświęcono co najmniej dwadzieścia trzy akapity. Swoją karierę rozpoczął jako szesnastolatek, kiedy to za pobicie i kradzież zasądzono mu opiekę oraz dozór kuratorski zgodnie z prawem o pomocy społecznej. W ciągu kolejnych dziesięciu lat Sonny Nieminen był skazywany pięć razy za kradzież, raz za rozbój, po dwa razy za groźby karalne i przestępstwa narkotykowe, za wymuszenie oraz za użycie przemocy wobec urzędnika. Na swoim koncie miał również dwa lżejsze przestępstwa związane z nielegalnym posiadaniem broni i jedno poważne. Do tego prowadzenie w stanie nietrzeźwości i co najmniej sześć przypadków pobicia. W sposób dla Lisbeth Salander niepojęty skazywano go na dozór kuratorski, grzywnę oraz wielokrotnie na miesiąc albo dwa pozbawienia wolności, aż nagle, w 1989 roku, dostał wyrok dziesięciu miesięcy więzienia za ciężkie pobicie i napad rabunkowy. Wyszedł po kilku miesiącach i trzymał się w ryzach do października 1990 roku, gdy będąc w knajpie w Södertälje, wdał się w bijatykę, która zakończyła się zabójstwem i sześcioletnim wyrokiem. W 1995 roku Nieminen wyszedł znów na wolność, tym razem jako najbliższy przyjaciel Magge Lundina.

W 1996 roku został zatrzymany za udział w napadzie zbrojnym na konwój pieniędzy. Sam w nim nie uczestniczył, ale zaopatrzył trzech młodych mężczyzn w broń, która posłużyła do napadu. Wtedy nastąpił drugi z jego dłuższych pobytów w więzieniu. Skazano go na cztery lata i wypuszczono w 1999 roku. Potem Nieminen w jakiś cudowny sposób unikał kolejnych zatrzymań. Według pewnego artykułu prasowego z 2001 roku – gdzie nie wymieniono go z nazwiska, jednak przedstawiono jego przeszłość tak dokładnie, iż nietrudno było rozszyfrować, o kogo chodziło – był podejrzany o współudział w zabójstwie co najmniej jednego członka konkurencyjnego gangu motocyklowego.

Lisbeth zamówiła zdjęcia paszportowe Nieminena i Lundina do wglądu. Nieminen miał twarz jak z obrazka, ciemne, kręcone włosy i groźne oczy. Magge Lundin wyglądał jak kompletny idiota. Bez żadnych trudności zidentyfikowała mężczyznę, z którym blond olbrzym spotkał się w Blombergs

Kafé, jako Lundina, a mężczyznę czekającego w McDonaldsie jako Nieminena.

PRZEZ REJESTR POJAZDÓW Lisbeth wytropiła właściciela białego volvo, którym odjechał blond olbrzym. Okazała się nim wypożyczalnia Auto-Expert z Eskilstuny. Lisbeth wykręciła numer, a w słuchawce odezwał się niejaki Refik Alba z owej firmy.

– Nazywam się Gunilla Hansson. Wczoraj jakiś sukinsyn potrącił mojego psa i uciekł. Numery rejestracyjne wskazują, że samochód był od was. Białe volvo.

Podała numery.

– Przykro mi.

– Tylko tyle? Chcę nazwisko tego sukinsyna, żeby zażądać odszkodowania.

– Zgłosiła pani sprawę na policję?

– Nie, chcę to załatwić polubownie.

– Przykro mi, ale nie mogę podawać nazwisk klientów, jeśli nie ma doniesienia.

Barwa głosu Lisbeth Salander stała się ciemniejsza. Zapytała, czy do dobrych obyczajów firmy należy praktyka, by zmuszać ludzi do składania doniesień na jej klientów, zamiast umożliwiać załatwianie spraw polubownie. Refik Alba znów stwierdził, że mu przykro i że niestety nic nie może w tej kwestii zrobić. Przekonywała go jeszcze kilka minut, lecz nie otrzymała nazwiska blond olbrzyma.

NAZWISKO ZALA to kolejna ślepa uliczka. Z dwoma przerwami na Billy's Pan Pizza Lisbeth Salander spędziła większą część doby przed komputerem. Jej jedynym towarzyszem była półtoralitrowa butelka coca-coli.

Trafiła na setki osób o nazwisku Zala – począwszy od włoskiego sportowca, a skończywszy na kompozytorze z Argentyny. Nie znalazła tego, którego szukała.

Próbowała z nazwiskiem Zalachenko, ale też nie znalazła nic interesującego.

Sfrustrowana dowlokła się wreszcie do sypialni i przespała dwanaście godzin. Gdy się obudziła, była jedenasta przed południem. Włączyła ekspres do kawy i przygotowała kąpiel w jacuzzi. Dolała płynu do kąpieli, przyniosła kawę i kanapki i zjadła śniadanie w wannie. Nagle zapragnęła, żeby Mimmi była przy niej. Ale przecież nie powiedziała jej dotąd, gdzie mieszka.

Około dwunastej wyszła z wanny, wytarła się i założyła szlafrok. Znów włączyła komputer.

Z nazwiskami Dag Svensson i Mia Bergman lepiej jej poszło. Przez wyszukiwarkę Google szybko sporządziła krótkie zestawienie tego, co oboje robili w ciągu minionych lat. Ściągnęła kilka artykułów Daga, a przy jednym z nich znalazła jego zdjęcie. Bez większego zdziwienia stwierdziła, że to ten sam mężczyzna, którego widziała w towarzystwie Mikaela Blomkvista w Kvarnen kilka dni wcześniej. Nazwisko zyskało twarz i odwrotnie.

Znalazła też wiele tekstów o Mii Bergman albo jej autorstwa. Kilka lat wcześniej zwróciła uwagę raportem o nierównym traktowaniu kobiet i mężczyzn w sądach. Z tego powodu napisano zarówno sporo wstępniaków, jak i komentarzy na portalach dyskusyjnych różnych organizacji kobiecych; Mia Bergman sama zamieściła ich wiele. Lisbeth Salander czytała uważnie. Niektóre feministki uznały wnioski Bergman za istotne, z kolei inne krytykowały ją za rozpowszechnianie „mieszczańskich mrzonek". Z ich wypowiedzi nie wynikało jednak, na czym dokładnie owe mrzonki miałyby polegać.

Około drugiej po południu Lisbeth otworzyła Asphyxię 1.3, lecz zamiast MikBlom/laptop wybrała MikBlom/office, komputer na biurku Mikaela Blomkvista w redakcji „Millennium". Z doświadczenia wiedziała, że redakcyjny komputer Mikaela nie zawiera niczego przydatnego. Pomijając fakt, że czasem wykorzystywał go do surfowania po internecie, pracował niemal wyłącznie na swoim iBooku. Za to miał uprawnienia administratora dla całej redakcji. Szybko znalazła potrzebną informację z hasłem do wewnętrznej sieci „Millennium".

Aby dostać się do innych komputerów, nie wystarczyło wejść na kopię twardego dysku na serwerze w Holandii; również sam oryginał MikBlom/office musiał być włączony i zalogowany w wewnętrznej sieci. Miała szczęście. Mikael Blomkvist najwyraźniej siedział przy komputerze w redakcji. Odczekała dziesięć minut, ale nie zauważyła śladów jakiejkolwiek aktywności, co zinterpretowała tak, że Mikael włączył komputer po przyjściu do pracy, być może korzystał z niego, surfując po internecie, po czym zajął się czymś innym albo używał laptopa.

Trzeba to zrobić ostrożnie. W ciągu kolejnej godziny Lisbeth Salander włamywała się do każdego komputera po kolei i ściągała pocztę elektroniczną Eriki Berger, Christera Malma i nieznanej jej pracownicy „Millennium" o nazwisku Malin Eriksson. W końcu trafiła na komputer Daga Svensona, według informacji systemowych starszego Macintosha PowerPC z twardym dyskiem o pojemności zaledwie 750 megabajtów, czyli zalegający w redakcji złom, z dużym prawdopodobieństwem używany jedynie do pisania. Był włączony, co oznaczało, że Dag Svensson w tym momencie siedzi w redakcji. Ściągnęła jego pocztę i przeszukała twardy dysk. Znalazła folder opatrzony zwięzłą nazwą <Zala>.

BLOND OLBRZYM BYŁ niezadowolony i nie czuł się zbyt raźnie. Właśnie odebrał dwieście trzy tysiące koron w gotówce, co stanowiło nieoczekiwanie dużą zapłatę za owe trzy kilogramy metamfetaminy, jakie dostarczył Magge Lundinowi pod koniec stycznia. Był to również niezły zarobek za kilka godzin prawdziwej roboty – przywieźć towar od kuriera, krótko przechować, dostarczyć do Magge Lundina, a potem zainkasować pięćdziesiąt procent zysku. Bez wątpienia Svavelsjö MC mogło wypracować miesięczny obrót tej wysokości, a grupa Lundina dokonywała jednej z trzech takich operacji – dwie pozostałe przeprowadzano w okolicy Göteborga i Malmö. Wszystkie gangi mogły wyciągnąć razem dobre pół miliona koron czystego zysku na miesiąc.

Mimo to czuł się tak niewyraźnie, że zjechał na pobocze, zaparkował i wyłączył silnik. Nie spał od ponad trzydziestu godzin i był półprzytomny. Otworzył drzwi, rozprostował kości i wysikał się na poboczu. Chłodna, gwiaździsta noc. Stał na polu niedaleko Järny.

Konflikt był niemal nierozwiązywalny. Źródło metamfetaminy znajdowało się niecałe czterysta kilometrów od Sztokholmu. Popyt na szwedzkim rynku był bezdyskusyjnie duży. Cała reszta to kwestia logistyki – jak przetransportować chodliwy towar z punktu A do punktu B, czyli mówiąc dokładniej z biura w tallińskiej piwnicy do sztokholmskiego portu Frihamnen?

Wciąż powracający problem – jak zagwarantować regularne dostawy z Estonii do Szwecji? To było sedno sprawy, a jednocześnie najsłabsze ogniwo, ponieważ wszystko, co udało im się osiągnąć po wielu latach wysiłków, to ciągłe improwizacje i tymczasowe rozwiązania.

Kłopot stanowiły coraz częstsze w ostatnim czasie wpadki. Blond olbrzym był dumny ze swoich zdolności organizacyjnych. W ciągu kilku lat stworzył sprawnie działającą siatkę kontaktów, które pielęgnował, posługując się w wyważonych proporcjach batem i marchewką. To on wykonał czarną robotę, znalazł partnerów, wynegocjował układy i dopilnował, by dostawy trafiały w odpowiednie miejsca.

Marchewką była zachęta, jaką otrzymywali podwykonawcy w rodzaju Magge Lundina – dobry i sensowny zysk bez ryzyka. System działał bez zarzutu. Magge Lundin nie musiał nawet kiwnąć palcem, by trafiła do niego dostawa, bez kłopotliwych wyjazdów po towar czy niepewnych negocjacji z ludźmi, którzy mogli okazać się policjantami z wydziału narkotykowego albo rosyjską mafią, a co gorsza – dmuchnąć mu wszystko. Lundin wiedział, że blond olbrzym dostarcza towar, a potem inkasuje swoje pięćdziesiąt procent.

Bat był potrzebny, gdy – coraz częściej w ostatnim czasie – pojawiały się komplikacje. Mało brakowało, a gadatliwy diler, który dowiedział się stanowczo za dużo o sieci dystrybucji, wsypałby całe Svavelsjö MC. Blond olbrzym musiał ingerować i wymierzyć karę.

Był w tym dobry.

Westchnął.

Czuł, że coraz trudniej ogarnąć całą tę działalność. Była po prostu zbyt skomplikowana.

Zapalił papierosa i rozprostował kości.

Metamfetamina to wspaniałe, dyskretne i łatwe w obsłudze źródło dochodu – duży zysk i stosunkowo małe ryzyko. Handel bronią był w pewnej mierze uzasadniony, jeśli dało się zidentyfikować różne niebezpieczeństwa i ich uniknąć. I tak, biorąc pod uwagę ryzyko, po prostu nie opłacało się dostarczać dwóch sztuk broni za kilka tysięcy jakimś durnym smarkaczom, którzy zamierzali obrabować kiosk w sąsiedztwie.

Pojedyncze przypadki szpiegostwa przemysłowego czy szmuglowania na Wschód komponentów elektronicznych – nawet jeśli rynek skurczył się dramatycznie w ostatnich latach – miały pewne uzasadnienie.

Za to sprowadzania dziwek z krajów bałtyckich w ogóle nie dało się obronić z finansowego punktu widzenia. Dziwki to niewielkie pieniądze, a właściwie tylko komplikacja, co jednak mogło w każdej chwili wywołać obłudną pisaninę w prasie i debaty w owej dziwacznej instytucji politycznej zwanej w Szwecji Riksdagiem, której reguły działania blond olbrzym w najlepszym razie uważał za niejasne. Zaletą seksbiznesu było to, że z punktu widzenia odpowiedzialności prawnej niemal nie stanowił ryzyka. Każdy chętnie skorzysta z dziwki – prokurator, sędzia, pieprzony glina i jeden czy drugi parlamentarzysta. Nikt nie będzie za bardzo węszył, żeby ukrócić ten proceder.

Nawet śmierć dziwki niekoniecznie musi odbić się echem w życiu politycznym. Jeśli policji uda się po kilku godzinach zatrzymać osobę podejrzaną, a ta osoba nadal ma na ubraniu krew, skutkiem będzie oczywiście wyrok skazujący i kilka lat więzienia albo terapii w jakimś obskurnym zakładzie. Gdy jednak w ciągu czterdziestu ośmiu godzin nie znajdzie się żaden podejrzany, to blond olbrzym wiedział z doświadczenia, że policja wkrótce zajmie się ważniejszymi sprawami.

Nie podobał mu się jednak ten biznes. Nie podobały mu się dziwki, te ich wytapetowane twarze i przeraźliwe pijackie śmiechy. Dziwki były nieczyste. Stanowiły zasoby ludzkie, które tyle samo kosztują, co przynoszą zysku. A w kwestii zasobów ludzkich zawsze istniało ryzyko, że jakiejś dziwce odbije i wmówi taka sobie, że może się wycofać albo wygadać policji czy dziennikarzom, czy komuś z zewnątrz. Tym samym on będzie zmuszony ingerować i wymierzyć karę. A jeśli na jaw wyjdzie zbyt wiele, uruchomi się łańcuszek prokuratorów i policjantów albo zrobi się piekielny hałas w tym przeklętym parlamencie. Seksbiznes to kłopoty.

Bracia Atho i Harry Ranta to typowy przykład takich kłopotów. Dwa bezużyteczne pasożyty, które dowiedziały się stanowczo za dużo o całym procederze. Najchętniej obwiązałby ich łańcuchem i wrzucił do morza. Ale odwiózł ich na prom do Estonii i czekał cierpliwie, aż wsiądą na pokład. Powodem urlopu było to, że jakiś pieprzony dziennikarz zaczął węszyć w ich interesach, zdecydowano więc, że pozostaną w ukryciu, póki sprawa nie przycichnie.

Blond olbrzym znów westchnął.

Przede wszystkim nie podobały mu się takie zlecenia jak to na Lisbeth Salander. Jeśli o niego chodzi, była zupełnie bez wartości. Nie stanowiła żadnego zysku.

Nie podobał mu się adwokat Bjurman i nie mógł pojąć, dlaczego postanowiono pójść mu na rękę. Jednak sprawa była już w toku. Rozkaz został wydany, zlecenie przydzielono Svavelsjö MC.

Wcale nie podobała mu się ta sytuacja. Miał złe przeczucia. Podniósł wzrok, rozejrzał się po ciemnym polu i rzucił peta do rowu. Nagle kącikiem oka dostrzegł jakiś ruch i zamarł. Skoncentrował wzrok. Poza bladym sierpem księżyca nie było innego źródła światła, ale i tak zdołał rozróżnić zarys czarnej postaci skradającej się ku niemu jakieś trzydzieści metrów od drogi. Istota poruszała się wolno, robiąc krótkie przerwy.

Blond olbrzym nagle poczuł na czole krople zimnego potu. Nienawidził tej postaci na polu.

Ponad minutę stał tak niemal sparaliżowany, gapiąc się jak zaklęty na powolne, lecz uparte podchody postaci. Gdy była już na tyle blisko, że mógł dostrzec jej oczy połyskujące w ciemności, odwrócił się na pięcie i rzucił biegiem do samochodu. Szarpnął drzwi i zaczął niezdarnie manipulować kluczykami. Jego panika wzmagała się aż do momentu, gdy w końcu uruchomił silnik i włączył długie światła. Istota była już na drodze, więc mógł wreszcie rozróżnić szczegóły w świetle reflektorów. Wyglądała niczym ogromna płaszczka. Miała kolec jadowy jak skorpion.

Jedno było jasne. Istota nie pochodziła z tego świata. To potwór z podziemi.

Blond olbrzym przełożył bieg i ruszył z piskiem opon. Mijając postać, widział, jak rzuca się do ataku, lecz nie zdołała dosięgnąć samochodu. Dopiero po kilku kilometrach blond olbrzym przestał się trząść.

LISBETH SALANDER poświęciła całą noc, by przestudiować research, jaki Dag Svensson i redakcja „Millennium" przygotowali na temat traffickingu. Po pewnym czasie miała dość dobry ogląd tej sprawy, nawet jeśli opierał się on tylko na tajemniczych fragmentach, które złożyła w całość, czytając pocztę elektroniczną.

Erika Berger wysłała do Mikaela Blomkvista maila z pytaniem, jak przebiegają konfrontacje; odpowiedział zwięźle, że mają problemy ze znalezieniem pewnego czekisty. Lisbeth zinterpretowała to tak, że jedna z osób ujawnianych w reportażu pracuje w służbach specjalnych. Malin Eriksson przesłała Dagowi Svenssonowi podsumowanie swojego dodatkowego researchu, z kopiami do Mikaela Blomkvista i Eriki Berger. Zarówno Svensson, jak i Blomkvist przesłali w odpowiedzi komentarze i propozycje uzupełnień. Mikael i Dag wymieniali maile kilka razy na dobę. Svensson relacjonował też konfrontację, jaką przeprowadził z dziennikarzem o nazwisku Per-Åke Sandström.

Czytając pocztę Svenssona, mogła również stwierdzić, że kontaktował się on z pewnym Gulbrandsenem, który korzystał z adresu na Yahoo. Chwilę to trwało, zanim zrozumiała, że Gulbrandsen musi być policjantem, a wymiana danych odbywa się poza oficjalnym kanałem, przy użyciu prywatnego maila, a nie tego, którym Gulbrandsen posługuje się w policji. Tak więc musiał on być informatorem.

Folder nazwany <Zala> miał frustrująco niewielką zawartość – jedynie trzy dokumenty Word. Najdłuższy z tekstów, sto dwadzieścia osiem kilobajtów, nosił nazwę [Irina P] i stanowił częściowy opis życia jakiejś prostytutki. Z treści wynikało, że kobieta nie żyje. Lisbeth z uwagą przeczytała sporządzone przez Daga Svenssona podsumowanie protokołu obdukcji.

Jak zrozumiała, wobec Iriny P. użyto tak niezwykle brutalnej przemocy, że każde z trzech obrażeń, jakich doznała, mogło spowodować śmierć.

Lisbeth rozpoznała w tekście sformułowanie będące dokładnym cytatem z rozprawy Mii Bergman. Chodziło o kobietę o imieniu Tamara. Założywszy, że Irina P. i Tamara to ta sama osoba, uważnie przeczytała fragment rozprawy zawierający wywiad z prostytutką.

Drugi dokument, o nazwie [Sandström], był znacznie krótszy. Zawierał to samo podsumowanie, które Svensson przesłał do Blomkvista, a wskazywało ono, że dziennikarz Per-Åke Sandström to jeden z klientów, którzy wykorzystywali dziewczynę sprowadzoną z któregoś z krajów nadbałtyckich. Załatwiał również interesy dla seksmafii w zamian za narkotyki albo seks. Lisbeth zaintrygował fakt, że Sandström, poza produkcją biuletynów firmowych, jako wolny strzelec napisał również sporo artykułów do pewnego dziennika, w których z oburzeniem potępiał sekshandel i ujawnił między innymi, że pewien, niepodany z nazwiska, szwedzki biznesmen odwiedził burdel w Tallinie.

Nazwisko Zala nie padło ani w dokumencie [Sandström], ani w dokumencie [Irina P], lecz Lisbeth doszła do wniosku, że skoro oba znajdowały się w folderze <Zala>, musiał istnieć jakiś związek. Natomiast trzeci, a zarazem ostatni dokument nosił właśnie nazwę [Zala]. Był zwięzły i skomponowany w punktach.

Według Daga Svenssona nazwisko Zala od połowy lat dziewięćdziesiątych pojawiło się w dziewięciu śledztwach związanych z narkotykami, bronią albo prostytucją. Zdawało się, że nikt nie wie, kim jest Zala, jednak różni informatorzy określali go jako Jugosłowianina, Polaka albo ewentualnie Czecha. Wszystkie dane pochodziły z drugiej ręki; nie wyglądało na to, by ktokolwiek, z kim Dag Svensson rozmawiał, w ogóle spotkał Zalę.

Svensson dokładnie przedyskutował kwestię Zali z *informatorem G* (Gulbrandsen?) i przedstawił teorię, że to Zala może być odpowiedzialny za zabójstwo Iriny P. Z materiałów nie wynikało, co *informator G* sądzi o tej teorii, jednak Zala rok wcześniej był jednym z tematów spotkania specjalnej grupy dochodzeniowej do spraw przestępczości zorganizowanej. Nazwisko to przewijało się tak często, że policja zaczęła zadawać pytania i starała się ustalić, czy Zala w ogóle istnieje.

Z tego, co Dag Svensson zdołał sprawdzić, nazwisko Zala po raz pierwszy pojawiło się w związku z napadem na konwój pieniędzy w miejscowości Örkeljunga w 1996 roku. Rabusie ukradli trzy i pół miliona koron, jednak wygłupili się tak idiotycznie, że policja już po upływie doby mogła zidentyfikować i zatrzymać członków gangu. Po kolejnych dwudziestu czterech godzinach złapano jeszcze jedną osobę. Był to zawodowy przestępca należący do Svavelsjö MC, Sonny Nieminen, który według danych policji dostarczył broń użytą podczas napadu, za co został później skazany na cztery lata pozbawienia wolności.

W ciągu kolejnego tygodnia aresztowano jeszcze trzy osoby podejrzane o współudział. Ta zawiła sprawa objęła tym samym osiem osób, z których siedem uporczywie odmawiało zeznań. Tylko dziewiętnastoletni chłopak, Birger Nordman, złamał się i rozgadał na przesłuchaniach. Proces okazał się więc dla prokuratora łatwym zwycięstwem, a skutkiem tego (jak podejrzewał informator Daga Svenssona) dwa lata później znaleziono Birgera Nordmana w värmlandzkiej piaskarni, po tym, jak zniknął, wyszedłszy na przepustkę z więzienia.

Według *informatora G* policja podejrzewała, iż Sonny Nieminen był szefem gangu. Podejrzewano również, że Nordman został zamordowany na jego zlecenie, lecz brakowało na to dowodów. Nieminena uznano jednak za niezwykle niebezpiecznego i bezwzględnego. Siedząc w pace, zwrócił na siebie uwagę, wiążąc się z Bractwem Aryjskim, nazistowską organizacją więzienną, która miała z kolei powiązania z Bractwem Wolfpack, a w dalszej kolejności zarówno z gangami motocyklowymi, jak i groźnymi organizacjami tępogłowych nazistów w rodzaju Szwedzkiego Ruchu Oporu.

Lisbeth Salander interesowało jednak coś zupełnie innego. Jedną z informacji, jakich w trakcie przesłuchań udzielił nieżyjący już Birger Nordman, było stwierdzenie, iż broni użytej podczas napadu dostarczył Nieminen, który z kolei dostał ją od nieznanego mu Jugosłowianina o nazwisku „Sala".

Dag Svensson wyciągnął wniosek, że to jakaś szycha w świecie przestępczym, która woli pozostawać w cieniu. Ponieważ nikt o nazwisku Zala nie figurował w ewidencji ludności, Dag domyślił się, że to przydomek albo fałszywe nazwisko jakiegoś niezwykle przebiegłego łotra.

Ostatni punkt zawierał krótki przegląd informacji, jakich dziennikarz Sandström dostarczył na temat Zali. Nie było tego zbyt wiele. Według Daga Svenssona Sandström rozmawiał raz przez telefon z osobą o takim nazwisku. Z notatek nie wynikało jednak, o czym mówili.

Około czwartej nad ranem Lisbeth Salander zamknęła swojego PowerBooka. Usiadłszy we wnęce okiennej, spoglądała na Saltsjön. Dwie godziny siedziała bez ruchu, paląc w zamyśleniu jednego papierosa za drugim. Musiała podjąć pewne strategiczne decyzje oraz przeanalizować konsekwencje.

Zdała sobie również sprawę, że musi wytropić Zalę, by raz na zawsze załatwić z nim porachunki.

W SOBOTNI WIECZÓR, na tydzień przed Wielkanocą, Mikael Blomkvist odwiedził swoją dawną dziewczynę na Slipgatan przy Hornstull. Dla odmiany przyjął zaproszenie na przyjęcie. Kobieta, obecnie mężatka, nawet w najmniejszym stopniu nie była zainteresowana intymnymi kontaktami z Mikaelem Blomkvistem, lecz pracowała w mediach i zawsze, gdy gdzieś się przypadkiem spotykali, mówili sobie „cześć". Właśnie ukończyła książkę, którą pisała przez ostatnie dziesięć lat i która traktowała o czymś tak wydumanym jak sytuacja kobiet w massmediach. Kiedyś Mikael pomógł jej w zbieraniu materiałów do książki, co było powodem zaproszenia.

Mikael miał mianowicie zbadać prostą kwestię. Dotarł do strategii na rzecz równouprawnienia*, jakimi chwaliły się szwedzka agencja prasowa TT, dziennik „Dagens Nyheter", program informacyjny „Rapport" i inne media, po czym wskazał, ilu jest mężczyzn, a ile kobiet na stanowiskach kierowniczych wyższych niż sekretarz redakcji. Efekt był

* Według szwedzkiego prawa każdy pracodawca zatrudniający więcej niż dziesięć osób musi co roku sporządzać raport na temat stanu równouprawnienia w miejscu pracy oraz strategii mających na celu zwalczanie przejawów dyskryminacji płciowej (przyp. tłum.).

żenujący. Dyrektor wykonawczy – mężczyzna. Przewodniczący zarządu – mężczyzna. Redaktor naczelny – mężczyzna. Redaktor działu zagranicznego – mężczyzna. Kierownik redakcji – mężczyzna... i tak dalej, aż wreszcie w tej wyliczance pojawiała się pierwsza kobieta, w rodzaju Christiny Jutterström czy Amelii Adamo, najczęściej jako wyjątek.

Przyjęcie było prywatne, a gośćmi osoby, które w ten czy inny sposób pomogły w powstaniu książki.

Wieczór miał rozrywkowy charakter, z dobrym jedzeniem i rozmowami na luzie. Mikael zamierzał wcześnie wrócić do domu, ale wielu spośród gości okazało się jego starymi znajomymi, których rzadko spotykał. Poza tym nikt w towarzystwie zbyt śmiało nie żonglował faktami z afery Wennerströma. Przyjęcie przeciągnęło się, tak więc większość gości wyruszyła do domu dopiero około drugiej nad ranem w niedzielę. Podążyli razem do Långolmsgatan, a potem każdy w swoją stronę.

Zanim Mikael zdążył dojść do przystanku, zobaczył mijający go autobus nocny, ponieważ jednak było ciepło, postanowił przespacerować się do domu, zamiast czekać na następny. Szedł Högalidsgatan aż do kościoła i skręcił w Lundagatan, co momentalnie przywołało wspomnienia.

Mikael dotrzymał złożonej w grudniu obietnicy, że przestanie przychodzić na Lundagatan w daremnej nadziei, iż Lisbeth Salander znów pojawi się na horyzoncie. Jednak tej nocy zatrzymał się po drugiej stronie ulicy, naprzeciwko jej bramy. Przez ułamek sekundy chciał podejść i zadzwonić do jej drzwi, lecz zdał sobie sprawę, jak niedorzeczne są jego nadzieje, by nagle miała się pojawić, a jeszcze mniej prawdopodobne wydawało się, by znów chciała z nim rozmawiać.

Wreszcie wzruszył ramionami i poszedł w kierunku Zinkensdamm. Zdążył przejść prawie sześćdziesiąt metrów, gdy usłyszał jakiś odgłos. Odwrócił się, a jego serce zaczęło bić dwa razy szybciej. Trudno było pomylić tę wychudzoną sylwetkę. Lisbeth Salander właśnie wyszła na ulicę i oddalała się w przeciwnym kierunku. Stanęła przy zaparkowanym samochodzie.

Mikael otworzył usta, żeby ją zawołać, ale głos uwiązł mu w gardle. Nagle zobaczył postać, która odsunęła się od jednego z samochodów stojących wzdłuż chodnika. Mężczyzna wyłonił się za plecami Lisbeth. Mikael opisałby go jako wysokiego i z wyraźnie wystającym brzuchem. Miał włosy związane w kitkę.

LISBETH SALANDER już wkładała kluczyk do drzwi swojej bordowej hondy, gdy usłyszała jakiś dźwięk, a kątem oka dostrzegła ruch. Mężczyzna zbliżał się do niej ukosem od tyłu, odwróciła się sekundę wcześniej, zanim podszedł. Natychmiast zidentyfikowała go jako trzydziestosześcioletniego Carla-Magnusa „Magge" Lundina ze Svavelsjö MC, który kilka dni wcześniej spotkał się z blond olbrzymem w Blombergs Kafé.

Oceniła, że waży dobre sto dwadzieścia kilogramów i jest agresywny. Użyła kluczyków jak kastetu i nie wahając się ani przez ułamek sekundy, ruchem zwinnym jak jaszczurka rozcięła mu głęboko policzek, od nasady nosa do ucha. Po chwili zniknęła, jakby zapadła się pod ziemię, a mężczyzna chwycił tylko powietrze.

MIKAEL BLOMKVIST zobaczył, jak Lisbeth Salander uderza pięścią. Gdy trafiła napastnika, padła na ziemię i prześlizgnęła się między kołami samochodu.

SEKUNDĘ PÓŹNIEJ LISBETH była po drugiej stronie, gotowa do walki albo ucieczki. Ponad maską samochodu pochwyciła spojrzenie napastnika i natychmiast wybrała drugą możliwość. Mężczyzna krwawił. Zanim ją dostrzegł, biegła już ulicą Lundagatan w kierunku kościoła Högalid.

Gdy Mikael stał jak sparaliżowany z otwartymi ustami, napastnik nagle ożył i ruszył za Lisbeth. Wyglądał jak wóz bojowy w pogoni za samochodem zabawką.

Pokonując po dwa stopnie naraz, Lisbeth przeskoczyła po schodach na położoną wyżej część Lundagatan. Na górze obejrzała się przez ramię i zobaczyła, że mężczyzna właśnie wchodzi na schody. *Szybki jest.* Omal się nie przewróciła, lecz w ostatniej chwili dostrzegła porozrzucane trójkąty ostrzegawcze i hałdy piasku w miejscu, gdzie Zarząd Dróg rozkopał ulicę.

Gdy Magge Lundin prawie dotarł na górę, Lisbeth znów znalazła się w zasięgu jego wzroku. Zdążył jeszcze zauważyć, że rzuciła coś w jego kierunku, ale nie miał czasu zareagować, gdyż kwadratowy kawałek bruku trafił go z boku w czoło. Nie był to dobry rzut, lecz kamień zyskał znaczną prędkość i rozerwał skórę na jego twarzy. Mężczyzna poczuł, że traci grunt, świat przewraca się do góry nogami, a on sam spada tyłem ze schodów. Zdołał się zatrzymać, chwytając się poręczy, ale stracił kilkanaście sekund.

GDY MĘŻCZYZNA ZNIKNĄŁ na szczycie schodów, paraliż Mikaela ustąpił i krzyknął za napastnikiem, żeby się odpierdolił.

Przebiegłszy przez połowę podwórka, Lisbeth usłyszała głos Mikaela Blomkvista. *Co jest do cholery?* Zmieniła kierunek i wychyliła się zza poręczy przy schodach. Zobaczyła Mikaela trzy metry niżej, nieco dalej na ulicy. Zawahała się na ułamek sekundy i znów przyspieszyła biegu.

GDY MIKAEL ZACZĄŁ BIEC w stronę schodów, zauważył jednocześnie, że spod domu Lisbeth odjeżdża dodge van, zaparkowany przy jej bordowej hondzie. Pojazd zjechał z chodnika i minął Mikaela, zmierzając w kierunku Zinkensdamm. Przez szybę mignęła twarz kierowcy. Tablice rejestracyjne były nieczytelne w ciemności.

Mikael niezdecydowany zerknął w kierunku samochodu, ale biegł dalej za prześladowcą Lisbeth. Dogonił go u szczytu schodów. Mężczyzna stał odwrócony tyłem i rozglądał się dookoła.

Gdy Mikael dotarł do niego, ten odwrócił się i wymierzył mu w twarz potężny cios z bekhendu. Mikael nie był na to przygotowany. Zwalił się ze schodów głową w dół.

LISBETH USŁYSZAŁA stłumione wołanie Mikaela i niemal przystanęła. *Co się dzieje, do jasnej cholery?* Obejrzała się przez ramię i zobaczyła, jak Magge Lundin, dobre czterdzieści metrów w tyle, przyspiesza w jej kierunku. *Jest szybszy. Dogoni mnie.*

Nie zwlekając, odbiła w lewo i najszybciej, jak tylko mogła, pokonując po kilka stopni naraz, wbiegła na taras między budynkami. Znalazła się na podwórzu, gdzie nie było żadnej kryjówki, więc odcinek dzielący ją od schronienia za następnym rogiem pokonała w czasie, jaki zaimponowałby nawet lekkoatletce Carolinie Klüft. Skręciwszy w prawo, uświadomiła sobie, że znalazła się w ślepej uliczce, zrobiła więc zwrot o sto osiemdziesiąt stopni. Gdy dotarła do szczytowej ściany następnego budynku, dojrzała Magge Lundina na schodach prowadzących na podwórko. Przebiegła jeszcze kilka metrów, poza polem jego widzenia, i rzuciła się głową do przodu w gęstwinę rododendronów, które rosły rzędem wzdłuż frontu domu.

Słyszała ciężkie kroki Lundina, ale go nie widziała. Przywierając plecami do ściany, leżała w krzakach bez ruchu.

Lundin minął jej kryjówkę i stanął w odległości ledwie pięciu metrów. Wahał się przez dziesięć sekund, po czym pobiegł dalej przez podwórze. Po jakiejś minucie wrócił. Zatrzymał się w tym samym miejscu. Tym razem stał nieruchomo jakieś trzydzieści sekund. Lisbeth napięła wszystkie mięśnie, gotowa do ewentualnej ucieczki. Lundin znów się poruszył. Przeszedł zaledwie dwa metry od niej. Słyszała, jak jego kroki cichną w podwórzu.

MIKAEL Z TRUDEM stanął na chwiejnych nogach, czując ból w karku i szczęce i smak krwi z rozciętej wargi. Usiłował zrobić kilka kroków, lecz stracił równowagę.

Znów dotarł do szczytu schodów i rozejrzał się. Zobaczył, że napastnik biegnie ulicą w odległości stu metrów od niego. Mężczyzna z kitką zatrzymał się, rozejrzał między budynkami i ruszył dalej. Mikael wychylił się i spojrzał za nim. Tamten przebiegł przez Lundagatan i wsiadł do dodge'a, który wcześniej odjechał sprzed bramy Lisbeth. Samochód zaraz zniknął za rogiem w kierunku Zinkensdamm.

Mikael szedł wolno górnym odcinkiem Lundagatan i rozglądał się za Lisbeth Salander. Nigdzie jej nie widział. Nie spotkał ani żywej duszy i dziwił się, że sztokholmska ulica może być tak opustoszała o trzeciej nad ranem w marcową niedzielę. Po chwili wrócił do bramy Lisbeth w niższej części Lundagatan. Gdy przechodził obok miejsca napaści nadepnął na coś – były to klucze Lisbeth. Schylając się po nie, zobaczył jej torbę pod samochodem.

Mikael stał dłuższą chwilę i czekał, niepewny, co powinien zrobić. Wreszcie wrócił do bramy i wypróbował klucze. Nie pasowały.

LISBETH SALANDER pozostała w krzakach piętnaście minut, poruszając się jedynie tyle, by zerknąć na zegarek. Tuż po trzeciej usłyszała odgłos otwieranych i zamykanych drzwi, i kroków po podwórzu w stronę stojaka na rowery.

Gdy dźwięki ucichły, podniosła się ostrożnie na kolana i wychyliła z krzaków. Przeszukała wzrokiem każdy zakamarek, lecz nie dostrzegła Magge Lundina. Tak cicho, jak tylko potrafiła, wyszła na ulicę, cały czas gotowa odwrócić się na pięcie i uciec. Gdy stanęła przy zwieńczeniu muru i wyjrzała na Lundagatan, zobaczyła przed swoim domem Mikaela Blomkvista. W ręku trzymał jej torebkę.

Stała w zupełnym bezruchu, ukryta za latarnią, gdy wzrok Mikaela prześlizgnął się po murze. Nie widział jej.

Tkwił tam prawie pół godziny. Obserwowała go cierpliwie, nieporuszona, aż wreszcie poddał się i poszedł w stronę Zinkensdamm. Gdy zniknął z pola jej widzenia, odczekała jeszcze chwilę, a następnie zaczęła rozmyślać o tym, co się wydarzyło.

Mikael Blomkvist.

Za nic w świecie nie mogła pojąć, jakim cudem ni stąd, ni zowąd znalazł się w samym środku tego wszystkiego. Poza tym atak nie pozostawiał miejsca na wątpliwości.

Pieprzony Carl-Magnus Lundin.

Magge Lundin spotkał się z blond olbrzymem, którego wcześniej widziała w towarzystwie adwokata Nilsa Bjurmana.

Nils Pieprzony Gnój Bjurman.

Ten zasrany śmieć napuścił na mnie jakiegoś pieprzonego samca, żeby mnie sprzątnął. Chociaż wyraźnie mu wytłumaczyłam, jakie będą konsekwencje.

Lisbeth Salander aż się zagotowała. Była tak wściekła, że czuła w ustach smak krwi. Teraz będzie musiała go ukarać.

Równania, które nie są prawdziwe dla żadnej wartości, nazywamy sprzecznymi.

$$(a + b)(a - b) = a^2 - b^2 + 1$$

Część 3

Równania sprzeczne

23 marca – 2 kwietnia

Rozdział 11
Środa 23 marca – czwartek 24 marca

MIKAEL BLOMKVIST czerwonym długopisem nakreślił na marginesie tekstu Daga Svenssona znak zapytania w kółku i dopisał słowo „przypis". Chciał, by stwierdzenie zostało poparte źródłem.

Była środa przed Wielkim Czwartkiem, a redakcja „Millennium" miała wolne przez niemal cały świąteczny tydzień. Monika Nilsson wyjechała za granicę. Lottie Karim wybrała się w góry ze swoim mężem. Henry Cortez siedział na miejscu i przez kilka godzin odbierał telefony, lecz Mikael wysłał go do domu, ponieważ nikt już nie dzwonił, a on sam i tak miał jeszcze zostać w redakcji. Ze szczęśliwym uśmiechem Henry ruszył na spotkanie ze swoją nową dziewczyną.

Dag Svensson nie pokazywał się. Mikael siedział sam, majstrując przy jego tekście. Jak ostatnio stwierdzili, książka miała się składać z dwunastu rozdziałów i obejmować dwieście dziewięćdziesiąt stron. Dag Svensson dostarczył ostateczną wersję dziewięciu rozdziałów z owych dwunastu, a Mikael Blomkvist analizował każde słowo i zwracał teksty, żądając większej precyzji albo proponując inne sformułowania.

Uważał jednak, że Dag Svensson pisze bardzo zręcznie, a jego redakcja ograniczała się raczej do drobnych uwag na marginesie. Musiał się natrudzić, żeby znaleźć coś, co można by wytknąć autorowi. W czasie tych tygodni, kiedy tekst rozrastał się w coraz większą stertę na biurku Mikaela, nie zgadzali się tylko co do jednego fragmentu, jednej strony, którą Mikael chciał wykreślić, a Dag zaciekle walczył, żeby ją zachować. Ale to były drobnostki.

Krótko mówiąc, „Millennium" dysponowało świetną książką, która była już prawie w drodze do drukarni. Mikael nie wątpił, że stanie się ona przyczyną dramatycznych nagłówków w prasie. Dag Svensson był tak bezwzględny, ujawniając klientów i rekonstruując całą historię, że każdy bez wyjątku musiał pojąć, iż błąd tkwi w samym systemie. To była kwestia sposobu pisania. Druga sprawa to fakty prezentowane przez Daga, które stanowiły właściwy rdzeń książki. Taki dziennikarski research powinien nosić znak najwyższej jakości.

W trakcie minionych miesięcy Mikael dowiedział się o Dagu trzech rzeczy. Był dobrym dziennikarzem, który nie pozostawiał niejasnych wątków. Stronił od przygnębiającej retoryki, tak charakterystycznej dla wielu reportaży społecznych, co nadawało im komiczny ton. Wreszcie, jego książka to coś więcej niż tylko reportaż – to wypowiedzenie wojny. Mikael uśmiechnął się nieznacznie. Dag Svensson był jakieś piętnaście lat młodszy, lecz Mikael rozpoznawał w nim pasję, którą sam kiedyś posiadał, ruszając do walki z kiepskimi dziennikarzami ekonomicznymi i pisząc kontrowersyjną książkę, czego w pewnych redakcjach wciąż jeszcze mu nie wybaczono.

Problem polegał na tym, że książka Daga musiała być nie do podważenia. Reporter, który tak odważnie się wychyla, albo ma stuprocentowe dowody, albo musi zrezygnować z publikacji. Dag Svensson miał dziewięćdziesiąt procent. Istniały słabe punkty, które trzeba było jeszcze przeanalizować, oraz stwierdzenia, których nie udokumentował w sposób zadowalający Mikaela.

Około wpół do szóstej otworzył szufladę biurka i wyjął papierosa. Erika Berger wprowadziła całkowity zakaz palenia w redakcji, lecz Mikael był teraz sam, a nikt inny nie powinien się tu pojawić w trakcie świątecznych dni. Kontynuował pracę jeszcze przez czterdzieści minut, po czym poskładał kartki i położył cały rozdział na biurku Eriki. Dag

Svensson obiecał następnego ranka przesłać mailem gotową wersję pozostałych trzech rozdziałów, dzięki czemu Mikael będzie mógł przejrzeć materiał w święta. Na poświąteczny wtorek zaplanowano spotkanie, na którym Dag, Erika, Mikael i sekretarz redakcji Malin Eriksson mieli ustalić ostateczną wersję całej książki i artykułów w „Millennium". Potem już tylko layout, będący zmartwieniem Christera Malma, i można wysyłać do drukarni. Mikael nie przyjmował nawet ofert druku – postanowił kolejny raz dać zlecenie firmie Hallvigs Reklam z miasteczka Morgongåva, która wydrukowała jego książkę o aferze Wennerströma, gwarantując cenę i poziom usług, z jakimi niewiele innych drukarni mogło konkurować.

MIKAEL SPOJRZAŁ NA ZEGAREK i pozwolił sobie dyskretnie wypalić jeszcze jednego papierosa. Usiadł przy oknie i popatrzył na Götgatan. Z zadumą przesunął językiem po rance na wewnętrznej stronie wargi. Zaczynała się goić. Po raz tysięczny rozmyślał o tym, co tak właściwie wydarzyło się pod domem Lisbeth Salander na Lundagatan.

Jedyne, co wiedział na pewno, to że Lisbeth żyje i znów jest w mieście.

W ciągu minionych dni codziennie starał się z nią skontaktować. Wysyłał maile na adres, którego używała ponad rok wcześniej, ale nie dostał żadnej odpowiedzi. Poszedł na Lundagatan. Zaczął już tracić nadzieję.

Wizytówkę na drzwiach zmieniono na Salander – Wu. W ewidencji ludności figurowało dwieście trzydzieści osób o nazwisku Wu, z których ponad sto czterdzieści mieszkało w regionie Sztokholm. Jednak żadna z nich na Lundagatan. Mikael nie miał pojęcia, kto spośród nich wprowadził się do Lisbeth Salander, czy znalazła sobie chłopaka, czy odnajęła komuś mieszkanie z drugiej ręki. Gdy pukał do drzwi, nikt nie otwierał.

W końcu napisał do niej list.

Cześć, Sally!

Nie wiem, co się wydarzyło rok temu, ale przez ten czas nawet taki tępy dureń jak ja domyślił się, że zerwałaś kontakt. To Twoje prawo i przywilej, by decydować, z kim chcesz się zadawać, więc nie zamierzam zrzędzić. Stwierdzam tylko, że nadal uważam Cię za swoją przyjaciółkę, brakuje mi Twojego towarzystwa i chętnie wypiję z Tobą filiżankę kawy, jeśli będziesz miała ochotę.

Nie wiem, w co się wpakowałaś, ale ta awantura na Lundagatan budzi mój niepokój. Jeśli potrzebujesz pomocy, możesz dzwonić w każdej chwili. Jak wiadomo, mam u Ciebie ogromny dług.

Poza tym mam też Twoją torbę. Jeśli chcesz ją odzyskać, po prostu się odezwij. Jeśli nie chcesz się ze mną spotkać, wystarczy, że podasz mi adres, to wyślę ją pocztą. Nie będę Cię szukał, ponieważ dałaś wyraźnie do zrozumienia, że nie chcesz mieć ze mną nic wspólnego.

Mikael

Oczywiście nie odezwała się ani słowem.

Kiedy wrócił do domu tamtego ranka po napadzie, otworzył jej torbę i wyjął całą zawartość na stół w kuchni. Był tam portfel z dokumentem tożsamości, jakieś sześćset koron i dwieście dolarów amerykańskich w gotówce oraz bilet miesięczny. Poza tym otwarta paczka marlboro light, trzy zapalniczki bic, tabletki na gardło, napoczęte opakowanie chusteczek higienicznych, szczoteczka do zębów, pasta i trzy tampony w bocznej kieszonce, nieotwarte opakowanie prezerwatyw z etykietą wskazującą, że zakupiono je na lotnisku Gatwick w Londynie, notes formatu A5 w sztywnej, czarnej okładce, pięć długopisów, spray z gazem łzawiącym, kosmetyczka z pomadką i przyborami do makijażu, radio ze słuchawką, ale bez baterii i popołudniówka „Aftonbladet" z poprzedniego dnia.

Najbardziej intrygującym przedmiotem w torebce był młotek znajdujący się w łatwo dostępnej zewnętrznej kieszonce.

Jednak atak nastąpił tak niespodziewanie, że Lisbeth nie zdążyła użyć ani młotka, ani gazu łzawiącego. Najwyraźniej posłużyła się tylko kluczami jako kastetem – były na nich ślady krwi i skóry.

Miała sześć kluczy. Trzy z nich to typowe klucze do mieszkania – do drzwi wejściowych budynku, zwykły klucz i do zamka patentowego. Jednak żaden nie pasował do bramy na Lundagatan.

Mikael otworzył notes i przejrzał go strona po stronie. Rozpoznał ładne, zwięzłe pismo Lisbeth i niemal od razu stwierdził, że raczej nie jest to sekretny pamiętnik dziewczyny. Mniej więcej jedną czwartą zeszytu wypełniały jakieś matematyczne gryzmoły. U góry pierwszej strony widniało równanie, które znał nawet Mikael:

$$(x^3 + y^3 = z^3)$$

Mikael Blomkvist nigdy nie miał trudności z rachunkami. Ukończył liceum z najwyższą oceną z tego przedmiotu, co jednak nie oznaczało, iż jest dobrym matematykiem, a tylko tyle, że potrafił przyswoić sobie program szkolny. Lecz na kartkach w notesie Lisbeth Salander widniały takie gryzmoły, których zupełnie nie pojmował ani nawet nie próbował ich zgłębiać. Jedno równanie rozciągało się na obie strony zeszytu, a kończyły je skreślenia i poprawki. Trudno mu było stwierdzić, czy to poważne wzory matematyczne i wyliczenia, znając jednak osobliwy charakter Lisbeth Salander, założył, iż równania są poprawne i na pewno mają jakiś głębszy sens.

Przez dłuższą chwilę wertował notes na wszystkie strony. Równania były dla niego równie zrozumiałe, jak gdyby miał przed sobą zeszyt z chińskimi znakami. Pojmował jednak, co usiłowała zrobić. $(x^3 + y^3 = z^3)$. Fascynowało ją wielkie twierdzenie Fermata, klasyka, o którym nawet on słyszał. Westchnął głęboko.

Ostatnia strona notesu zawierała jakieś nadzwyczaj zwięzłe i tajemnicze notatki, które nie miały nic wspólnego z matematyką, a jednak przypominały wzór.

(Blondyn + Magge = NEB)

Napis był podkreślony i w ramce, i nie wyjaśniał absolutnie niczego. Na samym dole strony widniał numer telefonu do wypożyczalni samochodów Auto-Expert w Eskilstunie.

Nie próbował interpretować zapisków. Stwierdził, że gryzmoły te powstały, gdy Lisbeth się nad czymś zastanawiała.

MIKAEL BLOMKVIST zgasił papierosa, włożył marynarkę i włączył alarm w redakcji. Następnie poszedł na dworzec autobusowy przy Slussen, gdzie złapał autobus do Lännersta, enklawy nuworyszy nad cieśniną Stäket. Był zaproszony na kolację u swojej siostry, Anniki Blomkvist, po mężu Giannini, która obchodziła swoje czterdzieste drugie urodziny.

ERIKA BERGER zainaugurowała świąteczny urlop szaleńczym biegiem, rozmyślając o swoim kłopocie. Trzykilometrową rundę zakończyła przy przystani statków parowych w Saltsjöbaden. W ostatnich miesiącach zaniedbywała wyjścia na siłownię i czuła, że jest sztywna i brak jej kondycji. Do domu wróciła spacerem. Jej mąż miał wykład na wystawie w Muzeum Sztuki Nowoczesnej i nie będzie go w domu co najmniej do ósmej, a wtedy Erika zamierzała otworzyć butelkę dobrego wina, nastawić saunę i go uwieść. W każdym razie oderwie to jej myśli od problemu, który ostatnio zaprzątał jej głowę.

Cztery dni wcześniej spotkała się na lunchu z dyrektorem wykonawczym jednego z największych koncernów medialnych w Szwecji. Przy sałatce, z powagą w głosie powiedział Erice o swoim zamiarze – zatrudnienia jej na stanowisku redaktora naczelnego największego dziennika koncernu. *Zarząd rozważył wiele kandydatur i jesteśmy zgodni, że wniosłabyś wiele do tej gazety. To właśnie ciebie chcemy.* Ofercie pracy towarzyszyła pensja, przy której dochody Eriki w „Millennium" wydawały się żartem.

Propozycja nadeszła jak grom z jasnego nieba i wręcz odebrała jej mowę. Dlaczego właśnie ja?

Dyrektor wyrażał się dziwnie niejasno, jednak stopniowo pojawiło się wytłumaczenie, iż Erika jest znana, szanowana i, zdaniem wielu, sprawdziła się jako niezły szef. Imponowała tym, że zdołała wyciągnąć „Millennium" z ruchomych piasków, w które pismo wpakowało się przed dwoma laty. W dodatku Poważny Szwedzki Dziennik potrzebował odnowy. Gazeta dziadziała i pokrywała się patyną, przez co odsetek młodych ludzi wśród nowych prenumeratorów systematycznie się zmniejszał. Erika dała się poznać jako wyszczekana dziennikarka. Miała pazur. Ustanowić kobietę i feministkę szefem najbardziej konserwatywnej instytucji Męskiej Części Szwecji było posunięciem wyzywającym i zuchwałym. Co do tego zgadzali się wszyscy. No, prawie wszyscy. Wszyscy, którzy mieli tu coś do powiedzenia.

– Ale nie podzielam linii politycznej tej gazety.

– A kogo to obchodzi? Nie jesteś też znana jako jej przeciwnik. Masz być szefem, nie politrukiem, wstępniaki już same się o siebie zatroszczą.

Choć tego otwarcie nie powiedział, liczył się również jej status społeczny. Erika miała odpowiedni życiorys i pochodzenie.

Odpowiedziała mu, że wstępnie jest zainteresowana ofertą, jednak nie może tak od razu podjąć decyzji. Ustalili, że Erika przemyśli propozycję i da odpowiedź w najbliższym czasie. Dyrektor wyjaśnił, że jeśli powodem jej wątpliwości jest wynagrodzenie, to ze względu na swoją pozycję prawdopodobnie będzie mogła wynegocjować jeszcze wyższą stawkę. Do tego dochodziła wyjątkowo atrakcyjna odprawa. *Czas, byś pomyślała o swojej emeryturze.*

Wkrótce skończy czterdzieści pięć lat. Przeżyła ciężkie czasy jako początkująca w branży i zatrudniana na zastępstwa. Stworzyła „Millennium" i została redaktorem naczelnym dzięki własnym umiejętnościom. Nieubłaganie zbliżała się chwila, gdy będzie zmuszona podnieść słuchawkę i powiedzieć tak albo nie, a Erika wciąż nie wiedziała, jaką decyzję podjąć. W minionym tygodniu niejeden raz zamierzała przedyskutować sprawę z Mikaelem, ale nie potrafiła zebrać się w sobie. Miała wyrzuty sumienia.

Minusy tej sytuacji były dla niej oczywiste. Odpowiedź „tak" oznaczałaby koniec współpracy z Mikaelem. On nigdy nie poszedłby za nią do Poważnego Szwedzkiego Dziennika, bez względu na to, jak lukratywną ofertę by mu złożono. Nie potrzebował pieniędzy i bardzo mu odpowiadało, że może w nieśpiesznym tempie dłubać przy własnych tekstach.

Erika dobrze się czuła w roli redaktor naczelnej „Millennium". Stanowisko to zapewniało jej prestiż w branży, który traktowała raczej jako niezasłużony. Była redaktorem, nie producentem newsów. To nie jej działka – w kwestii pisania uważała się za miernego dziennikarza. Za to dobrze wypadała w radiu albo w telewizji i przede wszystkim okazała się wspaniałym redaktorem. W dodatku lubiła pracę przy redagowaniu tekstów, której wymagało jej stanowisko w „Millennium".

Erika Berger czuła jednak pokusę. Nęciły ją nie tyle zarobki, co fakt, że dzięki tej pracy stanie się jedną z najważniejszych osób w branży medialnej w kraju. *Taka oferta nigdy się już nie powtórzy* – powiedział dyrektor.

Gdzieś pod Grand Hotelem w Saltsjöbaden, ku swej rozpaczy, zdała sobie sprawę, że nie potrafi odmówić. I drżała na myśl o chwili, gdy będzie zmuszona przekazać tę nowinę Mikaelowi Blomkvistowi.

KOLACJA U RODZINY Giannini przebiegała jak zawsze w atmosferze lekkiego chaosu. Annika miała dwoje dzieci, trzynastoletnią Monicę i dziesięcioletnią Jennie. Jej mąż, Enrico Giannini, który był szefem na Skandynawię w międzynarodowym przedsiębiorstwie biotechnologicznym, sprawował opiekę nad szesnastoletnim Antoniem, synem z poprzedniego małżeństwa. Pozostali goście to matka Enrica, Antonia, jego brat Pietro z żoną Evą-Lottą i dziećmi Peterem i Nicolą oraz mieszkająca w tej samej dzielnicy siostra Enrica, Marcella, z czwórką dzieci. Na kolację zaproszono jeszcze ciotkę Enrica, Angelinę, którą reszta rodziny uważała za szaloną albo przynajmniej ekscentryczną, oraz jej nowego chłopaka.

Tak więc przy suto zastawionym stole panował spory rozgardiasz. Rozmawiano trzeszczącą mieszanką szwedzkiego i włoskiego, używanych jednocześnie, a sytuacja była tym bardziej nieznośna, że Angelina przez cały wieczór ciągnęła temat kawalerskiego stanu Mikaela, proponując odpowiednie kandydatki spośród córek z kręgu jej znajomych. W końcu Mikael oświadczył, że chętnie by się ożenił, lecz jego kochanka niestety jest już mężatką. Po tej replice nawet Angelina zamilkła na krótką chwilę.

O wpół do ósmej wieczorem zadzwoniła komórka Mikaela. Wydawało mu się, że wcześniej wyłączył telefon, więc ledwie zdążył odebrać, wyciągnąwszy go z wewnętrznej kieszeni marynarki, którą ktoś położył na półce w przedpokoju. Dzwonił Dag Svensson.

– Przeszkadzam?

– Raczej nie. Jestem u mojej siostry na kolacji z całym zastępem rodziny jej męża. Co się dzieje?

– Dwie sprawy. Usiłowałem złapać Christera Malma, ale nie odbiera.

– Jest dzisiaj ze swoim chłopakiem w teatrze.

– Niech to szlag. Obiecałem, że jutro przed południem spotkam się z nim w redakcji i przekażę mu zdjęcia, które chcemy dać do książki. Christer miał je przejrzeć przez święta. Ale Mia wymyśliła nagle, że chce pojechać do rodziców do Dalarny na ten weekend i pokazać im swój doktorat. Musielibyśmy wyjechać jutro rano.

– Aha.

– To papierowe odbitki, więc nie mogę wysłać ich mailem. Mógłbym dać ci je dziś wieczorem?

– Hm… ale wiesz co, jestem w Lännersta. Zostanę tu trochę, a potem jadę do miasta. Do Enskede nie będzie aż tak daleko. Mogę po drodze podjechać do ciebie i wziąć zdjęcia. Byłbym przed jedenastą, pasuje?

Dag Svensson nie miał nic przeciwko temu.

– A druga sprawa… Myślę, że ci się to nie spodoba.

– Dawaj.

– Natknąłem się na jedną rzecz, którą chciałbym jeszcze sprawdzić, zanim książka pójdzie do druku.

– Dobra – co to jest?

– Zala.

– Co znaczy Zala?

– To nazwisko gangstera, prawdopodobnie ze Wschodu, może z Polski. Pisałem o nim w mailu jakiś tydzień temu.

– Sorry, zapomniałem.

– Przewija się tu i tam w materiałach. Wygląda na to, że ludzie się go boją i nikt nie chce o nim gadać.

– Aha.

– Kilka dni temu znów się na niego natknąłem. Myślę, że przebywa w Szwecji i powinien pojawić się na liście klientów w rozdziale siódmym.

– Dag, nie możesz wyciągać nowych materiałów na trzy tygodnie przed oddaniem książki do druku.

– Wiem. Ale to wyszło tak nagle. Rozmawiałem z policjantem, który też słyszał o Zali i… myślę, że warto poświęcić kilka dni w przyszłym tygodniu, by go sprawdzić.

– Ale dlaczego? W książce masz przecież dość łajdaków.

– Ten wydaje się wyjątkowy. Nikt za bardzo nie wie, kim jest. Mam przeczucie, że opłaca się jeszcze trochę wokół tego powęszyć.

– Nigdy nie wolno lekceważyć przeczucia – powiedział Mikael. – Ale szczerze mówiąc… nie możemy teraz przesunąć terminu. Drukarnia jest zarezerwowana, a książka musi wyjść jednocześnie z „Millennium".

– Wiem – odpowiedział Dag przygnębiony.

MIA BERGMAN właśnie zaparzyła dzbanek kawy i przelała ją do termosu, gdy rozległ się dzwonek. Było tuż przed dziewiątą. Dag Svensson miał bliżej do drzwi, a sądząc, że to Mikael przyszedł wcześniej, niż się umówili, otworzył, nie patrząc przez judasza. Zamiast Mikaela Blomkvista zobaczył niską, przypominającą lalkę dziewczynę o wyglądzie nastolatki.

– Szukam Daga Svenssona i Mii Bergman – powiedziała.

– To ja jestem Dag Svensson.

– Chcę z wami porozmawiać.

Dag automatycznie spojrzał na zegarek. Mia Bergman wyszła do przedpokoju i stanęła zaciekawiona tuż za nim.

– Czy nie jest za późno na wizyty? – zapytał Dag.

Dziewczyna cierpliwie patrzyła na niego w ciszy.

– O czym chcesz rozmawiać?

– O książce, którą zamierza pan opublikować w „Millennium".

Dag i Mia spojrzeli na siebie.

– A kim ty jesteś?

– Interesuje mnie ten temat. Mogę wejść, czy będziemy o tym dyskutować na klatce?

Dag Svensson zawahał się przez moment. Dziewczyna była wprawdzie zupełnie obcą osobą, a pora wizyty niecodzienna, ale nie wydawała się na tyle niebezpieczna, by nie mógł jej wpuścić. Wskazał jej stół w pokoju dziennym.

– Napijesz się kawy? – zapytała Mia.

Dag zerknął na nią zirytowany.

– A może jednak powiesz nam, kim jesteś? – odezwał się.

– Chętnie. Mam na myśli kawę. Nazywam się Lisbeth Salander.

Mia wzruszyła ramionami i otworzyła termos. Wyjęła już filiżanki w oczekiwaniu na wizytę Mikaela Blomkvista.

– A dlaczego sądzisz, że zamierzam opublikować książkę w „Millennium"? – zapytał Dag Svensson.

Nabrał nagle poważnych podejrzeń, lecz dziewczyna zignorowała go i spojrzała na Mię Bergman. Zrobiła grymas, który można było zinterpretować jako krzywy uśmiech.

– Ciekawy doktorat – powiedziała.

Mia Bergman wyglądała na zdumioną.

– Skąd ty możesz wiedzieć o moim doktoracie?

– Przypadkiem natknęłam się na kopię – odpowiedziała tajemniczo dziewczyna.

Irytacja Daga Svenssona rosła.

– Wytłumacz mi zaraz, czego chcesz – zażądał.

Dziewczyna spojrzała mu w oczy. Nagle zwrócił uwagę na jej tęczówki, tak ciemnobrązowe, że jej oczy w świetle wydawały się czarne jak węgiel. Zdał sobie sprawę, iż musiał się pomylić co do jej wieku – była starsza, niż mu się początkowo wydawało.

– Chcę wiedzieć, dlaczego wszędzie rozpytujesz o Zalę, o Aleksandra Zalę – powiedziała Lisbeth Salander. – A przede wszystkim chcę dokładnie wiedzieć, co o nim wiesz.

Aleksander Zala, pomyślał Dag Svensson zszokowany. Nigdy wcześniej nie słyszał imienia.

Przyjrzał się stojącej przed nim dziewczynie. Wzięła filiżankę i wypiła łyk kawy, nie odrywając od niego wzroku. Jej oczy były zupełnie pozbawione ciepła. Nagle Dag Svensson poczuł się trochę nieprzyjemnie.

W ODRÓŻNIENIU OD MIKAELA i pozostałych dorosłych w towarzystwie (oraz mimo że była solenizantką) Annika Giannini piła jedynie słabe piwo, rezygnując zarówno z wina, jak i kieliszka wódki do kolacji. Tak więc o wpół do jedenastej wieczorem była już trzeźwa, a ponieważ w pewnych kwestiach uważała swojego starszego brata za kompletnego idiotę, którym trzeba się od czasu do czasu zaopiekować, wspaniałomyślnie zaofiarowała się odstawić go do domu, zahaczając o Enskede. I tak zamierzała podrzucić go na przystanek na trasie Värmdövägen, a wjazd do centrum nie zabierze przecież dużo czasu.

– Dlaczego nie sprawisz sobie samochodu? – zaczęła mimo wszystko narzekać, gdy Mikael zapiął pasy.

– Dlatego że w odróżnieniu od ciebie mieszkam w odległości spaceru od miejsca pracy i potrzebuję samochodu mniej więcej raz na rok. Poza tym i tak nie mógłbym prowadzić, bo twój facet częstował skańską wódką.

– Powoli robi się z niego Szwed. Dziesięć lat temu częstowałby włoskim alkoholem.

Wykorzystali jazdę samochodem na pogaduchy. Oprócz niezniszczalnej ciotki ze strony ojca, dwóch ciotek ze strony matki i nielicznego kuzynostwa, bliższego czy dalszego, Mikael i Annika nie mieli więcej krewnych. Różnica trzech lat sprawiała, że jako nastolatkowie nie byli sobie bliscy, za to tym lepiej rozumieli się jako dorośli.

Annika studiowała prawo i Mikael uważał ją za zdecydowanie bardziej uzdolnioną. Gładko prześlizgnęła się przez studia, odpracowała kilka lat w sądzie rejonowym, następnie została asystentką jednego ze znanych szwedzkich adwokatów, po czym zwolniła się i otworzyła własną kancelarię. Annika specjalizowała się w prawie rodzinnym, co z czasem zmieniło się w projekt na rzecz równouprawnienia. Jako adwokat angażowała się w obronę maltretowanych kobiet, napisała książkę na ten temat, a jej nazwisko zyskało szacunek. Na domiar wszystkiego związała się politycznie z socjaldemokratami, przez co Mikael miał zwyczaj się droczyć, nazywając ją politrukiem. On sam już w pierwszych latach zdecydował, że nie może łączyć członkostwa w partii z wiarygodnością dziennikarską. Wręcz starał się nie głosować, a kiedy już to robił, nikomu, nawet Erice Berger, nie chciał zdradzić, na jaką partię oddał głos.

– Jak się czujesz? – zapytała Annika, gdy przejeżdżali przez most Skurubron.

– Całkiem dobrze.

– No to w czym problem?

– Problem?

– Znam cię, Micke. Cały wieczór byłeś zamyślony.

Mikael nie odzywał się przez chwilę.

– To skomplikowana historia. Mam teraz dwa problemy. Jeden wiąże się z dziewczyną, którą poznałem dwa lata temu, pomogła mi w sprawie afery Wennerströma, a potem po prostu zniknęła z mojego życia bez żadnego wyjaśnienia. Nie widziałem jej ponad rok, aż do zeszłego tygodnia.

Mikael opowiedział o napadzie na Lundagatan.

– Zgłosiłeś to na policję? – zapytała od razu Annika.

– Nie.

– Dlaczego nie?

– Ta dziewczyna wyjątkowo dba o swoją prywatność. To ona została napadnięta. I ona musi to zgłosić.

Co, jak podejrzewał Mikael, prawdopodobnie nie należało do priorytetów Lisbeth Salander.

– Uparciuch – powiedziała Annika, głaszcząc Mikaela po policzku. – Wszystkie sprawy zawsze załatwia sam. A ten drugi problem?

– W „Millennium" pracujemy nad tematem, który będzie komentowany na czołówkach gazet. Cały wieczór rozmyślałem, czy się z tobą nie skonsultować. To znaczy, jak z adwokatem.

Annika zerknęła zdumiona na brata.

– Skonsultować się ze mną – wybuchnęła. – To coś nowego.

– Tematem jest trafficking i przemoc wobec kobiet. A ty właśnie tym się zajmujesz i jesteś adwokatem. Wprawdzie nie podejmujesz się spraw związanych z wolnością słowa, ale chciałbym, żebyś przeczytała teksty, zanim pójdą do druku. To zarówno artykuły prasowe, jak i książka, więc będzie sporo do czytania.

Annika w milczeniu zjechała w Hammarby fabriksväg i minęła Sickla sluss. Kręciła uliczkami równolegle do trasy Nynäsvägen, aż wreszcie dotarła do Enskedevägen.

– Wiesz, Mikael, w całym moim życiu tylko raz porządnie się na ciebie zdenerwowałam.

– Ach, tak – odezwał się Mikael zdumiony.

– Gdy Wennerström wniósł sprawę do sądu i zostałeś skazany na trzy miesiące za zniesławienie. Tak się na ciebie wkurzyłam, że omal nie pękłam ze złości.

– A dlaczego? Ośmieszyłem się.

– Ośmieszałeś się już wcześniej. Ale tym razem potrzebowałeś adwokata i jedynym, do którego się nie zwróciłeś, byłam ja. Za to dałeś się obrzucić gównem i w mediach, i na procesie. Nawet się nie broniłeś. Omal nie umarłam.

– To były szczególne okoliczności. Nic nie mogłabyś zrobić.

– No nie, ale zrozumiałam to dopiero rok później, gdy „Millennium" znów wróciło do sprawy i rozgromiło Wennerströma. Do tej chwili byłam tobą cholernie rozczarowana.

– Nie mogłabyś nic zrobić, żeby wygrać ten proces.

– Nie rozumiesz, o co mi chodzi, braciszku. Ja też pojmuję, że to beznadziejna sprawa. Czytałam wyrok. Ale chodzi o to, że nie przyszedłeś do mnie, żeby poprosić o pomoc. Coś w rodzaju: Cześć, siostra, potrzebuję adwokata. To dlatego ani razu nie przyszłam na proces.

Mikael zastanowił się nad tym.

– *Sorry*. Zdaje się, że powinienem był tak zrobić.

– Powinieneś był.

– Nie funkcjonowałem wtedy zbyt dobrze. Nie byłem w stanie z nikim rozmawiać. Chciałem po prostu położyć się i umrzeć.

– Czego jednak nie zrobiłeś.

– Przepraszam.

Nagle Annika Giannini uśmiechnęła się.

– Pięknie. Przeprosiny po dwóch latach. Dobra. Chętnie przeczytam teksty. To pilne?

– Tak. Niedługo dajemy do druku. Skręć tu w lewo.

241

ANNIKA GIANNINI zaparkowała po drugiej stronie Björ-neborgsvägen naprzeciw wejścia do budynku, w którym mieszkali Dag Svensson i Mia Bergman. „To zajmie tylko minutkę" – powiedział Mikael, przebiegł przez ulicę i wstukał kod do drzwi. Gdy tylko przeszedł przez próg, zdał sobie sprawę, że coś jest nie tak. Słuchając wzburzonych głosów rozlegających się na klatce schodowej, wchodził na trzecie piętro do Daga i Mii. Dopiero gdy tam dotarł, zrozumiał, że to pod ich mieszkaniem było to zamieszanie. Na korytarzu stało pięcioro sąsiadów. Drzwi do mieszkania Daga i Mii były uchylone.

– Co się dzieje? – zapytał Mikael bardziej z ciekawością niż niepokojem.

Głosy ucichły. Pięć par oczu popatrzyło na niego. Trzy kobiety i dwóch mężczyzn, wszyscy w wieku emerytalnym. Jedna z kobiet miała na sobie koszulę nocną.

– Tak jakby ktoś strzelał – odpowiedział około siedemdziesięcioletni mężczyzna w brązowym szlafroku.

– Strzelał? – zapytał Mikael z osłupiałym wyrazem twarzy.

– Dopiero co. Strzelali w mieszkaniu, przed minutą. Drzwi były otwarte.

Mikael przecisnął się naprzód i dzwoniąc do drzwi, od razu wszedł do środka.

– Dag? Mia? – zawołał.

Cisza.

Nagle poczuł na karku lodowaty dreszcz. Rozpoznał zapach prochu. Podszedł do drzwi pokoju dziennego. Pierwsze, co zobaczył, to, *o-Boże-kochany-niech-to-szlag*, Dag Svensson leżący twarzą do dołu w ogromnej kałuży krwi, tuż obok stołu, przy którym Mikael i Erika jedli kolację kilka miesięcy wcześniej.

Podbiegł do Daga, wyciągając jednocześnie komórkę i dzwoniąc na 112. Natychmiast uzyskał połączenie.

– Nazywam się Mikael Blomkvist. Potrzebna karetka i policja.

242

Podał adres.

– O co chodzi?

– Mężczyzna. Zdaje się, że postrzelono go w głowę, żadnych oznak życia.

Mikael pochylił się i spróbował wyczuć puls na szyi. Potem zobaczył olbrzymi krater z tyłu głowy Daga i zdał sobie sprawę, że stoi w czymś, co musi być znaczną częścią jego tkanki mózgowej. Powoli odsunął rękę.

Żaden w świecie ambulans nie zdołałby uratować Daga Svenssona.

Nagle Mikael zobaczył odłamki jednej z filiżanek, które Mia odziedziczyła po babci i o które tak drżała. Pospiesznie wstał i rozejrzał się.

– Mia! – krzyknął.

Sąsiad w brązowym szlafroku wszedł za nim do przedpokoju. Mikael odwrócił się w drzwiach i wskazał na niego.

– Niech pan nie wchodzi! – wrzasnął. – Proszę się wycofać na schody.

Zdawało się, że sąsiad zamierza protestować, jednak posłuchał nakazu. Mikael stał bez ruchu jakieś piętnaście sekund. Potem obszedł kałużę krwi i, omijając ostrożnie Daga Svenssona, zbliżył się do drzwi sypialni.

Mia Bergman leżała na wznak na podłodze przy nogach łóżka. *O-nie-nie-tylko-nie-Mia-na-Boga.* Strzelono jej w twarz. Kula weszła od dołu w szczękę pod lewym uchem. Otwór wylotowy w skroni miał wielkość pomarańczy, a prawy oczodół zionął pustką. Krwi było – o ile to w ogóle możliwe – jeszcze więcej niż u Daga. Siła uderzenia pocisku była tak duża, że ścianę przy wezgłowiu łóżka, kilka metrów od Mii Bergman, pokrywały krwawe bryzgi.

Mikael uświadomił sobie, że kurczowo ściska w ręku komórkę, wciąż mając połączenie z centrum ratunkowym, i wstrzymuje oddech. Nabrał powietrza do płuc i podniósł telefon do ucha.

– Potrzebujemy policji. Strzelano do dwóch osób. Myślę, że nie żyją. Szybko.

Słyszał, że dyspozytor z centrali odpowiada, lecz nie był w stanie zrozumieć słów. Poczuł nagle, jakby coś było nie tak z jego słuchem. Wokół niego panowała zupełna cisza. Nie słyszał własnego głosu, gdy próbował coś powiedzieć. Opuścił rękę, w której trzymał komórkę i wycofał się z mieszkania. Kiedy wyszedł na klatkę, zdał sobie sprawę, że trzęsie się na całym ciele, a jego serce wali w jakiś nienaturalny sposób. Bez słowa przecisnął się przez gromadę znieruchomiałych sąsiadów i usiadł na podłodze przy schodach. Ledwie słyszał, że sąsiedzi zadają mu pytania. *Co się stało? Zrobili sobie krzywdę? Stało się coś złego?* Ich głosy brzmiały, jakby dochodziły z tunelu.

Mikael siedział jak ogłuszony. Był w szoku. Zwiesił głowę między kolanami. Potem zaczął myśleć. *Mój Boże – zostali zamordowani. Właśnie ich zastrzelono. Morderca może nadal być w mieszkaniu... Nie, zobaczyłbym go. Mieszkanie ma tylko pięćdziesiąt pięć metrów kwadratowych.* Nie mógł przestać się trząść. Dag leżał na brzuchu i Mikael nie widział jego twarzy, lecz obrazu zmasakrowanej twarzy Mii nie dało się wymazać.

Nagle wrócił mu słuch, tak jakby ktoś podkręcił głośność. Pospiesznie wstał i spojrzał na sąsiada w brązowym szlafroku.

– Proszę pana – odezwał się Mikael. – Niech pan tu stanie i pilnuje, żeby nikt nie wchodził do mieszkania. Policja i karetka są w drodze. Ja zejdę i wpuszczę ich do budynku.

Zbiegł na dół, pokonując po trzy stopnie naraz. Na parterze przypadkowo rzucił okiem na schody do piwnicy i stanął jak wryty. Zszedł jeden stopień. Gdzieś w połowie schodów, zupełnie na widoku, leżał rewolwer. Mikael stwierdził, że to chyba colt 45 magnum – broń zabójcy Olofa Palmego.

Zwalczył impuls, by podnieść rewolwer, i zostawił go na miejscu. Poszedł dalej, otworzył drzwi wejściowe do budynku i stał w bezruchu w nocnym powietrzu. Dopiero gdy usłyszał krótki sygnał klaksonu, zdał sobie sprawę, że czeka na niego siostra. Przeszedł na drugą stronę ulicy.

Annika Giannini już otworzyła usta, żeby wypowiedzieć jakąś uszczypliwość na temat spóźnialstwa brata, ale zobaczyła wyraz jego twarzy.

– Widziałaś tu kogoś? – zapytał Mikael.

Jego głos był zachrypnięty i nienaturalny.

– Nie. Kogo miałabym widzieć? Co się stało?

Mikael milczał kilka sekund, obserwując okolicę. Na ulicy panowała cisza i spokój. Poszperał w kieszeni marynarki i wyciągnął pomiętą paczkę z ostatnim papierosem. Gdy go zapalił, usłyszał w oddali zbliżający się odgłos syren. Spojrzał na zegarek. Była dwudziesta trzecia siedemnaście.

– Annika, to będzie długa noc – powiedział, nie patrząc na nią, kiedy radiowóz wjeżdżał w ulicę.

PIERWSI NA MIEJSCE przybyli policjanci Magnusson i Ohlsson. Byli na Nynäsvägen, wyjechawszy na interwencję, ale okazało się, że to fałszywy alarm. Po nich pojawił się samochód z inspektorem Oswaldem Mårtenssonem, który akurat był przy Skanstull, gdy przyszło wezwanie z centrum dowodzenia. Policjanci nadjechali niemal równocześnie. Na środku ulicy zobaczyli mężczyznę w dżinsach i ciemnej marynarce, który podniósł dłoń na znak, by się zatrzymali. Wtedy też jakaś kobieta wysiadła z samochodu zaparkowanego kilka metrów dalej.

Wszyscy trzej policjanci odczekali moment. Centrum ratunkowe przekazało im informację, że strzelano do dwóch osób, a mężczyzna trzymał w lewym ręku ciemny przedmiot. Kilka sekund zajęło im upewnienie się, że to komórka. Jednocześnie wysiedli z samochodów, poprawili pasy przy uniformach i przyjrzeli się bliżej postaciom. Mårtensson od razu przejął dowództwo.

– Czy to pan zgłaszał strzelaninę?

Mężczyzna kiwnął głową. Wydawało się, że jest w ciężkim szoku. Palił papierosa, a ręka drżała mu, gdy wkładał go do ust.

– Jak się pan nazywa?

– Mikael Blomkvist. Strzelano do dwóch osób zaledwie kilka minut temu, w tym budynku. To Mia Bergman i Dag Svensson. Są na trzecim piętrze. Kilkoro sąsiadów stoi pod drzwiami.

– Mój Boże – powiedziała kobieta.

– Kim pani jest? – zapytał Mårtensson.

– Nazywam się Annika Giannini.

– Państwo tu mieszkają?

– Nie – odpowiedział Mikael Blomkvist. – Miałem odwiedzić tę parę, do której strzelano. To moja siostra, podwiozła mnie tu z przyjęcia.

– Więc twierdzi pan, że strzelano do dwóch osób. Widział pan, co się stało?

– Nie. Znalazłem ich.

– Pójdziemy na górę sprawdzić – powiedział Mårtensson.

– Chwila – odezwał się Mikael. – Według sąsiadów strzały padły na krótko przed moim przyjściem. Zgłosiłem zdarzenie w ciągu minuty. Od tego czasu nie minęło nawet pięć minut. Co oznacza, że morderca wciąż jest w pobliżu.

– Ale nie potrafi pan podać rysopisu?

– Nie widzieliśmy nikogo. Możliwe, że ktoś z sąsiadów coś widział.

Mårtensson dał znak Magnussonowi, który wziął radiotelefon i zaczął cicho składać raport do centrum dowodzenia. Następnie zwrócił się do Mikaela.

– Może pan wskazać drogę?

Gdy weszli do budynku, Mikael zatrzymał się i wskazał bez słowa na schody. Mårtensson schylił się i obejrzał broń. Zszedł na dół i chwycił klamkę drzwi do piwnicy. Były zamknięte na klucz.

– Ohlsson, zostań i miej na to oko – powiedział.

Zgromadzenie pod drzwiami Daga i Mii przerzedziło się. Dwoje sąsiadów poszło do siebie, ale mężczyzna w brązowym szlafroku nadal stał na posterunku. Zdawało się, że poczuł ulgę, gdy zobaczył mundury.

– Nikogo nie wpuściłem – powiedział.

– To dobrze – Mikael i Mårtensson odezwali się jednocześnie.

– Na schodach jest chyba krew – zauważył Magnusson.

Wszyscy spojrzeli na ślady stóp. Mikael popatrzył na swoje włoskie mokasyny.

– To prawdopodobnie moje buty. Byłem w mieszkaniu. Tam jest dużo krwi.

Mårtensson spojrzał na niego badawczo. Używając długopisu, popchnął drzwi i zobaczył kolejne ślady w przedpokoju.

– Na prawo. Dag Svensson leży w pokoju dziennym, a Mia Bergman w sypialni.

Mårtensson dokonał szybkiej inspekcji mieszkania i wyszedł już po kilku sekundach. Połączył się przez radiotelefon, prosząc o wsparcie dyżurujące służby kryminalne. Gdy rozmawiał, przybyła załoga karetki. Mårtensson zatrzymał ich, jednocześnie kończąc rozmowę.

– Dwie osoby. O ile mogę ocenić, nie ma już dla nich ratunku. Czy ktoś z was może zajrzeć do środka, nie robiąc bałaganu na miejscu zbrodni?

Karetkę szybko odprawiono. Dyżurujący lekarz zdecydował, iż nie potrzeba przewozić ciał do szpitala w celu przywrócenia czynności życiowych. Stwierdzono, że nie ma już żadnej nadziei. Mikael poczuł nagle silne mdłości.

– Wychodzę. Muszę zaczerpnąć powietrza – odezwał się do Mårtenssona.

– Niestety nie mogę pana stąd wypuścić.

– Spokojnie – powiedział Mikael. – Będę siedział na schodach przy wejściu.

– Mogę zobaczyć pański dowód tożsamości?

Mikael wyjął portfel i położył go na dłoni Mårtenssona. Potem odwrócił się bez słowa, zszedł na dół i usiadł na schodach przy wejściu, gdzie nadal czekali Annika i Ohlsson. Annika usiadła obok brata.

– Micke, co się stało? – zapytała.

– Dwoje ludzi, których bardzo lubiłem, zostało zamordowanych. Dag Svensson i Mia Bergman. To jego tekst chciałem ci dać do przeczytania.

Annika Giannini zdała sobie sprawę, że to nie pora, by zasypywać Mikaela pytaniami. Otoczyła go ramieniem i przytuliła. W tym czasie nadjeżdżały kolejne radiowozy. Na chodniku po drugiej stronie ulicy zebrała się garstka zaciekawionych nocnych spacerowiczów. Mikael patrzył na nich w milczeniu, a policja zaczęła rozstawiać blokady. Rozpoczęło się dochodzenie w sprawie morderstwa.

BYŁO TUŻ PO TRZECIEJ nad ranem, gdy Mikael i Annika wreszcie mogli opuścić posterunek. Spędzili godzinę w samochodzie pod domem w Enskede, czekając, aż przybędzie dyżurujący prokurator, by rozpocząć wstępne dochodzenie. Ponieważ to Mikael znalazł zamordowanych i zgłosił zdarzenie, i co więcej, był przyjacielem obojga, poproszono ich, by udali się na Kungsholmen, żeby – jak to określono – pomóc w śledztwie.

Tam musieli czekać dłuższą chwilę, zanim zostali przesłuchani przez dyżurującą komisarz Anitę Nyberg. Miała włosy koloru pszenicy i wyglądała jak nastolatka.

Zaczynam się starzeć – pomyślał Mikael.

Do wpół do trzeciej nad ranem wypił już tyle odstałej kawy z ekspresu, że całkiem wytrzeźwiał i miał mdłości. W pewnym momencie musiał przerwać przesłuchanie i pójść do toalety, gdzie gwałtownie zwymiotował. Cały czas miał przed oczami zmasakrowaną twarz Mii Bergman. Zanim wrócił na przesłuchanie, wypił kilka kubków wody i wielokrotnie obmył twarz. Starał się zebrać myśli i odpowiadać na pytania Anity Nyberg tak wyczerpująco, jak tylko potrafi.

Czy Dag Svensson i Mia Bergman mieli wrogów?

O ile wiem, nie.

Otrzymywali pogróżki?

O ile wiem, nie.

Jaki był ich związek?

Wyglądało na to, że się kochają. Dag mówił kiedyś, że zamierzają starać się o dziecko, gdy Mia zrobi doktorat.

Brali narkotyki?

Nie mam pojęcia. Nie sądzę, a nawet jeśli, to był to raczej joint od wielkiego dzwonu.

Dlaczego jechał pan do nich tak późno wieczorem?

Mikael wyjaśnił sytuację.

Odwiedziny u nich o tej porze nie były więc rzeczą normalną?

No nie. Z pewnością nie. Zdarzyło się to pierwszy raz.

Jak pan ich poznał?

W pracy. Mikael wyjaśniał w nieskończoność.

I raz za razem pytania, aby wytłumaczył ten zadziwiający zbieg okoliczności.

Strzały słyszano w całym budynku. Padły w odstępie krótszym niż pięć sekund. Siedemdziesięciolatek w brązowym szlafroku to najbliższy sąsiad i emerytowany major artylerii przybrzeżnej. Po drugim strzale wstał sprzed telewizora i natychmiast poczłapał na klatkę schodową. Biorąc pod uwagę, że ma problemy z biodrami i trudno mu wstawać, sam ocenił, iż minęło jakieś trzydzieści sekund, zanim otworzył drzwi swojego mieszkania. Ani on, ani inny sąsiad nie widział napastnika.

Według sąsiadów Mikael zjawił się pod drzwiami Daga i Mii niecałe dwie minuty po tym, jak padły strzały.

Ponieważ on i Annika na pewno widzieli ulicę przez blisko trzydzieści sekund, gdy podjeżdżali pod budynek, parkowali i zamienili jeszcze kilka słów, zanim Mikael przeszedł na drugą stronę ulicy i wspiął się po schodach, istniała luka czasowa obejmująca jakieś trzydzieści, czterdzieści sekund. W tym czasie morderca zdążył opuścić mieszkanie, zejść po schodach, porzucić broń na parterze, wydostać się z budynku i zniknąć, zanim Annika zatrzymała samochód. A gdy to wszystko się działo, nikt nie dostrzegł nawet cienia sprawcy.

Wszyscy stwierdzili, że Mikael i Annika rozminęli się z mordercą o kilka sekund.

W pewnym momencie Mikael zdał sobie sprawę, że komisarz Anita Nyberg zastanawia się, czy to on mógł być mordercą, i zszedł piętro niżej, by udawać przybycie na miejsce, dopiero gdy sąsiedzi zebrali się pod drzwiami. Jednak Mikael miał alibi, którego dostarczyła mu siostra, i potrafił wiarygodnie przedstawić przebieg wieczoru. Jego obecność na imprezie oraz rozmowę telefoniczną z Dagiem Svenssonem mogła potwierdzić spora liczba członków rodziny Giannini.

Wreszcie Annika miała dość. Mikael udzielił policji wszelkiej możliwej pomocy. Był wyraźnie zmęczony i nie czuł się dobrze. Pora przerwać przesłuchanie i pozwolić mu pójść do domu. Przypomniała, że jest adwokatem brata i że Bóg, albo przynajmniej Riksdag, zagwarantowali mu pewne prawa.

PO WYJŚCIU NA ULICĘ stali dłuższą chwilę w milczeniu przy samochodzie Anniki.

– Idź do domu i prześpij się – powiedziała.

Mikael potrząsnął głową.

– Muszę pojechać do Eriki. Ona też ich znała. Nie mogę tak po prostu powiedzieć jej tego przez telefon. A nie chcę, żeby po przebudzeniu usłyszała o tym w wiadomościach.

Annika Giannini wahała się chwilę, ale zdała sobie sprawę, że brat ma rację.

– Czyli Saltsjöbaden – odezwała się.

– Dasz radę?

– A od czego są młodsze siostry?

– Jeśli podwieziesz mnie do centrum w Nacka, mogę stamtąd wziąć taksówkę albo poczekać na autobus.

– Bzdura. Wsiadaj, to cię zawiozę.

Rozdział 12
Wielki Czwartek 24 marca

NAJWYRAŹNIEJ ANNIKA GIANNINI również była zmęczona i Mikael zdołał ją przekonać, by zrezygnowała z ponadgodzinnego objazdu cieśniny Lännersta i wysadziła go w centrum Nacka. Pocałował ją w policzek, podziękował za to, że bardzo pomogła mu tej nocy, poczekał, aż zawróci i odjedzie, po czym wezwał taksówkę.

Minęły ponad dwa lata, odkąd Mikael Blomkvist po raz ostatni był w Saltsjöbaden. Odwiedził Erikę i jej męża jedynie kilka razy. Przypuszczał, że to oznaka niedojrzałości.

Mikael nie miał pojęcia, jak właściwie funkcjonuje małżeństwo Eriki i Gregera. Znał Erikę od początku lat osiemdziesiątych. Zamierzał kontynuować ten romans tak długo, aż sam będzie zbyt stary, by podnieść się z wózka inwalidzkiego. Zrobili krótką przerwę pod koniec zeszłej dekady, kiedy i on, i Erika wstąpili w związki małżeńskie. Trwało to ponad rok, po czym zdradzili współmałżonków.

Dla Mikaela skończyło się to rozwodem, dla Eriki – nie. Greger Backman uznał, że skoro łącząca ich od lat namiętność jest tak silna, to niedorzecznością byłoby sądzić, iż wzgląd na konwenanse albo społeczną moralność mógłby ich skłonić do zakończenia związku. Tłumaczył również, że nie chce stracić Eriki w taki sposób, jak Mikael stracił swoją żonę.

Gdy Erika przyznała się do zdrady, Greger Backman zapukał do drzwi Mikaela, który oczekiwał tej wizyty, ale i obawiał się jej – czuł się jak ostatni łajdak. Jednak zamiast dać mu w mordę, Greger zaproponował rundę po knajpach.

Przebrnęli przez trzy puby na Södermalmie, zanim wstawili się na tyle, by przeprowadzić poważną rozmowę, która odbyła się na ławce w parku przy Mariatorget mniej więcej o wschodzie słońca.

Mikaelowi trudno było uwierzyć, gdy Greger Backman wyjaśnił wprost, że jeśli Mikael spróbuje rozbić jego małżeństwo z Eriką Berger, on pojawi się ponownie, lecz tym razem trzeźwy i z bejsbolem. Skoro jednak chodzi tylko o żądzę ciała i niezdolność do umiaru i opamiętania, to dla niego wszystko jest w porządku.

Mikael i Erika kontynuowali związek za zgodą Gregera Backmana, nie próbując niczego przed nim ukrywać. Z tego, co wiedział Mikael, Greger i Erika nadal byli szczęśliwym małżeństwem. Przyjął do wiadomości, że Greger akceptuje ich związek bez protestów, a Erika musi jedynie uprzedzić, iż zamierza spędzić noc u Mikaela, gdy nachodziła ich na to ochota, co zdarzało się z pewną regularnością.

Greger Backman nigdy ani słowem nie skrytykował Mikaela. Wręcz przeciwnie, zdawał się sądzić, że ów romans jest dla niego korzystny i że jego miłość do Eriki rośnie, ponieważ nigdy nie może mieć pewności co do jej uczuć.

Za to Mikael nigdy nie czuł się komfortowo w towarzystwie Gregera, co stanowiło ponure przypomnienie, iż nawet tak wyzwolone związki mają swoją cenę. Dlatego więc złożył wizytę w Saltsjöbaden jedynie kilka razy, kiedy Erika wydawała większe przyjęcia, a jego nieobecność uznano by za demonstracyjną.

A teraz stał pod ich dwustupięćdziesięciometrową willą. Mimo niechęci, z jaką przynosił złe wieści, nacisnął natarczywie dzwonek i trzymał palec na guziku jakieś czterdzieści sekund, aż wreszcie usłyszał odgłos kroków. Otworzył Greger Backman, owinięty w pasie ręcznikiem, a jego ociężała od snu twarz wyrażała złość, która zmieniła się w rozbudzone zdumienie, gdy na schodach zobaczył kochanka swojej żony.

– Cześć, Greger – odezwał się Mikael.

– Dzień dobry, Blomkvist. Która to godzina, do cholery?

Greger Backman był chudym blondynem. Miał mnóstwo włosów na klatce piersiowej, za to na głowie prawie wcale. Na jego twarzy widniał tygodniowy zarost, a nad prawą brwią wyraźna blizna po poważnym wypadku, jaki wydarzył się podczas rejsu przed wielu laty.

– Tuż po piątej – odpowiedział Mikael. – Możesz obudzić Erikę? Muszę z nią porozmawiać.

Greger Backman założył, iż skoro Mikael Blomkvist przezwyciężył swoją niechęć do tego, by przyjechać do Salt-sjöbaden i się z nim spotkać, musiało zajść coś niezwykłego. W dodatku Mikael wyglądał, jakby potrzebował kieliszka grogu albo przynajmniej łóżka, żeby się wyspać. Tak więc Greger otworzył drzwi na oścież i wpuścił go.

– Co się stało? – zapytał.

Zanim Mikael zdążył odpowiedzieć, na schodach pojawiła się Erika, zawiązując pasek białego szlafroka frotte. W połowie drogi stanęła jak wryta, widząc Mikaela w holu.

– Co?

– Dag Svensson i Mia Bergman – powiedział Mikael.

Wyraz jego twarzy zdradzał od razu, z jaką wiadomością przyszedł.

– Nie.

Erika zakryła ręką usta.

– Właśnie wracam z komisariatu. Daga i Mię zamordowano dzisiaj w nocy.

– Zamordowano – powiedzieli jednocześnie Erika i Greger.

Erika spojrzała na Mikaela z powątpiewaniem.

– Naprawdę?

Mikael pokiwał ciężko głową.

– Ktoś wszedł do ich mieszkania w Enskede i ich zastrzelił. To ja znalazłem ciała.

Erika usiadła na schodach.

– Nie chciałem, żebyś dowiedziała się o tym z porannych wiadomości – powiedział Mikael.

BYŁA MINUTA PRZED SIÓDMĄ w Wielki Czwartek, gdy Mikael i Erika weszli do redakcji „Millennium". Erika zadzwoniła do Christera Malma i Malin Eriksson, budząc ich wiadomością, że w nocy zamordowano Daga i Mię. Oboje mieszkali znacznie bliżej, więc zdążyli już przybyć na spotkanie i nastawić ekspres do kawy.

– Co się dzieje, do jasnej cholery? – zapytał Christer Malm.

Malin Eriksson uciszyła go i pogłośniła radio, żeby wysłuchać porannych wiadomości.

Dwie osoby, mężczyzna i kobieta, poniosły śmierć od strzałów z broni palnej wczoraj późnym wieczorem w mieszkaniu w Enskede. Żadna z ofiar nie była wcześniej znana policji. Nie wiadomo, co było przyczyną morderstwa. Na miejscu jest nasza reporterka, Hanna Olofsson.

„Tuż przed północą poinformowano policję o strzelaninie w budynku przy Björneborgsvägen tutaj w Enskede. Według relacji sąsiada w mieszkaniu oddano kilka strzałów. Motyw nie jest znany i jak dotąd nie zatrzymano sprawcy. Policja zabezpieczyła mieszkanie, dochodzenie jest w toku".

– Zwięzłe to było – powiedziała Malin, ściszając. Zaczęła płakać. Erika podeszła do niej i otoczyła ją ramieniem.

– Kurwa mać – odezwał się Christer Malm, nie adresując wypowiedzi do konkretnej osoby.

– Usiądźcie – powiedziała Erika zdecydowanym głosem.

– Mikael...

Mikael znów opowiedział, co wydarzyło się w nocy. Mówił monotonnym głosem i używał rzeczowego, dziennikarskiego języka, opisując, jak znalazł Daga i Mię.

– Kurwa mać – odezwał się ponownie Christer Malm. – To jakiś obłęd.

Malin znów się rozkleiła. Zaczęła płakać, nie próbując ukrywać łez.

– Przepraszam – powiedziała.

– Czuję dokładnie to samo – odezwał się Christer.

Mikael zastanawiał się, dlaczego nie jest w stanie płakać. Czuł tylko ogromną pustkę, był jak ogłuszony.

– W tym momencie nie wiemy zbyt wiele – powiedziała Erika Berger. – Musimy omówić dwie rzeczy. Po pierwsze, do wydrukowania materiałów Daga Svenssona pozostały trzy tygodnie. Czy nadal zamierzamy publikować? Czy możemy publikować? To jedno. Drugie to kwestia, o której dyskutowaliśmy z Mikaelem w drodze do centrum.

– Nie wiemy, dlaczego doszło do morderstwa – odezwał się Mikael. – Może tu chodzić o jakąś prywatną sprawę w ich życiu albo o czyn szaleńca. Jednak nie da się całkiem wykluczyć, że miało to związek z ich pracą.

Przy stole zapadła cisza. Wreszcie Mikael chrząknął.

– Jak wiadomo, zamierzamy poruszyć cholernie drażliwy temat i podać nazwiska osób, które za nic nie chciałyby zostać ujawnione w takim kontekście. Przed dwoma tygodniami Dag zaczął przeprowadzać konfrontacje. Przyszło mi więc do głowy, czy ktoś z nich...

– Czekaj – powiedziała Malin Eriksson. – Ujawniamy trzech policjantów, z których jeden pracuje w służbach specjalnych, a inny w obyczajówce, wielu adwokatów, prokuratora, sędziego i kilku dziennikarzy zboczeńców. Czy to możliwe, że ktoś spośród nich popełnił podwójne morderstwo, żeby wstrzymać publikację?

– No, nie wiem – odpowiedział Mikael z zadumą. – Mają wiele do stracenia, ale zaryzykuję opinię, że muszą być cholernie głupi, skoro sądzą, iż mogą zablokować taki temat, mordując dziennikarza. Jednak ujawniamy też wielu alfonsów i nawet jeśli posłużymy się zmienionymi nazwiskami, nietrudno będzie rozszyfrować, kim oni są. Kilku z nich skazano wcześniej za brutalne przestępstwa.

– Dobra – powiedział Christer. – Ale opisujesz morderstwo jako czystą egzekucję. Jeśli dobrze zrozumiałem konkluzję badań Daga Svenssona, w tym procederze biorą udział niezbyt rozgarnięte typki. Są w stanie popełnić podwójne morderstwo tak, żeby uszło im to na sucho?

– Jak mądrym trzeba być, żeby oddać dwa strzały? – zapytała Malin.

– Spekulujemy teraz o sprawach, o których nie mamy pojęcia – przerwała Erika Berger. – Ale rzeczywiście musimy postawić to pytanie. Jeśli artykuły Daga albo doktorat Mii były powodem morderstwa, musimy zwiększyć ochronę redakcji.

– I trzecie pytanie – odezwała się Malin. – Czy powinniśmy podać te nazwiska policji. Co im powiedziałeś w nocy?

– Odpowiedziałem na wszystkie pytania, jakie mi zadali. Wyjaśniłem, nad jakim tematem pracował Dag, ale nie pytali o szczegóły i nie podałem żadnych nazwisk.

– Prawdopodobnie powinniśmy to zrobić – powiedziała Erika Berger.

– To nie jest takie oczywiste – odezwał się Mikael. – Możemy podać listę nazwisk, ale co zrobimy, gdy policja zacznie pytać, jak je zdobyliśmy? Nie możemy ujawniać źródeł, które chcą pozostać anonimowe. Dotyczy to wielu dziewczyn, z którymi rozmawiała Mia.

– Cholera, ale kocioł – powiedziała Erika. – Wracamy do pierwszego pytania. Publikujemy?

Mikael podniósł dłoń.

– Czekaj. Możemy to przegłosować, ale to ja jestem wydawcą odpowiedzialnym i po raz pierwszy zamierzam podjąć decyzję całkowicie na własną rękę. Odpowiedź brzmi – nie. Nie możemy tego opublikować w następnym numerze. To po prostu bez sensu, żebyśmy ot tak jechali dalej według planu.

Przy stole znów zaległa cisza.

– Bardzo chciałbym to opublikować, ale tekst trzeba zweryfikować. To Dag i Mia mieli całą dokumentację, a temat opierał się też na tym, że Mia zamierzała złożyć doniesienie o popełnieniu przestępstwa przez osoby, które ujawnimy. Ona dysponowała tą wiedzą. A czy my nią dysponujemy?

Rozległ się trzask drzwi i w wejściu stanął Henry Cortez.

– To Dag i Mia? – zapytał zdyszany.

Wszyscy kiwnęli głowami.

– Kurwa mać. To jakiś obłęd.

– Jak się dowiedziałeś? – zapytał Mikael.

– Byłem w mieście z dziewczyną i wracając do domu taksówką, usłyszeliśmy o tym w radiu. Policja apelowała, by informować o samochodach przejeżdżających tamtą ulicą. Rozpoznałem adres. Musiałem tu przyjść.

Henry Cortez wyglądał na tak wstrząśniętego, że Erika najpierw wstała i uścisnęła go, a dopiero potem poprosiła, by usiadł. Wtedy wróciła do dyskusji.

– Moim zdaniem Dag chciałby, żebyśmy opublikowali jego story.

– I ja tak uważam. Na pewno, jeśli chodzi o książkę. Ale w obecnych okolicznościach musimy przesunąć publikację.

– Więc co robimy? – zapytała Malin. – To nie jeden artykuł, który trzeba wymienić. Mamy numer tematyczny i trzeba przerobić całą gazetę.

Erika milczała przez chwilę. Potem na jej twarzy pojawił się, pierwszy tego dnia, zmęczony uśmiech.

– Malin, zamierzałaś mieć wolne w święta? – spytała. – Zapomnij. Robimy tak... ty, ja i Christer planujemy całkiem nowy numer bez Daga Svenssona. Zobaczymy, czy da się uzyskać kilka tekstów zaplanowanych na czerwiec. Mikael, ile materiału Dag zdążył ci przekazać?

– Mam ostateczną wersję dziewięciu z dwunastu rozdziałów i prawie ostateczną – rozdziału dziesiątego i jedenastego. Dag miał jeszcze przesłać mailem ich wersję końcową, sprawdzę pocztę. Ale rozdział dwunasty znam tylko w zarysie. To w nim Dag miał podsumować temat i wyciągnąć wnioski.

– Ale omówiłeś z Dagiem wszystkie rozdziały?

– Wiem, co zamierzał napisać, jeśli o to ci chodzi.

– Dobra, przysiądziesz nad tekstami – i książką, i artykułem. Chcę wiedzieć, ile brakuje i czy możemy zrekonstruować to, czego Dag nie zdążył oddać. Możesz zrobić obiektywną ocenę jeszcze dzisiaj?

Mikael kiwnął głową.

– Chcę również, żebyś się zastanowił, co mamy powiedzieć policji. Co jest bezpieczne, a kiedy ryzykujemy naruszenie ochrony źródeł. Nikt z gazety nie może wypowiadać się na ten temat bez twojej zgody.

– Brzmi nieźle – powiedział Mikael.

– Naprawdę myślisz, że temat Daga może być powodem morderstwa?

– Albo doktorat Mii… nie wiem. Ale nie możemy pominąć takiej możliwości.

Erika Berger zastanawiała się chwilę.

– Nie. Nie możemy. Zajmiesz się tym.

– Czym się zajmę?

– Śledztwem.

– Jakim śledztwem?

– Naszym, do jasnej cholery. – Erika Berger nagle podniosła wzrok. – Dag Svensson był dziennikarzem i pracował dla „Millennium". Jeśli został zamordowany z powodu swojej pracy, chcę to wiedzieć. Powęszymy więc wokół tego, co się wydarzyło. Tą częścią zajmiesz się ty. Zacznij od analizy całego materiału, jaki dostaliśmy od Daga, i zastanów się, czy może to stanowić motyw morderstwa.

Zerknęła na Malin Eriksson.

– Malin, jeśli pomożesz mi dzisiaj zaplanować w zarysie zupełnie nowy numer, to ja i Christer wykonamy najcięższą robotę. Ale sporo pracowałaś nad tekstami Daga i resztą materiału do tego numeru. Chcę, żebyś razem z Mikaelem obserwowała rozwój śledztwa.

Malin Erikson kiwnęła głową.

– Henry… możesz dzisiaj pracować?

– Oczywiście.

– Zacznij dzwonić do pozostałych współpracowników „Millennium" i powiedz im o wszystkim. Potem weźmiesz się za obdzwanianie policji i wypytasz, co się dzieje. Dowiedz się, czy będzie jakaś konferencja prasowa. Musimy być na bieżąco.

– Dobra, najpierw dzwonię do współpracowników, potem uciekam do domu, wezmę prysznic i zjem śniadanie. Wracam za czterdzieści pięć minut, jeśli nie pojadę od razu na Kungsholmen.

– Bądźmy dziś w kontakcie.

Przy stole zapadła na chwilę cisza.

– Dobra – odezwał się w końcu Mikael. – Skończyliśmy?

– Tak myślę – powiedziała Erika. – Spieszysz się?

– No. Muszę gdzieś zadzwonić.

GDY ZADZWONIŁA KOMÓRKA, Harriet Vanger, siedząc na oszklonej werandzie domu Henrika Vangera w Hedeby, jadła właśnie śniadanie, na które składały się kawa oraz tost z serem i marmoladą pomarańczową. Odebrała, nie patrząc, kto dzwoni.

– Dzień dobry, Harriet – powiedział Mikael Blomkvist.

– A to dopiero. Myślałam, że jesteś z tych, co nigdy nie wstają przed ósmą.

– Bo nie wstaję, zakładając oczywiście, że wcześniej się położyłem. Czego tej nocy nie zrobiłem.

– Coś się stało?

– Słuchałaś wiadomości?

Mikael opowiedział zwięźle o nocnych wydarzeniach.

– To straszne – powiedziała Harriet Vanger. – Jak się czujesz?

– Dziękuję, że pytasz. Bywało lepiej. Ale dzwonię do ciebie, ponieważ jesteś w zarządzie „Millennium" i powinnaś wiedzieć, co się stało. Przypuszczalnie jakiś dziennikarz wkrótce odkryje, że to ja znalazłem Daga i Mię, co wywoła pewne spekulacje, a kiedy wycieknie do mediów, iż Dag pracował na nasze zlecenie i był bliski ujawnienia wielkiej afery, posypią się pytania.

– Masz na myśli, że powinnam być przygotowana. Dobra. Co wolno mi mówić?

– Mów, jak jest. Zostałaś poinformowana o tym, co się stało. Oczywiście zaszokowało cię to brutalne morderstwo, ale nie jesteś wciągnięta w pracę redakcyjną i dlatego nie możesz komentować żadnych spekulacji. Wyjaśnienie morderstwa należy do policji, a nie do „Millennium".

– Dzięki za ostrzeżenie. Czy mogę coś zrobić?

– Nie teraz. Ale jeśli coś wymyślę, dam znać.

– Dobrze. Mikael… proszę, informuj mnie o wszystkim.

Rozdział 13
Wielki Czwartek 24 marca

JUŻ O SIÓDMEJ RANO w Wielki Czwartek na biurku prokuratora Richarda Ekströma wylądowało oficjalne potwierdzenie przejęcia odpowiedzialności za postępowanie przygotowawcze w sprawie podwójnego morderstwa w Enskede. Dyżurujący tamtej nocy prokurator, dość młody i niedoświadczony prawnik, doszedł do wniosku, że morderstwo w Enskede ma nadzwyczajny potencjał. Zadzwonił i obudził zastępcę prokuratora okręgowego, który z kolei obudził wiceszefa policji okręgowej. Razem postanowili przerzucić sprawę do gorliwego i doświadczonego prokuratora. Ich wybór padł na czterdziestodwuletniego Richarda Ekströma.

Ekström był szczupłym i wysportowanym mężczyzną, miał sto sześćdziesiąt siedem centymetrów wzrostu, rzadkie blond włosy i niewielką bródkę. Zawsze ubierał się nienagannie, a ze względu na niski wzrost nosił buty z podwyższonym obcasem. Rozpoczął karierę jako zastępca prokuratora w Uppsali, skąd pozyskano go do Ministerstwa Sprawiedliwości. Zajmował się tam przystosowaniem szwedzkiego prawa do przepisów Unii Europejskiej i spisywał się tak dobrze, że przez pewien czas pracował jako szef wydziału. Zwrócił na siebie uwagę analizą niedociągnięć organizacyjnych rzutujących na praworządność państwa, w której opowiadał się za lepszą efektywnością, zamiast żądać zwiększenia środków, jak to czyniły niektóre instytucje w obrębie policji. Po czterech latach w ministerstwie przeszedł do prokuratury w Sztokholmie, gdzie z powodzeniem poprowadził wiele spraw związanych z głośnymi rabunkami i brutalnymi przestępstwami.

W administracji państwowej przypuszczano, że jest socjal-demokratą, lecz przynależność partyjna tak naprawdę zupełnie nie interesowała Ekströma. Zaczynał przyciągać uwagę mediów, a w kuluarach władzy był człowiekiem, na którego wysoko postawieni mieli oko. Wydawał się potencjalnym kandydatem na odpowiedzialne stanowiska, a poprzez swoje domniemane zacięcie ideologiczne miał szerokie kontakty zarówno w kręgach politycznych, jak i policyjnych. Wśród policjantów opinie na temat jego zdolności były podzielone. Sporządzane przez niego analizy dla Ministerstwa Sprawiedliwości nie służyły tym grupom w policji, które twierdziły, że najlepszym sposobem ochrony praworządności jest rekrutacja większej liczby funkcjonariuszy. Z drugiej jednak strony, dążąc w konkretnej sprawie do procesu sądowego, Ekström zawsze wyróżniał się surowością.

Gdy otrzymał od dyżurujących policjantów skrótową relację z nocnych wydarzeń w Enskede, szybko stwierdził, że ta sprawa ma spory potencjał i bez wątpienia wywoła szum w mediach. To nie było morderstwo, jakich wiele. Ofiary to doktorantka kryminologii i dziennikarz – przedstawiciel profesji, która była przedmiotem jego nienawiści albo miłości, zależnie od sytuacji.

Tuż po siódmej Ekström odbył krótką konferencję telefoniczną z szefem regionalnej policji kryminalnej. Kilka minut później wykręcił numer i obudził komisarza Jana Bublanskiego, wśród kolegów bardziej znanego pod przydomkiem „posterunkowy Bubbla". Bublanski miał właściwie wolne w czasie świąt za masę nadgodzin, jakie nagromadziły się w trakcie minionego roku, został jednak poproszony o przerwanie urlopu i natychmiastowe stawienie się w siedzibie policji, aby poprowadzić śledztwo w sprawie morderstwa w Enskede.

Bublanski miał pięćdziesiąt dwa lata i przepracował jako policjant ponad połowę swojego życia. Zaczął służbę w wieku lat dwudziestu trzech. Przez sześć lat jeździł w radiowozie, zaliczył zarówno wydział do spraw broni, jak i do spraw kradzieży, a po ukończeniu szkolenia awansował do wydziału zabójstw okręgowej policji kryminalnej. Licząc dokładnie, przez ostatnie dziesięć lat brał udział w trzydziestu trzech śledztwach dotyczących zabójstw albo spowodowania śmierci. Pełnił funkcję prowadzącego śledztwo w siedemnastu sprawach, z których czternaście zakończyło się sukcesem, a dwa uznano z policyjnego punktu widzenia za rozwiązane, co oznaczało, że policja wiedziała, kto jest mordercą, lecz nie miała wystarczających dowodów, aby tę osobę postawić przed sądem. W jednej tylko sprawie, sprzed sześciu lat, Bublanski i jego współpracownicy ponieśli porażkę. Dotyczyła znanego alkoholika, wszczynającego awantury, którego zasztyletowano we własnym mieszkaniu w Bergshamra. Miejsce zbrodni było jednym wielkim chaosem, na który składały się odciski palców i ślady DNA kilkudziesięciu osób, które przez lata upijały się albo biły w mieszkaniu. Bublanski i jego koledzy byli przekonani, że sprawcę dałoby się namierzyć w szerokim gronie znajomych mężczyzny – alkoholików i narkomanów, jednak mimo intensywnego śledztwa morderca nadal pozostawał nieuchwytny. Dochodzenie praktycznie odłożono do archiwum.

Ogólnie rzecz biorąc, Bublanski miał dobrą statystykę wykrywalności sprawców, a koledzy po fachu oceniali go jako bardzo kompetentnego.

W ich gronie miał jednak opinię dziwaka, a wynikało to częściowo z faktu, że był żydem, więc przy okazji pewnych świąt widziano go w miejscu pracy z kipą na głowie. Sprowokowało to pewnego razu komentarz jego ówczesnego szefa, który wyznawał pogląd, że nie wypada nosić kipy w siedzibie policji, tak jak nie wypada, by funkcjonariusz chodził w turbanie. Cała sprawa nie wywołała jednak dalszej debaty. Wprawdzie jakiś dziennikarz podchwycił ów komentarz i zaczął zadawać pytania, lecz szef szybko zrejterował do swojego gabinetu.

Bublanski chodził do synagogi na Södermalmie i zamawiał jedzenie wegetariańskie, jeśli nie mógł dostać koszernego. Nie był jednak na tyle ortodoksyjny, by nie pracować w szabat. Również on szybko uświadomił sobie, że sprawa podwójnego morderstwa w Enskede nie będzie rutynowa. Richard Ekström wziął Bublanskiego na stronę, gdy tylko ten, tuż po ósmej, przekroczył próg.

– Zdaje się, że to śmierdząca historia – odezwał się. – Zastrzelona para to dziennikarz i kryminolożka. Ale nie koniec na tym. Człowiek, który ich znalazł, też jest dziennikarzem.

Bublanski kiwnął głową. Mieli niemal gwarancję, że media będą uważnie śledzić i analizować sprawę.

– A żeby nas dobić, ten drugi dziennikarz to Mikael Blomkvist z „Millennium".

– A niech to – powiedział Bublanski.

– Stał się znany przez ten cyrk z aferą Wennerströma.

– Wiemy coś o motywie?

– W chwili obecnej nic. Żadna z ofiar nie jest znana policji. Zdaje się, że to porządna para. Dziewczyna miała za kilka tygodni obronić doktorat. Ta sprawa musi mieć najwyższy priorytet.

Bublanski kiwnął głową. Dla niego zabójstwa zawsze miały wysoki priorytet.

– Przydzielimy ci zespół. Pracuj tak szybko, jak będziesz mógł, a ja dopilnuję, żebyś miał wszelkie potrzebne środki. Dostaniesz Hansa Faste i Curta Svenssona do pomocy. I jeszcze Jerkera Holmberga. Pracuje nad zabójstwem w Rinkeby, ale zdaje się, że sprawca uciekł za granicę. Holmberg jest świetny w badaniu śladów z miejsca zbrodni. Możesz też w miarę potrzeby korzystać ze śledczych z krajowej policji kryminalnej.

– Chcę Sonję Modig.

– Nie jest trochę za młoda?

Bublanski uniósł brwi, spoglądając ze zdziwieniem na Ekströma.

– Ma trzydzieści dziewięć lat, czyli jest tylko kilka lat młodsza od ciebie. Poza tym jest bardzo bystra.

– Dobra, ty decydujesz, kogo chcesz mieć w zespole, niech to tylko pójdzie szybko. Góra już się czepia.

Bublanski potraktował to jako lekką przesadę. O tak wczesnej godzinie kierownictwo ledwie zdążyło odejść od śniadania.

ŚLEDZTWO ROZPOCZĘŁO SIĘ na dobre spotkaniem tuż przed dziewiątą, na które komisarz Bublanski zebrał swoją drużynę w sali konferencyjnej regionalnej policji kryminalnej. Bublanski popatrzył na zgromadzenie. Nie był w stu procentach zadowolony ze składu zespołu.

Sonja Modig to osoba, do której spośród zebranych miał największe zaufanie. Pracowała w policji od dwunastu lat, z czego cztery w wydziale zabójstw, gdzie brała udział w wielu śledztwach prowadzonych przez Bublanskiego. Dokładna i z metodycznym podejściem, w dodatku Bublanski wcześnie zauważył, że posiadała też cechę, którą on osobiście uważał za najcenniejszą przy rozwiązywaniu zawikłanych spraw. Miała wyobraźnię i umiejętność kojarzenia. W co najmniej dwóch skomplikowanych śledztwach Sonja Modig znalazła zadziwiające i niebezpośrednie powiązania, które inni przeoczyli, czym doprowadziła do przełomu w sprawie. Poza tym Sonję Modig cechował chłodny, intelektualny humor, który Bublanski potrafił docenić.

Był zadowolony również z tego, że miał w zespole Jerkera Holmberga, pięćdziesięciopięciolatka pochodzącego z Ångermanlandii. Nieociosany i nudny człowiek, zupełnie pozbawiony wyobraźni, która czyniła Sonję Modig tak nieocenionym współpracownikiem. Za to, według Bublanskiego, Holmberg był najlepszym specjalistą od badania miejsca zbrodni w całej szwedzkiej policji. Przez lata współpracowali przy wielu sprawach i Bublanski był niezbicie przekonany, że jeśli na miejscu zbrodni jest coś do znalezienia, Holmberg to znajdzie. Jego podstawowym zadaniem miało być kierowanie wszelkimi pracami w mieszkaniu ofiar.

Natomiast kolejny kolega po fachu, Curt Svensson, nie był Bublanskiemu zbyt dobrze znany. To cichy, silnie zbudowany mężczyzna o tak krótko przystrzyżonych blond włosach, że z odległości wydawał się zupełnie łysy. Svensson miał trzydzieści osiem lat i do wydziału przyszedł niedawno z policji w Huddinge, gdzie wiele lat poświęcił sprawom związanym z przestępczością gangów. Chodziła fama, że ma porywczy temperament i twardą rękę, co innymi słowy oznaczało zapewne, iż metody, jakich używa wobec delikwentów, nie są całkowicie zgodne z regulaminem. Przed dziesięciu laty oskarżono go o pobicie, ale po dochodzeniu Curt Svensson został oczyszczony ze wszystkich zarzutów.

Jednak owa fama miała swój początek w zupełnie innym wydarzeniu. W październiku 1999 roku Curt Svensson pojechał z kolegą do Alby, żeby zabrać tamtejszego rozrabiakę na przesłuchanie. Facet, dość dobrze znany policji, przez lata był postrachem sąsiadów i powodem skarg z powodu swoich groźnych zachowań. W tamtym czasie – po otrzymaniu anonimowej informacji – podejrzewano go o napad rabunkowy na wypożyczalnię wideo w Norsborg. Było to rutynowe zatrzymanie, które jednak poszło kompletnie nie tak, gdy przestępca zamiast grzecznie podążyć za policjantami, wyciągnął nóż. Kolega, broniąc się, otrzymał wiele ciosów w obie ręce i stracił lewy kciuk, zanim napastnik skierował swoją uwagę na Curta Svenssona, który po raz pierwszy w karierze musiał strzelić z broni służbowej. Oddał trzy strzały. Pierwszy był ostrzegawczy. Drugi celował w napastnika, lecz Svensson chybił, co samo w sobie stanowiło niezły wyczyn, ponieważ odległość była mniejsza niż trzy metry. Trzeci strzał nieszczęśliwie trafił w sam środek ciała, rozrywając główną tętnicę, co spowodowało wykrwawienie się napastnika w ciągu kilku minut. W wyniku śledztwa Curt Svensson został po jakimś czasie uwolniony od wszelkiej odpowiedzialności, jednak zapoczątkowało to debatę w mediach, w której prześwietlono państwowy monopol na używanie przemocy, a Curta Svenssona wymieniano jednym tchem z policjantami, którzy zabili Osmo Vallo*.

Bublanski miał początkowo pewne wątpliwości co do Curta Svenssona, jednak przez całe sześć miesięcy wciąż nie odkrył niczego, co mogłoby być powodem bezpośredniej krytyki albo gniewu. Przeciwnie, z czasem zaczął podziwiać powściągliwego w słowach Svenssona.

Ostatnim członkiem zespołu Bublanskiego był czterdziestosiedmioletni Hans Faste, weteran, od piętnastu lat w wydziale zabójstw. To właśnie jego obecność stanowiła przyczynę niezadowolenia komisarza ze składu zespołu. Faste miał plusy i minusy. Do plusów zaliczały się jego szerokie doświadczenie i ogromna rutyna, nabyte w trakcie skomplikowanych śledztw. Na koncie minusów Bublanski zaksięgował egocentryzm i mało wyszukane poczucie humoru Hansa Fastego, które mogło przeszkadzać każdemu przeciętnie wrażliwemu człowiekowi w jego otoczeniu, a w najwyższym stopniu przeszkadzało Bublanskiemu. Faste posiadał cechy, których Bublanski po prostu nie lubił. Ale w porządku – jeśli trzymało się go w ryzach, był kompetentnym śledczym. Poza tym Faste stał się kimś w rodzaju mentora dla Curta Svenssona, który zdawał się nie mieć żadnych uwag co do jego zachowań. Często pracowali razem.

Na spotkanie wezwano również komisarza Anitę Nyberg z nocnego dyżuru, by przekazała informacje z przesłuchania, jakiemu poddała Mikaela Blomkvista, a także inspektora Oswalda Mårtenssona, by zdał sprawę z tego, co wydarzyło się na miejscu zbrodni bezpośrednio po zgłoszeniu przestępstwa. Oboje byli wyczerpani, chcieli możliwie

---

* Osmo Vallo zmarł w 1995 roku w trakcie interwencji policyjnej w Karlstad. Przypadek ten wzbudził duże zainteresowanie mediów i stał się powodem powołania dwóch komisji rządowych dla zbadania ewentualnych nieprawidłowości (przyp. tłum.).

szybko iść do domu i położyć się spać, lecz Anita Nyberg zdążyła jeszcze uzyskać zdjęcia z mieszkania w Enskede, które rozdano zebranym.

Po półgodzinnej rozmowie przebieg zdarzeń był jasny. Bublanski podsumował.

– Z zastrzeżeniem, że badania techniczne na miejscu zbrodni nadal są w toku, możemy przypuszczać, iż wszystko odbyło się w następujący sposób... Nieznana osoba, której nie zauważył żaden z sąsiadów ani inni świadkowie, weszła do mieszkania w Enskede i zabiła parę Svensson – Bergman.

– Nie wiemy jeszcze, czy znaleziona broń to narzędzie zbrodni, w każdym razie została już wysłana do Laboratorium Techniki Kryminalnej – wtrąciła Anita Nyberg. – Sprawa ma najwyższy priorytet. W ścianie oddzielającej pokój i sypialnię znaleźliśmy również stosunkowo nieuszkodzoną część pocisku, który trafił Daga Svenssona. Natomiast ten, który zabił Mię Bergman, rozpadł się na tak drobne kawałki, że wątpię, by do czegoś się przydał.

– Dziękuję. Tak więc ten colt magnum to cholernie kowbojski rewolwer i powinno się całkowicie zakazać jego używania. Mamy jakiś numer seryjny?

– Jeszcze nie – powiedział Oswald Mårtensson. – Bezpośrednio z miejsca zbrodni wysłałem broń i fragment kuli do laboratorium. Sądziłem, że lepiej będzie, jeśli oni się tym zajmą, niż gdybym sam miał manipulować przy rewolwerze.

– I dobrze. Nie zdążyłem jeszcze obejrzeć miejsca zbrodni – wy dwoje już tam byliście. Jakie są wasze wnioski?

Anita Nyberg i Oswald Mårtensson wymienili spojrzenia. Nyberg pozwoliła, by starszy kolega wypowiedział się w ich imieniu.

– Po pierwsze sądzimy, że był jeden zabójca. Czysta egzekucja. Mam wrażenie, że to osoba, która miała bardzo poważny powód, żeby zabić Svenssona i Bergman, i zabrała się do dzieła z dużą determinacją.

– A na czym opierasz to wrażenie? – zapytał Hans Faste.

– Mieszkanie było uporządkowane i wysprzątane. Nie chodzi więc tu o rabunek ani napad, czy coś w tym rodzaju. Oddano tylko dwa strzały. Oba trafiły ofiary precyzyjnie w głowę. Sprawcą jest więc ktoś, kto umie posługiwać się bronią.

– Aha.

– Spójrzmy na szkic... Według naszej rekonstrukcji do mężczyzny, Daga Svenssona, strzelono z bardzo małej odległości – prawdopodobnie tak małej, że lufę broni po prostu przystawiono mu do głowy. Przy ranie wlotowej są wyraźne oparzenia. Przypuszczalnie to właśnie Svenssona zastrzelono najpierw. Siła wystrzału odrzuciła go na meble w jadalni. Morderca stał zapewne na progu w korytarzu albo w pokoju dziennym, tuż przy wejściu.

– Okej.

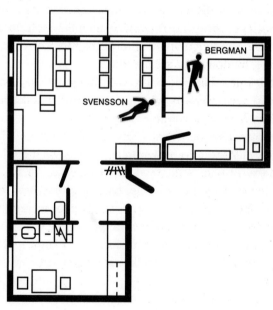

– Według świadków strzały padły w odstępie kilku sekund. Mię Bergman zastrzelono z większej odległości. Przypuszczalnie stała w drzwiach sypialni i chciała się odwrócić.

Kula trafiła ją pod lewym uchem i wyszła tuż nad prawym okiem. Siła wystrzału odrzuciła ją do sypialni, gdzie została znaleziona. Upadła na krawędź ramy w nogach łóżka i zsunęła się na podłogę.

– Strzelec obeznany z bronią – zgodził się Faste.

– Więcej. Nie ma śladów wskazujących, że morderca wszedł do sypialni, by sprawdzić, czy zabił ofiarę. Wiedział, że trafił, zrobił w tył zwrot i wyszedł z mieszkania. Czyli dwa strzały, dwoje zabitych, potem wychodzi. W dodatku…

– Tak?

– Nie uprzedzając badań technicznych, podejrzewam, że morderca użył amunicji myśliwskiej. Śmierć zapewne nastąpiła natychmiast. Obrażenia zadane obu ofiarom były przerażające.

Przy stole zapadła cisza. O pewnej debacie z przeszłości nikt spośród zebranych nie chciał pamiętać. Są dwa typy amunicji – twarde pełnopłaszczowe pociski, które wchodzą prosto w ciało, powodując stosunkowo niewielkie rany, oraz pociski miękkie, które rozrywają się, powodując rozległe obrażenia. To ogromna różnica, czy kogoś trafia pocisk o średnicy dziewięciu milimetrów, czy taki, który rozrywa się i zwiększa swoją średnicę do dwóch, może trzech centymetrów. Ten drugi typ to amunicja myśliwska, a jej celem jest spowodowanie wykrwawienia, co uważa się za humanitarne w przypadku polowań na łosie, ponieważ chodzi o to, by szybko powalić zdobycz, zadając jak najmniej bólu. Jednak użycie amunicji myśliwskiej na wojnie jest zabronione prawem międzynarodowym dlatego, że biedak, którego dosięgnie rozrywająca się kula, niewątpliwie umrze, raczej bez względu na to, w jaką część ciała został trafiony.

Mimo to policja szwedzka roztropnie wprowadziła przed dwu laty amunicję myśliwską do własnego arsenału. Nie było do końca jasne, dlaczego to zrobiono, natomiast wiedziano z pewnością, że sławny na całą Szwecję uczestnik manifestacji Hannes Westberg, ranny podczas zamieszek w Göteborgu w 2001 roku, nie przeżyłby, gdyby dostał w brzuch pociskiem myśliwskim.

– Innymi słowy, celem napastnika było zabić – powiedział Curt Svensson.

Odniósł się do Enskede, ale jednocześnie wyraził swój pogląd w spokojnej dyskusji, jaka toczyła się przy stole.

Anita Nyberg i Oswald Mårtensson kiwnęli głowami.

– Do tego mamy nieprawdopodobny przebieg wydarzeń w czasie – powiedział Bublanski.

– Dokładnie. Po oddaniu strzałów morderca natychmiast opuścił mieszkanie, zszedł po schodach, porzucił broń i zniknął w ciemnościach. Krótko po tym – mówimy tu o sekundach – samochodem przyjechali Blomkvist i jego siostra.

– Hm – mruknął Bublanski.

– Istnieje możliwość, że morderca wyszedł przez piwnicę. Jest tam boczne wyjście, z którego mógł skorzystać; wyszedł na podwórze z tyłu domu i trawnikiem przedostał się na równoległą ulicę. Ale to oznacza, że miał klucz.

– Czy coś wskazuje na to, że morderca wybrał tę drogę?

– Nie.

– Więc nie mamy żadnego punktu zaczepienia – powiedziała Sonja Modig. – Ale dlaczego zostawił broń? Gdyby ją zabrał ze sobą albo porzucił gdzieś dalej od budynku, dłużej byśmy jej szukali.

Wszyscy wzruszyli ramionami. Na to pytanie nikt nie potrafił odpowiedzieć.

– Co mamy sądzić o Blomkviście? – zapytał Hans Faste.

– Najwyraźniej był w szoku – powiedział Mårtensson. – Ale zachował się prawidłowo i przytomnie, sprawiał wrażenie wiarygodnego. Jego siostra potwierdziła rozmowę telefoniczną i wspólny przyjazd samochodem. Nie sądzę, żeby był w to zamieszany.

– Jest gwiazdą dziennikarstwa – powiedziała Sonja Modig.

– Będzie z tego cyrk medialny – zgodził się Bublanski. – Tym bardziej nam zależy, żeby jak najszybciej rozwiązać tę sprawę. Dobra… Jerker, weźmiesz się oczywiście za miejsce zbrodni i sąsiadów. Faste, ty i Curt popracujecie nad ofiarami. Kim byli, czym się zajmowali, grono znajomych, kto mógł mieć motyw, żeby ich zabić. Sonja, razem przeanalizujemy zeznania świadków. Potem przygotujesz przebieg wydarzeń – co robili Dag Svensson i Mia Bergman przez ostatnią dobę przed śmiercią. Spotykamy się ponownie o czternastej trzydzieści.

MIKAEL BLOMKVIST rozpoczął pracę, siadając przy redakcyjnym biurku, które ostatnio było do dyspozycji Daga Svenssona. Najpierw siedział tam dłuższą chwilę w bezruchu, tak jakby nie bardzo potrafił zabrać się za zadanie. Potem włączył komputer.

Dag Svensson miał własnego laptopa i przeważnie pracował w domu, ale średnio dwa dni w tygodniu spędzał w redakcji, a ostatnio nawet znacznie więcej. W „Millennium" miał dostęp do starszego komputera, PowerMaca G3, którego mogli używać wszyscy pracownicy. Mikael włączył go. Na komputerze było sporo mało istotnych informacji, nad którymi pracował Dag Svensson. Używał G3 głównie do poszukiwań w internecie, ale były tam również pojedyncze foldery, przekopiowane z jego laptopa. Dag Svensson miał jednak kompletną kopię bezpieczeństwa w postaci dwóch dysków zip trzymanych pod kluczem w biurku. Codziennie aktualizował i archiwizował pliki. Ponieważ jednak nie było go ostatnio w redakcji, najświeższy backup pochodził z niedzieli wieczorem. Brakowało trzech dni.

Mikael skopiował dysk zip i zamknął go w szafce na klucz w swoim gabinecie. Następnie poświęcił czterdzieści pięć minut na szybkie przejrzenie zawartości oryginalnej płyty. Było na niej około trzydziestu folderów i mnóstwo podfolderów. To zebrany przez cztery lata research do projektu o traffickingu. Mikael czytał ich nazwy, szukając tych, które mogły zawierać zdecydowanie tajne materiały – dane informatorów Daga Svenssona. Zauważył, że Dag był skrupulatny – wszystkie tego typu materiały znajdowały się w folderze o nazwie <Źródła/tajne>. Zawierał on sto trzydzieści cztery dokumenty o różnym rozmiarze, w większości niewielkie. Mikael zaznaczył wszystkie i usunął. Nie umieścił ich po prostu w koszu, lecz przeciągał na ikonę programu Burn, który nie tylko usuwał dokumenty, ale kasował je bajt po bajcie.

Następnie Mikael zaatakował pocztę Daga. Dziennikarz otrzymał własny, tymczasowy adres na *millennium.se*, którego używał zarówno w redakcji, jak i na swoim laptopie. Miał również prywatne hasło, co akurat nie stanowiło problemu, ponieważ Mikael posiadał uprawnienia administratora i mógł szybko uzyskać dostęp do całego serwera z pocztą. Ściągnął kopię zawartości skrzynki Daga i wypalił ją na płycie CD.

Wreszcie zabrał się za stertę papierów, na którą składały się materiały źródłowe, notatki, wycinki prasowe, wyroki sądowe i korespondencja, czyli to, co Dag Svensson zebrał w trakcie całej tej pracy. Mikael wolał dmuchać na zimne, podszedł do kopiarki i skserował wszystko, co wyglądało na ważne. Obejmowało to prawie dwa tysiące stron, a wykonanie kopiii zajęło trzy godziny.

Mikael wybrał wszystkie materiały, które mogły mieć jakikolwiek związek z tajnymi źródłami. Był to plik na około czterdzieści stron, głównie w formie notatek z bloku A4, które Dag Svensson przechowywał w biurku pod kluczem. Mikael włożył je do koperty i zaniósł do swojego gabinetu. Następnie wszystkie pozostałe papiery związane z projektem Daga odłożył z powrotem na biurko.

Dopiero wtedy odetchnął, zszedł do 7-Eleven i zamówił na miejscu kawę i kawałek pizzy. Błędnie zakładał, że policja może zjawić się w każdej chwili, by obejrzeć stanowisko pracy Daga Svenssona.

NIEOCZEKIWANY PRZEŁOM w śledztwie Bublanskiego miał miejsce już po dziesiątej rano, kiedy to zadzwonił docent Lennart Granlund z Państwowego Laboratorium Techniki Kryminalnej w Linköping.

– Chodzi o podwójne morderstwo w Enskede.

– Tak szybko?

– Broń otrzymaliśmy z samego rana i nie skończyłem jeszcze analizy, ale mam informacje, które, jak sądzę, mogą pana zainteresować.

– Dobrze. Proszę powiedzieć, co pan ma – odparł cierpliwie posterunkowy Bubbla.

– To colt 45 magnum, wyprodukowany w USA w 1981 roku.

– Aha.

– Zabezpieczyliśmy odciski palców i być może DNA, ale ta analiza trochę potrwa. Obejrzeliśmy też pociski, od których zginęły ofiary. Co było do przewidzenia, pasują do tej właśnie broni. Zazwyczaj tak bywa, gdy znajdujemy broń na klatce schodowej w pobliżu miejsca zbrodni. Pociski rozpadły się na wiele kawałków, ale mamy fragment, który nadaje się do porównań. Prawdopodobnie jest to narzędzie zbrodni.

– Nielegalna broń, jak zakładam. Ma pan jakiś numer seryjny?

– Broń jest jak najbardziej legalna. Posiadaczem jest adwokat Nils Bjurman, który zakupił ją w 1983 roku. Jest członkiem policyjnego klubu strzeleckiego. Mieszka na Upplandsgatan przy Odenplan.

– O cholera, co też pan mówi?

– Jak wspomniałem, znaleźliśmy też wiele odcisków palców na tej broni. Należą co najmniej do dwóch osób.

– Aha.

– Możemy chyba założyć, że jeden komplet odcisków należy do Bjurmana, jeżeli broń nie została skradziona albo sprzedana, ale nie mam na ten temat żadnych informacji.

– Okej. Innymi słowy, mamy jakiś trop, jak to nazywamy w policji.

– Znaleźliśmy też w bazie drugą osobę. Odcisk prawego palca wskazującego i kciuka.

– Kto to?

– Kobieta, urodzona trzydziestego kwietnia 1978 roku. Została zatrzymana za pobicie na Starym Mieście w 1995 i wtedy zdjęto jej odciski.

– Ma jakieś nazwisko?

– Tak. Nazywa się Lisbeth Salander.

Posterunkowy Bubbla uniósł brew. W notesie na biurku zapisał nazwisko i datę urodzenia.

GDY MIKAEL BLOMKVIST wrócił do redakcji po późnym lunchu, od razu poszedł do swojego gabinetu i zamknął za sobą drzwi – znak, że nie chce, by mu przeszkadzano. Nie miał jeszcze czasu, by zabrać się za dodatkowe informacje z maili i notatek Daga Svenssona. Musiał przysiąść i przejrzeć książkę i artykuły, patrząc na nie zupełnie świeżym okiem i biorąc pod uwagę fakt, że ich autor już nie żyje, a tym samym nie może odpowiedzieć na pytania.

Miał zdecydować, czy książkę w ogóle będzie można w przyszłości wydać. Musiał też rozstrzygnąć, czy w tych materiałach jest coś, co mogłoby stanowić motyw morderstwa. Włączył swój komputer i rozpoczął pracę.

JAN BUBLANSKI w krótkiej rozmowie z prowadzącym postępowanie przygotowawcze Richardem Ekströmem poinformował o wynikach z laboratorium. Postanowiono, że Bublanski i Sonja Modig odwiedzą adwokata Bjurmana, by z nim porozmawiać. W zależności od rozwoju sytuacji rozmowa mogłaby się zmienić w przesłuchanie, a nawet zakończyć zatrzymaniem. Natomiast Hans Faste i Curt Svensson mieli się skoncentrować na Lisbeth Salander i poprosić ją o wyjaśnienie, w jaki sposób jej odciski palców pojawiły się na narzędziu zbrodni.

Poszukiwania adwokata Bjurmana początkowo nie nastręczały większych trudności. Jego adres znajdował się w spisie podatników, rejestrze broni, rejestrze pojazdów, a poza tym był ogólnie dostępny w książce telefonicznej. Bublanski i Modig pojechali na Odenplan i udało im się wejść do budynku na Upplandsgatan, gdy akurat wychodził jakiś młody mężczyzna.

Potem zrobiło się trudniej. Kiedy zadzwonili do drzwi, nikt nie otworzył. Dlatego pojechali do kancelarii Bjurmana przy S:t Eriksplan, powtarzając całą procedurę bez rezultatu.

– Może jest w sądzie – odezwała się komisarz Modig.

– Może uciekł do Brazylii, wcześniej mordując dwie osoby – powiedział Bublanski.

Sonja Modig kiwnęła głową i zerknęła na swojego kolegę. Dobrze się czuła w jego towarzystwie. Nie miałaby nic przeciwko, by z nim poflirtować, gdyby nie była matką dwójki dzieci i gdyby zarówno ona, jak i Bublanski nie żyli każde z osobna w szczęśliwym małżeństwie. Obejrzawszy mosiężne wizytówki innych drzwi na piętrze, stwierdziła, że najbliżsi sąsiedzi to dentysta Norman, firma o nazwie N-Consulting i adwokat Rune Håkansson.

Zapukali do Håkanssona.

– Dzień dobry, nazywam się Modig, a to komisarz Bublanski. Jesteśmy z policji i mamy sprawę do pańskiego kolegi po fachu, adwokata Bjurmana, z mieszkania obok. Nie wie pan przypadkiem, gdzie można go znaleźć?

Håkansson potrząsnął głową.

– Rzadko go ostatnio widuję. Dwa lata temu poważnie zachorował i właściwie zakończył działalność. Wizytówka nadal jest na drzwiach, ale Bjurman pojawia się tu mniej więcej raz na dwa miesiące.

– Poważnie zachorował? – zapytał Bublanski.

– Nie znam szczegółów. Zawsze pracował na pełnych obrotach, a potem zachorował. Rak czy coś takiego, jak przypuszczam. Znam go powierzchownie.

– Sądzi pan czy wie, że Bjurman zachorował na raka? – odezwała się Sonja Modig.

– No... nie wiem. Miał sekretarkę, Britt Karlsson czy Nilsson czy jakoś tak. Starsza kobieta. Dostała wymówienie i to ona powiedziała, że zachorował, ale na co – tego nie wiem. To było wiosną 2003 roku. Zobaczyłem go dopiero pod koniec tamtego roku, a wyglądał wtedy na dziesięć lat starszego, wychudzony i taki nagle posiwiały... sam wyciągnąłem wnioski. A o co chodzi? Zrobił coś?

– Nic o tym nie wiemy – odpowiedział Bublanski. – Niemniej szukamy go w pilnej sprawie.

Wrócili na Odenplan i znów zapukali do drzwi mieszkania Bjurmana. Nadal nikt nie otwierał. W końcu Bublanski wyjął telefon i zadzwonił na komórkę adwokata. Usłyszał komunikat, że „abonent jest chwilowo niedostępny, proszę spróbować później".

Spróbował dodzwonić się na stacjonarny w mieszkaniu. Stojąc na klatce, usłyszeli ciche odgłosy telefonu dzwoniącego za drzwiami, po czym włączyła się automatyczna sekretarka, prosząc o pozostawienie wiadomości. Bublanski i Modig popatrzyli na siebie i wzruszyli ramionami.

Była pierwsza po południu.

– Kawa?

– Raczej hamburger.

Przeszli się do Burger Kinga przy Odenplan. Sonja Modig wzięła Whoppera, a Bublanski burgera wegetariańskiego, po czym wrócili do biura.

PROKURATOR RICHARD EKSTRÖM zwołał spotkanie przy stole konferencyjnym w swoim gabinecie na drugą po południu. Bublanski i Modig zajęli miejsca obok siebie przy ścianie pod oknem. Curt Svensson przyszedł dwie minuty później i usiadł naprzeciwko. Jerker Holmberg przyniósł tacę z kawą w papierowych kubkach. Odbył krótką wizytę w Enskede i zamierzał tam wrócić później po południu, gdy technicy skończą pracę.

– Gdzie jest Faste? – zapytał Ekström.

– W ośrodku pomocy społecznej, dzwonił pięć minut temu i mówił, że się chwilę spóźni – odpowiedział Curt Svensson.

– Dobra. Jedziemy. Co mamy? – zaczął Ekström bez ceregieli. Wskazał najpierw na Bublanskiego.

– Szukaliśmy adwokata Nilsa Bjurmana. Nie ma go w domu ani w biurze. Według jego kolegi po fachu zachorował dwa lata temu i praktycznie zakończył działalność.

Dalej mówiła Sonja Modig.

– Bjurman ma pięćdziesiąt sześć lat, nie figuruje w rejestrze karnym. Jako prawnik zajmuje się głównie sprawami finansowymi. Nie zdążyłam dokładniej mu się przyjrzeć.

– Ale jest posiadaczem broni użytej w Enskede.

– Dokładnie tak. Ma pozwolenie na broń i jest członkiem policyjnego klubu strzeleckiego – powiedział Bublanski. – Rozmawiałem z Gunnarssonem z wydziału do spraw broni, w końcu jest przewodniczącym klubu i powinien dobrze znać Bjurmana. Ten wstąpił do klubu w 1978 roku, był w zarządzie jako skarbnik w latach 1984–1992. Gunnarsson opisał go jako świetnego strzelca, spokojnego i opanowanego, żadnych dziwactw.

– Interesuje się bronią?

– Gunnarsson ocenił go jako bardziej zainteresowanego członkostwem w klubie niż samym strzelaniem. Lubił współzawodniczyć, ale nie wydawał się fanatykiem broni. W 1983 roku brał udział w mistrzostwach Szwecji i zajął trzynaste miejsce. Przez ostatnich dziesięć lat ograniczył strzelanie i pojawiał się jedynie na zebraniach rocznych i tym podobnych.

– Ma więcej broni?

– Odkąd wstąpił do klubu, miał pozwolenia na cztery sztuki ręcznej broni palnej. Poza coltem i berettą to pistolet sportowy marki Rapid oraz smith&wesson. Wszystkie trzy

sprzedano przed dziesięciu laty w klubie, a pozwolenia przeszły na innych członków. Żadnych problemów.

– Nie wiemy jednak, gdzie teraz przebywa.

– Zgadza się. Ale poszukujemy go dopiero od dziesiątej rano, może wyszedł na spacer po Djurgården albo leży
w szpitalu.

W tym momencie wszedł Hans Faste. Wydawał się zdyszany.

– Przepraszam za spóźnienie. Mogę od razu zacząć?

Ekström wykonał zapraszający ruch ręką.

– Lisbeth Salander to naprawdę interesująca osoba. Spę-
dziłem pół dnia w ośrodku pomocy społecznej i w Komisji
Nadzoru Kuratorskiego.

Zdjął skórzaną kurtkę i przewiesił ją przez krzesło, po
czym usiadł i otworzył notes.

– Komisja Nadzoru Kuratorskiego? – zapytał Ekström,
marszcząc brwi.

– To jakaś cholernie stuknięta laska – powiedział Hans
Faste. – Jest ubezwłasnowolniona i ma opiekuna prawnego.
Zgadnijcie, kto nim jest. Zrobił teatralną pauzę. – Adwokat
Nils Bjurman, ten sam, do którego należy broń użyta w En-
skede.

Wszyscy w pokoju unieśli brwi ze zdziwienia.

Piętnaście minut zajęło Hansowi Faste przekazanie informacji, jakie zdobył o Lisbeth Salander.

– Reasumując – odezwał się Ekström, gdy Faste skończył
– na narzędziu zbrodni mamy odciski palców kobiety, która
jako nastolatka co rusz lądowała w psychiatryku, zapewne
zarabia na życie jako dziwka, została ubezwłasnowolniona
przez sąd i ma udokumentowane skłonności do przemocy.
Co ona, do cholery, w ogóle robi na ulicy?

– Brutalne zachowania przejawiała już od podstawówki –
powiedział Faste. – Zdaje się, że to prawdziwa psychopatka.

– Ale nadal nie mamy niczego, co wiązałoby ją bezpośrednio z parą z Enskede – powiedział Ekström, bębniąc

palcami. – Dobra, może jednak to podwójne morderstwo nie jest aż tak trudne do rozwiązania. Mamy jakiś adres tej Salander?

– Jest zameldowana na Lundagatan na Södermalmie. Urząd skarbowy podaje, że okresowo otrzymywała wynagrodzenie od Milton Security, to firma od zabezpieczeń i ochrony.

– A co, do cholery, mogła dla nich robić?

– Nie wiem. Ale jak na kilka lat to dość skromne dochody. Może pracuje jako sprzątaczka albo coś w tym rodzaju.

– Hm. To można sprawdzić. Mam przeczucie, że tę Salander trzeba pilnie znaleźć – powiedział Ekström.

– Zgadzam się – odezwał się Bublanski. – Szczegółami zajmiemy się później. Osiągnęliśmy tyle, że mamy jednego podejrzanego. Faste, ty i Curt pojedziecie na Lundagatan i spróbujecie zgarnąć Salander. Bądźcie ostrożni, nie wiemy, czy nie ma innej broni ani jak bardzo jest szalona.

– Dobra.

– Bubbla – przerwał Ekström. – Szef Milton Security nazywa się Dragan Armanski. Poznałem go kilka lat temu w związku z pracami w komisji. Można na nim polegać. Jedź tam i przeprowadź z nim osobistą rozmowę o Salander. Powinieneś zdążyć, zanim opuści biuro.

Bublanski wyglądał na zirytowanego, czego powodem częściowo był fakt, że Ekström użył jego przezwiska, a częściowo sformułowanie propozycji jako rozkazu. Skinął tylko nieznacznie i przeniósł wzrok na Sonję Modig.

– Modig, kontynuujesz poszukiwania adwokata Bjurmana. Odwiedź jego sąsiadów. Myślę, że jego też musimy pilnie odnaleźć.

– Dobra.

– Musimy odkryć powiązanie między Salander a parą z Enskede. I musimy też umiejscowić Salander w Enskede w czasie zabójstwa. Jerker, zdobędziesz jej zdjęcia i sprawdzisz wśród sąsiadów. Zapowiada się wieczór odwiedzin. Weźcie kilku mundurowych do pomocy.

Bublanski zrobił przerwę i podrapał się w kark.

– Cholera, przy odrobinie szczęścia rozwiążemy tę zagadkę już dzisiaj wieczorem. Sądziłem, że cała sprawa będzie się przeciągać.

– Jeszcze jedno – powiedział Ekström. – Media są w natarciu. Obiecałem konferencję prasową o trzeciej. Mogę to przejąć, jeśli dostanę kogoś z działu prasowego do pomocy. Zakładam, że część dziennikarzy będzie też dzwonić bezpośrednio do was. Salander i Bjurmana trzymamy w tajemnicy, jak długo się da.

Wszyscy kiwnęli głowami.

DRAGAN ARMANSKI zamierzał wcześniej wyjść z pracy. Był Wielki Czwartek i planował wyjechać z żoną na święta do domku letniskowego na wyspie Blidö. Właśnie zamknął teczkę i założył płaszcz, gdy zadzwoniono z recepcji, informując, że poszukuje go komisarz Jan Bublanski. Armanski nie znał Bublanskiego, ale sam fakt, że poszukuje go policjant, wystarczył, by z westchnieniem odwiesił płaszcz na wieszak pod półką na kapelusze. Nie miał ochoty na tę wizytę, ale Milton Security nie stać było na ignorowanie policji. Spotkał się z Bublanskim na korytarzu przy windzie.

– Dziękuję, że poświęcił mi pan czas – powitał go Bublanski. – Przekazuję pozdrowienia od mojego szefa, prokuratora Richarda Ekströma.

Podali sobie dłonie.

– Ekström, miałem z nim do czynienia kilka razy. Od ostatniej okazji minęło już kilka lat. Napije się pan kawy?

Armanski zatrzymał się przy automacie i napełnił dwa kubki, po czym otworzył drzwi do swojego gabinetu i wskazał Bublanskiemu miejsce w wygodnym fotelu przy stole pod oknem.

– Armanski... to rosyjskie? – zapytał Bublanski zaciekawiony. – Ja też mam nazwisko na -ski.

– Moja rodzina pochodzi z Armenii. A pana?

– Z Polski.

– W czym mogę pomóc?

Bublanski wyjął notes i otworzył go.

– Zajmuję się śledztwem w sprawie morderstwa w Enskede. Zakładam, że słuchał pan dzisiaj rano wiadomości.

Armanski skinął nieznacznie głową.

– Ekström mówił, że nie rozpowiada pan tajemnic.

– W mojej branży nic się nie zyskuje, zadzierając z policją. Umiem trzymać język za zębami, jeśli o to pan pytał.

– Dobrze. Obecnie poszukujemy osoby, która wcześniej rzekomo pracowała dla pana. Nazywa się Lisbeth Salander. Zna ją pan?

Armanski poczuł, jak w żołądku tworzy się bryła cementu. Ale ani jeden mięsień nie drgnął w jego twarzy.

– Dlaczego szukacie pani Salander?

– Powiedzmy, że istnieją powody, by uznać ją za interesującą dla naszego śledztwa.

Bryła cementu w żołądku Armanskiego rosła. Sprawiało to niemal fizyczny ból. Od dnia, kiedy poznał Lisbeth Salander, miał silne przeczucie, że jej życie to pęd ku katastrofie. Ale zawsze wyobrażał ją sobie jako ofiarę, nigdy jako sprawcę. Wciąż jego twarz ani drgnęła.

– Podejrzewacie więc Lisbeth Salander o popełnienie podwójnego morderstwa w Enskede. Czy dobrze zrozumiałem?

Bublanski zawahał się krótką chwilę, po czym kiwnął głową.

– Co może pan powiedzieć o Lisbeth Salander?

– A co chce pan wiedzieć?

– Po pierwsze… jak się z nią skontaktować?

– Mieszka na Lundagatan. Muszę sprawdzić dokładny adres. Mam numer jej komórki.

– Adres mamy. Ale numer mnie interesuje.

Armanski podszedł do biurka i sprawdził numer. Odczytał go głośno, a Bublanski zanotował.

– Pracuje dla pana.

– Ma własną firmę. Dawałem jej pojedyncze zlecenia od 1998 roku, a ostatnie mniej więcej półtora roku temu.

– Jakiego rodzaju prace wykonywała?

– Research.

Spoglądając znad notesu, Bublanski uniósł brwi ze zdziwienia.

– Research – powtórzył.

– Zdobywanie danych na temat różnych osób, dokładniej mówiąc.

– Chwileczkę... czy mówimy o tej samej dziewczynie? – zapytał Bublanski. – Lisbeth Salander, której szukamy, nie ukończyła szkoły podstawowej i jest ubezwłasnowolniona.

– To się już nie nazywa ubezwłasnowolnienie – sprostował łagodnie Armanski.

– Mam w dupie, jak to się nazywa. Dziewczyna, której szukamy, ma według dokumentacji głębokie zaburzenia i skłonności do przemocy. Poza tym dysponujemy raportem z ośrodka pomocy społecznej, gdzie sugeruje się, że pod koniec lat dziewięćdziesiątych była prostytutką. W jej papierach nie ma nic, co wskazywałoby, że może wykonywać pracę wymagającą wysokich kwalifikacji.

– Papiery to jedno, człowiek to co innego.

– Chce pan powiedzieć, że ona ma kwalifikacje, żeby robić research dla Milton Security?

– Nie tylko to. Jest bez wątpienia najlepszym researcherem, jakiego kiedykolwiek spotkałem.

Bublanski powoli opuścił długopis i zmarszczył czoło.

– Brzmi to tak, jakby... czuł pan przed nią respekt.

Armanski popatrzył na swoje dłonie. Pytanie stawiało go na rozstaju dróg. Zawsze wiedział, że Lisbeth Salander prędzej czy później znajdzie się w porządnych tarapatach. Za nic w świecie nie mógł pojąć, jak mogła się wmieszać w podwójne morderstwo w Enskede – jako sprawca albo w inny sposób – jednak akceptował również fakt, że nie wie zbyt wiele o jej prywatnym życiu. *W co ona się wplątała?* Armanski przypomniał sobie nieoczekiwaną wizytę Lisbeth Salander w jego biurze, gdy tajemniczo wyjaśniła, że ma dość pieniędzy, by sobie poradzić i nie potrzebuje pracy.

Mądrą i rozważną rzeczą w tym momencie byłoby odciąć się, a przede wszystkim Milton Security, od wszelkich powiązań z Lisbeth Salander. Pomyślał, że Lisbeth Salander jest chyba najbardziej samotnym człowiekiem, jakiego zna.

– Czuję respekt wobec jej kompetencji. Tego nie znajdzie pan w jej świadectwach ani CV.

– Więc zna pan jej przeszłość.

– Wiem, że ma opiekuna prawnego i dorastała w nieciekawych warunkach. Tak.

– A jednak pan ją zatrudnił.

– Właśnie dlatego ją zatrudniłem.

– Proszę wyjaśnić.

– Jej dawny opiekun prawny, Holger Palmgren, był adwokatem starego J.F. Miltona. Zajął się nią, gdy miała kilkanaście lat i przekonał mnie, żebym dał jej pracę. Najpierw zatrudniłem ją przy sortowaniu poczty, obsłudze ksera i tak dalej. Potem okazało się, że ma zdolności, jakich nikt nie podejrzewał. A o tym raporcie z ośrodka pomocy społecznej, jakoby utrzymywała się z prostytucji, może pan zapomnieć. To bzdura. Lisbeth Salander miała trudne dorastanie i bez wątpienia była trochę dzika, czego jednak nie można uznać za przestępstwo. Prostytucja to chyba ostatnia rzecz, jaką by się zajęła.

– Jej nowy opiekun nazywa się Nils Bjurman.

– Nigdy go nie spotkałem. Palmgren miał wylew kilka lat temu. Krótko po tym Lisbeth Salander ograniczyła wykonywane dla mnie zlecenia. Ostatnie przyjęła w październiku, półtora roku temu.

– Dlaczego przestał ją pan zatrudniać?

– To nie był mój wybór. To ona zerwała kontakt i zniknęła za granicą bez słowa wyjaśnienia.

– Zniknęła za granicą?

– Nie było jej ponad rok.

– To nie może być prawda. Adwokat Bjurman wysyłał miesięczne raporty na jej temat przez cały zeszły rok. Mamy kopie u siebie na Kungsholmen.

Armanski wzruszył ramionami i uśmiechnął się łagodnie.

– Kiedy spotkał się pan z nią po raz ostatni?

– Jakieś dwa miesiące temu, na początku lutego. Pojawiła się ni stąd, ni zowąd, przychodząc z grzecznościową wizytą. Do tego momentu nie miałem od niej wieści przez ponad rok. Cały ten czas spędziła za granicą, podróżując po Azji i Karaibach.

– Przepraszam, ale jestem nieco skołowany. Kiedy tu przyszedłem, miałem wrażenie, że Lisbeth Salander to psychicznie chora dziewczyna, która nie skończyła nawet podstawówki i jest ubezwłasnowolniona. Potem pan mi mówi, że zatrudniał ją jako wysoko wykwalifikowanego researchera, że miała własną firmę i zarabiała dość, by wziąć rok wolnego i pojechać w podróż dookoła świata, a jej opiekun prawny nikogo nie zaalarmował. Coś tu się nie zgadza.

– Wiele rzeczy tu się nie zgadza.

– Czy mogę zapytać... jak pan ją ocenia?

Armanski zastanawiał się chwilę.

– Jest chyba jedną z najbardziej nieugiętych osób, jakie kiedykolwiek znałem, i to w irytujący sposób – powiedział wreszcie.

– Nieugiętych?

– Nie zrobi absolutnie niczego, na co nie ma ochoty. W ogóle nie przejmuje się tym, co ludzie o niej myślą. Jest nadzwyczaj kompetentna. I zupełnie nie taka jak inni.

– Szalona?

– A jak pan definiuje to słowo?

– Że potrafiłaby z premedytacją zamordować dwoje ludzi.

Armanski długo milczał.

– Przykro mi – odezwał się w końcu. – Nie mogę odpowiedzieć na to pytanie. Jestem cynikiem. Sądzę, że wszyscy ludzie mają w sobie siłę, by zabić. W desperacji, z nienawiści albo przynajmniej w obronie własnej.

– To oznacza, że nie wyklucza pan takiej możliwości.

– Lisbeth Salander nie robi nic bez powodu. Jeśli kogoś zamordowała, to była przekonana, że ma poważne powody, by to zrobić. Czy mogę zapytać... na jakiej podstawie podejrzewacie, że jest zamieszana w morderstwo w Enskede?

Bublanski zawahał się chwilę. Spojrzał Armanskiemu w oczy.

– To poufne.

– Absolutnie.

– Właścicielem narzędzia zbrodni jest jej opiekun prawny. Znaleźliśmy na nim jej odciski palców.

Armanski zacisnął zęby. To była okoliczność obciążająca.

– Słyszałem o morderstwie tylko z wiadomości radiowych. O co chodziło? Narkotyki?

– Lisbeth Salander jest zamieszana w narkotyki?

– Nic o tym nie wiem. Ale jak mówiłem, dorastała w trudnych warunkach i jako nieletnią zatrzymywano ją kilka razy za pijaństwo. Przypuszczam, że jej kartoteka może dostarczyć informacji, czy przy tej okazji pojawiły się też narkotyki.

– Problem w tym, że nie wiemy, jaki jest motyw morderstwa. To porządni ludzie. Ona była kryminologiem i właśnie miała obronić doktorat. On był dziennikarzem. Dag Svensson i Mia Bergman. Mówi to coś panu?

Armanski potrząsnął głową.

– Usiłujemy znaleźć powiązanie między nimi a Lisbeth Salander.

– Nigdy o nich nie słyszałem.

Bublanski wstał.

– Dziękuję, że poświęcił mi pan swój czas. To była interesująca rozmowa. Nie wiem, czy dzięki niej jestem dużo mądrzejszy, ale mam nadzieję, że wszystko zostanie między nami.

– Nie ma problemu.

– Wrócę do pana, jeśli będzie potrzeba. I oczywiście, gdyby Lisbeth Salander odezwała się...

– Jasne – odpowiedział Dragan Armanski.

Podali sobie ręce. Komisarz był już przy drzwiach, lecz zatrzymał się jeszcze i odezwał do Armanskiego:

– Nie wie pan przypadkiem, z kim Lisbeth Salander się spotyka? Przyjaciele, znajomi...

Armanski potrząsnął głową.

– Nic nie wiem o jej życiu prywatnym. Jedną z niewielu osób, które coś dla niej znaczą, jest Holger Palmgren. Powinna się z nim skontaktować. Palmgren przebywa w domu opieki w Ersta.

– Nikt jej nie odwiedzał, gdy tu pracowała?

– Nie. Pracowała w domu, a tu przychodziła głównie po to, by składać raporty. Nie licząc kilku wyjątków, nie spotykała się nawet z klientami. Możliwe, że...

Armanskiego nagle uderzyła pewna myśl.

– Co?

– Możliwe, że jest jeszcze ktoś, z kim chciałaby się skontaktować. Dziennikarz, z którym spotykała się przed dwoma laty i który jej poszukiwał, gdy przebywała za granicą.

– Dziennikarz?

– Nazywa się Mikael Blomkvist. Pamięta pan aferę Wennerströma?

Bublanski puścił klamkę i powoli podszedł do Dragana Armanskiego.

– To Mikael Blomkvist znalazł parę z Enskede. Właśnie odkrył pan powiązanie między Salander a ofiarami.

Armanski znów poczuł, że w żołądku ciąży mu bryła cementu.

Rozdział 14
Wielki Czwartek 24 marca

SONJA MODIG w ciągu pół godziny trzy razy próbowała dodzwonić się do Nilsa Bjurmana. Za każdym razem odpowiadał jej komunikat, że abonent jest niedostępny.

Około wpół do czwartej wsiadła do samochodu, pojechała na Odenplan i zadzwoniła do jego drzwi. Podobnie jak kilka godzin wcześniej, nikogo nie zastała. Następne dwadzieścia minut poświęciła na odwiedziny u sąsiadów, by sprawdzić, czy ktoś z nich wie, gdzie przebywa Bjurman.

W jedenastu na dziewiętnaście mieszkań nikt nie otwierał, gdy dzwoniła do drzwi. Zerknęła na zegarek. Rzeczywiście to była kiepska pora na takie wizyty. W czasie świąt także prawdopodobnie nie będzie lepiej. Sąsiedzi z pozostałych ośmiu mieszkań okazali się pomocni. Pięcioro z nich wiedziało, kim jest Bjurman – uprzejmym i dystyngowanym panem z czwartego piętra. Nikt nie potrafił jednak powiedzieć, gdzie przebywa. Później ustaliła, że Bjurman prawdopodobnie spotykał się prywatnie z jednym z najbliższych sąsiadów, biznesmenem o nazwisku Sjöman. I w jego mieszkaniu nikt nie otwierał, gdy zadzwoniła do drzwi.

Zniechęcona wyjęła telefon i połączyła się znów z automatyczną sekretarką Bjurmana. Przedstawiła się, podała numer swojej komórki i poprosiła adwokata o niezwłoczny kontakt.

Wróciła pod drzwi jego mieszkania, otworzyła notatnik i napisała wiadomość, w której jeszcze raz prosiła, żeby do niej zadzwonił. Dołączyła swoją wizytówkę i wsunęła kartkę przez wrzutkę na listy. Już miała zamknąć klapkę

291

wrzutki, gdy usłyszała, że w mieszkaniu dzwoni telefon. Pochyliła się, uważnie nasłuchując. Słyszała cztery sygnały, a potem komunikat automatycznej sekretarki, lecz żadnej wiadomości.

Zamknąwszy klapkę, gapiła się na drzwi. Sama nie wiedziała, dlaczego wyciągnęła rękę i nacisnęła klamkę. Ku swojemu zdziwieniu odkryła, że drzwi nie są zamknięte na klucz. Otworzyła i zajrzała do przedpokoju.

– Halo! – zawołała ostrożnie, nasłuchując. Nie dotarły do niej żadne dźwięki.

Weszła do przedpokoju i stanęła niezdecydowana. To, co właśnie zrobiła, można by uznać za naruszenie miru domowego. Nie miała nakazu przeszukania, nie miała też prawa przebywać w mieszkaniu adwokata Bjurmana, nawet jeśli drzwi nie były zamknięte na klucz. Zerknąwszy w lewo, zobaczyła fragment pokoju dziennego i już postanowiła się wycofać, gdy jej wzrok padł na szafkę w przedpokoju. Zobaczyła pudełko od rewolweru marki Colt Magnum.

Nagle Sonja Modig doznała bardzo nieprzyjemnego uczucia. Rozchyliła kurtkę i wyciągnęła służbową broń, co wcześniej robiła bardzo rzadko.

Odbezpieczywszy pistolet, skierowała go lufą do dołu, podeszła do drzwi pokoju dziennego i zajrzała. Nie zobaczyła nic godnego uwagi, ale dziwne uczucie tylko się wzmogło. Wyszła stamtąd i zerknęła do kuchni. Pusto. Weszła w głąb korytarza i popchnęła drzwi do sypialni.

Nils Bjurman na wpół leżał na łóżku z twarzą w pościeli. Jego kolana spoczywały na podłodze. Wyglądało to, jakby ukląkł do wieczornej modlitwy. Był nagi.

Widziała go z boku. Już stojąc przy drzwiach, mogła stwierdzić, że nie żyje. Pół czoła oderwał mu strzał w tył głowy.

Sonja Modig wyszła z mieszkania. Wciąż trzymając broń w dłoni, już na klatce schodowej wyciągnęła komórkę i zadzwoniła do komisarza Bublanskiego. Nie odbierał. Zadzwoniła więc do prokuratora Ekströma. Sprawdziła czas. Było osiemnaście po czwartej.

HANS FASTE spojrzał na bramę budynku przy Lundagatan, pod którym to adresem Lisbeth Salander figurowała w ewidencji ludności, a tym samym najprawdopodobniej mieszkała. Zerknął na Curta Svenssona, a potem na zegarek. Dziesięć po czwartej.

Zdobywszy kod do wejścia od gospodarza budynku, dostali się do środka i nasłuchiwali pod drzwiami z wizytówką Salander – Wu. Z mieszkania nie docierały żadne dźwięki, nikt też nie otwierał, gdy dzwonili do drzwi. Wrócili do samochodu i usadowili się tak, by mieć widok na bramę.

W samochodzie usłyszeli przez telefon, że osobą, którą niedawno dopisano do umowy własnościowej na to mieszkanie, jest niejaka Miriam Wu, urodzona w 1974 roku, wcześniej zamieszkała przy S:t Eriksplan.

Nad radiem widniało przyklejone zdjęcie paszportowe Lisbeth Salander. Faste zauważył głośno, że dziewczyna wygląda jak zmokła kura.

– Cholera, te dziwki wyglądają coraz parszywiej. Długo musiałaby taka prosić, żeby ją wziąć.

Curt Svensson nic nie powiedział.

Dwadzieścia po czwartej zadzwonił Bublanski i przekazał im, że właśnie jest w drodze z biura Armanskiego do „Millennium". Prosił, by Faste i Svensson czekali na Lundagatan. Lisbeth Salander trzeba zgarnąć na przesłuchanie, lecz prokurator nadal nie uważał, by można ją uznać za powiązaną z morderstwem w Enskede.

– No tak – powiedział Faste. – Według Bubbli prokurator nie może nikogo zatrzymać, dopóki ten ktoś nie przyzna się do winy.

Curt Svensson nie odezwał się. Leniwie obserwowali osoby przechodzące w pobliżu.

Za dwadzieścia piąta na komórkę Hansa Faste zadzwonił prokurator Ekström.

– Sporo się dzieje. Znaleźliśmy adwokata Bjurmana, został zastrzelony w swoim mieszkaniu. Nie żyje przynajmniej od dwudziestu czterech godzin.

Hans Faste wyprostował się na siedzeniu.

– Zrozumiałem. Co robimy?

– Zdecydowałem o poszukiwaniu Lisbeth Salander. Wydajemy nakaz zatrzymania jej jako podejrzanej o popełnienie trzech zabójstw. Rozsyłamy za nią list gończy w obrębie województwa. Ma zostać schwytana. Uważamy ją za osobę niebezpieczną, możliwe, że jest uzbrojona.

– Zrozumiałem.

– Wysyłam oddział na Lundagatan. Mają wejść do mieszkania i zabezpieczyć je.

– Zrozumiałem.

– Mieliście jakiś kontakt z Bublanskim?

– Jest w „Millennium".

– I najwyraźniej wyłączył komórkę. Możecie spróbować się z nim połączyć i przekazać mu wszystko?

Faste i Svensson spojrzeli na siebie.

– Pytanie tylko, co robimy, gdy ona się pojawi – powiedział Curt Svensson.

– Jeśli będzie sama, a sytuacja sprzyjająca, zgarniamy ją. Jeśli zdąży wejść do mieszkania, oddział wkroczy do akcji. Ta panienka jest szalona i najwyraźniej na wojennej ścieżce. W mieszkaniu może mieć więcej broni.

MIKAEL BLOMKVIST był śmiertelnie zmęczony, rzucił plik wydruków na biurko Eriki Berger i ciężko opadł na krzesło pod oknem z widokiem na Götgatan. Spędził popołudnie, usiłując wyjaśnić, co się stanie z nieukończoną książką Daga Svenssona.

Sprawa była delikatna. Dag Svensson nie żył od zaledwie kilku godzin, a pracodawca już się zastanawiał, jak sobie poradzić z jego dziennikarską spuścizną. Mikael miał świadomość, że ktoś z boku mógł uznać to za cyniczne i okrutne. Sam tak nie uważał. Czuł, jakby znajdował się w stanie nieważkości. To szczególny stan znany każdemu czynnemu zawodowo dziennikarzowi informacyjnemu, stan, który wyzwala się w chwilach kryzysu.

Gdy inni przeżywają smutek, dziennikarz informacyjny zaczyna działać. I bez względu na potworny szok, jaki odcisnął piętno na pracownikach redakcji „Millennium" w wielkoczwartkowy poranek, podejście zawodowe wzięło górę i znalazło swój wyraz w ciężkiej pracy.

Dla Mikaela to sprawa oczywista. Dag Svensson był z tej samej gliny i uczyniłby dokładnie to samo, gdyby znalazł się na jego miejscu. Zadałby sobie pytanie, co może zrobić dla Mikaela. Dag Svensson zostawił po sobie spuściznę w postaci niemal gotowej książki na gorący temat. Pracując ładnych parę lat, zbierał materiały i porządkował fakty – zadanie, w które włożył całą swoją duszę, nigdy nie będzie przez niego ukończone.

Przede wszystkim pracował dla „Millennium".

Zabójstwo Daga Svenssona i Mii Bergman nie miało charakteru ogólnokrajowej traumy, jak na przykład zabójstwo Olofa Palmego, i nie nastąpi po nim żałoba narodowa. Lecz szok współpracowników „Millennium" był prawdopodobnie większy – dotyczyło to ich osobiście – a Dag Svensson miał szerokie kontakty wśród dziennikarzy, którzy będą żądać wyjaśnień.

Tak więc teraz zadaniem Mikaela i Eriki było dokończyć pracę Daga Svenssona nad książką i odpowiedzieć na pytania: kto i dlaczego.

– Mogę zrekonstruować tekst – powiedział Mikael. – Muszę z Malin przejrzeć książkę linijka po linijce i uzupełnić research, abyśmy umieli odpowiedzieć na ewentualne pytania. W dużej mierze wystarczy tylko korzystać z notatek Daga, mamy jednak problem z rozdziałami czwartym i piątym, które opierają się głównie na wywiadach przeprowadzonych przez Mię i po prostu nie znamy źródeł, ale sądzę, że, z kilkoma wyjątkami, za źródło może posłużyć jej doktorat.

– Brakuje nam ostatniego rozdziału.

– Zgadza się. Ale mam szkic Daga i rozmawialiśmy o tym tyle razy, że dokładnie wiem, co zamierzał napisać. Proponuję, byśmy po prostu wyjęli podsumowanie z głównego tekstu i zrobili z niego posłowie, w którym wyjaśnię również jego tok myślenia.

– Dobra. Chcę to zobaczyć, zanim na cokolwiek się zgodzę. Nie możemy wkładać w jego usta cudzych słów.

– Spokojnie. Napiszę ten rozdział jako moją osobistą refleksję i podpiszę się pod nim. Nie będzie żadnych wątpliwości, że to ja jestem jego autorem, a nie Dag. Napiszę, jak to się stało, że zaczął pracować nad książką, i jakim był człowiekiem. Na zakończenie streszczę to, co na pewno powiedział podczas naszych rozmów w ostatnich miesiącach. W jego szkicu jest wiele rzeczy, które mogę zacytować. Myślę, że tak będzie w porządku.

– Cholera… teraz bardziej niż kiedykolwiek chcę wydać tę książkę – powiedziała Erika.

Mikael kiwnął głową. Dokładnie rozumiał, co ma na myśli.

– Coś nowego w sprawie? – zapytał.

Erika Berger odłożyła na biurko okulary do czytania i potrząsnęła głową. Wstała, nalała z termosu kawę do dwóch kubków i usiadła naprzeciw Mikaela.

– Mamy z Christerem szkic następnego numeru. Przyspieszymy dwa artykuły planowane na później i zamówiliśmy też teksty u freelancerów. Ale to będzie nierówny numer, bez porządnego trzonu.

Chwilę siedzieli w ciszy.

– Słuchałeś wiadomości? – zapytała Erika.

Mikael potrząsnął głową.

– Nie. Wiem, co powiedzą.

– Morderstwo jest pierwszą informacją wszystkich serwisów. Na drugim miejscu jest polityczna zagrywka centrum.

– Co oznacza, że nic innego nie wydarzyło się w tym kraju.

– Policja nie podała nazwisk Daga i Mii. Określa się ich jako „porządnych ludzi". Nie ma jeszcze żadnych wzmianek o tym, że to ty ich znalazłeś.

– Założę się, że policja zrobi wszystko, by to ukryć. Przynajmniej to działa na naszą korzyść.

– Dlaczego policja miałaby to ukrywać?

– Dlatego, że z zasady nie lubi szumu w mediach. Moje nazwisko stanowi dla prasy łakomy kąsek, więc zdaniem policji to dobrze, iż nikt nie wie, jaką odegrałem tu rolę. Założę się, że sprawa wyciknie dzisiaj w nocy albo jutro rano.

– Młody, a taki cyniczny.

– Nie jesteśmy już tacy młodzi, Ricky. Myślałem o tym, gdy przesłuchiwała mnie tamta policjantka. Wyglądała, jakby chodziła jeszcze do liceum.

Erika zaśmiała się słabo. Wprawdzie spała w nocy kilka godzin, ale i ona zaczynała odczuwać zmęczenie. Wkrótce wystąpi również w nowej roli redaktor naczelnej jednej z największych gazet w kraju. *Nie, to nie jest odpowiedni moment, by przekazać Mikaelowi tę wiadomość.*

– Henry Cortez dzwonił przed chwilą. Prowadzący postępowanie przygotowawcze, nazywa się Ekström, miał konferencję prasową o trzeciej – powiedziała.

– Richard Ekström?

– Tak. Znasz go?

– Polityczny chłoptaś. Cyrk w mediach gwarantowany. Nie zamordowano przecież dwojga sklepikarzy z imigranckich przedmieść. To zostanie nagłośnione.

– Twierdzi w każdym razie, że policja podąża pewnymi tropami i ma nadzieję szybko rozwiązać sprawę. Ale ogólnie rzecz biorąc, nie powiedział nic. Za to na konferencji było mnóstwo dziennikarzy.

Mikael wzruszył ramionami. Przetarł oczy.

– Wciąż mam przed oczami ciało Mii, nie mogę się tego pozbyć. Cholera, dopiero co ich poznałem.

Erika kiwnęła ponuro głową.

– Poczekamy, zobaczymy. Jakiś pieprzony wariat...

– No nie wiem. Zastanawiałem się nad tym cały dzień.

– Co masz na myśli?

– Do Mii strzelano z boku. Rana wlotowa była z boku na szyi, a wylotowa na czole. Do Daga strzelano z przodu, w czoło, a pocisk wyszedł z tyłu głowy. O ile dobrze widziałem, oddano tylko dwa strzały. Nie wygląda to na czyn szaleńca.

Erika popatrzyła z zaciekawieniem na swojego partnera.

– Co próbujesz przez to powiedzieć?

– Jeśli to nie czyn szaleńca, musi być jakiś motyw. A im dłużej o tym myślę, tym bardziej jestem przekonany, że ta książka to cholernie dobry motyw.

Mikael wskazał plik papierów na biurku Eriki, a ona podążyła za jego wzrokiem. Potem spojrzeli po sobie.

– To nie musi mieć nic wspólnego z książką. Może za bardzo węszyli i udało im się... Nie wiem. Ktoś poczuł się zagrożony.

– I wynajął płatnego zabójcę. Micke, takie rzeczy dzieją się w amerykańskich filmach. Ta książka jest o klientach seksbiznesu. Ujawnia policjantów, polityków, dziennikarzy... Więc ktoś z nich miałby zamordować Daga i Mię?

– Nie wiem, Ricky. Ale za trzy tygodnie mieliśmy wysłać do druku najostrzejszy tekst o traffickingu, jaki kiedykolwiek opublikowano w Szwecji.

W tym momencie Malin Eriksson zajrzała do pokoju i powiedziała, że komisarz Jan Bublanski chce rozmawiać z Mikaelem Blomkvistem.

BUBLANSKI PODAŁ RĘKĘ Erice Berger i Mikaelowi Blomkvistowi, po czym usiadł na trzecim krześle przy stole pod oknem. Przyglądając się Mikaelowi, zobaczył człowieka ze zmęczonymi oczami i jednodniowym zarostem.

– Pojawiło się coś nowego? – zapytał Mikael Blomkvist.

– Być może. Jak rozumiem, to pan znalazł parę z Enskede i zaalarmował policję wczoraj w nocy.

Mikael kiwnął zmęczony głową.

– Wiem, że opowiadał pan już o tym dyżurującym wtedy policjantom, ale zastanawiam się, czy mógłby pan uściślić kilka szczegółów.

– Co chce pan wiedzieć?

– Dlaczego przyjechał pan do domu Svenssona i Bergman tak późno wieczorem?

– To nie szczegół, lecz cała opowieść. – Mikael uśmiechnął się blado. – Byłem na kolacji u mojej siostry, mieszka przy Stäket, w pobliżu dzielnicy nowobogackich. Dag Svensson zadzwonił do mnie na komórkę, tłumacząc, że nie zdąży podjechać do redakcji w Wielki Czwartek, czyli dzisiaj, tak jak się wcześniej umawialiśmy. Miał zostawić zdjęcia dla Christera Malma. Powód był taki, że on i Mia postanowili jechać do jej rodziców na Wielkanoc i chcieli wcześnie wyruszyć. Pytał, czy może wpaść do mnie rano. Powiedziałem, że skoro jestem tak blisko, mogę podjechać i wziąć zdjęcia, wracając do domu z kolacji u siostry.

– Więc pojechał pan do Enskede po zdjęcia.

Mikael kiwnął głową.

– Czy przychodzi panu do głowy jakiś motyw zabójstwa Svenssona i Bergman?

Mikael i Erika zerknęli na siebie. Nie odzywali się.

– Co? – zapytał Bublanski.

– Oczywiście dyskutowaliśmy o tym dzisiaj i nie jesteśmy jednomyślni. A raczej nie tyle nie jednomyślni, co niepewni. Nie chcemy spekulować.

– Proszę mówić.

Mikael przedstawił treść książki Daga Svenssona, dodając, że on i Erika zastanawiali się, czy może ona mieć jakiś związek z morderstwem. Bublanski siedział przez chwilę w milczeniu i trawił te informacje.

– Czyli Dag Svensson zamierzał zdemaskować policjantów. Nie podobało mu się, że rozmowa przybrała taki obrót. Już wyobrażał sobie, jak media rzucają się na „trop policyjny", przedstawiając go jako coś w rodzaju spisku.

– Nie – odpowiedział Mikael. – Dag Svensson zamierzał zdemaskować przestępców i tak się składa, że kilku z nich jest policjantami. Wśród nich znajdują się również osoby, które należą do mojej grupy zawodowej, mianowicie dziennikarze.

– I chcecie teraz wyjść z tą informacją?

Mikael zerknął na Erikę.

– Nie – odpowiedziała Erika Berger. – Poświęciliśmy dzisiejszy dzień na zatrzymanie bieżących prac nad kolejnym numerem. Z dużym prawdopodobieństwem opublikujemy książkę Daga Svenssona, jednak nastąpi to dopiero wtedy, gdy będziemy wiedzieć, co się wydarzyło. W obecnej sytuacji sporą część książki trzeba przerobić. Nie będziemy utrudniać śledztwa policji w sprawie zabójstwa dwojga naszych przyjaciół, jeśli to pana niepokoi.

– Muszę rzucić okiem na biurko Daga Svenssona, a przeszukanie w redakcji może się okazać drażliwą kwestią.

– Wszystkie materiały znajdzie pan w jego laptopie – stwierdziła Erika.

– Aha – odpowiedział Bublanski.

– Przejrzałem biurko Daga Svenssona – odezwał się Mikael. – Zabrałem jakieś notatki bezpośrednio ujawniające informatorów, którzy chcą pozostać anonimowi. Cała reszta jest do pana dyspozycji, zostawiłem tam też karteczkę, by niczego nie przenosić ani nie dotykać. Problem w tym, że treść książki Daga Svenssona jest tajna, dopóki nie zostanie opublikowana. Tak więc naprawdę nie chcielibyśmy, żeby rękopis trafił w ręce policji, tym bardziej że zamierzamy ujawnić kilku policjantów.

Cholera, pomyślał Bublanski. Powinienem był przysłać tu kogoś z samego rana. Kiwnął głową i nie kontynuował już tego tematu.

– Dobra. Mamy osobę, z którą chcemy porozmawiać w związku z zabójstwem. Mam też powody sądzić, że to ktoś, kogo pan zna. Co pan wie na temat kobiety o nazwisku Lisbeth Salander?

Dziennikarz przez sekundę wyglądał jak jeden wielki znak zapytania. Bublanski zauważył, że Erika Berger rzuciła Mikaelowi ostre spojrzenie.

– Chyba nie rozumiem.

– Zna pan Lisbeth Salander?

– Tak, znam Lisbeth Salander.

– Skąd pan ją zna?

– A dlaczego pan pyta?

Bublanski z irytacją machnął ręką.

– Jak powiedziałem, chcemy z nią porozmawiać, żeby pozyskać informacje w związku z zabójstwem. Skąd pan ją zna?

– Ale… to bez sensu. Lisbeth Salander nic nie łączy z Dagiem Svenssonem ani z Mią Bergman.

– Sami to powoli ustalimy – odpowiedział cierpliwie Bublanski. – Proszę odpowiedzieć na moje pytanie. Skąd pan zna Lisbeth Salander?

Mikael przesunął ręką po zaroście i przetarł oczy, w jego głowie wirowały myśli. Wreszcie spojrzał Bublanskiemu w oczy.

– Zatrudniłem Lisbeth Salander, żeby zrobiła dla mnie research w zupełnie innej sprawie, to było dwa lata temu.

– O co chodziło?

– Przykro mi, ale właśnie dotarliśmy do kwestii związanych z konstytucyjnym prawem o ochronie źródeł i tak dalej. Proszę uwierzyć mi na słowo, że nie miało to nic wspólnego z Dagiem Svenssonem i Mią Bergman. Była to zupełnie inna sprawa, dziś już zakończona.

Bublanski rozważał jego słowa. Nie lubił, gdy ktoś twierdził, że są tajemnice, których nie można zdradzić nawet w śledztwie o morderstwo, postanowił jednak zostawić na razie tę kwestię.

– Kiedy widział pan ostatnio Lisbeth Salander?

Mikael zastanowił się nad odpowiedzią.

– Wygląda to tak: jesienią przed dwoma laty spotykałem się z Lisbeth Salander. To się skończyło mniej więcej w Boże Narodzenie tamtego roku. Potem zniknęła z miasta. Zapadła się pod ziemię na ponad rok, aż do zeszłego tygodnia.

Erika Berger uniosła brwi. Bublanski domyślił się, że ta informacja to dla niej nowość.

– Proszę opowiedzieć o spotkaniu.

Mikael wziął głęboki oddech, po czym w skrócie opisał zajście pod domem Lisbeth na Lundagatan. Bublanski słuchał z rosnącym zdziwieniem. Usiłował stwierdzić, czy Blomkvist zmyśla, czy mówi prawdę.

– Więc nie rozmawiał pan z nią?

– Nie, zniknęła między budynkami w górnej części Lundagatan. Czekałem dłuższą chwilę, ale się nie pojawiła. Napisałem do niej list, prosząc o kontakt.

– I nie wie pan nic o powiązaniach między nią a parą z Enskede?

– Nie.

– Dobrze… może pan opisać osobę, która, jak pan sądzi, napadła Lisbeth Salander?

– Ja nic nie sądzę, on ją atakował, a ona broniła się i uciekła. Widziałem go z odległości czterdziestu–czterdziestu pięciu metrów. Był środek nocy, ciemno.

– Był pan pijany?

– Trochę wstawiony, ale nie pijany. Napastnik miał jasne włosy związane w kitkę. Wydatny piwny brzuch. Ubrany był w ciemną, krótką kurtkę. Wchodząc po schodach na Lundagatan, widziałem go tylko od tyłu, ale odwrócił się, żeby mnie uderzyć. Odniosłem wrażenie, że miał szczupłą twarz i jasne, blisko osadzone oczy.

– Dlaczego nie mówiłeś o tym wcześniej? – wtrąciła się Erika Berger.

Mikael Blomkvist wzruszył ramionami.

– Zaraz potem był weekend, a ty pojechałaś do Göteborga, żeby wystąpić w tej cholernej debacie. Nie było cię w poniedziałek, a we wtorek spotkaliśmy się tylko w przelocie. Sprawa zeszła na dalszy plan.

– Ale biorąc pod uwagę to, co się stało w Enskede... nie powiedział pan o tym policji – stwierdził Bublanski.

– A dlaczego miałem o tym mówić? Mogłem równie dobrze opowiedzieć policji, jak miesiąc temu przyłapałem kieszonkowca, który próbował mnie obrobić w metrze na stacji Centrum. Nic nie łączy Lundagatan ze zdarzeniem w Enskede.

– Ale nie złożył pan doniesienia o napadzie?

– Nie – Mikael zawahał się krótką chwilę. – Lisbeth Salander bardzo dba o swoją prywatność. Rozważałem pójście na policję, ale uznałem, że to jej sprawa, czy zgłosi napad, czy nie. W każdym razie chciałem najpierw z nią porozmawiać.

– Ale nie zrobił pan tego?

– Nie rozmawiałem z Lisbeth Salander od drugiego dnia świąt Bożego Narodzenia ponad rok temu.

– Dlaczego wasz... jeśli związek jest tu dobrym słowem, dlaczego wasz związek się zakończył?

Mikaelowi pociemniał wzrok. Przez chwilę ważył słowa, aż wreszcie odpowiedział:

– Nie wiem. Z dnia na dzień zerwała ze mną kontakt.

– Stało się coś?

– Nie. Jeśli ma pan na myśli kłótnię czy coś takiego. Jednego dnia byliśmy dobrymi przyjaciółmi. Następnego nie odbierała telefonu. Potem zniknęła z mojego życia.

Bublanski rozważał wyjaśnienie Mikaela. Brzmiało szczerze, potwierdzały je również słowa Armanskiego, który podobnie opisał zniknięcie Lisbeth Salander z Milton Security. Najwyraźniej coś się z nią stało ubiegłej zimy. Bublanski zwrócił się do Eriki Berger.

– Pani też zna Lisbeth Salander?

– Spotkałam ją jeden raz. Może pan wytłumaczyć, dlaczego pan o nią pyta w związku z Enskede? – zapytała.

Bublanski potrząsnął głową.

– Jest powiązana z miejscem zbrodni. To wszystko, co mogę powiedzieć. Za to muszę przyznać, że im więcej słyszę o Lisbeth Salander, tym bardziej mnie zadziwia. Jaka ona jest?

– Co ma pan na myśli? – zapytał Mikael.

– Jak by pan ją opisał?

– Zawodowo – to jeden z najlepszych researcherów, jakiego kiedykolwiek spotkałem.

Erika Berger zerknęła na Mikaela i przygryzła wargę. Bublanski nabrał przekonania, że brakuje jakiegoś fragmentu owej układanki i że tych dwoje wie coś, czego nie chcą zdradzić.

– A jako osobę?

Mikael milczał dłuższą chwilę.

– Była bardzo samotnym i osobliwym człowiekiem. W kontaktach społecznych zamknięta w sobie. Niechętnie mówiła na swój temat. A jednocześnie to człowiek o bardzo silnej woli, kierujący się zasadami moralnymi.

– Moralnymi?

– Tak. Na swój własny sposób. Nie skłoni jej pan podstępem do zrobienia czegoś wbrew jej woli. W świecie Lisbeth Salander wszystko jest albo „dobre", albo „złe", że tak powiem.

Bublanskiego zastanowiło, że Mikael Blomkvist opisał Lisbeth Salander podobnie jak Dragan Armanski. Dwaj mężczyźni, którzy ją znali, ocenili ją w taki sam sposób.

– Zna pan Dragana Armanskiego? – zapytał Bublanski.

– Spotkaliśmy się kilka razy. Poszedłem z nim na piwo w zeszłym roku, gdy próbowałem się dowiedzieć, gdzie przepadła Lisbeth.

– I mówi pan, że ona jest kompetentnym researcherem – powtórzył Bublanski.

– Najlepszym, jakiego znam – potwierdził Mikael.

Bublanski uderzył palcami w stół i zerknął przez okno na strumień przechodniów na Götgatan. Czuł się dziwnie rozdarty. Według opisu psychiatrów sądowych, który Hans Faste otrzymał z Komisji Nadzoru Kuratorskiego, Lisbeth Salander miała głębokie zaburzenia psychiczne, była skłonną do przemocy i niemal upośledzoną umysłowo osobą. Odpowiedzi, które otrzymał od Armanskiego i Blomkvista, znacznie różniły się od obrazu, jaki stworzyli eksperci – psychiatrzy – w trakcie wieloletnich badań. Obaj opisywali ją jako osobliwego człowieka, jednak u obu wyczuwało się w głosie również nutę podziwu.

Poza tym Blomkvist użył sformułowania, że „spotykał się" z nią przez jakiś czas, co sugerowało pewien rodzaj relacji seksualnej. Bublanski zastanawiał się, jakie zasady obowiązują w kwestii osób ubezwłasnowolnionych. Czy Blomkvist w jakiś sposób mógł dopuścić się przemocy, wykorzystując osobę, która pozostaje w stosunku zależności?

– A co sądzi pan o jej niedorozwoju społecznym? – zapytał Bublanski.

– Niedorozwoju? – powtórzył Mikael.

– O ubezwłasnowolnieniu i problemach psychicznych.

– Ubezwłasnowolnieniu? – Mikael wtórował jak echo.

– Problemach psychicznych? – zapytała Erika Berger.

Zdumiony Bublanski przenosił wzrok to na Mikaela Blomkvista, to na Erikę Berger. *Nie wiedzieli. Naprawdę nie wiedzieli.* Nagle zdenerwował się na Armanskiego i Blomkvista, a przede wszystkim na Erikę Berger, te jej eleganckie ciuchy i wytworne biuro z widokiem na Götgatan. *Siedzi tu sobie i mówi innym, co mają myśleć.* Lecz swoją irytację skierował na Mikaela.

– Nie pojmuję, co z panem jest nie tak. I z Armanskim – odezwał się.

– Słucham?

– Lisbeth Salander jako nastolatka co rusz lądowała w psychiatryku – powiedział wreszcie Bublanski. – Badania przeprowadzone przez psychiatrów sądowych i wyrok sądu stwierdzały, że nie potrafi zadbać o swoje sprawy. Została ubezwłasnowolniona. Ma udokumentowane skłonności do przemocy, całe życie popadała w konflikty z prawem. A teraz jest w najwyższym stopniu podejrzana o... współudział w podwójnym zabójstwie. Tymczasem zarówno pan, jak i Armanski mówicie o niej, jakby była jakąś księżniczką.

Mikael Blomkvist siedział zupełnie nieruchomo, gapiąc się na Bublanskiego.

– Pozwoli pan, że wyrażę to tak – kontynuował komisarz. – Szukaliśmy powiązania między Lisbeth Salander a parą z Enskede. Okazało się, że właśnie pan, który znalazł ofiary, jest tym łącznikiem. Chce pan to jakoś skomentować?

Mikael odchylił się na krześle. Zamknął oczy, próbując uporządkować sytuację. Lisbeth Salander podejrzana o zamordowanie Daga i Mii. *To nieprawda. Bez sensu.* Była zdolna zabić? Mikaelowi stanął nagle przed oczami jej wyraz twarzy, gdy przed dwoma laty rzuciła się z kijem golfowym na Martina Vangera. *Zabiłaby go bez wątpienia. Nie zrobiła tego, ponieważ musiała ratować mi życie.* Odruchowo dotknął szyi w miejscu, gdzie Martin Vanger zacisnął pętlę. Ale Dag i Mia... *to nielogiczne.*

Miał świadomość, że Bublanski wnikliwie go obserwuje. Musiał dokonać wyboru, tak jak Dragan Armanski. Jeśli Lisbeth Salander zostanie oskarżona o morderstwo, prędzej czy później będzie musiał zdecydować, w którym narożniku tego ringu stanąć. *Winna czy niewinna?*

Zanim zdążył cokolwiek powiedzieć, na biurku Eriki zadzwonił telefon. Odebrała i przekazała słuchawkę Bublanskiemu.

– Jakiś Hans Faste chce z panem rozmawiać.

Bublanski chwycił słuchawkę i słuchał uważnie. Zarówno Mikael, jak i Erika zauważyli, jak zmienia mu się wyraz twarzy.

– Kiedy wchodzą?

Cisza.

– Jaki to był adres...? Lundagatan... dobra, jestem w pobliżu, jadę tam.

Bublanski pospiesznie wstał.

– Przepraszam, muszę przerwać tę rozmowę. Znaleziono opiekuna prawnego Salander – został zastrzelony. Salander jest poszukiwana listem gończym, wydano nakaz jej zatrzymania jako podejrzanej o dokonanie trzech zabójstw.

Erika Berger otworzyła usta ze zdziwienia. Mikael Blomkvist wyglądał jak rażony piorunem.

ZAJĘCIE MIESZKANIA przy Lundagatan nie było z taktycznego punktu widzenia skomplikowaną sprawą. Hans Faste i Curt Svensson, oparłszy się o maskę samochodu, czekali, podczas gdy uzbrojony oddział policji obstawiał klatkę schodową i budynek w podwórzu.

Po dziesięciu minutach policjanci stwierdzili to, o czym Faste i Svensson już wiedzieli. Nikt nie otwierał, gdy dzwoniono do drzwi.

Hans Faste rozejrzał się po Lundagatan, która ku wielkiej irytacji pasażerów autobusu numer 66 została zablokowana od Zinkensdamm do kościoła Högalid. Autobus utknął między blokadami i nie mógł przejechać ani się wycofać. W końcu Faste podszedł do jednego z funkcjonariuszy i nakazał odsunąć się i przepuścić autobus. Wielu ciekawskich przyglądało się zamieszaniu z wysokości górnej części Lundagatan.

– Musi być prostszy sposób – powiedział Faste.

– Prostszy od czego? – zapytał Svensson.

– Prostszy niż wzywanie grupy szturmowej za każdym razem, gdy trzeba zatrzymać jakiegoś łobuza.

307

Curt Svensson powstrzymał się od komentarza.

– Przecież chodzi tu o panienkę, sto pięćdziesiąt centymetrów wzrostu i jakieś czterdzieści kilogramów wagi – powiedział Faste.

Zdecydowano, że wyważenie drzwi młotem nie jest konieczne. Bublanski dołączył, gdy czekali, aż ślusarz rozkręci zamek i odejdzie na bok, żeby oddział mógł wejść do mieszkania. Dziesięć minut zajęło przeszukanie czterdziestu pięciu metrów i stwierdzenie, iż Lisbeth Salander nie schowała się pod łóżkiem ani w łazience czy w szafie. Następnie dano Bublanskiemu znak, że może wejść.

Trzej policjanci z ciekawością rozejrzeli się po nienagannie wysprzątanym i gustownie urządzonym mieszkaniu. Meble były proste. Krzesła kuchenne pomalowane na różne pastelowe kolory. Na ścianach pokoi wisiały oprawione czarno-białe artystyczne fotografie. Na skrawku wolnej przestrzeni w przedpokoju stała półka z odtwarzaczem CD i dużą kolekcją płyt. Bublanski stwierdził, że zawierają różnorodną muzykę, od hard rocka po operę. Wszystko wyglądało artystycznie. Dekoracyjnie. Gustownie.

Curt Svensson zbadał kuchnię, nie znajdując nic godnego uwagi. Sprawdził stertę gazet, obejrzał zlew i blat, szafki oraz zamrażalnik w lodówce.

Faste pootwierał szafy i szuflady w sypialni. Zagwizdał, widząc kajdanki i jakieś erotyczne zabawki. W szafie znalazł komplet ubrań z lateksu, i to takiego rodzaju, że jego matka czułaby się zażenowana już od samego patrzenia na nie.

– Była tu impreza – powiedział głośno, pokazując sukienkę z lakierowanej skóry, której metka informowała, że została zaprojektowana przez „Domino Fashion" – cokolwiek to było.

Na komodzie w przedpokoju Bublanski odkrył niewielki plik nieotwartych listów zaadresowanych do Lisbeth Salander. Przeglądając je, stwierdził, że to rachunki i wyciągi z konta oraz jeden list prywatny. Od Mikaela Blomkvista. O tyle więc zgadzała się jego wersja. Potem schylił się i podniósł spod wrzutki na listy pocztę podeptaną przez wkraczający oddział szturmowy. Składały się na nią magazyn „Thai Pro Boxing", darmowa gazetka „Nowości z Södermalmu" oraz trzy koperty, wszystkie zaadresowane do Miriam Wu.

Bublanski nabrał nieprzyjemnego podejrzenia. Wszedł do łazienki i otworzył szafkę. Znalazł środki przeciwbólowe – opakowanie alvedonu i zużytą do połowy tubkę citodonu. Ten drugi wydaje się na receptę. Była wystawiona na niejaką Miriam Wu. W szafce znajdowała się jedna szczoteczka do zębów.

– Faste, dlaczego na drzwiach są nazwiska Salander i Wu? – zapytał.

– Nie mam pojęcia – odpowiedział Faste.

– Dobra, zapytam inaczej: dlaczego w przedpokoju leży poczta zaadresowana do jakiejś Miriam Wu, a w łazience jest tubka citodonu z receptą wystawioną na to samo nazwisko? Dlaczego jest tylko jedna szczoteczka? I dlaczego, jeśli wziąć pod uwagę, że Lisbeth Salander nie jest wysoka, te skórzane spodnie, które właśnie trzymasz, wydają się pasować na osobę o wzroście co najmniej metr siedemdziesiąt pięć?

W mieszkaniu zapadła na chwilę kłopotliwa cisza. Milczenie przerwał Curt Svensson.

– Niech to szlag.

Rozdział 15
Wielki Czwartek 24 marca

WRÓCIWSZY DO DOMU po dodatkowym dniu pracy, Christer Malm był zmęczony i czuł się marnie. Z kuchni dobiegał intensywny zapach przypraw, wszedł tam i objął swojego partnera.

– Jak się czujesz? – zapytał Arnold Magnusson.

– Jak worek gówna – powiedział Christer.

– Cały dzień mówili o tym w wiadomościach. Nie podali jeszcze nazwisk. Cholernie beznadziejnie to wygląda.

– Bo jest cholernie beznadziejnie. Dag pracował dla nas. Był przyjacielem i bardzo go lubiłem. Nie znałem jego dziewczyny, ale Mikael i Erika – tak.

Christer rozejrzał się po kuchni. Zaledwie trzy miesiące wcześniej kupili mieszkanie przy Allhelgonagatan i wprowadzili się do niego. Nagle to miejsce wydało mu się zupełnie obcym światem.

Zadzwonił telefon. Christer i Arnold spojrzeli po sobie i postanowili to zignorować. Gdy włączyła się automatyczna sekretarka, usłyszeli dobrze znany głos.

– Christer. Jesteś tam? Odbierz.

To Erika Berger – chciała na bieżąco poinformować Christera, że policja ściga teraz dawną researcherkę Mikaela Blomkvista za zabójstwo Daga i Mii.

Christer przyjął tę wieść z poczuciem nierzeczywistości.

HENRY CORTEZ przegapił aferę przy Lundagatan z tego prostego powodu, że cały czas znajdował się przed centrum prasowym policji na Kungsholmen, czyli praktycznie w informacyjnej próżni. Nie pojawiło się nic nowego od czasu pospiesznej konferencji z wczesnego popołudnia. Był zmęczony, głodny i zirytowany tym, że osoby, z którymi próbował się kontaktować, wciąż odsyłały go z niczym. Dopiero o szóstej, już po najeździe na mieszkanie Lisbeth Salander, przechwycił pogłoskę, że policja ma jednego podejrzanego w śledztwie. Niemiłą niespodzianką było to, że informacja pochodziła od kolegi po fachu pracującego w popołudniówce, który miał częstszy kontakt ze swoją redakcją. Niedługo po tym Henry zdołał uzyskać numer prywatnej komórki prokuratora. Przedstawił się i zadał istotne pytania: kto, jak i dlaczego.

– Mówił pan, że z jakiej jest gazety? – odpowiedział pytaniem na pytanie Richard Ekström.

– Z „Millennium". Znałem jedną z ofiar. Mój informator twierdzi, że policja poszukuje konkretnej osoby. Co się dzieje?

– W tej chwili nic nie mogę powiedzieć.

– Kiedy będzie pan mógł?

– Może zwołamy kolejną konferencję późnym wieczorem.

Prokurator Richard Ekström mówił raczej mętnie. Henry Cortez skubnął złoty kolczyk w uchu.

– Konferencje prasowe są dla dziennikarzy informacyjnych, których teksty od razu idą do druku. Ja pracuję dla miesięcznika i jesteśmy osobiście zainteresowani, by dowiedzieć się, o co chodzi.

– Nie mogę panu pomóc. Musi pan uzbroić się w cierpliwość jak wszyscy inni.

– Według moich źródeł policja poszukuje kobiety. Kim ona jest?

– Nie mogę teraz wypowiadać się w tej sprawie.

– Może pan zdementować tę informację?

– Nie, to znaczy nie mogę teraz wypowiadać się w tej sprawie...

KOMISARZ JERKER HOLMBERG stał w progu sypialni i z zadumą spoglądał na ogromną kałużę krwi w miejscu, gdzie znaleziono Mię Bergman. Gdy odwrócił głowę, mógł zobaczyć drugą podobną kałużę, w której leżał Dag Svensson. Zastanawiał go tak obfity wypływ krwi. Był znacznie większy niż krwawienia z ran postrzałowych, do jakich się przyzwyczaił, co oznaczało, że pociski spowodowały straszliwe obrażenia. To sugerowało z kolei, iż inspektor Mårtensson miał rację, przypuszczając, że zabójca posłużył się amunicją myśliwską. Krew ścięła się w czarno-rdzawo-brązową masę pokrywającą tak duże fragmenty podłogi, że personel karetki i technicy nie mogli ich omijać, przez co ślady rozniosły się po całym mieszkaniu. Holmberg miał na sobie tenisówki w niebieskich plastikowych ochraniaczach.

To w tym właśnie momencie rozpoczynało się, jego zdaniem, właściwe badanie miejsca zbrodni. Ciała ofiar wyniesiono z mieszkania. Po wyjściu dwóch ostatnich techników Jerker Holmberg został sam. Wcześniej sfotografowali ofiary, zmierzyli rozpryski krwi na ścianach i rozmawiali o *splatter distribution areas* i *droplet velocity*. Holmberg wiedział, co znaczą te pojęcia, lecz nie poświęcał badaniom technicznym zbytniej uwagi. Praca techników kryminalistycznych miała zakończyć się obszernym raportem, który szczegółowo pokaże, gdzie i w jakiej odległości stał zabójca w stosunku do ofiar, w jakiej kolejności padły strzały i które odciski palców są istotne dla sprawy. Nie interesowało to jednak Holmberga. Badanie techniczne nie odkryje, kim jest morderca ani jaki miał on – albo ona, bo przecież teraz to kobieta była główną podejrzaną – motyw, żeby popełnić to zabójstwo. Jego zadanie polegało na znalezieniu odpowiedzi na te właśnie pytania.

Jerker Holmberg wszedł do sypialni. Postawił na krześle podniszczoną teczkę i wyciągnął dyktafon, aparat cyfrowy i notes.

Rozpoczął od otwarcia szuflad komody za drzwiami sypialni. Dwie górne zawierały rzeczy należące najwyraźniej do Mii Bergman: bieliznę, bluzki i szkatułkę z biżuterią. Rozłożył jej zawartość na łóżku i zbadał dokładnie samą szkatułkę, lecz stwierdził, że nie było tam niczego, co miałoby większą wartość. W najniższej szufladzie znalazł dwa albumy ze zdjęciami i dwa segregatory z budżetem domowym. Włączył dyktafon.

Protokół z zabezpieczenia mienia, adres Björneborgsgatan 8 B. Sypialnia, najniższa szuflada komody. Dwa albumy fotograficzne w twardej oprawie, formatu A4. Segregator z czarnym grzbietem oznaczony nazwą „budżet domowy" i segregator z niebieskim grzbietem oznaczony nazwą „dokumenty zakupu", zawierający dane na temat pożyczki na mieszkanie i planu spłat. Małe pudełko z pisanymi odręcznie listami, widokówkami i przedmiotami osobistymi.

Wyniósł przedmioty do przedpokoju i umieścił je w dużej walizce. Dalej zajął się szufladami w stolikach nocnych po obu stronach podwójnego łóżka, lecz i tam nie znalazł niczego interesującego. Otworzył szafy, posortował ubrania i sprawdził każdą kieszeń i buty, czy nie ma tam jakiegoś zapomnianego albo schowanego przedmiotu, a następnie skierował swoją uwagę na górne półki. Pootwierał kartony i pudełka. Raz po raz znajdował papiery albo przedmioty, które z różnych powodów włączał do protokołu.

W rogu sypialni urządzono miejsce do pracy. Było to niewielkie biurko z komputerem stacjonarnym marki Compaq i starym monitorem. Pod blatem znajdowała się szafka na kółkach, a z boku biurka niski regał. Jerker Holmberg wiedział, że to zapewne tu znajdzie coś ciekawego – o ile w ogóle można tu coś znaleźć – i zostawił sobie biurko na koniec. Poszedł więc do pokoju dziennego i tam kontynuował badanie miejsca zbrodni. Otworzył oszklony kredens i obejrzał dokładnie każdą misę, szufladę i półkę. Następnie skierował wzrok na duży narożny regał na książki u zbiegu ściany zewnętrznej i ściany łazienki. Przysunął krzesło i zaczął od góry, sprawdzając, czy nic nie kryje się na wierzchu regału. Potem przeglądał półkę po półce, wyciągał szybko po kilka książek na raz, kartkował je i badał, czy niczego za nimi nie schowano. Po czterdziestu pięciu minutach odłożył na miejsce ostatnią. Na stole pozostał niewielki stos książek, które z jakichś powodów go zainteresowały. Włączył dyktafon i zaczął mówić.

Regał w pokoju dziennym. Książka Mikaela Blomkvista „Bankier mafii". Książka w języku niemieckim „Der Staat und die Autonomen", książka w języku szwedzkim „Terroryzm rewolucyjny" oraz książka w języku angielskim „Islamic Jihad".

Książkę Mikaela Blomkvista wybrał automatycznie, ponieważ nazwisko jej autora pojawiło się już wcześniej w postępowaniu przygotowawczym. Trzy pozostałe dzieła wydawały się bardziej podejrzane. Jerker Holmberg nie miał pojęcia, czy zabójstwa były w jakimś stopniu związane z działalnością polityczną – nie posiadał żadnych informacji wskazujących, że Dag Svensson i Mia Bergman angażowali się w politykę – czy też owe książki stanowiły jedynie wyraz ich ogólnego zainteresowania polityką albo nawet trafiły na półkę w związku z ich pracą. Stwierdził za to, że skoro w mieszkaniu ofiar znaleziono literaturę o terroryzmie politycznym, to należy przynajmniej odnotować ten fakt. Tak więc książki wylądowały w walizce z zabezpieczonym mieniem.

Następnie poświęcił kilka minut na przejrzenie szuflad w bardzo zniszczonej zabytkowej komodzie. Stał na niej odtwarzacz CD, a szuflady zawierały sporą kolekcję płyt kompaktowych. Jerker Holmberg w pół godziny otworzył wszystkie pudełka i sprawdził, czy zawartość zgadza się z informacją na okładce. Znalazł dziesięć płyt, które nie miały nadruku, czyli zostały wypalone w domu albo może nielegalnie skopiowane; po kolei wkładał je do odtwarzacza i stwierdzał, że zawierają tylko muzykę. Przez dłuższą chwilę skupił się na stoliku telewizyjnym tuż przy drzwiach do sypialni, zawierającym dużą kolekcję kaset wideo. Włączając na próbę kilka z nich, stwierdził, że jest tam chyba wszystko, zarówno filmy sensacyjne, jak i miszmasz nagranych serwisów informacyjnych i reportaży z programów „Tylko fakty", „Insider" i „Misja: dochodzenie". Umieścił trzydzieści sześć kaset w protokole zabezpieczenia mienia. Następnie udał się do kuchni, odkręcił termos z kawą i po krótkiej przerwie powrócił do pracy.

Z półki w szafce kuchennej zebrał pojemniki i buteleczki, najwyraźniej stanowiące domową apteczkę. Wszystkie włożył do torebki foliowej, którą umieścił wśród innych zabezpieczonych rzeczy. Wyciągnął żywność z kredensu i lodówki i otworzył każdy pojemnik, opakowanie kawy czy zakorkowaną butelkę. W doniczce na oknie znalazł tysiąc dwieście dwadzieścia koron i paragony. Założył, że to podręczna kasa na zakup żywności i artykułów codziennego użytku. Nie znalazł absolutnie nic godnego uwagi. W łazience nie zabezpieczył niczego. Zobaczył, że kosz na brudną bieliznę jest przepełniony, i przejrzał wszystkie włożone tam rzeczy. Z szafy w przedpokoju wyjmował wierzchnie ubrania i dokładnie je sprawdzał.

W wewnętrznej kieszeni marynarki znalazł portfel Daga Svenssona i dopisał go do protokołu. Była w nim roczna karta członkowska klubu sportowego Friskis&Svettis, karta debetowa Handelsbanken i niecałe czterysta koron gotówki. Następnie znalazł torebkę Mii Bergman i poświęcił kilka minut na przejrzenie zawartości. Również miała kartę Friskis&Svettis, kartę do bankomatu, kartę stałego klienta sieci marketów Konsum i kartę czegoś o nazwie Club Horisont z logo w postaci kuli ziemskiej. Do tego ponad dwa i pół tysiąca koron w gotówce, co można by uznać za dość dużą, lecz adekwatną sumę, skoro wybierali się na świąteczny urlop. Ponieważ pieniądze były w portfelu, malało prawdopodobieństwo napadu rabunkowego.

Torebka Mii Bergman znaleziona na półce w przedpokoju. Kalendarz kieszonkowy typu organizer, osobny adresownik i notes w czarnej oprawie.

Holmberg zrobił sobie jeszcze jedną przerwę na kawę i – co nie było rzeczą zwyczajną – stwierdził, że nie znalazł (jak dotąd) niczego kompromitującego ani intymnego w domu pary Svensson i Bergman. Nie odkrył żadnych pochowanych gadżetów erotycznych, frywolnej bielizny czy szuflady z kasetami porno. Nie wypatrzył też trzymanych w ukryciu jointów ani jakichkolwiek oznak działalności przestępczej. Svensson i Bergman zdawali się być całkiem zwyczajną parą z przedmieścia, może nawet (z punktu widzenia policji) nudniejszą niż przeciętne.

W końcu wrócił do sypialni, usiadł przy biurku i otworzył górną szufladę. Przez następną godzinę sortował papiery. Szybko stwierdził, że biurko i regał zawierały obszerne materiały źródłowe i referencyjne do rozprawy doktorskiej Mii Bergman „From Russia with Love". Materiały były porządnie poukładane jak w dobrej dokumentacji śledczej i Holmberg zaczytał się na chwilę w kilku fragmentach. *Mia Bergman nadawałaby się do naszego wydziału* – pomyślał sobie. Połowa regału była częściowo pusta i najwyraźniej zawierała materiały Daga Svenssona. Składały się na nie głównie wycinki prasowe – artykuły własne i odnoszące się do tematów, które go interesowały.

Holmberg poświęcił chwilę na przejrzenie komputera i stwierdził, że jego zawartość ma około pięciu gigabajtów i obejmuje programy, listy, zachowane artykuły i pliki pdf. Innymi słowy nie było tam niczego, co zamierzałby czytać tego wieczora. Dołączył do protokołu cały komputer, porozrzucane płyty CD oraz napęd zip i około trzydziestu dysków zip.

Następnie przez krótką chwilę rozważał swoje niezbyt satysfakcjonujące odkrycia. Z tego, co widział, komputer zawierał materiały Mii Bergman. Dag Svensson był

317

dziennikarzem, więc komputer powinien stanowić jego najważniejsze narzędzie, ale w tym, który stał na biurku, Holmberg nie znalazł nawet jego poczty. Czyżby Dag Svensson
miał gdzieś inny komputer? Jerker Holmberg wstał i z zadumą przeszedł się po mieszkaniu. W przedpokoju leżał czarny
plecak z kilkoma notatnikami należącymi do Daga Svenssona, jednak przegródka na laptopa była pusta. Holmberg
nie znalazł w mieszkaniu żadnego innego komputera. Wyjął
klucze, zszedł na podwórze, gdzie sprawdził samochód Mii
Bergman, a potem schowek w piwnicy. Tam również niczego
nie znalazł.

Dziwne, mój drogi Watsonie, było to, że pies wcale nie szczekał.

Jerker Holmberg stwierdził, że w protokole zabezpieczenia mienia na razie nie będzie komputera.

BUBLANSKI I FASTE spotkali się z prokuratorem Ekströmem w jego gabinecie około wpół do siódmej, zaraz po
powrocie z mieszkania przy Lundagatan. Curt Svensson dostał telefoniczne polecenie, by jechać na Uniwersytet Sztok-
holmski i porozmawiać z promotorem Mii Bergman, Jerker
Holmberg był nadal w Enskede, a Sonja Modig kierowała
pracami na miejscu zbrodni przy Odenplan. Minęło ponad
dziesięć godzin od chwili, gdy Bublanski został prowadzącym śledztwo, a od siedmiu godzin trwał pościg za Lisbeth
Salander. Komisarz streścił wydarzenia przy Lundagatan.

– A kim jest ta Miriam Wu? – zapytał Ekström.

– Nie wiemy o niej jeszcze zbyt wiele. Nie figuruje w rejestrze karnym. Hans Faste otrzyma polecenie, by znaleźć ją
jutro z samego rana.

– Ale Salander nie było w mieszkaniu przy Lundagatan?

– Z tego, co widzieliśmy, nic nie wskazuje na to, że w ogóle tam mieszka. Na przykład wszystkie ubrania w szafach
nie są w jej rozmiarze.

– I to jakie ubrania – powiedział Hans Faste.

– Słucham? – zdziwił się Ekström.

– Nie daje się takich w prezencie na Dzień Matki.

– W chwili obecnej nie wiemy nic o Miriam Wu – powiedział Bublanski.

– A ile, do cholery, musimy wiedzieć? Ma szafę pełną kurewskich ciuchów.

– Kurewskich ciuchów? – zapytał Ekström.

– No, skóra, plastik, gorsety, fetysze, gadżety i erotyczne zabawki w szufladzie. Nie wyglądało mi to na tandetę.

– Chcesz powiedzieć, że Miriam Wu jest prostytutką?

– W chwili obecnej nie wiemy nic o Miriam Wu – powtórzył Bublanski trochę dobitniej.

– Z wywiadu przeprowadzonego przez pomoc społeczną kilka lat temu wynika, że Lisbeth Salander działała w seksbiznesie – powiedział Ekström.

– A pomoc społeczna zazwyczaj wie, o czym mówi – dodał Faste.

– Raport pomocy społecznej nie opiera się na żadnym zatrzymaniu ani dochodzeniu – odezwał się Bublanski. – Lisbeth Salander została poddana rewizji osobistej w Tantolunden, gdy miała jakieś szesnaście–siedemnaście lat, była wtedy w towarzystwie znacznie od niej starszego mężczyzny. W tym samym roku zgarnięto ją za pijaństwo. Również przebywała w towarzystwie starszego mężczyzny.

– Chcesz powiedzieć, że nie powinniśmy zbyt szybko wyciągać wniosków – odezwał się Ekström. – Dobra. Uderzyło mnie jednak, że doktorat Mii Bergman dotyczy traffickingu i prostytucji. Istnieje zatem możliwość, że pracując nad nim, weszła w kontakt z Salander i tą Miriam Wu i w jakiś sposób je sprowokowała, a to z kolei może stanowić motyw zabójstwa.

– Może Bergman skontaktowała się z jej opiekunem prawnym i puściła w ruch jakieś diabelskie koło – powiedział Faste.

– Możliwe – przyznał Bublanski. – Ale to się wyjaśni w śledztwie. Teraz ważne jest, żebyśmy znaleźli tę Salander.

319

Najwyraźniej nie mieszka przy Lundagatan. Oznacza to, że musimy również znaleźć Miriam Wu i zapytać, jak trafiła do tego mieszkania i co łączy ją z naszą podejrzaną.

– A jak odnajdziemy Salander?

– Ona gdzieś tam jest. Problem w tym, że jej jedyny adres to Lundagatan. W kartotekach nie ma żadnych zmian.

– Zapominasz, że przebywała też w szpitalu św. Stefana i mieszkała u różnych rodzin zastępczych.

– Nie zapominam.

Bublanski sprawdził w swoich papierach.

– W wieku piętnastu lat mieszkała u trzech różnych rodzin. Nie było najlepiej. Od szesnastego do osiemnastego roku życia mieszkała u pewnej pary w Hägersten. Fredrik i Monika Gullberg. Curt Svensson odwiedzi ich jeszcze dzisiaj, jak skończy z promotorem Mii Bergman.

– A co z konferencją prasową? – zapytał Faste.

O SIÓDMEJ WIECZOREM w gabinecie Eriki Berger panował ponury nastrój. Mikael Blomkvist siedział w milczeniu i prawie się nie poruszał, odkąd komisarz Bublanski wyszedł z redakcji. Malin Eriksson podjechała rowerem na Lundagatan, żeby obserwować akcję policji. Wróciła z raportem, iż nie wydaje się, by kogoś złapano, i że odblokowano ulicę. Henry Cortez zadzwonił, alarmując, iż – jak podsłuchał – policja poszukuje obecnie kobiety, ale nie podała jej nazwiska. Erika oświeciła go, o kogo chodzi.

Erika i Malin usiłowały dyskutować o tym, co należałoby zrobić, nie doszły jednak do niczego sensownego. Sytuację komplikował fakt, że Mikael i Erika wiedzieli, jaką rolę odegrała Lisbeth Salander w aferze Wennerströma – mianowicie jako haker światowej klasy była tajnym informatorem Mikaela. Natomiast Malin Eriksson nie miała o tym pojęcia i nigdy wcześniej nie słyszała nawet nazwiska Lisbeth Salander. Dlatego też w rozmowie pojawiały się chwile krępującej ciszy.

– Idę do domu – powiedział Mikael, wstając nagle. – Jestem tak zmęczony, że nie mogę już myśleć. Muszę się przespać.

Spojrzał na Malin.

– Mamy teraz sporo do zrobienia. Jutro jest Wielki Piątek i zamierzam tylko spać i sortować papiery. Malin, możesz pracować w Wielkanoc?

– A mam wybór?

– Nie. Zaczynamy w sobotę o dwunastej. Co powiesz na to, byśmy posiedzieli u mnie zamiast w redakcji?

– Dobra.

– Chcę przeformułować zadanie, które uzgodniliśmy dziś rano. Nie polega ono już tylko na tym, żeby zbadać, czy demaskacja, jakiej zamierzał dokonać Dag, ma coś wspólnego z zabójstwem. Teraz musimy się dowiedzieć, kto zamordował Daga i Mię.

Malin zastanawiała się, jak mieliby osiągnąć coś takiego, jednak nic nie powiedziała. Mikael pomachał na pożegnanie jej i Erice i zniknął bez dalszych komentarzy.

KWADRANS PO SIÓDMEJ prowadzący śledztwo komisarz Bublanski niechętnie wszedł za prokuratorem Ekströmem na podium w centrum prasowym policji. Konferencję zapowiedziano na siódmą, ale było piętnaście minut opóźnienia. W odróżnieniu od Ekströma, Bublanskiego w ogóle nie interesowały światła reflektorów i kamery telewizyjne. Czuł niemal, że ogarnia go panika, ponieważ znalazł się w centrum uwagi – nigdy nie zdoła tego polubić ani przywyknąć do widoku swojej osoby w telewizji.

Ekström z kolei poruszał się swobodnie, poprawił okulary i przybrał odpowiednio poważną minę. Przez chwilę pozwolił fotografom robić zdjęcia, po czym uniósł dłonie i poprosił o ciszę. Mówił, jakby czytał z kartki.

– Serdecznie witamy na tej trochę pospiesznie zorganizowanej konferencji prasowej w związku z zabójstwem dwóch osób w Enskede wczoraj wieczorem. Mamy dla państwa dalsze informacje. Nazywam się Richard Ekström, jestem prokuratorem, a to komisarz Jan Bublanski z wydziału zabójstw policji okręgowej, który prowadzi śledztwo w tej sprawie. Najpierw odczytam oświadczenie, a później będzie można zadawać pytania.

Ekström zamilkł i popatrzył na tę część dziennikarskiego świata, która pojawiła się w sali, choć od zapowiedzi konferencji nie minęło nawet pół godziny. Zabójstwo w Enskede było wielkim newsem, a miało się stać jeszcze większym. Z zadowoleniem stwierdził, że przybyli przedstawiciele serwisów telewizji publicznej „Aktuellt" i „Rapport" oraz prywatnej TV4, rozpoznał też reporterów ze szwedzkiej agencji prasowej TT, z dzienników porannych i popołudniówek. Poza tym widział wiele nieznanych mu osób. W sali znajdowało się w sumie co najmniej dwudziestu pięciu dziennikarzy.

– Jak państwo wiedzą, wczoraj wieczorem tuż przed północą znaleziono w Enskede dwie brutalnie zamordowane osoby. Podczas badania miejsca zbrodni natrafiono na broń, colt 45 magnum. Państwowe Laboratorium Techniki Kryminalnej w ciągu dnia potwierdziło, iż jest to narzędzie zbrodni. Znamy nazwisko jej właściciela i dzisiaj go poszukiwaliśmy.

Ekström zrobił teatralną pauzę.

– Około godziny siedemnastej posiadacza broni znaleziono martwego w jego mieszkaniu w pobliżu Odenplan. Został zastrzelony i w czasie, gdy doszło do zabójstwa w Enskede, prawdopodobnie już nie żył. Policja – Ekström wskazał dłonią w stronę Bublanskiego – ma podstawy przypuszczać, że chodzi tu o tego samego sprawcę, tak więc jest on ścigany za trzy zabójstwa.

Wśród reporterów rozległ się szmer, gdy jednocześnie wielu z nich zaczęło cicho rozmawiać przez komórki. Ekström podniósł nieco głos.

– Czy ktoś jest podejrzany? – zawołał niecierpliwie jakiś reporter z radia.

– Jeśli nie będzie pan przerywał mojego oświadczenia, dojdziemy i do tej kwestii. Jest pewna osoba, znana z nazwiska, którą policja chce przesłuchać w związku z tymi trzema zabójstwami.

– Kim on jest?

– To nie on, lecz ona. Policja poszukuje dwudziestosześcioletniej kobiety, która jest powiązana z posiadaczem broni i o której wiemy, że przebywała na miejscu zbrodni w Enskede.

Bublanski ściągnął brwi, miał zacięty wyraz twarzy. Doszli właśnie do punktu, co do którego nie zgadzał się z Ekströmem, mianowicie do kwestii, czy prowadzący śledztwo powinni podać nazwisko osoby podejrzanej o popełnienie zabójstw. Bublanski wolał poczekać. Zdaniem Ekströma było to niemożliwe.

Jego argumenty były nie do podważenia. Policja poszukiwała znanej z nazwiska, chorej psychicznie kobiety, którą w oparciu o mocne dowody podejrzewano o zamordowanie trzech osób. W ciągu dnia wydano list gończy, najpierw w obrębie regionu, potem całego kraju. Ekström twierdził, że Lisbeth Salander należy uważać za niebezpieczną i dlatego w interesie publicznym jest jak najszybsze jej zatrzymanie.

Argumenty Bublanskiego były mniej przekonujące. Uważał, że są powody, by poczekać przynajmniej do zakończenia badań technicznych w mieszkaniu adwokata Bjurmana, zanim prowadzący śledztwo zdecydowanie opowiedzą się za jedną wersją.

Ekström argumentował, że Lisbeth Salander, według wszelkiej dostępnej dokumentacji, jest chorą psychicznie i skłonną do przemocy kobietą i że najwyraźniej coś wprawiło ją w morderczy szał. Nie było gwarancji, że to koniec aktów przemocy.

– Co zrobimy, jeśli ona w ciągu następnej doby wejdzie do kolejnego mieszkania i zastrzeli jeszcze kilka osób? – zapytał Ekström retorycznie.

Na to Bublanski nie miał dobrej odpowiedzi, a Ekström stwierdził, że w tej sprawie jest sporo precedensów. Gdy w całym kraju poszukiwano trzykrotnego zabójcy, Juhy Valjakkali z Åmsele, policja ogłosiła publicznie list gończy z jego nazwiskiem i zdjęciem z tej właśnie przyczyny, że uznano go za zagrożenie dla społeczeństwa. Ten sam argument można by przytoczyć w sprawie Lisbeth Salander, tak więc Ekström postanowił, że poda jej nazwisko do publicznej wiadomości.

Prokurator podniósł rękę, żeby przerwać szmery wśród zebranych reporterów. Informacja, że to kobietę ścigano za zabicie trzech osób, uderzyła jak grom z jasnego nieba. Ekström wskazał, iż teraz głos zabierze Bublanski. Ten odchrząknął dwa razy, poprawił okulary i utkwił wzrok w kartce zawierającej ustalone oświadczenia.

– Policja poszukuje dwudziestosześcioletniej kobiety o nazwisku Lisbeth Salander. Zaraz przekażemy jej zdjęcie z rejestru paszportowego. W chwili obecnej nie wiemy, gdzie ona przebywa, sądzimy jednak, że być może w Sztokholmie lub okolicach. Policja prosi społeczeństwo o pomoc w jak najszybszym odnalezieniu kobiety. Lisbeth Salander ma sto pięćdziesiąt centymetrów wzrostu i jest szczupłej budowy ciała.

Bublanski nerwowo wziął głęboki oddech. Pocił się i czuł, że ma mokre plamy pod pachami.

– Wcześniej była pod opieką kliniki psychiatrycznej i – jak sądzimy – stanowi zagrożenie dla siebie samej i społeczeństwa. Chcemy podkreślić, że obecnie nie możemy jednoznacznie stwierdzić, iż to ona jest zabójcą, jednak w zaistniałych okolicznościach chcemy ją natychmiast przesłuchać w sprawie zabójstw w Enskede i przy Odenplan.

– Tak chyba nie możecie tego załatwić – zawołał reporter z popołudniówki. – Albo jest podejrzana o te zabójstwa, albo nie.

Bublanski spojrzał bezradnie na prokuratora Ekströma.

– Policja prowadzi szeroko zakrojone poszukiwania i bierzemy oczywiście pod uwagę różne scenariusze. Jednak obecnie istnieją pewne podejrzenia w stosunku do tej kobiety i policja sądzi, że jej zatrzymanie jest sprawą niezwykle pilną. Podejrzenia opierają się na dowodach zebranych podczas badań technicznych na miejscu zbrodni.

– Jakiego rodzaju są to dowody? – pojawiło się natychmiast pytanie z sali.

– W chwili obecnej nie możemy ich ujawnić.

Wielu dziennikarzy mówiło jeden przez drugiego. Ekström podniósł dłoń, a następnie wskazał przedstawiciela „Echa Dnia", z którym już wcześniej miał do czynienia i uważał go za zrównoważonego reportera.

– Komisarz Bublanski powiedział, że Lisbeth Salander była pod opieką kliniki psychiatrycznej. Dlaczego?

– Ta kobieta miała... trudne dorastanie i sporo problemów przez całe lata. Została ubezwłasnowolniona, a właściciel wspomnianej broni to jej opiekun prawny.

– Kim on jest?

– To mężczyzna zastrzelony w swoim mieszkaniu przy Odenplan. Nie możemy na razie podać jego nazwiska ze względu na to, iż krewni nie zostali jeszcze poinformowani.

– Jaki miała motyw, by popełnić te zabójstwa?

Bublanski przejął mikrofon.

– W chwili obecnej nie chcemy jeszcze mówić o motywie.

– Czy była wcześniej notowana?

– Tak.

Następne pytanie zadał mężczyzna o niskim, charakterystycznym głosie, dobrze słyszanym w tłumie.

– Czy stanowi zagrożenie dla społeczeństwa?

Ekström zawahał się sekundę. Potem kiwnął głową.

– Mamy informacje, że znalazłszy się w trudnej sytuacji, mogłaby okazać się skłonna do przemocy. Rozpowszechniamy list gończy, ponieważ zależy nam na czasie.

Bublanski przygryzł wargę.

KOMISARZ SONJA MODIG o dziewiątej wieczorem wciąż jeszcze była w mieszkaniu adwokata Nilsa Bjurmana. Zadzwoniła do domu i wytłumaczyła mężowi, jak wygląda sytuacja. Po jedenastu latach małżeństwa zdążył się już przyzwyczaić, że jej praca nigdy nie będzie trwała od dziewiątej do siedemnastej. Siedząc w gabinecie przy biurku adwokata, przeglądała papiery znalezione w szufladach, gdy nagle usłyszała pukanie w futrynę drzwi. To posterunkowy Bubbla przyniósł dwa kubki kawy i drożdżówki cynamonowe kupione w kiosku Pressbyrån. Zmęczona Sonja Modig pomachała do niego.

– Czego nie wolno dotykać? – zapytał odruchowo Bublanski.

– Technicy już tu skończyli. Pracują jeszcze w sypialni i w kuchni. Oczywiście ciało nadal tu jest.

Bublanski przysunął krzesło i usiadł naprzeciw koleżanki. Modig otworzyła niebieską papierową torebkę i wzięła drożdżówkę.

– Dzięki. Tak bardzo chciało mi się kawy, już myślałam, że nie przeżyję.

W milczeniu zajadali się drożdżówkami.

– Słyszałam, że na Lundagatan nie poszło za dobrze – odezwała się Modig, połykając ostatni kęs i oblizując palce.

– W domu nie było nikogo. Znaleźliśmy nieotwartą korespondencję do Lisbeth Salander, ale mieszka tam jakaś Miriam Wu. Jeszcze jej szukamy.

– Kim ona jest?

– Nie wiem dokładnie. Faste zbiera dane na jej temat. Dopisano ją do umowy własnościowej ponad miesiąc temu, ale wygląda na to, że mieszka tam tylko jedna osoba. Myślę, że Salander wyprowadziła się, nie zgłaszając nigdzie zmiany adresu.

– Może to zaplanowała?

– Co? Trzy zabójstwa? – Bublanski potrząsnął zrezygnowany głową. – Cholera, robi się z tego niezły bigos. Ekström uparł się na konferencję prasową i w najbliższym czasie media urządzą nam piekło. Znalazłaś coś?

– Poza Bjurmanem w sypialni... Znaleźliśmy puste pudełko po magnum. Już badają odciski, które z niego zdjęliśmy. Bjurman ma segregator z kopiami raportów miesięcznych o Lisbeth Salander, które wysyłał do Komisji Nadzoru Kuratorskiego. Jeśli im wierzyć, nasza podejrzana to najprawdziwszy anioł.

– No nie, on też? – wybuchnął Bublanski.

– On też co?

– Kolejny wielbiciel Lisbeth Salander.

Bublanski streścił to, czego dowiedział się od Dragana Armanskiego i Mikaela Blomkvista. Sonja Modig słuchała, nie przerywając. Gdy zamilkł, przesunęła dłonią po włosach i potarła powieki.

– To brzmi zupełnie bez sensu – powiedziała.

Bublanski z zadumą kiwnął głową i skubnął dolną wargę. Zerkając na niego, Sonja Modig stłumiła uśmiech. Komisarz miał grubo ciosane rysy, wyglądał niemal jak prostak. Ale gdy był zakłopotany albo niepewny, przybierał nadąsaną minę. To w takich właśnie chwilach myślała o nim jako o posterunkowym Bubbli. Nigdy nie używała tego przezwiska i nie wiedziała za bardzo, skąd się wzięło. Jednak pasowało idealnie.

– No dobra – powiedziała. – Na ile jesteśmy pewni?

– Prokurator wydaje się pewny. Dziś wieczorem wydano krajowy list gończy za Salander. Ostatni rok spędziła za granicą i możliwe, że spróbuje zwiać z kraju.

– Na ile my jesteśmy pewni?

Bublanski wzruszył ramionami.

– Zatrzymywaliśmy ludzi, mając znacznie słabsze dowody – odpowiedział.

– Jej odciski palców są na narzędziu zbrodni z Enskede. Jej opiekun prawny również został zamordowany. Nie uprzedzając wydarzeń, przypuszczam, że użyto tutaj tej samej broni. Dowiemy się jutro; technicy znaleźli w ramie łóżka całkiem dobrze zachowany fragment pocisku.

– Świetnie.

– W dolnej szufladzie biurka jest kilka nabojów do rewolweru. Pociski z rdzeniem uranowym i złotą końcówką.

– Aha.

– Mamy dość obszerną dokumentację wskazującą, że Salander jest szalona. Bjurman był jej opiekunem prawnym i właścicielem broni.

– Hm – mruknął posterunkowy Bubbla.

– Osoba Mikaela Blomkvista łączy Salander z parą z Enskede.

– Hm – powtórzył.

– Zdaje się, że masz wątpliwości.

– Nie mogę poskładać w całość obrazu tej Salander. Dokumentacja mówi jedno, a Armanski i Blomkvist zupełnie co innego. Z papierów wynika, że dziewczyna jest upośledzoną umysłowo psychopatką. A według ich wypowiedzi to kompetentny researcher. Te wersje ogromnie się różnią. Nie mamy motywu w sprawie Bjurmana ani żadnego potwierdzenia, że Salander znała parę z Enskede.

– A czy psychopatyczny szaleniec potrzebuje motywu?

– Nie byłem jeszcze w sypialni. Jak to wygląda?

– Znalazłam Bjurmana leżącego na brzuchu, z twarzą w pościeli, kolana na podłodze, tak jakby uklęknął do wieczornej modlitwy. Jest nagi. Strzelano w tył głowy.

– Jeden strzał? Tak jak w Enskede.

– Z tego, co widziałam, tylko jeden. Ale zdaje się, że Salander, jeśli ona to zrobiła, kazała mu uklęknąć przy łóżku, zanim oddała strzał. Pocisk wszedł w czaszkę ukośnie z góry i wyszedł przez twarz.

– Strzał w tył głowy. Tak jakby egzekucja.

– Dokładnie.

– Pomyślałem sobie… ktoś powinien był to usłyszeć.

– Jego sypialnia jest od strony podwórza, a sąsiedzi z góry i z dołu wyjechali na święta. Okno było zamknięte. Poza tym użyto poduszki jako tłumika.

– Bardzo sprytnie.

W tym momencie przez drzwi zajrzał Gunnar Samuelsson, technik kryminalistyki.

– Cześć, Bubbla – powitał Bublanskiego i zwrócił się do jego koleżanki. – Modig, obróciliśmy ciało, bo chcieliśmy je przenieść. Powinnaś coś zobaczyć.

Poszli za nim do sypialni. Ciało Bjurmana ułożono na noszach – pierwszy przystanek w drodze do patologa. Nikt nie wątpił, co było przyczyną śmierci. Czoło adwokata stanowiło potężną, szeroką na dziesięć centymetrów otwartą ranę, a spora część kości czaszki zwisała na strzępie skóry. Wzór rozbryzgu krwi na ścianie i łóżku mówił sam za siebie.

Bublanski wydął wargi.

– Co mamy zobaczyć? – zapytała Modig.

Gunnar Samuelsson uniósł pokrowiec, obnażając podbrzusze Bjurmana. Bublanski założył okulary, po czym oboje z Modig podeszli bliżej i przeczytali napis wytatuowany na brzuchu adwokata. Litery były koślawe i nierówne – to oczywiste, że ich wykonawca nie zaliczał się do wprawnych tatuażystów. Jednak przesłanie widniało tak wyraźnie, jak tylko mogli sobie tego życzyć: JESTEM SADYSTYCZNĄ ŚWINIĄ, DUPKIEM I GWAŁCICIELEM.

Modig i Bublanski spojrzeli po sobie zdumieni.

– Czy właśnie widzimy motyw? – zapytała w końcu Modig.

W DRODZE DO DOMU Mikael Blomkvist kupił w 7-Eleven czterdzieści deko spaghetti na wynos. Wstawił opakowanie do mikrofalówki, po czym rozebrał się i wszedł na trzy minuty pod prysznic. Wziął widelec i na stojąco jadł z opakowania. Był głodny, ale nie miał apetytu i chciał jak najszybciej wrzucić w siebie jedzenie. Gdy skończył, otworzył lekkie piwo Vestfyen i wypił je prosto z butelki.

Nie zapalając światła, podszedł do okna z widokiem na Stare Miasto i stał tak nieruchomo ponad dwadzieścia minut, starając się nie myśleć o niczym.

Dokładnie dwadzieścia cztery godziny wcześniej, gdy był na przyjęciu u siostry, Dag zadzwonił do niego na komórkę. Wtedy jeszcze on i jego dziewczyna żyli.

Nie spał od trzydziestu sześciu godzin, a minęły już czasy, gdy bezkarnie mógł odmówić sobie snu przez całą dobę. Wiedział również, że nie zaśnie, myśląc o tym, co widział. Miał poczucie, jakby obrazy z Enskede na zawsze utrwaliły się na siatkówce jego oczu.

W końcu wyłączył komórkę i wszedł pod kołdrę. O jedenastej ciągle nie spał. Wstał i zaparzył kawę. Włączył płytę i słuchał Debbie Harry śpiewającej o Marii. Zawinął się w koc, usiadł na kanapie w dużym pokoju i rozmyślał o Lisbeth Salander.

Co tak naprawdę o niej wiedział? Prawie nic.

Że ma fotograficzną pamięć i jest zajebistym hakerem. Wiedział, że to dziwna i zamknięta w sobie kobieta, która niechętnie mówi cokolwiek na swój temat i nie ufa władzom.

Wiedział, że jest zdolna do przemocy. To dlatego wciąż jeszcze żył.

Nie miał jednak pojęcia, że została ubezwłasnowolniona i wyznaczono jej opiekuna prawnego, a jako nastolatka spędziła kilka lat w psychiatryku.

Musiał opowiedzieć się po którejś stronie.

Jakoś po północy stwierdził, że po prostu nie chce wierzyć w wersję policji, iż to Lisbeth zamordowała Daga i Mię. W każdym razie, zanim ją potępi, winien dać jej szansę, by mogła się wytłumaczyć.

Nie miał pojęcia, kiedy w końcu zasnął, ale o wpół do piątej rano obudził się na sofie. Poczłapał do łóżka i już po chwili znów spał.

Rozdział 16
Wielki Piątek 25 marca
– Wielka Sobota 26 marca

MALIN ERIKSSON odchyliła się na sofie w mieszkaniu Mikaela Blomkvista. Bez zastanowienia położyła nogi na ławie – tak jak zrobiłaby w domu – lecz natychmiast je stamtąd zdjęła. Mikael uśmiechnął się przyjaźnie.

– W porządku – powiedział. – Odpręż się i czuj jak u siebie.

Odwzajemniła uśmiech i znów położyła nogi na ławie.

W Wielki Piątek Mikael przywiózł z redakcji „Millennium" kopie materiałów Daga Svenssona. Porozkładał je na podłodze w pokoju dziennym. W Wielką Sobotę on i Malin przez osiem godzin dokładnie przejrzeli pocztę elektroniczną, zapiski, bazgraninę w notesie, a przede wszystkim teksty z powstającej książki.

Rano Mikaela odwiedziła siostra, Annika Giannini. Przyniosła popołudniówki z krzykliwymi tytułami i maksymalnie powiększonym zdjęciem Lisbeth Salander na pierwszych stronach. Jedna z gazet trzymała się faktów.

POSZUKIWANA
ZA TRZYKROTNE
ZABÓJSTWO

Druga podrasowała tytuł.

Policja poszukuje
PSYCHOPATYCZNEGO
SERYJNEGO
MORDERCY

Rozmawiali godzinę, a Mikael wyjaśniał swoje relacje z Lisbeth Salander i powód, dla którego wątpił w jej winę. Wreszcie zapytał siostrę, czy byłaby skłonna reprezentować Lisbeth, gdy zostanie złapana.

– Wprawdzie reprezentowałam kobiety w różnych sprawach o gwałt i znęcanie się, ale jako adwokat raczej nie uczestniczę w procesach.

– Jesteś najbardziej łebskim adwokatem, jakiego znam, a Lisbeth będzie potrzebowała kogoś zaufanego. Myślę, że cię zaakceptuje.

Annika Giannini zastanawiała się chwilę, po czym powiedziała z wahaniem, że porozmawia z Lisbeth, jeśli zajdzie taka potrzeba.

O pierwszej po południu zadzwoniła komisarz Sonja Modig, pytając, czy może od razu przyjść, by zabrać torbę Lisbeth Salander. Najwyraźniej policja otworzyła jego list wysłany na Lundagatan.

Modig pojawiła się już po dwudziestu minutach. Mikael poprosił, by usiadła z Malin Eriksson przy stole. Poszedł do kuchni po torbę leżącą na półce przy kuchence mikrofalowej. Zawahał się chwilę, po czym otworzył ją i wyjął młotek oraz spray z gazem łzawiącym. *Zatajenie materiału dowodowego*. Gaz łzawiący kwalifikowano jako nielegalną broń, tak więc jego posiadanie było karalne. Młotek niewątpliwie wywoła skojarzenia ze skłonnościami Lisbeth do przemocy. Mikael uważał, że to niepotrzebne.

Zaproponował Sonji Modig kawę.

– Czy mogę zadać kilka pytań? – zapytała komisarz.

– Proszę bardzo.

– W liście do Salander, który znaleźliśmy w mieszkaniu na Lundagatan, pisze pan, że ma wobec niej dług. Co to znaczy?

– Lisbeth wyświadczyła mi ogromną przysługę.

– O co chodziło?

– To prywatna sprawa, o której nie zamierzam mówić.

Sonja Modig patrzyła na niego uważnie.

– Śledztwo dotyczy morderstwa.

– I mam nadzieję, że jak najszybciej znajdziecie łotra, który zabił Daga i Mię.

– Nie wierzy pan, że Salander jest winna?

– Nie.

– Jak pan myśli, kto zastrzelił pańskich przyjaciół?

– Nie wiem. Ale Dag Svensson zamierzał zdemaskować wielu ludzi, którzy mają dużo do stracenia. Ktoś z nich może być winowajcą.

– A dlaczego ktoś taki miałby zastrzelić adwokata Nilsa Bjurmana?

– Nie wiem. Jeszcze nie.

Patrzył na nią nieustępliwym wzrokiem. Sonja Modig uśmiechnęła się. Wiedziała, że miał przydomek Kalle Blomkvist i nagle zrozumiała dlaczego.

– Ale zamierza się pan tego dowiedzieć?

– Jeśli tylko zdołam. Może to pani przekazać Bublanskiemu.

– Nie omieszkam. A jeśli Lisbeth Salander się odezwie, to mam nadzieję, że pan nas zawiadomi.

– Nie liczę na to, że odezwie się i przyzna do popełnienia zabójstw, ale jeśli tak się stanie, zrobię wszystko, by ją przekonać do zgłoszenia się na policję. Wtedy też będę na wszelkie sposoby starał się jej pomóc – będzie potrzebowała przyjaciela.

– A jeśli powie, że jest niewinna?

– Mam nadzieję, że w takim razie jej wyjaśnienia rzucą światło na to, co się wydarzyło.

– Panie Blomkvist, mówiąc zupełnie prywatnie, mam nadzieję, że jest pan świadomy konieczności zatrzymania Lisbeth Salander i że nie zrobi pan nic głupiego, gdyby się do pana odezwała. Jeśli pan się myli i ona jest winna, to nie traktując sprawy poważnie, naraża się pan na śmiertelne niebezpieczeństwo.

Mikael kiwnął głową.

– Mam nadzieję, że nie musimy brać pana pod obserwację. Ma pan przecież świadomość, że pomoc osobie poszukiwanej jest karalna. W tym wypadku będzie to kara za udzielenie pomocy przestępcy.

– A ja mam nadzieję, że zarezerwujecie sobie kilka minut, by zastanowić się nad innymi sprawcami.

– Na pewno. Następne pytanie. Wie pan może, na jakim komputerze pracował Dag Svensson?

– Miał używanego iBooka 500, białego, z czternastocalowym monitorem. Wyglądał tak samo jak mój, tyle że ekran był większy.

Mikael wskazał swój sprzęt, stojący na stole obok.

– Ma pan pojęcie, gdzie ten komputer może się znajdować?

– Dag nosił go zazwyczaj w czarnym plecaku. Zakładam, że jest w jego mieszkaniu.

– Nie ma. Może w pracy?

– Nie. Przejrzałem biurko Daga i tam go nie było.

Chwilę siedzieli w milczeniu.

– Czy mam rozumieć, że komputer Daga zaginął? – spytał w końcu Mikael.

MIKAEL I MALIN wytypowali znaczną liczbę osób, które teoretycznie mogłyby mieć motyw, żeby zabić Daga Svenssona. Wszystkie nazwiska zostały zapisane na płachtach papieru, które Mikael przykleił taśmą do ściany w pokoju.

Lista składała się głównie z mężczyzn figurujących w książce jako klienci albo alfonsi. O ósmej wieczorem mieli trzydzieści siedem osób, z których dwadzieścia dziewięć udało się zidentyfikować, a osiem występowało w tekście Daga pod pseudonimami. Dwudziestu spośród zidentyfikowanych mężczyzn było klientami, którzy przy różnych okazjach wykorzystali opisane dziewczyny.

Dyskusja dotyczyła również kwestii opublikowania książki Daga Svenssona. Problem natury praktycznej polegał na tym, że wiele sformułowanych przez Daga i Mię stwierdzeń opierało się na informacjach, które sami zdobyli. Ktoś, kto miałby dokończyć książkę, a wiedziałby o sprawie mniej niż oni, musiałby bardzo gruntownie zgłębić temat i potwierdzić wiele zawartych w niej faktów.

Stwierdzili, że mniej więcej osiemdziesiąt procent istniejącego tekstu mogliby wydać bez większych problemów, jednak potrzebny byłby dodatkowy research, żeby „Millennium" odważyło się wydrukować pozostałe dwadzieścia procent. Ich wahanie nie wynikało z wątpliwości, czy treść jest zgodna z prawdą, lecz wyłącznie z faktu, że sami nie znali dostatecznie tematu. Gdyby Dag Svensson żył, z pewnością mogliby książkę opublikować – wtedy on i Mia przyjęliby lub odparli ewentualne zarzuty czy krytykę.

Mikael wyjrzał przez okno. Ściemniło się i zaczęło padać. Zapytał Malin, czy chce jeszcze kawy. Odmówiła.

– Dobra – powiedziała. – Książkę mamy pod kontrolą. Ale ani śladu zabójcy Daga i Mii.

– Może to ktoś z listy na ścianie.

– Może to być też ktoś, kto w ogóle nie ma nic wspólnego z książką. Albo twoja przyjaciółka.

– Lisbeth.

Malin zerknęła na niego ukradkiem. Zaczęła pracę w „Millennium" ponad półtora roku temu, w samym środku chaosu związanego z aferą Wennerströma. Po latach zastępstw i tymczasowych umów praca w tej redakcji była

335

pierwszym stałym zatrudnieniem w jej życiu. Czuła się tam wspaniale. Etat w „Millennium" dawał prestiż. Pozostawała w bliskich relacjach z Eriką Berger i resztą współpracowników, zawsze jednak czuła się nieswojo w towarzystwie Mikaela Blomkvista. Nie było ku temu wyraźnych powodów, ale spośród wszystkich członków redakcji uważała Mikaela za najbardziej zamkniętego i niedostępnego.

W minionym roku zjawiał się w pracy późno i przesiadywał w swoim pokoju albo u Eriki. Często w ogóle nie przychodził, a w pierwszych miesiącach Malin wydawało się, że częściej widuje go na kanapie w telewizji niż na żywo w redakcji. Często też podróżował albo najwyraźniej zajmował się innymi sprawami. Nie zachęcał do nawiązywania bliskich relacji, a z podsłuchanych komentarzy innych pracowników wynikało, że się zmienił. Stał się cichszy i trudniej było do niego dotrzeć.

– Jeśli mam spróbować się dowiedzieć, dlaczego zastrzelono Daga i Mię, muszę znać więcej szczegółów o Salander. Nie za bardzo wiem, od czego zacząć, jeśli nie... – zawiesiła głos.

Mikael zerknął na nią. Wreszcie usiadł w fotelu na ukos od Malin i też położył nogi na ławie.

– Dobrze się czujesz w „Millennium"? – zapytał nieoczekiwanie. – To znaczy pracujesz u nas od półtora roku, ale tyle ostatnio biegałem, że nie zdążyliśmy się lepiej poznać.

– Bardzo dobrze się czuję – powiedziała Malin. – A wy jesteście ze mnie zadowoleni?

Mikael uśmiechnął się.

– Erika i ja stwierdzaliśmy nie raz, że nigdy nie było u nas tak kompetentnego sekretarza redakcji. Według nas jesteś skarbem. Przepraszam, że nie powiedziałem tego wcześniej.

Malin uśmiechnęła się z satysfakcją. Pochwała od samego Mikaela Blomkvista była jak najbardziej mile widziana.

– Ale tak właściwie nie o to pytałam – powiedziała.

– Chodzi ci o stosunek Lisbeth Salander do „Millennium".

– W tej sprawie i ty, i Erika jesteście bardzo oszczędni w słowach.

Mikael kiwnął głową i spojrzał jej w oczy. On i Erika mieli do Malin pełne zaufanie, ale o pewnych kwestiach nie mógł z nią rozmawiać.

– Zgoda – powiedział. – Skoro będziemy zajmować się zabójstwem Daga i Mii, musisz poznać więcej szczegółów. Ja mam informacje z pierwszej ręki, a poza tym stanowię powiązanie między nią a Dagiem i Mią. Zadawaj pytania, a ja odpowiem na tyle, na ile będę mógł. Jeśli nie będę mógł odpowiedzieć, dam znać.

– Po co ta cała tajemnica? Kim jest Lisbeth Salander i co ją łączy z „Millennium"?

– No więc tak. Dwa lata temu zatrudniłem Lisbeth Salander jako researchera przy niezwykle skomplikowanym zleceniu. I tu tkwi problem. Nie mogę powiedzieć, na czym to zlecenie polegało. Erika wiedziała, o co chodziło, i zobowiązała się zachować to w tajemnicy.

– Dwa lata temu... zanim załatwiłeś Wennerströma. Mogę założyć, że robiła research w związku z tą sprawą?

– Nie, nie możesz. Nie potwierdzę ani nie zaprzeczę. Ale mogę powiedzieć tyle, że zatrudniłem Lisbeth Salander w zupełnie innej sprawie i że zrobiła świetną robotę.

– Dobra, mieszkałeś wtedy w Hedestad i, z tego, co wiem, żyłeś jak pustelnik. A Hedestad nie było tamtego lata białą plamą na mapie zainteresowania mediów. Harriet Vanger powstała z martwych i tak dalej. Co ciekawe, „Millennium" nie napisało ani słowa o tej sprawie.

– Jak poprzednio... nie powiem ani tak, ani nie. Możesz zgadywać w nieskończoność, a prawdopodobieństwo, że trafisz, uznałbym za niemal zerowe. – Uśmiechnął się. – Natomiast fakt, że nie pisaliśmy o Harriet Vanger, spowodowany był tym, że zasiada w zarządzie. Niech inne media ją kontrolują. A co do Lisbeth – wierz mi na słowo, gdy mówię, że to, co dla mnie robiła, nie mogło mieć żadnego wpływu na wydarzenia w Enskede. Po prostu nie ma tu powiązania.

– Dobra.

– Pozwól, że dam ci radę. Nie zgaduj. Nie wyciągaj wniosków. Przyjmij tylko, że pracowała dla mnie i że nie mogę zdradzić, o co chodziło. Powiem ci też, że zrobiła dla mnie coś jeszcze. W trakcie naszej współpracy uratowała mi życie. Dosłownie. Mam wobec niej ogromny dług wdzięczności.

Malin uniosła brwi ze zdziwieniem. O tym w „Millennium" nie usłyszała ani słowa.

– Więc jeśli się nie mylę, oznacza to, że znasz ją dość dobrze.

– Przypuszczam, że na tyle dobrze, na ile ktokolwiek mógłby ją w ogóle poznać – odpowiedział Mikael. – Prawdopodobnie jest najbardziej zamkniętym w sobie człowiekiem, jakiego kiedykolwiek spotkałem.

Nagle wstał i spojrzał w ciemność za oknem.

– Nie wiem, jak ty, ale ja zamierzam nalać sobie wódki z cytryną – powiedział w końcu.

Malin uśmiechnęła się.

– Dobra. Lepsze to niż kolejna kawa.

ŚWIĄTECZNY WEEKEND SPĘDZONY w domku letniskowym na wyspie Blidö Dragan Armanski wykorzystał na rozmyślania o Lisbeth. Jego dorosłe dzieci zdecydowały się nie spędzać Wielkanocy z rodzicami. Ritva, jego żona od dwudziestu pięciu lat, bez większych trudności zauważyła, że chwilami myślami jest gdzieś daleko. Pogrążał się w zadumie i na próby nawiązania rozmowy odpowiadał z roztargnieniem. Codziennie jechał samochodem do sklepu po gazety. Siadał przy oknie wychodzącym na werandę i czytał artykuły o pościgu za Lisbeth Salander.

Dragan Armanski zawiódł się na sobie. Zawiódł się, ponieważ tak bardzo się pomylił co do Lisbeth. Od wielu lat wiedział, że ma problemy z psychiką. Przeczuwał, że mogłaby użyć przemocy i zrobić krzywdę temu, kto jej zagrażał. Fakt, że zaatakowała opiekuna prawnego – uznała go zapewne za człowieka, który wtrąca się w jej sprawy – był w jakiś sposób uzasadniony. Próby kierowania jej życiem uważała za prowokację, a być może także za atak.

Jednak za nic w świecie nie mógł pojąć, co mogło ją skłonić do tego, by pojechać do Enskede i zastrzelić dwie osoby, których według wszelkich dostępnych informacji w ogóle nie znała.

Dragan Armanski cały czas oczekiwał, że między Salander a zamordowaną parą ujawni się jakieś powiązanie, że któreś z nich dwojga miało z nią wcześniej do czynienia albo zrobiło coś, co spowodowało jej wściekłość. Jednak nic takiego nie wynikało z tekstów prasowych, za to spekulowano, że chora psychicznie Lisbeth Salander musiała doznać załamania nerwowego.

Dwa razy zadzwonił do komisarza Bublanskiego, by dowiedzieć się o postępy w sprawie, ale prowadzący śledztwo również nie potrafił wyjaśnić powiązań między Lisbeth Salander a parą z Enskede, poza jednym – osobą Mikaela Blomkvista. Tu śledztwo natrafiało na pewną przeszkodę. Mikael Blomkvist znał zarówno Lisbeth Salander, jak i zamordowaną parę, nie było jednak żadnych dowodów na to, iż Salander z kolei znała Daga Svenssona i Mię Bergman albo w ogóle o nich słyszała. Prowadzący śledztwo mieli więc trudności z ustaleniem przebiegu wydarzeń. Gdyby nie znaleziono narzędzia zbrodni z jej odciskami palców i bezspornego powiązania z pierwszą ofiarą, adwokatem Bjurmanem, błądziliby po omacku.

MALIN ERIKSSON skorzystała z łazienki Mikaela i wróciła na sofę.

– Podsumujmy – powiedziała. – Naszym zadaniem jest ustalenie, czy Lisbeth Salander, jak twierdzi policja, zabiła Daga i Mię. Nie mam pojęcia, od czego powinniśmy zacząć.

– Spójrz na to jak na research. Nie będziemy przeprowadzać dochodzenia, za to prześledzimy działania policji i rozszyfrujemy, co oni wiedzą. Tak jak przy każdym innym tekście, z tą różnicą, że niekoniecznie opublikujemy wszystko, do czego dojdziemy.

– Ale jeśli Salander jest mordercą, musi istnieć powiązanie między nią a Dagiem i Mią. A jedynym powiązaniem jesteś ty.

– W tym przypadku nie jestem żadnym powiązaniem. Nie widziałem się z Lisbeth przez ponad rok. Nie mam nawet pojęcia, skąd mogłaby wiedzieć o ich istnieniu.

Mikael nagle zamilkł. W odróżnieniu od wszystkich innych wiedział, że Lisbeth Salander to światowej klasy haker. Nagle zdał sobie sprawę, że jego iBook był pełen korespondencji z Dagiem Svenssonem, różnych wersji jego książki, a do tego była tam jeszcze wersja elektroniczna doktoratu Mii. Nie wiedział, czy Lisbeth Salander sprawdzała jego komputer, jednak mogłaby z niego wyczytać, że zna Daga Svenssona.

Problem w tym, że Mikael nie potrafił sobie wyobrazić żadnego motywu, dla którego Lisbeth miałaby pojechać do Enskede i zastrzelić Daga i Mię. Przeciwnie – pracowali nad reportażem o przemocy wobec kobiet, któremu Lisbeth powinna na wszelkie sposoby kibicować. Jeśli Mikael w ogóle ją znał.

– Wyglądasz, jak by coś przyszło ci na myśl – powiedziała Malin.

Mikael nie zamierzał ani słowem zdradzić się z wiedzą o talentach Lisbeth w dziedzinie informatycznej.

– Nie, jestem po prostu zmęczony i mam mętlik w głowie.

– Teraz policja podejrzewa Salander nie tylko o zabójstwo Daga i Mii, ale też jej opiekuna prawnego, a tu powiązanie jest jasne jak słońce. Co o nim wiesz?

– Nic a nic. Nigdy nie słyszałem o adwokacie Bjurmanie i nawet nie wiedziałem, że ona ma opiekuna prawnego.

– Jednak prawdopodobieństwo, że ktoś inny miałby zamordować wszystkich troje, jest przecież znikome. Nawet jeśli ktoś zamordował Daga i Mię z powodu tematu, jakim się zajmowali, nie istnieje żaden powód, by zabijał opiekuna prawnego Lisbeth Salander.

– Wiem, i aż do bólu się nad tym zastanawiałem. Ale mogę wyobrazić sobie przynajmniej jeden scenariusz, zgodnie z którym ktoś jeszcze poza Lisbeth mógłby zabić zarówno Daga i Mię, jak i Bjurmana.

– To znaczy?

– Powiedzmy, że Daga i Mię zamordowano, ponieważ węszyli przy sekshandlu, a Lisbeth w jakiś sposób została w to wmieszana jako osoba trzecia. Jeśli Bjurman był opiekunem Lisbeth, to istnieje możliwość, że po prostu mu się zwierzyła, a on tym samym stał się świadkiem albo dowiedział się o czymś, przez co sam również został zamordowany.

Malin zastanawiała się chwilę.

– Rozumiem, o co ci chodzi – odezwała się z powątpiewaniem. – Ale nie masz nic na potwierdzenie tej teorii.

– Nie. Nic.

– A jak sam uważasz? Jest winna czy nie?

Mikael długo myślał nad odpowiedzią.

– Powiem tak: czy jest zdolna do tego, by zabić? Odpowiedź brzmi – tak. Lisbeth Salander ma skłonności do przemocy. Widziałem ją w akcji, gdy…

– Gdy uratowała ci życie?

Mikael kiwnął głową.

– Nie mogę powiedzieć, o co chodziło. Ale pewien facet zamierzał mnie zabić i prawie mu się udało. Lisbeth interweniowała i ciężko pobiła go kijem golfowym.

– Nie powiedziałeś o tym policji?

– O, nie. I niech to pozostanie między nami.

– Dobra.

Spojrzał na nią ostro.

– Malin, w tej sprawie muszę na tobie polegać.

– Nikomu nie powiem, o czym rozmawiamy. Nawet Antonowi. Jesteś nie tylko moim szefem – lubię cię i nie zamierzam ci zaszkodzić.

Mikael kiwnął głową.

– Przepraszam – powiedział.

– Przestań przepraszać.

Zaśmiał się, jednak zaraz znów spoważniał.

– Jestem przekonany, że gdyby było trzeba, zabiłaby go, żeby mnie obronić.

– Aha.

– Jednocześnie uważam, że jest osobą racjonalną. Dziwną też, lecz jest racjonalna według swoich własnych zasad. Użyła przemocy, ponieważ zaistniała taka konieczność, a nie dlatego że nabrała na to ochoty. Musiałaby mieć powód, żeby zabić – musiałaby czuć się skrajnie zagrożona. Albo sprowokowana.

Zastanawiał się jeszcze przez chwilę. Malin obserwowała go cierpliwie.

– Nie mogę się wypowiadać w kwestii jej opiekuna. Nic o nim nie wiem. Ale po prostu nie widzę jej strzelającej do Daga i Mii. Nie wierzę w to.

Długo siedzieli w milczeniu. Malin, zerknąwszy na zegarek, stwierdziła, że jest już wpół do dziesiątej wieczorem.

– Zrobiło się późno. Powinnam iść do domu – powiedziała.

Mikael kiwnął głową.

– Pracowaliśmy cały dzień. Jutro możemy kontynuować. Nie, zostaw naczynia, zajmę się tym.

W NOC Z WIELKIEJ SOBOTY na Niedzielę Wielkanocną Armanski leżał bezsennie w łóżku, słuchając oddechu śpiącej Ritvy. On też nie mógł się zorientować w tym dramacie. Wreszcie wstał, założył kapcie i szlafrok i wyszedł do dużego pokoju. W powietrzu czuć było chłód, dołożył kilka drzazg do kominka ze steatytu, otworzył lekkie piwo, usiadł i spoglądał w ciemność na szlak wodny łączący wyspy Furusund i Yxlan.

A co ja wiem?

Na pewno mógł potwierdzić, że Lisbeth jest stuknięta i nieobliczalna. Co do tego nie było żadnych wątpliwości.

Wiedział, że coś wydarzyło się zimą 2003 roku, gdy nagle zrezygnowała z pracy u niego i zrobiła sobie roczną przerwę, znikając za granicą. Był przekonany, że Mikael Blomkvist maczał w tym palce – okazało się jednak, że Mikael też nie wiedział, co się stało.

Po powrocie przyszła do niego z wizytą. Twierdziła, iż jest „niezależna finansowo", co Armanski zinterpretował tak, że ma dość pieniędzy, by się utrzymać przez jakiś czas.

Wiosnę spędziła, odwiedzając regularnie Holgera Palmgrena. Z Blomkvistem się nie skontaktowała.

Zastrzeliła trzy osoby, z których dwóch prawdopodobnie nie znała.

To się nie zgadza. Nie ma w tym logiki.

Armanski wypił łyk piwa prosto z butelki i zapalił papierosa. Miał wyrzuty sumienia i między innymi dlatego czuł się niezadowolony przez cały weekend.

Gdy odwiedził go Bublanski, bez wahania przekazał mu tyle informacji, ile tylko mógł, żeby pomóc w ujęciu Lisbeth. Nie miał żadnych wątpliwości co do tego, że musi zostać schwytana – im szybciej, tym lepiej. Jednak dręczyły go wyrzuty, że miał o niej na tyle niskie mniemanie, by bez żadnych wątpliwości zaakceptować jej winę. Armanski był realistą. Skoro policja twierdziła, że podejrzewa kogoś o zabójstwo, to istniało spore prawdopodobieństwo, iż takie są fakty. A więc Lisbeth Salander była winna.

Policja nie brała jednak pod uwagę motywacji Lisbeth Salander – jeśli w ogóle mogło to stanowić jakąś okoliczność łagodzącą albo przynajmniej sensowne wyjaśnienie jej morderczego szału. Zadanie policji polegało na tym, by ją schwytać i udowodnić, że oddała strzały w Enskede, a nie na tym, by grzebać w jej psychice i szukać wytłumaczenia, dlaczego to zrobiła. Byli zadowoleni, mogąc znaleźć dość sensowny motyw dla przestępstwa, lecz i gotowi uznać je – z braku wyjaśnienia – za czyn szaleńca. *Lisbeth Salander seryjnym mordercą pokroju Mattiasa Flinka.* Potrząsnął głową.

Draganowi Armanskiemu nie podobało się to wytłumaczenie.

Lisbeth Salander nigdy nie robiła nic wbrew swojej woli i bez przemyślenia konsekwencji.

Oryginalna – tak. Szalona – nie.

Więc musi być inne wytłumaczenie, bez względu na to, jak podejrzane i niewiarygodne zdawałoby się osobom postronnym.

Mniej więcej około drugiej nad ranem Dragan Armanski podjął decyzję.

Rozdział 17
Niedziela Wielkanocna 27 marca
– wtorek 29 marca

W NIEDZIELNY PORANEK Dragan Armanski wstał wcześnie po nocy niespokojnych rozważań. Na palcach zszedł ostrożnie na dół, nie budząc żony, nastawił kawę i zrobił kanapki. Potem wyjął laptopa i zaczął pisać.

Wykorzystał ten sam formularz raportu, jakiego używano w Milton Security przy zdobywaniu informacji. Na ile potrafił, wypełnił go istotnymi danymi dotyczącymi osobowości Lisbeth Salander.

O dziewiątej weszła Ritva i podała kawę. Zapytała go, co robi. Odpowiedział wymijająco i uparcie pisał dalej. Znała swojego męża na tyle, by wiedzieć, że ten dzień jest już stracony.

OCZEKIWANIA MIKAELA nie spełniły się, co prawdopodobnie wynikało z tego, że były święta, a siedziba policji świeciła pustkami. Dopiero w wielkanocny poranek media dowiedziały się, że to on znalazł Daga i Mię. Pierwszy pojawił się reporter z popołudniówki „Aftonbladet", dawny znajomy Mikaela.

– Cześć, Blomkvist, mówi Nicklasson.

– Cześć – odpowiedział Mikael.

– To ty znalazłeś parę z Enskede.

Mikael potwierdził.

– Mój informator zapewnia, że pracowali dla „Millennium".

– Twój informator ma częściowo rację. Dag Svensson robił reportaż na zlecenie „Millennium". Mia Bergman – nie.

– O, cholera. Bombowy temat.

– Tak przypuszczam – powiedział Mikael zmęczonym głosem.

– Dlaczego nie informowaliście o tym?

– Dag Svensson był naszym przyjacielem i kolegą z pracy. Uważaliśmy, że do dobrego obyczaju należy, by przynajmniej ich krewni dowiedzieli się o wszystkim, zanim wyjdziemy z tym na zewnątrz.

Mikael wiedział, że ta odpowiedź nie zostanie zacytowana.

– Dobra. Nad czym pracował Dag?

– Nad tematem na zlecenie „Millennium".

– O co chodziło?

– A jakiego newsa opublikuje jutro „Aftonbladet"?

– A więc to był news.

– Chrzań się, Nicklasson.

– Daj spokój, Bloomy. Sądzisz, że zabójstwo ma coś wspólnego z tematem, nad którym pracował Dag?

– Jeśli jeszcze raz nazwiesz mnie Bloomy, odłożę słuchawkę i nie będę z tobą rozmawiał do końca roku.

– No, przepraszam. Myślisz, że Daga zamordowano w związku z jego śledztwem dziennikarskim?

– Nie mam pojęcia, dlaczego zamordowano Daga.

– Czy temat, nad którym pracował, wiązał się z Lisbeth Salander?

– Nie, w żaden sposób.

– Wiesz, czy Dag znał tę wariatkę Salander?

– Nie.

– Pisał wcześniej mnóstwo tekstów o przestępczości komputerowej. Czy takim właśnie tematem zajmował się dla „Millennium"?

Nie poddajesz się, pomyślał Mikael. Już miał powiedzieć Nicklassonowi, by spadał, ale powstrzymał się i aż usiadł na łóżku. Uderzyły go równocześnie dwie myśli. Nicklasson wciąż coś mówił.

– Poczekaj chwilę. Nie odkładaj słuchawki. Zaraz wracam. Mikael wstał i zakrył dłonią mikrofon. Nagle znalazł się na całkiem innej planecie.

Od chwili morderstwa łamał sobie głowę, jak znaleźć sposób na kontakt z Lisbeth Salander. Prawdopodobieństwo, że przeczyta jego wypowiedź, było bardzo duże, bez względu na to, gdzie się znajduje. Gdyby zaprzeczył, że ją zna, mogłaby to zinterpretować w ten sposób, że ją opuścił albo sprzedał. Gdyby jej bronił, inni odczytaliby to tak, iż wie o zabójstwach więcej, niż powiedział. Jeśli jednak wypowie się we właściwy sposób, może dać Lisbeth impuls do tego, żeby nawiązała z nim kontakt. Tak dobrej okazji nie można przegapić. Musi coś powiedzieć. *Ale co?*

– Przepraszam, już jestem. Co mówiłeś?

– Pytałem, czy Dag Svensson pisał o przestępczości komputerowej.

– Możesz mieć moją wypowiedź, jeśli chcesz.

– Dawaj.

– Ale musisz dokładnie mnie zacytować.

– A jak inaczej miałbym cię zacytować?

– Wolałbym nie odpowiadać na to pytanie.

– Co chcesz powiedzieć?

– Prześlę ci mailem za piętnaście minut.

– Co?

– Sprawdź pocztę za piętnaście minut – powiedział Mikael i przerwał rozmowę.

Podszedł do biurka, włączył iBooka i otworzył Worda. Zastanawiał się w skupieniu dwie minuty, po czym zaczął pisać.

[Redaktor naczelna „Millennium", Erika Berger, jest głęboko wstrząśnięta śmiercią dziennikarza i współpracownika pisma, Daga Svenssona. Ma nadzieję, że sprawa zabójstw zostanie szybko wyjaśniona.

To pełniący funkcję wydawcy odpowiedzialnego „Millennium", Mikael Blomkvist, znalazł ciała swojego kolegi i jego dziewczyny, zamordowanych w nocy z Wielkiej Środy na Wielki Czwartek.

– Dag Svensson był wspaniałym dziennikarzem, bardzo go lubiłem. Miał wiele pomysłów na teksty. Pracował między innymi nad obszernym reportażem o przestępstwach komputerowych – powiedział „Aftonbladet" Mikael Blomkvist. Ani Blomkvist ani Berger nie chcą spekulować w kwestii, kto dokonał zabójstw i jaki może być ich motyw.]

Następnie Mikael podniósł słuchawkę i zadzwonił do Eriki Berger.

– Cześć, Ricky, właśnie udzieliłaś wywiadu „Aftonbladet".

– Ach tak.

Szybko przeczytał krótkie cytaty.

– Dlaczego tak? – zapytała Erika.

– Dlatego, że każde słowo jest prawdą. Dag pracował dziesięć lat jako wolny strzelec i jedną z jego specjalizacji były zabezpieczenia komputerów. Wiele razy omawiałem z nim ten temat i rozważaliśmy publikację jego tekstu w „Millennium", gdy skończymy pisać o traffickingu.

Przerwał na moment.

– Znasz jeszcze kogoś zainteresowanego tematem przestępstw komputerowych? – zapytał.

Erika nie odzywała się jakieś dziesięć sekund. Zrozumiała, co Mikael usiłował zrobić.

– Sprytne, Micke. Cholernie sprytne. Dobra. Do dzieła.

Nicklasson oddzwonił w ciągu minuty po otrzymaniu maila od Mikaela.

– Nie za długa ta wypowiedź.

– Tyle możesz dostać, a to i tak więcej niż ma jakakolwiek inna gazeta. Albo dajesz cytat w całości albo wcale.

PO SKOŃCZENIU SPRAWY z Nicklassonem Mikael zastanowił się chwilę i napisał krótki list.

[Droga Lisbeth,

Piszę ten list i zostawiam go na twardym dysku w przekonaniu, że prędzej czy później go przeczytasz. Pamiętam, jak przejęłaś komputer Wennerströma dwa lata temu i podejrzewam, że nie omieszkałaś włamać się do mojego. W tej chwili jest oczywiste, iż nie chcesz mieć ze mną nic do czynienia. Wciąż nie wiem, dlaczego zerwałaś kontakt w taki sposób, lecz nie zamierzam pytać, a ty nie musisz się tłumaczyć.

Niestety, czy tego chcesz, czy nie, wydarzenia ostatnich dni znów nas ze sobą zetknęły. Policja twierdzi, że z zimną krwią zamordowałaś dwoje ludzi, których bardzo lubiłem. Co do faktu, że była to brutalna zbrodnia, nie mam wątpliwości – to ja znalazłem Daga i Mię kilka minut po tym, jak ich zastrzelono. Problem jest taki, że nie wierzę, iż to ty ich zabiłaś. A przynajmniej mam taką nadzieję. Jeśli, jak twierdzi policja, jesteś psychopatycznym mordercą, znaczy to, że albo totalnie się co do ciebie pomyliłem, albo przez miniony rok dramatycznie się zmieniłaś. A jeśli nie ty jesteś mordercą, znaczy to, że policja ściga niewłaściwą osobę.

W takiej sytuacji powinienem cię wezwać, żebyś poddała się i zgłosiła na policję. Podejrzewam jednak, że moje słowa byłyby jak rzucanie grochem o ścianę. Lecz sprawa wygląda tak, że twoje położenie jest niepewne i prędzej czy później zostaniesz schwytana. Wtedy będziesz potrzebować przyjaciela. Jeśli nie chcesz mnie widzieć, możesz spotkać się z moją siostrą. Nazywa się Annika Giannini i jest adwokatem. Rozmawiałem z nią, byłaby skłonna cię reprezentować, jeśli się z nią skontaktujesz. Możesz na nią liczyć.

Ze strony „Millennium" rozpoczęliśmy własne śledztwo, ponieważ chcemy się dowiedzieć, dlaczego zamordowano Daga i Mię. Teraz sporządzam listę osób, które miały poważne powody, by uciszyć Daga Svenssona. Nie wiem, czy jestem na dobrym tropie, ale zamierzam sprawdzić wszystkie te osoby, jedną po drugiej.

Nie mogę rozgryźć, skąd w tym wszystkim wziął się adwokat Bjurman. Nie ma go nigdzie w materiałach Daga, a ja nie widzę żadnego powiązania między nim a Dagiem i Mią.

Pomóż mi. *Please*. Co ich łączy?

Mikael.

PS. Powinnaś zrobić sobie nowe zdjęcie do paszportu. To nie oddaje rzeczywistości.]

Zastanawiał się chwilę, po czym nazwał dokument [Dla Sally], utworzył folder o nazwie <LISBETH SALANDER> i zostawił go w widocznym miejscu na pulpicie.

WE WTORKOWY PORANEK Dragan Armanski zwołał zebranie przy okrągłym stole konferencyjnym w swoim biurze w Milton Security. Wezwał trzy osoby.

Sześćdziesięciodwuletni Johan Fräklund, wcześniej komisarz policji w Solnej, był szefem wydziału operacyjnego Milton Security. To on jako zwierzchnik odpowiadał za planowanie i analizy. Armanski przejął Fräklunda ze służby państwowej przed dziesięciu laty i z czasem zaczął go uważać za jeden z najmocniejszych filarów firmy.

Wezwał również Sonny'ego Bohmana, lat czterdzieści osiem, i Niklasa Erikssona, lat dwadzieścia dziewięć. Również Bohman był wcześniej policjantem. W latach osiemdziesiątych zdobywał szlify w Norrmalmspiketen, słynnej jednostce policji ze sztokholmskiego śródmieścia, a potem uciekł do wydziału zabójstw, gdzie prowadził dziesiątki skomplikowanych śledztw. Na początku lat dziewięćdziesiątych, gdy w Sztokholmie szalał Laserowy Zabójca, Bohman był jedną z kluczowych postaci w tej sprawie, a w 1997 roku po namowach i obietnicy znacznie wyższego wynagrodzenia przeszedł do Milton Security.

Niklasa Erikssona uważano za nowicjusza. Kształcił się w Szkole Policyjnej, jednak w ostatniej chwili przed uzyskaniem dyplomu wykryto u niego wrodzoną wadę serca, z którą nie tylko wiązała się konieczność poważnej operacji, ale która oznaczała również koniec kariery policyjnej Erikssona.

Fräklund – który pracował z ojcem Erikssona – przyszedł do Armanskiego z propozycją, by dać Niklasowi szansę. Ponieważ w wydziale do spraw analiz był wolny etat, Armanski zaakceptował kandydaturę. Nie żałował. Eriksson pracował w Milton Security od pięciu lat i chociaż w odróżnieniu od wielu innych pracowników z jednostki operacyjnej nie był obyty z działaniem w terenie, dał się poznać w firmie jako człowiek o przenikliwym umyśle.

– Dzień dobry wszystkim, usiądźcie i czytajcie – powiedział Armanski.

Rozdał trzy teczki zawierające po pięćdziesiąt stron skopiowanych wycinków prasowych o pościgu za Lisbeth Salander oraz trzystronicowe zestawienie danych na jej temat. Armanski poświęcił wielkanocny poniedziałek na sporządzanie akt osobowych. Eriksson jako pierwszy skończył czytać i odłożył teczkę. Armanski poczekał na Bohmana i Fräklunda.

– Zakładam, że żaden z szanownych panów nie przegapił nagłówków gazet w miniony weekend – zaczął.

– Lisbeth Salander – powiedział Fräklund ponurym głosem.

Sonny Bohman potrząsnął głową.

Niklas Eriksson z nieodgadnionym wyrazem twarzy i cieniem smutnego uśmiechu spoglądał gdzieś w dal.

Dragan Armanski popatrzył na całą trójkę badawczym wzrokiem.

– Jeden z naszych pracowników – powiedział. – Jak dobrze zdołaliście ją poznać przez te lata?

– Próbowałem z nią kiedyś pożartować – powiedział Niklas Eriksson, uśmiechając się nieznacznie. – Nie poszło za dobrze. Myślałem, że odgryzie mi głowę. Maksymalnie obrażalska, z tego wszystkiego zamieniłem z nią może jakieś dziesięć zdań.

– Była dość dziwna – przyznał Fräklund.

Bohman wzruszył ramionami.

– Kompletna wariatka, a w kontaktach z innymi prawdziwa zaraza. Wiedziałem, że jest stuknięta, ale nie wiedziałem, że aż tak cholernie szalona.

Dragan Armanski pokiwał głową.

– Chodziła własnymi drogami – powiedział. – Nie była łatwa w kontaktach. Ale zatrudniłem ją, bo to najlepszy researcher, na jakiego się kiedykolwiek natknąłem. Zawsze osiągała ponadprzeciętne rezultaty.

– Tego nigdy nie potrafiłem pojąć – powiedział Fräklund. – Nie łapię, jak mogła być tak niebywale kompetentna, a jednocześnie tak beznadziejna w kontaktach społecznych.

Wszyscy trzej kiwnęli głowami.

– Wyjaśnieniem jest oczywiście stan jej psychiki – powiedział Armanski, skubiąc jedną z teczek. – Lisbeth Salander była ubezwłasnowolniona.

– Nie miałem o tym pojęcia – powiedział Eriksson. – Znaczy się, nie miała przecież tego wypisanego na czole. Nigdy nic o tym nie mówiłeś.

– Nie – przyznał Armanski. – Ponieważ sądziłem, że nie trzeba jej jeszcze bardziej piętnować. Każdy musi dostać szansę.

– Efekt tego eksperymentu widzieliśmy w Enskede – powiedział Bohman.

– Możliwe.

ARMANSKI ZAWAHAŁ SIĘ CHWILĘ. Nie chciał ujawniać swojej słabości do Lisbeth Salander przed trzema zawodowcami, którzy właśnie patrzyli na niego wyczekującym wzrokiem. Podczas rozmowy wypowiadali się w dość neutralnym tonie, lecz Armanski wiedział, że wszyscy trzej szczerze nie lubią Lisbeth Salander, podobnie jak pozostali pracownicy

Milton Security. Nie mógł sprawiać wrażenia słabego czy zakłopotanego. Trzeba więc było przedstawić kwestię w taki sposób, by wykrzesać z podwładnych pewną dozę zaangażowania i profesjonalizmu.

– Postanowiłem po raz pierwszy w naszej historii użyć zasobów Milton Security w zupełnie wewnętrznej sprawie – powiedział. – Nie możemy nadwyrężać budżetu, ale, Bohman i Eriksson, zamierzam zwolnić was dwóch z przydzielonych zadań. Wasze nowe zadanie to, jeśli mogę wyrazić się nieco ogólnikowo, „ustalić prawdę" o Lisbeth Salander.

Bohman i Eriksson z powątpiewaniem spojrzeli na Armanskiego.

– Fräklund, chcę, żebyś objął funkcję prowadzącego śledztwo. Chcę wiedzieć, co się stało i co skłoniło Lisbeth Salander do zamordowania swojego opiekuna prawnego i pary z Enskede. Musi być jakieś sensowne wyjaśnienie.

– Przepraszam, ale wygląda to na czysto policyjną robotę – zarzucił Fräklund.

– Bez wątpienia – odparował natychmiast Armanski. – Ale mamy nad nimi pewną przewagę. Znaliśmy Lisbeth Salander i wiemy, w jaki sposób działa.

– Ta... – odezwał się Bohman z powątpiewaniem w głosie. – Nie sądzę, by ktokolwiek w firmie znał Lisbeth Salander albo miał pojęcie, co się kłębi w jej małej główce.

– To bez znaczenia – odpowiedział Armanski. – Salander pracowała dla Milton Security. Uważam, że ciąży na nas obowiązek ustalenia prawdy.

– Salander nie pracowała dla nas od... ile to będzie, niedługo już dwa lata – powiedział Fräklund. – Nie uważam, byśmy ponosili odpowiedzialność za jej wybryki. I nie wydaje mi się, by policja potrafiła docenić, że w ten sposób pomagamy w śledztwie.

– Przeciwnie – odpowiedział Armanski. Miał atut w ręku i musiał to dobrze rozegrać.

– Jak to? – zapytał Bohman.

– Wczoraj długo rozmawiałem z prokuratorem Ekströmem, który nadzoruje postępowanie przygotowawcze, i z komisarzem Bublanskim, prowadzącym śledztwo. Ekström jest pod presją. To nie zwykłe porachunki gangsterskie, lecz egzekucja adwokata, kryminolożki i dziennikarza, czyli wydarzenie o ogromnym potencjale medialnym. Wyjaśniłem, że skoro główna podejrzana to były pracownik Milton Security, my również postanowiliśmy rozpocząć dochodzenie w sprawie.

Armanski zrobił pauzę, po czym mówił dalej.

– Ekström i ja zgodziliśmy się co do tego, że najważniejsze w tej chwili to schwytać Lisbeth Salander, możliwie szybko, zanim wyrządzi większą szkodę sobie albo innym – powiedział. – Ponieważ mamy na jej temat większą wiedzę niż policja, możemy pomóc w śledztwie. Uzgodniliśmy więc, że wy dwaj – wskazał na Bohmana i Erikssona – przeniesiecie się do siedziby policji na Kungsholmen i dołączycie do zespołu Bublanskiego.

Wszyscy trzej spojrzeli zdziwieni na szefa Milton Security.

– Przepraszam za naiwne pytanie... ale jesteśmy już cywilami – powiedział Bohman. – Policja zamierza ot tak po prostu dopuścić nas do śledztwa w sprawie zabójstwa?

– Pracujecie jako podwładni Bublanskiego, ale składacie raporty również mnie. Będziecie mieli pełny wgląd w śledztwo. Wszystkie materiały, jakie mamy i dopiero znajdziemy, przekazujemy Bublanskiemu. Dla policji oznacza to jedynie, że zespół śledczy otrzyma darmowe wsparcie. A cywilami to wy nie jesteście. Ty i Fräklund pracowaliście w policji na długo przed przejściem do Milton Security i przecież nawet Eriksson skończył szkołę policyjną.

– Ale to wbrew zasadom...

– Wcale nie. Policja w różnych śledztwach często korzysta z pomocy cywilnych konsultantów. Mogą to być psychologowie w związku z przestępstwami na tle seksualnym albo tłumacze w sprawach, w które zamieszani są obcokrajowcy.

Po prostu wchodzicie do zespołu jako cywilni konsultanci, mający szczegółową wiedzę o głównej podejrzanej.

Fräklund powoli skinął głową.

– Dobra. Milton Security włącza się do śledztwa i próbuje pomóc w ujęciu Lisbeth Salander. Coś jeszcze?

– Jedna rzecz: wasze zadanie służbowe to ustalić prawdę. Nic innego. Chcę wiedzieć, czy Salander zastrzeliła tych troje ludzi, a jeżeli tak – to dlaczego.

– Istnieją jakieś wątpliwości co do tego, że jest winna? – zapytał Eriksson.

– Dowody, jakimi dysponuje policja, bardzo ją obciążają. Ale chcę wiedzieć, czy w całej tej sprawie jest jakieś drugie dno, na przykład współwinny, którego nie znamy, a który być może pociągnął za spust, albo czy wystąpiły tu dodatkowe okoliczności.

– Myślę, że trudno będzie znaleźć okoliczności łagodzące, skoro w grę wchodzi potrójne morderstwo – powiedział Fräklund. – W takim razie musimy wyjść z założenia, że być może ona jest zupełnie niewinna. A w to nie wierzę.

– Ani ja – przyznał się Armanski. – Ale waszym zadaniem jest wspierać policję w każdy możliwy sposób i pomóc w jak najszybszym ujęciu Lisbeth Salander.

– Budżet? – zapytał Fräklund.

– Doraźny. Chcę na bieżąco wiedzieć, jakie są koszty, jeśli będą za wysokie, przerywamy. Ale możecie przyjąć, że pracujecie nad tym w pełnym wymiarze, przynajmniej przez tydzień od dzisiaj.

Znów zawahał się chwilę.

– Jestem osobą, która najlepiej zna Salander. Oznacza to, że możecie traktować mnie jako jedną ze stron i że powinienem zostać przez was przesłuchany – powiedział w końcu.

PRZEBIEGŁSZY KORYTARZ, Sonja Modig wpadła do pokoju przesłuchań w chwili, gdy ucichło szuranie krzeseł. Usiadła obok Bublanskiego, który na owym posiedzeniu zebrał cały zespół śledczy wraz z prowadzącym postępowanie przygotowawcze. Hans Faste spojrzał na nią zirytowany, po czym zajął się wprowadzeniem, ponieważ to on właśnie zaaranżował zebranie.

Węsząc wokół wieloletnich starć urzędników opieki społecznej z Lisbeth Salander, podążał tak zwanym „tropem psychopaty" – jak sam to nazwał – i niewątpliwie zgromadził obszerny materiał.

Odchrząknął.

– To doktor Peter Teleborian, szef kliniki psychiatrycznej w szpitalu św. Stefana w Uppsali. Był uprzejmy przyjechać do Sztokholmu, aby wesprzeć śledztwo swoją wiedzą o Lisbeth Salander.

Sonja Modig przeniosła wzrok na doktora Teleboriana. Był niskim szatynem o kręconych włosach, miał okulary w metalowych oprawkach i szpiczastą bródkę. Ubrany na luzie, w beżową sztruksową marynarkę, dżinsy i jasną koszulę w paski z rozpiętym kołnierzykiem. Jego twarz miała ostre rysy, wyglądał chłopięco. Sonja Modig spotkała wcześniej doktora Teleboriana, ale nigdy z nim nie rozmawiała. Na ostatnim semestrze Szkoły Policyjnej prowadził wykład o zaburzeniach psychicznych, a innym razem, na kursie dokształcającym, mówił o psychopatach i zachowaniach psychotycznych u młodzieży. Przysłuchiwała się także rozprawie sądowej seryjnego gwałciciela, na którą został wezwany jako ekspert. Zabierając przez wiele lat głos w debatach publicznych, był jednym z najbardziej znanych psychiatrów w kraju. Zapamiętano go z surowej krytyki cięć budżetowych w opiece psychiatrycznej, na skutek których zamykano szpitale, a potencjalni pacjenci byli pozostawiani sami sobie, skazani na los bezdomnych czy klientów opieki społecznej. Po zabójstwie minister spraw zagranicznych Anny Lindh Teleborian został członkiem państwowej komisji badającej zapaść opieki psychiatrycznej.

Peter Teleborian skinieniem głowy przywitał zebranych, po czym nalał sobie do plastikowego kubeczka wody mineralnej Ramlösa.

– Zobaczymy, czy będę mógł pomóc – zaczął ostrożnie.

– Bardzo nie lubię, gdy w takich sytuacjach muszę być prorokiem.

– Prorokiem?

– To taka ironia. Tamtego wieczora, gdy dokonano zabójstwa w Enskede, w telewizyjnej debacie panelowej mówiłem o tykającej bombie, która zagraża naszemu społeczeństwu. To przerażające. Nie miałem wtedy na myśli Lisbeth Salander, ale podałem – anonimowo oczywiście – wiele przykładów pacjentów, którzy powinni znajdować się w zakładach opieki, a nie chodzić po ulicach. Założę się, że policja tylko w tym roku będzie musiała zająć się co najmniej kilkoma zabójstwami czy przypadkami śmierci, których sprawca należy do tej właśnie, dość nielicznej grupy pacjentów.

– I sądzi pan, że Lisbeth Salander jest jednym z tych wariatów? – zapytał Hans Faste.

– Słowo „wariat" nie jest określeniem, jakiego powinniśmy używać. Ale tak, należy do tej grupy, którą społeczeństwo pozostawiło samą sobie. Bez wątpienia to jedna z tych patologicznych osobowości, których nie wypuściłbym między ludzi, gdyby to ode mnie zależało.

– Ma pan na myśli, że Salander powinna była zostać odizolowana jeszcze przed ewentualnym popełnieniem przestępstwa? – zapytała Sonja Modig. – To wbrew zasadom państwa prawa.

Hans Faste zmarszczył brwi i rzucił jej gniewne spojrzenie. Sonja Modig zastanawiała się, dlaczego cały czas był do niej wrogo nastawiony.

– Ma pani całkowitą rację – odpowiedział Teleborian, nieświadomie przychodząc jej z odsieczą. – Nie da się tego pogodzić z państwem prawa, a przynajmniej nie w jego obecnym kształcie. To balansowanie między szacunkiem dla

357

osoby chorej a szacunkiem dla jej potencjalnych ofiar. Każdy przypadek jest inny i każdym pacjentem trzeba się zająć osobno. To oczywiste, że my, pracujący w opiece psychiatrycznej, również popełniamy błędy i wypuszczamy osoby, które nie powinny chodzić po ulicach.

– Nie musimy chyba teraz zagłębiać się w sprawy polityki społecznej – powiedział ostrożnie Bublanski.

– Ma pan rację – przyznał Teleborian. – Tutaj chodzi o szczególny przypadek. Powiem tylko jedno: ważne, byście rozumieli, że Lisbeth Salander jest chorym człowiekiem, wymagającym pomocy, tak jak pacjent z bólem zęba czy wadą serca. Może wyzdrowieć, a nawet już mogłaby być zdrowa, otrzymując potrzebną pomoc na czas.

– Więc był pan jej lekarzem – powiedział Hans Faste.

– Jestem jedną spośród wielu osób, które miały do czynienia z Lisbeth Salander. Była moją pacjentką jako nastolatka. Należałem też do grona ekspertów opiniujących stan Lisbeth Salander przed wydaniem decyzji o jej ubezwłasnowolnieniu, gdy uzyskała pełnoletność.

– Może pan o niej opowiedzieć? – poprosił Bublanski. – Co mogło ją skłonić do zamordowania dwojga nieznanych sobie ludzi w Enskede i swojego opiekuna prawnego?

Peter Teleborian zaśmiał się.

– Nie, tego nie mogę panu powiedzieć. Nie śledzę jej rozwoju od wielu lat i nie wiem, w jakim stadium psychozy obecnie się znajduje. Mogę za to od razu stwierdzić, iż wątpię, by nie znała pary z Enskede.

– Na jakiej podstawie pan tak twierdzi? – zapytał Faste.

– Jednym ze słabych punktów terapii Lisbeth Salander było to, że nigdy jej w pełni nie zdiagnozowano, co wynikało z braku współpracy z jej strony podczas terapii. Cały czas odmawiała odpowiedzi na pytania i udziału w jakiejkolwiek formie leczenia.

– Więc tak naprawdę nie wiecie, czy jest chora? – zapytała Sonja Modig. – Mam na myśli to, że nie ma diagnozy.

– Proszę spojrzeć na to tak – powiedział Teleborian. – Zająłem się Lisbeth Salander w momencie, gdy kończyła trzynaście lat. Miała skłonności psychotyczne, urojenia paranoidalne i wyraźną manię prześladowczą. Pozostawała moją pacjentką dwa lata, po tym jak przymusowo skierowano ją do kliniki św. Stefana. Trafiła tam, gdyż przez cały okres dorastania wykazywała dość agresywne zachowania w stosunku do kolegów ze szkoły, nauczycieli i znajomych. Wielokrotnie notowano ją na policji za pobicia. Ale we wszystkich znanych przypadkach przemoc była skierowana ku osobom z kręgu jej znajomych, które powiedziały albo zrobiły coś, co uznała za obraźliwe. Nie ma ani jednego przykładu na to, by kiedykolwiek zaatakowała zupełnie obcego człowieka. Dlatego myślę, że istnieje powiązanie między nią a parą w Enskede.

– Poza atakiem w metrze, gdy miała siedemnaście lat – odezwał się Hans Faste.

– W tym wypadku możemy chyba uznać, że to ona została zaatakowana i broniła się – powiedział Teleborian. – Człowiek, o którego chodziło, był znanym przestępcą seksualnym. Ale to również dobry przykład, który obrazuje jej sposób działania. Mogła to zignorować albo szukać ochrony wśród innych pasażerów w wagonie. Jednak wybrała przemoc. Gdy czuje się zagrożona, reaguje agresywnie.

– Ale co właściwie jest z nią nie tak? – zapytał Bublanski.

– Jak wspominałem, nie mamy należytej diagnozy. Powiedziałbym, że cierpi na schizofrenię i cały czas balansuje na granicy psychozy. Jest pozbawiona empatii i pod wieloma względami można ją określić jako socjopatkę. Moim zdaniem to zaskakujące, że tak dobrze dawała sobie radę, odkąd skończyła osiemnaście lat. Funkcjonowała w społeczeństwie, chociaż ubezwłasnowolniona, osiem lat, nie popełniwszy żadnego czynu, który skutkowałby zgłoszeniem na policję czy zatrzymaniem. Ale jej prognoza…

– Jej prognoza?

– W tym czasie nie była poddawana terapii. Przypuszczam, że choroba, którą może zdołalibyśmy pokonać i wyleczyć przed dziesięciu laty, zakorzeniła się już w jej psychice. Przewiduję, że gdy zostanie schwytana, nie otrzyma wyroku pozbawienia wolności. Trzeba zapewnić jej opiekę.

– To jak, do cholery, sąd mógł podjąć decyzję o wypuszczeniu jej między ludzi? – mruknął Hans Faste.

– Chyba trzeba na to spojrzeć jak na wypadkową tego, że miała adwokata z giętkim językiem, oraz skutków postępującej liberalizacji i cięć budżetowych. Tak czy inaczej nie zgadzałem się z tą decyzją, gdy eksperci medycyny sądowej prosili mnie o konsultację. Jednak mój głos się nie liczył.

– Ale prognoza, o której pan mówi, jest raczej hipotezą? – wtrąciła Sonja Modig. – To znaczy... właściwie nie wie pan, co się z nią działo, odkąd skończyła osiemnaście lat.

– To więcej niż hipoteza. Tak wynika z mojego doświadczenia.

– Czy ma skłonności do autodestrukcji? – zapytała Sonja Modig.

– Chodzi pani o to, czy mogłaby popełnić samobójstwo? Nie, wątpię w to. Jest raczej psychopatką ze skłonnością do egomanii. Tylko ona się liczy. Wszyscy wokół niej są bez znaczenia.

– Wspomniał pan, że może reagować przemocą – powiedział Hans Faste. – Innymi słowy, można ją uznać za niebezpieczną.

Peter Teleborian patrzył na niego dłuższą chwilę. Pochyliwszy głowę, potarł czoło, po czym odpowiedział.

– Nie macie pojęcia, jak trudno jest przewidzieć ludzkie reakcje. Nie chcę, żeby Lisbeth Salander stała się krzywda, gdy ją schwytacie... ale, tak, w jej przypadku starałbym się dopilnować, by zatrzymanie odbyło się z możliwie największą ostrożnością. Jeśli będzie miała przy sobie broń, istnieje poważne niebezpieczeństwo, że jej użyje.

Rozdział 18
Wtorek 29 marca – środa 30 marca

TRZY RÓWNOLEGŁE ŚLEDZTWA w sprawie morderstwa w Enskede toczyły się dalej. To prowadzone przez posterunkowego Bubblę miało przewagę. Na pierwszy rzut oka rozwiązanie zdawało się być na wyciągnięcie ręki; mieli podejrzaną i narzędzie zbrodni z jej odciskami palców. Istniał też bezsporny związek między podejrzaną a pierwszą ofiarą oraz domniemany – przez Mikaela Blomkvista – z pozostałymi dwoma. Dla komisarza wszystko sprowadzało się w praktyce do tego, by schwytać Lisbeth Salander i wysłać na spacerniak w areszcie Kronoberg.

Śledztwo Dragana Armanskiego formalnie podlegało oficjalnemu dochodzeniu policji, ale miał on także własny plan. Jego osobistym zamiarem było dopilnować w jakiś sposób interesów Lisbeth Salander – odkryć prawdę, i to najlepiej taką, która mogłaby stanowić okoliczność łagodzącą.

Trudne okazało się natomiast śledztwo „Millennium". Gazeta w ogóle nie posiadała środków, jakimi dysponowały policja i firma Armanskiego. W odróżnieniu od policji Mikael Blomkvist nie był jednak zbyt zainteresowany odkryciem sensownego motywu, dla którego Lisbeth Salander miałaby pojechać do Enskede i zamordować dwoje jego przyjaciół. Około Wielkanocy zdecydował po prostu, że nie wierzy w całą tę historię. Jeśli Lisbeth Salander w jakiś sposób była zamieszana w morderstwo, muszą istnieć inne powody niż te sugerowane w oficjalnym śledztwie – ktoś inny pociągnął za spust albo zdarzyło się coś, na co Lisbeth Salander nie miała wpływu.

NIKLAS ERIKSSON milczał przez całą drogę ze Slussen na Kungsholmen. Był oszołomiony faktem, iż wreszcie, całkiem niespodziewanie, został włączony do prawdziwego śledztwa. Zerknął na siedzącego obok w taksówce Sonny'ego Bohmana, który kolejny raz czytał zestawienie sporządzone przez Armanskiego. Potem uśmiechnął się nagle sam do siebie.

Zlecenie dało mu zupełnie nieoczekiwaną możliwość zaspokojenia ambicji, o których Armanski i Bohman nie wiedzieli ani nawet nie podejrzewali ich istnienia. Ni stąd, ni zowąd znalazł się w sytuacji, kiedy mógł dobrać się do Lisbeth Salander. Miał nadzieję, że przyczyni się do jej schwytania. Miał nadzieję, że skażą ją na dożywocie.

Fakt, że Lisbeth nie była lubiana w Milton Security to żadna nowość. Pracownicy firmy, którzy kiedykolwiek mieli z nią do czynienia, w większości traktowali ją jak utrapienie. Jednak ani Armanski, ani Bohman nie wiedzieli, jak głęboko Niklas Eriksson jej nienawidzi.

Życie było dla niego niesprawiedliwe. Wyglądał nieźle. Mężczyzna w kwiecie wieku, w dodatku inteligentny. A jednak definitywnie pozbawiono go możliwości zostania tym, kim zawsze pragnął być – policjantem. Jego problem stanowiła mikroskopijna dziurka w osierdziu, która powodowała szmery i osłabiała ścianę jednej komory. Poddano go operacji, z dobrym wynikiem, lecz z powodu wady serca został raz na zawsze zdyskwalifikowany i uznany za pracownika drugiej kategorii.

Kiedy pojawiła się możliwość podjęcia pracy w Milton Security, zgodził się, lecz zrobił to bez najmniejszego entuzjazmu. Uważał firmę za przechowalnię dla byłych policjantów – takich, co to się zestarzeli i nie spełniali już warunków. On również należał do tych odrzuconych – chociaż nie z własnej winy.

Jednym z jego pierwszych zadań była pomoc jednostce operacyjnej polegająca na analizie ochrony osobistej pewnej znanej, również poza Szwecją, starszej piosenkarki, która otrzymywała groźby od natrętnego wielbiciela, w dodatku zbiega z kliniki psychiatrycznej. To zlecenie było etapem jego szkolenia w Milton Security. Piosenkarka mieszkała sama w willi w Södertörn, więc firma zainstalowała kamery i alarm i na pewien czas wysłała na miejsce ochroniarza. Kiedyś, późnym wieczorem, ów namolny wielbiciel próbował się włamać. Szybko unieruchomiony przez ochroniarza został później skazany za użycie bezprawnych gróźb oraz nielegalne wtargnięcie i odstawiony z powrotem do domu wariatów.

Niklas Eriksson przez dwa tygodnie wielokrotnie odwiedzał willę w Södertörn wraz z innymi pracownikami Milton Security. Ocenił, że podstarzała piosenkarka to snobistyczny i nieprzystępny babsztyl, który reagował zdziwionym spojrzeniem, gdy on starał się być czarujący. Tak naprawdę powinna się cieszyć, że jakiś wielbiciel w ogóle jeszcze ją pamięta.

To, że personel Milton Security tak się z nią cacka, wzbudzało jego pogardę. Jednak Niklas Eriksson ani słowem nie zdradził swoich odczuć.

Pewnego popołudnia, na krótko przed schwytaniem natręta, piosenkarka i dwaj pracownicy firmy przebywali przy małym basenie na tyłach willi, natomiast Eriksson wszedł do środka, żeby sfotografować okna i drzwi wymagające ewentualnego zabezpieczenia. Chodził od pokoju do pokoju, a gdy trafił do jej sypialni, nagle nie mógł oprzeć się pokusie, by zajrzeć do komody. Znalazł kilkanaście albumów zawierających fotografie z jej najlepszych chwil z lat siedemdziesiątych i osiemdziesiątych, kiedy jeździła z zespołem na międzynarodowe tournée, a także pudełko z bardzo prywatnymi zdjęciami. Były stosunkowo niewinne, ale przy odrobinie fantazji można by je uznać za akty. *Rany, co za głupia krowa.* Ukradł pięć spośród najodważniejszych fotografii, które najwyraźniej zrobił jeden z kochanków piosenkarki, a ona zachowała je z osobistych względów.

Skopiował zdjęcia, po czym zwrócił oryginały. Odczekawszy kilka miesięcy, sprzedał je brytyjskiemu tabloidowi za dziewięć tysięcy funtów. Fotografie wywołały sensację.

Eriksson wciąż nie miał pojęcia, w jaki sposób Lisbeth doszła do tego wszystkiego. Wkrótce po publikacji zdjęć złożyła mu wizytę. Wiedziała, iż to on je sprzedał. Zagroziła, że zdemaskuje go przed Armanskim, jeśli jeszcze raz zrobi coś takiego. Zdemaskowałaby go już wtedy, gdyby mogła to udowodnić – najwyraźniej jednak nie mogła. Lecz od tamtego dnia czuł, że go obserwuje. Widział jej świńskie oczka, gdziekolwiek się odwrócił.

Czuł się przyparty do muru i sfrustrowany. Jedyny sposób, żeby wziąć odwet, to nadszarpnąć wiarygodność Lisbeth Salander, obmawiając ją z innymi pracownikami w czasie przerw na kawę. Ale nawet tu nie odniósł znaczących sukcesów. Nie miał odwagi zbyt się wyróżnić, ponieważ Lisbeth Salander z pewnych niepojętych względów była pod ochroną Armanskiego. Zastanawiał się, jakiego haka ma ta dziewczyna na szefa Milton Security albo czy może dziad posuwa ją w tajemnicy. Nawet jeśli nikt z pracowników nie przepadał za Lisbeth Salander, wszyscy mieli respekt dla Armanskiego i akceptowali jej dziwną obecność w firmie. Eriksson odczuł ogromną ulgę, widząc, że Salander coraz bardziej usuwa się w cień, by ostatecznie porzucić pracę w Milton Security.

Teraz nadarzała się okazja i mógł odpłacić jej pięknym za nadobne. Wreszcie nie pociągało to za sobą żadnego ryzyka. O co by go nie oskarżyła i tak nikt jej nie uwierzy. Nawet Armanski nie da wiary słowom psychopatycznej morderczyni.

KOMISARZ BUBLANSKI zobaczył, że z windy wychodzą dwaj pracownicy Milton Security, Bohman i Eriksson, w towarzystwie Hansa Faste, który przeprowadził ich przez system zabezpieczeń. Bublanski nie był do końca zachwycony pomysłem włączenia osób z zewnątrz do śledztwa w sprawie zabójstwa, ale decyzję podjęto wyżej i... ech, Bohman był w każdym razie wcześniej policjantem, który miał już za sobą dość długą drogę. Natomiast Eriksson uczył się w szkole policyjnej, więc nie mógł być kompletnym idiotą. Komisarz wskazał gościom salę konferencyjną.

Pościg za Lisbeth Salander trwał już siódmą dobę i nadszedł czas na ocenę sytuacji. Prokurator Ekström nie brał udziału w spotkaniu. Grupa składała się z komisarz Sonji Modig, Hansa Faste, Curta Svenssona i Jerkera Holmberga wspartych przez czterech funkcjonariuszy z wydziału śledczego policji ogólnokrajowej. Bublanski rozpoczął od przedstawienia nowych współpracowników z Milton Security i zapytał, czy któryś z nich chce coś powiedzieć. Bohman chrząknął.

– Sporo czasu minęło, odkąd ostatnio byłem w tym budynku, ale część z was może mnie zna i wie, że długo pracowałem w policji, zanim przeszedłem do sektora prywatnego. Znaleźliśmy się tu, gdyż Milton Security zatrudniało Lisbeth Salander kilka lat i czujemy się odpowiedzialni. Nasze zadanie to na wszelkie sposoby starać się pomóc w jej jak najszybszym ujęciu. Możemy przyczynić się do tego dzięki wiedzy na temat podejrzanej. Nie jesteśmy więc tu po to, by utrudnić wam śledztwo czy rzucać kłody pod nogi.

– Jak się z nią pracowało? – zapytał Faste.

– Nie była to osoba, za którą podążałby tłum wielbicieli – odpowiedział Niklas Eriksson. Zamilkł, gdy Bublanski podniósł dłoń.

– Będzie jeszcze okazja, żeby omówić szczegóły. Ale zacznijmy od początku i ustalmy, na czym stoimy. Po spotkaniu wy dwaj pójdziecie do prokuratora Ekströma, żeby podpisać deklarację zachowania tajemnicy służbowej. Zaczniemy od Sonji.

– To frustrujące. Mieliśmy przełom w śledztwie zaledwie kilka godzin po zabójstwie, gdy zdołaliśmy zidentyfikować Salander. Znaleźliśmy jej mieszkanie, a przynajmniej tak sądziliśmy. Potem ślad po niej zaginął. Otrzymaliśmy około trzydziestu zgłoszeń, że ją widziano, ale jak dotąd wszystkie okazały się fałszywe. Zdaje się, że zniknęła jak kamfora.

– To trochę dziwne – odezwał się Curt Svensson. – Ma przecież charakterystyczny wygląd i tatuaże, znalezienie jej nie powinno być trudne.

– W Uppsali uzbrojona grupa ruszyła do akcji po otrzymanym wczoraj zgłoszeniu. Otoczyli i przerazili na śmierć czternastoletniego chłopca podobnego do Salander. Rodzice byli oburzeni.

– Przypuszczam, że fakt, iż podejrzana wygląda jak nastolatka, będzie dla nas przeszkodą. Salander może wtopić się w grupę młodzieży.

– Jednak biorąc pod uwagę zainteresowanie mediów, ktoś powinien był coś zobaczyć – zaoponował Svensson. – W tym tygodniu pokażą ją w programie *List gończy*, zobaczymy, czy przyniesie to coś nowego.

– Trudno mi w to uwierzyć, zwłaszcza że widniała już na pierwszych stronach wszystkich gazet w kraju – powiedział Hans Faste.

– Co chyba oznacza, że musimy zmienić nasz sposób myślenia – odezwał się Bublanski. – Może udało jej się wymknąć za granicę, chociaż prawdopodobnie ukrywa się gdzieś w Szwecji.

Bublanski skinął na Bohmana, gdy ten podniósł rękę.

– Z informacji, jakie o niej mamy, wynika, że nie jest skłonna do autodestrukcji. To strateg, który planuje każdy krok. Nie robi niczego bez analizy konsekwencji. Tak w każdym razie uważa Dragan Armanski.

– Taką opinię wystawił również jej dawny psychiatra. Ale poczekajmy jeszcze z charakterystyką – powiedział Bublanski. – Prędzej czy później musi wykonać jakiś ruch. Jerker, jakimi środkami dysponuje Salander?

– To też będzie dla was twardy orzech do zgryzienia – odpowiedział Jerker. – Salander od wielu lat ma konto w Handelsbanken. To z tych pieniędzy rozlicza się z urzędem skarbowym. A raczej rozliczał ją adwokat Bjurman. Przed rokiem na koncie znajdowało się ponad sto tysięcy koron. Jesienią 2003 roku podjęła całą sumę.

– Potrzebowała gotówki. Właśnie wtedy według Armanskiego przestała pracować w Milton Security – odezwał się Bohman.

– Możliwe. Konto było puste ponad dwa tygodnie. Jednak potem wpłaciła znów tę samą kwotę.

– Myślała, że potrzebuje pieniędzy, ale nie wykorzystała ich i ulokowała je z powrotem w banku?

– To ma sens. W grudniu 2003 roku użyła konta, żeby opłacić część rachunków, między innymi czynsz na rok z góry. Suma zmniejszyła się do siedemdziesięciu tysięcy. Następnie konto przez rok pozostało nietknięte. Wyłączając wpłatę na dziewięć tysięcy z kawałkiem. Sprawdziłem – to spadek po jej matce.

– Aha.

– W marcu tego roku podjęła spadek, kwota opiewała dokładnie na dziewięć tysięcy trzysta dwanaście koron. To jedyny raz, kiedy skorzystała z konta.

– To z czego ona żyje, do cholery?

– Słuchajcie tego. W styczniu otworzyła nowe konto, tym razem w SEB. Wpłaciła dwa miliony koron.

– Co?

– Skąd są te pieniądze? – zapytała Modig.

– Środki przelano z jej konta w banku na Wyspach Normandzkich, podlegających koronie brytyjskiej.

W sali konferencyjnej zaległa cisza.

– Nic nie rozumiem – powiedziała Sonja Modig po chwili.

– Więc to są pieniądze, z których się nie rozliczyła? – zapytał Bublanski.

– Tak, ale faktycznie musi je wykazać dopiero w przyszłym roku. Ciekawe, że kwota nie została ujęta w sprawozdaniu Bjurmana o finansach Salander. A przecież składał je co miesiąc.

– Tak więc albo o nich nie wiedział, albo razem coś knuli. Jerker, jak to wygląda od strony technicznej?

– Wczoraj wieczorem składałem sprawozdanie prokuratorowi Ekströmowi. Oto, co wiemy. Po pierwsze: możemy powiązać Salander z obydwoma miejscami zbrodni. Znaleźliśmy jej odciski palców na narzędziu zbrodni i na odłamkach stłuczonej filiżanki w Enskede. Czekamy na wyniki badań DNA, którego próbki pobraliśmy... ale raczej nie ma wątpliwości co do tego, że była w mieszkaniu.

– Dobra.

– Po drugie: mamy jej odciski palców zdjęte z pudełka po broni znalezionego w mieszkaniu adwokata Bjurmana.

– Dobra.

– Po trzecie: mamy wreszcie świadka, który widział ją na miejscu zbrodni w Enskede. Według pewnego sprzedawcy Lisbeth Salander była u niego w sklepie i kupiła paczkę marlboro light tego wieczora, gdy dokonano zabójstwa.

– I wydusił to z siebie kilka dni po tym, jak prosiliśmy o informacje.

– Nie było go przez weekend, jak wielu innych. W każdym razie sklep znajduje się na rogu, dobre sto dziewięćdziesiąt metrów od miejsca zbrodni. – Jerker Holmberg wskazał na mapę. – Weszła tam, gdy już zamykał, o dwudziestej drugiej. Podał jej dokładny rysopis.

– Tatuaż na szyi? – zapytał Curt Svensson.

– Tu miał wątpliwości. Wydaje mu się, że widział tatuaż. Ale jest pewien co do kolczyka w brwi.

– Co jeszcze?

– Niewiele, jeśli chodzi o badania techniczne. Ale to i tak sporo.

– Faste, co z mieszkaniem przy Lundagatan?

– Mamy jej odciski palców, ale nie sądzę, by tam mieszkała. Przewróciliśmy wszystko do góry nogami i wydaje się, że to rzeczy Miriam Wu. Została dopisana do umowy własności dopiero w lutym tego roku.

– Co o niej wiemy?

– Niekarana. Sławna lesbijka. Zazwyczaj występuje w show na Paradzie Równości. Udaje, że studiuje psychologię, jest też współwłaścicielką sex-shopu przy Tegnérgatan. Domino Fashion.

– Sex-shopu? – zapytała Sonja Modig, unosząc brwi.

Sama kiedyś ku zachwytowi męża kupiła w Domino Fashion seksowną bieliznę. W żadnym wypadku nie zamierzała tego mówić facetom w tej sali.

– No, wiecie, kajdanki, kurewskie fatałaszki i takie tam. Potrzebujesz pejcza?

– Ale to nie jest żaden sex-shop, tylko butik z modą dla osób, które lubią wyrafinowaną bieliznę – powiedziała.

– Jedno gówno.

– Mów dalej – powiedział zirytowany Bublanski. – Po Miriam Wu nie ma więc śladu.

– Najmniejszego.

– Mogła wyjechać na weekend – zasugerowała Sonja Modig.

– Albo Salander i ją stuknęła – odezwał się Faste. – Może chciała pozbyć się kilkorga znajomych.

– Więc Miriam Wu jest lesbijką. Mamy z tego wnioskować, że ona i Salander są parą?

– Moim zdaniem możemy z dużą pewnością stwierdzić, że istnieje tu relacja seksualna – powiedział Curt Svensson. – Opieram to stwierdzenie na wielu sprawach. Po pierwsze, znaleźliśmy w mieszkaniu odciski Salander na łóżku i w pobliżu. Znaleźliśmy je również na kajdankach, najwyraźniej służących jako zabawka erotyczna.

– Może więc spodobają jej się te kajdanki, które ja dla niej przygotowałem – odezwał się Faste.

Sonja Modig jęknęła.

– Mów dalej – powiedział Bublanski.

– Dostaliśmy informację, że Miriam Wu obściskiwała się w restauracji Kvarnen z dziewczyną o rysopisie Salander.

Było to ponad dwa tygodnie temu. Informator twierdził, że wie, kim jest Salander i że już wcześniej widywał ją w tym lokalu, chociaż nie pokazywała się tam przez ostatni rok. Nie zdążyłem wypytać personelu. Zrobię to po południu.

– W jej aktach z opieki społecznej nie ma żadnej wzmianki o tym, że jest lesbijką. Jako nastolatka często uciekała z rodzin zastępczych i podrywała facetów, chodząc po klubach. Wiele razy zatrzymywano ją w towarzystwie starszych mężczyzn.

– Co nam gówno daje, skoro dorabiała jako prostytutka – powiedział Faste.

– Co wiemy o jej znajomych? Curt?

– Prawie nic. Policja nie zatrzymała jej ani razu, odkąd skończyła osiemnaście lat. Zna Dragana Armanskiego i Mikaela Blomkvista, tyle wiemy. Oczywiście zna również Miriam Wu. Ten sam informator, który widział obie w Kvarnen, mówił, że zazwyczaj przesiadywała tam z grupą dziewczyn. To jakiś zespół muzyczny, nazywa się Evil Fingers.

– Evil Fingers? A co to takiego? – zapytał Bublanski.

– Wygląda na jakiś okultyzm. Zbierały się i robiły sporo hałasu.

– Nie mów, że Salander jest do tego jakąś cholerną satanistką – powiedział Bublanski. – Media oszaleją.

– Grupa lesbijek satanistek – podpowiedział usłużnie Faste.

– Hans, twój pogląd na kobiety pochodzi ze średniowiecza – odezwała się Sonja Modig. – Nawet ja słyszałam o Evil Fingers.

– Tak? – Bublanski był zaskoczony.

– To zespół rockowy z końca lat dziewięćdziesiątych. Żadne tam supergwiazdy, ale jakiś czas były dość znane.

– Czyli hardrockowe lesbijki satanistki – powiedział Hans Faste.

– Dobra, skończ tę gadkę – odezwał się Bublanski. – Hans, ty i Curt dowiecie się, kto grał w Evil Fingers i porozmawiacie z nimi. Czy Salander ma jeszcze innych znajomych?

– Nie bardzo. Jest jeszcze jej były opiekun prawny Holger Palmgren. Ale przebywa w domu opieki, po wylewie, najwyraźniej bardzo chory. Szczerze mówiąc, nie dotarłem do jakiegokolwiek grona jej znajomych. Wprawdzie nie znaleźliśmy jej miejsca zamieszkania ani notesu z adresami, ale nie wydaje się, by utrzymywała z kimś bliższe kontakty.

– To nie duch, żeby tak pojawiać się i znikać, nie zostawiając po sobie żadnych śladów. A co sądzimy o tym Mikaelu Blomkviście?

– Nie braliśmy go bezpośrednio pod obserwację, ale mieliśmy z nim krótki kontakt w weekend – powiedział Faste. – To znaczy na wypadek, gdyby odezwała się Salander. Po pracy pojechał do domu i zdaje się, że nie wychodził z mieszkania przez całe święta.

– Trudno mi uwierzyć, by miał coś wspólnego z tym zabójstwem – powiedziała Sonja Modig. – Jego wersja jest wiarygodna, facet potrafi zdać relację ze wszystkiego, co robił tamtego wieczora.

– Ale zna Lisbeth Salander. Stanowi powiązanie między nią a parą z Enskede. W dodatku mamy jego zeznanie, że dwóch mężczyzn zaatakowało Salander na tydzień przed zabójstwem. Co mamy o tym sądzić? – powiedział Bublanski.

– Poza Blomkvistem nie ma innego świadka napadu... jeśli w ogóle miał on miejsce – stwierdził Faste.

– Myślisz, że Blomkvist kłamie?

– Nie wiem. Ale cała ta historia brzmi jak bujda. Dorosły facet rzekomo nie dał sobie rady z dziewczyną, która waży jakieś czterdzieści kilo.

– Dlaczego Blomkvist miałby kłamać?

– Może chciał odwrócić uwagę od Salander.

– Ale to się tak naprawdę nie klei. Blomkvist lansuje przecież teorię, że parę z Enskede zamordowano z powodu książki, którą pisał Dag Svensson.

– Gadanie – odezwał się Faste. – To Salander. Dlaczego ktoś miałby zabijać jej opiekuna, żeby uciszyć Daga Svenssona? W dodatku kto... policjant?

– Jeśli Blomkvist upubliczni swoją teorię, rozpęta się piekło, jeden podejrzany policjant tu, drugi tam – powiedział Curt Svensson.

Wszyscy pokiwali głowami.

– Dobra – odezwała się Modig. – Dlaczego zastrzeliła Bjurmana?

– I co znaczy ten tatuaż – zapytał Bublanski i wskazał zdjęcie przedstawiające brzuch adwokata.

JESTEM SADYSTYCZNĄ ŚWINIĄ, DUPKIEM I GWAŁCICIELEM

Wśród zebranych zapadła na chwilę cisza.

– Co mówią lekarze? – zapytał Bohman.

– Tatuaż może mieć od roku do trzech lat. Jest to związane ze stopniem ukrwienia skóry – powiedziała Sonja Modig.

– Możemy chyba założyć, że Bjurman nie zrobił sobie tego sam.

– Jasne, są różni wariaci, ale to tutaj nie wydaje się popularnym wzorem wśród entuzjastów tatuażu.

Sonja Modig zakręciła palcem młynka.

– Patolog mówi, że tatuaż wygląda strasznie, co nawet ja mogłam stwierdzić. Został zrobiony przez zupełnego amatora. Igłę wbijano na różną głębokość, a to bardzo duży tatuaż na niezwykle wrażliwej części ciała. Ogólnie rzecz biorąc, musiała to być okropnie bolesna operacja, którą można przyrównać do użycia brutalnej przemocy.

– Nie mówiąc o tym, że Bjurman nigdy nie zgłosił sprawy na policji – powiedział Faste.

– Ja też chyba nie zgłosiłbym sprawy na policji, gdyby ktoś wytatuował mi takie motto na brzuchu – odezwał się Svensson.

– Mam jeszcze coś – powiedziała Modig. – Mogłoby to ewentualnie potwierdzić napis z tatuażu, czyli że Bjurman to sadystyczna świnia.

Otworzyła teczkę z wydrukami zdjęć i podała je dalej.

– Wydrukowałam tylko małą próbkę. Znalazłam to w folderze na twardym dysku Bjurmana. Zdjęcia ściągnięto z internetu. Na jego komputerze jest ich około dwóch tysięcy.

Faste zagwizdał, pokazując zdjęcie kobiety brutalnie skrępowanej w niewygodnej pozycji.

– Może to coś dla Domino Fashion albo Evil Fingers – powiedział.

Bublanski machnął zirytowany ręką, dając mu znać, żeby się zamknął.

– Jak mamy to wytłumaczyć? – zapytał Bohman.

– Tatuaż ma ponad dwa lata – powiedział Bublanski. – To w tym czasie Bjurman nagle zachorował. Ani ekspertyza patologa, ani karta pacjenta nie sugerują, by cierpiał na poważną chorobę, poza nadciśnieniem. Możemy zatem przyjąć, że istnieje tu jakiś związek.

– Salander zmieniła się tamtego roku – powiedział Bohman. – Nagle odeszła z Milton Security i zniknęła za granicą.

– Mamy założyć, że i tu istnieje związek? Jeśli motto z tatuażu jest prawdą, to Bjurman kogoś zgwałcił. Niewątpliwie Salander idealnie tu pasuje. W każdym razie byłby to dobry motyw morderstwa.

– Oczywiście można to również tłumaczyć na inne sposoby – powiedział Hans Faste. – Mogę sobie wyobrazić taki scenariusz, że Salander i ta jej Chinka prowadzą jakąś agencję towarzyską z usługami BDSM – bondage, dominacja, sadomasochizm. Bjurman może być tego rodzaju szaleńcem, który lubi być biczowany przez małe dziewczynki. Mógł stać się w jakiś sposób zależny od Salander i coś poszło nie tak.

– Ale to nie wyjaśnia, dlaczego pojechała do Enskede.

– Jeśli Dag Svensson i Mia Bergman zamierzali ujawnić seksaferę, mogli się natknąć na Salander i Wu. Salander miałaby motyw, żeby zabić.

– Co na razie jest tylko spekulacją – powiedziała Sonja Modig.

Kontynuowali konferencję jeszcze przez godzinę, dyskutując również o tym, że zaginął laptop Daga Svenssona. Gdy nadszedł czas przerwy na lunch, wszyscy czuli się sfrustrowani. W śledztwie namnożyło się więcej znaków zapytania niż kiedykolwiek wcześniej.

WE WTOREK RANO, zaraz po przyjściu do redakcji, Erika Berger zadzwoniła do Magnusa Borgsjö, przewodniczącego zarządu dziennika „Svenska Morgon-Posten".

– Jestem zainteresowana – powiedziała.

– Tak myślałem.

– Zamierzałam przekazać tę wiadomość zaraz po Wielkanocy. Ale jak wiesz, w redakcji jest kompletny chaos.

– Zabójstwo Daga Svenssona. Przykro mi. Paskudna historia.

– Więc rozumiesz, że to nie jest odpowiedni moment na poinformowanie, iż właśnie zamierzam opuścić pokład.

Magnus Borgsjö milczał przez chwilę.

– Mamy problem – powiedział.

– Hm?

– Podczas ostatniej rozmowy ustaliliśmy, że przejęcie stanowiska ma nastąpić pierwszego sierpnia. Ale sprawa wygląda tak, że naczelny Håkan Morander, którego masz zastąpić, poważnie zachorował. Ma problemy z sercem i musi zwolnić tempo. Kilka dni temu rozmawiał z lekarzem, a w weekend dowiedziałem się, iż zamierza odejść pierwszego lipca. Plan był taki, że zostanie do jesieni, a ty mogłabyś pracować równolegle z nim przez sierpień i wrzesień. Ale w takiej sytuacji mamy kryzys. Eriko, będziemy cię potrzebować już od pierwszego maja, najpóźniej od piętnastego.

– Rany. To kwestia tygodni.

– Nadal jesteś zainteresowana?

– No... ale to oznacza, że mam tylko miesiąc na doprowadzenie „Millennium" do porządku.

– Wiem. Przykro mi, Eriko, ale muszę cię ponaglić. Miesiąc to dość czasu, żeby uporządkować sprawy w gazecie, która zatrudnia pół tuzina pracowników.

– Ale muszę odejść, gdy panuje największy chaos.

– I tak musisz odejść. Jedyna zmiana to przyspieszenie sprawy o kilka tygodni.

– Mam kilka warunków.

– Słucham.

– Pozostanę w zarządzie „Millennium".

– To chyba nie byłoby stosowne. Wprawdzie „Millennium" jest znacznie mniejsze, a poza tym wychodzi raz na miesiąc, ale technicznie rzecz biorąc, konkurujemy ze sobą.

– Nie unikniemy tego. Nie będę miała wpływu na prace redakcyjne w „Millennium", ale nie sprzedam moich udziałów. Tak więc pozostanę w zarządzie.

– Dobra. Jakoś to rozwiążemy.

Ustalili spotkanie z zarządem na pierwszy tydzień kwietnia, żeby porozmawiać o szczegółach i podpisać umowę.

MIKAEL BLOMKVIST doznał déjà vu, przeglądając listę podejrzanych, którą sporządził z Malin w miniony weekend. Spis obejmował trzydzieści siedem osób, do których Dag Svensson dobrał się w swojej książce. Dwadzieścia jeden z nich to zidentyfikowani przez niego klienci.

Nagle przypomniał sobie, jak tropiąc przed dwoma laty mordercę w Hedestad, zastał tam całą galerię podejrzanych, jakieś pięćdziesiąt osób. Rzeczą beznadziejną było spekulowanie, kto z nich mógł dokonać zabójstwa.

O dziesiątej rano we wtorek zawołał Malin Eriksson do swojego gabinetu. Zamknął drzwi i poprosił, by usiadła.

Przez chwilę popijali w milczeniu kawę. Wreszcie podsunął jej listę z nazwiskami, którą razem sporządzili.

– Co robimy?

– Najpierw, za dziesięć minut, przejrzymy tę listę z Eriką. Potem spróbujemy sprawdzić wszystkich po kolei. Możliwe, że ktoś z listy ma coś wspólnego z zabójstwami.

– A jak ich sprawdzimy?

– Zamierzam skoncentrować się na owych dwudziestu jeden klientach ujawnionych w książce. Mają więcej do stracenia niż inni. Pójdę tropem Daga i odwiedzę ich po kolei.

– Dobra.

– Mam dla ciebie dwa zadania. Po pierwsze, jest tu siedem niezidentyfikowanych osób, dwie to klienci, pozostałe pięć czerpało zyski. Twoim zadaniem na najbliższe dni będzie ich zidentyfikowanie. Niektóre z tych osób pojawiają się w doktoracie Mii; może są tam odniesienia, dzięki którym uda się rozszyfrować ich prawdziwe nazwiska.

– Dobra.

– Po drugie, bardzo mało wiemy o Nilsie Bjurmanie, opiekunie Lisbeth. W gazetach podawali z grubsza jego życiorys, ale przypuszczam, że połowa z tego to nieprawda.

– Mam więc zbadać jego przeszłość.

– Dokładnie. Wszystko, co się da.

HARRIET VANGER zadzwoniła do Mikaela Blomkvista około piątej po południu.

– Możesz rozmawiać?

– Chwilkę.

– Ta poszukiwana dziewczyna… to ta sama, która pomogła ci mnie odnaleźć, prawda?

Harriet Vanger i Lisbeth Salander nigdy się nie spotkały.

– Tak – odpowiedział Mikael. – Przepraszam, nie miałem czasu zadzwonić i informować cię na bieżąco. Ale to ona.

– Co to oznacza?

– Jeśli o ciebie chodzi… nic, mam nadzieję.

– Ale ona wie wszystko o mnie i o tym, co się wydarzyło dwa lata temu.

– Tak, wie.

Na drugim końcu linii zapadło milczenie.

– Harriet... nie wydaje mi się, że ona to zrobiła. Muszę zakładać, że jest niewinna. Ufam Lisbeth Salander.

– Jeśli wierzyć temu, co piszą w gazetach, to...

– Nie trzeba wierzyć temu, co piszą w gazetach. To proste. Dała słowo, że cię nie zdradzi. Myślę, że go nie złamie do końca życia. Sprawiła na mnie wrażenie niezwykle pryncypialnej.

– A jeśli nie dotrzyma słowa?

– Nie wiem, Harriet. Robię teraz wszystko, żeby się dowiedzieć, co tak naprawdę zaszło w Enskede.

– Dobra.

– Nie martw się.

– Nie martwię się. Ale chcę być przygotowana na najgorsze. A jak ty się czujesz, Mikael?

– Niespecjalnie. Jesteśmy w biegu cały czas, od dnia zabójstwa.

Harriet milczała przez chwilę.

– Mikael... jestem właśnie w Sztokholmie. Jutro lecę do Australii i nie będzie mnie przez miesiąc.

– Ach tak.

– Zatrzymałam się w tym samym hotelu.

– Nie wiem. Jestem zupełnie rozkojarzony. Muszę dziś w nocy popracować i nie byłbym dobrym towarzystwem.

– Nie musisz być dobrym towarzystwem. Przyjdź i zrelaksuj się przez chwilę.

MIKAEL BLOMKVIST wrócił do domu o pierwszej w nocy. Był zmęczony i zastanawiał się, czy nie machnąć na wszystko ręką i położyć się spać, jednak włączył iBooka i sprawdził pocztę. Nie przyszło nic ciekawego.

Otworzył folder <LISBETH SALANDER> i odkrył tam nowy dokument. Nosił nazwę [Dla MikBlom] i znajdował się obok dokumentu [Dla Sally].

Ujrzawszy go nagle na swoim komputerze, przeżył niemal szok. *Ona tu jest. Lisbeth Salander dostała się do mojego komputera. Może nawet teraz jest podłączona.* Kliknął na ikonkę.

Nie wiedział za bardzo, czego się spodziewać. Listu. Odpowiedzi. Zapewnień o niewinności. Wyjaśnienia. Lecz replika Lisbeth skierowana do Mikaela była beznadziejnie krótka. Na całą wiadomość składało się jedno słowo. Cztery litery.

[ZALA]

Mikael gapił się na nie.

Dag Svensson wspominał o Zali w ostatniej rozmowie telefonicznej na dwie godziny przed zabójstwem.

Co ona chce przez to powiedzieć? Zala miałby stanowić powiązanie między Bjurmanem oraz Dagiem i Mią? Jak? Dlaczego? Kim on jest? I skąd Lisbeth Salander o tym wiedziała? Jest w to zamieszana?

Otworzywszy okienko właściwości dokumentu, stwierdził, że zapisano go ledwie piętnaście minut temu. Nagle uśmiechnął się. Jako autor widniał *Mikael Blomkvist*. Utworzyła dokument bezpośrednio w jego komputerze i to przy pomocy jego własnego licencjonowanego programu. To lepsze niż poczta elektroniczna. Nie pozostawiła po sobie numeru IP, który można by wytropić, chociaż i tak Mikael był pewny, że Lisbeth Salander nie dałaby się w żaden sposób wyśledzić w internecie. I to dowodziło ponad wszelką wątpliwość, że dokonała *hostile takeover*, jak sama mówiła – wrogiego przejęcia jego komputera.

Stanął przy oknie i popatrzył na ratusz. Nie mógł uwolnić się od uczucia, że Lisbeth Salander obserwuje go, niemal jak gdyby była tu w pokoju i patrzyła na niego z ekranu komputera. Praktycznie mogła znajdować się gdziekolwiek na świecie, podejrzewał jednak, że jest blisko. Gdzieś na Södermalmie. W promieniu około kilometra od niego.

Zastanawiał się krótką chwilę, usiadł i stworzył nowy dokument w Wordzie, który nazwał [Sally-2] i zapisał na Pulpicie. Wiadomość brzmiała dobitnie.

[Lisbeth,
Wkurzasz mnie. Kim, do cholery, jest Zala? To on stanowi powiązanie? Wiesz, kto zamordował Daga i Mię? Jeśli tak, powiedz mi, to jakoś z tego wybrniemy i będziemy mogli spać spokojnie. /Mikael]

Lisbeth Salander była właśnie na jego dysku. Odpowiedź przyszła w ciągu minuty. W folderze na pulpicie pojawił się nowy dokument, tym razem o nazwie [KALLE BLOM-KVIST].

[To ty jesteś dziennikarzem. Dowiedz się.]

Mikael zmarszczył brwi. Pokazała mu środkowy palec i użyła przezwiska, choć wie, że on go nie znosi. I nie dała mu nawet najmniejszej wskazówki. Wystukał na klawiaturze dokument [Sally-3] i zapisał go na pulpicie.

[Lisbeth,
Dziennikarz dowiaduje się różnych rzeczy, zadając pytania ludziom, którzy coś wiedzą. Ja pytam ciebie. Wiesz, dlacze-go Daga i Mię zamordowano i kto to zrobił? Jeśli tak – po-wiedz mi. Daj mi coś, od czego mógłbym zacząć. /Mikael.]

Przygnębiony czekał na odpowiedź kilka godzin. O czwar-tej nad ranem poddał się i poszedł spać.

Rozdział 19
Środa 30 marca – piątek 1 kwietnia

W ŚRODĘ NIE WYDARZYŁO SIĘ nic szczególnie interesującego. Mikael wykorzystał ten dzień na przejrzenie materiałów Daga Svenssona pod względem wszelkich odniesień do nazwiska Zala. Tak jak Lisbeth, odkrył na jego komputerze folder <Zala> i przeczytał zawarte w nim trzy dokumenty, [Irina P], [Sandström] i [Zala], oraz podobnie jak ona zdał sobie sprawę, że Dag Svensson miał w policji informatora o nazwisku Gulbrandsen. Tym śladem udało mu się dotrzeć do policji kryminalnej w Södertälje, lecz gdy tam zadzwonił, otrzymał informację, że Gulbrandsen jest w podróży służbowej i wróci dopiero w najbliższy poniedziałek.

Zauważył, że Dag Svensson sporo czasu poświęcił Irinie P. Po przeczytaniu protokołu z obdukcji stwierdził, że kobietę zamordowano w brutalny sposób, przedłużając jej agonię. Zabójstwa dokonano pod koniec lutego. Policja nie miała żadnych podejrzeń, kto jest ewentualnym sprawcą, a ponieważ chodziło o prostytutkę, założyli, że morderca należy do grona jej klientów.

Mikaela zastanawiało, dlaczego Dag Svensson umieścił dokument o Irinie P. w folderze [Zala]. Sugerowało to, że łączył Zalę z Iriną P., ale w tekście nie było o tym żadnych wzmianek. Innymi słowy, Dag Svensson powiązał ich ze sobą w myślach.

Dokument [Zala] był tak krótki, że wyglądał niemal jak notatki robocze. Mikael stwierdził, że Zala (jeśli naprawdę istniał) sprawia wrażenie nieuchwytnej zjawy w świecie przestępczym. Wszystko to wydawało się niezbyt jasne, a w tekście nie podano źródeł.

Zamknął dokument i podrapał się w głowę. Wyjaśnienie zabójstwa Daga i Mii było znacznie bardziej skomplikowanym zadaniem, niż sobie wyobrażał. Nie potrafił nic poradzić na to, że cały czas nachodziły go wątpliwości. Problem polegał na tym, iż właściwie nie znalazł nic, co jednoznacznie wskazywałoby, że Lisbeth *nie* jest powiązana z zabójstwami. Wszystko, na czym się opierał, to przeczucie, że wersja, jakoby Lisbeth pojechała do Enskede i zabiła dwoje jego przyjaciół, nie miała sensu.

Wiedział, że nie brakuje jej środków; wykorzystała swoje zdolności hakera, aby ukraść bajeczną sumę kilku miliardów koron. Nie miała nawet pojęcia, iż on o tym wie. Poza tym, że musiał opowiedzieć Erice Berger o talentach Lisbeth w dziedzinie informatyki – co zrobił za jej zgodą – nigdy nie zdradził jej tajemnic nikomu.

Nie chciał uwierzyć, że Lisbeth jest winna dokonania zabójstw. Miał u niej dług, którego nigdy nie będzie mógł spłacić. Nie tylko uratowała mu życie, gdy Martin Vanger chciał go zamordować, uratowała również jego karierę zawodową i prawdopodobnie całe „Millennium", podając mu na tacy głowę Hansa Wennerströma.

To zobowiązywało. Był wobec niej ogromnie lojalny. Winna czy nie, zamierzał zrobić wszystko, żeby jej pomóc, gdy wreszcie zostanie schwytana.

Jednak przyznawał również, że nic o niej nie wie. Długie i pełne skomplikowanych terminów opinie psychiatryczne, skierowanie na przymusową terapię w jednym z najlepszych szpitali w kraju i późniejsze ubezwłasnowolnienie – wszystko stanowiło przekonujący dowód na to, że coś jest z nią nie tak. Peter Teleborian, naczelny lekarz kliniki psychiatrycznej św. Stefana w Uppsali, często wypowiadał się w mediach. Z powodu tajemnicy lekarskiej nie mógł mówić konkretnie o Lisbeth Salander, za to dyskutował o zapaści systemu opieki nad psychicznie chorymi. Był nie tylko uznanym autorytetem w Szwecji, lecz cieszył się szacunkiem również za granicą jako wybitny ekspert w dziedzinie chorób psychicznych. Mówił bardzo przekonująco i potrafił jasno dać wyraz swojej solidarności z ofiarami i ich krewnymi, a jednocześnie zasugerować, iż zależy mu na dobrym samopoczuciu Lisbeth Salander.

Mikael zastanawiał się, czy powinien nawiązać z nim kontakt i czy można by go skłonić do udzielenia wsparcia. Jednak nie zrobił tego. Przypuszczał, że Teleborian będzie mógł pomóc Lisbeth dopiero, kiedy zostanie ujęta.

W końcu poszedł do aneksu kuchennego, nalał sobie kawy do kubka z logo Umiarkowanej Partii Koalicyjnej i udał się do Eriki Berger.

– Mam długą listę klientów i alfonsów, których muszę przepytać – powiedział.

Kiwnęła zmartwiona głową.

– Sprawdzenie wszystkich z listy zajmie tydzień albo dwa. Są rozsiani po całym kraju, od Strängnäs po Norrköping. Będę potrzebował samochodu.

Otworzyła torebkę i wyciągnęła kluczyki do swojego bmw.

– Ale to żaden problem?

– Jasne, że żaden problem. Do pracy jeżdżę równie często kolejką Saltsjöbanan jak samochodem. Jeśli będzie źle, wezmę samochód Gregera.

– Dzięki.

– Ale jest jeden warunek.

– Ach tak?

– Niejeden z tych typków to prawdziwy zabijaka. Jeśli masz oskarżać alfonsów o zabójstwo Daga i Mii, chcę, żebyś to wziął i zawsze nosił w kieszeni marynarki.

Położyła na biurku spray z gazem łzawiącym.

– Skąd to masz?

– Kupiłam w Stanach w zeszłym roku. Nie mogę przecież, do cholery, chodzić po nocy sama bez broni.

– Będzie z tego niezłe gówno, jeśli go użyję i przyłapią mnie na nielegalnym posiadaniu broni.

– Lepsze to, niż gdybym musiała pisać twój nekrolog. Mikael... nie wiem, czy to rozumiesz, ale czasem naprawdę martwię się o ciebie.

– Ach tak?

– Ryzykujesz i zadzierasz nosa, a później nie możesz wycofać się ze swoich głupich pomysłów.

Mikael uśmiechnął się i odłożył spray na biurko.

– Dzięki za troskę, ale nie potrzebuję tego.

– Micke, nalegam.

– W porządku. Ale już się przygotowałem.

Sięgnął do kieszeni marynarki i wyjął spray. Ten sam, który znalazł w torebce Lisbeth Salander i od tamtego czasu nosił przy sobie.

BUBLANSKI ZAPUKAŁ w futrynę, wszedł do pokoju Sonji Modig i usiadł przy jej biurku na krześle dla gości.

– Komputer Daga Svenssona – zaczął.

– Też o tym myślałam – odpowiedziała. – Robiłam przecież analizę ostatnich dwudziestu czterech godzin życia Svenssona i Bergman. Wciąż jest kilka luk, w każdym razie Dag Svensson nie pojawił się tamtego dnia w redakcji „Millennium". Za to był w mieście, a około czwartej po południu spotkał się z dawnym kolegą ze studiów. Przypadkowe spotkanie, w kawiarni przy Drottninggatan. Kolega twierdzi, że Svensson na pewno miał komputer w plecaku. Widział go i nawet to skomentował.

– A około jedenastej wieczorem, po zabójstwie, komputera w mieszkaniu nie było.

– Dokładnie.

– Jakie z tego wyciągniemy wnioski?

– Mógł pójść jeszcze gdzieś i z jakiegoś powodu zostawić tam komputer albo go zapomnieć.

– Czy to prawdopodobne?

– Raczej nie bardzo. Ale mógł oddać go do serwisu albo do naprawy. Jest jeszcze taka możliwość, że Dag Svensson miał jakieś inne stanowisko pracy, którego nie znamy. Wcześniej na przykład wynajmował biurko w agencji freelancerów przy S:t Eriksplan.

– Dobra.

– Istnieje też możliwość, że to zabójca zabrał komputer.

– Według Armanskiego Salander świetnie zna się na komputerach.

– No – przytaknęła Sonja Modig.

– Hm. Mikael Blomkvist ma przecież teorię, że Daga Svenssona i Mię Bergman zamordowano w związku z researchem, nad którym pracował Svensson. A research powinien być na tym dysku.

– Jesteśmy trochę do tyłu. Trzy zabójstwa zapoczątkowały tyle różnych tropów, że nie za bardzo nadążamy ze śledzeniem ich wszystkich, ale tak właściwie na przykład nadal nie przeszukaliśmy porządnie stanowiska pracy Svenssona w „Millennium".

– Rozmawiałem dzisiaj rano z Eriką Berger. Wyraziła zdziwienie, że jeszcze nie byliśmy w redakcji, by przejrzeć to, co po nim zostało.

– Za bardzo koncentrowaliśmy się na tym, by jak najszybciej znaleźć Salander, ale wciąż wiemy zdecydowanie za mało na temat motywu. Możesz...?

– Umówiłem się z Berger, że jutro odwiedzimy „Millennium".

– Dzięki.

BYŁ CZWARTEK. Siedząc za biurkiem, Mikael rozmawiał z Malin Eriksson, gdy nagle usłyszał dzwonek telefonu gdzieś w redakcji. W drzwiach mignął mu Henry Cortez, więc nie przejął się tym. Zaraz jednak uświadomił sobie, że to telefon na biurku Daga. Zamilkł w pół zdania i zerwał się na równe nogi.

– Stój, nie dotykaj! – wrzasnął.

Henry Cortez właśnie położył dłoń na słuchawce. Mikael przebiegł przez pokój. *Cholera, jaka to była nazwa...?*

– Indigo Badania Rynku, Mikael przy telefonie. W czym mogę pomóc?

– Eee... dzień dobry, nazywam się Gunnar Björck. Przyszedł do mnie list z informacją, że wygrałem komórkę.

– Gratuluję – powiedział Mikael Blomkvist. – To najnowszy model Sony Ericsson.

– W prezencie.

– W prezencie. Jednak aby go otrzymać, musi pan wypełnić ankietę. Robimy badania rynku i szczegółowe analizy dla różnych firm. Udzielenie odpowiedzi zajmie mniej więcej godzinę. Jeśli się pan zgodzi, przejdzie pan do dalszego etapu, co daje możliwość wygrania stu tysięcy koron.

– Rozumiem. Możemy to załatwić przez telefon?

– Niestety nie. Część badania polega na oglądaniu i identyfikacji logo różnych firm. Będziemy również pytać, jakie zdjęcia reklamowe uważa pan za najbardziej atrakcyjne, i zaprezentujemy je panu. Musimy wysłać do pana jednego z naszych pracowników.

– Aha... a w jaki sposób zostałem wybrany?

– Przeprowadzamy takie badania kilka razy do roku. Obecnie koncentrujemy się na mężczyznach w pana grupie wiekowej i o ustalonej pozycji społecznej. Numery PESEL wybieraliśmy na chybił trafił.

W końcu Gunnar Björck zgodził się przyjąć u siebie pracownika Indigo Badania Rynku. Poinformował, że jest na zwolnieniu lekarskim i odpoczywa w domku letniskowym w Smådalarö. Podał opis dojazdu. Umówili się na spotkanie w piątek rano.

– YES! – wybuchnął Mikael, odłożywszy słuchawkę, i potrząsnął zaciśniętą pięścią. Malin Eriksson i Henry Cortez spojrzeli po sobie ze zdumieniem.

PAOLO ROBERTO wylądował na sztokholmskim lotnisku Arlanda o wpół do dwunastej w czwartkowe przedpołudnie.

Przespał większą część lotu z Nowego Jorku i wyjątkowo dobrze zniósł zmianę strefy czasowej.

Spędził w Stanach miesiąc na dyskusjach o boksie, oglądaniu walk i szukaniu pomysłów do produkcji, którą zamierzał sprzedać firmie Strix Television. Ze smutkiem stwierdził, że zarzucił zawodowstwo zarówno na skutek delikatnych nacisków ze strony rodziny, jak i dlatego, że po prostu zaczynał się starzeć. Mógł tylko utrzymywać formę, intensywnie trenując przynajmniej raz w tygodniu. Jego nazwisko nadal znaczyło bardzo wiele w świecie boksu, a i on sam zakładał, że w ten czy inny sposób będzie do końca życia pracował w sporcie.

Wziął walizkę z taśmy bagażowej. Zatrzymano go przy odprawie celnej i mało brakowało, by został skierowany do kontroli. Lecz jeden z celników wykazał się przytomnością i rozpoznał go.

– Paolo, witamy. Zakładam, że oprócz rękawic nie ma pan w walizce nic więcej.

Paolo Roberto zapewnił, iż nic nie przemyca, i został wpuszczony do kraju.

Przeszedł do hali przylotów i podążył do wyjścia na szybki pociąg do centrum, Arlanda Express, lecz nagle stanął jak wryty, wpatrując się w twarz Lisbeth Salander na wywieszonych reklamach popołudniówek. Z początku zastanawiał się, czy dobrze widzi. Przemknęła mu myśl, czy to jednak nie efekt zmiany strefy czasowej. Potem znów przeczytał tytuł.

POŚCIG
ZA LISBETH
SALANDER

Przeniósł wzrok na kolejną reklamę.

U W A G A !
PSYCHOPATKA
ścigana za
POTRÓJNE
MORDERSTWO

Z wahaniem podszedł do kiosku, kupił wszystkie dzienniki i przysiadłszy w kawiarni, czytał z rosnącym niedowierzaniem.

W CZWARTEK MIKAEL BLOMKVIST wrócił do swojego mieszkania przy Bellmansgatan około jedenastej wieczorem zmęczony i przybity. Zamierzał wcześnie się położyć i choć trochę odespać zarwane noce, jednak nie mógł oprzeć się pokusie, by włączyć iBooka i sprawdzić pocztę.

Nie przyszło nic szczególnie interesującego, ale na wszelki wypadek otworzył folder <LISBETH SALANDER>. Od razu przyspieszył mu puls, gdy odkrył nowy dokument o nazwie [MB$_2$]. Kliknął.

[Przez prokuratora E idzie przeciek do mediów. Zapytaj go, dlaczego nie podał informacji w sprawie tamtego śledztwa.]

Mikael ze zdumieniem rozważał tajemniczą wiadomość. O co jej chodziło? Jakie tamto śledztwo? Nie rozumiał, do czego zmierza. Wkurzała go. Dlaczego musi formułować każdą wiadomość jak rebus? Po chwili utworzył nowy dokument, który nazwał [Tajne].

[Cześć, Sally. Jestem cholernie zmęczony, od dnia zabójstwa cały czas byłem na nogach. Nie mam ochoty na zgadywanki. Możliwe, że masz wszystko gdzieś albo nie rozumiesz powagi sytuacji, ale chcę wiedzieć, kto zabił moich przyjaciół./M]

Czekał przy komputerze. Odpowiedź [Tajne 2] przyszła po minucie.

[Co zrobisz, jeśli to byłam ja?]

Odpowiedział dokumentem [Tajne 3].

[Lisbeth, jeśli faktycznie oszalałaś, to chyba tylko Peter Teleborian może ci pomóc. Ale nie wydaje mi się, żebyś zamordowała Daga i Mię. Mam nadzieję i modlę się, żeby moje przypuszczenie okazało się prawdą.
Dag i Mia zamierzali ujawnić informacje na temat sekshandlu. Wysunąłem hipotezę, że mogło to w jakiś sposób stanowić motyw zabójstwa. Ale nie mam żadnego punktu zaczepienia.
Nie wiem, co między nami poszło nie tak, ale rozmawialiśmy kiedyś o przyjaźni. Powiedziałem, że przyjaźń opiera się na dwóch sprawach – szacunku i zaufaniu. Nawet jeśli mnie nie lubisz, naprawdę możesz mi ufać, możesz na mnie liczyć. Nikomu nie zdradziłem twoich tajemnic. Nawet tego, co się stało z miliardami Wennerströma. Zaufaj mi. Nie jestem twoim wrogiem. /M]

Odpowiedź nie przychodziła tak długo, że Mikael stracił już nadzieję. Ale po niemal godzinie ni stąd ni zowąd na ekranie zmaterializował się dokument [Tajne 4].

[Przemyślę to.]

Mikael odetchnął. Nagle zobaczył mały promyk nadziei. Odpowiedź znaczyła dokładnie to, co zostało napisane.

Miała to przemyśleć. Komunikowała się z nim po raz pierwszy, odkąd zniknęła z jego życia. Stwierdzenie, że to przemyśli, oznaczało, iż przynajmniej zastanowi się, czy w ogóle chce z nim rozmawiać. Napisał [Tajne 5].

[Dobra. Poczekam. Ale nie zwlekaj zbyt długo.]

ZMIERZAJĄCY DO PRACY w piątkowy poranek komisarz Hans Faste był akurat na Långgatan przy moście Västerbron, gdy zadzwoniła jego komórka. Policja nie posiadała środków, by stale obserwować mieszkanie przy Lundagatan, dlatego śledczy umówili się z sąsiadem, w dodatku emerytowanym policjantem, który zgodził się je przypilnować.

– Chineczka właśnie weszła do budynku – powiedział sąsiad.

Faste nie mógł znaleźć się w dogodniejszym miejscu. Mijając wiatę przystanku, wykonał niedozwolony skręt w Heleneborgsgatan tuż przed samym mostem i przez Högalidsgatan dotarł na Lundagatan. Zaparkował tam ledwie dwie minuty po zakończeniu rozmowy, przebiegł przez ulicę i wszedł do oficyny w podwórzu posesji.

Miriam Wu wciąż jeszcze stała przy drzwiach mieszkania, gapiąc się na wykręcony zamek i ponaklejane taśmy, gdy dobiegł ją odgłos kroków na schodach. Odwróciwszy się, zobaczyła wysportowanego i potężnie zbudowanego mężczyznę, który wpatrywał się w nią intensywnie. Wyglądał groźnie, rzuciła więc torbę na podłogę i przygotowała się do demonstracji tajskiego boksu, gdyby zaszła taka trzeba.

– Miriam Wu? – zapytał mężczyzna.

Ku jej zdziwieniu wyciągnął legitymację policyjną.

– Tak – odpowiedziała Mimmi. – O co chodzi?

– Gdzie się pani podziewała przez ostatni tydzień?

– Nie było mnie. Co się stało? Włamanie?

Faste utkwił w niej wzrok.

– Muszę chyba prosić, by poszła pani ze mną na Kungsholmen – powiedział, kładąc rękę na jej ramieniu.

BUBLANSKI I MODIG ujrzeli dość zirytowaną Miriam Wu,
zmierzającą w asyście Hansa Faste do pokoju przesłuchań.
– Proszę usiąść. Jestem komisarz Jan Bublanski, a to moja
koleżanka, Sonja Modig. Przykro mi, że musieliśmy panią tu
sprowadzić w taki sposób, ale mamy sporo pytań wymagają-
cych odpowiedzi.
– Aha. A dlaczego? Tamten nie był zbyt rozmowny.
Mimmi wskazała kciukiem w stronę Hansa Faste.
– Szukaliśmy pani ponad tydzień. Może pani wyjaśnić,
gdzie pani była?
– Owszem, mogę. Ale nie mam ochoty i o ile wiem, to nie
pańska sprawa.
Bublanski aż uniósł brwi.
– Wracam do domu i zastaję wyłamany zamek w drzwiach
i policyjną taśmę na futrynie, a napakowany samiec sprowa-
dza mnie tutaj. Mogę otrzymać jakieś wyjaśnienie?
– Nie lubi pani samców? – zapytał Hans Faste.
Zdumiona Miriam Wu utkwiła w nim wzrok. Bublanski
i Modig posłali mu ostre spojrzenia.
– Czy mam rozumieć, że nie czytała pani w ogóle gazet
w zeszłym tygodniu? Przebywała pani za granicą?
Miriam Wu miała mętlik w głowie i zaczynała czuć się
niepewnie.
– Nie, nie czytałam w ogóle gazet. Byłam dwa tygodnie
w Paryżu, w odwiedzinach u rodziców. Właśnie przyjecha-
łam z dworca centralnego.
– Jechała pani pociągiem?
– Nie lubię latać.
– I nie widziała pani reklam dzisiejszych popołudniówek
ani żadnych szwedzkich gazet?
– Dopiero co wysiadłam z pociągu i przyjechałam me-
trem do domu.

Posterunkowy Bubbla zastanowił się. Dziś rano na reklamach pierwszych stron gazet nie było ani słowa o Lisbeth Salander. Wstał, wyszedł z pokoju i po minucie wrócił z wielkanocnym wydaniem dziennika „Aftonbladet" z paszportowym zdjęciem Lisbeth Salander na całą pierwszą stronę. Miriam Wu omal nie padła z wrażenia.

MIKAEL BLOMKVIST podążał za opisem dojazdu do domku w Smådalarö, otrzymanym od sześćdziesięciodwuletniego Gunnara Björcka. Zaparkowawszy, stwierdził, że ów „domek" to nowoczesna całoroczna willa z widokiem na wody Jungfrufjärden. Podszedł żwirową ścieżką i zadzwonił do drzwi. Gunnar Björck wyglądał tak jak na paszportowym zdjęciu z materiałów Daga Svenssona.

– Dzień dobry – powiedział Mikael.

– Aha, znalazł pan.

– Bez problemu.

– Proszę wejść, możemy posiedzieć w kuchni.

– Dobrze.

Gunnar Björck wyglądał zdrowo, ale nieco utykał.

– Jestem na zwolnieniu – powiedział.

– Nic poważnego, mam nadzieję.

– Dyskopatia, czekam na zabieg. Napije się pan kawy?

– Nie, dziękuję – odpowiedział Mikael, usiadł na krześle, otworzył torbę i wyjął z niej teczkę. Björk usiadł naprzeciw niego.

– Wygląda pan znajomo. Spotkaliśmy się wcześniej? – zapytał.

– Nie.

– Naprawdę skądś pana znam.

– Może widział mnie pan w gazetach.

– Mógłby pan powtórzyć nazwisko?

– Mikael Blomkvist. Jestem dziennikarzem i pracuję w magazynie „Millennium".

Gunnar Björck sprawiał wrażenie speszonego. Po chwili zapaliła mu się lampka. *Kalle Blomkvist. Afera Wennerströma*. Jednak wciąż jeszcze nie rozumiał, co to oznacza.

– „Millennium". Nie wiedziałem, że robicie badania rynku.

– Tylko wyjątkowo. Chciałbym, żeby spojrzał pan na trzy fotografie i zdecydował, która modelka podoba się panu najbardziej.

Mikael położył na stole wydruki zdjęć trzech dziewczyn. Jedno z nich zostało ściągnięte ze strony pornograficznej w internecie. Dwa pozostałe to powiększone zdjęcia paszportowe.

Gunnar Björck nagle zbladł jak ściana.

– Nie rozumiem.

– Nie? To jest Lidia Komarova, szesnaście lat, z Mińska. Obok – Myang So Chin, znana jako Jo-Jo z Tajlandii. Ma dwadzieścia pięć lat. I wreszcie, Jelena Barasowa, dziewiętnaście lat, z Tallina. Korzystał pan z ich usług seksualnych i zastanawiam się, która z nich podobała się panu najbardziej. Niech pan na to spojrzy jak na badania rynkowe.

BUBLANSKI POPATRZYŁ z powątpiewaniem na Miriam Wu wpatrującą się w niego w osłupieniu.

– Podsumowując, twierdzi pani, że zna Lisbeth Salander od przeszło trzech lat. Za darmo przepisała na panią tej wiosny swoje mieszkanie, a sama przeprowadziła się gdzie indziej. Uprawia pani z nią seks od czasu do czasu, gdy się z panią skontaktuje, ale nie wie pani, gdzie ona mieszka, czym się zajmuje, jak zarabia na utrzymanie. I chce pani, żebym w to uwierzył?

– Gówno mnie obchodzi, w co pan uwierzy. Nie popełniłam żadnego przestępstwa, a to, jaki wybrałam styl życia i z kim uprawiam seks, nie powinno obchodzić ani pana, ani nikogo innego.

Bublanski westchnął. Z ulgą przyjął rano wiadomość, że w końcu odnalazła się Miriam Wu. *Wreszcie jakiś przełom*. Jednak to, co od niej usłyszał, nawet w najmniejszym stopniu nie rozjaśniało sytuacji. Tak naprawdę jej wersja brzmiała bardzo dziwnie. Problem polegał na tym, że Bublanski wierzył Miriam Wu. Odpowiadała jasno, jednoznacznie i bez wahania. Potrafiła podać miejsce i czas spotkań z Salander oraz tak szczegółowy opis przebiegu przeprowadzki do mieszkania na Lundagatan, że Bublanski i Modig wyciągnęli ten sam wniosek, iż tego rodzaju dziwaczna historia nie mogła być niczym innym jak tylko prawdą.

Hans Faste przyglądał się przesłuchaniu Miriam Wu z rosnącą irytacją, jednak zdołał wysiedzieć cicho. Uważał, że Bublanski zbyt niemrawo poczyna sobie z Chineczką, która wyraźnie zachowywała się arogancko i cały czas mówiła, ale nie na temat i celowo unikała odpowiedzi na jedyne znaczące pytanie. A mianowicie: gdzie, do wszystkich diabłów, ukrywa się ta przeklęta kurwa Salander?

Jednak Miriam Wu nie wiedziała, gdzie przebywa Salander. Nie wiedziała też, czym się zajmuje. Nigdy nie słyszała o Milton Security. Nigdy nie słyszała o Dagu Svenssonie ani Mii Bergman, a więc nie mogła odpowiedzieć na żadne istotne pytanie. Nie miała pojęcia o tym, że Salander została ubezwłasnowolniona, że jako nastolatka była przymusowo zamykana w zakładzie, a jej życiorys zawierał szczegółowe opinie psychiatryczne.

Za to mogła potwierdzić, że ona i Lisbeth Salander siedziały w restauracji Kvarnen, całowały się, a potem poszły do mieszkania przy Lundagatan. Rozstały się wcześnie następnego ranka. Kilka dni później Miriam Wu pojechała pociągiem do Paryża i zupełnie przegapiła artykuły w szwedzkiej prasie. Poza krótką wizytą, by oddać kluczyki do samochodu, nie widziała się z Lisbeth od tamtego wieczora w Kvarnen.

– Kluczyki? – zapytał Bublanski. – Salander nie ma samochodu.

Miriam Wu wyjaśniła, że Lisbeth kupiła bordową hondę, która stała zaparkowana przed budynkiem na Lundagatan. Komisarz wstał i popatrzył na Sonję Modig.

– Możesz poprowadzić dalej przesłuchanie? – powiedział, po czym wyszedł z pokoju.

Zamierzał odszukać Jerkera Holmberga i poprosić go o wykonanie badań technicznych w samochodzie. Musiał też pobyć trochę w samotności i pozbierać myśli.

PRZEBYWAJĄCY NA ZWOLNIENIU lekarskim Gunnar Björck pełnił w służbach specjalnych funkcję zastępcy dyrektora wydziału do spraw obcokrajowców. Teraz siedział blady jak widmo w kuchni z pięknym widokiem na wody Jungfrufjärden. Mikael cierpliwie patrzył na niego wzrokiem bez wyrazu. W owej chwili był już przekonany o tym, że Björck nie miał absolutnie nic wspólnego z zabójstwami w Enskede. Ponieważ Dag Svensson nie zdążył przeprowadzić z nim konfrontacji, Björck nie wiedział nawet, iż wkrótce zostanie ujawniony – z nazwiska i ze zdjęciem – w demaskatorskim reportażu o klientach seksbiznesu.

Björck okazał się ważny w związku z istotnym szczegółem. Mianowicie znał osobiście adwokata Bjurmana. Spotkali się w Policyjnym Klubie Strzeleckim, którego Björck był aktywnym członkiem od dwudziestu ośmiu lat. Przez pewien czas razem z Bjurmanem zasiadał nawet w zarządzie. Nie była to jakaś bliska znajomość, ale w wolnym czasie spotkali się kilka razy i umówili na kolację.

Nie, nie widział Bjurmana od wielu miesięcy. O ile dobrze pamiętał, ostatni raz spotkali się pod koniec zeszłego lata na piwie w ogródku restauracyjnym. Wyraził żal, że Bjurman został zamordowany przez ową psychopatkę, ale nie zamierzał iść na pogrzeb.

Mikaela zastanowił ów zbieg okoliczności, jednak powoli kończyły mu się pytania. Bjurman musiał znać setki osób w związku ze swoim zawodem i członkostwem w różnych organizacjach. Fakt, iż znał kogoś, kto figurował w materiałach Daga Svenssona, nie był ani nieprawdopodobny, ani ze statystycznego punktu widzenia dziwny. Mikael odkrył, że sam powierzchownie zna pewnego dziennikarza, który pojawił się w tych materiałach.

Nadszedł czas zakończyć spotkanie. Björck przeszedł wszystkie spodziewane etapy. Najpierw zaprzeczenie, później – gdy Mikael pokazał mu część dokumentacji – gniew, groźby, próby przekupstwa i wreszcie błaganie. Mikael zignorował wszystkie te wybuchy.

– Wie pan, że publikując to, zniszczycie moje życie? – powiedział w końcu Björck.

– Wiem.

– A jednak pan to zrobi.

– Oczywiście.

– Dlaczego? Nie może pan okazać zrozumienia? Jestem chory.

– Ciekawe, że wykorzystuje pan zrozumienie jako argument na swoją korzyść.

– Traktowanie innych po ludzku nic nie kosztuje.

– I tu ma pan rację. Biadoli pan, że zamierzam mu zniszczyć życie, a zrobił pan to samo kilku młodym dziewczynom, wobec których dopuścił się pan przestępstwa. Możemy udokumentować trzy takie przypadki. Kto wie, ile innych dziewczyn pan wykorzystał. I gdzie wtedy było pańskie „ludzkie traktowanie"?

Wstał, zebrał dokumenty i schował je do torby.

– Sam znajdę drogę do wyjścia.

Poszedł w stronę drzwi, zatrzymał się jednak i odwrócił do Björcka.

– Słyszał pan o człowieku, którego nazywają Zala? – spytał.

Björk gapił się na niego. Wciąż jeszcze był na tyle oszołomiony, że ledwie słyszał słowa Mikaela. Nazwisko Zala nic mu nie mówiło. Po chwili jego oczy rozszerzyły się.

Zala!

To niemożliwe.

Bjurman!

Czyżby?

Mikael zauważył tę zmianę i cofnął się o krok w stronę stołu.

– Dlaczego pyta pan o Zalę? – odezwał się Björck. Wyglądało, jakby doznał ciężkiego szoku.

– Ponieważ się nim interesuję – powiedział Mikael.

W kuchni zaległa gęsta cisza. Mikael niemal widział trybiki pracujące w głowie Björcka. W końcu wziął z parapetu paczkę papierosów. To pierwszy papieros od chwili, gdy Mikael wszedł do jego domu.

– Czy wiem coś o Zali... a ile to jest dla pana warte?

– Zależy, co pan wie.

Björck zastanowił się. W jego głowie kotłowały się myśli i uczucia.

Skąd, do cholery, Mikael Blomkvist może wiedzieć cokolwiek o Zalachence?

– Nie słyszałem tego nazwiska od dawna – powiedział wreszcie Björck.

– Więc wie pan, kto to jest?

– Tego nie powiedziałem. Czego pan szuka?

Mikael zawahał się sekundę.

– Jest na liście osób, którymi zajmował się Dag Svensson.

– Ile to dla pana warte?

– Ile co jest dla mnie warte?

– Jeśli doprowadzę pana do Zali... Mógłby pan mnie pominąć w tym reportażu?

Mikael usiadł powoli na krześle. Po wydarzeniach w Hedestad postanowił nigdy więcej nie targować się o materiał do publikacji. Nie zamierzał targować się z Björckiem – cokolwiek się zdarzy i tak go zdemaskuje. Zdał sobie jednak sprawę, że jest na tyle pozbawiony skrupułów, iż może grać na dwa fronty i dogadać się z Björckiem. Nie miał wyrzutów sumienia. To policjant, który popełnił przestępstwo. Skoro znał nazwisko ewentualnego mordercy, jego obowiązkiem było zareagować, a nie wykorzystywać tę informację, żeby wytargować coś dla siebie. Tak więc Björck mógł sobie mieć nadzieję, że zdoła z tego wybrnąć, jeśli dostarczy danych o innym przestępcy. Mikael sięgnął do kieszeni marynarki i uruchomił dyktafon, który zdążył już wyłączyć, wstając od stołu.

– Niech pan mówi – odezwał się.

SONJA MODIG była wściekła na Hansa Faste, ale nie dała po sobie poznać, co o nim sądzi. Od chwili, gdy Bublanski wyszedł z pokoju, dalsze przesłuchanie Miriam Wu przestało mieć sens, a Faste ignorował gniewne spojrzenia, jakie mu posyłała.

Była mocno zdziwiona. Nigdy nie lubiła Faste i jego stylu macho, ale uważała go za kompetentnego policjanta. Dzisiaj owa kompetencja gdzieś przepadła. Bez wątpienia Faste czuł się sprowokowany przez piękną, inteligentną kobietę, w dodatku lesbijkę. Równie oczywiste było, że Miriam Wu domyślała się powodu jego irytacji i bezlitośnie ją podsycała.

– A więc znalazł pan w mojej komodzie sztucznego kutasa. I jakie miał pan wtedy fantazje?

Miriam Wu uśmiechnęła się zawadiacko. Faste wyglądał, jakby miał zaraz wybuchnąć.

– Zamknij się i odpowiadaj na pytania – powiedział.

– Pytał pan, czy używam go, pieprząc się z Lisbeth Salander. Odpowiadam: gówno to pana obchodzi.

Sonja Modig podniosła rękę.

– Przesłuchanie Miriam Wu zostaje przerwane o jedenastej dwanaście.

Wyłączyła dyktafon.

– Miriam, byłaby pani tak uprzejma i została tu jeszcze chwilę? Faste, mogę zamienić z tobą słowo?

Miriam Wu uśmiechnęła się słodko, gdy Faste posłał jej wściekłe spojrzenie i ociągając się, wyszedł za Modig na korytarz. Ta obróciła się na pięcie i stanęła tak, że jej twarz znalazła się dwa centymetry od twarzy komisarza.

– Bublanski kazał mi kontynuować przesłuchanie Miriam Wu. To, co ty robisz, gówno nam daje.

– No i co. Ta pieprzona suka wije się jak piskorz.

– Czy wybór porównania to jakaś freudowska symbolika?

– Co?

– Nieważne. Poszukaj Curta Svenssona, zagrajcie sobie w kółko i krzyżyk albo idź postrzelać w klubie, albo zajmij się czymkolwiek, do cholery. Ale trzymaj się z daleka od tego przesłuchania.

– A tobie o co, kurde, chodzi?

– Sabotujesz moje przesłuchanie.

– Tak się na nią napaliłaś, że chcesz ją sama przesłuchać?

Zanim Sonja Modig zdołała się opanować, jej dłoń wymierzyła Hansowi Faste policzek. W tej samej sekundzie pożałowała, ale było już za późno. Rozejrzawszy się po korytarzu, stwierdziła, że dzięki Bogu nikt inny tego nie widział.

Hans Faste najpierw wyglądał na zdziwionego. Potem tylko wyszczerzył zęby, przełożył kurtkę przez ramię i poszedł sobie. Sonja Modig już miała za nim zawołać i przeprosić, ale postanowiła się nie odzywać. Odczekała minutę, by się uspokoić. Następnie wzięła dwie kawy z automatu i wróciła na przesłuchanie.

Chwilę siedziały razem w milczeniu. W końcu Sonja Modig spojrzała na Miriam Wu.

– Przepraszam. To chyba jedno z najgorzej przeprowadzonych przesłuchań w historii policji.

– Wygląda na to, że fajnie się z nim pracuje. Niech zgadnę, hetero, rozwiedziony, a przy kawie opowiada dowcipy o pedziach.

– To... relikt. Tyle mogę powiedzieć.

– A pani jest inna?

– W każdym razie nie jestem homofobem.

– Aha.

– Miriam, ja... my wszyscy od dziesięciu dni jesteśmy niemal cały czas na nogach. Jesteśmy zmęczeni i zdenerwowani. Usiłujemy rozwiązać sprawę strasznego podwójnego morderstwa w Enskede i drugiego równie strasznego przy

Odenplan. Pani partnerka jest w obu przypadkach powiązana z miejscem zbrodni. Mamy wyniki badań technicznych i wysłaliśmy za nią krajowy list gończy. Rozumie pani, że za wszelką cenę musimy ją znaleźć, zanim zrobi krzywdę jeszcze komuś albo może i sobie.

– Znam Lisbeth… Nie wierzę, że kogoś zamordowała.

– Nie wierzy pani, czy nie chce uwierzyć? Miriam, nie wysyłamy listów gończych bez powodu. Mogę jednak powiedzieć, że mój szef, komisarz Bublanski, też nie jest do końca przekonany o jej winie. Rozważamy możliwość, że miała wspólnika albo że w jakiś inny sposób została w to wmieszana. Lecz musimy ją odnaleźć. Myśli pani, że ona jest niewinna. A co, jeśli pani się myli? Sama pani mówi, że niewiele o niej wie.

– Nie wiem, co mam myśleć.

– Więc niech pani pomoże nam ustalić prawdę.

– Jestem zatrzymana?

– Nie.

– Mogę stąd wyjść, kiedy będę chciała?

– Technicznie rzecz biorąc, tak.

– A nietechnicznie?

– W naszych oczach pozostanie pani znakiem zapytania.

Miriam Wu rozważyła jej słowa.

– Dobra. Niech pani pyta. Jeśli mnie zdenerwują te pytania, nie będę odpowiadać.

Sonja Modig znów włączyła dyktafon.

Rozdział 20
Piątek 1 kwietnia – niedziela 3 kwietnia

MIRIAM WU SPĘDZIŁA GODZINĘ z Sonją Modig. Pod koniec przesłuchania do pokoju wszedł Bublanski, usiadł i przysłuchiwał się w milczeniu. Miriam Wu skinęła mu grzecznie głową, ale rozmawiała dalej z Sonją.

Wreszcie Modig spojrzała na Bublanskiego i zapytała, czy ma jeszcze jakieś pytania. Potrząsnął głową.

– Uznaję więc przesłuchanie Miriam Wu za zakończone. Jest godzina 13.09.

Wyłączyła dyktafon.

– Jak rozumiem, doszło do jakichś problemów z komisarzem Faste – odezwał się Bublanski.

– Był rozkojarzony – powiedziała Sonja Modig bezbarwnym głosem.

– To idiota – dodała Miriam Wu.

– Komisarz Faste naprawdę ma wiele zasług, ale chyba nie jest najodpowiedniejszą osobą do przesłuchiwania młodej kobiety – powiedział Bublanski i popatrzył Miriam Wu w oczy. – Nie powinienem był powierzać mu tego zadania. Przepraszam.

Miriam Wu wyglądała na zdumioną.

– Przeprosiny przyjęte. Ja też byłam na początku wobec pana dość niemiła.

Bublanski machnął ręką. Spojrzał na Miriam Wu.

– Mogę panią jeszcze o coś zapytać, tak na koniec? Nieoficjalnie.

– Proszę bardzo.

– Im więcej słyszę o Lisbeth Salander, tym bardziej mnie zadziwia. Informacji uzyskanych od osób, które ją znają, nie da się pogodzić z treścią dokumentów opieki społecznej i opinii biegłych sądowych.

– Aha.

– Może pani odpowiedzieć zupełnie szczerze?

– Owszem.

– Opinia psychiatryczna wystawiona w czasie, gdy Lisbeth Salander miała osiemnaście lat, sugeruje, że jest opóźniona umysłowo i upośledzona.

– Bzdura. Lisbeth prawdopodobnie jest mądrzejsza niż ja i pan razem wzięci.

– Nie skończyła szkoły i nie ma nawet świadectwa z podstawówki, które potwierdzałoby, że umie czytać i pisać.

– Lisbeth Salander czyta i pisze znacznie lepiej niż ja. Czasem bazgrze sobie wzory matematyczne. Najczystsza algebra. Nie mam pojęcia o takiej matematyce.

– Matematyce?

– Takie ma hobby.

Bublanski i Modig milczeli.

– Hobby? – zapytał Bublanski po chwili.

– To jakieś równania. Nawet nie wiem, co oznaczają te symbole.

Bublanski westchnął.

– Opieka społeczna sporządziła notatkę, gdy zatrzymano siedemnastoletnią Salander w Tantolunden w towarzystwie starszego mężczyzny. Sugerowano, że utrzymywała się z prostytucji.

– Lisbeth kurwą? Gówno prawda. Nie wiem, czym się zajmuje, ale wcale mnie nie dziwi, że pracowała dla Milton Security.

– Z czego się utrzymuje?

– Nie wiem.

– Jest lesbijką?

– Nie. Uprawia ze mną seks, ale to nie znaczy, że jest lesbijką. Nie sądzę nawet, żeby sama wiedziała, jakiej jest orientacji. Prawdopodobnie jest biseksualna.

– A to, że używacie kajdanek... czy Lisbeth Salander ma sadystyczne skłonności? Jak by ją pani opisała?

– Myślę, że pan to wszystko źle zrozumiał. Czasem używamy kajdanek, ale to taka gra, nie ma nic wspólnego z sadyzmem, przemocą czy brutalnością. To zabawa.

– Czy była kiedykolwiek brutalna wobec pani?

– Nie. To raczej ja jestem stroną dominującą w naszych zabawach.

Miriam Wu uśmiechnęła się słodko.

REZULTATEM POPOŁUDNIOWEGO zebrania o trzeciej była pierwsza poważna kłótnia w czasie trwania tego śledztwa. Bublanski podsumował sytuację, po czym wyjaśnił, iż widzi potrzebę rozszerzenia poszukiwań.

– Od pierwszego dnia całą energię koncentrowaliśmy na tym, by odnaleźć Lisbeth Salander. Jest w najwyższym stopniu podejrzana – i to w oparciu o mocne dowody – jednak nasze wyobrażenie o niej nieustannie wywołuje zdecydowany sprzeciw ze strony osób, które obecnie ją znają. Ani Armanski, ani Blomkvist czy teraz Miriam Wu nie uważają jej za psychopatyczną morderczynię. Dlatego chcę, żebyśmy odrobinę poszerzyli nasze poszukiwania i zastanowili się nad innymi sprawcami oraz możliwością, że Salander miała pomocnika albo tylko była na miejscu, gdy padły strzały.

Sugestia Bublanskiego wywołała gorącą dyskusję i ostry sprzeciw Hansa Faste i Sonny'ego Bohmana z Milton Security. Obaj twierdzili, że najprostsze wyjaśnienie zazwyczaj jest słuszne, a sugerowanie innego sprawcy wydaje się czystą teorią spiskową.

– Możliwe, że Salander nie zrobiła tego sama, ale nie ma żadnych śladów wskazujących na kogokolwiek innego.

– Zawsze przecież możemy zająć się policyjnym tropem sugerowanym przez Blomkvista – powiedział kwaśno Hans Faste.

W dyskusji Bublanski uzyskał wsparcie jedynie ze strony Sonji Modig. Curt Svensson i Jerker Holmberg zdobyli się tylko na pojedyncze uwagi. Niklas Eriksson z Milton Security całą dyskusję przesiedział w zupełnym milczeniu. Na koniec prokurator Ekström podniósł rękę.

– Bublanski, rozumiem, że mimo wszystko nie chcesz wyłączyć Lisbeth Salander ze śledztwa.

– Nie, oczywiście, że nie. Mamy jej odciski palców. Ale jak dotąd bezskutecznie szukaliśmy motywu. Chcę, żebyśmy spojrzeli na to z innej perspektywy. Czy istnieje możliwość, że w sprawę zamieszanych jest więcej osób? Czy mimo wszystko może to się wiązać z książką Daga Svenssona o sekshandlu? Blomkvist nie myli się, mówiąc, iż wiele osób w niej opisanych miałoby motyw, by zabić.

– Co chcesz zrobić? – zapytał Ekström.

– Chcę, żeby dwie osoby poszukały innych sprawców. Zajmą się tym Sonja i Niklas.

– Ja? – zapytał zdumiony Niklas Eriksson.

Bublanski wybrał Erikssona, ponieważ był najmłodszy w tym gronie i chyba najbardziej skłonny do myślenia bez uprzedzeń.

– Będziesz pracował z Modig. Przejrzyjcie wszystkie dane, jakie uzyskaliśmy do tej pory i spróbujcie znaleźć coś, co przegapiliśmy. Faste, ty, Curt Svensson i Bohman dalej zajmujecie się poszukiwaniem Lisbeth Salander. To nasz priorytet.

– A co ja mam robić? – zapytał Jerker Holmberg.

– Skoncentruj się na osobie adwokata Bjurmana. Jeszcze raz zbadaj jego mieszkanie. Sprawdź, czy czegoś nie przegapiliśmy. Jakieś pytania?

Nikt nie miał pytań.

– Dobra. Nie rozpowiadamy, że odnalazła się Miriam Wu. Może ma jeszcze jakieś informacje i nie chcę, żeby media rzuciły się na nią.

Prokurator Ekström potwierdził, że zespół ma pracować według planu Bublanskiego.

– NO WIĘC – powiedział Niklas Eriksson, spoglądając na Sonję Modig. – To ty jesteś policjantem, decyduj, co robimy.

Stali na korytarzu pod salą konferencyjną.

– Myślę, że powinniśmy znów uciąć sobie pogawędkę z Mikaelem Blomkvistem – odpowiedziała. – Ale najpierw muszę porozmawiać z Bublanskim. Jest piątkowe popołudnie, a ja mam wolne w sobotę i niedzielę. To oznacza, że zaczniemy dopiero w poniedziałek. Wykorzystaj weekend, żeby przejrzeć materiał.

Pożegnali się. Sonja Modig zajrzała do Bublanskiego w chwili, gdy wychodził stamtąd prokurator Ekström.

– Na chwilkę.

– Usiądź.

– Tak się wkurzyłam na Faste, że straciłam panowanie nad sobą.

– Powiedział, że się na niego rzuciłaś. Zrozumiałem, że coś się wydarzyło. To dlatego wtedy wszedłem i przeprosiłem.

– Twierdził, że chcę zostać sam na sam z Miriam Wu, bo mam na nią ochotę.

– Nie wydaje mi się, żeby o tym wspomniał. Ale to się kwalifikuje jako molestowanie. Chcesz to zgłosić?

– Dałam mu w twarz. To wystarczy.

– Dobra. Oceniam, że zostałaś przez niego sprowokowana.

– Tak było.

– Hans Faste ma problem z silnymi kobietami.

– Zauważyłam.

– A ty jesteś silną kobietą i bardzo dobrą policjantką.

– Dziękuję.

– Jednak byłbym wdzięczny, gdybyś nie rzucała się na współpracowników.

– To się nie powtórzy. Nie zdążyłam dzisiaj sprawdzić biurka Daga Svenssona w „Millennium".

– I tak jesteśmy do tyłu. Idź do domu i zrób sobie wolne, w poniedziałek zabierzemy się za to ze zdwojoną siłą.

NIKLAS ERIKSSON zatrzymał się przy dworcu głównym i wypił kawę w kawiarni George. Czuł przygnębienie. Przez cały tydzień spodziewał się, że lada chwila Lisbeth Salander zostanie schwytana. Gdyby stawiała opór, przy odrobinie szczęścia mogłoby się nawet zdarzyć, że jakiś nadgorliwy policjant ją zastrzeli.

Co było miłą fantazją.

Jednak Salander wciąż przebywała na wolności. I jakby tego było mało, teraz Bublanski zaczął brać pod uwagę innych sprawców. Wydarzenia przybrały niepomyślny obrót.

Beznadziejne było już to, że pracował jako podwładny Sonny'ego Bohmana – w całym Milton Security nie dałoby się znaleźć nudniejszego faceta, w dodatku bez krzty fantazji – a teraz jeszcze miał nad sobą Sonję Modig.

To ona najmocniej podważała trop Salander w śledztwie i prawdopodobnie podsycała w Bublanskim wątpliwości. Zastanawiał się, czy posterunkowego Bubblę coś łączy z tą pieprzoną suką. Nie zdziwiłby się. Siedział u niej pod pantoflem. Spośród biorących udział w śledztwie tylko Faste miał jaja i nie bał się powiedzieć, co o tym wszystkim sądzi.

Niklas Eriksson zamyślił się.

Rano on i Bohman odbyli w Milton Security krótkie spotkanie z Armanskim i Fräklundem. Tygodniowe poszukiwania nie przyniosły rezultatu i Armanski był tym przygnębiony. Fräklund zaproponował, by firma przemyślała swoje zaangażowanie w sprawę – Bohman i Eriksson mieli inne zadania poza udzielaniem bezpłatnego wsparcia policji.

Armanski zastanawiał się chwilę, po czym zdecydował, że Bohman i Eriksson popracują jeszcze tydzień. Jeśli nie będzie rezultatów, projekt zostanie przerwany.

Innymi słowy, Niklas Eriksson miał przed sobą siedem dni, zanim straci dostęp do śledztwa. Nie był pewien, za co się zabrać najpierw.

Po chwili wziął komórkę i zadzwonił do Tony'ego Scali, którego spotkał wcześniej przy kilku okazjach – Tony jako freelancer pisywał bzdury dla jakiegoś magazynu dla mężczyzn. Eriksson przywitał się, po czym powiedział, że ma informacje na temat zabójstw w Enskede. Wyjaśnił, w jaki sposób nagle znalazł się w samym centrum najintensywniejszego od wielu lat śledztwa. Scala, zgodnie z oczekiwaniem, połknął haczyk, ponieważ sprawa mogła zaowocować tekstem dla bardziej poczytnej gazety. Umówili się za godzinę w kawiarni Aveny na Kungsgatan.

Główną cechą Tony'ego Scali była tusza. Ogromna tusza.

– Jeśli chcesz dostać ode mnie informacje, musisz zrobić dwie rzeczy.

– Dawaj.

– Po pierwsze, nie wolno ci wymienić w tekście Milton Security. Nasza rola polega jedynie na konsultacjach, a jeśli pojawi się nazwa firmy, ktoś może zacząć podejrzewać, że to ja jestem odpowiedzialny za przeciek.

– Ale to jednak news, że Salander pracowała dla Milton.

– Sprzątanie i takie tam – zbył go Eriksson. – To żaden news.

– Dobra.

– Po drugie, tak masz skonstruować tekst, by sugerował, że kobieta jest źródłem przecieku.

– A dlaczego?

– Żeby odsunąć podejrzenie ode mnie.

– Dobra. To co masz?

– Właśnie odnalazła się ta lesbijka, przyjaciółka Salander.

– No, no, no. Ta zameldowana przy Lundagatan? Co to przepadła bez wieści?

– Miriam Wu. Przyda się?

– A jak! Gdzie się podziewała?

– Za granicą. Twierdzi, że nawet nie słyszała o morderstwach.

– Podejrzewacie ją o coś?

– Obecnie – nie. Była dzisiaj przesłuchiwana, wypuścili ją trzy godziny temu.

– Aha. Wierzysz w jej wersję?

– Myślę, że kłamie jak jasna cholera. Ona coś wie.

– Aha.

– Ale sprawdź jej przeszłość. Laska uprawiała seks sadomaso z tą Salander.

– A skąd wiesz takie rzeczy?

– Przyznała się na przesłuchaniu. A na Lundagatan znaleźliśmy kajdanki, skórzane ciuchy, pejcze i cały ten kram.

Z tymi pejczami trochę przesadził. No dobra, to było kłamstwo, ale ta chińska suka pejczami też się pewnie zabawiała.

– Żartujesz? – powiedział Tony Scala.

GDY ZAMYKANO BIBLIOTEKĘ, Paolo Roberto był jednym z ostatnich czytelników. Spędził popołudnie, czytając każdą najmniejszą wzmiankę o pościgu za Lisbeth Salander.

Wyszedłszy na Sveavägen, czuł się przybity i oszołomiony. W dodatku był głodny. Poszedł do McDonaldsa, zamówił hamburgera i usiadł w kącie.

Lisbeth Salander miałaby zabić trzy osoby. Po prostu nie mógł w to uwierzyć. To wątłe, pieprznięte dziewczę? – o, nie. Pozostawało pytanie, czy powinien coś z tym zrobić. A jeśli tak, to co?

PO POWROCIE TAKSÓWKĄ na Lundagatan Miriam Wu oglądała spustoszenia dokonane w jej świeżo wyremontowanym mieszkaniu. Szafki, garderoby, pudła i szuflady zostały opróżnione, a ich zawartość posortowana. Wszędzie widniały ślady proszku do zdejmowania odcisków palców.

Jej najbardziej prywatne zabawki erotyczne leżały rzucone w stos na łóżku. Z tego, co widziała, nie brakowało niczego.

Pierwszą rzeczą, jaką zrobiła, był telefon do pobliskieego ślusarza, żeby zainstalował nowy zamek w drzwiach. Miał pojawić się w ciągu godziny.

Nastawiła ekspres do kawy. *Lisbeth, Lisbeth, w co ty się, do cholery, wpakowałaś?* Potrząsnęła głową.

Chwyciła komórkę i zadzwoniła do Lisbeth, lecz usłyszała jedynie komunikat, że abonent jest niedostępny. Długo siedziała przy kuchennym stole, usiłując uporządkować fakty. Lisbeth Salander, jaką znała, to nie psychopatyczna morderczyni, jednak Miriam nie znała jej zbyt dobrze. Wprawdzie Lisbeth była gorąca w łóżku, lecz potrafiła być też zimna jak ryba, jeśli miała taki humor.

Stwierdziła, że nie zdecyduje, co o tym wszystkim myśleć, póki nie spotka się z Lisbeth i nie otrzyma od niej wyjaśnienia. Nagle zebrało jej się na płacz, ruszyła więc do gruntownego sprzątania.

O siódmej wieczorem miała już nowy zamek, a mieszkanie znów nadawało się do użytku. Wzięła prysznic i ledwo zdążyła usiąść w kuchni – ubrana w czarno-złoty orientalny szlafrok z jedwabiu – gdy rozległ się dzwonek do drzwi. Otworzywszy, ujrzała niezwykle otyłego i nieogolonego mężczyznę.

– Dzień dobry, Miriam, nazywam się Tony Scala, jestem dziennikarzem. Mogłabyś odpowiedzieć na kilka pytań?

Był z nim fotograf, który błysnął jej fleszem w twarz.

Miriam Wu zastanawiała się, czy nie powalić go, wykonując „drop kick" i uderzając łokciem w nos, jednak była na tyle przytomna, by zdać sobie sprawę, że wyszłyby z tego tylko lepsze zdjęcia.

– Byłaś za granicą z Lisbeth Salander? Wiesz, gdzie przebywa?

Miriam Wu zamknęła drzwi na klucz, używając nowo zainstalowanego zamka. Tony Scala odchylił klapkę wrzutki na listy.

– Miriam, prędzej czy później będziesz musiała zacząć rozmawiać z mediami. Mogę ci pomóc.

Zacisnęła dłoń w pięść i walnęła w klapkę wrzutki. Usłyszała, jak Tony Scala zawył z bólu, gdy jego palec został przytrzaśnięty. Następnie zamknęła wewnętrzne drzwi, położyła się na łóżku i zamknęła oczy. *Lisbeth, jak tylko cię dorwę – uduszę.*

PO WIZYCIE W SMÅDALARÖ Mikael Blomkvist spędził popołudnie, odwiedzając kolejnego klienta, którego Dag Svensson zamierzał wymienić z nazwiska w swojej książce. Przez tydzień odhaczył w sumie sześć z trzydziestu siedmiu osób z listy. Ostatni to emerytowany sędzia, zamieszkały w Tumba, który wielokrotnie orzekał w sprawach dotyczących prostytucji. Nowością było jednak, że ten łajdak nie zaprzeczał, nie groził ani nie błagał o łaskę. Przeciwnie, przyznał bez ogródek, iż owszem, rżnął suki ze Wschodu. Nie, nie żałuje. Prostytucja to szacowny zawód, a on sam, jako klient dziewczyn, wyświadczał im przysługę.

O dziesiątej wieczorem Mikael znajdował się właśnie na wysokości Liljeholmen, gdy zadzwoniła do niego Malin Eriksson.

– Cześć – powiedziała. – Sprawdzałeś wydanie internetowe naszego ukochanego superdziennika?

– Nie, a co?

– Przyjaciółka Lisbeth Salander właśnie wróciła do domu.

– Co? Kto?

– Miriam Wu, lesbijka, która mieszka u Salander przy Lundagatan.

Wu, pomyślał Mikael. *„Salander – Wu" na drzwiach.*

– Dzięki. Już jadę.

MIRIAM WU WYCIĄGNĘŁA w końcu wtyczkę z gniazdka telefonicznego i wyłączyła komórkę. News pojawił się o wpół do ósmej wieczorem w wydaniu internetowym jednego z dzienników. Wkrótce po tym zadzwonili z „Aftonbladet", a trzy minuty później z „Expressen", prosząc o komentarz. Serwis informacyjny „Aktuellt" podał wiadomość, nie zdradzając jej nazwiska, jednak już o dziewiątej co najmniej szesnastu dziennikarzy z różnych mediów próbowało uzyskać jej komentarz.

Dwa razy dzwoniono do drzwi. Miriam Wu nie otwierała i pogasiła światła w mieszkaniu. Miała ochotę złamać nos kolejnemu dziennikarzowi, który będzie ją napastował. Wreszcie włączyła komórkę i zadzwoniła do przyjaciółki mieszkającej niedaleko, przy Hornstull, z pytaniem, czy może u niej przenocować.

Niecałe pięć minut po tym, jak wymknęła się na ulicę, nadjechał Mikael Blomkvist i zadzwonił do jej drzwi – bez skutku.

BUBLANSKI ZADZWONIŁ do Sonji Modig w sobotni poranek tuż po dziesiątej. Obudziła się godzinę wcześniej, potem pobaraszkowała jeszcze chwilę z dzieciakami, zanim mąż zabrał je na spacer, by kupić im cosobotnią porcję słodyczy.

– Czytałaś dzisiejsze gazety?

– Nie. Obudziłam się dopiero przed godziną, potem zajęłam się dziećmi. Stało się coś?

– Ktoś z naszego śledztwa odpowiada za przeciek do prasy.

– Cały czas o tym wiedzieliśmy. Kilka dni temu ktoś przekazał im raport medyczny z sądu na temat Salander.

– Prokurator Ekström.

– Ekström?

– Tak. Oczywiście, że on. Nawet jeśli nigdy się do tego nie przyzna. Chce podsycić zainteresowanie, bo jest mu to na rękę. Ale nie tym razem. Dziennikarz, Tony Scala, rozmawiał z jakimś policjantem, który przekazał mu sporo informacji o Miriam Wu. Między innymi szczegóły z wczorajszego przesłuchania. To akurat chcieliśmy utrzymać w tajemnicy i Ekström strasznie się wściekł.

411

– O cholera.

– Dziennikarz nie ujawnia nikogo z nazwiska. Opisuje źródło jako „jedną z kluczowych osób w śledztwie".

– Niezłe gówno.

– W pewnym miejscu używa wobec informatora określenia „ona".

Sonja Modig milczała dwadzieścia sekund, przyswajając znaczenie tych słów. Była jedyną kobietą w zespole śledczym.

– Bublanski... Nic nie mówiłam żadnemu dziennikarzowi. Nie rozmawiałam o śledztwie z nikim z zewnątrz. Nawet z mężem.

– Wierzę ci. I nawet przez sekundę nie myślałem, że to ty odpowiadasz za przeciek. Niestety, myśli tak prokurator Ekström. A Hans Faste ma w ten weekend dyżur i wysuwa różne sugestie.

Sonja Modig nagle opadła z sił.

– Co teraz będzie?

– Ekström żąda, by cię odsunąć od śledztwa, póki zarzuty nie zostaną wyjaśnione.

– To bez sensu. Jak ja mogę udowodnić...?

– Nie musisz niczego udowadniać. Ten, kto prowadzi postępowanie wyjaśniające, przedstawia dowody.

– Wiem, ale... kurwa mać. Jak długo potrwa to postępowanie?

– Już się zakończyło.

– Co?

– Zapytałem. Oświadczyłaś, że to nie ty jesteś odpowiedzialna za przeciek. Postępowanie się zakończyło, muszę tylko napisać raport. Widzimy się w poniedziałek o dziewiątej w gabinecie Ekströma i przedstawiamy sprawę.

– Bublanski, dziękuję.

– Nie ma za co.

– Ale jest problem.

– Wiem.

– Jeśli nie ja odpowiadam za przeciek, musi to być ktoś inny.

– Jakieś sugestie?

– Tak na gorąco, kusi mnie, żeby wskazać Hansa Faste… ale raczej w to nie wierzę.

– Jestem skłonny zgodzić się z tobą. Chociaż potrafi być z niego niezły łajdak, a wczoraj miał wyraźnie zły dzień.

W WOLNYM CZASIE BUBLANSKI chętnie spacerował, jeśli sprzyjała pogoda. Była to jedna z niewielu form aktywności fizycznej, jakie podejmował. Mieszkał przy ulicy Katarina Bangata na Södermalmie, wcale nie tak daleko od redakcji „Millennium", a w związku z tym i Milton Security, gdzie pracowała Lisbeth Salander, oraz Lundagatan, gdzie była zameldowana. Niedaleko znajdowała się również synagoga przy S:t Paulsgatan. W sobotnie popołudnie odwiedził wszystkie te miejsca.

Początkowo towarzyszyła mu żona, Agnes. Byli małżeństwem od dwudziestu trzech lat, a on przez cały ten czas dochował jej wierności bez najdrobniejszego skoku w bok.

Zatrzymali się na chwilę w synagodze, by porozmawiać z rabinem. Bublanski był polskim Żydem, natomiast rodzina Agnes – ta jej cząstka, która przeżyła Auschwitz – pochodziła z Węgier.

Po wizycie w synagodze rozdzielili się – Agnes wybierała się na zakupy, a jej mąż zamierzał kontynuować spacer. Odczuwał potrzebę, żeby pobyć trochę samemu i spokojnie porozmyślać o uciążliwym śledztwie. Przeanalizował wszystkie kroki, jakie podjął od momentu, gdy w Wielki Czwartek rano papiery wylądowały na jego biurku, lecz nie potrafił znaleźć zbyt wielu zaniedbań.

Błędem było, że od razu nie wysłał kogoś do przeszukania biurka Daga Svenssona w redakcji „Millennium". Wreszcie wziął się za to sam, ale kto wie, co Mikael Blomkvist zdążył do tego czasu stamtąd usunąć.

Kolejnym błędem było przeoczenie faktu, iż Lisbeth Salander kupiła samochód. Jerker Holmberg stwierdził jednak w raporcie, że nie znalazł tam nic interesującego. Poza wpadką z samochodem śledztwo przeprowadzano tak porządnie, jak tylko można było tego oczekiwać.

Zatrzymał się pod kioskiem przy Zinkensdamm i z zadumą popatrzył na reklamę aktualnego wydania gazety. Paszportowe zdjęcie Lisbeth Salander skurczyło się do rozmiarów małej, ale łatwo rozpoznawalnej winiety w górnym rogu, natomiast uwagę miały przykuwać bardziej krzykliwe tytuły.

Policja sprawdza gang
LESBIJEK
SATANISTEK

Kupił gazetę i przerzucił strony aż do miejsca z dużym zdjęciem pięciu nastolatek ubranych na czarno, w skórzanych kurtkach z ćwiekami, podartych dżinsach i bardzo obcisłych koszulkach. Jedna z dziewczyn trzymała flagę z pentagramem, a inna pokazywała zaciśniętą pięść z wysuniętym małym i wskazującym palcem. Przeczytał tekst pod zdjęciem. *Lisbeth Salander spotykała się z dziewczynami z grupy deathmetalowej, występującej w małych klubach. W 1996 roku grupa uczciła Kościół Szatana, grając przebój „Etiquette of Evil".*

Nie podano nazwy Evil Fingers, a twarze dziewczyn były zasłonięte. Jednak znajomi bez większych problemów mogli je rozpoznać.

Kolejne dwie strony poświęcono Miriam Wu, ilustrując materiał zdjęciem wykonanym podczas show na scenie Berns, gdzie występowała. Sfotografowano ją topless i w rosyjskiej czapce oficerskiej. Zdjęcie zrobiono od dołu. Podobnie jak dziewczyny z Evil Fingers, Miriam Wu miała zamaskowane oczy. Określano ją jako „trzydziestojednolatkę":

Przyjaciółka poszukiwanej Salander pisywała o LESBIJSKIM SEKSIE BDSM.

Trzydziestojednolatka znana jest bywalcom sztokholmskich klubów. Nie kryła się z podrywaniem kobiet i z faktem, że lubi dominować nad swoimi partnerkami.

Reporter znalazł nawet dziewczynę, nazwaną w tekście Sarą, która według własnych zapewnień stanowiła obiekt podrywów trzydziestojednolatki. Jej chłopak był „wzburzony" całym zajściem. Artykuł stwierdzał, iż chodzi tu o podejrzany, elitarno-feministyczny odprysk ruchu gejowskiego, który ujawniał się między innymi w postaci „bondage workshop" podczas parady równości. Dalej tekst opierał się na cytacie z dość prowokacyjnego artykułu Miriam Wu, zamieszczonego przed sześciu laty w jakimś feministycznym fanzinie, do którego dotarł jeden z reporterów. Bublanski przebiegł wzrokiem tekst, po czym wyrzucił gazetę do kosza.

Chwilę rozmyślał o Hansie Faste i Sonji Modig. Dwoje kompetentnych śledczych. Jednak Faste stanowił problem. Działał ludziom na nerwy. Bublanski zdawał sobie sprawę, że musi z nim pogadać, ale trudno mu było uwierzyć, iż to Faste odpowiadał za przecieki w śledztwie.

Gdy komisarz znów podniósł wzrok, stał na Lundagatan przed wejściem do budynku, gdzie mieszkała Lisbeth Salander. Właściwie nie miał zamiaru tu przyjść. Po prostu nie mógł rozgryźć tej dziewczyny.

Wszedł po schodach na górną część ulicy, przystanął na dłuższą chwilę i zastanawiał się nad opowieścią Mikaela Blomkvista o rzekomym napadzie na Lisbeth Salander. Ta historia też prowadziła donikąd. Nie zgłoszono sprawy na policji, nie było żadnych nazwisk ani choćby porządnego rysopisu. Blomkvist twierdził, że nie mógł dostrzec numerów furgonetki, która odjechała z miejsca zdarzenia.

Jeśli w ogóle coś się zdarzyło.

Innymi słowy, kolejna ślepa uliczka.

Bublanski spojrzał na bordową hondę, zaparkowaną cały czas w tym samym miejscu. Ni stąd, ni zowąd do wejścia podszedł Mikael Blomkvist.

MIRIAM WU OBUDZIŁA SIĘ późno, zawinięta w prześcieradło. Usiadła na łóżku i rozejrzała się po obcym pokoju.

Wykorzystała nagłe zainteresowanie mediów jako wymówkę, by zadzwonić do przyjaciółki i poprosić o nocleg. Zdawała sobie jednak sprawę, iż była to w równym stopniu ucieczka spowodowana obawą, że do jej drzwi zapuka Lisbeth.

Przesłuchanie na policji i cała ta pisanina w gazetach wywarły na nią większy wpływ, niż się spodziewała. Chociaż postanowiła wstrzymać się z wyciąganiem wniosków, dopóki Lisbeth nie znajdzie okazji, by wyjaśnić, co się stało, zaczęła podejrzewać, że przyjaciółka jednak jest winna.

Zerknęła na trzydziestosiedmioletnią Viktorię Viktorsson, zdeklarowaną lesbijkę o przezwisku ViVi. Leżąc na brzuchu, mamrotała coś przez sen. Miriam Wu wymknęła się do łazienki i stanęła pod prysznicem. Potem wyszła, żeby kupić coś na śniadanie. Dopiero gdy stała przy kasie w sklepiku obok Kafé Cinnamon na Verkstadsgatan jej wzrok padł na pierwsze strony gazet. Natychmiast uciekła z powrotem do mieszkania ViVi.

MIKAEL BLOMKVIST minął bordową hondę, podszedł do wejścia, wstukał kod i zniknął za drzwiami. Po dwóch minutach znów był na zewnątrz. Nikogo nie ma w domu? Blomkvist rozejrzał się po ulicy najwyraźniej niezdecydowany. Bublanski przyglądał mu się zaintrygowany.

Miał powód do niepokoju – jeśli Blomkvist kłamał w sprawie napadu na Lundagatan, sugerowałoby to, że prowadzi jakąś grę, co w najgorszym razie mogłoby oznaczać, iż w taki czy inny sposób brał udział w zabójstwach. Jeśli jednak mówił prawdę – a na razie nie było powodów, by w to wątpić – to cały ten dramat krył w sobie jakąś zagadkę. Co oznaczałoby, że aktorów – poza tymi na scenie – jest więcej, a morderstwa to sprawa znacznie bardziej skomplikowana niż napad szału upośledzonej dziewczyny o skłonnościach do przemocy.

Gdy Blomkvist ruszył w stronę Zinkensdamm, Bublanski zawołał za nim. Mikael zatrzymał się i widząc policjanta, zawrócił w jego stronę. Spotkali się przy schodach.

– Dzień dobry, panie Blomkvist. Szuka pan Lisbeth Salander?

– Właściwie nie. Szukam Miriam Wu.

– Nie ma jej w domu. Był przeciek do mediów, że się odnalazła.

– Mówiła coś ciekawego?

Komisarz spojrzał na Blomkvista badawczym wzrokiem. *Kalle Blomkvist.*

– Niech pan się ze mną przejdzie – powiedział. – Muszę napić się kawy.

W milczeniu minęli kościół Högalid. Bublanski zabrał Blomkvista do Café Lillasyster przy moście Liljeholmsbron. Komisarz zamówił podwójne espresso z łyżką zimnego mleka, a Mikael caffe latte. Usiedli w części dla palących.

– Dawno już nie prowadziłem tak frustrującej sprawy – powiedział Bublanski. – Ile mogę panu powiedzieć, żebym jutro nie musiał o tym czytać w „Expressen"?

– Nie pracuję dla „Expressen".

– Wie pan, co mam na myśli.

– Panie Bublanski, nie wierzę, że Lisbeth jest winna.

– I teraz na własną rękę prowadzi pan dochodzenie? To dlatego mówią na pana Kalle Blomkvist?

Mikael uśmiechnął się.

– Z tego, co wiem, na pana mówią posterunkowy Bubbla.

Komisarz uśmiechnął się z przymusem.

– Dlaczego nie wierzy pan, że Salander jest winna?

– Nic nie wiem o jej opiekunie prawnym, ale nie miała żadnych powodów, by zabić Daga i Mię. A już na pewno nie

Mię. Lisbeth czuje odrazę do mężczyzn, którzy nienawidzą kobiet, a Mia właśnie zamierzała zdemaskować wielu z nich. Takie działanie było w zupełności zgodne z tym, co zrobiłaby sama Lisbeth, kierując się poczuciem moralności.

– Jej obraz jest dla mnie niespójny. Opóźniona i chora psychicznie czy kompetentny researcher?

– Lisbeth jest po prostu inna. Nieprzystosowana społecznie, ale z jej inteligencją jest absolutnie wszystko w porządku. Co więcej, prawdopodobnie ma większe zdolności niż ja i pan razem wzięci.

Bublanski westchnął. Mikael Blomkvist powtórzył opinię Miriam Wu.

– W każdym razie trzeba ją schwytać. Nie mogę wchodzić w szczegóły, ale mamy dowody na to, że przebywała na miejscu zbrodni i jest osobiście powiązana z bronią użytą przy zabójstwach.

Mikael kiwnął głową.

– Oznacza to, jak przypuszczam, że znaleźliście tam jej odciski palców. Nie oznacza to jednak, że strzelała.

Komisarz przytaknął.

– Dragan Armanski też ma wątpliwości. Jest zbyt ostrożny, żeby powiedzieć to wprost, ale również szuka dowodów na jej niewinność.

– A pan? Co pan sądzi?

– Jestem policjantem. Zatrzymuję i biorę na przesłuchanie. W tej chwili sytuacja Lisbeth Salander wygląda kiepsko. Skazywaliśmy za morderstwa na podstawie znacznie słabszych dowodów.

– Nie odpowiedział pan na pytanie.

– Nie wiem. Jeśli byłaby niewinna... kto, pana zdaniem, miałby w tym interes, żeby zabić i jej opiekuna prawnego, i dwójkę pana przyjaciół?

Mikael wyciągnął paczkę papierosów, podał ją Bublanskiemu, ale ten potrząsnął głową. Nie chciał okłamywać policjanta i stwierdził, że powinien opowiedzieć o swoich przypuszczeniach co do człowieka zwanego Zala. Powinien też opowiedzieć o inspektorze Gunnarze Björcku ze służb specjalnych.

Jednak Bublanski i jego koledzy również mieli dostęp do materiałów Daga Svenssona zawierających identyczny folder o nazwie <Zala>. Wystarczyło dokładnie przeczytać. Zamiast to zrobić, wytoczyli najcięższe działa i ujawniali w mediach intymne szczegóły z życia Lisbeth Salander.

Miał pomysł, ale nie wiedział, do czego to doprowadzi. Nie chciał podawać Björcka z nazwiska, póki nie będzie pewny. *Zalachenko.* To tu jest powiązanie między Bjurmanem a Dagiem i Mią. Problem w tym, że Björck nic nie powiedział.

– Pozwoli pan, że trochę jeszcze powęszę, a później wysunę alternatywną teorię.

– Nie jest to trop, który prowadzi do policji, mam nadzieję.

Mikael uśmiechnął się.

– Nie. Jeszcze nie. Co mówiła Miriam Wu?

– Mniej więcej to samo co pan. Były parą.

Bublanski zerknął na Mikaela.

– Nie moja sprawa.

– Miriam Wu i Salander spotykały się przez trzy lata. Wu nie wiedziała nic o przeszłości Salander, nie wiedziała nawet, gdzie ona pracuje. Trudno w to uwierzyć. Myślę jednak, że Wu mówi prawdę.

– Lisbeth bardzo dba o swoją prywatność – powiedział Mikael.

Przez chwilę siedzieli w milczeniu.

– Ma pan numer tej Miriam Wu?

– Mam.

– Może mi pan go dać?

– Nie.

– Dlaczego?

– To sprawa policji. Nie trzeba nam detektywów amatorów z szalonymi teoriami.

– Nie mam jeszcze żadnych teorii. Myślę jednak, że rozwiązanie zagadki kryje się w materiałach Daga Svenssona.

– Jeśli pan się postara, dość łatwo będzie pan mógł skontaktować się z MiriamWu.

– Raczej tak. Ale najprostszy sposób to zapytać tego, kto ma jej numer.

Bublanski westchnął. Natomiast Mikael nagle poczuł, że komisarz wzbudza w nim irytację.

– Czy policjanci są zdolniejsi od zwykłych ludzi, których nazywa pan detektywami amatorami? – zapytał.

– Nie, nie sądzę. Lecz policjanci są do tego odpowiednio przygotowani, a wyjaśnianie przestępstw jest ich pracą.

– Osoby prywatne również mają wykształcenie – powiedział Mikael powoli. – A czasem detektyw amator lepiej potrafi wyjaśnić sprawę niż policjant.

– Tak się panu wydaje.

– Ja to wiem. Sprawa Joya Rahmana. Policjanci nawet nie ruszyli dupy, pięć lat przymykali oczy na to, że Rahman niewinnie siedzi za kratkami za zabójstwo jakiejś babci. Nadal by tam siedział, gdyby pewna nauczycielka nie poświęciła kilku lat na poważne śledztwo. Przeprowadziła je, nie mając tych wszystkich środków, jakimi pan dysponuje. Nie tylko dowiodła, że Rahman nie popełnił zarzucanego mu czynu, ale wskazała osobę, co do której istniało duże prawdopodobieństwo, iż jest prawdziwym zabójcą.

– W sprawie Rahmana chodziło o prestiż. Prokurator nie chciał przyjąć faktów do wiadomości.

Mikael Blomkvist przyglądał się komisarzowi.

– Panie Bublanski... coś panu powiem. Od tej chwili w sprawie Salander również chodzi o prestiż. Twierdzę, że nie zamordowała Daga i Mii. I udowodnię to. Znajdę prawdziwego zabójcę, a kiedy już to zrobię, napiszę artykuł, który panu i pańskim kolegom będzie cholernie źle się czytać.

W DRODZE DO DOMU Bublanski poczuł potrzebę, by porozmawiać o całej sprawie z Bogiem, jednak zamiast odwiedzić synagogę, wszedł do kościoła katolickiego przy Folkungagatan. Usiadł w jednej z tylnych ławek i nie ruszył się stamtąd przez ponad godzinę. Jako żyd, teoretycznie rzecz biorąc, nie miał czego szukać w kościele katolickim, jednak miejsce to przepełniał spokój, więc odwiedzał je regularnie, gdy odczuwał potrzebę, by poukładać myśli. Jan Bublanski uważał, że kościół to dobre miejsce na rozmyślania, i był przekonany, iż Bóg nie będzie miał nic przeciwko. Poza tym, istniała spora różnica między katolicyzmem a judaizmem. Do synagogi Bublanski szedł, szukając towarzystwa i poczucia wspólnoty z innymi. Katolicy udawali się do kościoła, ponieważ chcieli w spokoju pobyć z Bogiem. Kościół, w którym teraz siedział, sprzyjał ciszy i odosobnieniu.

Bublanski rozmyślał o Lisbeth Salander i Miriam Wu. Zastanawiał się też nad tym, co zataili przed nim Erika Berger i Mikael Blomkvist. Był przekonany, że wiedzą o Salander coś, czego mu jednak nie powiedzieli. Ciekawiło go, jaki „research" Lisbeth Salander zrobiła dla Blomkvista. Przez chwilę rozważał, czy pracowała dla niego tuż przed tym, jak ujawnił aferę Wennerströma, lecz po krótkim zastanowieniu odrzucił tę myśl. Po prostu Lisbeth Salander nie mogła być powiązana z tym wydarzeniem i wydawało się niemożliwe, by potrafiła wnieść w tę sprawę istotny wkład. Choćby była najlepszym researcherem.

Bublanski martwił się.

Nie podobało mu się niezachwiane przekonanie Mikaela Blomkvista, że Salander jest niewinna. To fakt, że jako policjant sam miewał wątpliwości – na tym polegał jego zawód. Lecz Mikael Blomkvist jako detektyw amator stanowił dla niego wyzwanie.

Nie lubił takich detektywów, ponieważ ich działalność opierała się na przekonaniu, że za wszystkim kryje się jakiś spisek. Wprawdzie stanowiło to dobry materiał na czołówki gazet, ale zazwyczaj przysparzało policji dodatkowej, zupełnie niepotrzebnej pracy.

Ta sprawa stała się najbardziej absurdalnym śledztwem, w jakim kiedykolwiek brał udział. Stracił z oczu punkt odniesienia. A śledztwo musi przecież mieć jakąś logiczną ciągłość.

Jeśli na Mariatorget ktoś znajdzie zadźganego nożem siedemnastolatka, trzeba sprawdzić, jaki gang skinów albo młodocianych chuliganów rozrabiał godzinę wcześniej w okolicy dworca Södra. Trzeba przesłuchać przyjaciół, znajomych, świadków, a wkrótce znajdą się podejrzani.

Jeśli czterdziestodwulatek zostanie zabity trzema strzałami w knajpie w Skärholmen, a później okaże się, że wykonywał zlecenia dla jugosłowiańskiej mafii, trzeba ustalić, kto usiłuje przejąć kontrolę nad przemytem papierosów.

Jeśli dwudziestosześcioletnia kobieta o nieposzlakowanej przeszłości i uporządkowanej sytuacji życiowej zostanie uduszona we własnym mieszkaniu, trzeba sprawdzić, kim jest jej chłopak albo kto ostatni rozmawiał z nią w knajpie poprzedniego wieczora.

Bublanski prowadził tyle śledztw tego rodzaju, że mógłby to robić przez sen.

Obecne śledztwo zaczęło się tak dobrze. Główną podejrzaną wytypowali już po kilku godzinach. Lisbeth Salander pasowała do tej roli jak ulał – potwierdzony przypadek psychiatryczny, całe życie miewała napady niekontrolowanej przemocy. W praktyce wystarczyło ją zgarnąć i uzyskać przyznanie się do winy albo, zależnie od okoliczności, wysłać do psychiatryka. Potem wszystko poszło nie tak.

Salander nie mieszkała tam, gdzie powinna była mieszkać. Miała przyjaciół takich jak Dragan Armanski i Mikael Blomkvist. Związała się ze znaną lesbijką, która uprawiała seks w kajdankach i jeszcze bardziej podkręciła media w i tak już zaognionej sytuacji. Miała w banku dwa i pół miliona koron, a jej miejsce pracy pozostawało nieznane. Później pojawia się jeszcze taki Blomkvist z teoriami o traffickingu i spiskach, a jako gwiazda dziennikarstwa ma rzeczywistą władzę, by jednym odpowiednio napisanym artykułem narazić śledztwo na totalny chaos.

Przede wszystkim okazało się, że głównej podejrzanej nie można znaleźć, chociaż była niewielkiego wzrostu, miała charakterystyczny wygląd i tatuaże na całym ciele. Niedługo miną dwa tygodnie od dnia zabójstwa, a co do jej miejsca pobytu nie posiadali najmniejszej nawet wskazówki.

GUNNAR BJÖRCK – przebywający na zwolnieniu lekarskim z powodu dyskopatii zastępca dyrektora biura służb specjalnych – czuł się kiepsko przez kolejne dwadzieścia cztery godziny po wizycie Mikaela Blomkvista. Cały czas odczuwał tępy ból w plecach. Chodził tam i z powrotem po użyczonym mu domu, nie mogąc się odprężyć ani podjąć jakiegokolwiek działania. Próbował zebrać myśli, ale fragmenty układanki nie chciały ułożyć się w jedną całość.

Nie mógł pojąć, jak to wszystko jest ze sobą powiązane.

Gdy pierwszy raz usłyszał informację o zabójstwie Nilsa Bjurmana, dzień po tym, jak znaleziono go martwego, otworzył usta ze zdumienia. Nie zdziwił się jednak, kiedy niemal natychmiast jako główną podejrzaną wytypowano Lisbeth Salander i rozpoczęto na nią nagonkę. Czujnie śledził wypowiedzi w telewizji, kupił wszystkie gazety, jakie tylko udało mu się dostać, i czytał uważnie każdą wzmiankę na ten temat.

Ani przez sekundę nie wątpił, że Lisbeth Salander jest psychicznie chora i zdolna do morderstwa. Nie miał też powodu, by wątpić w jej winę czy podważać wnioski z policyjnego śledztwa. Przeciwnie, cała jego wiedza na temat Lisbeth Salander wskazywała na to, iż jest szalona. Zamierzał zadzwonić, by zaoferować pomoc w śledztwie albo przynajmniej skontrolować, czy sprawą zajęto się należycie. Lecz w końcu doszedł do wniosku, że ta kwestia już go nie dotyczy. To nie jego rzecz, niech inni kompetentni ludzie sobie z tym poradzą. W dodatku efektem takiej rozmowy mogło być zainteresowanie, którego sobie nie życzył, a nawet chciał uniknąć. Tak więc odprężył się i z mniejszym zaangażowaniem śledził kolejne relacje na ten temat.

Wizyta Mikaela Blomkvista zburzyła jego spokój. Nigdy nawet nie przemknęło mu przez myśl, że morderczy szał Salander może dotyczyć go osobiście, że jedną z jej ofiar była dziennikarska świnia, która zamierzała zdemaskować go przed całą Szwecją.

Tym bardziej nie podejrzewał, iż Zala pojawi się w całej tej historii jak odbezpieczony granat, a już w ogóle, że Mikael Blomkvist będzie o nim wiedział. Było to tak nieprawdopodobne, iż wręcz przeczyło zdrowemu rozsądkowi.

Dzień po wizycie Blomkvista zadzwonił do byłego szefa, obecnie siedemdziesięciooośmiolatka zamieszkałego w Laholm. Musiał w jakiś sposób ujawnić kontekst, nie zdradzając, że dzwoni z innych powodów niż tylko czysto zawodowa ciekawość. Rozmowa była stosunkowo krótka.

– Mówi Björck. Zakładam, że czytałeś gazety.

– Czytałem. Znowu dała o sobie znać.

– I niewiele się zmieniła.

– To już nie nasza sprawa.

– Nie myślisz, że…

– Nie, nie myślę. To już dawno zakończone i zapomniane. Nie ma tu żadnego związku.

– Ale że też akurat Bjurman. Jak przypuszczam, nieprzypadkowo właśnie on został jej opiekunem prawnym.

Na drugim końcu linii zapadła na kilka sekund cisza.

– Nie, to nie był przypadek. Trzy lata temu wydawało się, że to dobry pomysł. Kto mógł się spodziewać czegoś takiego?

– Ile wiedział Bjurman?

Dawny szef Björcka nagle zaśmiał się chrapliwie w słuchawkę.

– Dobrze wiesz, jaki był Bjurman. Nie należał do naj-zdolniejszych.

– Miałem na myśli... czy był świadom powiązania? Czy pozostało po nim coś, co może ich doprowadzić do...?

– Nie, oczywiście, że nie. Rozumiem, o co pytasz, ale nie musisz się niepokoić. W całej tej sprawie Salander zawsze była postacią trzeciorzędną. Załatwiliśmy Bjurmanowi tę funkcję, ale chodziło tylko o to, żeby jej opiekunem praw-nym został człowiek, którego mamy na oku. Lepsze to niż jakiś nieznany gracz. Gdyby zaczęła paplać, przyszedłby do nas. A teraz sprawa sama się rozwiązała.

– Co masz na myśli?

– No, po tym wszystkim Salander na długo zostanie w psy-chiatryku.

– Dobra.

– Nie musisz się martwić. W spokoju wypoczywaj na tym swoim zwolnieniu.

Jednak tego właśnie dyrektor Gunnar Björck nie był w stanie zrobić – o co zadbał Mikael Blomkvist. Usiadł w kuchni przy stole i spoglądając na wody Jungfrufjärden, usiłował podsumować swoją sytuację. Niebezpieczeństwo groziło mu z dwóch stron.

Mikael Blomkvist ujawni, że Björck był klientem prosty-tutek. Istniało więc bezpośrednie ryzyko, że zakończy swoją policyjną karierę jako skazany na mocy prawa o zakazie korzystania z usług seksualnych.

Poważniejszy kłopot stanowiło jednak to, że Mikael Blomkvist tropił Zalachenkę, który w jakiś sposób był za-mieszany w tę historię. A wszystko prowadzi prosto do Gun-nara Björcka.

Jego dawny szef miał pewność, że pozostały po Bjurmanie dobytek nie zawiera niczego, co mogłoby prowadzić do in-nych osób. Coś jednak tam było. Akta śledztwa z 1991 roku. A Bjurman dostał je od Gunnara Björcka.

Spróbował wrócić pamięcią do spotkania z Bjurmanem sprzed ponad dziewięciu miesięcy. Spotkali się na Starym Mieście. Pewnego popołudnia Bjurman zadzwonił do niego do pracy i zaproponował wyjście na piwo. Rozmawiali o strzelectwie i różnych innych sprawach, lecz Bjurman skontaktował się z nim ze szczególnego powodu. Chciał prosić o przysługę. Pytał o Zalachenkę...

Björck wstał i podszedł do okna. Był lekko wstawiony. A raczej porządnie wstawiony. O co pytał Bjurman?

– *A propos... zajmuję się sprawą, w której pojawił się pewien stary znajomy...*

– *Ach tak, a kto?*

– *Aleksander Zalachenko. Pamiętasz go?*

– *Owszem. Zalachenki tak szybko się nie zapomina.*

– *Co się z nim później stało?*

Teoretycznie rzecz biorąc, nie była to sprawa Bjurmana. Istniały wręcz uzasadnione powody, by wziąć go pod lupę już tylko dlatego, że pytał... gdyby nie fakt, iż był opiekunem prawnym Salander. Powiedział, że potrzebuje akt tamtego śledztwa. *A ja mu je dałem.*

Björck nie popełnił wielkiego błędu. Wyszedł z założenia, że Bjurman został już poinformowany – jakakolwiek inna możliwość była nie do pomyślenia. A Bjurman tak przedstawił rzecz, jak gdyby tylko próbował pójść na skróty, omijając krętą urzędową drogę, na której wszystko opatrywano klauzulą tajności i cicho, sza, przeciągano sprawę miesiącami. Zwłaszcza jeśli dotyczyła Zalachenki.

Dałem mu te akta. Wciąż były tajne, jednak powód wydawał się sensowny i zrozumiały, a Bjurman nie rozgadywał przecież na prawo i lewo. Był tępy, ale zawsze potrafił dochować tajemnicy. Jaką mogłoby to spowodować szkodę... przecież minęło już tyle lat.

Wykiwał go. Sprawiał wrażenie, jakby chodziło o formalności i biurokrację. Im dłużej Björck się nad tym zastanawiał, tym bardziej był przekonany, że Bjurman bardzo precyzyjnie i ostrożnie dobierał słowa.

Ale jaki on, do cholery, mógł mieć cel? I dlaczego Salander go zamordowała?

W SOBOTĘ MIKAEL BLOMKVIST odwiedzał Lundagatan jeszcze cztery razy w nadziei, że spotka Miriam Wu, ale była nadal nieobecna.

Sporą część dnia spędził w Kaffebar przy Hornsgatan, czytając jeszcze raz na swoim iBooku pocztę Daga Svenssona otrzymywaną na adres na redakcyjnej domenie *millennium.se* oraz zawartość pliku o nazwie <Zala>. W ostatnich tygodniach przed śmiercią Dag coraz więcej czasu poświęcał na szukanie informacji o tym człowieku.

Mikael chciałby móc do niego zadzwonić i zapytać, dlaczego dokument o Irinie P. znajduje się w pliku dotyczącym Zali. Do głowy przychodził mu jedyny sensowny wniosek, a mianowicie, że Dag podejrzewał Zalę o zamordowanie tej kobiety.

Około piątej po południu ni stąd, ni zowąd zadzwonił do niego Bublanski i podał mu numer telefonu do Miriam Wu. Mikael nie wiedział, co skłoniło policjanta do zmiany zdania, lecz gdy tylko otrzymał namiar, zaczął wydzwaniać do Wu mniej więcej co pół godziny. Dopiero około jedenastej wieczorem włączyła komórkę i odebrała. Rozmowa była krótka.

– Dobry wieczór, Miriam. Nazywam się Mikael Blomkvist.

– A kim pan, do cholery, jest?

– Dziennikarzem, pracuję w „Millennium".

Miriam Wu dosadnie wyraziła swoje uczucia.

– Ach tak. Ten Blomkvist. Odpierdol się, parszywy pismaku.

Po czym przerwała rozmowę, zanim Mikael zdołał wyjaśnić, dlaczego dzwoni. W myślach przeklął Tony'ego Scalę i spróbował zadzwonić jeszcze raz. Nie odbierała. W końcu wysłał jej SMS-a.

Proszę do mnie zadzwonić. To ważne.

Nie zadzwoniła.

Późno w nocy Mikael wyłączył komputer, rozebrał się i położył do łóżka. Czuł się sfrustrowany i chciał, żeby była przy nim Erika Berger.

Pierwiastek równania to liczba, dla której – jeśli ją podstawić w miejsce niewiadomej – strony równania są tożsame. O takiej wartości mówi się, że spełnia równanie. Aby rozwiązać równanie, należy znaleźć wszystkie jego pierwiastki. Równanie, które jest spełnione dla wszelkich możliwych niewiadomych, nosi nazwę równania tożsamościowego.

$$(a + b)^2 = a^2 + 2ab + b^2$$

Część 4

Terminator mode

24 marca – 8 kwietnia

Rozdział 21
Wielki Czwartek 24 marca
– poniedziałek 4 kwietnia

PIERWSZY TYDZIEŃ policyjnego pościgu Lisbeth Salander spędziła z dala od dramatycznych wydarzeń. W zupełnym spokoju siedziała w swoim mieszkaniu przy Fiskargatan na Mosebacke. Miała wyłączoną komórkę, z której wyjęła kartę SIM. Nie zamierzała już używać tego telefonu. Z rosnącym zdumieniem śledziła tytuły internetowych wydań gazet i serwisy telewizyjne.

Z irytacją patrzyła na swoje zdjęcie, które najpierw pojawiło się w internecie, a później ozdabiało pierwsze strony wszystkich gazet i czołówki serwisów informacyjnych. Głupio wyglądała.

Mimo wieloletnich starań o zachowanie anonimowości stała się jedną z najbardziej znanych i opisywanych osób w kraju. Z lekkim zdziwieniem zdała sobie sprawę, że krajowy list gończy wydany za dziewczyną niskiego wzrostu, podejrzewaną o zabicie trzech osób należał do największych wydarzeń medialnych roku, mniej więcej na równi z sektą z Knutby. Śledziła informacje i komentarze w mediach z rosnącym zdziwieniem, wstrząśnięta tym, że objęte tajemnicą lekarską dokumenty o jej szwankującej psychice są dostępne w każdej redakcji. Jeden z tytułów ożywił pogrzebane już wspomnienia.

ZATRZYMANA ZA POBICIE
NA STARYM MIEŚCIE

Reporter sądowy ze szwedzkiej agencji prasowej przebił konkurentów, zdobywając kopię ekspertyzy medycznej sporządzonej po zatrzymaniu Lisbeth za kopnięcie w twarz pasażera na stacji metra Stare Miasto.

Lisbeth bardzo dobrze pamiętała to wydarzenie. Była na Odenplan i właśnie wracała do (tymczasowego) domu u rodziny zastępczej w Hägersten. Na stacji Rådmansgatan wsiadł nieznajomy mężczyzna, wyglądający na trzeźwego, który od razu ją sobie upatrzył. Później dowiedziała się, że to pięćdziesięciodwuletni bezrobotny, Karl Evert Blomgren, były zawodnik drużyny unihokejowej z Gävle. Chociaż wagon był na wpół pusty, usiadł obok niej i zaczął pleść jakieś bzdury. Położył rękę na jej kolanie i próbował nawiązać rozmowę w rodzaju „dam ci dwie stówy, jeśli pójdziesz do mnie". Gdy go zignorowała, stał się napastliwy i nazwał ją starą suką. Fakt, że nie odpowiadała na jego zaczepki, a na stacji Centrum zmieniła miejsce, wcale go nie odstraszył.

Kiedy zbliżali się do Starego Miasta, objął ją od tyłu i włożył jej ręce pod sweter, szepcząc jednocześnie do ucha, że jest kurwą. Lisbeth Salander nie podobało się, że zupełnie obcy ludzie spotkani w metrze nazywali ją kurwą. Odpowiedziała, uderzając go łokciem w oko, po czym, przytrzymując się uchwytu, odbiła od podłogi i kopnęła go obiema stopami w nos. Zaczął krwawić.

Mogła uciec, gdy pociąg zatrzymał się na peronie, ponieważ jednak była ubrana zgodnie z ekstremalnie punkową modą i miała niebieskie włosy, jakiś samozwańczy stróż porządku rzucił się na nią i przyciskał do podłogi, póki nie pojawiła się policja.

Przeklinała swoją płeć i budowę ciała. Gdyby była chłopakiem, nikt nie odważyłby się na nią rzucić.

W ogóle nie próbowała wyjaśniać, dlaczego kopnęła Karla Everta Blomgrena. Uważała, że nie warto nic wyjaśniać umundurowanym przedstawicielom władz. Gdy lekarze usiłowali ocenić jej stan psychiczny, dla zasady nawet się nie odezwała. Na szczęście wielu pasażerów obserwowało to zdarzenie, między innymi krzykliwa kobieta z Härnösand, która, tak się złożyło, była parlamentarzystką z ramienia partii centrowej. Na miejscu poświadczyła, iż Blomgren obmacywał Salander, zanim użyła ona przemocy. Gdy później okazało się, iż mężczyznę już dwa razy skazano za wykroczenia przeciw obyczajności, prokurator postanowił umorzyć sprawę. Nie oznaczało to jednak, że opieka społeczna przerwała dochodzenie w jej sprawie. W rezultacie niedługo potem sąd podjął decyzję o ubezwłasnowolnieniu Lisbeth Salander. Najpierw znalazła się pod kuratelą Holgera Palmgrena, a następnie Nilsa Bjurmana.

A teraz owe intymne i objęte tajemnicą lekarską szczegóły znalazły się w internecie, wystawione na widok publiczny. Jej życiorys uzupełniono przejaskrawionymi opisami, jak to już w podstawówce popadała w konflikt z otoczeniem, a jako nastolatka spędziła parę lat w dziecięcej klinice psychiatrycznej.

PRZEDSTAWIANA PRZEZ MEDIA diagnoza psychiatryczna Lisbeth Salander różniła się w zależności od wydania i gazety. Czasem opisywano ją jako psychopatkę, a czasem jako schizofreniczkę z wyraźnymi objawami manii prześladowczej. Wszystkie gazety określały ją jako upośledzoną umysłowo – nie zdołała przecież przyswoić sobie nawet materiału szkoły podstawowej i zakończyła naukę w dziewiątej klasie bez ocen pozytywnych. Społeczeństwo nie powinno mieć wątpliwości, że jest niezrównoważona i skłonna do przemocy.

Gdy media odkryły, iż Lisbeth Salander przyjaźniła się ze znaną lesbijką Miriam Wu, wiele rozszalałych gazet ruszyło na żer. Miriam Wu występowała w performance Benity Costy na paradzie równości – prowokującym show, podczas którego sfotografowano ją topless, w skórzanych spodniach na szelkach i w lakierowanych butach na wysokim obcasie.

Poza tym pisała artykuły do gazety gejowskiej, skrzętnie cytowane w mediach, a przy okazji swoich występów udzieliła również kilku wywiadów. Połączenie domniemanej seryjnej morderczyni lesbijki oraz ekscytującego seksu BDSM przebijało wszelkie inne wiadomości w gazetach.

ZE WZGLĘDU NA NIEOBECNOŚĆ Miriam Wu przez pierwszy tydzień owych dramatycznych wydarzeń pojawiły się najróżniejsze spekulacje, jakoby i ona padła ofiarą przemocy Salander albo była jej wspólniczką w przestępstwach. Takie domysły ograniczały się jednak w dużej mierze do naiwnego forum internetowego Exilen, nie pojawiając się w ważniejszych mediach. Wiele mediów spekulowało za to o następującej możliwości: skoro – jak wyszło na jaw – rozprawa Mii Bergman dotyczyła seksbiznesu, mogła stanowić motyw zabójstwa, ponieważ według opieki społecznej Lisbeth Salander była prostytutką.

Pod koniec tygodnia media odkryły, że Salander miała również powiązania z grupą młodych kobiet flirtujących z satanizmem, co skłoniło pewnego starszego dziennikarza do napisania artykułu o tym, jak bardzo młodzież pozbawiona jest korzeni i jak wiele niebezpieczeństw kryje się w subkulturach typu skinheadzi czy hip hop.

Opinia publiczna zdążyła wreszcie nasycić się wiedzą o Lisbeth Salander. Jeśli poskładać w całość wszystkie upublicznione tezy, policja ścigała lesbijkę psychopatkę, członkinię szajki sadomasochistycznych satanistów, która propagowała seks BDSM i nienawidziła całego społeczeństwa, a w szczególności mężczyzn. Ze względu na to, że Lisbeth Salander przez ubiegły rok przebywała za granicą, mogły tu również zaistnieć powiązania międzynarodowe.

TYLKO RAZ LISBETH zareagowała bardziej emocjonalnie na to, co pojawiło się w szumie medialnym. Jej uwagę przykuł pewien tytuł.

BALIŚMY SIĘ JEJ

– Groziła nam śmiercią – mówią nauczyciele i koledzy z klasy.

Wypowiedzi udzieliła była nauczycielka, a obecnie projektantka tkanin, Birgitta Miåås, wyjaśniając tytuł artykułu, wedle którego Lisbeth Salander groziła kolegom z klasy i nawet nauczyciele obawiali się jej.

Lisbeth rzeczywiście zetknęła się z Miåås i pamiętała dobrze jej nieczyste zagranie.

Przygryzając wargę, przypomniała sobie, że miała wówczas jedenaście lat, a Miåås była nieprzyjemną nauczycielką matematyki, która przyszła na zastępstwo. Raz za razem usiłowała skłonić Lisbeth do odpowiedzi na pytanie, na które już odpowiedziała prawidłowo, choć zgodnie z kluczem w podręczniku podana przez nią odpowiedź była błędna. Podręcznik zawierał błędne rozwiązanie, co zdaniem Lisbeth było jasne dla każdego. Lecz Miåås stawała się coraz bardziej napastliwa, a Lisbeth coraz bardziej niechętna do dyskusji. Siedziała więc, zaciskając usta i wydymając wargi, aż wreszcie Miåås ze złością szarpnęła ją za ramię. W odpowiedzi Lisbeth uderzyła Miåås podręcznikiem w głowę, co spowodowało zamieszanie w klasie. Gdy koledzy usiłowali ją przytrzymać, Lisbeth pluła, prychała i wierzgała nogami.

Artykuł zajmował całe dwie strony popołudniówki a kilka wypowiedzi wyróżniono w bocznej kolumnie, gdzie na zdjęciu widniał jeden z byłych kolegów Lisbeth, ukazany na tle wejścia do jej starej szkoły. Ów kolega, David Gustavsson, był obecnie pracownikiem działu finansów. Twierdził, że uczniowie bali się Lisbeth Salander, ponieważ „pewnego razu groziła komuś śmiercią". Lisbeth zapamiętała Davida Gustavssona – wówczas potężną bestię o inteligencji szczupaka – jako jednego ze swoich największych szkolnych dręczycieli, który rzadko przepuszczał okazję, by na korytarzu poczęstować kogoś obraźliwą uwagą albo kuksańcem.

Pewnego razu, podczas przerwy na lunch, zaatakował ją za salą gimnastyczną, a ona jak zwykle odparła atak. Biorąc pod uwagę warunki fizyczne, była bez szans, jednak wyznawała zasadę, że lepiej umrzeć niż się poddać. Incydent wymknął się spod kontroli, gdy wokół zebrało się wielu kolegów, żeby zobaczyć, jak David Gustavsson raz za razem powala Lisbeth Salander na ziemię, co do pewnego momentu było wręcz zabawne. Lecz ta głupia dziewczyna nie mogła pojąć, że lepiej dla niej będzie nie wstawać z podłogi, tylko płakać i prosić o łaskę.

Po jakimś czasie nawet koledzy stwierdzili, że tego już za wiele. David miał tak wyraźną przewagę nad Lisbeth, a ona była tak bardzo bezbronna, że jego akcje zaczęły powoli spadać. Uruchomił coś, czego nie dało się zatrzymać. Wreszcie wymierzył jej dwa porządne ciosy pięścią, po których runęła na ziemię bez tchu z rozciętą wargą. Koledzy zostawili ją tak, zwiniętą w kłębek i sponiewieraną, i śmiejąc się, zniknęli za rogiem.

Lisbeth Salander poszła do domu lizać rany. Dwa dni później wróciła z kijem bejsbolowym. Na środku boiska zdzieliła Davida przez głowę. Gdy leżał zszokowany na ziemi, przycisnęła mu kij do gardła, pochyliła się i wyszeptała, że jeśli kiedykolwiek jeszcze ją dotknie, to go zabije. Gdy pracownicy szkoły zobaczyli, co się dzieje, zaprowadzili Davida do pielęgniarki, a Lisbeth do dyrektora, gdzie czekała ją kara, wpis do akt, a później dochodzenie opieki społecznej.

Od ponad piętnastu lat Lisbeth Salander nie poświęciła ani jednej myśli takiej Miåås czy Gustavssonowi. Zanotowała w pamięci, że jeśli znajdzie czas, sprawdzi, czym się obecnie zajmują.

CAŁA TA PISANINA NA TEMAT Lisbeth Salander sprawiła, iż stała się osobą znaną w szwedzkim społeczeństwie, a nawet sławną. Zgłębiano jej przeszłość, analizowano i publikowano w najdrobniejszych szczegółach: od incydentów w szkole podstawowej aż po pobyt w dziecięcej klinice psychiatrycznej św. Stefana pod Uppsalą, gdzie spędziła ponad dwa lata.

Nadstawiła uszu, gdy w telewizji zobaczyła wywiad z naczelnym lekarzem kliniki, Peterem Teleborianem. Był osiem lat starszy niż wówczas, gdy Lisbeth widziała go po raz ostatni, kiedy sąd rozpatrywał jej ubezwłasnowolnienie. Miał głębokie zmarszczki na czole, drapał się po rzadkiej brodzie i zatroskany wyjaśniał reporterce w studiu, że z powodu tajemnicy lekarskiej nie może mówić o konkretnym pacjencie. Mógł jedynie powiedzieć, iż Lisbeth Salander to bardzo trudny przypadek, wymagający specjalistycznej pomocy, oraz że sąd wbrew jego opinii zdecydował przydzielić jej kuratora zamiast zaklasyfikować ją do zinstytucjonalizowanej opieki, jakiej potrzebowała. To skandal, twierdził Teleborian. Wyraził ubolewanie, iż trzy osoby musiały stracić życie w rezultacie owej błędnej oceny. Nie omieszkał rzucić kilku kąśliwych uwag na temat cięć budżetowych w opiece psychiatrycznej, wymuszonych przez rząd w ostatnich dekadach.

Lisbeth zauważyła, że żadna z gazet nie opisała najczęstszej formy kuracji na oddziale zamkniętym psychiatrii dziecięcej pod rządami doktora Teleboriana, jaką było umieszczanie „niespokojnych pacjentów, z którymi nie można sobie poradzić" w pokoju „pozbawionym bodźców". Na jego wyposażenie składały się prycza i pasy do przywiązywania. Wymówkę stanowiła teoria, iż niespokojne dzieci nie powinny mieć kontaktu ze stymulantami, które mogłyby wywołać atak.

Gdy była starsza, odkryła, że jest inny termin na określenie tej metody. *Sensory deprivation*. Poddawanie więźniów *sensory deprivation* zostało uznane przez konwencję genewską za niehumanitarne. Był to częsty element prowadzonych przez dyktatury eksperymentów w rodzaju prania mózgu, istniała też dokumentacja świadcząca, iż wobec więźniów politycznych, którzy w trakcie procesów moskiewskich w latach trzydziestych XX wieku przyznawali się do popełnienia naj-różniejszych absurdalnych przestępstw, używano tej właśnie metody.

Gdy Lisbeth patrzyła na twarz Petera Teleboriana w telewizji, jej serce zmieniało się w bryłę lodu. Zastanawiała się, czy nadal używa tej samej ohydnej wody po goleniu. Odpowiadał za to, co teoretycznie nazywano opieką nad Lisbeth Salander. Nigdy nie pojęła, czego od niej oczekiwano, poza tym, że musiała zostać poddana terapii i zdać sobie sprawę ze swoich czynów. Szybko zrozumiała, że określenie „niespokojni pacjenci, z którymi nie można sobie poradzić" oznacza tych, którzy podważali kompetencje i wiedzę Teleboriana.

Lisbeth odkryła więc, że metodę leczenia psychiatrycznego, często stosowaną w XVI wieku, u progu trzeciego tysiąclecia nadal praktykowano w szpitalu św. Stefana.

Mniej więcej połowę pobytu spędziła przypięta do pryczy w pokoju „bez bodźców". Z całą pewnością był to swoisty rekord.

Teleborian nigdy jej nie dotknął w sposób sugerujący zainteresowanie seksualne. Wręcz w ogóle jej nie dotykał, z wyjątkiem zupełnie niewinnych sytuacji. Pewnego razu, gdy leżała unieruchomiona w izolatce, karcącym gestem położył jej rękę na ramieniu.

Zastanawiała się, czy na małym palcu jego dłoni wciąż było widać ślady jej zębów.

Cała ta sytuacja przerodziła się w rozgrywkę, w której Teleborian trzymał w ręku wszystkie atuty. Jej odpowiedzią było zupełne odcięcie się i ignorowanie lekarza.

Miała dwanaście lat, gdy dwie policjantki przywiozły ją do szpitala św. Stefana. Było to kilka tygodni po tym, jak wydarzyło się Całe Zło. Pamiętała każdy szczegół. Na początku myślała, że wszystko jakoś się ułoży. Usiłowała przedstawić swoją wersję policji, pracownikom socjalnym, personelowi szpitala, pielęgniarkom, lekarzom, psychologom, a nawet pastorowi, który zaproponował wspólną modlitwę. Wciąż nie wiedziała, dokąd jedzie, gdy z tylnego okna radiowozu widziała wieżowiec Wenner-Gren Center w drodze na północ, do Uppsali. To wtedy zaczęła przeczuwać, że nic się jednak nie ułoży.

Usiłowała wyjaśnić swoje zachowanie Peterowi Teleborianowi.

Wszystkie jej wysiłki doprowadziły do tego, że w noc swoich trzynastych urodzin leżała unieruchomiona na pryczy.

Teleborian był bez dwóch zdań najohydniejszym i najgorszym sadystą, jakiego Lisbeth Salander w życiu spotkała. Prześcignął w tej konkurencji brutalnego niechluja Bjurmana, z którym potrafiła sobie poradzić. Natomiast Teleborian krył się za zasłoną papierów, opinii, akademickich osiągnięć i psychiatrycznego bla-bla. Żadnego z jego czynów nie można było ujawnić ani oficjalnie potępić.

Za zgodą państwa mógł związywać pasami nieposłuszne dziewczynki.

I za każdym razem, gdy on zaciskał pasy, unieruchomiona na plecach Lisbeth, patrząc mu w oczy, widziała jego podniecenie. Wiedziała. A on wiedział, że ona wie. Jasny komunikat.

W ową noc, kiedy skończyła trzynaście lat, podjęła decyzję, że już nigdy nie zamieni ani słowa z Peterem Teleborianem ani żadnym innym psychiatrą czy neurologiem. To był jej własny prezent urodzinowy. Dotrzymała obietnicy. I wiedziała, że to postanowienie wkurzało Teleboriana i przyczyniło się do tego, że co noc związywano ją pasami. Była gotowa zapłacić tę cenę.

Nauczyła się wszystkiego o samokontroli. Nie miewała już napadów i nie rzucała przedmiotami, gdy wypuszczano ją z izolatki.

Jednak nie odzywała się do lekarzy.

Za to uprzejmie rozmawiała z pielęgniarkami, pracownikami stołówki i sprzątaczami. Co skrupulatnie odnotowano.

Pewna sympatyczna pielęgniarka o imieniu Carolina, do której Lisbeth w jakimś stopniu się nawet przywiązała, zapytała ją kiedyś, dlaczego tak postępuje. Lisbeth spojrzała na nią zdziwiona.

Dlaczego nie rozmawiasz z lekarzami?

Ponieważ nie słuchają, co do nich mówię.

Odpowiedź była przemyślana. Stanowiła jej sposób komunikacji z lekarzami. Miała świadomość, iż wszystkie tego rodzaju komentarze dołączano do jej kartoteki. Dokumentowały, że jej milczenie to najzupełniej racjonalna decyzja.

W trakcie ostatniego roku pobytu w szpitalu św. Stefana coraz rzadziej umieszczano Lisbeth w izolatce, a jeśli już, to wyłącznie dlatego, że w taki czy inny sposób zdenerwowała Petera Teleboriana, a denerwowała go zawsze, gdy tylko ją widział. Wciąż próbował przełamać jej uparte milczenie i zmusić, by zauważyła jego obecność.

Teleborian postanowił, że przez pewien czas Lisbeth będzie przyjmować nowy środek psychotropowy, który utrudniał jej oddychanie i kojarzenie, co z kolei wywoływało lęk. Od tego momentu odmawiała przyjmowania leków, więc zdecydowano o przymusowym podawaniu jej trzech tabletek dziennie.

Stawiała tak zaciekły opór, iż personel musiał przytrzymywać ją siłą, otwierać jej usta i zmuszać do połknięcia leku. Za pierwszym razem Lisbeth natychmiast włożyła palce do gardła i zwymiotowała na pielęgniarza, który stał najbliżej. W efekcie zaczęto związywać ją w pozycji leżącej przed podaniem leku. W odpowiedzi Lisbeth nauczyła się wymiotować bez wkładania palców do gardła. Jej gwałtowny sprzeciw i związany z tym dodatkowy wysiłek personelu doprowadziły do zaniechania dalszych prób.

Tuż po piętnastych urodzinach nagle przeniesiono ją z powrotem do Sztokholmu, a następnie do rodziny zastępczej. Przeprowadzka była dla niej zaskoczeniem. W owym czasie Teleborian nie był już dyrektorem szpitala św. Stefana, co

– jak sądziła Lisbeth – stanowiło jedyny powód tak nagłego wypisania jej z placówki. Gdyby Teleborian mógł sam decydować, nadal leżałaby przypięta pasami do pryczy w izolatce.

A teraz widziała go w telewizji. Zastanawiała się, czy Teleborian wciąż jeszcze fantazjuje o tym, że trafiła pod jego opiekę, czy też może jest już za stara, by zaspokoić jego fantazje. Atak, jaki przypuścił na sąd za decyzję o niezamknięciu Lisbeth w zakładzie, okazał się celny i wzbudził oburzenie reporterki w studiu, która, choć przeprowadzała wywiad, najwyraźniej jednak nie miała pojęcia, jakie pytania powinna zadawać. Nikt nie potrafił sprzeciwić się słowom Petera Teleboriana. Poprzedni naczelny lekarz szpitala już nie żył. Sędzia, który przewodniczył w sprawie Salander, a teraz częściowo odgrywał rolę kozła ofiarnego, przeszedł na emeryturę. Nie zgodził się na wypowiedź dla prasy.

JEDEN Z NAJBARDZIEJ zdumiewających artykułów Lisbeth znalazła w wydaniu internetowym pewnej lokalnej gazety ze środkowej Szwecji. Przeczytała tekst trzy razy, po czym wyłączyła komputer i zapaliła papierosa. Usiadła we wnęce okiennej na poduszce z Ikei i spoglądała przybita na światła migoczące w ciemności.

To biseksualistka – twierdzi przyjaciółka z dzieciństwa.
Dwudziestosześcioletnią kobietę, ściganą za trzy morderstwa określa się jako zamkniętą w sobie ekscentryczkę, mającą w swoim czasie poważne trudności w dopasowaniu się do środowiska szkoły. Mimo wielu prób zaangażowania jej w życie wspólnoty, pozostawała na uboczu.
– Miała wyraźne problemy z tożsamością seksualną – wspomina Johanna, jedna z niewielu szkolnych przyjaciółek ściganej.
– Bardzo wcześnie wyszła na jaw jej inność i biseksualność. Martwiliśmy się o nią.

Dalej autor podał kilka zapamiętanych przez Johannę szczegółów. Lisbeth zmarszczyła brwi. Sama nie przypominała sobie ani owych wydarzeń, ani tego, by miała przyjaciółkę o imieniu Johanna. Właściwie nie przypominała sobie, by kiedykolwiek mogła określić kogoś mianem swojego przyjaciela, który w dodatku próbowałby zaangażować ją w życie szkolnej wspólnoty.

Artykuł był niejednoznaczny w kwestii, kiedy opisywane wydarzenia miały się rozegrać, jednak Lisbeth naprawdę przestała chodzić do szkoły w wieku dwunastu lat. Oznaczało to, że zmartwiona przyjaciółka z dzieciństwa musiała odkryć jej biseksualizm już w podstawówce.

Mimo całej tej szaleńczej fali absurdalnych tekstów z minionego tygodnia, to właśnie wywiad z Johanną dotknął Lisbeth najbardziej. Był wyraźnie sfabrykowany. Albo ów reporter trafił na niesłychaną mitomankę, albo sam zmyślił temat. Zapamiętała nazwisko autora i umieściła na liście przyszłych obiektów do obserwacji.

NAWET ŁAGODNIEJSZE REPORTAŻE społeczne o tytułach w rodzaju „Państwo zawiodło" czy „Nie otrzymała potrzebnej pomocy" nie mogły umniejszyć jej roli jako wroga publicznego numer 1 – wielokrotnej morderczyni, która w napadzie szaleństwa dokonała egzekucji trojga szanowanych obywateli.

Lisbeth z pewnym zainteresowaniem czytała interpretacje swojego życiorysu, odnotowując wyraźną lukę w ogólnie dostępnej wiedzy na jej temat. Mimo, jak się wydawało, nieograniczonego dostępu do objętych klauzulą poufności najintymniejszych szczegółów jej życia, media przegapiły Całe Zło, które wydarzyło się tuż przed jej trzynastymi urodzinami. Informacje na jej temat dotyczyły okresu od przedszkola do jedenastego roku życia, a później dopiero od tego momentu, gdy w wieku piętnastu lat wypuszczono ją z psychiatryka i umieszczono w rodzinie zastępczej.

Zdawało się, że ktoś spośród prowadzących śledztwo przekazuje informacje mediom, jednak z nieznanych powodów postanowił przemilczeć Całe Zło. Było to dla niej zdumiewające. Jeśli policja chciała uwydatnić jej skłonność do przemocy, to śledztwo z tamtego zdarzenia stanowiło wyjątkowo obciążającą okoliczność w jej życiorysie – daleko bardziej niż wszystkie te incydenty na szkolnym boisku – będąc bezpośrednią przyczyną odesłania jej do Uppsali i umieszczenia w szpitalu św. Stefana.

W WIELKANOC LISBETH zaczęła rozpracowywać śledztwo. Z informacji w mediach złożyła sobie całkiem niezły obraz grupy dochodzeniowej. Zanotowała, że postępowanie przygotowawcze nadzoruje prokurator Ekström i że to on zazwyczaj wypowiada się dla mediów. Właściwe śledztwo prowadzi komisarz Jan Bublanski, nieco otyły mężczyzna w źle skrojonej marynarce, który siedział z boku na kilku konferencjach.

Po paru dniach Lisbeth zidentyfikowała Sonję Modig jako jedyną policjantkę w zespole, a zarazem tę, która znalazła ciało adwokata Bjurmana. Odnotowała nazwiska Faste i Svensson, zupełnie jednak przegapiła Jerkera Holmberga, który nie pojawił się w żadnym reportażu. Na komputerze utworzyła odrębne pliki dla wszystkich osób i zaczęła uzupełniać je nowymi informacjami.

Materiały dotyczące postępów w śledztwie znajdowały się rzecz jasna na używanych przez dochodzeniowców komputerach, których bazy danych mieściły się na serwerze w siedzibie policji. Lisbeth wiedziała, że włamanie do policyjnego intranetu wiąże się z wyjątkowymi trudnościami, nie było jednak niemożliwe. Robiła to już wcześniej.

Przed czterema laty, w związku z pewnym zleceniem dla Dragana Armanskiego, badała strukturę policyjnej sieci komputerowej, sprawdzając, czy osoba postronna może dostać się do rejestru karnego i szukać tam informacji na własną rękę. Odniosła druzgocącą porażkę, próbując włamać się do sieci z zewnątrz – zabezpieczenia policji okazały się zbyt wyrafinowane, a najróżniejsze pułapki mogły ściągnąć na włamywacza niepożądaną uwagę.

Intranet policji skonstruowano zgodnie z regułami sztuki, użyto osobnych kabli oraz odizolowano sieć od wszelkich połączeń z zewnątrz i od internetu. Innymi słowy, potrzebny był tu policjant z własnym dostępem, który zgodziłby się dla niej pracować, albo – niemal równie dobra możliwość – sieć powinna uznać ją za osobę upoważnioną. W tym względzie policyjni eksperci od zabezpieczeń pozostawili na szczęście ogromną lukę. Mnóstwo posterunków w całym kraju było podłączonych do sieci. Wiele z nich to małe, lokalne jednostki, w których nocą nikt nie dyżurował, przeważnie brakowało alarmów antywłamaniowych i kamer. Taki posterunek mieścił się w Långvik pod Västerås. Zajmował około 130 metrów kwadratowych w tym samym budynku co miejscowa biblioteka i Kasa Ubezpieczeniowa, a w dzień pracowało tam trzech policjantów.

Lisbeth Salander nie udało się włamanie na potrzeby researchu. Postanowiła jednak, że warto byłoby poświęcić trochę czasu i energii, żeby w przyszłości zdobyć dostęp. Przeanalizowała swoje możliwości, po czym złożyła podanie o pracę jako sprzątaczka w bibliotece na okres letni. Oprócz biegania z mopem i wiadrem poświęciła też jakieś dziesięć minut na szczegółowe zbadanie planów budynku w Miejskim Urzędzie Budowlanym. Miała klucze do budynku, ale nie do lokali posterunku. Odkryła za to, że bez większych trudności może tam wejść, wspinając się do okna w łazience na drugim piętrze, uchylanego na noc podczas upałów. Po zmroku posterunku pilnował tylko jeden ochroniarz z Securitas, który objeżdżał go kilkakrotnie samochodem. Żałosne.

Odnalezienie loginu i hasła pod podkładką na biurku dowódcy posterunku zajęło jej pięć minut, a po całej nocy prób poznała strukturę sieci oraz zorientowała się, do jakich danych dowódca miał dostęp, a do czego, ze względu na klauzulę tajności, nie został upoważniony. Przy okazji uzyskała też loginy i hasła dwojga zatrudnionych na posterunku policjantów, w tym trzydziestodwuletniej Marii Ottosson. W jej komputerze Lisbeth znalazła informację, iż starała się o stanowisko śledczego w wydziale do spraw oszustw sztokholmskiej policji i że została przyjęta. Uzyskała wiele informacji na jej temat, ponieważ Ottosson zostawiła swojego laptopa Dell w szufladzie niezamkniętej na klucz. Tak więc używała w pracy prywatnego komputera. Świetnie! Lisbeth uruchomiła komputer i włożyła do napędu płytę z programem Asphyx 1.0, pierwotną wersję jej programu szpiegowskiego. Umieściła go w dwóch miejscach – jako aktywny element zintegrowany z programem Microsoft Explorer oraz jako kopię zapasową w książce adresowej Ottosson. Lisbeth liczyła, że nawet jeśli policjantka kupi nowy komputer, przeniesie do niego książkę adresową. Istniały też duże szanse, że przeniesie ją do komputera w swoim nowym miejscu pracy, w wydziale do spraw oszustw, gdzie miała objąć stanowisko za kilka tygodni.

Lisbeth zainstalowała program również w komputerach stacjonarnych na biurkach, aby móc uzyskiwać informacje poprzez włamanie z zewnątrz. Posługując się tożsamością policjantów z posterunku, miała dostęp do rejestru karnego. Musiała jednak poruszać się po systemie bardzo ostrożnie, tak by pozostała niezauważona. Policyjny wydział do spraw zabezpieczeń dysponował na przykład automatycznym alarmem, który zadziałałby, gdyby jakiś policjant wszedł do systemu poza godzinami pracy albo częstotliwość przeszukiwania rejestru znacznie się zwiększyła. Jeśliby więc chciała znaleźć w systemie informacje o śledztwach, w jakie lokalna policja, teoretycznie rzecz biorąc, nie mogła być zaangażowana, włączyłby się alarm.

Przez kolejny rok rozpracowywała razem z Plague'em, swoim kolegą z branży hakerskiej, przejęcie kontroli nad systemem komputerowym policji. Wiązało się to jednak z tak poważnymi trudnościami, że po pewnym czasie zarzucili projekt. Lecz w trakcie pracy zdołali zgromadzić niemal sto tożsamości policjantów w służbie czynnej, pod których mogli się podszywać, w razie potrzeby.

Plague dokonał przełomu, włamując się do domowego komputera szefa policyjnego wydziału do spraw zabezpieczeń systemu. Był on ekonomistą zatrudnionym jako cywil, więc sam nie miał głębokiej wiedzy w zakresie informatyki, lecz zgromadził aż nadmiar danych na swoim laptopie. Tak oto Lisbeth i Plague, nie mogąc włamać się do policyjnego systemu, uzyskali przynajmniej możliwość zniszczenia go za pomocą najróżniejszych złośliwych wirusów – czym jednak żadne z nich nie było zainteresowane. Uważali się za hakerów, a nie za sabotażystów. Chcieli mieć dostęp do funkcjonującego systemu, nie zamierzali więc go niszczyć.

Lisbeth Salander, przejrzała swoją listę i stwierdziła, że żadna z osób, którym skradła tożsamość, nie uczestniczy w badaniu sprawy trzech zabójstw – na tak wiele nie mogła liczyć. Za to zdołała bez większych problemów wejść do systemu i poznać szczegóły listu gończego, jak również bieżące rezultaty poszukiwań. Odkryła, że widziano ją i ścigano między innymi w Uppsali, Norrköping, Göteborgu, Malmö, Hässleholm i w Kalmarze oraz że rozesłano do wszystkich posterunków zrekonstruowany komputerowo portret, dający lepsze pojęcie o szczegółach jej wyglądu.

BIORĄC POD UWAGĘ zainteresowanie mediów, jedną z nielicznych rzeczy przemawiających na korzyść Lisbeth było to, że jej zdjęć było naprawdę niewiele. Poza fotografią paszportową sprzed czterech lat, którą miała również w prawie jazdy, oraz zdjęciem z rejestru policji, wykonanym, gdy miała osiemnaście lat (i była zupełnie nie do poznania), istniały jeszcze jakieś pojedyncze fotografie ze starych albumów szkolnych oraz zrobione przez nauczyciela na wycieczce klasowej do rezerwatu w Nacka, gdy miała dwanaście lat. Te ostatnie ukazywały niewyraźną, samotną postać, oddaloną od innych.

Na zdjęciu paszportowym miała świdrujące spojrzenie, usta zaciśnięte w kreskę, a głowę lekko wysuniętą do przodu. Taki wygląd potwierdzał teorię o opóźnionej umysłowo, asocjalnej morderczyni, a media powielały to przesłanie. Jednak na tej fotografii była tak niepodobna do siebie, że niewiele osób mogłoby ją rozpoznać.

LISBETH Z ZAINTERESOWANIEM śledziła szczegółowe opisy trzech ofiar. Od wtorku media dreptały w miejscu, a ze względu na brak kolejnych doniesień z pościgu za podejrzaną, skupiły uwagę na ofiarach. Sylwetki Daga Svenssona, Mii Bergman i Nilsa Bjurmana przedstawiono w długim artykule w jednej z popołudniówek, z którego wynikało, że z niezrozumiałych powodów brutalnie zamordowano troje porządnych obywateli.

Nilsa Bjurmana prezentowano jako szanowanego i zaangażowanego społecznie adwokata, członka Greenpeace, „aktywnie działającego w sprawach młodzieży". Jedną kolumnę zajmowała wypowiedź przyjaciela Bjurmana, a zarazem kolegi po fachu, Jana Håkanssona, który miał kancelarię w tym samym budynku. Håkansson potwierdził obraz Bjurmana jako człowieka walczącego o prawa zwykłych ludzi. Natomiast pewien pracownik Komisji Nadzoru Kuratorskiego opisywał zaangażowanie adwokata w pomoc dla swojej podopiecznej.

Na twarzy Lisbeth pojawił się pierwszy tego dnia krzywy uśmieszek.

Sporo zainteresowania poświęcono Mii Bergman, jedynej kobiecie wśród ofiar tego dramatu. Opisywano ją jako uroczą i szalenie inteligentną młodą kobietę o imponującym życiorysie i świetnej perspektywie. Zacytowano zszokowanych przyjaciół, kolegów z uniwersytetu i promotora. Pierwszym pytaniem było „Dlaczego?". Zdjęcia ukazywały kwiaty i zapalone znicze przed wejściem do budynku w Enskede.

Dagowi Svenssonowi poświęcono stosunkowo niewiele miejsca. Przedstawiono go jako przenikliwego i odważnego reportera, jednak zainteresowanie mediów skupiało się na jego partnerce.

Z lekkim zdziwieniem Lisbeth zauważyła, że dopiero w samą Wielkanoc odkryto, iż Dag Svensson pracował nad obszernym reportażem dla „Millennium". Jej zdziwienie wzrosło, gdy zdała sobie sprawę, że z informacji medialnych wcale nie wynika, jakim tematem się zajmował.

NIE PRZECZYTAŁA WYPOWIEDZI Mikaela Blomkvista cytowanej w internetowym wydaniu „Aftonbladet". Dopiero we wtorek wieczorem, gdy ową wypowiedź przytoczono w telewizyjnym serwisie, odkryła, że Blomkvist udzielił absolutnie mylnych informacji. Twierdził, że Dag Svensson pisał reportaż o zabezpieczeniach komputerowych i włamaniach do systemów.

Lisbeth Salander zmarszczyła brwi. Wiedząc, że to nieprawda, zastanawiała się, jaką tak naprawdę „Millennium" prowadzi grę. Później zrozumiała, a na jej twarzy pojawił się drugi tego dnia krzywy uśmieszek. Połączyła się z serwerem w Holandii i kliknęła na ikonkę *MikBlom/laptop*. Folder <LISBETH SALANDER> z dokumentem [dla Sally] był doskonale widoczny na samym środku pulpitu. Kliknęła i zaczęła czytać.

Potem siedziała dłuższą chwilę, patrząc na list Mikaela. Zmagała się ze sprzecznymi uczuciami. Do tej pory była sama przeciwko całej Szwecji, co w swojej prostocie stanowiło całkiem zgrabne i przejrzyste równanie. Nagle zyskała sprzymierzeńca albo przynajmniej potencjalnego sprzymierzeńca, który twierdził, że nie wierzy w jej winę. I musiał to być jedyny mężczyzna w całej Szwecji, z którym w żadnych okolicznościach nie chciała się spotkać. Westchnęła. Mikael

Blomkvist – jak zawsze cholernie naiwny, dobry człowiek. Lisbeth zawsze była czemuś winna, odkąd skończyła dziesięć lat.

Nie ma niewinnych. Chociaż można być w różnym stopniu odpowiedzialnym.

Nils Bjurman nie żył, ponieważ zdecydował, że nie będzie postępował według ustalonych przez nią reguł. Miał swoją szansę, a mimo to wynajął jakiegoś pieprzonego samca, żeby zrobił jej krzywdę. To już nie jej sprawa.

Ale to, że na scenie pojawił się *Kalle Blomkvist*, miało swoje znaczenie. Jeszcze mógł okazać się użyteczny.

Był dobry w rozwiązywaniu zagadek, a jego upór graniczył z manią. Tego dowiedziała się w Hedestad. Gdy zabierał się do czegoś, nie odpuszczał aż do końca. Prawdziwy naiwniak. Mógł jednak poruszać się tam, gdzie jej nikt nie powinien zobaczyć. Może więc być przydatny do czasu, aż nadarzy się okazja, by Lisbeth spokojnie wyjechała z kraju. A przypuszczała, że wkrótce będzie musiała to zrobić.

Niestety, Mikaelem Blomkvistem nie można było w żaden sposób kierować. Sam musiał chcieć coś zrobić. I potrzebował moralnego uzasadnienia, by zacząć działać.

Innymi słowy, był raczej przewidywalny. Zastanawiała się chwilę, po czym utworzyła nowy dokument o nazwie [Dla Mik-Blom] i napisała jedno jedyne słowo.

[Zala]

To powinno dać mu do myślenia.

Siedziała tak, rozmyślając, gdy nagle zauważyła, że Mikael włączył komputer. Jego odpowiedź nadeszła zaraz po tym, jak przeczytał jej wiadomość.

[Lisbeth,
Wkurzasz mnie. Kim, do cholery, jest Zala? To on stanowi powiązanie? Wiesz, kto zamordował Daga i Mię? – jeśli

tak, powiedz mi, to jakoś z tego wybrniemy i będziemy mogli spać spokojnie. /Mikael.]

Dobra. Czas zarzucić przynętę.

Utworzyła kolejny dokument o nazwie [KALLE BLOM-KVIST]. Wiedziała, że to go rozdrażni. Następnie napisała krótką wiadomość.

[To ty jesteś dziennikarzem. Dowiedz się.]

Tak jak się spodziewała, odpisał natychmiast, błagając, by odzyskała rozum, próbował grać na jej uczuciach. Uśmiechnęła się i wyszła z jego komputera.

SKORO JUŻ ZACZĘŁA WĘSZYĆ, kontynuowała poszukiwania, otwierając twardy dysk Dragana Armanskiego. Przeczytała raport, jaki sporządził na jej temat w drugi dzień świąt i zamyśliła się. Nie wiedziała, dla kogo raport został napisany, lecz założyła – jedyną sensowną możliwość – iż Armanski współpracuje z policją, żeby pomóc w jej schwytaniu.

Poświęciła chwilę na przejrzenie poczty Armanskiego, ale nie znalazła nic istotnego. Już miała wyjść z jego komputera, gdy natknęła się na wiadomość do szefa działu technicznego Milton Security. Armanski wydał instrukcję, by w jego gabinecie zainstalowano ukrytą kamerę.

A to dopiero.

Po dacie poznała, że wiadomość wysłano jakąś godzinę po jej grzecznościowej wizycie pod koniec stycznia.

Oznaczało to, że musi skorygować automatyczne działanie systemu monitorującego, zanim ponownie odwiedzi gabinet byłego szefa.

Rozdział 22
Wtorek 29 marca – niedziela 3 kwietnia

WE WTOREK PRZED POŁUDNIEM Lisbeth Salander włamała się do rejestru karnego policji kryminalnej, szukając Aleksandra Zalachenki. Nie figurował w rejestrze, co zresztą nie było dziwne, ponieważ – o ile wiedziała – nigdy nie został skazany w Szwecji, nie figurował nawet w ewidencji ludności.

Wchodząc do systemu, posłużyła się tożsamością inspektora Douglasa Skiölda, pięćdziesięciopięcioletniego policjanta z dystryktu Malmö. Doznała nagle lekkiego szoku, gdy w jej komputerze coś zadźwięczało, a na pasku zadań zaczęła migać ikonka, sygnalizująca, że ktoś szuka jej przez komunikator ICQ.

Zawahała się chwilę. Instynkt podpowiadał jej, by wyciągnąć wtyczkę i się rozłączyć. Potem się zastanowiła. Skiöld nie miał ICQ na swoim komputerze. Niewiele starszych osób miało taki komunikator, ponieważ posługiwali się nim głównie młodzi doświadczeni użytkownicy komputerów.

Co oznaczało, że ktoś szuka *jej*. A w takim razie nie było zbyt wielu możliwości. Uruchomiła ICQ i napisała:

<Czego chcesz, Plague?>.
<Wasp. Trudno cię znaleźć. Nie czytasz poczty?>
<To jak mnie znalazłeś?>
<Skiöld. Też mam tę listę. Założyłem, że posłużysz się którąś z tożsamości posiadających największe uprawnienia.>
<Czego chcesz?>
<Kim jest ten Zalachenko, którego szukałaś?>

<MYOB>
<?>
<Mind Your Own Business.>
<Co się dzieje?>
<Fuck off, Plague.>
<A myślałem, że to ja jestem – jak to określasz – nieprzy­stosowany społecznie. Jeśli wierzyć gazetom, w porówna­niu z tobą jestem wzorem normalności.>
<"|'>
<Wsadź sobie ten palec. Potrzebujesz pomocy?>

Lisbeth zawahała się. Najpierw Blomkvist, teraz Plague. Nieprzebrane tłumy ciągnęły jej z odsieczą. Ważący sto sześćdziesiąt kilogramów samotnik Plague komunikował się ze światem niemal wyłącznie przez internet, przy nim Lisbeth można by nazwać wzorem w zakresie umiejętności społecznych. Gdy nie odpowiadała, Plague wystukał następną linijkę.

<Jesteś tam? Potrzebujesz pomocy, żeby wyjechać z kraju?>
<Nie.>
<Dlaczego strzelałaś?>
<Piss off.>
<Zamierzasz jeszcze kogoś zabić? Mam się czego obawiać? Jestem chyba jedyną osobą, która potrafi cię wytropić.>
<Zajmij się sobą, to nie będziesz musiał niczego się oba­wiać.>
<Nie obawiam się. Daj znać na hotmaila, jeśli będziesz czegoś potrzebowała. Broń? Nowy paszport?>
<Jesteś socjopatą.>
<W porównaniu z tobą?>

Lisbeth wyłączyła ICQ, usiadła na sofie i zaczęła się zastanawiać. Po dziesięciu minutach znów uruchomiła komputer i napisała do Plague'a na jego adres na hotmailu.

[Prokurator Ekström, prowadzący postępowanie przygotowawcze, mieszka w Täby. Ma żonę, dwoje dzieci i łącze szerokopasmowe w swojej willi. Potrzebowałabym dostępu do jego laptopa, ewentualnie do domowego komputera. Chcę sczytywać jego dysk w czasie rzeczywistym. *Hostile takeover* i kopia lustrzana twardego dysku.]

Wiedziała, że Plague rzadko wychodzi ze swojego mieszkania w Sundbyberg, miała więc nadzieję, iż wychował sobie jakiegoś pryszczatego nastolatka, który wykona robotę w terenie. Nie podpisała wiadomości. To było zbędne. Po piętnastu minutach znów rozległ się dźwięk komunikatora ICQ, sygnalizujący nadejście odpowiedzi.

<Ile dajesz?>
<10 000 na twoje konto + koszty i 5000 dla twojego pomocnika.>
<Odezwę się.>

W CZWARTEK RANO dostała wiadomość od Plague'a. Jej treść stanowił adres ftp. Lisbeth była zdumiona. Spodziewała się wyników nie wcześniej niż za dwa tygodnie. Przeprowadzenie *hostile takeover*, nawet za pomocą genialnego programu Plague'a i specjalnie zaprojektowanego sprzętu, to żmudny proces, polegający na przemycaniu do komputera małych fragmentów informacji kilobajt po kilobajcie, aż utworzy się proste oprogramowanie. Szybkość procesu zależała od tego, jak często Ekström używał komputera, a później potrzeba by jeszcze kilku dni na przesłanie całej zawartości na lustrzaną kopię dysku. Czterdzieści osiem godzin to doskonały wynik, teoretycznie wręcz niemożliwy. Lisbeth była pod wrażeniem. Odezwała się do Plague'a na ICQ.

<Jak to zrobiłeś?>
<Cztery osoby w rodzinie mają komputery. Żadnej zapory sieciowej. Wyobrażasz sobie? Zero zabezpieczeń. Wystarczyło podpiąć się pod kabel i ściągnąć dane. Koszty wyniosły sześć tysięcy koron. Akceptujesz taką kwotę?>

<Jasne. Do tego bonus za szybką robotę.>

Zawahała się chwilę, po czym przelała przez internet trzydzieści tysięcy koron na konto Plague. Nie chciała go rozpieszczać zbyt wysoką sumą. Usadowiła się na ikeowskim krześle Verksam, po czym otworzyła kopię laptopa prokuratora Ekströma.

W ciągu godziny przeczytała wszystkie raporty, które komisarz Jan Bublanski wysłał prowadzącemu postępowanie. Lisbeth podejrzewała, że zgodnie z regulaminem takie raporty nie powinny wyjść poza siedzibę policji, lecz Ekström po prostu to zignorował, biorąc pracę do domu, gdzie łącze internetowe nie miało zabezpieczeń.

Po raz kolejny potwierdzało to tezę, iż żadne zabezpieczenia nie chronią przed tępotą pracowników. Z komputera Ekströma uzyskała wiele istotnych informacji.

Najpierw odkryła, że Dragan Armanski, nie żądając wynagrodzenia, oddelegował dwóch swoich pracowników do zespołu śledczego Bublanskiego, co w praktyce oznaczało, iż Milton Security sponsorowało pościg policji za nią. Mieli na wszelkie sposoby pomagać w jej schwytaniu. *Dzięki, Armanski. Zapamiętam to sobie.* Spochmurniała, widząc, kto został oddelegowany. Bohman nie był zbyt subtelny, jednak wobec niej zachowywał się raczej poprawnie. Natomiast Eriksson to skorumpowany śmieć, który wykorzystał swoją pozycję w Milton Security, by oszukać klientkę firmy.

Moralność Lisbeth Salander była wybiórcza. Sama nie omieszkałaby oszukać klienta, ale pod warunkiem że sobie na to zasłużył. Nie zrobiłaby tego, jeśli w pracy obowiązywałaby ją tajemnica służbowa.

LISBETH SZYBKO ODKRYŁA, że osobą odpowiedzialną za przecieki do mediów był sam prokurator Ekström. Wynikało to z treści jego maili, w których odpowiadał na pytania dotyczące opinii medycyny sądowej o stanie Lisbeth oraz o jej powiązaniach z Miriam Wu.

Dowiedziała się też, że zespół Bublanskiego nie ma najmniejszych wskazówek, gdzie jej szukać. Z zainteresowaniem przeczytała raport, opisujący podjęte kroki i adresy objęte okresową obserwacją. Lista była krótka. Oczywiście Lundagatan, ale również mieszkanie Mikaela Blomkvista, stary adres Miriam Wu przy S:t Eriksplan oraz restauracja Kvarnen, gdzie ją widywano. *Cholera, po co zwracałam na siebie uwagę, będąc tam z Mimmi? Co za idiotyczny pomysł.*

W piątek dochodzeniowcy Ekströma natrafili nawet na ślad prowadzący do Evil Fingers. Przypuszczała, że w rezultacie sprawdzono kolejne adresy. Zmarszczyła brwi. Tak, w ten oto sposób dziewczyny z zespołu prawdopodobnie już nie należą do grona znajomych Lisbeth Salander, mimo że nie kontaktowała się z nimi od powrotu do Szwecji.

IM DŁUŻEJ NAD TYM ROZMYŚLAŁA, tym bardziej była zdezorientowana. Prokurator Ekström przekazywał mediom wszelkie świństwa na jej temat. Bez większych problemów odkryła, o co mu chodzi; zyskiwał na popularności i przygotowywał grunt na dzień, kiedy wniesie przeciwko niej oskarżenie.

Dlaczego jednak nie ujawnił śledztwa z 1991 roku? To ono było bezpośrednim powodem zamknięcia jej w szpitalu św. Stefana. Dlaczego zataił tamtą historię?

Weszła na dysk Ekströma i w ciągu godziny przejrzała jego dokumenty. Po skończeniu, zapaliła papierosa. Nie znalazła tam ani jednej wzmianki o wydarzeniach z 1991 roku, co nasuwało zadziwiający wniosek. Ekström nie wiedział o tym śledztwie.

Przez chwilę czuła się zagubiona. Zerknęła na swojego PowerBooka. *Pieprzony Kalle Blomkvist* – to byłby dla niego niezły orzech do zgryzienia. Włączyła znów komputer, weszła na jego twardy dysk i utworzyła dokument [MB2].

[Przez prokuratora E idzie przeciek do mediów. Zapytaj go, dlaczego nie było z jego strony przecieków w sprawie tamtego śledztwa.]

To powinno wystarczyć, by zmusić go do działania. Czekała cierpliwie dwie godziny, aż Mikael połączy się z internetem. Zajął się sprawdzaniem poczty i dopiero po piętnastu minutach odkrył jej wiadomość, a po kolejnych pięciu odpowiedział dokumentem [Tajne]. Nie dał się złapać. Za to zaczął tłumaczyć, że chce się dowiedzieć, kto zabił jego przyjaciół.

Ten argument Lisbeth potrafiła zrozumieć. Zmiękła odrobinę i odpowiedziała dokumentem [Tajne 2].

[Co zrobisz, jeśli to byłam ja?]

Miało to być osobiste pytanie. Mikael odpowiedział dokumentem [Tajne 3]. Doznała szoku.

[Lisbeth, jeśli faktycznie oszalałaś, to chyba tylko Peter Teleborian może ci pomóc. Ale nie wydaje mi się, żebyś zamordowała Daga i Mię. Mam nadzieję i modlę się, żeby moje przypuszczenie okazało się prawdą.
Dag i Mia zamierzali ujawnić informacje na temat sekshandlu. Wysunąłem hipotezę, że mogło to w jakiś sposób stanowić motyw zabójstwa. Ale nie mam żadnego punktu zaczepienia.
Nie wiem, co między nami poszło nie tak, ale rozmawialiśmy kiedyś o przyjaźni. Powiedziałem, że przyjaźń opiera się dwóch sprawach – szacunku i zaufaniu. Nawet jeśli mnie nie lubisz, naprawdę możesz mi ufać, możesz na mnie liczyć. Nikomu nie zdradziłem twoich tajemnic. Nawet tego, co się stało z miliardami Wennerströma. Zaufaj mi. Nie jestem twoim wrogiem. /M]

Początkowo wzmianka o Peterze Teleborianie wprawiła ją we wściekłość. Potem zdała sobie sprawę, że Mikael nie próbował jej wkurzyć. Nie miał pojęcia, co to za człowiek, i prawdopodobnie znał go tylko z telewizji, gdzie prezentował się jako odpowiedzialny i szanowany za granicą ekspert w dziedzinie psychiatrii dziecięcej.

Tak naprawdę zszokowała ją jednak uwaga o miliardach Wennerströma. Nie miała pojęcia, jak do tego doszedł. Była przekonana, że nie popełniła żadnego błędu i że nikt na całym świecie nie wiedział, co wykombinowała.

Czytała wiadomość wiele razy.

Wzmianka o przyjaźni sprawiła, że poczuła ciężar na duszy. Nie wiedziała, jak odpowiedzieć.

W końcu napisała [Tajne 4].

[Przemyślę to.]

Wyłączyła komputer i usiadła we wnęce okiennej.

DOPIERO OKOŁO JEDENASTEJ wieczorem w piątek, dziewięć dni po zabójstwach, Lisbeth wyszła z mieszkania na Mosebacke. Jej zapasy Billys Pan Pizza i innych produktów żywnościowych skończyły się kilka dni temu, nie miała już ani okruszka chleba, ani kawałka sera. Przez ostatnie trzy dni jadała głównie płatki owsiane, które odruchowo kupiła z myślą, by zacząć zdrowiej się odżywiać. Odkryła, że sto mililitrów płatków owsianych, trochę rodzynków i dwieście mililitrów wody po minucie w mikrofalówce staje się jadalną owsianką.

Nie tylko brak jedzenia skłonił ją do wyjścia. Musiała kogoś odszukać. Nie mogła niestety tego zrobić zamknięta w mieszkaniu. Z garderoby wyjęła blond perukę i uzbroiła się w norweski paszport na nazwisko Irene Nesser.

Istniała naprawdę. Była bardzo podobna do Lisbeth, a trzy lata temu zgubiła paszport, który za pośrednictwem

Plague'a znalazł się w rękach Lisbeth. Już niemal od półtora roku w razie potrzeby wymieniała się tożsamością z Irene Nesser.

Wyjęła kolczyki z brwi i nosa i umalowała się przed lustrem w łazience. Założyła ciemne dżinsy, prosty, ale ciepły brązowy sweter z żółtym wzorem i wygodne botki na obcasie. Wzięła spray z gazem łzawiącym z kartonu, w którym przechowywała ich niewielki zapas. Wyciągnęła też nieużywany od roku paralizator i podłączyła go do prądu. Do nylonowej torby włożyła ubranie na zmianę. Późnym wieczorem wyszła z mieszkania. Zaczęła od spaceru do McDonaldsa przy Hornsgatan. Wybrała tę restaurację ze względu na mniejsze prawdopodobieństwo natknięcia się na kogoś z dawnych kolegów z Milton Security niż w przypadku McDonaldsa w pobliżu Slussen czy przy Medborgarplatsen. Zjadła BigMaca i wypiła dużą colę.

Po posiłku podjechała czwórką przez most Västerbron na S:t Eriksplan. Stamtąd przeszła na pobliski Odenplan i w ten sposób tuż po północy znalazła się przy Upplandsgatan, pod domem mecenasa Bjurmana. Nie spodziewała się, by mieszkanie było pod obserwacją, lecz zauważywszy, że w jednym z sąsiednich okien na jego piętrze pali się światło, poszła na spacer w stronę Vanadisplan. Gdy wróciła po godzinie, w mieszkaniu obok było już ciemno.

PO CICHUTKU, NIE ZAPALAJĄC światła, Lisbeth weszła po schodach na piętro Bjurmana. Nożykiem do tapet delikatnie rozcięła policyjną taśmę zabezpieczającą wejście do mieszkania. Bezszelestnie otworzyła drzwi.

Najpierw w przedpokoju zapaliła lampę, której światła – jak wiedziała – nie widać z zewnątrz, a następnie włączyła kieszonkową latarkę i przeszła do sypialni. Rolety były opuszczone. Oświetliła wciąż jeszcze zakrwawione łóżko. Przypomniała sobie, że sama tu ledwie uniknęła śmierci i odczuła nagle prawdziwą radość, iż Bjurman wreszcie zniknął z jej życia.

Celem wizyty na miejscu zbrodni było znalezienie odpowiedzi na dwa pytania. Przede wszystkim nie rozumiała, co łączyło Bjurmana z Zalą. Miała pewność, że istnieje między nimi jakiś związek, lecz nawet sprawdzając zawartość komputera Bjurmana, nie mogła tego ustalić.

Coś jeszcze nie dawało jej spokoju. Podczas nocnej wizyty przed kilkoma tygodniami zauważyła, że Bjurman wyjął część dokumentów z segregatora, w którym trzymał wszystkie materiały na jej temat. Brakowało stron ze sporządzonym przez Komisję Nadzoru Kuratorskiego opisem jego zadań jako opiekuna prawnego, na których krótko podsumowano stan psychiki Lisbeth Salander. Bjurman nie potrzebował tych dokumentów i całkiem możliwe, że po prostu je wyrzucił, porządkując segregator, lecz przecież adwokaci nigdy nie wyrzucają dokumentacji niezakończonych spraw. Papiery mogły wydawać się całkowicie zbędne, lecz pozbywanie się ich byłoby nielogiczne. Mimo to Lisbeth nie znalazła ich w segregatorze ani nigdzie w pobliżu jego biurka.

Odkryła, że policjanci wynieśli segregatory z dokumentacją nie tylko na jej temat. Przez dwie godziny przeszukiwała mieszkanie metr po metrze, by sprawdzić, czy czegoś nie przeoczyli. Potem niezadowolona stwierdziła, że jednak nie.

W kuchni znalazła szufladę z kluczami. Rozpoznała kluczyki do samochodu i parę innych, z których jeden wyglądał jak klucz do drzwi, a drugi – do kłódki. Bezszelestnie przeszła na strych i przymierzając klucz do kolejnych kłódek, odszukała schowek Bjurmana. Były tam stare meble, szafa z nienoszonymi ubraniami, narty, akumulator samochodowy, kartony z książkami i inne rupiecie. Nie znalazła nic interesującego, zeszła więc na dół i używając drugiego klucza, otworzyła drzwi do garażu. Odnalazła mercedesa

Bjurmana, lecz po krótkiej chwili stwierdziła, że nie było w nim nic godnego uwagi.

Nie zadała sobie trudu, by zajrzeć do jego biura. Poszła tam przed kilkoma tygodniami, przy okazji poprzedniej nocnej wizyty u Bjurmana, i wiedziała, że nie korzystał z tych pomieszczeń od dwóch lat. Były tam tylko tumany kurzu.

Lisbeth wróciła do mieszkania, usiadła na sofie w dużym pokoju i zaczęła się zastanawiać. Po kilku minutach wstała i znów podeszła do szuflady z kluczami. Sprawdzała każdy z osobna. Jeden komplet zawierał klucze pasujące do zwykłego zamka i do zamka antywłamaniowego, ale był też zardzewiały klucz starego typu. Lisbeth zmarszczyła brwi. Przeniosła wzrok na blat obok zlewu, na którym Bjurman przechowywał około dwudziestu torebek z nasionami. Obejrzała je i stwierdziła, że to zioła do wysiewu w ogrodzie.

Ma domek letni. Albo działkę. Nie pomyślałam o tym.

Trzy minuty zajęło jej odszukanie w finansach Bjurmana rachunku sprzed sześciu lat wystawionego przez firmę budowlaną za roboty na jego podjeździe, a po kolejnej minucie znalazła dokumenty z ubezpieczenia nieruchomości pod Stallarholmen, niedaleko Mariefred.

O PIĄTEJ NAD RANEM zatrzymała się przy całodobowym 7-Eleven na rogu Hantverkargatan przy Fridhemsplan. Kupiła kilka pudełek Billy's Pan Pizza, mleko, chleb, ser i inne podstawowe artykuły. Wzięła nawet dziennik, w którym zaintrygował ją jeden z tytułów.

POSZUKIWANA KOBIETA UCIEKŁA ZA GRANICĘ?

Z nieznanych przyczyn postanowiono nie podawać jej nazwiska. Określano ją jako „26-letnią kobietę". Anonimowy policjant twierdził, iż Lisbeth prawdopodobnie uciekła za granicę i może przebywać w Berlinie. Z tekstu nie wynikało, dlaczego miałaby udać się właśnie tam, jednak wskazano na sygnał, że Lisbeth była widziana w pewnym „anarcho-feministycznym klubie" na berlińskim Kreutzbergu, uważanym za miejsce spotkań młodzieży zapatrzonej we wszystko, od terroryzmu politycznego po antyglobalizm i satanizm.

Pojechała czwórką na Södermalm, wysiadła przy Rosenlundsgatan i spacerem wróciła na Mosebacke. Zaparzyła kawę i zjadła kanapki, po czym położyła się do łóżka.

Spała do późnego popołudnia. Gdy się obudziła, powąchała pościel i stwierdziła, że najwyższy czas ją zmienić. Sobotni wieczór poświęciła na sprzątanie. Wyniosła śmieci, zebrała dwa worki starych gazet i wstawiła je do garderoby w przedpokoju. Wrzuciła do pralki bieliznę i podkoszulki, a później dżinsy. Posortowała brudne naczynia, uruchomiła zmywarkę a na zakończenie odkurzyła i umyła podłogę.

O dziewiątej wieczorem była mokra od potu. Napuściła wody do wanny i wlała sporo płynu do kąpieli. Zanurzyła się, zamknęła oczy i zaczęła rozmyślać. Gdy obudziła się o północy, woda była lodowata. Wyskoczyła z wanny, wytarła się i poszła do łóżka. Zasnęła niemal od razu.

W NIEDZIELNY PORANEK Lisbeth wpadła we wściekłość, gdy w komputerze przeczytała te wszystkie bzdury, jakie napisano o Miriam Wu. Czuła się marnie i miała wyrzuty sumienia. Nie zdawała sobie sprawy, jak ostro Mimmi zostanie zaatakowana. A jedyną jej winę stanowiło to, że była dla Lisbeth znajomą…? Przyjaciółką? Kochanką?

Nie wiedziała, jak opisać tę relację, lecz rozumiała, że cokolwiek to było, najprawdopodobniej się skończyło. Będzie musiała wykreślić Mimmi ze swej i tak już krótkiej listy znajomych. Wątpiła, by po całej tej pisaninie w gazetach, Mimmi kiedykolwiek jeszcze chciała mieć do czynienia z wariatką.

To budziło w niej wściekłość.

Tony Scala – zapamiętała nazwisko dziennikarza odpowiedzialnego za tę nagonkę. Postanowiła też odszukać zjadliwego felietonistę w pasiastej marynarce, który w swojej humorystycznej opinii opublikowanej w jednej z popołudniówek gorliwie posługiwał się epitetem „lesbijka sadomaso".

Lista osób, którymi Lisbeth zamierzała się zająć, powoli się rozrastała.

Ale najpierw musi odnaleźć Zalę.

Nie wiedziała jednak, co miałoby się wydarzyć, kiedy go odszuka.

O WPÓŁ DO ÓSMEJ w niedzielny poranek Mikaela obudził telefon. Zaspany wyciągnął rękę po słuchawkę.

– Dzień dobry – powiedziała Erika Berger.

– Mmmm – odezwał się Mikael.

– Jesteś sam?

– Niestety.

– Proponuję więc, byś wziął prysznic i zrobił kawę. Za piętnaście minut będziesz miał gościa.

– Gościa?

– Paolo Roberto.

– Ten bokser? „Król miasta"?

– We własnej osobie. Zadzwonił do mnie. Rozmawialiśmy pół godziny.

– Dlaczego zadzwonił?

– Dlaczego do mnie zadzwonił? Znamy się na tyle, że mówimy sobie cześć. Zrobiłam z nim długi wywiad, gdy grał w filmie Hildebranda „Sztokholmska noc", i potem spotykaliśmy się od czasu do czasu.

– Nie wiedziałem. Ale chodziło mi o to, dlaczego chce spotkać się ze mną.

– Dlatego że... ech, myślę, że on sam lepiej ci to wyjaśni.

MIKAEL LEDWIE ZDĄŻYŁ wyjść spod prysznica i założyć spodnie, gdy Paolo Roberto zadzwonił do drzwi. Otworzył i poprosił gościa, by usiadł przy stole, a sam poszukał czystej koszuli i zrobił dwa podwójne espresso, które podał z odrobiną mleka. Paolo Roberto z podziwem przyglądał się kawie.

– Chciał pan ze mną rozmawiać?

– To pomysł Eriki Berger.

– Dobra, niech pan mówi.

– Znam Lisbeth Salander.

Mikael uniósł brwi ze zdziwienia.

– Ach tak?

– Byłem trochę zaskoczony, gdy Erika wspomniała, że pan też ją zna.

– Najlepiej będzie, jeśli zacznie pan od początku.

– Dobra. No więc tak. Przedwczoraj wróciłem do domu po czterotygodniowym pobycie w Nowym Jorku i zobaczyłem twarz Lisbeth na pierwszych stronach wszystkich gównianych popołudniówek. Gazety wylały na nią tyle gówna. Zdaje się, że nikt nie chce powiedzieć nawet jednego gównianego słowa na jej korzyść.

– Sporo gówna zmieścił pan w tej przemowie.

Paolo roześmiał się.

– Przepraszam. Jestem naprawdę wkurzony. Zadzwoniłem do Eriki, bo musiałem z kimś porozmawiać, a nie bardzo wiedziałem z kim. Ten dziennikarz z Enskede pracował dla „Millennium", a tak się składa, że znam Erikę Berger, więc zadzwoniłem do niej.

– Aha.

– Nawet jeśli Salander oszalała i zrobiła wszystko to, co przypisuje jej policja, i tak trzeba traktować ją fair. Żyjemy przecież w państwie prawa i nikogo nie można osądzać, nie wysłuchawszy go przedtem.

– Jestem tego samego zdania – powiedział Mikael.

– Tak wywnioskowałem ze słów Eriki. Gdy do niej zadzwoniłem, myślałem, że „Millennium" też poluje na głowę Lisbeth, ponieważ ten dziennikarz, Dag Svensson, pracował dla was. Erika powiedziała jednak, że pana zdaniem Lisbeth jest niewinna.

– Znam Lisbeth Salander. Trudno mi ją uznać za szaloną morderczynię.

Nagle Paolo roześmiał się.

– Cholernie stuknięta laska... ale jest z tych *good guys*. Lubię ją.

– Skąd ją pan zna?

– Boksowaliśmy razem, odkąd skończyła siedemnaście lat.

MIKAEL BLOMKVIST zamknął oczy na dziesięć sekund, po czym podniósł wzrok i spojrzał na Paolo Roberto. Jak zawsze Lisbeth Salander była pełna niespodzianek.

– Oczywiście. Lisbeth Salander boksuje się z Paolo Roberto. Jesteście w tej samej kategorii wagowej.

– Nie żartuję.

– Wierzę panu. Lisbeth opowiadała mi, że walczyła na treningach z chłopakami w jakimś klubie.

– Powiem panu, jak to było. Dziesięć lat temu zaangażowałem się jako drugi trener juniorów w klubie na Zinkensdamm. Jako bokser miałem już pozycję i trener prowadzący uznał, że będę przyciągać chętnych, więc przychodziłem popołudniami i trenowałem chłopaków.

– Aha.

– W każdym razie zostałem w klubie całe lato, aż do wczesnej jesieni. Zrobili kampanię, plakaty i tak dalej, żeby przyciągnąć młodych, którzy chcieliby spróbować swoich sił w boksie. I rzeczywiście przyszło sporo chłopaków, w wieku piętnastu–szesnastu lat czy trochę starszych. Wielu z nich pochodziło z rodzin imigranckich. Boks stał się niezłą alternatywą dla rozrabiania na mieście. Wiem, co mówię.

– No dobra.

– I pewnego dnia, w środku lata, pojawia się znikąd ta chudziutka dziewczyna. Wie pan, jak ona wygląda. Weszła do klubu i powiedziała, że chce nauczyć się boksować.

– Wyobrażam sobie tę scenę.

– No więc chłopcy o wadze jakieś dwa razy większej i znacznie wyższym wzroście zaczęli rechotać. Łącznie ze mną. Nic poważnego, ale trochę się z nią drażniliśmy. Mamy również sekcję dla dziewczyn, a ja powiedziałem coś głupiego w stylu, że panienki trenują tylko w czwartki.

– Przypuszczam, że się nie śmiała.

– Nie, nie śmiała się. Spojrzała na mnie tymi czarnymi oczami. Potem wzięła parę rękawic, które ktoś odłożył. Nie zawiązała ich i były dla niej za duże. Więc z chłopakami śmialiśmy się jeszcze bardziej. Rozumie pan?

– Nie brzmi to najlepiej.

Roberto znów się roześmiał.

– Ponieważ to ja byłem prowadzącym, podszedłem do niej i zamarkowałem kilka ciosów w jej stronę.

– Oj.

– Dokładnie. Nagle przypieprzyła mi prosto w gębę.

Znów wybuchnął śmiechem.

– Zgrywałem się przed nią i byłem zupełnie nieprzygotowany. Zdążyła zadać mi parę ciosów, zanim w ogóle zebrałem się, żeby odparować. Zero siły w mięśniach, jej uderzenia były lekkie jak piórko. Gdy jednak zacząłem oddawać ciosy, zmieniła taktykę. Boksowała instynktownie i trafiała coraz częściej. Zacząłem więc na serio odpierać jej uderzenia i odkryłem, że porusza się zwinniej niż jakaś cholerna jaszczurka. Gdyby tylko była wyższa i silniejsza, mógłbym z nią naprawdę powalczyć, rozumie pan, co mam na myśli.

– Rozumiem.

– I wtedy znów zmieniła taktykę i trafiła mnie piekielnym ciosem w krocze. To już odczułem.

Mikael kiwnął głową.

– Więc walnąłem ją w twarz. To znaczy, żaden tam mocny cios, tylko lekkie puknięcie. Wtedy ona kopnęła mnie w kolano. Zupełne szaleństwo. Byłem trzy razy większy i cięższy, a ona bez szans, ale okładała mnie tak, jakby walczyła na śmierć i życie.

– Wkurzył ją pan.

– Później to zrozumiałem. I wstydziłem się. To znaczy... rozwiesiliśmy plakaty, staraliśmy się przyciągnąć do klubu młodych ludzi, a kiedy ona przyszła i całkiem na serio chciała uczyć się boksu, trafiła na bandę chłopaków, którzy po prostu ją wyśmiali. Sam dostałbym szału, gdyby ktoś potraktował mnie w ten sposób.

Mikael kiwnął głową.

– Trwało to dłuższą chwilę. W końcu chwyciłem ją, powaliłem na podłogę i trzymałem, aż przestała się miotać. Miała, kurde, łzy w oczach i patrzyła na mnie z takim gniewem, że... taaa.

– Więc zaczął pan ją trenować.

– Gdy się uspokoiła, pozwoliłem jej wstać i zapytałem, czy naprawdę chce nauczyć się walczyć. Rzuciła we mnie rękawicami i poszła do wyjścia. Dogoniłem ją i zagrodziłem jej drogę. Przeprosiłem i powiedziałem, że jeśli jednak chce, będę ją uczył, niech więc przyjdzie nazajutrz o siedemnastej.

Umilkł na chwilę i popatrzył w dal.

– Następnego dnia były zajęcia sekcji dziewczęcej, a ona rzeczywiście przyszła. Zostawiłem ją na ringu z Jennie Karlsson, osiemnastolatką, która boksowała już od ponad roku. Problem polegał na tym, że nie było nikogo w tej samej kategorii wagowej, kto miałby więcej niż dwanaście lat. Poinstruowałem Jennie, że Salander jest nowicjuszem, więc musi być ostrożna i tylko markować ciosy.

– I jak poszło?

– Szczerze mówiąc... Jennie miała rozciętą wargę już po dziesięciu sekundach. Przez całą rundę Salander trafiała cios za ciosem, sama nie dając ani razu się uderzyć. A mówimy o dziewczynie, która nigdy wcześniej nie stanęła na ringu. W drugiej rundzie Jennie była już tak wkurzona, że biła się na serio, lecz nie trafiła ani razu. Odebrało mi mowę. Nigdy nie widziałem, by jakikolwiek poważny bokser poruszał się z taką szybkością. Byłbym szczęśliwy, gdybym choć w połowie był tak szybki.

Mikael pokiwał głową.

– Jej problem polegał na tym, że zadawała zbyt lekkie ciosy. Zacząłem z nią trenować. Była w sekcji dziewczęcej kilka tygodni i przegrała wiele walk właśnie dlatego, że prędzej czy później komuś udało się zadać jej celny cios, a wtedy musieliśmy przerywać i wynosić ją do szatni, bo dostawała szału, kopała, gryzła i biła.

– Cała Lisbeth.

– Nigdy się nie poddawała. W końcu jednak zdenerwowała tyle dziewczyn, że trener ją wyrzucił.

– Ach tak?

– No, zupełnie nie dało się z nią boksować. Miała styl, który nazwaliśmy „Terminator Mode", po prostu waliła pięściami w przeciwnika, nieważne czy to rozgrzewka, czy koleżeński sparing. Potrafiła tak kopnąć, że dziewczyny często wracały do domu poharatane. Wtedy właśnie wpadłem na pewien pomysł. Miałem problem z jednym chłopakiem. Samir, siedemnaście lat, pochodził z Syrii. Był niezłym bokserem, dobrze zbudowany, miał mocny cios... ale nie umiał się ruszać. Cały czas po prostu stał.

– Aha.

– Więc poprosiłem Salander, żeby przyszła do klubu tego dnia, gdy miałem z nim trening. Przebrała się i postawiłem ją na ringu naprzeciw niego, kask, ochraniacz na zęby i cały ten kram. Najpierw Samir nie chciał z nią walczyć, bo „to tylko jakaś głupia laska" i taka tam gadka w stylu macho. Więc powiedziałem głośno i wyraźnie, by wszyscy słyszeli, że to żaden sparing i stawiam pięć stów, że Salander mu dołoży. Ją też uprzedziłem, że to nie trening, a Samir naprawdę rozłoży ją na łopatki. Spojrzała na mnie, przybierając ten swój nieufny wyraz twarzy. Samir dalej stał i głędził, gdy rozległ się gong. Lisbeth rzuciła się z całych sił i walnęła go w twarz, że aż usiadł. Trenowałem ją całe lato i nabrała już trochę mięśni i siły uderzenia.

– Samir ucieszył się, jak rozumiem.

– No więc, gadali o tym treningu jeszcze przez wiele miesięcy. Samir po prostu dostał manto. Salander wygrała na punkty. Gdyby miała więcej siły, zrobiłaby mu krzywdę. Po jakimś czasie Samir był już tak sfrustrowany, że uderzał pełną parą. Bałem się, że naprawdę ją trafi, wtedy musielibyśmy wzywać karetkę. Nabił jej sporo siniaków, gdy kilka razy osłoniła się ramionami, udało mu się też rzucić ją na liny, ponieważ nie zdołała wytrzymać siły jego ciosów. Jednak ani razu nie zdołał na serio jej trafić.

– O cholera. Chciałbym to zobaczyć.

– Tego dnia chłopaki z klubu nabrały do niej szacunku. Nawet Samir. Wystawiałem ją do sparingów z dużo wyższymi i cięższymi przeciwnikami. Stanowiła moją tajną broń, to był cholernie dobry trening. Ułożyliśmy poszczególne etapy walki tak, że Lisbeth miała trafić po pięć razy w określone części ciała – w szczękę, czoło, brzuch itd. A chłopcy, z którymi walczyła, musieli się bronić i chronić właśnie te punkty. Walka z Lisbeth Salander oznaczała pewnego rodzaju prestiż. To jakby walczyć z osą. I tak ją rzeczywiście nazwaliśmy, została maskotką klubu. Myślę, że spodobało się jej to, bo pewnego dnia przyszła z wytatuowaną na szyi osą.

Mikael uśmiechnął się. Dobrze pamiętał tę osę. Stanowiła element rysopisu w liście gończym.

– Jak długo to trwało?

– Raz w tygodniu przez ponad trzy lata. Na pełny etat działałem w klubie tylko latem, później przychodziłem sporadycznie. Z Salander ćwiczył nasz trener juniorów, Putte Karlsson. Potem rozpoczęła pracę i nie miała czasu, żeby tak często trenować, jednak aż do zeszłego roku pojawiała się mniej więcej co miesiąc. Spotykałem się z nią kilka razy w roku i rozgrywaliśmy sparing. To był dobry trening, nieźle się człowiek napocił. Salander prawie nigdy z nikim nie rozmawiała. Gdy nie walczyła, mogła walić w worek treningowy przez dwie godziny bez przerwy, jak gdyby to był jej śmiertelny wróg.

Rozdział 23
Niedziela 3 kwietnia
– poniedziałek 4 kwietnia

MIKAEL ZROBIŁ JESZCZE dwie filiżanki espresso. Przeprosił i zapalił papierosa. Paolo Roberto wzruszył ramionami. Mikael patrzył na niego zamyślony.

Paolo Roberto uchodził za pewnego siebie mężczyznę, który lubi wypowiadać się w najróżniejszych kwestiach. Mikael szybko zauważył, że prywatnie też jest pewny siebie, a jednocześnie inteligentny i skromny. Pamiętał, iż Paolo próbował zrobić karierę polityczną jako kandydat socjaldemokratów do Riksdagu. Wydawał się mieć głowę na karku. Mikael przyłapał się na myśli, że z miejsca bardzo go polubił.

– Dlaczego pan z tym do mnie przychodzi?

– Salander wpadła w poważne tarapaty. Nie wiem, co można zrobić, ale z pewnością będzie potrzebowała sekundanta w swoim narożniku.

Mikael przytaknął.

– Dlaczego sądzi pan, że jest niewinna? – zapytał Paolo Roberto.

– Trudno to wytłumaczyć. Lisbeth jest nadzwyczaj nieustępliwą osobą, ale po prostu nie wierzę w taką wersję, że mogłaby zastrzelić Daga i Mię. A zwłaszcza Mię. Po części nie ma motywu, a...

– Nie ma motywu, który byśmy znali.

– Dobra, Lisbeth bez problemu użyłaby przemocy wobec kogoś, kto sobie na to zasłużył. Ale sam już nie wiem. Rzuciłem wyzwanie Bublanskiemu, policjantowi prowadzącemu dochodzenie. Sądzę, że istnieje powód, dla którego Dag i Mia zostali zamordowani. I sądzę, że powód ten kryje się w reportażu, nad którym pracował Dag.

– Jeśli ma pan rację, to Salander będzie potrzebowała nie tylko przyjaznej dłoni, gdy schwyta ją policja – tu trzeba wsparcia zupełnie innego rodzaju.

– Wiem.

W oczach Paola Roberto pojawił się groźny błysk.

– Jeśli jest niewinna, wpakowano ją w cholerną aferę kryminalną, jedną z największych w historii, policja i media zrobiły z niej morderczynię i jeszcze całe to gówno w gazetach na jej temat...

– Wiem.

– No to co zrobimy? Mogę w jakiś sposób pomóc?

Mikael zastanawiał się chwilę.

– Najlepsza pomoc, to po pierwsze, znaleźć sprawcę. Nad tym pracuję. Po drugie, odszukać Lisbeth, zanim zastrzeli ją jakiś policjant. Ona po prostu nie jest osobą, która dobrowolnie się podda.

Roberto kiwnął głową.

– A jak ją znajdziemy?

– Nie wiem. Ale jest coś, co może pan zrobić. Prosta robota, jeśli ma pan czas i chęci.

– Moja kobieta wyjechała i nie będzie jej przez najbliższy tydzień. Mam i czas, i chęci.

– Dobra, w związku z tym, że jest pan bokserem, pomyślałem sobie...

– Tak?

– Lisbeth ma przyjaciółkę. Miriam Wu, o której na pewno pan czytał.

– Szerzej znana jako lesbijka sadomaso... Taa, czytałem o niej.

– Mam numer jej komórki i próbowałem się z nią skontaktować. Słysząc, że dzwoni dziennikarz, od razu odkłada słuchawkę.

– Rozumiem ją.

– Nie za bardzo mam czas uganiać się za nią. Ale czytałem, że trenuje kickboxing. Pomyślałem, że jeśli skontaktuje się z nią znany bokser...

– Rozumiem. I ma pan nadzieję, że ona doprowadzi nas do Salander.

– W rozmowie z policją twierdziła, że nie ma pojęcia, gdzie podziewa się Lisbeth. Ale warto spróbować.

– Niech pan da mi jej numer. Odszukam ją.

Mikael podał mu numer i adres na Lundagatan.

GUNNAR BJÖRCK spędził weekend, analizując swoją sytuację. Jego przyszłość wisiała na włosku, trzeba więc było dobrze rozegrać te kiepskie karty.

Mikael Blomkvist to pieprzony gnój. Pytanie tylko, czy da się przekonać do przemilczenia... że Björck korzystał z usług tych cholernych młodocianych dziwek. To, co zrobił, było karalne i nie wątpił, że wyleją go z roboty, gdy wszystko wyjdzie na jaw. Gazety rozerwą go na strzępy. Funkcjonariusz służb specjalnych, który wykorzystuje nieletnie prostytutki... gdyby te pieprzone cipy były chociaż starsze.

Jednak siedząc bezczynnie, tylko przypieczętuje swój los. Był na tyle mądry, żeby nic nie powiedzieć Blomkvistowi. Odczytywał reakcje z jego twarzy. Blomkvist męczył się, chciał informacji. Lecz będzie musiał zapłacić. Ceną będzie jego milczenie. To jedyne wyjście.

Zala stanowił zupełnie nowe równanie w całym tym śledztwie.

Tropił go Dag Svensson.

A Bjurman szukał z nim kontaktu.

Inspektor Gunnar Björck był jedyną osobą, która wiedziała, iż Zalę i Bjurmana coś łączy. Tym samym Zala powiązany jest zarówno z morderstwem z Enskede, jak i z Odenplan.

Przyszłość Björcka stanęła pod znakiem zapytania. To on, ze względu na łączącą ich przyjaźń, przekazał Bjurmanowi informację o Zalachence, nie dbając o to, że dane te nadal są tajne. Drobnostka, która oznacza jednak, że dopuścił się czynu karalnego.

W dodatku od piątkowej wizyty Mikaela Blomkvista Björck zdążył popełnić kolejne przestępstwo. Był policjantem, więc jeśli posiadał informację istotną dla śledztwa, do jego obowiązków należało natychmiast przekazać ją prowadzącym dochodzenie. W ten sposób ujawniłby prawdę o sobie. Wszystko zostałoby podane do publicznej wiadomości. I nie chodzi tu o to, że zabawiał się z dziwkami, ale o tę historię z Zalachenką.

W sobotę pośpiesznie odwiedził swoje miejsce pracy w siedzibie służb specjalnych na Kungsholmen. Przeczytał wszystkie stare dokumenty na temat Zalachenki. Sam pisał te raporty, było to jednak wiele lat temu. Najstarsze papiery pochodziły sprzed trzydziestu lat. Ostatni sprzed dziesięciu.

Zalachenko.

Chytry łotr.

Zala.

Gunnar Björck sam zanotował przezwisko w swojej dokumentacji, ale nie pamiętał, czy kiedykolwiek go użył.

Jednak powiązanie było jasne jak słońce. Z Enskede. Z Bjurmanem. I z Salander.

Zamyślił się. Nie pojmował jeszcze, jak dopasować do siebie wszystkie elementy tej układanki, ale wydawało mu się, że wie, dlaczego Lisbeth Salander pojechała do Enskede. Z łatwością mógł sobie wyobrazić, że wpadła w szał i zabiła Daga Svenssona i Mię Bergman, ponieważ odmówili współpracy albo czymś ją sprowokowali. Miała motyw, którego domyślał się jedynie on i jeszcze dwie czy trzy osoby w kraju.

Ona jest chora psychicznie. Na Boga, mam tylko nadzieję, że gdy zrobią na nią obławę, ktoś ją zastrzeli. Przecież ona wie. Jeśli zacznie mówić, zniszczy wszystko.

Cokolwiek by wymyślił, dochodził do wniosku, że Mikael Blomkvist był dla niego jedynym ratunkiem – a w obecnej sytuacji nie interesowało go nic innego. Był coraz bardziej zdesperowany. Trzeba przekonać Blomkvista, żeby zachował anonimowość źródła i przemilczał jego... pikantne przygody z tymi cholernymi dziwkami. *Kurwa mać, gdyby tak Salander odstrzeliła Blomkvistowi łeb.*

Spoglądając na numer telefonu Zalachenki, rozważył plusy i minusy nawiązania z nim kontaktu. Nie mógł się zdecydować.

MIKAEL MÓGŁ BYĆ DUMNY z tego, że regularnie zapisywał wnioski ze swoich poszukiwań. Po wyjściu Paola Roberto poświęcił temu zadaniu godzinę. Powstał z tego diariusz w formie pamiętnika, w którym dawał upust swoim przemyśleniom, dokładnie rejestrował wszystkie rozmowy, spotkania i cały własny research. Codziennie szyfrował dokument za pomocą PGP i przesyłał mailem Erice Berger i Malin Eriksson, tak by jego współpracownicy byli informowani na bieżąco.

W ostatnich tygodniach przed śmiercią Dag Svensson skoncentrował się na Zali, który pojawił się też w rozmowie telefonicznej z Mikaelem, zaledwie dwie godziny przed morderstwem. Również Gunnar Björck twierdził, że coś o nim wie.

W ciągu kwadransa Mikael podsumował informacje, jakie udało mu się znaleźć na temat Björcka, nie było tego jednak wiele.

Miał sześćdziesiąt dwa lata, nie był żonaty, urodził się w Falun. Pracował jako policjant od dwudziestego pierwszego roku życia. Zaczynał w patrolu, studiował też prawo, a w tajnych służbach wylądował już jako dwudziestosześcio-, dwudziestosiedmiolatek. Było to w 1969, ewentualnie w 1970 roku, już pod sam koniec kariery Pera Gunnara Vingego na stanowisku szefa służb specjalnych Säpo.

Vinge został zwolniony po tym, jak w rozmowie z wojewodą Norbotten, Ragnarem Lassinantim, twierdził, że Olof Palme szpiegował dla Rosjan. Później były kolejne skandale: ujawnienie tajnych służb informacyjnych*, Hans Holmér, który po Vingem został szefem Säpo, Listonosz**, zabójstwo Palmego. Mikael nie miał pojęcia, jaką rolę – jeśli w ogóle – odegrał Gunnar Björck w wydarzeniach rozgrywających się w tajnych służbach przez ostatnie trzydzieści lat.

Mikael nie odnalazł żadnych informacji o karierze Björcka w okresie od 1970 do 1985 roku. Nic dziwnego, gdyż wszelka działalność służb Säpo była tajna. Mógł ostrzyć ołówki w magazynie albo pracować jako tajny agent w Chinach, chociaż to drugie było raczej mało prawdopodobne.

W październiku 1985 roku Björcka przeniesiono do Waszyngtonu, gdzie służył dwa lata w ambasadzie szwedzkiej. W 1988 roku powrócił do Säpo w Sztokholmie. W 1996 stał się osobą publiczną, gdy mianowano go na stanowisko wiceszefa wydziału do spraw obcokrajowców. Mikael nie posiadał jednak wiedzy na temat, czym dokładnie Björck się zajmował. Po 1996 roku wypowiadał się w mediach w związku z wydaleniem kilku podejrzanych Arabów. W 1998 zwrócił na siebie uwagę przy wydaleniu z kraju grupy irackich dyplomatów.

Co to ma wspólnego z Lisbeth Salander i śmiercią Daga i Mii? Prawdopodobnie nic.

Jednak Gunnar Björck wie coś o Zali.

Tak więc musi istnieć jakieś powiązanie.

* Szw. IB-affären, na początku lat 70. w Szwecji wybuchł skandal po tym, jak dwaj dziennikarze (jednym z nich był Jan Guillou) ujawnili istnienie tajnego wydziału wojskowych służb wywiadowczych, Informationsbyrån, który nie podlegając żadnej kontroli, zajmował się m.in. rejestrowaniem oraz zbieraniem informacji na temat osób o komunistycznych poglądach albo z innych powodów uznanych za zagrożenie dla państwa szwedzkiego (przyp. tłum.).

** Następca Holméra, Sven-Åke Hjälmroth, pracował wcześniej jako wysoki urzędnik Poczty Szwedzkiej (przyp. tłum.).

ERIKA BERGER nie powiedziała nikomu, nawet swojemu mężowi, przed którym nigdy nie miała żadnych tajemnic, że przechodzi do Wielkiego Szwedzkiego Dziennika, „Svenska Morgon-Posten". W „Millennium" został jej jeszcze jakiś miesiąc. Czuła lęk. Wiedziała, że dni będą szybko uciekać i nagle nadejdzie jej ostatnia chwila w roli naczelnej magazynu.

Żerał ją też niepokój o Mikaela. Najświeższą wiadomość od niego czytała w minorowym nastroju. Już to znała. To dokładnie ten sam upór, który trzymał go w Hedestad przed dwoma laty, ta sama obsesja, z jaką atakował Wennerströma. Od Wielkiego Czwartku jedyne, co się dla niego liczyło, to znaleźć odpowiedź na pytanie, kto zamordował Daga i Mię, oraz w jaki sposób dowieść niewinności Lisbeth.

Nawet jeśli w pełni popierała jego zamiary – Dag i Mia byli również jej przyjaciółmi – Mikael miał pewną cechę, która burzyła jej spokój. Gdy zwietrzył krew, stawał się bezwzględny.

Już kiedy zadzwonił do niej poprzedniego dnia i opowiedział, że rzucił wyzwanie Bublanskiemu i zaczął się z nim licytować, kto ma większego, jak jakiś pieprzony kowboj czy inny macho, domyśliła się, iż pościg za Lisbeth Salander na pewien czas całkowicie go pochłonie.

Z doświadczenia wiedziała, że w ogóle nie będzie można się z nim dogadać, póki nie rozwiąże problemu. Będzie się miotał między egocentryzmem a depresją. I w którymś momencie tego równania podejmie ryzyko, które najprawdopodobniej okaże się niepotrzebne.

I jeszcze Lisbeth Salander. Erika spotkała ją jeden jedyny raz i zbyt mało wiedziała o tej dziwnej dziewczynie, by podzielać przekonanie Mikaela o jej niewinności. A jeśli Bublanski ma rację? Jeśli ona jest winna? Jeśli Mikaelowi uda się ją odnaleźć i stanie twarzą w twarz z uzbrojoną wariatką?

Nie uspokoiła jej też wcale niespodziewana poranna rozmowa z Paolo Roberto. To oczywiście dobrze, że Mikael nie jest jedyną osobą, która stoi po stronie Salander, ale Paolo Roberto to kolejny cholerny macho.

W dodatku musiała jeszcze znaleźć swojego następcę, który mógłby przejąć ster w „Millennium". Sprawa zaczynała być pilna. Erika zastanawiała się, czy nie zadzwonić do Christera Malma, by to z nim przedyskutować, jednak zrozumiała, że nie może go poinformować, skoro nadal utrzymuje wszystko w tajemnicy przed Mikaelem.

Mikael to znakomity reporter, lecz byłby fatalnym naczelnym. Na ten temat ona i Christer mieli podobne zdanie. Nie wiedziała jednak, jak Christer odniósłby się do propozycji objęcia nowej funkcji. Malin była zbyt młoda i niepewna. Monika Nilsson zbyt egocentryczna. Henry Cortez to dobry reporter, lecz zdecydowanie za młody i nie ma jeszcze doświadczenia. Lottie Karim była za miękka. Erika nie wiedziała, czy Christer i Mikael zaakceptowaliby kogoś z zewnątrz.

Jedno wielkie gówno!

Nie tak chciała zakończyć swoją karierę w „Millennium".

W NIEDZIELNY WIECZÓR Lisbeth Salander znów uruchomiła program Asphyxia 1.3 i weszła na lustrzaną kopię twardego dysku <MikBlom/Laptop>. Stwierdziła, że Mikael nie jest w tym momencie podłączony do internetu i poświęciła chwilę na przejrzenie materiałów, które pojawiły się w ciągu ostatnich dwóch dni.

Czytając notatki z jego researchu, zastanawiała się, czy przypadkiem to nie ona jest powodem jego dokładności, a jeśli tak, to co to może oznaczać. Wiedział oczywiście, że włamała się do jego komputera, więc najwyraźniej chciał, żeby przeczytała to, co napisał. Pytanie tylko, czego nie napisał. Ponieważ wiedział, mógł manipulować informacjami. Mimochodem zauważyła, iż nie zrobił większych postępów, oprócz wyzwania Bublanskiego na pojedynek, w którym stawką była jej domniemana niewinność. Z jakiegoś powodu ją to zirytowało. Mikael Blomkvist nie opierał swoich wniosków na faktach, lecz na uczuciach. *Naiwny głupiec.*

Jednak skupił swoją uwagę na Zali. *Dobrze pomyślane, Kalle Blomkvist.* Zastanawiała się, czy Zala w ogóle wzbudziłby jego zainteresowanie, gdyby mu go nie podała na tacy.

Następnie z lekkim zdziwieniem odnotowała, że na scenie ni stąd, ni zowąd pojawił się Paolo Roberto. To miła wiadomość. Uśmiechnęła się. Lubiła tego zadziornego drania. Macho od stóp do głów. Gdy spotykali się na ringu, potrafił porządnie jej przysolić – oczywiście o ile miał szczęście zadać celny cios.

Rozszyfrowując ostatni mail Mikaela Blomkvista do Eriki Berger, aż wyprostowała się na krześle.

Gunnar Björck z Säpo ma informacje o Zali.

Gunnar Björck zna Bjurmana.

Przed oczami zdezorientowanej Lisbeth pojawił się trójkąt. Zala. Bjurman. Björck. *Yes, that makes sense.* Nigdy wcześniej nie patrzyła na to z tej perspektywy. A jednak Mikael Blomkvist nie był aż tak głupi. Rzecz jasna nie rozumiał kontekstu. Ona sama go nie rozumiała, chociaż wiedziała znacznie więcej o tym, co się wydarzyło. Rozmyślając o Bjurmanie, uświadomiła sobie, że znajomość z Björckiem czyniła go nieco ważniejszym pionkiem, niż dotychczas sądziła.

Stwierdziła, że prawdopodobnie będzie musiała udać się z wizytą do Smådalarö.

Następnie weszła na twardy dysk Mikaela i utworzyła nowy dokument w folderze <LISBETH SALANDER>, który nazwała [Narożnik]. Zobaczy go, jak tylko uruchomi komputer.

[1. Trzymaj się z daleka od Teleboriana. Jest złym człowiekiem.

2. Miriam Wu nie ma z tą sprawą nic wspólnego.

3. Dobrze robisz, koncentrując się na Zali. On stanowi klucz. Ale nie znajdziesz go w żadnym rejestrze.

4. Coś łączy Bjurmana i Zalę. Nie wiem, co, ale pracuję nad tym. Björck?
5. Ważne. Istnieją niewygodne akta dochodzenia policyjnego na mój temat z lutego 1991 roku. Nie znam sygnatury, więc nie mogę ich znaleźć. Dlaczego Ekström nie pokazał tych akt mediom? Odpowiedź: nie ma ich w jego komputerze. Wniosek: Ekström o nich nie wie. Jak to możliwe?]

Zastanawiała się chwilę, po czym dopisała jeszcze kilka linijek.

[PS/Mikael, nie jestem niewinna. Ale nie zastrzeliłam Daga i Mii, i nie mam z tym morderstwem nic wspólnego. Spotkałam się z nimi tamtego wieczora, na krótko przed ich śmiercią, ale zdążyłam wyjść, zanim to się stało. Dzięki, że we mnie wierzysz. Pozdrów Paola i przekaż mu, że ma słaby lewy sierpowy.]

Zastanowiwszy się chwilę, zdała sobie sprawę, że za bardzo jest uzależniona od informacji, by dłużej znosić taką niepewność. Dopisała więc jeszcze pytanie.

[PS2/Skąd wiesz to o Wennerströmie?]

MIKAEL BLOMKVIST ZNALAZŁ dokument Lisbeth dobre trzy godziny później. Przeczytał wiadomość linijka po linijce co najmniej pięciokrotnie. Po raz pierwszy złożyła wyraźny *statement*, że nie zamordowała Daga i Mii. Wierzył jej i poczuł ogromną ulgę. Wreszcie też rozmawiała z nim, chociaż równie tajemniczo jak zawsze.

Zauważył także, że jej zaprzeczenie dotyczyło jedynie zabójstwa Daga i Mii, nie wspomniała natomiast o Bjurmanie. Przypuszczał, że wynikało to z treści jego maila, w którym pisał tylko o tej dwójce. Po chwili utworzył dokument [Narożnik 2].

[Cześć, Sally,
Wreszcie powiedziałaś, że jesteś niewinna – dzięki. Wierzyłem w ciebie, lecz całe to zamieszanie nawet na mnie wywarło wpływ i miałem wątpliwości. Przepraszam cię. Fajnie było dowiedzieć się tego od twojej własnej klawiatury. Jedyne, co pozostaje, to odnaleźć prawdziwego zabójcę. Robiliśmy to już wcześniej. Byłoby łatwiej, gdybyś nie zachowywała się tak tajemniczo. Zakładam, że czytasz mój research. Orientujesz się mniej więcej w tym, co robię, i znasz mój tok rozumowania. Myślę, że Björck coś wie, dlatego w najbliższych dniach znów z nim porozmawiam. Czy sprawdzanie po kolei klientów to zły trop?
Zdumiała mnie wzmianka o dochodzeniu. Przykażę mojej koleżance z pracy, Malin Eriksson, żeby odszukała te dokumenty. Miałaś wtedy, ile...? Dwanaście? Trzynaście lat? Czego dotyczyło to dochodzenie?
Przyjąłem do wiadomości twoją opinię o Teleborianie. /M
PS. Przegapiłaś coś w sprawie Wennerströma. Już w Sandhamn, na Boże Narodzenie, wiedziałem, co zrobiłaś, ale nie zadawałem żadnych pytań, bo sama o tym nie wspominałaś. Nie powiem ci, na czym polegał twój błąd, jeśli chociaż nie spotkasz się ze mną przy kawie.]

Odpowiedź nadeszła po ponad trzech godzinach.

[Zapomnij o klientach. To Zala jest ważny. I pewien blond olbrzym. A dochodzenie dlatego, że ktoś zdaje się je ukrywać. To nie może być przypadek.]

W PONIEDZIAŁEK PROKURATOR Ekström był w podłym humorze, gdy zbierał zespół Bublanskiego na poranną odprawę. Trwające ponad tydzień poszukiwania znanej z nazwiska podejrzanej o charakterystycznym wyglądzie nie przyniosły żadnych efektów. Bynajmniej nie poprawiło mu się, gdy dyżurujący przez weekend Curt Svensson poinformował o ostatnich wydarzeniach.

– Nielegalne wtargnięcie? – powiedział Ekström szczerze zdumiony.

– Sąsiad zadzwonił w niedzielę wieczorem, gdy przypadkiem zauważył uszkodzoną taśmę na drzwiach mieszkania Bjurmana. Pojechałem to sprawdzić.

– I co?

– Taśma została przecięta w trzech miejscach. Najprawdopodobniej żyletką albo nożykiem do tapet. Dobra robota. Trudno było to zauważyć.

– Włamanie? Niektórzy złodzieje specjalizują się w zmarłych…

– Żadne włamanie. Rozejrzałem się tam. Wszystkie zwykłe przedmioty wartościowe, wideo itp., są na miejscu. Za to kluczyki do samochodu Bjurmana leżały na stole w kuchni.

– Kluczyki? – zapytał Ekström.

– W zeszłą środę Jerker Holmberg był na Odenplan, żeby sprawdzić, czy czegoś nie przegapiliśmy. Oglądał między innymi samochód. Przysięga, że na stole nie było żadnych kluczyków, gdy wychodził z mieszkania i przyklejał taśmę.

– Może zapomniał je schować? Każdy może popełnić błąd.

– Holmberg w ogóle nie brał tamtych kluczyków. Użył tych z kompletu kluczy Bjurmana, który już zarekwirowaliśmy.

Bublanski pogładził się po brodzie.

– Więc nie jest to zwyczajne włamanie?

– Nielegalne wtargnięcie. Ktoś wszedł do mieszkania Bjurmana i węszył. Musiało się to zdarzyć między środą a niedzielą wieczorem, gdy sąsiad zauważył uszkodzenie taśmy.

– Innymi słowy ktoś czegoś szukał… Jerker?

– Nie ma tam nic, czego już byśmy nie zabezpieczyli.

– W każdym razie nic, o czym byśmy nie wiedzieli. Motywy zabójstw wciąż są niejasne. Wychodziliśmy z założenia,

że Salander to psychopatka, ale nawet wtedy potrzebowała-
by motywu.

– Więc co proponujesz?

– Nie wiem. Ktoś przeszukuje mieszkanie Bjurmana.
Dwa pytania wymagają odpowiedzi. Po pierwsze: Kto? Po
drugie: Dlaczego? Co przegapiliśmy?

Na chwilę zapadła cisza.

– Jerker...

Jerker Holmberg westchnął zrezygnowany.

– Dobra. Pojadę do Bjurmana i jeszcze raz wszystko sprawdzę. Pęsetą.

GDY LISBETH SALANDER obudziła się w poniedziałek,
była jedenasta przez południem. Leżąc w łóżku, leniucho-
wała jeszcze pół godziny, po czym wstała, nastawiła ekspres
i poszła pod prysznic. Gdy już uporała się z toaletą, zrobiła
dwie kanapki i usiadła przy komputerze, aby sprawdzić, co
się zmieniło na twardym dysku Ekströma i przeczytać internetowe wydania dzienników. Zauważyła, że zainteresowanie zabójstwem w Enskede słabnie. Następnie otworzyła
folder z researchem Daga Svenssona i przejrzała dokładnie
notatki na temat jego konfrontacji z dziennikarzem Perem-
Åkem Sandströmem, klientem, który załatwiał drobne interesy dla seksmafii i wiedział coś o Zali. Gdy skończyła
czytanie, nalała sobie jeszcze kawy, usiadła we wnęce okiennej i zaczęła się zastanawiać.

Około czwartej przerwała rozmyślania.

Potrzebowała pieniędzy. Miała trzy karty kredytowe.
Jedna z nich była wystawiona na nazwisko Lisbeth Salander, w praktyce nie do użycia. Druga była wystawiona na
Irene Nesser, ale Lisbeth rzadko posługiwała się nią, ponieważ musiała wtedy okazywać norweski paszport, co
oznaczało pewne ryzyko. Trzecią, wystawioną na Wasp Enterprises i powiązaną z kontem, na którym zdeponowano
ponad dziesięć milionów koron, można było zasilać poprzez

przelewy internetowe. Każdy mógł użyć tej karty, choć oczywiście musiał się wylegitymować.

Poszła do kuchni, otworzyła puszkę po ciastkach i wyjęła stamtąd plik banknotów. Miała dziewięćset pięćdziesiąt koron gotówką, o wiele za mało. Na szczęście posiadała też tysiąc osiemset dolarów, które leżały niewykorzystane od jej powrotu do Szwecji i mogła je teraz wymienić anonimowo w jakimkolwiek kantorze. To poprawiło sytuację.

Założyła perukę Irene Nesser, przebrała się i zapakowała do plecaka ciuchy na zmianę oraz pudełko z kosmetykami do charakteryzacji. Następnie ruszyła na swoją drugą wyprawę. Przeszła się do Folkungagatan i dalej na Erstagatan, gdzie tuż przed zamknięciem zdążyła wstąpić do sklepu Watski ze sprzętem żeglarskim. Kupiła taśmę izolacyjną i wielokrążek z ośmiometrową bawełnianą liną.

Wracała autobusem numer 66. Przy Medborgarplatsen zobaczyła czekającą na przystanku kobietę, której początkowo nie rozpoznała. Jednak coś jej zaświtało i gdy spojrzała jeszcze raz, zidentyfikowała ją jako Irene Flemström, specjalistkę do spraw płac w Milton Security. Kobieta po prostu zmieniła fryzurę na modniejszą. Lisbeth wymknęła się dyskretnie, gdy Flemström wsiadała do autobusu. Rozejrzała się uważnie, cały czas poszukując znajomych twarzy. Minęła charakterystyczny łuk bloku Bofills båge i udała się na dworzec Södra, gdzie wsiadła do pociągu podmiejskiego jadącego na północ.

KOMISARZ SONJA MODIG podała rękę Erice Berger, która od razu zaproponowała kawę. Już w aneksie kuchennym Sonja zauważyła, że każdy kubek jest inny, na wszystkich widniały reklamy partii politycznych, organizacji związkowych albo przedsiębiorstw.

– Pochodzą z różnych wieczorów wyborczych i wywiadów – wyjaśniła Erika, podając Sonji kubek z logo młodzieżówki liberałów.

Sonja Modig spędziła trzy godziny przy biurku Daga Svenssona. Asystowała jej sekretarz redakcji Malin Eriksson, by po pierwsze, łatwiej mogła zrozumieć treść książki i artykułów Daga, a po drugie, szybciej zorientować się w jego materiałach. Sonję Modig zdziwił ich szeroki zakres. Prowadzących dochodzenie martwił fakt, że komputer Daga Svenssona przepadł, bo tym samym stracili wyniki jego pracy. Tymczasem kopie niemal wszystkich materiałów przez cały czas leżały w redakcji.

Mikaela nie było w „Millennium", ale Erika przekazała Sonji spis materiałów, które zabrał z biurka Daga, a które dotyczyły wyłącznie tożsamości informatorów. W końcu Modig zadzwoniła do Bublanskiego i przedstawiła mu, jak się sprawy mają. Postanowiono, że wszystkie materiały z biurka Daga, łącznie z jego redakcyjnym komputerem, zostaną zabezpieczone jako istotne dla śledztwa, a prowadzący postępowanie będzie jeszcze ewentualnie negocjował, jeśli żądanie dostępu do odłożonych przez Mikaela materiałów okaże się uzasadnione. Następnie Sonja Modig sporządziła protokół zabezpieczenia dowodów, a Henry Cortez pomógł jej przenieść wszystko do samochodu.

W PONIEDZIAŁKOWY WIECZÓR Mikael czuł głęboką frustrację. Od zeszłego tygodnia zdążył sprawdzić w sumie dziesięć nazwisk z listy osób, które Dag Svensson zamierzał zdemaskować. Za każdym razem byli to zaniepokojeni, poruszeni i zszokowani mężczyźni. Stwierdził, że średni dochód każdego z nich to około czterysta tysięcy koron rocznie. Żałosna zbieranina przerażonych facetów.

Nigdy jednak nie odniósł wrażenia, że ukrywają coś w sprawie zabójstwa Daga i Mii. Wręcz przeciwnie, wielu uważało, że ujawnienie ich nazwisk w związku z morderstwem jedynie pogorszy sytuację, gdy rozpocznie się na nich nagonka w mediach.

Mikael włączył swojego iBooka, żeby sprawdzić, czy nadeszła nowa wiadomość od Lisbeth. Nie nadeszła. Za to w poprzedniej twierdziła, że klienci są nieistotni i dlatego Mikael marnuje czas. Zwymyślał ją, używając epitetów, które Erika określiłaby jako seksistowskie i błyskotliwe. Był głodny, ale nie miał ochoty nic przygotowywać. Poza tym od dwóch tygodni nie robił zakupów większych niż karton mleka w pobliskim sklepie. Założył marynarkę i zszedł do greckiej tawerny przy Hornsgatan, gdzie zamówił jagnięcinę z grilla.

LISBETH NAJPIERW OBEJRZAŁA klatkę schodową, a potem, już o zmroku, dwa razy dyskretnie okrążyła najbliższe budynki. To był niski blok o – jak przypuszczała – cienkich ścianach, miejsce zupełnie nieodpowiednie, wziąwszy pod uwagę jej zamiary. Dziennikarz Per-Åke Sandström zajmował narożne mieszkanie na trzecim, ostatnim piętrze. Schody prowadziły dalej na strych. Uznała, że wszystko w porządku.

Problem był oczywiście w tym, że w żadnym oknie nie paliło się światło, co sugerowało, że właściciela nie ma w domu.

Przespacerowała się do pizzerii kilka przecznic dalej, zamówiła hawajską i usiadła w kącie, żeby poczytać popołudniówki. Tuż przed dziewiątą kupiła caffe latte w Pressbyrån i wróciła pod blok. U Sandströma nadal było ciemno. Weszła do środka i usiadła na schodach pod drzwiami na strych, skąd miała widok na jego mieszkanie kilka stopni niżej. Czekała, popijając kawę.

KOMISARZOWI HANSOWI FASTE udało się wreszcie wytropić Cillę Norén, dwudziestoośmioletnią liderkę satanistycznej grupy Evil Fingers, w studiu Recent Trash Records mieszczącym się w budynku przemysłowym w Älvsjö. Nastąpiło wtedy równie silne zderzenie kultur jak podczas pierwszego spotkania portugalskich kolonizatorów z karaibskimi tubylcami.

Wielokrotnie próbował się z nią skontaktować przez rodziców, lecz bezskutecznie. Faste zdołał odnaleźć Cillę dzięki jej siostrze – w studiu nagraniowym, gdzie rzekomo „pomagała" przy produkcji płyty zespołu Cold Wax z Borlänge. Faste, który nigdy o nich nie słyszał, stwierdził, że grupa składa się z kilku dwudziestoletnich chłopaków. Już na korytarzu pod studiem fala dźwięku odebrała mu dech. Obserwując Cold Wax przez szybę, czekał na przerwę w ogłuszającym hałasie.

Cilla Norén miała długie kruczoczarne włosy z czerwonymi i zielonymi pasemkami oraz czarny makijaż. Była niska i pulchna, miała na sobie krótką bluzę odsłaniającą pępek z kolczykiem, a w spodniach pasek z ćwiekami. Wyglądała trochę jak postać z francuskiego horroru.

Faste pokazał legitymację i poprosił Cillę o rozmowę. Żując gumę, patrzyła na niego sceptycznie. W końcu wskazała drzwi i zaprowadziła go do pomieszczenia pełniącego funkcję aneksu kuchennego. Na progu niemal potknął się o worek ze śmieciami. Cilla nalała wody do plastikowej butelki, wypiła połowę, usiadła przy stole i zapaliła papierosa. Wpatrywała się w Hansa Faste błękitnymi oczami, a on sam już nie wiedział, od czego zacząć.

– Czym jest Recent Trash Records?

Cilla sprawiała wrażenie znudzonej.

– Wytwórnia płytowa, która wydaje młode zespoły.

– Na czym polega twoja rola?

– Jestem technikiem dźwięku.

Faste spojrzał na nią.

– Z wykształcenia?

– Niee. Samouk.

– Można się z tego utrzymać?

– Dlaczego pan pyta?

– Tak po prostu. Zakładam, że czytała pani ostatnio o Lisbeth Salander?

Przytaknęła.

– Mamy informacje, że ją pani zna. Zgadza się?

– Być może.

– Zgadza się czy nie?

– Zależy, o co panu chodzi.

– Chodzi mi o to, żeby schwytać niebezpieczną wariatkę, która zabiła trzy osoby. Potrzebuję informacji o Lisbeth Salander.

– Nie miałam z nią kontaktu od zeszłego roku.

– Kiedy ostatnio się z nią widziałaś?

– Jakoś jesienią, dwa lata temu. W Kvarnen. Często tam przychodziła, a potem przestała się pojawiać.

– Próbowałaś się z nią kontaktować?

– Dzwoniłam kilka razy na jej komórkę. Numer jest nieaktywny.

– I nie wiesz, jak mogę ją znaleźć?

– Nie.

– Czym jest Evil Fingers?

Cilla Norén wyglądała na rozbawioną.

– Nie czyta pan gazet?

– Jak to?

– Przecież piszą, że jesteśmy grupą satanistek.

– A jesteście?

– Czy ja wyglądam na satanistkę?

– A jak wygląda satanistka?

– No to już nie wiem, kto tu jest głupszy – policja czy dziennikarze.

– Słuchaj no, młoda damo, to poważne pytanie.

– Czy jesteśmy satanistkami?

– Odpowiadaj na moje pytania zamiast gadać.

– A jak brzmiało pytanie?

Hans Faste zamknął na moment oczy i pomyślał o poglądowej wizycie na greckim komisariacie podczas urlopu przed dwoma laty. Grecka policja, mimo wszelkich trudności, miała w pewnej kwestii dużą przewagę nad szwedzką. Gdyby Cilla Norén zaprezentowała taką postawę w Grecji, zakułby ją w kajdanki i zdzielił trzy razy pałką. Popatrzył na nią.

– Czy Lisbeth Salander też należała do Evil Fingers?

– Nie wydaje mi się.

– Dlaczego?

– Lisbeth w ogóle nie ma słuchu muzycznego.

– Słuchu muzycznego?

– Odróżnia trąbkę od trójkąta, ale na tym kończą się jej zdolności muzyczne.

– Chodzi mi o to, czy należała do grupy Evil Fingers.

– Przecież właśnie odpowiedziałam na to pytanie. A pan myśli, że Evil Fingers to co to, kurwa, jest?

– Ty mi powiedz.

– Prowadzi pan dochodzenie, czytając durne artykuły w gazetach.

– Odpowiedz na pytanie.

– Evil Fingers to grupa rockowa. W połowie lat dziewięćdziesiątych było nas kilka, lubiłyśmy hard rocka i przygrywałyśmy sobie dla zabawy. Nasz image to pentagram i trochę *sympathy for the Devil*. Później rozwiązałyśmy zespół, a ja jako jedyna nadal pracuję w branży muzycznej.

– Więc Lisbeth Salander nie należała do zespołu?

– Jak powiedziałam.

– Dlaczego więc nasi informatorzy twierdzą, że była w zespole?

– Dlatego, że pańscy informatorzy są równie durni jak te gazety.

– Wyjaśnij.

– W grupie było nas pięć, po rozpadzie nadal widywałyśmy się od czasu do czasu. Kiedyś spotykałyśmy się raz w tygodniu w Kvarnen. Teraz mniej więcej raz w miesiącu. Ale utrzymujemy kontakt.

– A co robicie podczas tych spotkań?

– A jak pan sądzi, co się robi w Kvarnen?

Hans Faste westchnął.

– Więc spotykacie się, żeby razem pić.

– Zazwyczaj bierzemy piwo. I gadamy o pierdołach. A co pan robi na spotkaniach z kumplami?

– Co to ma wspólnego z Lisbeth Salander?

– Spotykałam ją w szkole wieczorowej, gdy miałam osiemnaście lat. Przychodziła czasem do Kvarnen i wypijałyśmy po piwie.

– Więc nie należy traktować Evil Fingers jako organizacji?

Cilla Norén spojrzała na niego takim wzrokiem, jakby pochodził z innej planety.

– Jesteście lesbijkami?

– Chcesz pan dostać w twarz?

– Odpowiadaj na pytania.

– Nie pańska sprawa.

– Odpuść. Nie sprowokujesz mnie.

– Że co? Policja twierdzi, że Lisbeth Salander zamordowała trzy osoby, a pan mnie pyta o preferencje seksualne. A idź pan w cholerę.

– Ty... mogę cię posadzić.

– Niby za co? A tak w ogóle, zapomniałam powiedzieć, że od trzech lat studiuję prawo, a moim ojcem jest Ulf Norén z kancelarii Norén i Knape. *See you in court*.

– Myślałem, że zajmujesz się muzyką.

– Zajmuję się muzyką, bo to lubię. Sądzi pan, że mogę się z tego utrzymać?

– Nie mam pojęcia, z czego się utrzymujesz.

– Nie z bycia lesbijką satanistką, jeśli to miał pan na myśli. Jeśli wychodzicie z takich założeń, ścigając Salander, to już rozumiem, dlaczego jeszcze nie udało się wam jej złapać.

– Wiesz, gdzie ona jest?

Cilla Norén zaczęła się kołysać i falować w powietrzu rękami.

– Czuję, że jest gdzieś blisko... chwileczkę, posłużę się moimi zdolnościami telepatycznymi.

– Skończ już z tym.

– Ej, przecież mówiłam, że nie miałam z nią kontaktu od prawie dwóch lat. Nie wiem, gdzie jest. Coś jeszcze?

SONJA MODIG podłączyła komputer Daga Svenssona i poświęciła wieczór na katalogowanie zawartości twardego dysku i dołączonych dysków zip. Siedziała do jedenastej, czytając jego książkę.

Doszła do dwóch wniosków. Po pierwsze, zdała sobie sprawę, że Dag Svensson był autorem, który z zadziwiającą rzeczowością potrafił opisać mechanizmy sekshandlu. Chciałaby, żeby mógł poprowadzić wykład w Szkole Policyjnej – jego wiedza stanowiłaby doskonałe uzupełnienie programu nauczania. Przykładem osoby, której przydałaby się taka wiedza, był Hans Faste.

Po drugie, Modig nagle zrozumiała punkt widzenia Mikaela Blomkvista, a mianowicie, że research Daga mógł stanowić motyw zabójstwa. Ujawnienie klientów, których opisał Dag, nie tylko zaszkodziłoby pewnym osobom. Byłaby to brutalna demaskacja, która doprowadziłaby do ruiny kilka znanych postaci – ludzi, którzy orzekali w sprawach przestępstw seksualnych czy też zabierali głos w debacie publicznej. Mikael Blomkvist miał rację. Książka mogła być motywem zabójstwa.

Problem w tym, że nawet jeśli klient, narażony na ujawnienie swoich sprawek, postanowił zamordować Daga Svenssona, nie wiązało się to w żaden sposób z adwokatem Nilsem Bjurmanem. W materiałach dziennikarza nie było o nim ani jednej wzmianki, co nie tylko drastycznie zmniejszało siłę argumentów Blomkvista, lecz także stanowiło wręcz potwierdzenie tezy, iż Lisbeth Salander to jedyna sensowna podejrzana.

Nawet jeśli nie mieli jasności co do motywu zabójstwa Daga i Mii, to Lisbeth była powiązana z miejscem i narzędziem zbrodni. Tak wyraźne dowody trudno źle zinterpretować. Wskazywały, że to Lisbeth Salander oddała śmiertelne strzały w Enskede.

Poza tym broń łączyła się bezpośrednio z zabójstwem Bjurmana. W tym przypadku nie było wątpliwości co do osobistych powiązań między sprawcą a ofiarą, a także ewentualnego motywu – wnioskując z ozdób na brzuchu adwokata, mogło chodzić o jakąś formę wykorzystywania seksualnego, a w każdym razie coś w rodzaju sadomasochistycznej relacji między tą dwójką. Trudno sobie wyobrazić, że Bjurman dobrowolnie pozwolił się wytatuować w tak osobliwy sposób. Chyba że zaspokajał go taki rodzaj poniżenia albo Salander – jeśli to ona wykonała tatuaż – pozbawiła go kontroli nad sytuacją. Modig nie chciała spekulować, jak było naprawdę.

Natomiast Peter Teleborian potwierdził, że Lisbeth Salander kierowała swoją agresję przeciwko osobom, które z jakichś względów uważała za groźne albo które naruszyły jej godność.

Sonja Modig przez chwilę zastanawiała się nad tym, co Teleborian powiedział na temat Lisbeth. Wydawał się wobec niej naprawdę opiekuńczy i nie chciał, by jego dawnej pacjentce stała się krzywda. Jednocześnie śledztwo w dużej mierze opierało się na postawionej przez niego diagnozie osobowości Salander – socjopatka na granicy psychozy.

Mimo to teoria Blomkvista wydawała się z emocjonalnego punktu widzenia akceptowalna.

Przygryzła lekko dolną wargę, starając się wyobrazić sobie inny scenariusz niż Lisbeth Salander w roli samotnie działającej morderczyni. Wreszcie wzięła do ręki jednorazowy długopis i zapisała swoje wątpliwości w notatniku.

Dwa zupełnie odrębne motywy? Dwóch zabójców? Jedno narzędzie zbrodni!

Przemknęła jej przez głowę pewna myśl, której za bardzo nie umiała sformułować, zamierzała jednak podnieść tę kwestię na porannej odprawie u Bublanskiego. Nie potrafiła wytłumaczyć, dlaczego nagle poczuła się tak niekomforto-wo na myśl o Lisbeth Salander w roli samotnej zabójczyni.

Potem zdecydowanym ruchem wyłączyła komputer, za-mknęła dyski w szufladzie biurka i zakończyła dzień pracy. Założyła kurtkę, zgasiła lampkę i już miała przekręcić klucz w drzwiach, gdy usłyszała jakieś odgłosy w głębi korytarza. Zmarszczyła brwi. Sądziła, że jest sama w biurze, podeszła więc pod pokój Hansa Faste. Drzwi były uchylone i słysza-ła, że rozmawia on przez telefon.

– To niewątpliwie łączy pewne sprawy – dotarły do niej jego słowa.

Stała tak chwilę niezdecydowana, po czym wzięła głębo-ki oddech i zapukała w futrynę drzwi. Hans Faste spojrzał na nią zdumiony. Pomachała mu, poruszając dwukrotnie palca-mi dłoni.

– Modig jeszcze tu jest – powiedział Faste do telefonu. Słuchał swojego rozmówcy i kiwał głową, nie spuszczając wzroku z Sonji Modig. – Dobra. Poinformuję ją.

Odłożył słuchawkę.

– Bubbla – wyjaśnił. – Chciałaś czegoś?

– Co łączy pewne sprawy? – zapytała.

Spojrzał na nią badawczo.

– Podsłuchujesz pod drzwiami?

– Nie, ale drzwi były otwarte i właśnie pukałam, gdy to powiedziałeś.

Faste wzruszył ramionami.

– Zadzwoniłem do Bubbli, bo chciałem mu powiedzieć, że laboratorium wreszcie ma dla nas coś przydatnego.

– Ach tak.

– Dag Svensson miał komórkę na kartę, w Comviqu, w końcu uzyskali listę połączeń. Potwierdzają telefon do Mikaela Blomkvista o dwudziestej dwanaście. Wtedy właś-nie Blomkvist był na kolacji u siostry.

– Świetnie. Nie sądzę jednak, żeby Blomkvist miał coś wspólnego z zabójstwami.

– Ani ja. Ale Dag Svensson wykonał jeszcze jeden telefon tamtego wieczora. O dwudziestej pierwszej trzydzieści cztery. Rozmowa trwała trzy minuty.

– No i?

– Zadzwonił na numer domowy adwokata Nilsa Bjurmana. Innymi słowy, istnieje powiązanie między tymi dwoma zabójstwami.

Sonja Modig usiadła powoli na krześle dla gości.

– Pewnie. Siadaj, proszę bardzo.

Zignorowała jego uwagę.

– Dobra. Jak wygląda rekonstrukcja wydarzeń? Tuż po ósmej Dag Svensson dzwoni do Mikaela Blomkvista i umawia spotkanie jeszcze tego samego wieczora. O wpół do dziesiątej Svensson dzwoni do Bjurmana. Tuż przed zamknięciem, około dwudziestej drugiej, Salander kupuje papierosy w kiosku w Enskede. Zaraz po jedenastej przyjeżdżają Blomkvist i jego siostra, a o dwudziestej trzeciej jedenaście Blomkvist dzwoni na numer alarmowy.

– Tak jakby wszystko się zgadzało, panno Marple.

– Ale się nie zgadza. Według patologa Bjurmana zastrzelono między dwudziestą drugą a dwudziestą trzecią. Wtedy Salander była w Enskede. Cały czas wychodziliśmy z założenia, że Salander najpierw zastrzeliła Bjurmana, a dopiero później Svenssona i Bergman.

– To nic nie znaczy. Rozmawiałem jeszcze raz z patologiem. Bjurmana znaleźliśmy dopiero następnego wieczora, prawie dwadzieścia cztery godziny po śmierci. Patolog twierdzi, że czas zgonu może się różnić nawet o godzinę.

– Ale Bjurman musi być pierwszą ofiarą, ponieważ narzędzie zbrodni znaleźliśmy w Enskede. Oznaczałoby to, że zastrzeliła Bjurmana jakiś czas po dwudziestej pierwszej trzydzieści cztery, a potem od razu pojechała do Enskede, żeby kupić te papierosy. Starczyłoby jej w ogóle czasu na dotarcie z Odenplan do Enskede?

– Starczyłoby. Nie korzystała z komunikacji miejskiej, jak zakładaliśmy wcześniej. Miała przecież samochód. Razem z Sonnym Bohmanem przejechaliśmy na próbę ten odcinek i czasu mieliśmy aż nadto.

– A potem Salander czeka godzinę, by zastrzelić Svenssona i Bergman. Co robiła w tym czasie?

– Piła z nimi kawę. Mamy jej odcisk na filiżance.

Faste spojrzał na nią triumfującym wzrokiem. Westchnąwszy, Sonja Modig siedziała kilka minut w milczeniu.

– Hans, traktujesz to jak sprawę prestiżową. Potrafi być z ciebie kawał gnoja i czasem doprowadzasz ludzi do szału, ale tak naprawdę przyszłam cię przeprosić za ten policzek. Przesadziłam.

Faste przyglądał jej się przez chwilę.

– Modig, może i uważasz mnie za kawał gnoja. Ja uważam, że jesteś nieprofesjonalna i nie masz czego szukać w policji. A przynajmniej nie na tym stanowisku.

Sonja Modig rozważała różne odpowiedzi, jednak w końcu wzruszyła ramionami i wstała.

– Dobra. Przynajmniej wiemy, na czym stoimy – powiedziała.

– Wiemy, na czym stoimy. I wierz mi, długo tu nie zagrzejesz miejsca.

Sonja Modig zamknęła za sobą drzwi gwałtowniej, niż zamierzała. *Nie pozwól, żeby ta gnida wyprowadziła cię z równowagi.* Zeszła do garażu po samochód. Hans Faste uśmiechnął się z zadowoleniem, patrząc na zamykające się za nią drzwi.

MIKAEL BLOMKVIST właśnie wrócił do domu, gdy zadzwoniła jego komórka.

– Cześć. Tu Malin. Możesz rozmawiać?

– Jasne.

– Wczoraj przyszła mi do głowy pewna myśl.

– Mów.

– Czytałam wycinki prasowe na temat Salander, które zebraliśmy w redakcji, i znalazłam tę rozkładówkę o jej leczeniu na psychiatrii.

– Tak?

– Może trochę się zapędziłam, ale zastanawiam się, skąd taka luka w jej życiorysie.

– Luka?

– Tak. Jest aż nadmiar szczegółów o tych wszystkich awanturach, w które była zamieszana w okresie szkolnym. Z nauczycielami i kolegami z klasy i takie tam.

– Pamiętam. Jakaś nauczycielka twierdziła, że obawiała się Lisbeth, gdy ta chodziła do podstawówki.

– Birgitta Miåås.

– Dokładnie.

– Jest też sporo szczegółów o leczeniu Lisbeth na psychiatrii dziecięcej. Plus informacje o pobytach w rodzinach zastępczych, gdy była nastolatką, pobiciu na Starym Mieście i tak dalej.

– Do czego zmierzasz?

– Przyjmują ją na psychiatrię tuż przed trzynastymi urodzinami.

– Tak.

– Nie ma jednak ani słowa o tym, dlaczego ją przyjmują.

Mikael milczał przez chwilę.

– Chodzi ci o to, że…

– Chodzi mi o to, że skoro kierują dwunastolatkę na psychiatrię, to pewnie wydarzyło się coś, co spowodowało taką decyzję. A w przypadku Lisbeth przyczynę powinien stanowić jakiś cholerny napad szału odnotowany w jej życiorysie. Jednak nie ma żadnego wyjaśnienia.

Mikael zmarszczył brwi.

– Malin, wiem od pewnego informatora, że powinna istnieć dokumentacja z dochodzenia w sprawie Lisbeth z lutego 1991 roku, kiedy miała dwanaście lat. Brakuje jej w rejestrze. Właśnie zamierzałem cię prosić o jej odszukanie.

– Jeśli było takie dochodzenie, to musiało zostać zarejestrowane. Wszystko inne byłoby działaniem bezprawnym. Naprawdę to sprawdzałeś?

– Nie, ale mój informator twierdzi, że dokumentacji nie ma w rejestrze.

Malin milczała przez moment.

– A jak dobry jest twój informator?

– Bardzo dobry.

Malin znów milczała przez chwilę. Oboje wyciągnęli jednocześnie ten sam wniosek.

– Säpo – powiedziała Malin.

– Björck – powiedział Mikael.

Rozdział 24
Wtorek 5 kwietnia

CZTERDZIESTOSIEDMIOLETNI freelancer Per-Åke Sandström wrócił do swojego mieszkania w Solnej tuż po północy. Był lekko wstawiony i czuł bryłę panicznego strachu uwierającą w okolicy żołądka. Cały dzień spędził, desperacko starając się nic nie robić. Per-Åke Sandström po prostu się bał.

Niedługo upłyną dwa tygodnie od dnia, kiedy zastrzelono Daga Svenssona w Enskede. Sandström ze zdumieniem oglądał wiadomości tamtego wieczora. Poczuł przypływ ulgi i nadziei – Svensson nie żył, a tym samym groźba publikacji książki o traffickingu, w której zamierzał go zdemaskować jako seksualnego przestępcę, prawdopodobnie przestała istnieć. *Kurwa mać, o jedną pieprzoną dziwkę za dużo i już był uziemiony.*

Nienawidził Daga Svenssona. Modlił się i błagał, *czołgał się przed tym zasranym gnojem.*

W dniu zabójstwa czuł zbyt wielką euforię, by móc jasno myśleć. Dopiero nazajutrz zaczął się zastanawiać. Skoro Dag Svensson pracował nad książką, w której miał zdemaskować Sandströma jako gwałciciela o pedofilskich skłonnościach, było całkiem prawdopodobne, że policja weźmie pod lupę jego mały wyskok. Rany boskie... mogą go podejrzewać o popełnienie tych zabójstw.

Paniczny strach nieco ustąpił, gdy na czołówkach wszystkich popołudniówek w kraju pojawiła się twarz Lisbeth Salander. *Kto to, kurwa, jest?* Nigdy o niej nie słyszał. Najwyraźniej jednak policja zasadnie ją podejrzewała, a według wypowiedzi pewnego prokuratora sprawa zabójstw miała już niedługo zostać rozwiązana. Możliwe, że nikt się nim nie zainteresuje. Lecz z doświadczenia wiedział, że dziennikarze zachowują swoje dokumenty i zapiski. *„Millennium”. Ta gówniana gazeta o niezasłużenie dobrej opinii. Są jak wszyscy inni. Tylko grzebią w brudach, zrzędzą i szkodzą ludziom.*

Nie wiedział, jak bardzo zaawansowane były prace nad książką. Nie wiedział, co tamci wiedzą. Nie miał kogo zapytać. Czuł, jakby zawisł w próżni.

Przez kolejny tydzień miotał się między paniką a euforią. Policja go nie poszukiwała. Jeśli będzie miał szalone szczęście, być może wyjdzie z tego obronną ręką. Jeśli będzie miał pecha – koniec z nim.

Włożył klucz do zamka i przekręcił. Kiedy otworzył drzwi, nagle usłyszał za sobą dziwny syk i poczuł paraliżujący ból w krzyżu.

GUNNAR BJÖRCK nie zdążył jeszcze położyć się spać, gdy zadzwonił telefon. Ubrany w piżamę i szlafrok siedział po ciemku w kuchni i roztrząsał swój problem. Przez długie lata kariery nigdy nie znalazł się w tak kłopotliwej sytuacji.

Początkowo nie zamierzał podnosić słuchawki. Zerknął na zegarek i stwierdził, że już po dwunastej. Jednak telefon wciąż dzwonił, a po dziesiątym sygnale Björck już nie potrafił się powstrzymać. To mogło być coś ważnego.

– Tu Mikael Blomkvist – usłyszał głos w słuchawce.

O kurwa.

– Już po północy. Spałem.

– Przykro mi. Ale sądziłem, że zainteresuje pana, co mam do powiedzenia.

– Czego pan chce?

– Jutro rano o dziesiątej zwołam konferencję prasową w związku z zabójstwem Daga Svenssona i Mii Bergman.

Gunnar Björck przełknął ślinę.

– Przedstawię szczegóły z książki na temat sekshandlu, którą Dag Svensson prawie ukończył. Jedynym klientem, którego podam z nazwiska, będzie pan.

– Obiecał pan dać mi trochę czasu...

Usłyszawszy paniczny strach w swoim głosie, zamilkł.

– Minęło sporo dni. Obiecał pan zadzwonić po weekendzie. Jutro jest wtorek. Albo zacznie pan mówić, albo zwołam konferencję.

– Jeśli pan to zrobi, nie dowie się pan niczego o Zali.

– Możliwe. Ale to już nie mój problem. Wtedy będzie pan musiał rozmawiać z prowadzącymi śledztwo. I oczywiście resztą mediów w kraju.

Nie było miejsca na żadne negocjacje.

Björck zgodził się na rozmowę z Blomkvistem, jednak udało mu się przesunąć spotkanie na środę. Kolejne krótkie odroczenie. Ale był gotowy.

Wóz albo przewóz.

SANDSTRÖM NIE WIEDZIAŁ, jak długo był nieprzytomny. Gdy się ocknął, leżał na podłodze w dużym pokoju. Odczuwał ból w całym ciele i nie mógł się poruszać. Dopiero po chwili zdał sobie sprawę, że ręce ma związane na plecach czymś, co wydawało się taśmą izolacyjną, tak samo nogi. Usta również zaklejał szeroki kawałek taśmy. W pokoju paliło się światło, a rolety były opuszczone. Nie potrafił zrozumieć, co się stało.

Dotarł do niego dźwięk, który najprawdopodobniej dochodził z gabinetu. Leżał nieruchomo i nasłuchiwał, jak otwierano i zamykano szufladę. *Włamanie?* Usłyszał szelest papieru i odgłosy szperania w szufladach.

Wydawało mu się, że minęła cała wieczność, zanim usłyszał za sobą kroki. Usiłował obrócić głowę, ale nie mógł nikogo dojrzeć. Starał się zachować spokój.

Nagle ktoś przełożył mu przez głowę pętlę z grubej liny i zacisnął na jego szyi. Ogarnął go taki strach, że mało

501

brakowało, a wypróżniłby się w spodnie. Podniósłszy wzrok, zobaczył, że lina biegnie do wielokrążka przymocowanego do haczyka, na którym normalnie wisiał żyrandol. Potem napastnik obszedł Sandströma dookoła i znalazł się w jego polu widzenia. Najpierw ujrzał małe czarne botki.

Nie wiedział, czego się spodziewać, ale gdy podniósł wzrok, doznał takiego szoku, jak jeszcze nigdy. Początkowo nie rozpoznał szalonej psychopatki, której zdjęcie od Wielkanocy oblepiało kioski Pressbyrån. Miała krótkie czarne włosy i nie przypominała swojej podobizny z gazet. Była ubrana na czarno – dżinsy, rozpięta bawełniana kurtka do pasa, t-shirt i czarne rękawiczki.

Jednak najbardziej przeraziła go jej twarz. Miała makijaż. Czarna szminka, ołówek do oczu i wulgarny zielono--czarny cień na powiekach. Reszta twarzy była umalowana na biało. Od lewej strony czoła ukośnie przez nos aż po brodę biegła szeroka czerwona linia.

Groteskowa maska. Wyglądała jak wariatka.

Jego mózg odmawiał współpracy. Wszystko wydawało się takie nierzeczywiste.

Lisbeth Salander chwyciła koniec liny i pociągnęła. Poczuł, jak pętla wrzyna mu się w szyję i przez kilka minut nie mógł oddychać. Potem zaczął się wysilać, żeby podkurczyć nogi. Używając wielokrążka, Salander podniosła go niemal bez wysiłku. Gdy już stał prosto, przestała ciągnąć i kilka razy owinęła linę na rurze od kaloryfera, po czm zawiązała ją węzłem żeglarskim.

Potem zostawiła Sandströma i zniknęła z jego pola widzenia. Nie było jej ponad kwadrans. Gdy wróciła, przysunęła krzesło i usiadła tuż przed nim. Starał się nie patrzeć na jej wymalowaną twarz, ale nie mógł się powstrzymać. Na stole położyła pistolet. *Jego pistolet. Znalazła go w kartonie po butach w szafie.* Colt 1911 government. Mała broń, którą posiadał nielegalnie od wielu lat; kupił ją dla żartu od znajomego, ale nigdy nawet nie wypróbował. Na jego oczach wyjęła magazynek i napełniła nabojami. Włożyła go z powrotem, po czym przeładowała, umieszczając pocisk w lufie. Per-Åke Sandström by bliski omdlenia. Zmusił się, by spojrzeć jej w oczy.

– Nie pojmuję, dlaczego mężczyźni zawsze muszą dokumentować swoje perwersje – powiedziała.

Jej miękki głos był zimny jak lód. Mówiła cicho, lecz wyraźnie. Pokazała mu zdjęcie wydrukowane z jego komputera.

– Zakładam, że to ta siedemnastoletnia Estonka, Ines Hammujärvi, ze wsi Riepalu pod Narwą. Dobrze się z nią bawiłeś?

Pytanie było retoryczne. Per-Åke Sandström nie mógł odpowiedzieć. Usta wciąż miał zaklejone taśmą, a jego mózg nie był w stanie sformułować odpowiedzi. Zdjęcie ukazywało... *Rany boskie, dlaczego zachowałem te zdjęcia?*

– Wiesz, kim jestem? Kiwnij głową.

Per-Åke Sandström kiwnął.

– Jesteś sadystyczną świnią, dupkiem i gwałcicielem.

Nie poruszył się.

– Kiwnij.

Kiwnął. Nagle łzy stanęły mu w oczach.

– Ustalmy jasne zasady – powiedziała Lisbeth Salander. – Jestem zdania, że powinieneś od razu zostać zlikwidowany. Nie obchodzi mnie, czy przeżyjesz noc. Rozumiesz?

Kiwnął.

– Do tej pory powinieneś się już zorientować, że jestem wariatką, która lubi zabijać. Zwłaszcza mężczyzn.

Wskazała na popołudniówki z ostatnich dni leżące na stole.

– Zaraz zdejmę ci taśmę z ust. Jeśli krzykniesz albo podniesiesz głos, uziemię cię tym.

Pokazała mu paralizator.

– Ta paskudna zabawka ma moc 75 tysięcy woltów. Przy następnej okazji będzie to jakieś 60 tysięcy, bo już raz go użyłam i nie doładowałam. Rozumiesz?

Patrzył z powątpiewaniem.

– To oznacza, że twoje mięśnie przestaną pracować. Zaznałeś już tego przy drzwiach, wracając z tej swojej balangi.

Uśmiechnęła się do niego.

– A to z kolei oznacza, że nie będziesz w stanie utrzymać się na nogach i sam się powiesisz. A jak już cię załatwię, to po prostu wstanę i stąd wyjdę.

Kiwnął głową. *Rany boskie, to jakaś pieprznięta morderczyni.* Nie mógł powstrzymać łez, które nagle zaczęły mu spływać po policzkach. Pociągał nosem.

Wstała i zerwała mu taśmę z ust. Jej groteskowo umalowana twarz znalazła się w odległości kilku centymetrów od niego.

– Milcz – powiedziała. – Ani słowa. Jeśli odezwiesz się bez pozwolenia, oberwiesz.

Poczekała, aż przestanie pociągać nosem, i spojrzała mu w oczy.

– Masz jedną jedyną szansę, żeby przeżyć tę noc. Jedną – nie dwie. Zadam ci kilka pytań. Jeśli na nie odpowiesz, zostawię cię przy życiu. Kiwnij, jeśli zrozumiałeś.

Kiwnął.

– Jeśli odmówisz odpowiedzi na jakieś pytanie, załatwię cię. Rozumiesz?

Kiwnął.

– Jeśli mnie okłamiesz albo odpowiesz wymijająco, załatwię cię.

Kiwnął.

– Nie będę z tobą negocjować. Nie dam ci drugiej szansy. Albo odpowiesz natychmiast na moje pytania, albo zginiesz. Jeśli twoje odpowiedzi mnie zadowolą, przeżyjesz. To proste.

Kiwnął. Wierzył jej. Nie miał wyboru.

– Błagam – odezwał się. – Nie chcę umierać.

Popatrzyła na niego z powagą.

– Od ciebie zależy, czy przeżyjesz, czy nie. Ale właśnie złamałeś pierwszą z moich zasad – odezwałeś się bez pozwolenia.

Przygryzł usta. *Rany boskie, to kompletna świruska.*

MIKAEL BLOMKVIST był tak przybity i niespokojny, że nie wiedział, za co się zabrać. W końcu włożył kurtkę i szalik i bez żadnego celu podążył w stronę dworca Södra, minął łuk budynku Bofills båge i wreszcie znalazł się na Götgatan. W redakcji było ciemno i pusto. Nie zapalił światła, nastawił ekspres, stanął w oknie i wyglądając na ulicę, czekał, aż woda przesączy się przez filtr. Próbował zebrać myśli. Miał wrażenie, jakby całe to śledztwo w sprawie zabójstwa Daga i Mii stanowiło rozrzuconą układankę: dało się rozróżnić pewne fragmenty, a innych brakowało. Gdzieś w tym wszystkim krył się wzór. Podejrzewał jego istnienie, ale nie mógł go zobaczyć. Brakowało zbyt wielu fragmentów.

Opadły go wątpliwości. *Ona nie jest szaloną morderczynią*, upomniał sam siebie. Napisała, że nie zastrzeliła Daga i Mii. Wierzył jej. A mimo to wydawała się w jakiś niepojęty sposób związana z zagadką tych morderstw.

Powoli zaczął rewidować teorię, której był zwolennikiem od chwili, gdy znalazł się w mieszkaniu w Enskede. Wyszedł oczywiście z założenia, że reportaż Daga Svenssona o traffickingu to jedyny sensowny motyw zabójstwa. Teraz zaczynał zgadzać się z Bublanskim, iż nie tłumaczy to śmierci Bjurmana.

Salander napisała, że powinien machnąć ręką na klientów i skoncentrować się na Zali. *Ale jak?* Co miała na myśli? Jest naprawdę wkurzająca. Dlaczego nie może wyrażać się jasno?

Mikael wrócił do aneksu i nalał sobie kawy do kubka z logo Młodej Lewicy. Usiadł na sofie pośrodku pokoju redakcyjnego, położył nogi na niskim stoliku obok i zapalił zakazanego papierosa.

Björck łączy się z listą klientów. Bjurman łączy się z Salander. To nie przypadek, że obaj pracowali w Säpo. Zaginione dokumenty z dochodzenia w sprawie Lisbeth Salander.

Czy to możliwe, że istnieje więcej motywów?

Siedział nieruchomo, próbując uchwycić tę myśl. Odwróć perspektywę.

Czy możliwe jest, że to Lisbeth Salander stanowi motyw?

Mikael siedział tak z myślą, której nie potrafił ująć w słowa. Było w tym coś nieuchwytnego, jednak nie potrafił sobie wytłumaczyć, o co dokładnie mu chodziło, gdy stwierdził, że to sama Lisbeth Salander mogła stanowić motyw zabójstwa. Miał niejasne wrażenie, iż dokonał jakiegoś odkrycia.

Potem zdał sobie sprawę, że jest zbyt zmęczony, wylał kawę i poszedł do domu się położyć. Gdy już leżał po ciemku w łóżku, znów zaczął rozmyślać i przez dwie godziny nie mógł zasnąć, próbując zrozumieć, o co mu chodziło.

LISBETH SALANDER zapaliła papierosa i usiadła, odchylając się wygodnie na krześle. Założyła prawą nogę na lewą i wpatrywała się w niego. Per-Åke Sandström nigdy nie widział tak przenikliwego spojrzenia. Gdy się odezwała, jej głos nadal był ściszony.

– W styczniu 2003 roku po raz pierwszy odwiedziłeś Ines Hammujärvi w jej mieszkaniu w Norsborg. Dopiero co skończyła szesnaście lat. Dlaczego do niej poszedłeś?

Per-Åke Sandström nie wiedział, co odpowiedzieć. Nie potrafił wytłumaczyć, jak to się zaczęło i dlaczego on... Lisbeth Salander uniosła paralizator.

– Ja... nie wiem. Chciałem ją mieć. Była taka piękna.

– Piękna?

– Tak. Była piękna.

– A ty myślałeś, że możesz przywiązać ją do łóżka i zerżnąć.

– Ona się zgodziła. Przysięgam. Zgodziła się.

– Zapłaciłeś jej?

Per-Åke Sandström ugryzł się w język.

– Nie.

– Dlaczego nie? Była dziwką. Dziwkom się płaci.

– Ona była... ona była prezentem.

– Prezentem? – zapytała Lisbeth Salander. Nagle jej głos zabrzmiał groźnie.

– Dostałem ją w zamian za to, że zrobiłem coś dla innej osoby.

– Per-Åke – powiedziała Lisbeth wyrozumiałym tonem. – Chyba nie próbujesz wymigać się od odpowiedzi na moje pytanie?

– Przysięgam. Odpowiem na wszystkie twoje pytania. Nie będę kłamać.

– Świetnie. W zamian za co i dla kogo?

– Wwiozłem sterydy do Szwecji. Pojechałem ze znajomymi do Estonii robić reportaż, wziąłem te tabletki do swojego samochodu. Byłem tam z facetem o nazwisku Harry Ranta. Chociaż on nie jechał moim samochodem.

– Jak poznałeś Harry'ego Rantę?

– Znam go długo, od lat osiemdziesiątych. To tylko kumpel. Spotykaliśmy się w knajpie.

– I to właśnie Harry Ranta zaproponował ci Ines Hammujärvi... w prezencie?

– Tak... nie, przepraszam, to było później, tu, w Sztokholmie. To jego brat, Atho Ranta.

– Mówisz więc, że Atho Ranta po prostu zapukał do twoich drzwi i zapytał, czy nie chcesz przejechać się do Norsborg i zerżnąć Ines?

– Nie... byłem na... mieliśmy imprezę w... kurwa, nie pamiętam, gdzie to było...

Nagle zaczął się bezwolnie trząść, poczuł, że miękną mu kolana i musiał się zaprzeć nogami, żeby odzyskać równowagę.

– Odpowiadaj spokojnie i sensownie – powiedziała Lisbeth Salander. – Nie powieszę cię dlatego, że potrzebujesz trochę czasu, by zebrać myśli. Ale jak tylko zobaczę, że się wykręcasz, to... pstryk.

Uniosła brwi i nagle wyglądała anielsko. Jeśli ktoś w groteskowej masce w ogóle może tak wyglądać.

Per-Åke Sandström kiwnął głową. Przełknął ślinę. Zaschło mu w ustach i chciało mu się pić, czuł, jak pętla zaciska się na szyi.

– Nieważne, gdzie chlałeś. Jak to się stało, że Atho Ranta zaproponował ci Ines?

– Rozmawialiśmy o... my... ja... powiedziałem, że chcę...

– Zaczął płakać.

– Powiedziałeś, że chcesz mieć jedną z jego dziwek.

Kiwnął.

– Byłem pijany. A on powiedział, że trzeba ją... trzeba ją...

– Co trzeba?

– Atho powiedział, że trzeba ją ukarać. Sprawiała kłopoty. Nie robiła tego, co chciał.

– A co miała dla niego robić?

– Rżnąć się za pieniądze. Zaproponował mi... byłem pijany i nie wiedziałem, co robię. Nie chciałem... Przepraszam.

Pociągnął nosem.

– To nie mnie powinieneś przepraszać. Więc zaofiarowałeś się, że pomożesz Atho ukarać Ines i pojechaliście do niej.

– To nie było tak.

– To opowiadaj, jak było. Dlaczego pojechałeś z Atho do Ines?

Lisbeth poruszała paralizatorem, opierając go o kolano. Per-Åke Sandström znowu zaczął się trząść.

– Pojechałem do Ines, bo chciałem ją mieć. Była tam, wystawiona na sprzedaż. Mieszkała u przyjaciółki Harry'ego Ranty. Nie pamiętam, jak się nazywała. Atho przywiązał Ines do łóżka, a ja... ja uprawiałem z nią seks. Atho przyglądał się.

– Nie, nie uprawiałeś z nią seksu. Zgwałciłeś ją.

Nie odpowiedział.

– Czy nie tak?

Kiwnął.

– Co mówiła Ines?

– Nic nie mówiła.

– Protestowała?

Potrząsnął głową.

– Więc podobało jej się, gdy pięćdziesięcioletni oblech związał ją i rżnął.

– Była pijana. I było jej wszystko jedno.

Lisbeth Salander westchnęła z rezygnacją.

– Dobra. Później znowu do niej chodziłeś.

– Była taka... Ona chciała być ze mną.

– Gówno prawda.

Z rozpaczą spojrzał na Lisbeth Salander. Potem kiwnął głową.

– Ja... zgwałciłem ją. Harry i Atho mi pozwolili. Chcieli, żeby ją... żeby ją przyuczyć.

– Zapłaciłeś im?

Kiwnął.

– Ile?

– Dostałem niższą cenę po znajomości. Pomagałem przy przemycie.

– Ile?

– Kilka tysięcy za wszystko.

– Na jedynym ze zdjęć Ines jest tutaj, w twoim mieszkaniu.

– Harry ją tu przywiózł.

Znowu pociągnął nosem.

– Więc za kilka tysięcy dostałeś dziewczynę, z którą mogłeś robić, co ci się podoba. Ile razy ją zgwałciłeś?

– Nie wiem... kilka.

– Dobra. Kto jest szefem tej szajki?

– Zabiją mnie, jeśli ich wsypię.

– Nie obchodzi mnie to. W tym momencie stanowię dla ciebie dużo większy problem niż bracia Ranta.

Uniosła paralizator.

– Atho. Ten starszy. Harry jest od załatwiania spraw.

– Kto jeszcze należy do tej szajki?

– Znam tylko Harry'ego i Atho. Jest jeszcze dziewczyna Atho. I jeden facet, nazywa się... nie wiem. Pelle jakiś tam. Szwed. Nie wiem, kim on jest. To ćpun, załatwia różne rzeczy.

– Dziewczyna Atho?

– Silvia. Dziwka.

Lisbeth siedziała chwilę w milczeniu i zastanawiała się. Potem podniosła wzrok.

– Kim jest Zala?

Per-Åke Sandström zbladł. *To samo pytanie, którym zamęczał go Dag Svensson.* Nie odzywał się przez dłuższą chwilę, aż wreszcie zauważył, że ta szalona dziewczyna zaczyna się wkurzać.

– Nie wiem – odpowiedział. – Nie wiem, kim on jest.

Lisbeth spochmurniała.

– Do tej pory dobrze ci szło. Nie zmarnuj swojej szansy.

– Przysięgam na wszystkie świętości. Nie wiem, kim on jest. Dziennikarz, którego zastrzeliłaś...

Zamilkł, uświadamiając sobie nagle, że wspominanie jej morderczego szału w Enskede to chyba nie najlepszy pomysł.

– Tak?

– Pytał o to samo. Ale ja nie wiem. Powiedziałbym ci, gdybym wiedział. Przysięgam. To ktoś, kogo Atho zna.

– Rozmawiałeś z nim.

– Minutę, przez telefon. Rozmawiałem z kimś, kto przedstawił się jako Zala. To znaczy, on rozmawiał ze mną.

– Dlaczego?

Per-Åke Sandström zamrugał. Do oczu spływały mu krople potu, po brodzie ciekły smarki.

– Ja... oni chcieli, żebym znowu wyświadczył im przysługę.

– Z tej historii zaczyna się już robić irytująca dłużyzna – ostrzegła Lisbeth Salander.

– Chcieli, żebym znowu pojechał do Tallina i wrócił już przygotowanym samochodem. Amfa. Nie chciałem.

– Dlaczego nie chciałeś?

– Tego było już za wiele. To gangsterzy. Chciałem się wycofać. Miałem swoją pracę.

– Więc mówisz, że byłeś gangsterem tylko w wolnym czasie.

– Ja właściwie nie jestem taki – powiedział słabo.

– O nie.

Jej głos miał w sobie tyle pogardy, że Sandström zamknął oczy.

– Mów dalej. W jaki sposób pojawił się Zala?

– To był koszmar.

Umilkł, a po jego twarzy znów spływały łzy. Przygryzł wargę tak mocno, że pękła i zaczęła krwawić.

– Dłużyzna – powiedziała Lisbeth Salander chłodno.

– Atho wiele razy mnie ochrzaniał. Harry ostrzegał, że jego brat jest już nieźle na mnie wkurzony i że on sam nie wie, co się stanie. W końcu zgodziłem się spotkać z Atho. To było w sierpniu zeszłego roku. Pojechałem z Harrym do Norsborg...

Jego usta nie przestawały się poruszać, ale nie dochodziły z nich żadne słowa. Oczy Lisbeth zwęziły się. Per-Åke Sandström odzyskał głos.

– Atho zachowywał się jak szaleniec. Był brutalny. Nie masz pojęcia, jaki on potrafi być brutalny. Powiedział, że już za późno i nie mogę się wycofać, i jeśli nie zrobię tego, co mi każe, to nie przeżyję. Miał mi to zademonstrować.

– Tak?

– Zmusili mnie, żebym z nimi pojechał. W kierunku Södertälje. Atho powiedział, że mam założyć coś na głowę. To była torba, którą mi przewiązał na oczach. Bałem się śmiertelnie.

– No więc jechałeś z tą torbą na głowie. I co dalej?

– Zatrzymaliśmy się. Nie wiedziałem, gdzie jestem.

– Gdzie założyli ci tę torbę?

– Tuż przed Södertälje.

– A jak długo trwało, zanim dojechaliście na miejsce?

– Może... może jakieś pół godziny. Wyciągnęli mnie z samochodu. To był jakiś magazyn.

– I co się stało?

– Harry i Atho wprowadzili mnie do środka. Było tam jasno. Pierwsze, co zobaczyłem, to jakiś biedak, leżący na cemencie. Związany i potwornie zmasakrowany.

– Kto to był?

– Kenneth Gustafsson. Ale tego dowiedziałem się później. Oni nie powiedzieli mi, jak się nazywał.

– I co?

– Był tam taki facet. Największy, jakiego kiedykolwiek widziałem. Ogromny. Same mięśnie.

– Jak wyglądał?

– Blondyn. Wyglądał jak szatan we własnej osobie.

– Nazwisko?

– Nie powiedział, jak się nazywa.

– Dobra. Blond olbrzym. Kto jeszcze tam był?

– Jakiś facet. O zniszczonej twarzy. Blondyn z kitką. *Magge Lundin.*

– Kto jeszcze?

– Tylko ja, Harry i Atho.

– Mów dalej.

– Blondyn... znaczy się ten olbrzym, podał mi krzesło. Nie odezwał się do mnie ani słowem. To Atho mówił. Że facet na podłodze sypał. Chciał, żebym zobaczył, co się dzieje z takimi, co sprawiają problemy.

Per-Åke Sandström płakał jak bóbr.

– Dłużyzna – powiedziała znowu Lisbeth.

– Blondyn podniósł tego faceta z podłogi i posadził na drugim krześle naprzeciwko mnie. Siedzieliśmy metr od siebie. Patrzyłem mu w oczy. Olbrzym stanął za nim i położył mu ręce na szyi... i... i...

512

– Udusił go? – podpowiedziała uczynnie Lisbeth.

– Tak... nie... on *ścisnął* go na śmierć. Myślę, że złamał mu kark gołymi rękami. Słyszałem jak łamią się kości, facet umarł na moich oczach.

Per-Åke Sandström zachwiał się na linie. Łzy nieustannie spływały po jego twarzy. Nigdy wcześniej tego nie opowiadał. Lisbeth dała mu minutę na pozbieranie się.

– A potem?

– Ten drugi – z kitką – włączył piłę i odciął mu głowę i ręce. Gdy skończył, podszedł do mnie olbrzym. Położył mi dłonie na szyi. Próbowałem je oderwać. Wytężałem wszystkie siły, ale nie mogłem ich ruszyć ani o milimetr. Ale nie dusił mnie... tylko trzymał tak ręce, długo. W tym czasie Atho wyjął komórkę i zadzwonił. Mówił po rosyjsku. Potem powiedział nagle, że Zala chce ze mną rozmawiać i przyłożył mi telefon do ucha.

– Co powiedział Zala?

– Niewiele. Oczekiwał, że zrobię to, o co prosił mnie Atho. Zapytał, czy nadal chcę się wycofać. Obiecałem pojechać do Tallina po ten samochód z amfetaminą. Co miałem zrobić?

Lisbeth siedziała przez dłuższą chwilę w milczeniu. Patrzyła na pociągającego nosem dziennikarza uwieszonego na linie i wydawało się, że nad czymś rozmyśla.

– Opisz jego głos.

– No... nie bardzo potrafię. Brzmiał całkiem normalnie.

– Niski, wysoki?

– Niski. Przeciętny. Szorstki.

– W jakim języku rozmawialiście?

– Po szwedzku.

– Akcent?

– Może trochę... Ale dobrze mówił po szwedzku. Z Atho rozmawiał po rosyjsku.

– Znasz rosyjski?

– Trochę. Nie biegle. Tylko trochę.

– Co Atho mu mówił?

– Powiedział tylko, że demonstracja skończona. Nic więcej.

– Opowiadałeś komuś o tym?

– Nie.

– Dagowi Svenssonowi?

– Nie... nie.

– Dag Svensson przyszedł do ciebie.

Sandström kiwnął głową.

– Nie słyszę.

– Tak.

– Dlaczego?

– Wiedział, że byłem z... dziwkami.

– O co pytał?

– Chciał wiedzieć, czy...

– Tak?

– Zala. Pytał o Zalę. To było, gdy przyszedł drugi raz.

– Drugi raz?

– Skontaktował się ze mną na dwa tygodnie przed śmiercią. To był pierwszy raz. A potem przyszedł dwa dni przed... zanim ty... zanim...

– Zanim go zastrzeliłam?

– Właśnie.

– I wtedy pytał o Zalę.

– Tak.

– Co mu powiedziałeś?

– Nic. Nic nie mogłem mu powiedzieć. Przyznałem się, że rozmawialiśmy przez telefon. To wszystko. Nie powiedziałem nic o tym blond szatanie ani o tym, co zrobili z Gustafssonem.

– Dobra. O co dokładnie pytał Dag Svensson?

– Ja... on chciał po prostu dowiedzieć się czegoś o Zali. To wszystko.

– I nic mu nie powiedziałeś?

– Nic istotnego. Przecież sam nic nie wiem.

Lisbeth Salander milczała przez chwilę. *Czegoś nie chciał jej powiedzieć.* W zamyśleniu przygryzła wargę. No tak.

– Komu powiedziałeś o wizycie Daga Svenssona?

Sandström zbladł.

Lisbeth zamachała paralizatorem.

– Zadzwoniłem do Harry'ego Ranty.

– Kiedy?

Przełknął ślinę.

– Tego samego wieczora, kiedy Svensson przyszedł do mnie pierwszy raz.

Wypytywała go jeszcze przez pół godziny, w końcu jednak stwierdziła, że Sandström już tylko się powtarza, dodając pojedyncze szczegóły. Wreszcie wstała i położyła dłoń na linie.

– Jesteś prawdopodobnie najnędzniejszą gnidą, jaką kiedykolwiek spotkałam – powiedziała. – Tym, co zrobiłeś Ines, zasłużyłeś na karę śmierci. Ale obiecałam, że przeżyjesz, jeśli odpowiesz na moje pytania. Zawsze dotrzymuję słowa.

Schyliła się i poluzowała węzeł. Per-Åke Sandström runął na podłogę niczym żałosny strzęp. Poczuł błogą ulgę. Leżąc, widział, jak Lisbeth Salander stawia taboret na stoliku, wchodzi na niego i ściąga wielokrążek. Zwinęła linę i schowała do plecaka. Na dziesięć minut zniknęła w łazience. Usłyszał odgłos spłukiwanej wody. Gdy wróciła, nie miała już makijażu.

Jej twarz była naga i wyszorowana.

– Sam musisz się uwolnić.

Na podłogę rzuciła kuchenny nóż.

Słyszał jeszcze, jak przez dłuższą chwilę szeleści czymś w przedpokoju. Przypomiało to szelest ubrań, jakby się przebierała. Potem drzwi otworzyły się i zamknęły. Dopiero pół godziny później zdołał rozciąć taśmę. Gdy usiadł na sofie, odkrył, że wzięła ze sobą jego colta 1911.

LISBETH SALANDER wróciła do mieszkania na Mose-backe dopiero o piątej nad ranem. Zdjęła perukę Irene Nesser i od razu poszła spać, nie włączając komputera, by sprawdzić, czy Mikael rozwiązał zagadkę zaginionych akt dochodzenia.

Obudziła się już o dziewiątej i cały wtorek poświęciła na wyszukanie informacji o braciach Atho i Harrym Ranta.

Rejestr karny zawierał ponurą listę dokonań Atho Ranty. Był Finem, lecz pochodził z estońskiej rodziny, a do Szwecji przybył w 1971 roku. W latach 1972–1978 pracował jako cieśla dla firmy budowlanej Skånska Cementgjuteriet, obec-nie znanej jako Skanska. Po tym, jak przyłapano go na kra-dzieży na budowie, został zwolniony i skazany na siedem miesięcy więzienia. W latach 1980–1982 był zatrudnio-ny w znacznie mniejszym przedsiębiorstwie budowlanym. Stamtąd go wyrzucono, ponieważ wielokrotnie przychodził do pracy pijany. Potem, do końca lat osiemdziesiątych, za-rabiał na życie jako portier, technik w firmie zajmującej się serwisem pieców opałowych, pomywacz i woźny w szkole. Ze wszystkich posad był zwalniany, ponieważ albo przycho-dził mocno nietrzeźwy, albo wdawał się w awantury. Pracę woźnego stracił już po kilku miesiącach, po tym, jak jedna z nauczycielek zgłosiła, że agresywnie się zachowywał i do-puszczał poważnego molestowania seksualnego.

W 1987 roku został skazany na karę grzywny i miesiąc pozbawienia wolności za kradzież samochodu, prowadze-nie po pijanemu i paserstwo. W następnym roku dostał karę grzywny za nielegalne posiadanie broni. W 1990 ska-zano go za przestępstwo seksualne, jednak wyciąg z reje-stru karnego nie podawał dokładnie za co. W 1991 został oskarżony o użycie gróźb karalnych i uniewinniony. Jeszcze tego samego roku skazano go na grzywnę i karę pozbawie-nia wolności w zawieszeniu za przemyt alkoholu. W 1992 odsiedział trzy miesiące za pobicie swojej dziewczyny i uży-cie groźby wobec jej siostry. Potem trzymał się w ryzach aż do 1997 roku, kiedy to został skazany za wykroczenie w związku z paserstwem i ciężkie pobicie. Tym razem dostał dziesięć miesięcy.

Jego młodszy brat, Harry, przyjechał za nim do Szwecji w 1982 roku i w latach osiemdziesiątych był na stałe zatrudniony jako magazynier. Wyciąg z rejestru karnego podawał, że Harry'ego skazywano trzy razy. W 1990 roku za oszustwo ubezpieczeniowe. W 1992 otrzymał wyrok dwóch lat pozbawienia wolności za ciężkie pobicie, paserstwo, kradzież, rozbój i gwałt. Został wydalony do Finlandii, ale już w 1996 roku pojawił się w Szwecji z powrotem i znów go skazano, tym razem na dziesięć miesięcy, za ciężkie pobicie i gwałt. Wyrok został zaskarżony i sąd apelacyjny, przychylając się do linii obrony Harry'ego, uwolnił go od zarzutu gwałtu. Pozostał mu jednak wyrok za pobicie, więc i tak odsiedział sześć miesięcy. W roku 2000 zgłoszono na policję, że dopuścił się gróźb i gwałtu, jednak po wycofaniu zgłoszenia sprawa została umorzona.

Odszukawszy ich aktualne adresy, Lisbeth Salander stwierdziła, że Atho mieszka w Norsborg, a Harry w Alby.

PAOLO ROBERTO czuł zniechęcenie, gdy dzwoniąc po raz pięćdziesiąty do Miriam Wu, znów usłyszał nagrany komunikat, że abonent jest niedostępny. Sprawdzał adres na Lundagatan po kilka razy dziennie, odkąd podjął się odszukania Miriam. Drzwi jej mieszkania wciąż były zamknięte.

Zerknął na zegarek. Wtorkowy wieczór, tuż po ósmej. Kiedyś, cholera jasna, będzie musiała wrócić do domu. W pełni rozumiał to, że Miriam Wu pozostaje w ukryciu, jednak najgorsza burza medialna zdążyła się już przetoczyć. Stwierdził, że zamiast jeździć tam i z powrotem, równie dobrze mógłby poczekać pod jej domem, na wypadek gdyby pojawiła się po ubranie na zmianę czy z innego powodu. Nalał kawy do termosu i zrobił kanapki. Przed wyjściem przeżegnał się jeszcze przed obrazem Matki Boskiej.

Zaparkował jakieś trzydzieści metrów od wejścia do budynku i przesunął siedzenie do tyłu, żeby mieć więcej miejsca na nogi. Włączył radio, nie za głośno, i przykleił przed sobą taśmą zdjęcie Miriam Wu wycięte z popołudniówki. Niezła z niej laska – stwierdził. Obserwował cierpliwie mijające go pojedyncze osoby. Jednak Miriam Wu nie było wśród nich.

Co dziesięć minut próbował się do niej dodzwonić. Poddał się około dziewiątej, gdy telefon zasygnalizował konieczność doładowania baterii.

PER-ÅKE SANDSTRÖM wtorek spędził w stanie, który można byłoby określić mianem odrętwienia. Przeleżał noc na sofie, niezdolny położyć się do łóżka ani powstrzymać nagłych, dręczących go napadów płaczu. We wtorkowy poranek zszedł do monopolowego w centrum, gdzie kupił wódkę Skåne Akvavit, po czym wrócił na swoją sofę i skonsumował mniej więcej połowę zawartości butelki.

Dopiero wieczorem uświadomił sobie swoje położenie i zaczął zastanawiać się, co dalej. Żałował, że w ogóle wie o istnieniu braci Rantów i ich dziwek. Nie pojmował, jak mógł być tak głupi, żeby dać się zwabić do mieszkania w Norsborg, gdzie Atho przywiązał do łóżka nafaszerowaną narkotykami siedemnastolatkę Ines Hammujärvi, rozłożył jej nogi i rzucił mu wyzwanie, który z nich okaże się sprawniejszy. Robili to na zmianę, a wygrał Sandström, który w trakcie wieczora i nocy popisał się większą liczbą seksualnych wyczynów najróżniejszego rodzaju.

W pewnym momencie Ines obudziła się i zaczęła protestować, co spowodowało, że Atho przez pół godziny na zmianę bił ją i poił alkoholem, aż została w zadowalającym stopniu spacyfikowana, a on mógł zaprosić Sandströma do kontynuowania ćwiczeń.

Pieprzona dziwka.

Że też, kurwa, był taki głupi.

Nie mógł oczekiwać łaski ze strony „Millennium". Oni żyli z tego rodzaju skandali.

Śmiertelnie bał się tej szalonej Salander.

Nie wspominając o blond bestii.

Na policję nie mógł iść.

Na własną rękę sobie nie poradzi. Myślenie, że problemy same znikną, było naiwne.

Pozostała jeszcze jedna, nikła możliwość, skąd mógłby spodziewać się odrobiny sympatii i ewentualnej pomocy. Zdawał sobie sprawę, że to ostatnia deska ratunku.

Jego ostatnia nadzieja.

Po południu zebrał się na odwagę i zadzwonił na komórkę Harry'ego Ranty. Nie odbierał. Aż do dziesiątej wieczorem próbował się do niego dodzwonić, później zrezygnował. Zastanowił się nad tym dłuższą chwilę i (wzmocniwszy się resztą wódki) zadzwonił do Atho. Odebrała jego dziewczyna, Silvia. Sandström dowiedział się, że bracia Ranta są na urlopie w Tallinie. Nie, Silvia nie wiedziała, jak można się z nimi skontaktować. Nie miała pojęcia, kiedy zamierzali wrócić – wyjechali do Estonii na czas nieokreślony.

Wydawała się zadowolona.

Per-Åke Sandström opadł na sofę. Nie miał pewności, czy przyjął z rezygnacją, czy też z ulgą fakt, że Atho nie było w domu i dlatego nie mógł się przed nim wytłumaczyć. Za tym kryło się jednak oczywiste przesłanie. Z jakichś powodów bracia Ranta położyli uszy po sobie i zdecydowali się pozostać w Tallinie nie wiadomo jak długo. A to bynajmniej nie uspokoiło Pera-Åke Sandströma.

Rozdział 25
Wtorek 5 kwietnia – środa 6 kwietnia

WPRAWDZIE PAOLO ROBERTO nie spał, lecz tak bardzo pogrążył się w rozmyślaniach, że dopiero po chwili zauważył kobietę idącą od strony kościoła Högalid. Było około jedenastej wieczorem. Zobaczył ją w lusterku wstecznym. Gdy mijała latarnię, jakieś siedemdziesiąt metrów za jego samochodem, odwrócił się gwałtownie i od razu rozpoznał Miriam Wu.

Wyprostował się. W pierwszej chwili chciał wysiąść z samochodu. Potem jednak zdał sobie sprawę, że mógłby ją wystraszyć i lepiej zaczekać, aż podejdzie do wejścia.

W chwili gdy o tym pomyślał, zobaczył, że ulicą nadjeżdża ciemna furgonetka i, zrównawszy się z Miriam Wu, hamuje. Paolo Roberto patrzył zdumiony, jak z samochodu wyskakuje mężczyzna – diabelnie wyrośnięta blond bestia – i chwyta kobietę. Zaskoczona próbowała się wyrwać, szarpiąc się do tyłu, lecz blond olbrzym mocno ściskał jej rękę.

Paolo Roberto aż otworzył usta ze zdziwienia, widząc jak prawa noga Miriam Wu zatacza szeroki łuk w górę. *Przecież to kickbokserka.* Cios trafił blond olbrzyma w głowę. Wydawało się, że zupełnie mu nie zaszkodził. W odpowiedzi uniósł rękę i wymierzył Miriam Wu policzek. Mimo odległości sześćdziesięciu metrów Paolo Roberto usłyszał odgłos uderzenia. Kobieta padła jak rażona piorunem. Olbrzym schylił się, podniósł ją jedną ręką i dosłownie wrzucił do samochodu. Dopiero w tym momencie Paolo Roberto zamknął usta i zaczął reagować. Szarpnięciem otworzył drzwiczki i rzucił się w stronę furgonetki.

Już po kilku krokach zdał sobie sprawę, jak bezcelowe są jego wysiłki. Samochód, do którego wrzucono Miriam Wu jak worek ziemniaków, zawrócił miękko i zdążył odjechać, zanim on na dobre się rozpędził. Furgonetka podążyła w kierunku kościoła Högalid. Paolo Roberto natychmiast ruszył z powrotem do samochodu i wskoczył za kierownicę. Wykonał podobny manewr – choć z piskiem opon – lecz gdy dojechał do skrzyżowania, furgonetki nie było już widać. Zahamował, spojrzał w stronę kościoła, po czym zaryzykował, skręcając w lewo, ku Hornsgatan.

Gdy tam dojechał, zapaliło się czerwone światło, lecz na ulicy nie było ruchu, więc przejechał, rozglądając się dookoła. Jedyna para tylnich świateł, jaką dostrzegał, skręciła w lewo w stronę mostu Liljeholmsbron przy Långholmsgatan. Nie widział, czy to owa furgonetka, lecz był to jedyny samochód w zasięgu jego wzroku, więc wcisnął gaz do dechy. Zatrzymało go czerwone światło przy Långholmsgatan i musiał przepuścić samochody nadjeżdżające z kierunku Kungsholmen, tracąc cenne sekundy. Gdy na skrzyżowaniu zrobiło się pusto, znów wcisnął gaz i przejechał na czerwonym. W duchu prosił, żeby w takiej chwili nie zatrzymał go żaden radiowóz.

Przejechał most z prędkością o wiele wyższą niż dozwolona, a minąwszy Liljeholmen, jeszcze przyspieszył. Wciąż nie wiedział, czy to furgonetka mignęła mu wtedy przed oczami i nie był też pewien, czy nie zdążyła już skręcić na Gröndal albo Årstę. Za to znów zaryzykował, wciskając gaz do dechy. Rozpędziwszy się do stu pięćdziesięciu na godzinę, mknął zygzakiem i ze świstem wyprzedzał sporadycznych, lecz jadących zgodnie z przepisami kierowców, z których niejeden – jak przypuszczał – zanotował sobie jego numery.

Na wysokości Bredäng znów zobaczył tamten samochód. Dogonił go, podjeżdżając na odległość pięćdziesięciu metrów, i upewnił się, że to najprawdopodobniej ta sama furgonetka. Zmniejszył prędkość do dziewięćdziesiątki i trzymał się jakieś dwieście metrów za nią. Dopiero wtedy uspokoił mu się oddech.

MIRIAM WU POCZUŁA KREW spływającą po szyi i w tym samym momencie wylądowała na podłodze furgonetki. Krwawiła z nosa. Facet rozciął jej wargę i chyba przetrącił nos. Atak był jak grom z jasnego nieba, a jej opór przełamano w niecałą sekundę. Poczuła, że samochód rusza, zanim jeszcze napastnik zdążył zamknąć drzwi. Gdy skręcali, olbrzym na moment stracił równowagę.

Miriam Wu przekręciła się i zaparła biodrem o podłogę. Gdy blond olbrzym odwrócił się, kopnęła, trafiając go z boku w czaszkę. Zobaczyła ślad w miejscu, gdzie wylądował jej obcas. Taki cios powinien spowodować u niego poważne obrażenia.

Spojrzał na nią zdumiony. Potem uśmiechnął się.

Rany boskie, co to za cholerna bestia!

Znów próbowała kopnąć, ale on chwycił jej nogę i wykręcił stopę tak mocno, że ostro wrzasnęła z bólu i musiała przewrócić się na brzuch.

Potem pochylił się nad nią i trzepnął ją otwartą dłonią, trafiając w policzek i skroń. Miriam Wu zobaczyła gwiazdy. Poczuła się tak, jakby oberwała młotem. Blond olbrzym usiadł jej na plecach. Próbowała go zrzucić, ale był tak ciężki, że nie mogła go poruszyć ani o milimetr. Wykręcił jej ręce na plecy i zakuł w kajdanki. Była bezradna. Nagle ogarnął ją paraliżujący strach.

MIKAEL BLOMKVIST minął halę widowiskową Globen w drodze powrotnej z Tyresö. Całe popołudnie i wieczór poświęcił na wizyty u trzech mężczyzn z listy klientów. Rezultat był żaden. Zobaczył spanikowanych facetów, którzy po konfrontacji z Dagiem Svenssonem tylko czekali, aż niebo runie im na głowę. Prosili go i błagali. Wszystkich skreślił ze swojej prywatnej listy podejrzanych o zabójstwo.

Przejeżdżając przez most Skanstullsbron, chwycił komórkę i zadzwonił do Eriki Berger. Nie odbierała. Spróbował więc dodzwonić się do Malin Eriksson. Też nic. Kurwa. Było późno. Chciał z kimś przedyskutować sprawy.

Zastanawiał się, czy Paolowi Roberto udało się z Miriam Wu, zadzwonił więc i do niego. Odebrał dopiero po piątym sygnale.

– Paolo.

– Cześć. Tu Blomkvist. Zastanawiam się, jak ci poszło z...

– Blomkvist, jestem... trrrr trrrr... samochodem z Miriam.

– Nie słyszę.

– Trrr trrr trrr.

– Uciekasz mi. Nie słyszę cię.

Po czym rozmowa się urwała.

PAOLO ROBERTO zaklął. Gdy mijał Fittję, bateria w telefonie się wyczerpała. Włączywszy go ponownie, wybrał numer alarmowy, lecz w chwili, gdy ktoś odebrał, komórka znów zgasła.

Kurwa mać.

Miał ładowarkę, którą można podłączyć do gniazdka w samochodzie. Została na komodzie w przedpokoju. Rzucił telefon na siedzenie obok i skupił się na tym, by nie stracić z oczu świateł furgonetki. Miał pełen bak paliwa, więc ścigany samochód, choćby rwał w diabły, nie miał szansy mu uciec. Nie chciał jednak ściągać na siebie uwagi i zwiększył dystans do kilkuset metrów.

Pieprzona bestia na sterydach sprała dziewczynę tuż pod moim nosem. Muszę dorwać tego gnoja.

Gdyby była tu Erika Berger, nazwałaby go „kowboj macho". Paolo Roberto powiedziałby to inaczej: „wkurwić się".

PRZEJEŻDŻAJĄC PRZEZ Lundagatan, Mikael Blomkvist stwierdził, że w mieszkaniu Miriam Wu jest ciemno. Znów

524

spróbował dodzwonić się do Paola Roberto, usłyszał jednak komunikat, że abonent jest niedostępny. Mruknąwszy coś pod nosem, pojechał do domu i zrobił sobie kawę i kanapki.

JECHALI DŁUŻEJ, NIŻ PAOLO się spodziewał. Pościg doprowadził go do Södertälje, a później trasą E-20 ku Strängnäs. Tuż za Nykvarn furgonetka skręciła w lewo na wiejskie drogi regionu Södermanland.

Tym samym wzrosło ryzyko, że zwróci na siebie uwagę. Paolo Roberto zdjął nogę z gazu i zwiększył jeszcze trochę dystans dzielący go od furgonetki.

Nie znał dobrze okolicy, lecz o ile mógł się zorientować, mijali od zachodu jezioro Yngern. Straciwszy samochód z oczu, przyspieszył. Znalazł się na długim prostym odcinku i zahamował.

Furgonetka zniknęła. W pobliżu było wiele pomniejszych bocznych dróg. Zgubił ich.

MIRIAM WU CZUŁA BÓL w karku i całej twarzy, zdołała jednak pokonać panikę i lęk, wywołane poczuciem bezsilności. Blond olbrzym już jej więcej nie uderzył. Mogła usiąść i oprzeć się o tył siedzenia kierowcy. Ręce miała skute na plecach, a usta zaklejone taśmą. Jedną dziurkę w nosie wypełniała krew, więc trudno jej było oddychać.

Obserwowała blond olbrzyma. Zakleiwszy jej usta taśmą, nie odezwał się ani słowem, zupełnie ją ignorował. Patrzyła na ślad, jaki pozostawiło jej kopnięcie. Taki cios powinien spowodować poważny uraz. Jednak zdawało się, że on w ogóle go nie odczuł. To nienormalne.

Blondyn był wyrośnięty i potężnie zbudowany. Jego mięśnie sugerowały, że wiele godzin tygodniowo spędzał na siłowni. Ale nie był kulturystą. Owa masa mięśniowa wydawała się zupełnie naturalna. Dłonie miał niczym solidne patelnie. Zrozumiała, dlaczego wymierzony przez niego policzek odczuła jak uderzenie maczugą.

Furgonetka podskakiwała na wyboistej drodze.

Miriam Wu nie miała pojęcia, gdzie się znajduje, oprócz tego, że – jak sądziła – dłuższą chwilę zmierzali E4 na południe, po czym zjechali z głównej drogi.

Wiedziała, że nawet gdyby uwolniła ręce, nie miałaby żadnych szans w walce z blond olbrzymem. Czuła się zupełnie bezradna.

MALIN ERIKSSON zadzwoniła do Mikaela Blomkvista tuż po jedenastej, gdy ledwie zdążył wrócić do domu, nastawić kawę i właśnie robił sobie kanapkę.

– Przepraszam, że tak późno. Od kilku godzin próbuję się do ciebie dodzwonić na komórkę, ale nie odbierałeś.

– Przepraszam. Wyłączyłem telefon na czas konfrontacji z paroma klientami.

– Być może znalazłam coś interesującego – powiedziała Malin.

– Słucham.

– Bjurman. Miałam dowiedzieć się czegoś o jego przeszłości.

– No.

– Urodził się w 1950 roku, a w 1970 zaczął studia prawnicze. W 1976 został prawnikiem, w 1978 zatrudnił się w kancelarii Klang i Reine, a w 1989 otworzył własną.

– Aha.

– Poza tym w 1976 roku pracował kilka tygodni jako aplikant w sądzie rejonowym. Zaraz po studiach, w latach 1976–1978 był zatrudniony jako prawnik w Głównym Zarządzie Policji.

– Aha.

– Sprawdziłam, czym się tam zajmował. Nie było łatwo to znaleźć. Pracował jako ekspert prawny w podlegających zarządowi służbach specjalnych. Wydział do spraw obcokrajowców.

– Jasna cholera. No co ty?

– Innymi słowy, musiał tam pracować w tym samym czasie co ten twój agent.

– Pieprzony Björck. Ani słowem nie wspomniał, że pracował z Bjurmanem.

FURGONETKA POWINNA BYĆ gdzieś w pobliżu. Paolo Roberto utrzymywał tak duży dystans, że co jakiś czas tracił samochód z oczu, jednak widział go jeszcze przed kilkoma minutami. Zawrócił na poboczu i skierował się z powrotem na północ. Jechał powoli, rozglądając się po bocznych drogach.

Po zaledwie stu pięćdziesięciu metrach mignął mu nagle snop światła z wąskiej szczeliny w ścianie lasu. Po drugiej stronie zobaczył niepozorną leśną drogę i skręcił. Wjechał kilkadziesiąt metrów w las i zatrzymał samochód. Nie zamykając drzwi na klucz, popędził drogą z powrotem i przeskoczył przez rów. Żałował, że nie ma ze sobą latarki, gdy przeciskał się wśród krzaków i drzew.

Las ciągnął się jedynie wąskim pasem przy drodze, tak więc po chwili Paolo Roberto wyszedł na wysypany żwirem plac. Dojrzał kilka niskich, ciemnych budynków, a gdy podszedł bliżej, nad bramą rozładunkową jednego z nich nagle zapaliło się światło.

Paolo przyklęknął i zamarł w bezruchu. Sekundę później światło rozbłysło wewnątrz budynku. Wyglądało to na trzydziestometrowej długości magazyn z rzędem wąskich okien u szczytu fasady. Plac zapełniały kontenery, a po prawej stronie Paola stał żółty wózek widłowy. Obok parkowało białe volvo. W blasku zewnętrznego oświetlenia Paolo zauważył furgonetkę, stojącą zaledwie dwadzieścia pięć metrów przed nim.

Wtedy w bramie na wprost niego otworzyły się małe drzwi. Z magazynu wyszedł jasnowłosy mężczyzna z wydatnym brzuchem i zapalił papierosa. Gdy odwrócił głowę, Paolo dostrzegł kitkę w świetle padającym zza otwartych drzwi.

Siedział nieruchomo, opierając kolano o ziemię. Znajdował się całkowicie na widoku, mniej niż dwadzieścia metrów od mężczyzny z kitką. Najwyraźniej płomień zapalniczki przytępił u tamtego ostrość nocnego widzenia. Po chwili obaj usłyszeli stłumiony krzyk dobiegający z furgonetki. Gdy facet z kitką ruszył w stronę samochodu, Paolo powoli przywarł do ziemi.

Usłyszał szczęk otwieranych drzwiczek, następnie z furgonetki wyskoczył blond olbrzym, sięgnął do środka i wyciągnął Miriam Wu. Wziąwszy ją pod pachę, trzymał mocno, a ona rzucała się na wszystkie strony. Wyglądało na to, że mężczyźni zamienili kilka słów, lecz Paolo nic nie dosłyszał. Potem facet z kitką otworzył drzwi po stronie kierowcy i wsiadł do furgonetki. Uruchomił silnik i zawrócił na placu ostrym łukiem. Snop świateł samochodu ominął Paola o zaledwie kilka metrów. Furgonetka zniknęła na drodze dojazdowej, a po chwili ucichł też odgłos silnika.

Przez drzwi w bramie blond olbrzym wniósł Miriam Wu do środka. W wysoko osadzonych oknach Paolo dostrzegł jego cień, który zdawał się przemieszczać w głąb budynku.

Ostrożnie podniósł się z ziemi. Miał wilgotne ubranie. Czuł jednocześnie ulgę i niepokój. Powodem ulgi był fakt, że udało mu się wytropić furgonetkę, a Miriam Wu była w zasięgu ręki. Natomiast ów blond olbrzym, który poradził sobie z dziewczyną niczym z lekką siatką z zakupami, budził w nim niepokój i respekt. Na ile Paolo zdążył mu się przyjrzeć, sprawiał wrażenie nadzwyczaj rosłego i silnego.

Sensownie byłoby się wycofać i wezwać policję. Ale telefon nie działał. Poza tym nie za bardzo miał pojęcie, gdzie się znajduje, i nie mógłby podać dokładnego opisu dojazdu do tego miejsca. Nie wiedział też, co się teraz dzieje z Miriam.

528

Powoli okrążył do połowy budynek i stwierdził, że prawdopodobnie jest tylko jedno wejście. Wróciwszy po dwóch minutach pod bramę, musiał podjąć decyzję. Nie miał wątpliwości, że blond olbrzym to *bad guy*. Pobił i uprowadził Miriam Wu. Nie czuł się jednak jakoś szczególnie przestraszony – był bardzo pewny siebie i wiedział, że potrafi oddać, gdyby doszło do rękoczynów. Pytanie tylko, czy mężczyzna w budynku ma broń i czy jest tam ktoś jeszcze. Zawahał się, lecz stwierdził, iż nie powinno tam być nikogo prócz olbrzyma i Miriam Wu.

Brama miała taką szerokość, że wózek widłowy mógł z łatwością przez nią przejechać, poza tym były w niej zwyczajne drzwi wejściowe. Paolo podszedł, nacisnął na klamkę i otworzył je. Znalazł się w dużym, oświetlonym magazynie pełnym złomu, zniszczonych kartonów i śmieci.

MIRIAM WU CZUŁA, że łzy spływają jej po policzkach. Płakała nie tyle z bólu, co z bezradności. Podczas jazdy samochodem olbrzym traktował ją jak powietrze. Gdy się zatrzymali, zerwał jej taśmę z ust. Potem wziął ją pod pachę, bez najmniejszego wysiłku wniósł do środka i rzucił na cementową podłogę, nie zwracajc uwagi na błagania ani protesty. Gdy na nią spojrzał, jego oczy były zimne jak lód.

Nagle Miriam Wu uświadomiła sobie, że w tym magazynie umrze.

Blond olbrzym odwrócił się tyłem, podszedł do stolika, otworzył butelkę wody mineralnej i pił długimi łykami. Nie skrępował nóg Miriam taśmą, więc powoli zaczęła wstawać.

Odwrócił się do niej i uśmiechnął. Stał bliżej drzwi niż ona. Nie miała szans go ominąć. Z rezygnacją opadła na kolana, wściekła na siebie samą. *Nie poddam się, kurwa, bez walki.* Znów wstała i zacisnęła zęby. *No chodź tu, pieprzony mięśniaku.*

Z rękami skutymi na plecach czuła się niezdarna i trudno jej było utrzymać równowagę, ale gdy do niej podszedł, zaczęła krążyć wokoło, szukając nieosłoniętego miejsca. Rzuciła się jak błyskawica, celując nogą w żebra, zrobiła obrót i kopnęła jeszcze raz w kierunku jego genitaliów. Trafiła w biodro, cofnęła się o metr i zmieniła nogę do następnego ciosu. Z rękami na plecach straciłaby równowagę, celując w twarz, lecz zdołała kopnąć go mocno w klatkę piersiową.

Olbrzym wyciągnął rękę, chwycił Miriam Wu za bark i zakręcił nią dokoła, jak gdyby była zabawką. Uderzył ją pięścią tylko raz, niezbyt mocno, w okolicę nerek. Miriam zawyła jak obłąkana, gdy przeszył ją paraliżujący ból. Znów opadła na kolana. Olbrzym wymierzył jej kolejny policzek i runęła na podłogę. Uniósł nogę i kopnął ją w bok tak, że zaparło jej dech w piersiach. Jednocześnie usłyszała trzask łamanego żebra.

CHOĆ PAOLO ROBERTO nie widział tej sceny, usłyszał nagle, jak Miriam Wu zawyła z bólu – ostry, przenikliwy krzyk, który natychmiast ucichł. Odwrócił głowę w tamtym kierunku i zacisnął zęby. Za ścianką działową było jeszcze jedno pomieszczenie. Przeszedł bezszelestnie przez magazyn i ostrożnie zajrzał przez drzwi właśnie w tym momencie, gdy blond olbrzym przewracał Miriam Wu na plecy. Mężczyzna zniknął na kilka sekund z jego pola widzenia, po czym wrócił z piłą spalinową, którą postawił na podłodze obok Miriam. Paolo Roberto uniósł brwi.

– Chcę poznać odpowiedź na proste pytanie.

Blond olbrzym miał dziwnie jasny głos, jak gdyby nigdy nie przeszedł mutacji. Paolo wychwycił obcy akcent.

– Gdzie jest Lisbeth Salander?

– Nie wiem – wymamrotała Miriam Wu.

– Zła odpowiedź. Dostaniesz jeszcze jedną szansę, zanim włączę to.

Przysiadł na piętach i postukał w piłę.

– Gdzie ukrywa się Lisbeth Salander?

Potrząsnęła głową.

Paolo zawahał się. Gdy jednak blond olbrzym wyciągnął rękę po piłę, zdecydowanie przeszedł trzema krokami w głąb pokoju i uderzył go mocnym prawym sierpowym w nerki.

Paolo Roberto nie zostałby znanym na całym świecie bokserem, gdyby był kiepski na ringu. W trakcie zawodowej kariery stoczył trzydzieści trzy walki, z których wygrał dwadzieścia osiem. Gdy zadawał celny cios, spodziewał się jakiejś reakcji. Na przykład takiej, że trafiony przeciwnik padał z nóg i odczuwał ból. Tym razem Paolo miał wrażenie, jakby z całej siły walnął w betonową ścianę. Czegoś podobnego nie doświadczył jeszcze nigdy przez wszystkie lata na ringu. Ze zdumieniem patrzył na stojącego przed nim kolosa.

Blond olbrzym odwrócił się i spojrzał na boksera równie zdumiony.

– Może zmierzysz się z kimś w swojej klasie wagowej, co ty na to? – powiedział Paolo Roberto.

Zaczął serią prawy, lewy, prawy, w przeponę, wykorzystując całą siłę mięśni. To były ciężkie ciosy. Paolo czuł, jakby walił w ścianę. Osiągnął jedynie to, że olbrzym cofnął się o pół kroku, bardziej ze zdumienia niż na skutek jego uderzeń. Nagle olbrzym się uśmiechnął.

– To przecież Paolo Roberto – powiedział.

Paolo przystanął zaskoczony. Właśnie zadał cztery celne ciosy, po których według reguł sztuki blond olbrzym powinien znaleźć się na ziemi, a on sam w drodze do swojego narożnika, słuchając odliczania sędziego. Żadne z jego uderzeń nie przyniosło rezultatu.

Rany boskie. To nie jest normalne.

Następnie, niczym w zwolnionym tempie, zobaczył, jak prawy sierpowy blondyna przecina powietrze. Był powolny i nie potrafił zaskoczyć przeciwnika swoim ciosem. Paolo uchylił się i częściowo osłonił lewym ramieniem. Odczuł to tak, jakby dostał żelazną rurą.

Cofając się o dwa kroki, zdążył nabrać respektu wobec swojego przeciwnika.

Coś jest z nim nie tak. Najgorsza bestia nie bije tak mocno.

Odruchowo sparował przedramieniem lewy sierpowy i natychmiast poczuł silny ból. Nie zdążył już osłonić się przed prawym, który nadchodząc nie wiadomo skąd, trafił go w czoło.

Paolo Roberto jak piłka wytoczył się tyłem przez drzwi. Z trzaskiem upadł na stertę drewnianych taboretów i potrząsnął głową. Natychmiast poczuł, że po twarzy spływa mu krew. *Rozerwał mi łuk brwiowy. Trzeba będzie szyć. Znowu.*

Chwilę później w jego polu widzenia pojawił się olbrzym, więc instynktownie rzucił się na bok. O włos uniknął kolejnego ciosu ciężkich jak maczugi, ogromnych pięści. Cofnął się szybko o kilka kroków i podniósł ramiona w pozycji obronnej. Był wstrząśnięty.

Blond olbrzym obserwował go zaciekawionym i niemal rozbawionym wzrokiem. Następnie przyjął taką samą pozycję obronną, jak Paolo Roberto. *To bokser.* Zaczęli powoli krążyć wokół siebie.

STO OSIEMDZIESIĄT SEKUND, które potem nastąpiło, to najbardziej upiorna walka, jaką Paolo Roberto kiedykolwiek stoczył. Nie było tu lin ani rękawic. Sekundantów ani sędziego. Nie było gongu, który przerywałby walkę i nakazał przeciwnikom odwrót do swoich narożników, żeby mogli zażyć kilku sekund wytchnienia z wodą, solami trzeźwiącymi i ręcznikiem do wytarcia krwi z twarzy.

Nagle Paolo Roberto zdał sobie sprawę, że walczy na śmierć i życie. Wszystkie treningi, wszystkie lata boksowania worków z piaskiem, sparingów i doświadczenie zdobyte w poprzednich meczach zlały się w energię, której przypływ poczuł wraz z adrenaliną pulsującą w jego żyłach tak mocno jak nigdy wcześniej.

Już nie szczędził ciosów. Zlały się w jedną serię, w którą Paolo włożył całą swoją moc i siłę mięśni. Lewy, prawy, lewy, znowu lewy i cios prawą w twarz, unik przed lewym sierpowym, krok w tył, atak prawą. Każdy zadany przez niego cios trafiał w cel.

To najważniejszy mecz w jego życiu. Mózg Paola brał udział w tej walce na równi z pięściami. Udawało mu się uchylić przed każdym ciosem olbrzyma.

Czysto trafił w szczękę prawym sierpowym, który sam odczuł tak, jakby przetrącił sobie kość w dłoni, a przeciwnik powinien był runąć bezwładnie na podłogę. Zerknąwszy na swoje kłykcie, zobaczył, że krwawią. Zauważył też zaczerwienienia i opuchliznę na twarzy olbrzyma, choć ten zdawał się w ogóle nie odczuwać ciosów.

Paolo wycofał się i zrobił chwilę przerwy, oceniając w tym czasie przeciwnika. *To nie bokser. Porusza się jak bokser, ale nie dałbym za niego złamanego grosza. Udaje tylko. Nie umie parować. Sygnalizuje ciosy. I jest niewiarygodnie powolny.*

W następnej chwili olbrzym trafił Paola lewym sierpowym w bok klatki piersiowej. To dopiero jego drugi cios, który trafił czysto. Paolo poczuł przeszywający ból pękających żeber. Chciał się cofnąć, ale zahaczył o jakiś rupieć i upadł na wznak. Przez sekundę widział górującego nad nim olbrzyma, zdążył jednak przetoczyć się na bok i chwiejnie stanąć na nogi.

Wycofał się i spróbował zebrać siły.

Kolos znów ruszył na niego i Paolo znalazł się w defensywie. Zrobił unik, jeszcze jeden, po czym się cofnął. Czuł ból za każdym razem, gdy parował ciosy ramieniem.

Wtedy nadszedł moment, który wraz z towarzyszącym mu lękiem przeżywał czasem każdy bokser. Takie uczucie mogło się pojawić w samym środku walki. Uczucie, że się nie daje rady. Świadomość, że *kurwa mać, przegrywam*.

To decydujący moment w każdym niemal meczu bokserskim.

To moment, kiedy nagle opuszczają człowieka wszystkie siły, adrenalina pulsuje tak mocno, że staje się paraliżującym balastem, a wokół ringu czai się widmo rezygnacji i kapitulacji. Ta chwila pozwala odróżnić amatora od zawodowca, zwycięzcę od przegranego. Niewielu jest bokserów, którzy znalazłszy się nagle nad przepaścią, mają w sobie tyle wytrwałości, by odwrócić przebieg meczu i zmienić pewną porażkę w zwycięstwo.

Świadomość ta w owej chwili dopadła Paola Roberto. Szumiało mu w głowie, przez co ledwo utrzymywał równowagę i przeżywał ten moment, jakby obserwował całą scenę z zewnątrz, patrząc na blond olbrzyma przez obiektyw kamery. W tym momencie liczyło się jedno: maszeruj albo giń.

Paolo Roberto wycofał się szerokim łukiem, żeby zebrać siły i zyskać na czasie. Olbrzym podążał za nim uparcie, lecz powoli, tak jakby wiedział, że walka już została rozstrzygnięta i tylko chciał przeciągnąć tę rundę. *Boksuje, a nie umie boksować. Wie, kim jestem. To jakiś wannabe. Ale siłę uderzenia ma wręcz niepojętą i zdaje się nieczuły na żadne ciosy.*

W głowie Paola kotłowały się myśli. Próbował ocenić sytuację i zdecydować, co robić.

Nagle stanęła mu przed oczami tamta noc w Mariehamn przed dwoma laty. Jego zawodowa kariera zakończyła się w sposób bardzo brutalny, gdy trafił na Argentyńczyka, Sebastiána Lujána, a dokładniej, gdy ten trafił go swoją pięścią. Przeżył wtedy pierwszy w swoim życiu nokaut i na piętnaście sekund stracił przytomność.

Często się zastanawiał, co poszło nie tak. Był w znakomitej formie. Skoncentrowany. Sebastián Luján to wcale nie lepszy bokser. Argentyńczyk zadał mu jeden czysty, celny cios, a po nim spadł na niego grad uderzeń.

Później na nagraniu z walki zobaczył, że bezbronny kiwał się jak Kaczor Donald. Nokaut nastąpił po dwudziestu trzech sekundach.

Sebastián Luján nie był ani lepszy, ani lepiej wytrenowany niż on. Różnice między nimi były tak niewielkie, że walka równie dobrze mogła zakończyć się jego zwycięstwem.

Jedyną znaczącą różnicę, jaka przychodziła mu na myśl, stanowiło to, że Sebastián Luján był bardziej głodny sukcesu niż Paolo Roberto. Wchodząc na ring w Mariehamn, Paolo nastawił się na wygraną, ale nie był żądny zwycięstwa. W tamtym przypadku nie chodziło o śmierć i życie. Przegrana nie oznaczała katastrofy.

Półtora roku później nadal był bokserem. Wprawdzie jako eks-zawodowiec walczył tylko w sparingach, ale mimo wszystko trenował. Nie przybrał na wadze ani nie zwiększył się jego obwód w pasie. Nie był już, rzecz jasna, tak dobrze nastrojonym instrumentem, jak przed walką o tytuł, którą poprzedzały miesiące treningów, lecz wciąż był *tym Paolo Roberto*, tak więc mógł mierzyć się z każdym. A w odróżnieniu od Mariehamn mecz rozgrywający się właśnie w magazynie na południe od Nykvarn był walką na śmierć i życie. Dosłownie.

PAOLO ROBERTO podjął decyzję. Zatrzymał się i pozwolił olbrzymowi podejść jak najbliżej. Zamarkował lewą i zebrał całą swoją siłę w prawym sierpowym. Dał z siebie wszystko i jak błyskawica uderzył ciosem, który trafił przeciwnika w usta i nos. Był to zupełnie niespodziewany atak po dłuższej chwili rejterady. Wreszcie poczuł, że dotychczasowy opór słabnie. Kontynuował dalej serię lewy, prawy, lewy, każdym ciosem trafiając przeciwnika w twarz.

Blond olbrzym boksował w zwolnionym tempie i oddawał prawą. Paolo widział, że przedwcześnie sygnalizuje każdy cios, i uchylał się przed ogromną pięścią. Widział, jak przeciwnik przenosi ciężar ciała i zamierza teraz uderzyć lewą. Zamiast sparować, odchylił się do tyłu tak, że lewy sierpowy tylko mignął mu przed nosem. Odpowiedział potężnym uderzeniem w bok, tuż pod żebra. Gdy blondyn obrócił się, by odeprzeć atak, lewy sierpowy Paola poszybował w górę, znów trafiając nad nosem.

Poczuł nagle, że wszystko robi tak, jak należy, i że w pełni kontroluje walkę. Wreszcie wróg się wycofał. Krwawił z nosa. Już się nie uśmiechał.

Lecz wtedy blond olbrzym kopnął.

Jego uniesiona stopa okazała się dla Paola zupełnym zaskoczeniem. Odruchowo podporządkował się regułom boksu i nie spodziewał się kopnięcia. Miał wrażenie, jakby w dolną część jego uda, tuż nad kolanem, walnął młot – nogę przeszył ostry ból. *Nie.* Gdy zrobił krok w tył, prawa noga tylko się zgięła, a on znów przewrócił się o jakieś rupiecie.

Olbrzym patrzył na niego. Ich spojrzenia spotkały się na sekundę. Przesłanie było oczywiste. *Walka skończona.*

Nagle oczy olbrzyma rozszerzyły się – to Miriam Wu zaszła go od tyłu i kopnęła w krocze.

CHOCIAŻ MIRIAM WU czuła, że boli ją każdy mięsień, w jakiś sposób udało jej się przełożyć skute ręce pod nogami i znów miała je przed sobą. Biorąc pod uwagę jej stan, było to akrobatyczne dokonanie w wielkim stylu.

Bolały ją żebra, kark, plecy i nerki i ledwie zdołała wstać. Wreszcie podeszła chwiejnym krokiem do drzwi i wybałuszając oczy ze zdumienia, ujrzała, jak Paolo Roberto – *skąd on się tu wziął?* – trafia blond olbrzyma prawym sierpowym, a potem całą serią ciosów w twarz, by po chwili dać się powalić jednym kopnięciem.

Zdała sobie sprawę, że nie obchodzi ją, jak ani dlaczego pojawił się tu Paolo Roberto. On należał do *good guys*. Po raz pierwszy w życiu poczuła morderczą ochotę, by zrobić drugiemu człowiekowi krzywdę. Przeszła szybko kilka kroków, mobilizując każdy gram energii i wszystkie jeszcze sprawne mięśnie. Zbliżyła się do olbrzyma od tyłu i kopnęła go w krocze. Nie był to może boks tajski w eleganckim stylu, ale przyniósł zamierzony efekt.

Miriam Wu zadowolona pokiwała głową. Facet, nawet wielki jak góra i twardy jak granit, jaja ma zawsze w tym samym miejscu. A trafienie było tak czyste, że powinno się je odnotować w księdze rekordów Guinnessa.

Blond olbrzym po raz pierwszy wyglądał na zszokowanego. Wydobył z siebie pojedynczy jęk, złapał się za krocze i padł na kolano.

Miriam przez moment stała niezdecydowana, lecz uświadomiła sobie, że musi kontynuować, by doprowadzić rzecz do końca. Zamierzyła się do kopnięcia w twarz, jednak ku jej zdziwieniu olbrzym zdołał podnieść rękę. Niemożliwe, żeby doszedł do siebie tak szybko. Miała wrażenie, jakby kopnęła pień drzewa. Nagle olbrzym złapał ją za stopę, przewrócił na ziemię i zaczął ciągnąć. Zobaczywszy, że unosi pięść, wyrywała się rozpaczliwie i wierzgała drugą nogą. Trafiła go w ucho, ale w tym samym momencie jego cios dosięgnął jej skroni. Odczuła uderzenie, jakby z całej siły walnęła głową w ścianę. Na przemian to ciemniało, to znów błyskało jej przed oczami.

Blond olbrzym powoli stawał na nogi.

Wtedy Paolo Roberto uderzył go w tył głowy deską, o którą wcześniej sam się potknął. Olbrzym stracił równowagę i z łoskotem runął przed siebie.

PAOLO ROBERTO rozejrzał się z poczuciem nierzeczywistości. Blond olbrzym wił się na podłodze. Miriam Wu miała szklany wzrok i wydawała się zupełnie nieobecna. Ich wspólne wysiłki przyniosły krótkie odroczenie.

On sam ledwie mógł się oprzeć na uszkodzonej nodze, podejrzewał, że zerwał mięsień tuż nad kolanem. Pokuśtykał do Miriam i podniósł ją na nogi. Zaczęła się powoli poruszać, lecz patrzyła na niego błędnym wzrokiem. Bez słowa podparł ją pod ramię i pokuśtykał do wyjścia. Ból w prawym kolanie był tak ostry, że chwilami musiał skakać na jednej nodze.

Gdy wyszli na zimne, nocne powietrze, poczuli, jakby zwrócono im wolność. Nie mieli jednak czasu, żeby się zatrzymać. Paolo Roberto skierował się przez plac prosto na ścianę lasu, tam, skąd przyszedł. Gdy tylko znaleźli się między drzewami, potknął się o przewrócony pień i runął na ziemię. Miriam Wu jęknęła, a Paolo usłyszał, jak drzwi magazynu otwierają się z trzaskiem.

W prostokącie światła ukazała się monumentalna sylwetka blond olbrzyma. Paolo zakrył Miriam usta. Pochylił się i szepnął jej do ucha, że ma być cicho i się nie ruszać.

Potem obszukał po omacku ziemię przy pniu i znalazł kamień większy od pięści. Przeżegnał się. Po raz pierwszy w swoim grzesznym życiu był gotów zabić drugiego człowieka. Miał świadomość, że tak zmęczony i pobity, nie wytrzyma kolejnej rundy. Lecz nikt, nawet ta blond bestia będąca wybrykiem natury, nie może walczyć ze zmiażdżoną czaszką. Wyczuł, że ściskany w ręku kamień ma owalny kształt i ostrą krawędź.

Blond olbrzym zbliżył się do szczytu budynku, po czym okrążył plac szerokim łukiem. Zatrzymał się w odległości niecałych dziesięciu kroków od miejsca, w którym czaił się Paolo Roberto, wstrzymując oddech. Olbrzym nasłuchiwał i rozglądał się – nie wiedział jednak, dokąd skierowali się w ciemnościach. Po kilku minutach wypatrywania zrozumiał chyba bezcelowość swoich poszukiwań. Raźnym krokiem wrócił do budynku, nie było go kilka minut. Następnie zgasił światło i z torbą w ręku poszedł do białego volvo. Ruszył z piskiem opon i odjechał. Paolo nasłuchiwał uważnie, póki odgłos silnika nie ucichł w oddali. Gdy spojrzał na Miriam, jej oczy błyszczały w ciemności.

– Cześć, Miriam – powiedział. – Jestem Paolo, nie musisz się mnie bać.

– Wiem.

Miała słaby głos. Paolo oparł się wyczerpany o pień, czując jak poziom adrenaliny spada do zera.

– Nie wiem, czy dam radę wstać – odezwał się. – W każdym razie po drugiej stronie drogi zaparkowałem samochód. Jakieś sto pięćdziesiąt metrów stąd.

BLOND OLBRZYM PRZYHAMOWAŁ i zjechał na postój tuż pod samym Nykvarn. Był zszokowany, zamroczony i dręczyło go dziwne uczucie.

Po raz pierwszy w życiu został pokonany w walce. A tym, który dał mu nauczkę, był Paolo Roberto... ten bokser. Wydawało się, że wszystko jest absurdalnym snem z rodzaju tych, które miewał w niespokojne noce. Nie pojmował, skąd wziął się tam Paolo Roberto. Ni z tego, ni z owego po prostu zjawił się w magazynie.

To nie trzymało się kupy.

Nie czuł zadawanych przez niego ciosów. Nie dziwiło go to. Kopnięcie w krocze jednak poczuł. A po tym strasznym uderzeniu w głowę pociemniało mu przed oczami. Dotknąwszy karku, wymacał ogromną gulę. Przycisnął ją palcami, lecz to wcale go nie zabolało. Był jednak oszołomiony i kręciło mu się w głowie. Językiem wybadał, ku swemu zdziwieniu, że stracił ząb po lewej stronie górnej szczęki. W ustach miał posmak krwi. Chwycił nos w dwa palce i ostrożnie pociągnął do góry. W jego głowie rozległ się trzeszczący dźwięk i blond olbrzym stwierdził, że ma złamany nos.

Dobrze zrobił, zabierając torbę i opuszczając magazyn, zanim pojawi się tam policja. Popełnił jednak ogromny błąd. Na Discovery widział, że specjaliści przeszukujący miejsca zbrodni potrafią znaleźć mnóstwo *forensic evidence*. Krew. Włosy. DNA.

Nie chciał znowu jechać do magazynu, ale nie miał wyboru. Musiał posprzątać. Zawrócił i ruszył z powrotem. Tuż przed Nykvarn minął jakiś samochód, jednak nie poświęcił mu większej uwagi.

PODRÓŻ POWROTNA do Sztokholmu okazała się koszmarem. Paolowi krew spływała do oczu i był tak poobijany, że bolało go całe ciało. Prowadził jak ostatnia oferma, miał wrażenie, że jedzie zygzakiem. Przetarł oczy i delikatnie pomacał nos. Strasznie go bolał, więc mógł oddychać tylko przez usta. Bez przerwy wypatrywał białego volvo i nawet zdawało mu się, że dostrzegł taki samochód pod Nykvarn.

Gdy wyjechali na E20, prowadziło mu się już trochę lepiej. Zastanawiał się, czy nie przystanąć w Södertälje, ale nie miał pojęcia, dokąd mógłby się udać. Zerknął na wciąż skutą kajdankami Miriam Wu, która leżała na tylnym siedzeniu nieprzypięta pasem. Musiał zanieść ją do samochodu, a gdy tylko znalazła się w środku, zupełnie opadła z sił. Nie wiedział, czy zemdlała z powodu doznanych obrażeń, czy po prostu była tak zmęczona. Zawahał się. W końcu skierował samochód na E4, w kierunku Sztokholmu.

MIKAEL BLOMKVIST zdążył przespać zaledwie godzinę, gdy rozdzwonił się telefon. Zerknąwszy na zegarek, stwierdził, że jest tuż po czwartej i zaspany sięgnął ręką po słuchawkę. To Erika Berger. Początkowo nie rozumiał, co do niego mówi.

– Że gdzie jest Paolo Roberto?

– W szpitalu na Södermalmie, razem z Miriam Wu. Nie odbierałeś, gdy próbował się do ciebie dodzwonić, a nie miał domowego numeru.

– Wyłączyłem komórkę. A co on robi w tym szpitalu?

Głos Eriki był cierpliwy, lecz zdecydowany.

– Mikael. Weź taksówkę, jedź tam i dowiedz się. Wydawał się oszołomiony, mówił coś o pile, o budynku gdzieś w lesie i jakiejś bestii, która nie umie boksować.

Mikael mrugał, nie rozumiejąc, o co jej chodzi. Potem potrząsnął tylko głową i sięgnął po spodnie.

PAOLO ROBERTO marnie wyglądał, leżąc na szpitalnym łóżku w samych bokserkach. Mikael czekał ponad godzinę, żeby się z nim zobaczyć. Bokser miał nos zasłonięty opatrunkiem usztywniającym, lewe oko zaklejone plastrami, a łuk brwiowy taśmą chirurgiczną w miejscu, gdzie założono mu pięć szwów. Miał obandażowane żebra, wybroczyny

540

i zadrapania na całym ciele. Jego prawe kolano również było owinięte bandażem.

Mikael podał mu kubek kawy z automatu na korytarzu i uważnie obejrzał jego twarz.

– Wygląda to jak obrażenia po wypadku samochodowym – powiedział. – Proszę opowiedzieć, co się stało.

Paolo Roberto potrząsnął głową i spojrzał Mikaelowi w oczy.

– Cholerna bestia – odezwał się.

– Ale co się stało?

Bokser znów potrząsnął głową i przyjrzał się swoim dłoniom. Kłykcie miał tak obite, że ledwie mógł utrzymać kubek. Dali mu plaster usztywniający. Jego żona, która ma raczej chłodny stosunek do boksu, wpadnie w szał.

– Jestem bokserem – powiedział. – To znaczy, gdy jeszcze walczyłem, nie bałem się stanąć na ringu przeciw komukolwiek. Dostałem w twarz raz i drugi, umiem oddawać. Gdy komuś przyłożę, to powinien zejść do parteru i poczuć ból, o to tu chodzi.

– Ale ten facet zachowywał się inaczej.

Paolo trzeci raz potrząsnął głową. Spokojnie i ze szczegółami opowiedział, co się wydarzyło.

– Trafiłem go co najmniej trzydzieści razy. Jakieś piętnaście razy w głowę. Cztery razy w szczękę. Z początku trochę się powstrzymywałem, nie chciałem go przecież zabić, a tylko się bronić. Ale pod koniec dałem z siebie wszystko. Jeden z tych ciosów powinien był strzaskać mu szczękę. A ta cholerna bestia otrząsnęła się tylko i walczyła dalej. To nie jest, kurwa, normalny człowiek.

– Jak wyglądał?

– Ciało zbudowane jak u robota zdolnego rozbić pancerz jednym ciosem. Nie przesadzam. Ponad dwa metry wzrostu i jakieś sto trzydzieści, sto czterdzieści kilo wagi. Nie żartuję, same mięśnie i zbrojony szkielet. Pieprzony blond olbrzym, który po prostu nie odczuwał bólu.

– Nie widział go pan nigdy wcześniej?

– Nie. Nie był bokserem. A jednak na swój dziwny sposób był.

– Co pan ma na myśli?

Paolo Roberto zastanawiał się chwilę.

– Nie miał pojęcia, jak się walczy. Mogłem zamarkować tak, że opuścił gardę, a jemu nawet nie zaświtało, jak się ruszyć, żeby uchylić się od ciosu. W ogóle nie miał rozeznania. A jednocześnie starał się poruszać jak bokser. Trzymał ręce prawidłowo i cały czas przyjmował dobrą pozycję wyjściową. Tak jakby trenował boks, ale zupełnie nie zważał na słowa swojego trenera.

– Aha...

– Wolno się poruszał i to właśnie uratowało życie mnie i tej dziewczynie. Uderzał z zamachem, ale sygnalizował ciosy z niemal miesięcznym wyprzedzeniem, tak że mogłem zrobić unik albo sparować. Jednak dwa okazały się celne – najpierw w twarz, i sam pan widzi efekt, a potem w bok, i złamał mi żebro. Oba były tylko w połowie trafione. Gdyby uderzył czysto, to chyba rozłupałby mi czaszkę.

Paolo Roberto zaśmiał się nagle bulgoczącym śmiechem.

– Co?

– Wygrałem. Ten pajac próbował mnie zabić, ale wygrałem. Zdołałem rzucić go na deski. Musiałem jednak wziąć kawał drewna, żeby go powalić.

Po chwili znów był poważny.

– Gdyby w odpowiednim momencie Miriam Wu nie grzmotnęła go w krocze, to kto wie, kurwa, czym to by się skończyło.

– Paolo, bardzo, naprawdę bardzo się cieszę, że pan wygrał. Miriam Wu powie panu to samo, gdy się ocknie. Wie pan, co z nią?

– Wygląda mniej więcej tak jak ja. Ma wstrząśnienie mózgu, połamane żebra, złamany nos i obrażenia w okolicy nerek.

Mikael pochylił się i położył dłoń na kolanie Paola.

– Jeśli kiedykolwiek będzie pan potrzebował pomocy... – powiedział.

Paolo kiwnął głową i uśmiechnął się spokojnie.

– Blomkvist, jeśli pan kiedykolwiek znów będzie potrzebował pomocy...

– Tak?

– ...niech pan się zwróci do Sebastiána Lujána.

Rozdział 26
Środa 6 kwietnia

KOMISARZ JAN BUBLANSKI był w marnym nastroju, kiedy tuż przed siódmą rano spotkał się z Sonją Modig na parkingu przed szpitalem na Södermalmie. Obudził go telefon od Mikaela Blomkvista. Powoli dotarło do niego, że w nocy wydarzyło się coś dramatycznego, zadzwonił więc do Modig. Spotkali się z dziennikarzem przy wejściu i razem poszli do pokoju Paola Roberto.

Bublanski miał trudności z przyswojeniem wszystkich szczegółów, jednak wreszcie zaakceptował fakt, że Miriam Wu została uprowadzona, a porywacz sprany na kwaśne jabłko przez Paola Roberto. No cóż, przyglądając się twarzy byłego boksera, można by mieć wątpliwości, kto kogo sprał. A jeśli chodzi o komisarza, wydarzenia tej nocy sprawiły, że śledztwo w związku z Lisbeth Salander znalazło się na jeszcze wyższym poziomie trudności. Nic w tej cholernej sprawie nie wydawało się normalne.

Pierwsze istotne pytanie zadała Sonja Modig, a mianowicie, w jaki sposób Paolo Roberto wplątał się w to wszystko.

– Jestem przyjacielem Lisbeth Salander.

Bublanski i Modig spojrzeli po sobie z powątpiewaniem.

– A skąd pan ją zna?

– Byłem jej trenerem, walczyła ze mną na sparingach.

Bublanski utkwił wzrok gdzieś w ścianie za Paolem Roberto. Ni stąd, ni zowąd Sonja Modig niestosownie zachichotała. Jak wiadomo, nic w tej sprawie nie wydawało się normalne, proste i logiczne. Stopniowo nakreślili wszystkie istotne fakty.

– Chcę zwrócić uwagę na kilka rzeczy – powiedział sucho Mikael Blomkvist.

Popatrzyli na niego.

– Po pierwsze, rysopis kierowcy furgonetki zgadza się z podanym przez mnie rysopisem mężczyzny, który dokładnie w tym samym miejscu Lundagatan napadł na Lisbeth Salander. Rosły blondyn z kitką i wydatnym brzuchem. Czyż nie?

Bublanski przytaknął.

– Po drugie, celem porwania było zmuszenie Miriam Wu, by zdradziła kryjówkę Lisbeth Salander. Tak więc ci dwaj blondyni zaczęli ścigać Salander przynajmniej na tydzień przed zabójstwami. Jasne?

Modig kiwnęła głową.

– Po trzecie, skoro ta historia ma więcej bohaterów, Lisbeth Salander nie jest już „samotną wariatką", jaką z niej zrobiono.

Bublanski i Modig nie odzywali się.

– Chyba nikt z nas nie będzie się upierał, że facet z kitką należy do szajki lesbijek satanistek.

Modig uśmiechnęła się.

– I wreszcie, po czwarte, sądzę że cała ta historia wiąże się z niejakim Zalą. Dag Svensson koncentrował się na nim przez ostatnie dwa tygodnie życia. Wszystkie istotne informacje są w jego komputerze. Powiązał Zalę z zabójstwem prostytutki z Södertälje, Iriny Petrovej. Obdukcja wykazała, że użyto wobec niej brutalnej przemocy. Tak brutalnej, że przynajmniej trzy z doznanych przez nią obrażeń mogły spowodować śmierć. Protokół z obdukcji nie podaje jasno, jakiego rodzaju narzędziem została zamordowana, lecz obrażenia bardzo przypominają te, jakie mają Miriam Wu i Paolo Roberto. Narzędziem w tym przypadku mogą więc być ręce blond olbrzyma.

– A Bjurman? – zapytał Bublanski. – Możemy się zgodzić, że ktoś miał powód, by uciszyć Daga Svenssona. Ale kto miałby powód, by zamordować opiekuna prawnego Lisbeth Salander?

– Nie wiem. Jeszcze nie wszystkie elementy tej układanki są na swoich miejscach, jednak istnieje jakieś powiązanie między Bjurmanem i Zalą. To jedyny sensowny wniosek. A może by tak spojrzeć na to z zupełnie innej strony? Jeśli Lisbeth Salander nie jest morderczynią, zabójstw musiał dokonać ktoś inny. Sądzę, że ta zbrodnia w jakiś sposób wiąże się z sekshandlem. A Salander wolałaby umrzeć niż wpakować się w coś takiego. Mówiłem przecież, że cholerna z niej moralistka.

– Na czym więc polega jej rola?

– Nie wiem. Świadek? Wróg? Może pojawiła się w Enskede, by ostrzec Daga i Mię przed niebezpieczeństwem. Nie zapominajcie, że jest nadzwyczaj dobrym researcherem.

BUBLANSKI WPRAWIŁ maszynerię policyjną w ruch. Zadzwonił do Södertälje i podał tamtejszym funkcjonariuszom opis dojazdu uzyskany od Paola Roberto, prosząc o odnalezienie opuszczonego magazynu na południowy wschód od jeziora Yngern. Następnie zadzwonił do komisarza Jerkera Holmberga – mieszkał we Flemingsberg, więc do Södertälje miał najbliżej – i nakazał, by ten błyskawicznie dołączył do lokalnej policji i pomógł przeszukać miejsce zdarzenia.

Jerker Holmberg oddzwonił jakąś godzinę później. Zdążył już dojechać, zresztą policja z Södertälje bez problemów zlokalizowała magazyn. Budynek oraz dwa mniejsze obok spaliły się, a straż pożarna miała pełne ręce roboty przy dogaszaniu. Dwa porzucone kanistry po benzynie wskazywały na podpalenie.

Bublanski wpadł we wściekłość graniczącą z szałem.

O co tu, kurwa, chodzi? Kim jest ten blond olbrzym? Kim tak naprawdę jest Lisbeth Salander? I dlaczego wytropienie jej wydaje się niemożliwe?

Sytuacja bynajmniej się nie poprawiła, gdy na spotkaniu o dziewiątej pojawił się prokurator Richard Ekström.

Bublanski zdał relację z dramatycznego przebiegu poranka i zaproponował zmianę priorytetów w śledztwie z powodu tajemniczych zdarzeń, które wprowadziły wiele niejasności do hipotezy roboczej.

Zeznanie Paola Roberto bardzo uwiarygodniło wersję Mikaela Blomkvista o napadzie na Lisbeth Salander przy Lundagatan. Tym samym osłabiło założenie, iż zabójstwa były aktem szaleństwa działającej samotnie, chorej psychicznie kobiety. Nie oznaczało to, że Lisbeth Salander została uwolniona od podejrzeń – trzeba by najpierw znaleźć sensowne wyjaśnienie dla faktu, iż na narzędziu zbrodni były jej odciski palców – jednak prowadzący śledztwo musieli teraz poważnie zastanowić się nad możliwością istnienia innego sprawcy. A w takim razie pozostawała tylko jedna wiarygodna hipoteza – teoria Mikaela Blomkvista mówiąca, że zabójstwo ma coś wspólnego z planowanym ujawnieniem seksbiznesu. Bublanski przedstawił trzy istotne punkty.

Zadaniem dnia było zidentyfikowanie wyrośniętego blondyna i jego koleżki z kitką, którzy porwali i pobili Miriam Wu. Blondyn miał tak charakterystyczny wygląd, że znalezienie go nie powinno nastręczyć większych trudności.

Curt Svensson stwierdził przytomnie, że Lisbeth Salander również ma charakterystyczny wygląd, a mimo to policja po niemal trzech tygodniach poszukiwań nadal nie wie, gdzie ona przebywa.

Drugie zadanie polegało na tym, że prowadzący śledztwo wyznaczą dodatkowy zespół, który skoncentruje się na tak zwanej liście klientów z komputera Daga Svenssona. Wiązało się to z pewnym problemem natury logistycznej. Dochodzeniowcy mieli wprawdzie komputer redakcyjny Daga Svenssona wraz z kompletem dysków zip, zawierającym kopie materiałów z zaginionego laptopa, jednak chodziło tu o wieloletni research i dosłownie tysiące stron, których skatalogowanie i gruntowne poznanie zajęłoby bardzo dużo czasu. Zespół potrzebował wsparcia, więc Bublanski od razu wyznaczył Sonję Modig do poprowadzenia tych prac.

Należało również skupić się na nieznanej osobie o przezwisku Zala – na tym polegało trzecie zadanie. W tej kwestii prowadzący śledztwo mieli skorzystać z pomocy specjalnej grupy dochodzeniowej do spraw przestępczości zorganizowanej, która kilka razy natknęła się na to przezwisko. Bublanski przydzielił to zadanie Hansowi Faste.

I wreszcie, Curt Svensson miał zająć się koordynacją dalszych poszukiwań Lisbeth Salander.

Sprawozdanie Bublanskiego trwało zaledwie sześć minut, wywołało jednak godzinną dyskusję. Hans Faste okazał się nieprzejednany w swoich protestach przeciw nowym rozkazom komisarza i nie próbował tego ukryć. Bublanski był tym zdziwiony, bo chociaż nigdy nie lubił Hansa Faste, to jednak uważał go za kompetentnego policjanta.

Faste twierdził, że bez względu na wszelkie poboczne informacje, śledztwo musi koncentrować się na Lisbeth Salander. Dowody przeciw niej były jego zdaniem tak mocne, iż w chwili obecnej nie ma sensu rozglądać się za innymi sprawcami.

– To jakieś bzdury. Mamy tu przypadek skłonnej do przemocy psychopatki. Ta diagnoza z biegiem lat stawała się coraz bardziej oczywista. Naprawdę sądzisz, że te wyniki badań z psychiatryka i ekspertyzy sądowo-lekarskie to jakiś żart? Jest powiązana z miejscem zbrodni. Są dowody na to, że się puszcza, a na koncie ma sporą sumę nigdzie niezadeklarowanych pieniędzy.

– Jestem świadomy tego wszystkiego.

– Należy do jakiejś sekty lesbijek. I mogę się, kurwa, założyć, że ta Norén wie więcej, niż daje po sobie poznać.

Bublanski podniósł głos.

– Faste. Skończ z tym. Zupełnie opętała cię homofobia. To nieprofesjonalne.

Zaraz pożałował, że powiedział to przed całym zespołem, zamiast przeprowadzić z nim rozmowę na osobności.

Prokurator Ekström przerwał tę pyskówkę. Nie mógł się zdecydować, którą linię śledztwa obrać. W końcu uznał propozycję Bublanskiego: skrytykować prowadzącego śledztwo to tak, jakby wyłączyć go ze sprawy.

– Robimy tak, jak zdecydował Bublanski.

Komisarz spojrzał na Sonny'ego Bohmana i Niklasa Erikssona z Milton Security.

– Jak rozumiem, jesteście z nami jeszcze tylko trzy dni, więc wykorzystamy tę sytuację jak najlepiej. Bohman, pomożesz Curtowi Svenssonowi ścigać Salander. Eriksson będzie dalej pracował z Modig.

Ekström zastanawiał się chwilę, po czym – gdy wszyscy już zamierzali wyjść – podniósł rękę.

– Jeszcze jedno. Nie będziemy nagłaśniać tego incydentu z Paolem Roberto. Media dostaną histerii, jeśli kolejna gwiazda okaże się powiązana ze śledztwem. Więc po wyjściu stąd – ani słowa.

SONJA MODIG złapała Bublanskiego zaraz po spotkaniu.

– W rozmowie z Fastem straciłem cierpliwość. To było nieprofesjonalne – powiedział Bublanski.

– Wiem, jak to jest – uśmiechnęła się Sonja. – Już od poniedziałku pracuję nad komputerem Svenssona.

– Wiem. Daleko zaszłaś?

– Miał z tuzin wersji rękopisu i ogromne ilości materiałów, trudno mi zdecydować, które są istotne, a które to zwykłe śmieci. Samo otwieranie i przejrzenie wszystkich plików zajmie wiele dni.

– A Niklas Eriksson?

Sonja Modig zawahała się. Potem odwróciła się i zamknęła drzwi gabinetu Bublanskiego.

– Szczerze mówiąc... nie chcę obrabiać mu tyłka, ale Eriksson raczej nie jest pomocny.

Komisarz zmarszczył brwi.

– Mów, co masz do powiedzenia.

– Nie wiem. To nie taki prawdziwy glina jak Bohman. Chrzani jakieś głupoty, ma mniej więcej takie samo nastawienie do Miriam Wu jak Hans Faste i wcale go nie interesuje to zadanie. Nie mogę nic udowodnić, ale ma jakiś problem z Lisbeth Salander.

– Jak to?

– Mam przeczucie, że były między nimi jakieś kwasy.

Bublanski powoli pokiwał głową.

– Przykro to słyszeć. Bohman jest w porządku, ale tak naprawdę nie podoba mi się to, że mamy w śledztwie ludzi z zewnątrz.

Sonja Modig przytaknęła.

– Więc co robimy?

– Musisz z nim wytrzymać do końca tygodnia. Armanski mówił, że przerwą, jeśli nie będzie efektów. Zaczynaj poszukiwania i licz się z tym, że sama będziesz musiała odwalić całą robotę.

POSZUKIWANIA SONJI MODIG zakończyły się już po czterdziestu pięciu minutach – została wyłączona ze sprawy. Ni stąd, ni zowąd wezwano ją do prokuratora Ekströma, gdzie czekał już Bublanski. Obaj mężczyźni byli czerwoni na twarzy. Freelancer Tony Scala właśnie opublikował newsa, że Paolo Roberto uratował lesbijkę sadomaso Miriam Wu z rąk porywacza. Tekst zawierał sporo szczegółów, znanych jedynie prowadzącym dochodzenie. Z jego sformułowań wynikało, że policja bada możliwość wniesienia oskarżenia przeciwko Roberto w związku z ciężkim pobiciem.

Ekström zdążył już odebrać wiele telefonów od dziennikarzy z prośbą o informacje na temat roli boksera w zdarzeniu. Był bliski szału i oskarżał Sonję Modig o przeciek. Modig zaprzeczyła, lecz na próżno. Ekström chciał wyłączyć ją ze śledztwa. Bublanski wpadł we wściekłość i bez wahania wziął jej stronę.

– Sonja twierdzi, że to nie ona odpowiada za ten przeciek. Mnie to wystarcza. To szaleństwo wyłączać doświadczonego dochodzeniowca, który już wdrożył się w sprawę.

W odpowiedzi Ekström otwarcie dał wyraz braku zaufania wobec Modig. W końcu nieprzejednany usiadł za biurkiem. Jego decyzje były nieodwołalne.

– Modig, nie mogę dowieść, że to ty odpowiadasz za przecieki, ale w tym śledztwie ci już nie ufam. Zostajesz wyłączona ze skutkiem natychmiastowym. Do końca tygodnia weź sobie wolne. W poniedziałek dostaniesz inne zadania.

Modig nie miała wyboru. Kiwnęła głową i podeszła do drzwi. Zatrzymał ją Bublanski.

– Sonja. *For the record*. Nie wierzę w te oskarżenia i mam do ciebie całkowite zaufanie. Ale to nie ja decyduję. Zajrzyj jeszcze do mnie, zanim pójdziesz do domu.

Kiwnęła głową. Ekström był wściekły. Twarz Bublanskiego przybrała niepokojący wyraz.

SONJA MODIG wróciła do pokoju, gdzie razem z Niklasem Erikssonem zajmowała się komputerem Daga Svenssona. Była zła i bliska płaczu. Zerknąwszy na nią, Eriksson zauważył, że coś jest nie tak, lecz nic nie powiedział. Zignorowała go, usiadła za swoim biurkiem i gapiła się przed siebie. W pokoju zapadła przygnębiająca cisza.

W końcu Eriksson przeprosił i powiedział, że musi wyjść do kibla. Zapytał, czy przynieść kawę. Potrząsnęła głową.

Gdy wyszedł, wstała i założyła kurtkę. Wzięła torbę i poszła do gabinetu Bublanskiego. Wskazał jej krzesło dla gości.

– Sonja, poddam się dopiero wtedy, gdy Ekström i mnie wyłączy ze sprawy. Nie akceptuję takiej sytuacji i pójdę z tym wyżej. Na razie pozostajesz w śledztwie na mój rozkaz. Jasne?

Kiwnęła głową.

– Nie idziesz do domu i nie bierzesz wolnego, jak powiedział Ekström. Masz jechać do redakcji „Millennium" i jeszcze raz pogadać z Blomkvistem. Potem poprosisz go o pomoc, niech będzie twoim przewodnikiem po twardym dysku Svenssona. W „Millennium" mają kopię. Oszczędzimy sporo czasu, mając kogoś, kto już zna materiały i może odrzucić to, co nieistotne.

Oddech Sonji Modig stał się trochę lżejszy.

– Nic nie powiedziałam Erikssonowi.

– Zajmę się nim. Dołączy do Curta Svenssona. Widziałaś Hansa Faste?

– Nie. Wyszedł zaraz po porannym spotkaniu.

Bublanski westchnął.

MIKAEL BLOMKVIST wrócił ze szpitala około ósmej rano. Uświadomił sobie, że bardzo krótko spał, a przecież musi być w pełni przytomny na popołudniowym spotkaniu z Björckiem w Smådalarö. Rozebrał się i nastawił budzik na wpół do jedenastej, dając sobie dobre dwie godziny tak potrzebnego snu. Po drzemce wziął prysznic, ogolił się i założył czystą koszulę. Gdy przejeżdżał przez Gullmarsplan, zadzwoniła do niego Sonja Modig i chciała z nim rozmawiać. Mikael wyjaśnił, że jest w drodze i nie może się z nią spotkać. Przedstawiła mu swoją sprawę, a on skierował ją do Eriki Berger.

Sonja Modig pojechała do redakcji „Millennium". Przyjrzawszy się Erice Berger, stwierdziła, że lubi tę pewną siebie, trochę władczą kobietę z dołeczkami w policzkach i krótką blond grzywką. Przypominała trochę starszą Laurę Palmer z serialu „Twin Peaks". Po cichu Sonja zastanawiała się, czy Erika Berger też jest lesbijką, bo zdaniem Hansa Faste wszystkie kobiety obecne w tym śledztwie zdawały się mieć takie preferencje seksualne, lecz przypomniała sobie, że przecież czytała gdzieś o jej małżeństwie z artystą Gregerem Backmanem. Erika wysłuchała prośby o pomoc w przeszukaniu materiałów z twardego dysku Daga Svenssona. Wyglądała na zakłopotaną.

– Z tym będzie problem – stwierdziła.

– Jak to?

– To nie tak, że nie chcemy rozwiązać sprawy zabójstwa i pomóc policji. Poza tym dostaliście już wszystkie materiały z komputera Daga. To problem natury etycznej. Mass media i policja nie są stworzone do współpracy.

– Zrozumiałam to dzisiaj rano. Proszę mi wierzyć. – Sonja Modig uśmiechnęła się.

– Jak to?

– Nic, nic. Taka osobista refleksja.

– No dobra. Żeby nie stracić wiarygodności, mass media muszą zachować dystans wobec władz. Dziennikarze, którzy chodzą na komendę i współpracują przy śledztwach, kończą jako policyjni chłopcy na posyłki.

– Spotkałam kilku takich – powiedziała Modig. – Jeśli dobrze rozumiem, działa to również w drugą stronę. Policjanci kończą jako chłopcy na posyłki w niektórych mediach.

Erika Berger zaśmiała się.

– To prawda. Muszę niestety zdradzić, że „Millennium" po prostu nie stać na tego rodzaju portfelową żurnalistykę. Ale tu nie chodzi o to, że chce pani przesłuchać któregoś z pracowników „Millennium" – na co zgadzamy się bez żadnej dyskusji – tu chodzi o oficjalne żądanie, byśmy aktywnie pomogli w śledztwie, oddając do dyspozycji nasze dziennikarskie materiały.

Sonja Modig kiwnęła głową.

– Mamy tu dwa punkty widzenia. Po pierwsze, chodzi tu o zabójstwo współpracownika naszej gazety. W tej kwestii udzielimy oczywiście wszelkiej pomocy. Po drugie jednak, są sprawy, których nie możemy policji wyjawić. Mam na myśli nasze źródła.

– Dostosuję się. Mogę się zobowiązać do ochrony waszych informatorów. Oni mnie nie interesują.

– Tu nie chodzi o pani szczere zamiary czy nasze zaufanie, lecz o to, że nigdy nie ujawniamy źródeł, bez względu na okoliczności.

– No dobra.

– Do tego pamiętajmy, że „Millennium" prowadzi własne dochodzenie, które należy oczywiście traktować jako dziennikarską robotę. Jeśli o to chodzi, jestem gotowa przekazać policji informacje, jak tylko będziemy mieć coś do publikacji, ale nie wcześniej. – Erika Berger zmarszczyła czoło i zaczęła się zastanawiać. Wreszcie pokiwała głową. – Ale muszę być też w porządku wobec samej siebie. Zrobimy tak... Może pani współpracować z naszym sekretarzem redakcji, Malin Eriksson. Dobrze zna materiał i jest dość kompetentna, by zdecydować, jak daleko można się posunąć. Przydzielę jej zadanie poprowadzenia pani przez książkę Daga, której kopię już macie. Celem będzie sporządzenie jasnego spisu osób potencjalnie podejrzanych.

IRENE NESSER, zupełnie nieświadoma nocnych wydarzeń, wsiadła na stacji Södra do pociągu w kierunku Södertälje. Miała na sobie półdługą, czarną skórzaną kurtkę, ciemne spodnie i pasujący czerwony sweter. Miała też okulary, które podniosła na czoło.

W Södertälje złapała autobus do Strängnäs i kupiła bilet u kierowcy. Tuż po jedenastej wysiadła dobry kawałek na południe za Stallarholmen. Stała na przystanku, w zasięgu wzroku nie było żadnych zabudowań. W pamięci przywołała mapę okolicy. Jezioro Melar kilka kilometrów na północny wschód, a w okolicy domki letnie i gdzieniegdzie całoroczne. Nieruchomość adwokata Nilsa Bjurmana znajdowała się na osiedlu letniskowym prawie trzy kilometry od przystanku. Irene Nesser wypiła łyk wody z plastikowej butelki i ruszyła w drogę. Dobre trzy kwadranse później była na miejscu.

Rozpoczęła od rundy po najbliższej okolicy i sprawdzenia sąsiadów. Po prawej stronie następny domek znajdował się w odległości ponad stu pięćdziesięciu metrów. Nie było tam nikogo. Po lewej zobaczyła wąwóz. Minąwszy dwa domki, doszła do grupy zabudowań, gdzie zauważyła ślady ludzkiej bytności w postaci otwartego okna i dźwięków radia. Jednak miejsce to było oddalone o trzysta metrów od posesji Bjurmana. Mogła więc pracować raczej bez przeszkód.

Wzięła ze sobą klucze z mieszkania adwokata i bez problemu otworzyła drzwi. Najpierw otwarła okienko na tyłach domku, co umożliwiało odwrót w przypadku, gdyby od strony ganku pojawiły się jakieś nieprzyjemne niespodzianki. Jak na przykład policjant, któremu przyszłoby do głowy odwiedzić domek letniskowy Bjurmana.

Był to stary, dość mały budynek, składający się z dwóch pokoi: dużego i mniejszego oraz aneksu kuchennego z doprowadzoną wodą. Na zewnątrz znajdował się ekologiczny wychodek. Przez dwadzieścia minut przeszukiwała szafki, szafy na ubrania i szuflady. Nie znalazła ani kawałka papieru, który miałby coś wspólnego z nią czy Zalą.

W końcu wyszła na dwór, żeby sprawdzić wychodek i drewutnię. Nie było tam nic wartościowego, żadnych dokumentów. Tym samym Irene Nesser odbyła całą podróż nadaremnie.

Usiadła na ganku, napiła się wody i zjadła jabłko.

Znalazłszy się w środku, zamknęła okienko, zatrzymała się w sieni i popatrzyła na rozkładaną metalową drabinę metrowej długości. Weszła do dużego pokoju i spojrzała na obity deskami sufit. Ukryte między belkami krawędzie wejścia na stryszek były prawie niewidoczne. Przyniosła drabinę, otworzyła klapę i w tej samej chwili znalazła pięć segregatorów formatu A4.

BLOND OLBRZYM BYŁ zmartwiony. Wszystko szło zupełnie nie tak, a po jednej katastrofie następowała kolejna.

Sandström skontaktował się z Harrym i Atho. Przerażony doniósł, że Dag Svensson planuje opublikować demaskatorski reportaż o jego wybrykach z dziwkami i o braciach Ranta. Nie był to jeszcze wielki problem. Blond olbrzyma nie obchodziło, że Sandström zostanie obsmarowany w mediach, a Harry i Atho mogli się gdzieś zadekować na jakiś czas. I tak też zrobili, przeprawiając się przez Bałtyk promem Baltic Star na urlop. Raczej niemożliwe, by ta szopka zakończyła się w sądzie, lecz nawet jeśli miało nastąpić najgorsze, bracia Ranta przeżyli już niejedną odsiadkę. Ryzyko zawodowe.

Jednak Lisbeth Salander zdołała wymknąć się Magge Lundinowi. To niepojęte, ponieważ w porównaniu z Lundinem była laleczką, a całe zadanie polegało tylko na tym, by zapakować ją do samochodu i zawieźć do magazynu na południe od Nykvarn.

Potem Sandström miał kolejną wizytę, ale tym razem Dag Svensson szukał Zali. Tak więc okoliczności zmieniły się diametralnie. Między paniką Bjurmana z jednej strony a dalszymi poszukiwaniami Svenssona z drugiej wytworzyła się niebezpieczna sytuacja.

Amator to taki gangster, który nie jest gotów ponieść konsekwencji. Bjurman był kompletnym amatorem. Blond olbrzym odradzał Zali jakiekolwiek z nim interesy, lecz dla Zali nazwisko Lisbeth Salander miało w sobie coś, czemu nie potrafił się oprzeć. Nienawidził jej. Było to zupełnie irracjonalne. Tak jakby ktoś wcisnął jakiś guzik.

To czysty przypadek, że tamtego wieczora blond olbrzym akurat przebywał w mieszkaniu Bjurmana, gdy zadzwonił Dag Svensson. Ten sam zasrany dziennikarzyna, który już zdążył narobić kłopotów Sandströmowi i braciom Ranta. Olbrzym pojechał do adwokata, by – stosownie do okoliczności – pocieszyć go albo postraszyć w związku z nieudanym porwaniem Lisbeth Salander. Tymczasem rozmowa ze Svenssonem wprawiła Bjurmana w popłoch. Okazał się kompletnym durniem. Nagle chciał się wycofać.

Na domiar złego przyniósł swój kowbojski pistolet, żeby mu pogrozić. Blond olbrzym popatrzył zdumiony na adwokata i odebrał mu broń. Już miał na sobie rękawiczki, więc odciski palców nie stanowiły problemu. I tak nie miałby wyboru, gdyby Bjurman stracił panowanie nad sobą.

Adwokat oczywiście znał Zalę. Dlatego stanowił kłopot. Olbrzym nie potrafił znaleźć sensownego wytłumaczenia, dlaczego kazał Bjurmanowi się rozebrać, chyba tylko takie, że serdecznie go nie znosił i chciał to okazać. Niemal stracił rezon, widząc tatuaż na jego brzuchu: JESTEM SADYSTYCZNĄ ŚWINIĄ, DUPKIEM I GWAŁCICIELEM.

Przez moment prawie mu współczuł. To kompletny idiota. Jednak olbrzym działał w branży, w której nie można pozwolić, by tego rodzaju drugorzędne uczucia wpływały na praktyczne działania. Zaprowadził więc Bjurmana do sypialni, kazał mu uklęknąć i użył poduszki jako tłumika.

W ciągu pięciu minut sprawdził, czy w mieszkaniu adwokata nie ma jakichś śladów, które mogłyby doprowadzić kogoś do Zali. Jedyne, co znalazł, to numer własnej komórki. Na wszelki wypadek wziął też ze sobą telefon Bjurmana.

Ów dziennikarz to kolejny problem. Gdy znajdą martwego adwokata, Svensson rzecz jasna skontaktuje się z policją. Mógł powiedzieć, że Bjurman został zastrzelony kilka minut po tym, jak on sam do niego zadzwonił i zapytał o Zalę. Nie trzeba wielkiej wyobraźni, by zrozumieć, że Zala tym samym stałby się obiektem wybujałych spekulacji.

Blond olbrzym uważał się za sprytnego, jednak czuł ogromny respekt wobec niezwykłych talentów strategicznych Zali.

Ich współpraca trwała od ponad dwunastu lat. Czas ten obfitował w sukcesy, a blond olbrzym odnosił się do Zali z czcią, niemal jak do mentora. Mógł słuchać godzinami, jak objaśnia ludzką naturę i jej słabości, i uczy, jak je wykorzystać.

Lecz ni stąd, ni zowąd ich biznes zachwiał się w posadach. Sprawy zaczęły wymykać się spod kontroli.

Bezpośrednio od Bjurmana pojechał do Enskede. Białe volvo zaparkował dwie przecznice dalej. Na szczęście drzwi do budynku nie domykały się. Wszedł na górę i zadzwonił do mieszkania z wizytówką Svensson i Bergman.

Nie miał czasu, żeby przeszukać mieszkanie czy zabrać papiery. Oddał dwa strzały, ponieważ była tam jeszcze kobieta. Następnie wziął ze stołu w salonie komputer Daga Svenssona, odwrócił się na pięcie, zszedł do samochodu i odjechał z Enskede. Popełnił tylko jeden błąd – żeby zyskać na czasie, próbował wydobyć z kieszeni kluczyki do samochodu, trzymając jednocześnie komputer, i wtedy upuścił na schodach broń. Zatrzymał się na ułamek sekundy, lecz rewolwer spadł aż pod drzwi do piwnicy, stwierdził więc, że schodzenie po niego za długo potrwa. Miał świadomość, że swoim wyglądem zwraca uwagę, dlatego musiał stamtąd uciec, zanim ktoś go zobaczy.

Zala krytykował go za pozostawienie rewolweru na miejscu zbrodni, dopóki nie wyszły na jaw skutki tego błędu. Obaj zdziwili się, jak jeszcze nigdy, na wieść o tym, że policja rozpoczęła nagonkę na Lisbeth Salander. Tak oto porzucona broń zamieniła się w niesłychanie szczęśliwy traf.

Spowodowało to niestety nowy problem. Salander była ostatnim słabym ogniwem, jakie im jeszcze zostało. Znała Bjurmana i Zalę. Umiała dodać jedno do drugiego. Dyskutując tę kwestię, zgodzili się co do rozwiązania. Muszą znaleźć Salander, zabić i pogrzebać. Najlepiej, gdyby nigdy jej nie znaleziono. Z czasem akta sprawy trafią do archiwum i pokryją się kurzem.

Założyli, że do Salander mogłaby doprowadzić ich Miriam Wu. I nagle znów wszystko poszło nie tak. *Paolo Roberto*. Że też akurat on. Pojawił się znikąd. Co więcej, w gazetach pisali, że jest przyjacielem Salander.

Olbrzymowi zabrakło słów.

Po incydencie w Nykvarn znalazł schronienie w domu Magge Lundina, zaledwie kilkaset metrów od kwatery głównej

Svavelsjö MC. Nie była to idealna kryjówka, lecz nie miał zbyt wielu możliwości, musiał znaleźć jakieś miejsce, żeby przeczekać, aż posiniaczona twarz odzyska normalny wygląd, a wtedy będzie mógł dyskretnie opuścić Sztokholm. Dotknął złamanego nosa i guza na karku. Opuchlizna powoli zaczynała schodzić.

Powrót na miejsce i podpalenie tego gówna było mądrym posunięciem. To ważne, by po sobie sprzątać.

Nagle zrobiło mu się zimno.

Bjurman. Spotkał się z nim przelotnie jeden jedyny raz, w domku letniskowym pod Stallarholmen. Było to na początku lutego, gdy Zala przyjął zlecenie i obiecał zająć się Salander. Bjurman miał segregator z papierami na jej temat, dał mu je do przejrzenia. Jak mógł to przegapić, do cholery? Dokumenty prowadziły przecież prosto do Zali.

Blond olbrzym zszedł do kuchni i wyjaśnił Lundinowi, dlaczego musi jak najszybciej pojechać do Stallarholmen i jeszcze raz podłożyć ogień.

PODCZAS LUNCHU KOMISARZ Bublanski próbował uporządkować dochodzenie. Miał poczucie, że ta sprawa wymyka mu się z rąk. Rozmawiał dłuższą chwilę z Curtem Svenssonem i Sonnym Bohmanem, żeby skoordynować poszukiwania Lisbeth Salander. Kolejne sygnały napłynęły między innymi z Göteborga i Norrköping. Göteborg odrzucili niemal natychmiast, lecz Norrköping miał jakiś potencjał. Poinformowali miejscową policję i zarządzili dyskretną obserwację adresu, gdzie rzekomo widziano dziewczynę przypominającą Salander.

Bublanski usiłował też doprowadzić do dyplomatycznej rozmowy z Hansem Faste, lecz nie było go w budynku, nie odbierał też komórki. Po owym burzliwym spotkaniu przed południem zapadł się pod ziemię.

Następnie komisarz wybrał się do Richarda Ekströma, żeby wyjaśnić sytuację Sonji Modig. Poświęcił dłuższą chwilę na zaprezentowanie rzeczowych powodów, dla których uważał decyzję o odsunięciu jej od śledztwa za nierozsądną. Prokurator nie chciał go słuchać, więc Bublanski postanowił przeczekać do poniedziałku, zanim zacznie załatwiać tę idiotyczną sprawę drogą służbową. Relacja między prowadzącym śledztwo a kierującym postępowaniem przygotowawczym powoli traciła stabilność.

Gdy Bublanski tuż po piętnastej wyszedł na korytarz, zobaczył, że Niklas Eriksson opuszcza pokój Sonji Modig. Nadal pracował nad zawartością twardego dysku Daga Svenssona, co w opinii Bublanskiego było bezsensownym zajęciem, skoro teraz Eriksson nie podlegał żadnemu policjantowi, który sprawdzałby, czy czegoś nie przegapił. Komisarz postanowił, że na resztę tygodnia przydzieli go do pomocy Curtowi Svenssonowi.

Jednak zanim zdążył się odezwać, Eriksson zniknął za drzwiami toalety w głębi korytarza. Bublanski skubnął się w ucho i poszedł do pokoju Modig, żeby tam na niego poczekać. Zatrzymawszy się na progu, patrzył na puste krzesło Sonji.

Po chwili zauważył komórkę Erikssona, pozostawioną na półce za jego biurkiem.

Zawahał się chwilę, zerknął w stronę toalety, po czym, wiedziony przeczuciem, wszedł do pokoju, zabrał telefon i szybkim krokiem wrócił do siebie. Zamknął drzwi i zaczął przeglądać listę rozmów.

Dokładnie o 9.57, pięć minut po zakończeniu burzliwego zebrania, Niklas Eriksson zadzwonił do kogoś na komórkę. Bublanski chwycił słuchawkę i wybrał numer z listy. Odebrał dziennikarz Tony Scala.

Przerwał połączenie i gapił się na telefon Erikssona. Ponury jak chmura gradowa, wstał i ruszył do drzwi, gdy nagle zadzwonił telefon na jego biurku. Zawrócił i wrzasnął swoje nazwisko do słuchawki.

– To ja, Jerker. Wciąż jestem przy tym magazynie pod Nykvarn.

– No.

– Pożar ugaszony. Od dwóch godzin badamy miejsce przestępstwa. Lokalna policja wpuściła psa na teren, ponieważ w ruinach mogły być zwłoki.

– I?

– Nic. Ale zrobiliśmy przerwę, żeby pies mógł trochę odpocząć. Przewodnik mówi, że to konieczne, bo zapachy z pogorzeliska są bardzo intensywne.

– Do rzeczy.

– Wziął go na spacer i spuścił ze smyczy kawałek dalej. Psiak wywąchał w lesie zwłoki jakieś siedemdziesiąt metrów za magazynem. Przekopaliśmy to miejsce. Dziesięć minut temu znaleźliśmy ludzką nogę z butem, zdaje się, że męskim. Szczątki leżały dość płytko.

– O cholera, Jerker, musisz...

– Przejąłem dowodzenie i przerwałem dalsze prace. Zanim będziemy kontynuować, chcę mieć tutaj patologa i dobrych techników.

– Niezła robota, Jerker.

– To nie wszystko. Pięć minut temu psiak wskazał kolejne miejsce, jakieś osiemdziesiąt metrów od pierwszego.

LISBETH SALANDER zrobiła sobie kawę, korzystając z kuchenki Bjurmana, zjadła jeszcze jedno jabłko, po czym przez dwie godziny przeglądała strona po stronie całą dokumentację, jaką adwokat zebrał na jej temat. Była pod wrażeniem. Zadał sobie naprawdę wiele trudu i uporządkował wszystkie informacje z pasją hobbysty. Dotarł do takich materiałów, o których istnieniu nawet nie wiedziała.

Z mieszanymi uczuciami czytała dziennik Holgera Palmgrena – dwa notesy w czarnych twardych okładkach. Zaczął prowadzić zapiski, gdy jako piętnastolatka uciekła od drugiej rodziny zastępczej, starszej pary zamieszkałej w Sigtunie

– on był socjologiem, ona pisała książki dla dzieci. W trakcie dwunastu dni, jakie tam spędziła, Lisbeth wyczuła ich niezmierną dumę z faktu, iż litując się nad nią, mogą przysłużyć się społeczeństwu, oraz to, że oczekują od niej głębokiej wdzięczności. Miała dość, gdy jej tymczasowa matka zastępcza, głośno chwaląc się sąsiadce, uraczyła ją wywodem o wspaniałomyślności ludzi, którzy zajmują się trudną młodzieżą. *Nie jestem jakimś cholernym projektem społecznym!* – chciała krzyczeć za każdym razem, gdy kobieta przedstawiała ją swoim znajomym. Dwunastego dnia ukradła sto koron z pieniędzy na codzienne zakupy, podjechała autobusem do Upplands-Väsby i dalej pociągiem podmiejskim do Sztokholmu. Policja znalazła ją sześć tygodni później w mieszkaniu sześćdziesięciosiedmioletniego faceta w Hanninge, u którego się zatrzymała.

Był całkiem w porządku. Dał jej wyżywienie i dach nad głową. Nie musiała w zamian robić zbyt wiele. Chciał ją podglądać, gdy się rozbierała. Nigdy jej nie dotknął. Wiedziała, że zgodnie z definicją należało go uznać za pedofila, lecz ani razu nie zachował się wobec niej groźnie. Uważała go za człowieka zamkniętego w sobie i wyobcowanego. Myśląc o nim później, odkryła w sobie dziwne poczucie powinowactwa z tym mężczyzną. Oboje byli wyrzuceni poza nawias społeczny.

W końcu zauważył ją któryś z sąsiadów i zgłosił sprawę na policję. Pracownik socjalny robił, co mógł, żeby ją przekonać do złożenia doniesienia, jakoby mężczyzna wykorzystywał ją seksualnie. Uporczywie twierdziła, że nie doszło do niczego niestosownego, a gdyby nawet, to miała piętnaście lat, więc z prawnego punktu widzenia współżycie z nią nie było przestępstwem. *Fuck you.* Holger Palmgren interweniował i zabrał ją stamtąd. Zaczął prowadzić o niej zapiski, które wydawały się raczej zakończoną niepowodzeniem próbą rozwiania własnych wątpliwości. Pierwsze uwagi zanotował w grudniu 1993 roku.

L. jest chyba najtrudniejszym nastolatkiem, z jakim kiedy-kolwiek miałem do czynienia. Pytanie tylko, czy dobrze ro-bię, nie zgadzając się na jej powrót do kliniki św. Stefana. W trzy miesiące zaliczyła dwie rodziny zastępcze i mam poważne obawy, że te wycieczki źle się dla niej skończą. Wkrótce będę musiał zdecydować, czy zrzec się swojego zadania i zażądać, by zajęli się nią specjaliści. Nie wiem, co okaże się dobre, a co złe. Dzisiaj przeprowadziłem z nią poważną rozmowę.

Lisbeth pamiętała każde wypowiedziane wtedy słowo. Było to w przeddzień Wigilii. Holger Palmgren zabrał ją do swojego domu i ulokował w pokoju gościnnym. Na kola-cję zrobił spaghetti z sosem bolońskim, następnie posadził ją na sofie, a sam usiadł w fotelu naprzeciw. Przemknęło jej przez głowę, czy Palmgren również chciałby zobaczyć ją nagą. Lecz on po prostu rozmawiał z nią jak z dorosłą.

Był to dwugodzinny monolog. Nie odpowiadała, gdy się do niej zwracał. Wyjaśnił jej prozę życia, którą w jej przy-padku stanowił wybór między kliniką św. Stefana a rodziną zastępczą. Obiecał, że postara się znaleźć w miarę możli-wości odpowiednią dla niej rodzinę, oraz zażądał, by zaak-ceptowała jego wybór. Postanowił, że Lisbeth spędzi święta u niego, gdzie będzie mogła spokojnie przemyśleć swoją przyszłość. Decyzja należała wyłącznie do niej, lecz najpóź-niej w drugi dzień świąt chciał otrzymać od niej jasną dekla-rację. Musiałaby przyrzec, że w razie kłopotów zwróci się do niego, zamiast uciekać. Po tej rozmowie zapakował ją do łóżka, a sam najwyraźniej zabrał się do pisania pierwszych słów swojego prywatnego dziennika o Lisbeth Salander.

Groźba powrotu do kliniki jeszcze przed Nowym Ro-kiem przeraziła ją bardziej, niż Holger Palmgren mógł przy-puszczać. Przeżyła bardzo nieszczęśliwe święta, podejrzliwie obserwując każdy jego ruch. W drugi dzień świąt wciąż jeszcze nie zaczął się do niej dobierać ani w żaden sposób nie wykazywał ochoty, by ją podglądać. Wręcz przeciwnie, strasznie się rozgniewał, gdy chcąc go sprowokować, przespacerowała się nago z pokoju gościnnego do łazienki. Gdy już tam weszła, z trzaskiem zamknął za nią drzwi. W końcu Lisbeth złożyła obietnicę, której żądał. I dotrzymała słowa. No, mniej więcej.

W dzienniku Palmgren starannie komentował ich każde spotkanie. Czasem były to trzy linijki, czasem przemyślenia zajmowały kilka stron. Nieraz jego zapiski wprawiały Lisbeth w zdumienie. Palmgren okazał się bardziej przenikliwy, niż podejrzewała, komentował też drobne szczegóły, jak to próbowała go wykiwać, a on ją przejrzał.

Następnie otworzyła akta dochodzenia z 1991 roku.

Nagle wszystkie fragmenty układanki znalazły się na swoim miejscu. Miała wrażenie, że podłoga pod jej stopami zaczęła falować.

Przeczytała ekspertyzę sądowo-lekarską, którą sporządził doktor Jesper H. Löderman. Jedno z jej najważniejszych odniesień stanowiła opinia niejakiego doktora Petera Teleboriana. Löderman był atutem w ręku prokuratora, gdy podczas negocjacji w sprawie osiemnastoletniej Lisbeth starał się doprowadzić do umieszczenia jej w klinice psychiatrycznej.

Później znalazła kopertę zawierającą korespondencję między Peterem Teleborianem i Gunnarem Björckiem. Listy pochodziły z 1991 roku i były napisane tuż po tym, gdy wydarzyło się Całe Zło.

W korespondencji nie wyrażono niczego wprost, lecz nagle Lisbeth poczuła, że ziemia usuwa jej się spod stóp. Kilka minut trwało, zanim uświadomiła sobie, co z tego może wyniknąć. Gunnar Björck najwyraźniej odnosił się do wcześniejszej rozmowy. Formułował myśli bardzo ostrożnie, jednak między wierszami dawał do zrozumienia, że bardzo by mu odpowiadało, gdyby Lisbeth do końca życia pozostała w psychiatryku.

Ważne, by dziecko nabrało dystansu do zaistniałej sytuacji.
Nie mogę ocenić stanu jej psychiki ani tego, jakiej potrzebuje opieki, lecz im dłużej będą ją trzymać w klinice, tym mniejsze ryzyko, że nieumyślnie narobi kłopotów w wiadomej sprawie.

W wiadomej sprawie.
Lisbeth przez chwilę delektowała się tym wyrażeniem.
Peter Teleborian odpowiadał za jej terapię w szpitalu św. Stefana. To nie przypadek. Już z osobistego tonu wypowiedzi mogła wywnioskować, że te listy nigdy nie miały ujrzeć światła dziennego.
Peter Teleborian znał Gunnara Björcka.
Lisbeth Salander zastanawiała się, przygryzając wargę. Nigdy nie sprawdzała przeszłości Teleboriana, wiedziała jednak, że zaczynał od medycyny sądowej, a nawet służby specjalne musiały przy okazji różnych śledztw zasięgać opinii lekarzy sądowych czy psychiatrów. Nagle zrozumiała, że gdyby zaczęła głębiej drążyć, odkryłaby powiązanie. W przeszłości drogi tych dwóch mężczyzn musiały się przeciąć. Kiedy Björck potrzebował kogoś, kto usunąłby w cień Lisbeth Salander, zwrócił się do Teleboriana.
Tak to się odbyło. To, co wcześniej wyglądało na przypadek, nagle zyskało zupełnie nowy wymiar.

SIEDZIAŁA DŁUŻSZĄ CHWILĘ bez ruchu, gapiąc się przed siebie. Nikt nie jest niewinny. Za to można być odpowiedzialnym w różnym stopniu. I ktoś ponosił odpowiedzialność za Lisbeth Salander. Koniecznie będzie musiała złożyć wizytę w Smådalarö. Przypuszczała, że nikt w całym tym kraju, który przestał być państwem prawa, nie ma ochoty dyskutować z nią owej kwestii, a z braku innych, Björck będzie musiał wystarczyć.
Wprost nie mogła doczekać się tej rozmowy.

Nie potrzebowała wszystkich segregatorów. Po przeczytaniu ich zawartość utrwaliła się w jej pamięci na zawsze. Wzięła ze sobą dwa dzienniki Holgera Palmgrena, należące do Björcka akta dochodzenia z 1991 roku, ekspertyzę sądowo-lekarską z 1996, kiedy to została ubezwłasnowolniona, oraz korespondencję między Björckiem i Teleborianem. Wypełniła tym cały plecak.

Zamknęła drzwi, lecz zanim przekręciła klucz w zamku, dobiegł ją warkot silników motocyklowych. Rozejrzała się. Było już za późno na szukanie kryjówki, wiedziała też, że nie ma najmniejszych szans, by uciec dwóm bikersom na harleyach. Niespiesznie zeszła z ganku i spotkała się z nimi na podwórku przed domkiem.

WŚCIEKŁY BUBLANSKI przemaszerował korytarzem do pokoju Sonji Modig, lecz Eriksson jeszcze nie wrócił. W toalecie też nie było nikogo. Poszedł więc dalej i nagle zobaczył go popijającego kawę z automatu w pokoju Curta Svenssona i Sonny'ego Bohmana.

Komisarz zawrócił w drzwiach, zanim zdążyli go zobaczyć, i udał się piętro wyżej do Richarda Ekströma. Bez pukania otworzył zamaszystym ruchem drzwi, przerywając prokuratorowi rozmowę telefoniczną.

– Chodź.

– Co? – zapytał Ekström.

– Odłóż słuchawkę i chodź.

Bublanski miał taką minę, że Ekström zrobił, co mu kazał. W owej chwili łatwo było zrozumieć, dlaczego koledzy po fachu nazwali komisarza posterunkowym Bubblą. Jego twarz przypominała balon zaporowy w kolorze jaskrawej czerwieni. Zeszli obaj do pokoju Curta Svenssona, żeby dołączyć do rozbawionego towarzystwa przy kawie. Bublanski podszedł zdecydowanym krokiem do Erikssona i chwyciwszy go za czuprynę, obrócił twarzą do Ekströma.

– Au. Co pan, do cholery, robi? Oszalał pan?

– Bublanski! – zawołał Ekström przestraszony. Jego twarz wyrażała zaniepokojenie.

Curt Svensson i Sonny Bohman stali z otwartymi ustami.

– Czy to twój? – zapytał Bublanski, pokazując aparat marki Sony Ericsson.

– Zostaw mnie.

– CZY TO TWÓJ TELEFON?

– Mój, kurwa. Zostaw mnie.

– O nie. Jesteś zatrzymany.

– Co?

– Jesteś zatrzymany za złamanie tajemnicy służbowej oraz utrudnianie śledztwa. – Bublanski stanął twarzą w twarz z Erikssonem. – Albo może wyjaśnisz nam wszystkim fakt, że według listy połączeń w twojej komórce dzwoniłeś dzisiaj rano o 9.57, tuż po naszym zebraniu, do dziennikarza Tony'ego Scali, który niedługo później opublikował nasze utajnione informacje.

MAGGE LUNDIN nie wierzył własnym oczom, widząc Lisbeth Salander przed letnim domkiem adwokata Bjurmana. Przestudiował mapę, dostał również od blond olbrzyma dokładny opis dojazdu. Otrzymawszy instrukcję, by wzniecić pożar w Stallarholmen, udał się z Sonym Nieminenem do budynku dawnej drukarni na obrzeżach Svavelsjö, gdzie gang miał swoją siedzibę. W powietrzu wyczuwało się ciepło, a pogoda była wprost idealna na to, by pierwszy raz po zimie wyciągnąć maszyny z garażu. Założyli skóry i bez pośpiechu pokonali odcinek między Svavelsjö a Stallarholmen.

A tam czekała na nich Lisbeth Salander.

Taki bonus wprawił blond szatana w zdumienie.

Podjechali pod domek, każdy z innej strony, i zaparkowali w odległości dwóch metrów od Lisbeth. Gdy umilkły silniki, w lesie zapanowała całkowita cisza. Magge Lundin nie bardzo wiedział, co powiedzieć. Wreszcie odzyskał mowę.

– Popatrz, popatrz. Szukaliśmy cię, Salander.

Nagle się uśmiechnął. Lisbeth patrzyła na niego obojętnie. Zauważyła, że wciąż ma jaskrawoczerwoną, niezagojoną ranę na szczęce, w miejscu, gdzie zadrapała go kluczami. Popatrzyła w górę, na korony drzew ponad jego głową. Po chwili znów opuściła wzrok. Jej oczy były niepokojąco czarne, jak węgiel.

– Miałam cholernie paskudny tydzień i jestem w cholernie kiepskim humorze. A wiesz, co w tym wszystkim najgorsze? Gdzie się nie obrócę, wszędzie jakiś zasrany dupek stoi mi na drodze i szpanuje obwisłym brzuchem. Idę stąd, więc się przesuń.

Magge Lundin rozdziawił usta ze zdumienia. Najpierw myślał, że się przesłyszał. Potem nie mógł się powstrzymać od śmiechu. Sytuacja była przekomiczna. Oto stoi tu chude dziewczę, co to z łatwością zmieściłoby się w jego kieszeni, i stawia się dwóm dorosłym facetom w kamizelkach Svavelsjö MC, które jasno wskazują, że są najgroźniejsi z groźnych, a wkrótce zostaną pełnoprawnymi członkami Hell's Angels. Mogliby pociąć ją na kawałeczki i upchnąć w puszce po herbatnikach. A ona się stawia.

Lecz nawet jeśli była kompletną wariatką – czego dowodziły zarówno gazety, jak i to, co przed chwilą usłyszał – ich kamizelki powinny budzić w niej respekt. Tego jednak w najmniejszym stopniu nie dało się zauważyć. Takiej sytuacji nie można tolerować, jak komiczna by nie była. Lundin zerknął na Sonny'ego Nieminena.

– Myślę, że tej lesbie potrzeba fiuta – odezwał się, po czym oparł harleya na nóżce i zsiadł. Dwoma powolnymi krokami podszedł do Lisbeth i popatrzył na nią. Nie ruszyła się z miejsca. Magge Lundin potrząsnął głową i westchnął ponuro. Następnie zamachnął się z backhandu z równie wielką siłą, jakiej Mikael doświadczył na Lundagatan.

Jednak przeciął tylko powietrze. W tym samym momencie, gdy dłoń miała wylądować na jej twarzy, Lisbeth zrobiła zaledwie krok w tył i stanęła nieruchomo minimalnie poza jego zasięgiem.

Sonny Nieminem oparł się o kierownicę swojego harleya i z rozbawieniem patrzył na kolegę. Lundin, poczerwieniały na twarzy, podszedł dwoma szybkimi krokami do Lisbeth. Znów się cofnęła. Lundin przyspieszył.

Nagle Lisbeth zatrzymała się, po czym prysnęła mu w twarz gazem łzawiącym, opróżniając pół pojemnika. Oczy zapiekły go żywym ogniem. Czubek jej botka wybił się w powietrze z siłą, która, zamieniona w energię kinetyczną, dosięgła jego krocza, uderzając z naciskiem 120 kG na cm². Magge Lundin opadł bez tchu na kolana, a tym samym jego głowa znalazła się na dogodniejszej dla Lisbeth wysokości. Zamachnąwszy się, kopnęła go w twarz, jakby wykonywała rożnego na meczu. Rozległ się paskudny trzask, po czym Magge Lundin bez jęku osunął się na ziemię, niczym worek ziemniaków.

Kilka sekund trwało, zanim Sonny Nieminen zdał sobie sprawę, że na jego oczach rozegrało się coś nieprawdopodobnego. Chciał opuścić stopkę motocykla, ponieważ jednak nie trafił, musiał to zrobić jeszcze raz, patrząc na nią. Wolał dmuchać na zimne, więc sięgnął do wewnętrznej kieszeni kurtki po pistolet. Już miał rozpiąć suwak, gdy kątem oka zauważył jakiś ruch.

Gdy podniósł wzrok, ujrzał Lisbeth Salander sunącą ku niemu z prędkością kuli armatniej. Wybiwszy się z obu nóg, trafiła go z całej siły w biodro, czym nie zdołała zadać mu obrażeń, za to prawie przewróciła go razem z harleyem na ziemię. Mało brakowało, a motocykl przygniótłby mu nogę, lecz Nieminen tylko zatoczył się kilka kroków w tył i zaraz odzyskał równowagę.

Kiedy znów pojawiła się w jego polu widzenia, zarejestrował zamaszysty ruch jej ręki i kamień wielkości pięści wirujący w powietrzu. Instynktownie zrobił unik. Kamień ominął jego głowę o kilka centymetrów.

Wydostał w końcu pistolet i próbował go odbezpieczyć, gdy jednak znów uniósł wzrok, Lisbeth była już przy nim. W jej oczach dostrzegł najczystsze zło i zdumiony po raz pierwszy poczuł strach.

– Dobranoc – odezwała się Lisbeth.

Przycisnąwszy paralizator do jego krocza, odpaliła 75 tysięcy woltów, nie odrywając elektrod przez co najmniej dwadzieścia sekund. Sonny Nieminen zmienił się w nieruchome warzywo.

Usłyszała za plecami jakiś odgłos, odwróciła się i spojrzała na Magge Ludina. Zdążył z trudem podnieść się na kolana i już prawie wstał. Patrzyła na niego ze zdziwieniem. Poruszał się po omacku w piekącej mgle gazu łzawiącego.

– Zabiję cię! – wrzasnął nagle.

Bełkotał coś niezrozumiale i wymachiwał na oślep rękami, próbując chwycić Lisbeth. Przekrzywiła głowę, przyglądając się mu z zaciekawieniem. Po chwili Lundin znów wrzasnął.

– Pieprzona kurwa.

Lisbeth schyliła się i podniosła pistolet Sonny'ego Nieminena, którym okazał się polski P-83 Wanad.

Sprawdziła, że magazynek jest pełen amunicji 9mm Makarowa i przeładowała, umieszczając pocisk w lufie. Następnie jednym krokiem przeszła nad Sonnym Nieminenem, zbliżyła się do Lundina, wycelowała, trzymając oburącz pistolet, i strzeliła mu w stopę. Zawył z bólu i znów runął na ziemię.

Patrząc na niego, zastanawiała się, czy nie zadać sobie trudu i nie wypytać go o tożsamość blond olbrzyma, z którym widziała go w Blombergs kafé, a który – jak twierdził Per-Åke Sandström – przy współudziale Lundina zamordował człowieka w jakimś magazynie. Hm. Może powinna była poczekać z tym strzelaniem i zadać najpierw kilka pytań.

Jednak po pierwsze, Magge Lundin nie wyglądał na takiego, który mógłby w tym momencie wziąć udział w sensownej rozmowie, a po drugie, istniało ryzyko, że ktoś usłyszał strzał. Powinna więc natychmiast opuścić ten teren. Nic nie stało na przeszkodzie, by odszukać Lundina za jakiś czas i pogadać z nim w spokojniejszej atmosferze. Zabezpieczyła broń, schowała do kieszeni kurtki i założyła plecak.

Zatrzymała się po przejściu ledwie dziesięciu metrów. Powoli wróciła do motocykla Magge Lundina i obejrzała go.

– Harley davidson – powiedziała. – Nieźle.

Rozdział 27
Środa 6 kwietnia

POGODA BYŁA CUDOWNIE wiosenna, gdy Mikael jechał Nynäsvägen na południe samochodem Eriki Berger. Powoli na czarnych polach pojawiał się już cień zieleni, a w powietrzu czuć było wyraźne ciepło. Idealna pogoda, żeby zapomnieć o wszystkich problemach, wyjechać na kilka dni do domku letniskowego w Sandhamn i odpocząć.

Umówił się z Gunnarem Björckiem na pierwszą, ponieważ jednak przyjechał za wcześnie, zatrzymał się w Dalarö, żeby wypić kawę i przejrzeć popołudniówki. Nie przygotowywał się do tego spotkania. Björck miał jakieś informacje i Mikael postanowił sobie, że nie opuści Smådalarö, póki się czegoś nie dowie. Czegoś, co mogłoby poprowadzić go dalej.

Björck wyszedł po niego przed dom. Wyglądał na bardziej dziarskiego i pewnego siebie niż dwa dni wcześniej. *Co knujesz?* Mikael nie podał mu ręki.

– Mogę przekazać panu informacje o Zali – powiedział Björck. – Ale mam warunki.

– Słucham.

– Moje nazwisko nie pojawi się w reportażu „Millennium".

– Dobra.

Björck wydawał się zaskoczony. Blomkvist łatwo i bez dyskusji zaakceptował warunek, a w tej sprawie Björck przygotował się na długą potyczkę. To była jego jedyna karta przetargowa. Informacja o zabójstwach w zamian za anonimowość. A Blomkvist, ot tak, zgodził się zrezygnować z chwytliwego nagłówka na pierwszej stronie swojej gazety.

– Mówię serio – odezwał się Björck podejrzliwie. – Chcę mieć to na piśmie.

– Jak pan sobie życzy, ale taki papier będzie gówno znaczył. Popełnił pan przestępstwo, a ja o tym wiem i w praktyce mam obowiązek zgłosić to policji. Dysponuje pan informacją, która jest mi potrzebna, i wykorzystuje pan swoją pozycję, żeby kupić moje milczenie. Przemyślałem to i zgadzam się. Ułatwiam panu życie, zobowiązując się do tego, że nie ujawnię pana nazwiska w „Millennium". Albo wierzy mi pan na słowo, albo nie.

Björck zastanawiał się chwilę.

– Ja też mam warunek – powiedział Mikael. – W zamian za moje milczenie musi pan opowiedzieć wszystko, co wie. Jeśli zorientuję się, że coś pan przede mną ukrywa, wszystkie nasze ustalenia przestają obowiązywać. Wtedy zdemaskuję pana na pierwszych stronach wszystkich gazet w tym kraju, tak samo jak Wennerströma.

Na myśl o tym Björck aż się wzdrygnął.

– Dobra – odezwał się. – Nie mam wyboru. Pan obieca mi, że „Millennium" nie ujawni mojego nazwiska. Ja powiem panu, kim jest Zala. I w tej kwestii chcę być chroniony jak każde źródło.

Wyciągnął rękę do Mikaela Blomkvista. Ten podał mu swoją. Właśnie wziął na siebie współodpowiedzialność za zatajenie przestępstwa, co jednak wcale go nie obeszło. Obiecał, że ani on sam, ani „Millennium" nie ujawnią Björcka z nazwiska. Ale Dag Svensson zdążył już opisać go w swojej książce. I ta książka zostanie opublikowana. Mikael postanowił sobie, że dopilnuje, by tak się stało.

POLICJA W STRÄNGNÄS otrzymała zgłoszenie o 15.18. Połączono się bezpośrednio z policyjną centralą, a nie przez centrum ratunkowe. Właściciel domku letniskowego na wschód od Stallarholmen, niejaki Öberg, poinformował, że usłyszał strzał i gdy poszedł to sprawdzić, na miejscu znalazł

574

dwóch ciężko rannych mężczyzn. No, może jeden z nich nie był aż tak ciężko ranny, lecz strasznie cierpiał. A rzeczony domek należał do Nilsa Bjurmana. Znaczy się tego zamordowanego adwokata, o którym tyle pisali w gazetach.

Policja w Strängnäs miała za sobą ciężki poranek w związku z szeroko zakrojoną, wcześniej przygotowaną kontrolą drogową w obrębie gminy. Po południu przerwano te czynności z powodu zgłoszenia, iż pięćdziesięciosiedmioletnia kobieta zginęła z ręki swojego konkubenta w ich mieszkaniu w Finninge. Niemal równocześnie wybuchł pożar w budynku w Storgärdet, gdzie również odnotowano ofiarę śmiertelną, a miary nieszczęść dopełniło czołowe zderzenie dwóch samochodów na Enköpingsvägen na wysokości Vargholmen. Zgłoszenia nadeszły w ciągu kilku minut, a tym samym większa część sił policyjnych w Strängnäs została zaangażowana w ich wyjaśnianie.

Oficer dyżurna, śledząc rozwój wydarzeń w Nykvarn owego ranka, doszła do wniosku, że prawdopodobnie mają one coś wspólnego z Lisbeth Salander. A ponieważ Nils Bjurman był postacią z dochodzenia w jej sprawie, powiązała jedno z drugim. Przedsięwzięła trzy kroki. Oddelegowała jedyną wolną w tej chwili grupę funkcjonariuszy w całym Strängnäs, by pośpiesznie udała się do Stallarholmen. Zadzwoniła do kolegów z Södertälje z prośbą o wsparcie. Okazali się nie mniej zapracowani, ponieważ spora część tamtejszej policji była już zajęta przy znaleziskach wokół spalonego magazynu na południe od Nykvarn, jednak ewentualne powiązanie między tymi dwiema sprawami skłoniło dyżurnego oficera z Södertälje do wysłania dwóch samochodów do Stallarholmen dla wzmocnienia ekipy ze Strängnäs. Wreszcie, skontaktowała się z komisarzem Janem Bublanskim. Złapała go, dzwoniąc na komórkę.

Przebywał właśnie w Milton Security, biorąc udział w przygnębiającej naradzie z dyrektorem wykonawczym, Draganem Armanskim, oraz jego współpracownikami, Fräklundem i Bohmanem. Nieobecność Niklasa Erikssona była aż nadto wymowna.

Bublanski kazał natychmiast Curtowi Svenssonowi udać się do domku Bjurmana. Miał wziąć Hansa Faste, jeśli tylko go odnajdzie. Po chwili zastanowienia komisarz zadzwonił również do Jerkera Holmberga, który przebywał znacznie bliżej miejsca zdarzenia, czyli pod Nykvarn. W dodatku Holmberg miał dla niego nowinę.

– Właśnie chciałem do ciebie dzwonić. Zidentyfikowaliśmy zwłoki znalezione w dole.

– To niemożliwe. Nie tak szybko.

– Wszystko jest możliwe, jeśli umarlak okaże się na tyle uprzejmy, by mieć przy sobie portfel z dowodem tożsamości.

– Dobra. Kto to?

– Gwiazda. Kenneth Gustafsson, czterdzieści cztery lata, zameldowany w Eskilstunie. Znany jako Włóczęga. Mówi ci to coś?

– Jeszcze pytasz? Więc Włóczęga leży sobie w dole pod Nykvarn. Nie interesowałem się półświatkiem z centrum, ale chyba był dość aktywny w latach dziewięćdziesiątych, obracał się wśród dilerów, drobnych złodziei i narkomanów.

– Ten sam. W każdym razie to jego dowód znaleźliśmy w portfelu. Ostatecznej identyfikacji dokona patolog. Co będzie zabawą w układankę. Włóczęgę poćwiartowano na co najmniej pięć, sześć kawałków.

– Hm. Paolo Roberto mówił, że ten blondyn, z którym walczył, groził Miriam Wu piłą spalinową.

– Bardzo możliwe, że poćwiartowania dokonano taką właśnie piłą, ale nie sprawdzałem zbyt dokładnie. Dopiero co zaczęliśmy przekopywać drugie miejsce. Właśnie stawiają tam namiot.

– Dobrze. Jerker, wiem, że to był długi dzień, ale możesz popracować jeszcze wieczorem?

– No... dobra. Na początek przejadę się do Stallarholmen.

Bublanski zakończył rozmowę i przetarł oczy.

EKIPA ZE STRÄNGNÄS dotarła do domku letniskowego Bjurmana o 15.44. Na podjeździe dosłownie zderzyli się z mężczyzną, który, próbując chwiejnie oddalić się z miejsca zdarzenia na harleyu davidsonie, z łoskotem wjechał prosto w maskę ich samochodu. Do poważnej kolizji jednak nie doszło. Policjanci wysiedli, zidentyfikowali trzydziestosiedmioletniego Sonny'ego Nieminena, znanego przestępcę w połowie lat dziewięćdziesiątych, który aktualnie był w kiepskiej formie, i zamierzali go skuć. Przy zakładaniu kajdanek ze zdumieniem zauważyli, że tył jego skórzanej kurtki został zupełnie zniszczony. Brakowało kawałka wielkości dwudziestu centymetrów kwadratowych. Dziwacznie to wyglądało. Sonny Nieminen nie chciał komentować sprawy.

Następnie podjechali jakieś dwieście metrów, pod sam domek. Tam znaleźli emerytowanego pracownika portu, Öberga, który właśnie zakładał opatrunek usztywniający niejakiemu Carlowi-Magnusowi Lundinowi, trzydziestosześcioletniemu *prezesowi* bynajmniej nie anonimowego gangu Svavelsjö MC.

Ekipą policyjną dowodził komisarz Nils-Henrik Johansson. Wysiadł z samochodu, poprawił pas i spojrzał na godną pożałowania postać leżącą na ziemi. Następnie wypowiedział klasyczną kwestię funkcjonariusza policji:

– Jak doszło do zdarzenia?

Öberg przerwał bandażowanie stopy Lundina i zerknął na Johanssona.

– To ja dzwoniłem.

– Zgłosił pan strzelaninę.

– Zgłosiłem, że słyszałem strzał, poszedłem, żeby to sprawdzić, a na miejscu znalazłem dwóch typków. Ten tutaj został postrzelony w stopę i porządnie obity. Myślę, że trzeba wezwać karetkę.

Öberg spojrzał na ekipę policyjną.

– Widzę, że dorwaliście i drugiego łobuza. Leżał znokautowany, kiedy przyszedłem, jednak nie wyglądał na rannego. Po chwili doszedł do siebie, ale nie chciał tu zostać.

JERKER HOLMBERG przybył razem z funkcjonariuszami z Södertälje w chwili, gdy spod domku odjeżdżał ambulans. Pierwsza ekipa zdała mu krótką relację. Ani Lundin, ani Nieminen nie chcieli wyjaśnić, w jaki sposób znaleźli się na miejscu zdarzenia. Lundin w ogóle nie był w stanie mówić.

– Tak więc, dwóch bikersów w skórach, harley, rana postrzałowa i żadnej broni. Dobrze zrozumiałem? – zapytał Holmberg.

Dowodzący ekipą Johansson kiwnął głową. Holmberg zastanawiał się chwilę.

– Zakładamy, że jeden nie przywiózł drugiego na bagażniku.

– Myślę, że w ich środowisku uznano by to za niemęskie – powiedział Johansson.

– W takim razie brakuje motocykla. Ponieważ broni też nie ma, możemy wnioskować, że trzecia osoba zdążyła już zwiać.

– Brzmi sensownie.

– To stwarza problem logistyczny. Jeśli panowie ze Svavelsjö przyjechali każdy na swoim harleyu, brakuje pojazdu, którym dostała się tu owa trzecia osoba. Raczej nie bardzo mogła uciec, korzystając i z motocykla, i z własnego środka transportu. To dość daleko, żeby do Strängnäsvägen iść pieszo.

– O ile trzecia osoba nie mieszkała w domku.

– Hm. Ale właścicielem jest przecież nieżyjący adwokat Bjurman, który zdecydowanie już tu nie mieszka.

– Możliwe, że była tu czwarta osoba, która odjechała samochodem.

– Dlaczego w takim razie nie pojechali razem? Zakładam, że w tej sprawie nie chodzi o kradzież harleya, choć to dla wielu obiekt pożądania.

Zastanowił się chwilę, po czym poprosił o dwóch funkcjonariuszy, którzy mieli poszukać porzuconego samochodu na leśnych drogach w pobliżu oraz popytać sąsiadów, czy nie zauważyli czegoś dziwnego.

– O tej porze roku jest tu raczej pusto – powiedział dowódca, ale obiecał zrobić, co w jego mocy.

Następnie Holmberg otworzył drzwi domku, które cały ten czas nie były zamknięte na klucz. Na stole w kuchni od razu zobaczył segregatory z dokumentacją Bjurmana na temat Lisbeth Salander. Usiadł i ze zdumieniem zaczął je przeglądać.

JERKER HOLMBERG miał szczęście. Już pół godziny po rozpoczęciu obchodu wyludnionej o tej porze okolicy natrafiono na siedemdziesięciodwuletnią Annę Viktorię Hansson, która spędziła ów wiosenny dzień na sprzątaniu ogrodu, położonego przy drodze wyjazdowej z osiedla. Pewnie, że miała dobry wzrok, a jakże! Pewnie, że widziała niską dziewczynę w ciemnej kurtce, przechodzącą tędy w porze lunchu. Około trzeciej po południu przejeżdżały też dwie osoby na motocyklach. Okropny hałas. A chwilę później na motocyklu jechała z powrotem dziewczyna. Następnie pojawiły się radiowozy.

W chwili gdy Jerker Holmberg otrzymał relację, na miejsce przybył Curt Svensson.

– Co się dzieje? – zapytał.

Holmberg popatrzył ponuro na swojego kolegę.

– Nie wiem za bardzo, jak to wytłumaczyć – odpowiedział.

– JERKER, CZY TY PRÓBUJESZ mi wmówić, że Lisbeth Salander ot tak pojawiła się przed domkiem Bjurmana i sama jedna skopała dupę szefostwu Svavelsjö MC? – Bublanski zadał pytanie do słuchawki. Ton jego głosu zdradzał niedowierzanie.

– No, przecież trenował ją sam Paolo Roberto.

– Jerker, skończ.

– Jest tak. Magnus Lundin ma przestrzeloną stopę. Możliwe, że będzie utykał. Pocisk wyszedł przez piętę.

– W każdym razie nie strzeliła mu w głowę.

– Najprawdopodobniej nie było potrzeby. Według raportu ekipy Lundin ma ciężkie obrażenia twarzy, złamaną szczękę i dwa wybite zęby. Ratownicy z pogotowia podejrzewali wstrząs mózgu. Do tego dochodzi silny ból w podbrzuszu.

– A co z Nieminenem?

– Wydaje się, że w ogóle nie odniósł obrażeń. Chociaż gość, który dzwonił na policję, twierdzi, że gdy dotarł na miejsce, Nieminen leżał nieprzytomny. Nie dało się z nim porozumieć, po chwili jednak ocknął się i próbował zwiać, a wtedy nadjechała ekipa ze Strängnäs.

Bublanskiemu po raz pierwszy od dawna zupełnie odjęło mowę.

– Jest jeden tajemniczy szczegół... – powiedział Jerker Holmberg.

– Jeszcze coś?

– Nie wiem, jak to opisać. Skórzana kurtka Nieminena... bo przecież na miejsce przyjechał harleyem.

– Tak?

– Była zniszczona.

– Jak to zniszczona?

– Brakowało kawałka. Jakieś dwadzieścia na dwadzieścia centymetrów zostało wycięte nożyczkami albo nożem z pleców kurtki. Dokładnie w tym miejscu, gdzie znajduje się emblemat Svavelsjö MC.

Bublanski uniósł brwi ze zdziwienia.

– Po co Lisbeth Salander miałaby wycinać kawałek z jego kurtki? Jako trofeum?

– Nie mam pojęcia. Ale przyszło mi coś do głowy – odpowiedział Jerker Holmberg.

– Co?

– Magnus Lundin ma spory bebech, jasne włosy i kitkę. Jeden z gości, którzy porwali dziewczynę Salander, Miriam Wu, to blondyn z wydatnym brzuchem i kitką.

LISBETH SALANDER nie doświadczyła równie zapierającego dech w piersiach uczucia od czasu, gdy przed wielu laty zjeżdżała z prędkością stu dwudziestu kilometrów na godzinę z Diabelskiej Wieży w parku rozrywki Gröna Lund. Zjeżdżała trzy razy i mogłaby to powtórzyć kolejne trzy, gdyby nie zabrakło jej pieniędzy.

Stwierdziła, że prowadzenie lekkiego kawasaki o pojemności 125 cm³, który właściwie był tylko podrasowanym motorowerem, to jedno, a utrzymanie kontroli nad harleyem o pojemności 1450 cm³, to zupełnie inna sprawa. Pierwsze trzysta metrów na leśnej drodze od domku Bjurmana przypominało jazdę najprawdziwszą kolejką górską, a ona czuła się jak żywy żyroskop. Dwa razy niemal zjechała prosto w las, ale w ostatniej sekundzie zdołała opanować pojazd. Miała wrażenie, jakby siedziała na grzbiecie spanikowanego łosia.

W dodatku kask cały czas uparcie opadał jej na oczy, mimo że wypchała go kawałkiem wyciętym z ocieplanej skórzanej kurtki Sonny'ego Nieminena.

Nie miała odwagi przystanąć, żeby poprawić kask, z obawy, iż nie utrzyma w pionie ciężkiego motocykla. Ponieważ była za niska i ledwie sięgała stopami ziemi, harley mógłby się po prostu przewrócić. A gdyby tak się stało, nie dałaby rady go podnieść.

Komfort jazdy poprawił się, jak tylko wyjechała na szerszą żwirowaną drogę prowadzącą do pobliskiego osiedla. Gdy kilka minut później skręciła w Strängnäsvägen, odważyła się oderwać jedną rękę od kierownicy i poprawić kask. Potem dała gazu. W rekordowym czasie pokonała odcinek dzielący ją od Södertälje, przez cały czas uśmiechając się z zachwytu. Tuż pod miastem minęła dwa policyjne wozy na sygnale.

Najmądrzejszą rzeczą byłoby porzucić harleya już w Södertälje i jako Irene Nesser wrócić pociągiem podmiejskim do Sztokholmu, jednak Lisbeth Salander nie mogła oprzeć się pokusie. Skręciła na E4 i docisnęła gaz. Pilnowała, żeby nie przekraczać dozwolonej prędkości, no, w każdym razie nie za bardzo, ale i tak czuła się jak w stanie nieważ-kości. Dopiero na wysokości Alvsjö skręciła z głównej drogi w pobliże terenu Targów Sztokholmskich, gdzie zdołała za-parkować, nie przewracając maszyny. Z poczuciem ogrom-nej straty zostawiła motocykl wraz z kaskiem i emblematem ze skórzanej kurtki Sonny'ego Nieminena, po czym udała się na stację pociągu podmiejskiego. Była porządnie wyzię-biona. Wysiadła na dworcu Södra, poszła na Mosebacke i wzięła gorącą kąpiel.

– NAZYWA SIĘ Aleksander Zalachenko – powiedział Gun-nar Björck. – Ale tak naprawdę nie istnieje. Nie znajdzie go pan w ewidencji ludności.

Zala. Aleksander Zalachenko. Wreszcie jakieś nazwisko.

– Kim on jest i jak go znajdę?

– Nie jest to człowiek, którego chciałby pan znaleźć.

– Proszę mi wierzyć, bardzo chcę.

– Wszystko, co teraz panu powiem, to tajne informacje. Jeśli wyjdzie na jaw, że przekazałem je panu, dostanę za to wyrok. To jedna z największych tajemnic szwedzkiej obron-ności. Musi więc pan zrozumieć, że gwarancja ochrony źró-dła jest dla mnie naprawdę ważna.

– Już jej udzieliłem.

– Jest pan w takim wieku, że pamięta pan zimną wojnę. Mikael przytaknął. *Do rzeczy.*

– Aleksander Zalachenko urodził się w 1940 roku w ów-czesnym Stalingradzie. Gdy miał rok, rozpoczęła się opera-cja Barbarossa, niemiecka ofensywa na froncie wschodnim. Rodzice Zalachenki zginęli w czasie wojny. A przynajmniej on tak uważa. Chociaż nie wie dokładnie, co się wtedy wy-darzyło. Jego najwcześniejsze wspomnienie to sierociniec w górach Ural.

Mikael skinieniem głowy potwierdził, że nadąża.

– Sierociniec znajdował się w mieście garnizonowym, utrzymywała go Armia Czerwona. Można powiedzieć, że

Zalachenko rozpoczął szkolenie wojskowe bardzo wcześnie. Były to najgorsze lata stalinizmu. Po rozpadzie ZSRR ujawniono dokumentację, z której wynikało, że z sierot wychowywanych przez państwo próbowano stworzyć elitarną kadrę specjalnie wyszkolonych żołnierzy. Jednym z tych dzieci był Zalachenko.

Mikael znów kiwnął głową.

– Żeby nie przedłużać tej historii – gdy Zalachenko miał pięć lat, umieszczono go w szkole wojskowej. Okazało się, że jest bardzo zdolny. Gdy miał piętnaście lat, w 1955 roku, przeniesiono go do szkoły w Nowosybirsku, gdzie razem z dwoma tysiącami innych kadetów przez trzy lata był poddawany treningom, odpowiadającym wyszkoleniu Specnazu.

– Dobra. Zalachenko był więc dzielnym małym żołnierzem.

– W 1958 roku, gdy miał osiemnaście lat, przeniesiono go do Mińska i poddano specjalistycznemu szkoleniu w GRU. Wie pan, co to jest?

– Tak.

– Skrót oznacza Gławnoje Razwiedywatielnoje Uprawljenie. To wojskowe służby wywiadowcze podporządkowane bezpośrednio najwyższemu dowództwu armii. Nie należy mylić GRU z KGB, które było tajną policją, podporządkowaną władzom cywilnym.

– Tak, wiem.

– W filmach o Jamesie Bondzie najważniejsi szpiedzy wywiadu zagranicznego to przede wszystkim KGB. W rzeczywistości KGB to głównie wewnętrzne służby bezpieczeństwa, zajmujące się prowadzeniem obozów na Syberii i likwidacją opozycjonistów strzałem w tył głowy w podziemiach Łubianki. Natomiast za wywiad i operacje za granicą najczęściej odpowiadało GRU.

– Ta opowieść przeradza się w lekcję historii. Niech pan kontynuuje.

– Gdy Zalachenko miał dwadzieścia lat, po raz pierwszy wysłano go za granicę. Pojechał na Kubę. Był to jeszcze nadal okres szkoleniowy, a on miał stopień odpowiadający chorążemu. Stacjonował tam dwa lata, przeżył zarówno kryzys kubański, jak i inwazję w Zatoce Świń.

– Aha.

– W 1963 roku wrócił do Mińska, żeby kontynuować szkolenie. Później stacjonował w Bułgarii i na Węgrzech. W 1965 roku awansował na podporucznika i został po raz pierwszy wysłany do Europy Zachodniej, przebywał dwanaście miesięcy w Rzymie. To była również jego pierwsza misja *under cover*. Czyli był cywilem z fałszywym paszportem bez kontaktów z ambasadą.

Mikael kiwnął głową. Mimowolnie coraz bardziej wciągała go ta historia.

– W 1967 roku przenieśli go do Londynu. Tam zorganizował egzekucję agenta KGB, który wycofał się ze służby. W czasie kolejnych dziesięciu lat stał się jednym z najlepszych agentów GRU. Należał do prawdziwej elity oddanych żołnierzy politycznych. Trenowany od kołyski. Zna biegle co najmniej sześć języków. Udawał dziennikarza, fotografa, speca od reklamy, marynarza... wszystko co tylko możliwe. Wirtuoz survivalu, ekspert w dziedzinie kamuflażu i fałszowania tropów. Kontrolował swoich agentów i organizował albo sam przeprowadzał operacje. Wiele z nich to zabójstwa na zlecenie, sporo w krajach trzeciego świata. Lecz w grę wchodziły także wymuszenia, groźby i inne zadania przydzielane mu przez przełożonych. W 1969 roku został kapitanem, w 1972 majorem, a w 1975 podpułkownikiem.

– W jaki sposób znalazł się w Szwecji?

– Zaraz do tego dojdę. Przez lata dał się nieco skorumpować i odłożył trochę pieniędzy w różnych miejscach. Za dużo pił i miewał wiele romansów. Nic z tego nie umknęło uwagi jego przełożonych, lecz nadal był ich faworytem, więc przymykali oko na drobnostki. W 1976 roku wysłano go z misją do Hiszpanii. Nie musimy zagłębiać się w szczegóły, w każdym razie Zalachenko schlał się i ośmieszył. Misja nie powiodła się, a on nagle popadł w niełaskę i został wezwany z powrotem do ZSRR. Zignorował rozkaz, przez co znalazł się w jeszcze gorszej sytuacji. GRU nakazało attaché wojskowemu przy ambasadzie w Madrycie, żeby go odszukał i przemówił mu do rozsądku. Podczas rozmowy coś poszło nie tak i Zalachenko zabił wysłannika ambasady. Nagle nie miał już wyboru. Postanowił spalić za sobą wszystkie mosty i w największym pośpiechu wycofać się ze służby.

– Aha.

– Zrobił to, gdy był w Hiszpanii i zaaranżował mylny trop w postaci rzekomego wypadku na łodzi w Portugalii. Inny pozostawiony przez niego trop wskazywał, że uciekł do USA. W rzeczywistości zdecydował, że przejdzie do cywila w pewnym kraju europejskim, który nikomu nie przyszedłby do głowy. Zjawił się w Szwecji, nawiązał kontakt ze służbami specjalnymi i poprosił o azyl. Faktycznie okazało się to bardzo mądrym posunięciem, ponieważ prawdopodobieństwo, iż patrol śmierci akurat tu będzie go szukał, było bliskie zeru.

Gunnar Björck zamilkł.

– No i?

– Co miał zrobić nasz rząd, gdy nagle jeden z najważniejszych szpiegów ZSRR porzuca służbę i prosi o azyl polityczny w Szwecji? Socjaldemokraci właśnie stracili władzę i ta sprawa była jedną z pierwszych dla nowego premiera z centroprawicy. Ci polityczni tchórze rzecz jasna chcieli pozbyć się Zalachenki jak najprędzej. Nie mogli jednak odesłać go do ZSRR, ponieważ wtedy doszłoby do skandalu nieprawdopodobnych rozmiarów. Próbowali więc wyprawić go do USA albo Wielkiej Brytanii, lecz on nie chciał się zgodzić. Stanów nie lubił, a o Anglii mówił, że to jeden z krajów, w których agenci ZSRR przeniknęli na najwyższe stanowiska tamtejszych służb wywiadowczych. Nie chciał jechać do Izraela, bo nie podobali mu się Żydzi. Tak więc postanowił, że osiądzie w Szwecji.

Cała ta historia brzmiała tak nieprawdopodobnie, że Mikael zastanawiał się, czy Gunnar Björck z niego nie kpi.

– Czyli Zalachenko został w Szwecji?

– Dokładnie.

– I sprawa nigdy nie wyszła na jaw?

– Przez wiele lat była to jedna z najpilniej strzeżonych tajemnic państwowych w Szwecji. Zalachenko stanowił dla nas niezłą zdobycz. Na przełomie lat siedemdziesiątych i osiemdziesiątych był klejnotem wśród agentów, którzy porzucili służbę, nawet w międzynarodowej skali. Nigdy wcześniej szef operacyjny elitarnej jednostki GRU nie wycofał się z działalności wywiadowczej.

– Mógł więc sprzedawać informacje?

– Właśnie. Umiał dobrze rozegrać swoje karty i dawkował informacje, przekazując je wtedy, gdy jemu to odpowiadało. Starczyło tego, żebyśmy mogli zidentyfikować agenta w kwaterze głównej NATO w Brukseli. Agenta w Rzymie. Osobę kontaktową siatki szpiegowskiej w Berlinie. Nazwiska płatnych zabójców, których wynajął w Ankarze czy Atenach. Nie wiedział zbyt wiele o Szwecji, ale posiadał informacje o misjach za granicą, a my z kolei mogliśmy je po kawałku i z korzyścią wymieniać. Był dla nas żyłą złota.

– Innymi słowy, zaczęliście z nim współpracować.

– Daliśmy mu nową tożsamość, wystarczyło załatwić paszport i trochę pieniędzy, a on już sam o siebie zadbał. Do tego właśnie był szkolony.

Mikael siedział chwilę w milczeniu, trawiąc usłyszane rewelacje. Potem spojrzał na Björcka.

– Okłamał mnie pan, gdy rozmawialiśmy poprzednim razem.

– Tak?

– Twierdził pan, że poznał Bjurmana w latach osiemdziesiątych w policyjnym klubie strzeleckim. A tak naprawdę było to dużo wcześniej.

Gunnar Björck z zadumą pokiwał głową.

– Reakcja automatyczna. To ściśle tajne dane i nie miałem powodu omawiać okoliczności naszego spotkania. Dopiero gdy zapytał pan o Zalę, powiązałem ze sobą te sprawy.

– Proszę opowiedzieć, jak to się stało.

– Miałem trzydzieści trzy lata, od trzech pracowałem w służbach specjalnych. Bjurman był wtedy dwudziestosześciolatkiem, świeżo po dyplomie. Zatrudnili go w Säpo jako urzędnika zajmującego się kwestiami prawnymi. Właściwie chodziło o stanowisko praktykanta. Bjurman pochodzi z Karlskrony, a jego ojciec pracował w wywiadzie wojskowym.

– No i?

– Ani ja, ani Bjurman nie mieliśmy kwalifikacji, żeby zająć się kimś takim jak Zalachenko, jednak tak się złożyło, że skontaktował się on z Säpo w dzień wyborów w 1976 roku. W biurze nie było żywej duszy – wszyscy albo na urlopie, albo na obserwacji w terenie. I w tym właśnie momencie Zalachenko zjawił się w budynku policji na Norrmalmie, oświadczając, że prosi o azyl polityczny i chce rozmawiać z kimś z Säpo. Nie podał nazwiska. Akurat miałem dyżur, sądziłem, że to zwyczajny uchodźca, więc wziąłem ze sobą Bjurmana jako specjalistę od tych spraw. Spotkaliśmy się z Zalachenką na norrmalmskiej komendzie.

Björck przetarł oczy.

– I on powiedział spokojnie i rzeczowo, jak się nazywa, kim jest i czym się zajmował. Bjurman robił notatki. Po chwili zdałem sobie sprawę, o co tak naprawdę chodzi, i niemal padłem z wrażenia. Przerwałem rozmowę, wziąłem Bjurmana i Zalachenkę i schrzanialiśmy z tej komendy, jak szybko się dało. Nie wiedziałem, co robić, więc wynająłem pokój w Continentalu naprzeciwko Dworca Centralnego i tam go zadekowałem. Bjurman miał pilnować Zalachenki, a ja zszedłem do recepcji i zadzwoniłem do szefa.

Nagle Björck się roześmiał.

– Później często myślałem, że zachowaliśmy się wtedy jak zupełni amatorzy. Ale tak właśnie to się odbyło.

– Kto był pańskim szefem?

– To bez znaczenia. Nie zamierzam podawać nazwisk innych osób.

Mikael wzruszył ramionami i zostawił tę kwestię, nie próbując nawet naciskać.

– Szef i ja rozumieliśmy, że jest to sprawa w najwyższym stopniu tajna i nie wolno w nią mieszać wielu osób. Zwłaszcza taki Bjurman nie powinien mieć z tym nigdy do czynienia – był o wiele za nisko w hierarchii – ponieważ jednak został już wtajemniczony, lepiej było skorzystać z niego niż dopuścić do sprawy kolejną osobę. Przypuszczam, że to samo odnosiło się również do mnie. O istnieniu Zali wiedziało w sumie siedem osób powiązanych ze służbami specjalnymi.

– Ile osób w ogóle zna tę historię?

– Od 1976 roku do początku lat dziewięćdziesiątych... będzie tego razem jakieś dwadzieścia osób z rządu, najwyższego dowództwa armii i z Säpo.

– A później?

Björck wzruszył ramionami.

– W momencie gdy padł Związek Radziecki, Zalachenko przestał kogokolwiek interesować.

– Ale co działo się po jego przyjeździe do Szwecji?

Björck milczał tak długo, że Mikael zaczął się wiercić.

– Jeśli mam być szczery... Zalachenko okazał się atutem, a my, zamieszani w tę sprawę, zrobiliśmy na tym karierę. Niech pan mnie źle nie zrozumie, to była praca na pełny etat. Wyznaczono mnie na jego mentora w Szwecji i przez pierwsze dziesięć lat spotykaliśmy się, jeśli nie codziennie, to przynajmniej kilka razy w tygodniu. Było to w owym ważnym okresie, kiedy Zalachenko miał mnóstwo świeżych informacji. Lecz w grę wchodziło również upilnowanie go.

– Co ma pan na myśli?

– Zalachenko to szczwany łajdak. Potrafił być niewiarygodnie czarującym człowiekiem, ale był też paranoikiem i kompletnym szaleńcem. Czasem nadużywał alkoholu, a wtedy robił się agresywny. Nieraz musiałem zrywać się w nocy, żeby załagodzić jakąś awanturę.

– Na przykład?

– Na przykład poszedł do knajpy, wdał się z kimś w dyskusję i skopał dupę dwóm ochroniarzom, którzy usiłowali go uspokoić. To dość niski i drobny facet, ale był doskonale wyszkolony do walki w bezpośrednim kontakcie, co niestety demonstrował w najmniej odpowiednich momentach. Pewnego razu musiałem odbierać go z policji.

– To brzmi, jak gdyby facet naprawdę był szaleńcem. Ryzykował przecież, że ściągnie na siebie uwagę. Nie wydaje się to zbyt profesjonalne.

– Ale to cały Zalachenko. Nie popełnił w Szwecji przestępstwa, nie został też zatrzymany ani aresztowany. Zaopatrzyliśmy go w szwedzki paszport i dowód tożsamości i daliśmy szwedzkie nazwisko. Miał mieszkanie na przedmieściach Sztokholmu, za które płaciło Säpo. Stamtąd dostawał też pensję za to, że cały czas jest do dyspozycji. Ale nie mogliśmy zabronić mu chodzenia do knajpy czy romansów z kobietami. Mogliśmy tylko po nim sprzątać. I to było moim zadaniem aż do 1985 roku, kiedy otrzymałem nowe stanowisko i ktoś inny przejął sprawę Zalachenki.

– A na czym polegała rola Bjurmana?

– Mówiąc szczerze, Bjurman był dla nas tylko obciążeniem. Nie wykazywał zbyt wielu zdolności, to niewłaściwy człowiek na niewłaściwym miejscu. Został przecież wmieszany w sprawę Zalachenki jedynie przez przypadek. Miał z tym do czynienia tylko na samym początku i później jeszcze kilka razy, gdy potrzebowaliśmy pomocy przy formalnościach prawnych. Mój szef rozwiązał problem Bjurmana.

– Jak?

– W najprostszy możliwy sposób. Dostał pracę poza policją, w kancelarii prawnej, powiedzmy, że zaprzyjaźnionej...

– Klang i Reine.

Gunnar Björck spojrzał ostro na Mikaela, potem kiwnął głową.

– Bjurman nie był nadzwyczaj utalentowany, ale dawał sobie radę. Przez te wszystkie lata zawsze dostawał zlecenia od Säpo, pomniejsze analizy i takie tam. Więc i on w jakimś stopniu zrobił karierę na Zalachence.

– A gdzie teraz przebywa Zala?

Björck zawahał się chwilę.

– Nie wiem. Po 1985 roku rzadko miałem z nim kontakt, a od dwunastu lat nie widziałem go wcale. Ostatnie, co o nim słyszałem, to że wyjechał ze Szwecji w 1992 roku.

– Najwyraźniej wrócił. Przewijał się w sprawach związanych z bronią, narkotykami i traffickingiem.

– Raczej mnie to nie dziwi – westchnął Björck. – Ale nie ma pan pewności, że to ten sam Zala, którego pan szuka, a nie ktoś inny.

– Prawdopodobieństwo, że w tej historii pojawiłyby się dwie osoby o takim przezwisku, jest nikłe. A jak brzmi jego szwedzkie nazwisko?

Björck przyglądał się Mikaelowi.

– Tego nie zamierzam ujawniać.

– Miał pan się nie wykręcać.

– Chciał pan wiedzieć, kim jest Zala. Więc panu powiedziałem. Ale nie zamierzam przekazać panu ostatniego fragmentu tej układanki, zanim nie będę miał pewności, że dotrzyma pan umowy.

– Zala prawdopodobnie zabił troje ludzi, a policja ściga niewłaściwą osobę. Jeśli sądzi pan, że zadowolę się tym, co mi pan opowiedział, bez nazwiska Zali, to jest pan w błędzie.

– Skąd pan wie, że to nie Lisbeth Salander jest sprawcą?

– Po prostu wiem.

Gunnar Björck uśmiechnął się do Mikaela. Nagle poczuł się dużo pewniej.

– Myślę, że to Zala jest mordercą – powiedział Mikael.

– Pudło. Zala nikogo nie zastrzelił.

– Skąd pan wie?

– A stąd, że Zala ma dzisiaj sześćdziesiąt pięć lat i jest kaleką. Amputowali mu stopę i ma trudności z chodzeniem. Nie biegał po Odenplan ani po Enskede, żeby do kogoś strzelać. Gdyby miał własnoręcznie kogoś zabić, na miejsce zbrodni musiałby pojechać gminnym transportem dla niepełnosprawnych.

MALIN ERIKSSON uśmiechnęła się grzecznie do Sonji Modig.

– O to musi pani zapytać Mikaela Blomkvista.

– Aha.

– Nie mogę z panią rozmawiać na temat jego researchu.

– A jeśli ten Zala jest sprawcą?

– O tym musi pani rozmawiać z Mikaelem – powtórzyła Malin. – Mogę pani pomóc w sprawie researchu Daga Svenssona, ale nie naszego własnego.

Sonja Modig westchnęła.

– Rozumiem zasady. Co może mi pani powiedzieć na temat osób z tej listy?

– Tylko to, o czym pisze Dag Svensson, ale ani słowa o informatorach. Mogę jednak powiedzieć tyle, że Mikael sprawdził i wyeliminował kilkanaście osób z listy. Powinno się przydać.

Sonja Modig pokiwała z powątpiewaniem głową. *Nie, nie przyda się. Policja i tak musi do wszystkich pójść i przeprowadzić oficjalne przesłuchanie. Sędzia. Trzech adwokatów. Politycy i dziennikarze... i koledzy po fachu. To będzie niezła zabawa.* Sonja Modig zdała sobie sprawę, że powinni byli zacząć sprawdzać tę listę już dzień po morderstwie.

Jej wzrok padł na jedno z nazwisk na liście. Gunnar Björck.

– Brakuje adresu tego mężczyzny.

– Tak.

– Dlaczego?

– Pracuje w służbach specjalnych, więc jego adres jest tajny. Chociaż obecnie przebywa na zwolnieniu lekarskim. Dag Svensson nie zdołał go odszukać.

– A wam się udało? – zapytała z uśmiechem Sonja Modig.

– Proszę zapytać Mikaela.

Sonja Modig utkwiła wzrok w ścianie nad biurkiem Daga Svenssona. Zadumała się.

– Mogę zadać osobiste pytanie?

– Proszę bardzo.

– Kto waszym zdaniem zamordował Svenssona, Bergman i Bjurmana?

Malin Eriksson milczała. Wolałaby, żeby Mikael był na miejscu i odpowiadał na te pytania. Taka rozmowa z policjantką to nic przyjemnego, choć bynajmniej nie z winy tej kobiety. Jeszcze mniej przyjemną rzeczą było nie móc wytłumaczyć, do jakich wniosków doszli w „Millennium". Po chwili Malin usłyszała za plecami głos Eriki Berger.

– Wyszliśmy z założenia, że zabójstwa miały na celu udaremnienie publikacji, nad którą pracował Dag Svensson. Nie wiemy jednak, kto strzelał. Mikael skoncentrował się na tajemniczej osobie o przezwisku Zala.

Sonja Modig odwróciła się i spojrzała na naczelną „Millennium". Ta wręczyła Malin i Sonji po kubku z kawą. Jeden miał logo Związku Zawodowego Pracowników Umysłowych, a drugi – chadeków. Erika uśmiechnęła się uprzejmie i poszła do swojego gabinetu.

Wróciła po trzech minutach.

– Modig, dzwonił do nas komisarz Bublanski, bo wyłączyła pani komórkę. Prosił o telefon.

WYDARZENIA PRZED DOMKIEM letniskowym Bjurmana stały się przyczyną gorączkowej aktywności policji owego popołudnia. Zaalarmowano całą okolicę, że Lisbeth Salander wreszcie wyszła z ukrycia. Podano, iż najprawdopodobniej porusza się harleyem davidsonem, należącym do

Magge Lundina. Informacja zawierała również ostrzeżenie: Salander jest uzbrojona i już postrzeliła jedną osobę przy domku letniskowym w okolicy Sztokholmu.

Policja ustawiła blokady na drogach wjazdowych do Strängnäs, Mariefred i Södertälje. Pociągi podmiejskie na trasie Södertälje–Sztokholm przeszukiwano przez wiele godzin owego wieczora. Nie znaleziono jednak żadnej niskiej dziewczyny, ani z harleyem, ani bez.

Dopiero około siódmej ekipa jednego z radiowozów zauważyła porzucony motocykl tej marki w pobliżu Targów Sztokholmskich w Älvsjö, dzięki czemu przeniesiono poszukiwania z Södertälje do stolicy. Z Älvsjö napłynęła też informacja, iż znaleziono tam fragment skórzanej kurtki z emblematem Svavelsjö MC. Dowiedziawszy się o tym, komisarz Bublanski zsunął okulary na czoło i wpatrywał się zamyślony w ciemność za oknem swojego gabinetu na Kungsholmen.

Kończył się wyjątkowo ponury dzień. Porwanie przyjaciółki Salander, interwencja Paolo Roberto, podpalenie i oprych zakopany w lesie pod Södertälje. A na koniec niepojęty zamęt w Stallarholmen.

Bublanski przeszedł do dużej sali i popatrzył na mapę Sztokholmu i okolic. Jego wzrok zatrzymywał się po kolei na Stallarholmen, Nykvarn, Svavelsjö i wreszcie Älvsjö – cztery miejscowości, które z różnych powodów okazały się niezwykle istotne. Spojrzał na Enskede i westchnął. Miał nieprzyjemne uczucie, że policja zostawała w tyle, wiele kilometrów za rozwojem wydarzeń. Nic z tego nie rozumiał. Cokolwiek kryło się za zabójstwem w Enskede, z pewnością było to o wiele bardziej skomplikowane, niż początkowo sądzili.

MIKAEL BLOMKVIST nie miał pojęcia o dramacie, jaki rozegrał się pod Stallarholmen. Wyjechał ze Smådalarö około trzeciej po południu. Zatrzymał się na stacji benzynowej, gdzie, popijając kawę, usiłował uporządkować całą tę historię.

Czuł głęboką frustrację. Björck wprawił go w zdumienie, dostarczając mu tylu szczegółów, ale też uporczywie odmawiał przekazania ostatniego elementu układanki – szwedzkiego nazwiska Zalachenki. Mikael czuł się oszukany. Ni stąd, ni zowąd nastąpił koniec opowieści, a Björck nie chciał zdradzić rozwiązania.

– Zawarliśmy umowę – nalegał Mikael.

– I się z niej wywiązałem. Opowiedziałem, kim jest Zalachenko. Jeśli chce pan kolejnych informacji, musimy zawrzeć nową umowę. Muszę mieć gwarancję, że moje nazwisko nie zostanie w to wmieszane i że nie będzie żadnych przykrych konsekwencji.

– A jak ja mogę to panu zagwarantować? Nie mam wpływu na dochodzenie policji, a przecież oni prędzej czy później do pana dotrą.

– Nie obawiam się dochodzenia. Chcę otrzymać gwarancję, że nigdy nie ujawni pan moich interesów z prostytutkami.

Mikael zauważył, iż Björckowi chyba bardziej zależy na ukryciu swoich powiązań z sekshandlem niż tego, że przekazał osobie postronnej tajne informacje służbowe. Mówiło to co nieco o jego osobowości.

– Już obiecałem, że nie napiszę ani słowa o panu w tym kontekście.

– Ale teraz muszę mieć gwarancję, że w ogóle nie napisze pan o mnie w związku ze sprawą Zalachenki.

Takiej gwarancji Mikael nie zamierzał udzielać. Mógł posunąć się do tego, że potraktuje Björcka jako anonimowe źródło w owej pobocznej historii, ale nie mógł zagwarantować mu całkowitej anonimowości. Wreszcie ustalili, że dadzą sobie jeden dzień na zastanowienie, zanim powrócą do tej rozmowy.

Siedząc na stacji benzynowej i popijając kawę z papierowego kubka, Mikael czuł, że rozwiązanie ma przed samym nosem. Był tak blisko, że dostrzegał kontury, ale nie potrafił nadać obrazowi ostrości. Nagle uderzyła go myśl, iż jest

594

jeszcze jedna osoba, która mogłaby rzucić światło na tę historię. Akurat znajdował się niedaleko domu opieki w Ersta. Zerknął na zegarek, szybko wstał i pojechał spotkać się z Holgerem Palmgrenem.

GUNNAR BJÖRCK odczuwał niepokój. Po rozmowie z Blomkvistem był zupełnie wyczerpany. Plecy bolały go bardziej niż kiedykolwiek. Wziął trzy tabletki przeciwbólowe i wyciągnął się na sofie w salonie. Po głowie krążyły mu myśli. Wstał po jakiejś godzinie, zagotował wodę i zaparzył herbatę ekspresową Lipton. Usiadł przy stole w kuchni i zaczął rozmyślać.

Czy mógł polegać na Mikaelu Blomkviście? Odkrył już swoje karty i był zdany na jego łaskę. Ale na koniec zachował najważniejszą informację. Tożsamość Zali i jego prawdziwą rolę w tej historii. Decydująca karta, którą nadal miał w rękawie.

Jak on, do cholery, wplątał się w to bagno? Nie był przestępcą. Zapłacił kilku dziwkom – to jedyne, co zrobił. Był kawalerem. Ta pieprzona szesnastolatka nawet nie udawała, że go lubi. Patrzyła na niego z odrazą.

Cholerna suka. Gdyby nie była taka młoda. Gdyby przynajmniej miała powyżej dwudziestki, nie wyglądałoby to aż tak źle. Media zmasakrują go, jeśli sprawa kiedykolwiek wyjdzie na jaw. Blomkvist też czuł do niego odrazę. Nawet nie próbował tego ukrywać.

Zalachenko.

Alfons. Co za ironia. Rżnął dziwki Zalachenki. Chociaż ten był na tyle sprytny, żeby pozostać w cieniu.

Bjurman i Salander.

I Blomkvist.

To było wyjście.

Po godzinie rozważań poszedł do swojego gabinetu i odszukał karteczkę z numerem telefonu, po który specjalnie pojechał do pracy kilka dni wcześniej. Nie tylko to zataił przed Blomkvistem. Wiedział też dokładnie, gdzie przebywa Zalachenko, lecz nie rozmawiał z nim od dwunastu lat. Nie miał ochoty kiedykolwiek z nim jeszcze rozmawiać.

Ale Zalachenko to szczwany łajdak. On zrozumiałby ten problem. Mógłby zniknąć z powierzchni ziemi. Wyjechać za granicę, przejść na emeryturę. Prawdziwa katastrofa nastąpiłaby dopiero, gdyby został złapany. Wtedy wszystko mogłoby się zawalić.

Björck wahał się dłuższą chwilę, po czym chwycił słuchawkę i wybrał numer.

– Cześć, mówi Sven Jansson – powiedział. Dawno już nie używał tego pseudonimu. Ale Zalachenko dobrze go pamiętał.

Rozdział 28
Środa 6 kwietnia – czwartek 7 kwietnia

O ÓSMEJ WIECZOREM Bublanski spotkał się z Sonją Modig przy filiżance kawy i kanapce w kawiarni Wayne's przy Vasagatan. Sonja nigdy wcześniej nie widziała szefa w tak ponurym nastroju. Poinformował ją o wszystkim, co wydarzyło się w ciągu dnia. Długo siedziała w milczeniu. W końcu położyła swoją dłoń na dłoni Bublanskiego. Nigdy wcześniej nie dotknęła go nawet przelotnie, lecz jej jedynym zamiarem było okazanie koleżeńskiej sympatii. Komisarz uśmiechnął się smutno i pogłaskał jej rękę równie koleżeńskim gestem.

– Może powinienem przejść na emeryturę – powiedział.

Sonja uśmiechnęła się do niego pobłażliwie.

– Śledztwo prawie się sypie – kontynuował. – Powiedziałem Ekströmowi o wydarzeniach dnia, a jego jedynym komentarzem było „rób, co uważasz za stosowne". Wydaje się, że stracił wolę działania.

– Nie chcę mówić źle o przełożonych, ale jeśli o mnie chodzi, Ekström może iść do diabła.

Bublanski kiwnął głową.

– Zostałaś oficjalnie przywrócona do śledztwa. Nie podejrzewam, żeby prokurator zamierzał przepraszać.

Wzruszyła ramionami.

– W tym momencie mam wrażenie, że całe śledztwo opiera się na mnie i na tobie – powiedział Bublanski. – Faste wkurzył się, wypadł z przedpołudniowego spotkania jak burza, cały dzień miał wyłączoną komórkę. Jeśli nie pojawi się jutro, będę chyba musiał rozpocząć poszukiwania.

– Nie zaszkodzi, jeśli Faste będzie trzymał się z dala od śledztwa. A co z Niklasem Erikssonem?

– Nic. Chciałem go zatrzymać i postawić mu zarzut, ale Ekström nie miał odwagi. Wykluczyliśmy go z dochodzenia, a ja przeprowadziłem poważną rozmowę z Draganem Armanskim. Zerwaliśmy współpracę z Milton Security, co niestety oznacza, że tracimy również Sonny'ego Bohmana. Szkoda. To dobry policjant.

– Jak Armanski to przyjął?

– Był zdruzgotany. Najciekawsze, że...

– Co?

– Armanski stwierdził, że Lisbeth Salander nigdy nie lubiła Erikssona. Pamiętał, jak mu mówiła, że powinien już kilka lat temu go wyrzucić. Twierdziła, że to gnojek i łajdak, ale nie chciała wyjaśnić dlaczego. Armanski oczywiście jej nie posłuchał.

– Aha.

– Curt nadal jest w Södertälje. Zaraz będą przeszukiwać dom Carla-Magnusa Lundina. Jerker ma pełne ręce roboty, wykopując kawałek po kawałku starego recydywistę, Kennetha „Włóczęgę" Gustafssona w lesie pod Nykvarn. Zadzwonił na chwilę przed naszym spotkaniem i powiedział, że w innym miejscu również odkryli szczątki. Sądząc po ubraniu, to kobieta. Zdaje się, że leżała tam dłuższy czas.

– Leśny cmentarz. Ta historia jest chyba o wiele bardziej upiorna, niż nam się początkowo wydawało. Zakładam, że nie podejrzewamy Salander o zabójstwa w Nykvarn.

Bublanski uśmiechnął się po raz pierwszy od wielu godzin.

– Nie. Tę część musimy jej chyba odpuścić. Ale z pewnością jest uzbrojona i postrzeliła Lundina.

– Ale zauważ, że strzelała w stopę, a nie w głowę. W przypadku Lundina różnica nie jest może wielka, ale wychodziliśmy z założenia, że sprawca zabójstw w Enskede to znakomity strzelec.

– Sonja... to wszystko jest zupełnie bez sensu. Magge Lundin i Sonny Nieminen to brutalni przestępcy z bogatą kartoteką. Lundin może i przybrał parę kilo i nie prezentuje najwyższej formy, ale wciąż jest niebezpieczny. A Nieminen to bezwzględna szuja, boją się go nawet duże, dzielne chłopaki. Po prostu nie potrafię pojąć, jak taka wychudzona dziewuszka w rodzaju Salander mogła skopać im dupę. Lundin odniósł poważne obrażenia.

– Hm.

– Nie twierdzę, że nie zasłużył na manto. Nie rozumiem tylko, jak to się odbyło.

– Zapytamy, jak ją znajdziemy. Ma przecież skłonności do przemocy, tak wynika z jej papierów.

– W każdym razie nie mogę sobie w ogóle wyobrazić, co się tam wydarzyło. Z takimi nawet Curt Svensson nie byłby pewny wygranej w walce jeden na jednego. A przecież żaden z niego delikatniś.

– Pytanie, czy miała powody rzucić się na tych dwóch.

– Samotna dziewczyna i dwaj do cna zidiociali psychopaci w opustoszałym domku letnim. Jakiś powód na pewno by się znalazł, jak sądzę – powiedział Bublanski.

– Może ktoś jej pomógł? Może był tam ktoś jeszcze?

– Wyniki badań laboratoryjnych na to nie wskazują. Salander była w domku. Na stole stała filiżanka po kawie. Do tego mamy jeszcze siedemdziesięciodwuletnią Annę Viktorię Hansson, która z posterunku przy swojej furtce ma oko na całą okolicę i nie przegapi żadnego przechodnia. Przysięga, że oprócz Salander i dżentelmenów ze Svavelsjö nikt inny tamtędy nie szedł.

– Jak Salander weszła do domku?

– Otworzyła drzwi kluczem. Założę się, że wzięła go z mieszkania Bjurmana. Pamiętasz...

– ...poorozcinaną taśmę. Młoda dama nie próżnuje.

Sonja Modig zabębniła palcami po stole, po czym podjęła nowy wątek.

– Wyjaśniono już, czy to Lundin brał udział w porwaniu Miriam Wu?

Bublanski kiwnął głową.

– Paolo Roberto oglądał zdjęcia ponad trzydziestu bikersów. Wskazał na niego od razu, bez żadnego wahania. Twierdzi, że tego właśnie mężczyznę widział przy magazynie w Nykvarn.

– A Mikael Blomkvist?

– Jeszcze go nie złapałem. Nie odbiera komórki.

– Dobra. Lundin i tak pasuje do rysopisu napastnika z Lundagatan. Możemy więc założyć, że Svavelsjö MC ściga Salander już od jakiegoś czasu. Ale dlaczego?

Bublanski rozłożył ręce.

– Może Salander mieszkała w domku Bjurmana, gdy jej poszukiwaliśmy? – zastanawiała się Sonja Modig.

– Też o tym pomyślałem. Ale Jerker ma wątpliwości. Nie wydaje się, żeby domek był w ostatnim czasie zamieszkiwany, do tego mamy świadka, który twierdzi, że Salander pojawiła się w okolicy dopiero dzisiaj.

– Po co tam poszła? Nie sądzę, żeby umówiła się tam z Lundinem.

– O nie. Musiała tam czegoś szukać. A jedyne, co znaleźliśmy, to segregatory zawierające – jak się zdaje – dokumentację Bjurmana na temat Salander. To najróżniejsze materiały z opieki społecznej, Komisji Nadzoru Kuratorskiego, stare zapiski z okresu szkolnego. Jednak kilku brakuje. Są ponumerowane, a my znaleźliśmy segregatory oznaczone cyframi jeden, cztery i pięć.

– Brakuje dwójki i trójki.

– I może tych powyżej piątki.

– Co rodzi pytanie. Dlaczego Salander miałaby szukać informacji o sobie?

– Mogę wskazać dwa powody. Albo chce ukryć coś, co jak wie, Bjurman o niej napisał, albo sama chce się czegoś dowiedzieć. Ale jest jeszcze jedno pytanie.

– Tak?

– Dlaczego Bjurman miałby gromadzić obszerną dokumentację o Lisbeth Salander i ukrywać ją w swoim domku letniskowym? Zdaje się, że znalazła segregatory na stryszku. Przecież on był jej opiekunem prawnym i miał obowiązek pilnować jej finansów i tak dalej. A te dokumenty sugerują, że zgłębianie życiorysu Salander raczej stanowiło jego obsesję.

– Bjurman powoli zaczyna się zmieniać w podejrzanego łajdaka. Myślałam o tym, przeglądając listę klientów seksbiznesu w „Millennium". W pewnym momencie oczekiwałam nawet, że jego nazwisko też się tam pojawi.

– Nieźle pomyślane. Bjurman miał duży zbiór twardej pornografii na swoim komputerze. Warto się nad tym zastanowić. Znalazłaś coś?

– Sama nie wiem. Mikael Blomkvist sprawdza listę, ale według tej kobiety z redakcji, Malin Eriksson, nie znalazł niczego interesującego. Jan... muszę ci coś powiedzieć.

– Co?

– Nie sądzę, żeby Salander to zrobiła. Mam na myśli Enskede i Odenplan. Gdy zaczynaliśmy, byłam równie pewna jej winy jak wszyscy inni, ale teraz już w to nie wierzę. I nie potrafię wytłumaczyć dlaczego.

Bublanski kiwnął głową. Zdał sobie sprawę, że zgadza się z Sonją Modig.

BLOND OLBRZYM KRĄŻYŁ niespokojny po domu Magge Lundina w Svavelsjö. Stanął przy oknie kuchennym i wyglądał na drogę. O tej porze powinni już być z powrotem. Czuł, że gdzieś w środku trawi go niepokój. Coś poszło nie tak.

Poza tym nie lubił zostawać sam w domu Lundina. To nieznane miejsce. Na piętrze oprócz jego pokoju był już tylko strych, a w ścianach cały czas nieprzyjemnie trzeszczało. Usiłował pozbyć się tego niemiłego uczucia. Wiedział, że to głupota, ale nigdy nie lubił zostawać sam. Nie bał się ludzi z krwi i kości, jednak uważał, iż puste wiejskie domy mają w sobie coś nieopisanie przerażającego. Te wszystkie dźwięki pobudzały jego fantazję. Nie mógł uwolnić się od uczucia, że jakaś mroczna, zła istota obserwuje go przez szparę w drzwiach. Czasem wydawało mu się, że słyszy czyjś oddech.

Gdy był mały, inni żartowali z niego, ponieważ bał się ciemności. To znaczy żartowali, dopóki stanowczo nie przywołał ich do porządku, nie tylko swoich rówieśników, lecz nawet znacznie starszych kolegów, którzy znajdowali przyjemność w nabijaniu się z niego. Blond olbrzym był dobry w przywoływaniu do porządku.

To żałosne. Nie znosił mroku i samotności. Nienawidził istot, które czają się w mroku i samotności. Chciał, żeby Lundin już wrócił do domu. Sama jego obecność przywróciłaby równowagę – nie musieli się do siebie odzywać ani siedzieć w tym samym pokoju. Blond olbrzym słyszałby wtedy odgłosy codziennej krzątaniny i wiedział, że w pobliżu są ludzie.

Próbował pozbyć się tego niemiłego uczucia, słuchając muzyki, nerwowo szukał też czegoś do poczytania na półkach Lundina. Niestety, zainteresowania gospodarza pozostawiały wiele do życzenia, więc musiał zadowolić się zbieraniną magazynów motoryzacyjnych, pisemek tylko dla panów i wyświechtanych kioskowych kryminałów, których nigdy nie lubił. Samotność osaczała go ze wszystkich stron. Przez chwilę zajął się czyszczeniem i oliwieniem broni, którą trzymał w torbie, co pomogło mu się uspokoić na pewien czas.

Wreszcie nie mógł już dłużej wytrzymać w tym domu. Wyszedł na krótki spacer po podwórku, żeby zaczerpnąć świeżego powietrza. Unikał miejsc, w których byłby widoczny dla sąsiadów, ale wybierał zakątki, skąd mógł obserwować rozświetlone okna sugerujące ludzką obecność. Gdy stał w zupełnym bezruchu, słyszał z oddali dźwięki muzyki.

Już miał wejść z powrotem do drewnianej chałupy Lundina, gdy nagle znów doznał tego nieprzyjemnego uczucia.

Z bijącym sercem stał na schodach dłuższy czas, zanim wreszcie się otrząsnął i śmiało otworzył drzwi.

O siódmej zszedł na dół i włączył telewizor, żeby obejrzeć wiadomości na TV4. Ze zdumieniem obejrzał zapowiedzi tematów oraz relację o strzelaninie pod domkiem letniskowym w Stallarholmen. To był najważniejszy news dnia.

Wbiegł do pokoju gościnnego na piętrze i poupychał rzeczy osobiste do torby. Dwie minuty później wyszedł i z piskiem opon odjechał białym volvo.

Uciekł w ostatniej chwili. Zaledwie parę kilometrów za Svavelsjö minął dwa radiowozy zmierzające na sygnale do wioski.

PO USILNYCH STARANIACH Mikael Blomkvist uzyskał możliwość spotkania z Holgerem Palmgrenem dopiero o szóstej wieczorem. Wymagało to przekonania personelu, by wpuszczono go do chorego. Nalegał tak bardzo, że dyżurująca pielęgniarka zadzwoniła do doktora A. Sivarnandana, który najwyraźniej mieszkał w pobliżu szpitala. Doktor przybył po piętnastu minutach i przyjął kłopotliwego, nieustępliwego dziennikarza. Początkowo był absolutnie nieprzychylny. W trakcie ostatnich dwóch tygodni wielu dziennikarzy zdołało wytropić Holgera Palmgrena i desperacko próbowali uzyskać od niego komentarz. On sam uparcie nie zgadzał się na takie wizyty, więc personel miał zakaz wpuszczania kogokolwiek.

Poza tym Sivarnandan z ogromnym niepokojem śledził rozwój wypadków. Był przerażony nagłówkami, których Lisbeth Salander doczekała się w mediach i zauważył, że jego pacjent popadł w głęboką depresję, co – jak podejrzewał Sivarnandan – wynikało z bezsilności Palmgrena. Przerwał rehabilitację, a dnie spędzał na czytaniu gazet i oglądaniu telewizyjnych relacji z pościgu za Lisbeth Salander. Przez resztę czasu przesiadywał w swoim pokoju i rozmyślał.

Mikael uparcie nie odchodził od biurka doktora Sivarnandana, tłumacząc, iż w żadnym wypadku nie chce narażać Holgera Palmgrena na jakiekolwiek nieprzyjemności, a jego celem nie jest uzyskanie komentarza dla mediów. Wyjaśniał, że jest przyjacielem poszukiwanej Lisbeth Salander, wątpi w jej winę i rozpaczliwie poszukuje informacji, które mogłyby rzucić światło na pewne szczegóły z jej przeszłości.

Doktor Sivarnandan był nieustępliwy. Mikael musiał wyczerpująco przedstawić swoją rolę w owym dramacie. Lekarz poddał się dopiero po półgodzinnej dyskusji. Kazał Mikaelowi poczekać, a sam udał się do Holgera Palmgrena z pytaniem, czy zechce przyjąć gościa.

Wrócił po dziesięciu minutach.

– Zgodził się z panem spotkać. Jeśli pan mu się nie spodoba, wyrzuci pana bez żadnego ale. Nie wolno panu przeprowadzać z nim wywiadu ani komentować tego spotkania w mediach.

– Zapewniam, że nie napiszę o tym ani słowa.

Na wyposażenie małego pokoju Holgera Palmgrena składały się łóżko, komoda, stół i krzesła. On sam wyglądał jak posiwiały, wychudzony strach na wróble, jednak mimo trudności z utrzymaniem równowagi wstał, gdy wprowadzono Mikaela. Nie podał mu ręki, lecz wskazał jedno z krzeseł przy małym stoliku. Dziennikarz usiadł. Doktor Sivarnandan pozostał w pokoju. Początkowo Mikaelowi trudno było zrozumieć niewyraźną mowę Palmgrena.

– Nazywa się pan przyjacielem Lisbeth Salander, kim pan jest i czego chce?

Mikael odchylił się na krześle. Zastanawiał się chwilę.

– Panie Palmgren, nie musi mi pan nic mówić. Proszę jednak wysłuchać, co mam do powiedzenia, zanim postanowi pan mnie stąd wyrzucić.

Palmgren skinął nieznacznie i poczłapał w stronę krzesła naprzeciwko Mikaela.

– Poznałem Lisbeth jakieś dwa lata temu. Zleciłem jej research w sprawie, o której nie mogę wspominać, a tym bardziej opowiadać. Odwiedziła mnie w pewnej miejscowości, gdzie tymczasowo mieszkałem, i pracowaliśmy razem przez kilka tygodni.

Mikael zastanawiał się, ile może powiedzieć Palmgrenowi. Postanowił w jak największym stopniu trzymać się prawdy.

– W trakcie tego wszystkiego wydarzyły się dwie rzeczy. Po pierwsze, Lisbeth uratowała mi życie. Po drugie, na jakiś czas zostaliśmy naprawdę dobrymi przyjaciółmi. Poznałem ją bliżej i bardzo polubiłem.

Nie wdając się w szczegóły, Mikael opowiedział o swoich relacjach z Lisbeth Salander i o tym, jak gwałtowny był ich koniec, tuż po świętach Bożego Narodzenia ponad rok temu, kiedy to wyjechała za granicę.

Opisał swoją pracę w „Millennium", zabójstwo Daga Svenssona i Mii Bergman oraz to, jak został wmieszany w pościg za mordercą.

– Rozumiem, że w ostatnim czasie nękali pana dziennikarze, a w gazetach wypisywano masę głupot. Mogę jedynie zapewnić pana, że moim celem nie jest zdobycie materiału do kolejnego artykułu. Przyszedłem tutaj ze względu na Lisbeth, jako jej przyjaciel. Prawdopodobnie należę teraz do nadzwyczaj wąskiego grona osób, które, bez jakichkolwiek wątpliwości czy ukrytych zamiarów, stoją po jej stronie. Myślę, że jest niewinna. Myślę, że za tymi zabójstwami kryje się człowiek o nazwisku Zalachenko.

Mikael zrobił przerwę. Gdy wypowiadał to nazwisko, w oku Palmgrena pojawił się błysk.

– Jeśli wie pan o czymś, co mogłoby rzucić światło na przeszłość Lisbeth, to teraz właśnie ma pan okazję o tym powiedzieć. Jeśli nie chce pan jej pomóc, to tylko marnuję czas, ale przynajmniej będę wiedział, na czym stoję.

Holger Palmgren nie odezwał się słowem w trakcie wywodu Mikaela. Ostatni komentarz znów wywołał błysk w jego oczach. Ale uśmiechał się. Mówił tak wolno i wyraźnie, jak tylko potrafił.

– Pan naprawdę chce jej pomóc.

Mikael kiwnął głową.

Holger Palmgren nachylił się do niego.

– Niech pan opisze sofę w jej mieszkaniu.

Mikael odwzajemnił uśmiech.

– W czasie, gdy ją odwiedzałem, miała wytartą i okropnie brzydką sofę, która przedstawiała pewną wartość jako swoiste kuriozum. Dwie bezkształtne brązowe poduchy z żółtym wzorem. Stawiałbym na wczesne lata pięćdziesiąte. Materiał podarł się w wielu miejscach, odsłaniając wypełnienie.

Nagle Holger Palmgren zaśmiał się, co zabrzmiało raczej jak charkot. Spojrzał na doktora Sivarnandana.

– W każdym razie był w jej mieszkaniu. Panie doktorze, dałoby się zorganizować kawę dla mojego gościa?

– Oczywiście.

Doktor Sivarnandan wstał i wyszedł z pokoju. Zatrzymał się jeszcze w drzwiach i skinął na Mikaela.

– Aleksander Zalachenko – powiedział Holger Palmgren, jak tylko zamknęły się drzwi.

Mikael wybałuszył oczy.

– Zna pan to nazwisko?

Holger Palmgren kiwnął głową.

– Lisbeth powiedziała mi, że tak się nazywa. Myślę, że powinienem przekazać komuś tę historię... na wypadek, gdybym nagle zmarł, co wcale nie jest takie nieprawdopodobne.

– Lisbeth? A skąd ona w ogóle wiedziała o jego istnieniu?

– To jej ojciec.

Mikael początkowo nie był w stanie go zrozumieć. Po chwili dotarło do niego znaczenie tych słów.

– O, kurwa! Co pan mówi?

– Zalachenko przyjechał tu w latach siedemdziesiątych. Był uchodźcą politycznym czy kimś w tym rodzaju. Nigdy do końca nie zrozumiałem tej historii, a Lisbeth zdecydowanie skąpiła informacji. W ogóle nie chciała na ten temat rozmawiać.

Jej akt urodzenia. Ojciec nieznany.

– Zalachenko jest ojcem Lisbeth – powtórzył Mikael.

– Przez wszystkie lata naszej znajomości tylko raz opowiedziała, co się stało. Było to jakiś miesiąc przed moim wylewem. Z tego, co zrozumiałem, wygląda to tak: Zalachenko przyjechał tu w połowie lat siedemdziesiątych. W 1977 roku poznał matkę Lisbeth, zostali parą, a w rezultacie urodziło się dwoje dzieci.

– Dwoje?

– Lisbeth i jej siostra Camilla. Bliźniaczki.

– Dobry Boże, czyli mówi pan, że jest jeszcze jedna taka Lisbeth!

– Bardzo się od siebie różnią. Ale to już inna historia. Matka Lisbeth naprawdę nazywała się Agneta Sofia Sjölander. Gdy poznała Zalachenkę, miała siedemnaście lat. Nie wiem za bardzo, jak to się stało, lecz jeśli się nie mylę, matka Lisbeth była dość niesamodzielną dziewczyną, stanowiła łatwą zdobycz dla starszego i doświadczonego mężczyzny. Imponował jej i prawdopodobnie zakochała się w nim po uszy.

– Rozumiem.

– Zalachenko bynajmniej nie okazał się sympatyczny. Był przecież od niej znacznie starszy. Przypuszczam, że szukał młódki, ale nic więcej.

– Myślę, że ma pan rację.

– Oczywiście ona wyobrażała sobie ich wspólną, bezpieczną przyszłość, lecz jego zupełnie nie interesowało małżeństwo. Nigdy nie wzięli ślubu, ale matka Lisbeth w 1979 roku zmieniła nazwisko Sjölander na Salander. W ten sposób chciała pewnie zaznaczyć, że są ze sobą związani.

– Co ma pan na myśli?

– Zala. *Salander*.

– Mój Boże.

– Zacząłem śledzić tę sprawę na krótko przed tym, zanim zachorowałem. Mogła przyjąć takie nazwisko, ponieważ jej matka, a babka Lisbeth, rzeczywiście nazywała się Salander. Z czasem Zalachenko okazał się prawdziwym psychopatą. Pił i bardzo brutalnie traktował Agnetę. Z tego, co wiem, maltretowanie trwało przez całe dzieciństwo Lisbeth. Odkąd pamiętała, Zalachenko pojawiał się i znikał. Czasami nie było go bardzo długo, a później nagle przychodził na Lundagatan. I za każdym razem rozgrywało się to samo. Żądał seksu i alkoholu, a kończyło się tym, że na różne sposoby dręczył Agnetę. Słowa Lisbeth sugerowały, że nie chodziło tylko o przemoc fizyczną. Miał broń, był groźny, sadystyczny i znęcał się nad nią psychicznie. Z czasem sytuacja się pogarszała. Przez większą część lat osiemdziesiątych matka Lisbeth żyła w strachu.

– Bił też dzieci?

– Nie. Najwyraźniej w ogóle nie interesował się córkami. Nie odwiedzał ich. Gdy przychodził, matka odsyłała je do małego pokoju, skąd nie mogły wychodzić bez pozwolenia. Raz czy drugi dał im klapsa, najczęściej dlatego, że przeszkadzały. Przemoc była skierowana przeciwko matce.

– O cholera. Biedna Lisbeth.

Holger Palmgren kiwnął głową.

– Lisbeth opowiedziała mi to wszystko na miesiąc przed moim wylewem. Po raz pierwszy mówiła otwarcie o tym, co się wydarzyło. Właśnie zdążyłem podjąć decyzję, że dość już tych głupot, koniec z ubezwłasnowolnieniem i całą resztą. Lisbeth ma taki sam rozum jak ja czy pan. Przygotowywałem się do tego, żeby ponownie wnieść jej sprawę do sądu. I wtedy zaskoczył mnie wylew... a gdy się obudziłem, byłem już tutaj.

Machnął ręką. Do drzwi zapukała pielęgniarka i podała kawę. Palmgren milczał, póki nie wyszła z pokoju.

– Jest w tej historii kilka spraw, których nie pojmuję. Agneta Salander dziesiątki razy musiała szukać pomocy w szpitalu. Czytałem jej kartę pacjenta. Ewidentnie używano wobec niej brutalnej przemocy, więc opieka społeczna powinna była interweniować. Jednak nic takiego się nie zdarzyło. Lisbeth i Camilla musiały mieszkać w pogotowiu opiekuńczym, gdy ich matka przebywała w szpitalu, lecz gdy tylko ją wypisywano, jechała do domu i czekała na kolejną rundę. Mogę to zinterpretować wyłącznie w ten sposób, że sieć zabezpieczeń socjalnych po prostu zawiodła, a ona tak bardzo się bała, iż nie potrafiła nic innego, jak tylko czekać na swojego oprawcę. Potem coś się wydarzyło. Lisbeth określa to mianem „Całe Zło".

– Co się stało?

– Zalachenko nie pokazywał się przez kilka miesięcy. Lisbeth skończyła dwanaście lat. Niemal zaczęła już wierzyć, że zniknął na dobre. Rzecz jasna wcale tak nie było. Pewnego dnia wrócił. Najpierw Agneta zamknęła Lisbeth i jej siostrę w małym pokoju. Potem ona i Zalachenko uprawiali seks. On zaczął ją maltretować. Zadawanie cierpienia sprawiało mu przyjemność. Jednak dzieci zamknięte w pokoju nie były wtedy już takie małe. Każda z dziewczynek reagowała inaczej. Camilla panicznie się bała, że ktoś pozna prawdę o tym, co dzieje się u nich w domu. Wyparła wszystko, udając, iż jej matka wcale nie jest maltretowana. Gdy było po wszystkim, Camilla zawsze chodziła do taty i przytulała się, tak jakby nic złego się nie wydarzyło.

– Był to jej sposób radzenia sobie z sytuacją.

– No tak. Natomiast Lisbeth była zupełnie inna. Owego razu stanęła w obronie maltretowanej matki. Poszła do kuchni, wzięła nóż i zraniła ojca w ramię. Dźgnęła go pięć razy, zanim zdołał odebrać jej nóż i uderzyć pięścią. Potem zniknął. Rany nie były głębokie, ale krew lała się jak z zarzynanej świni.

– Cała Lisbeth.

Nagle Palmgren zaśmiał się.

– No. Nigdy nie zadzieraj z Lisbeth Salander. Jej nastawienie do świata jest takie, że jeśli ktoś grozi jej pistoletem, ona załatwi sobie większy. I to właśnie przepełnia mnie strasznym lękiem, biorąc pod uwagę aktualne wydarzenia.

– I to jest to „Całe Zło"?

– Nie. Później zdarzyły się dwie rzeczy, których nie mogę pojąć. Zalachenko odniósł na tyle poważne rany, że powinien był zgłosić się do szpitala, a policja powinna przeprowadzić dochodzenie.

– Ale?

– Ale z informacji, które uzyskałem, wynika, że nic takiego nie nastąpiło. Jak twierdzi Lisbeth, odwiedził je pewien człowiek i rozmawiał z matką. Nie wie, o czym mówili ani kim był. Później matka powiedziała Lisbeth, że Zalachenko wszystko jej wybaczył.

– Wybaczył?

– Tego słowa użyła.

I nagle Mikael zrozumiał.

Björck. Albo któryś z jego kolegów. Trzeba było posprzątać po Zalachence. Pieprzony łajdak. Mikael zamknął oczy.

– Co? – zapytał Palmgren.

– Chyba wiem, co się stało. I ktoś tego pożałuje. Ale proszę mówić dalej.

– Zalachenko nie pokazywał się przez kilka miesięcy. Lisbeth czekała na niego i przygotowywała się. Prawie nie chodziła do szkoły i pilnowała matki. Śmiertelnie bała się, że Zalachenko zrobi jej krzywdę. Mając dwanaście lat, czuła się odpowiedzialna za matkę, która nie odważyła się pójść na policję i nie potrafiła zerwać z Zalachenką, albo może po prostu nie rozumiała powagi sytuacji. Jednak w dniu, gdy się pojawił, Lisbeth akurat była w szkole. Wróciła, a on właśnie wychodził z mieszkania. Nic nie powiedział. Tylko się z niej śmiał. W domu Lisbeth znalazła nieprzytomną matkę na podłodze.

– Ale Zalachenko nie tknął Lisbeth?

– Nie. Dogoniła go, gdy wsiadał do samochodu. Opuścił szybę, pewnie żeby coś powiedzieć. Lisbeth była przygotowana. Wrzuciła do środka karton po mleku napełniony benzyną, a potem zapaloną zapałkę.

– Wielkie nieba!

– Dwa razy próbowała zabić swojego ojca. Za drugim poniosła jednak konsekwencje. Raczej nie dało się nie zauważyć, że w samochodzie na środku ulicy facet płonie jak pochodnia.

– Ale przeżył.

– Zalachenko został straszliwie poszkodowany, doznał ciężkich poparzeń. Musieli amputować mu stopę. Miał bardzo poparzoną skórę na twarzy i w innych miejscach. A Lisbeth trafiła na psychiatrię dziecięcą w szpitalu św. Stefana.

CHOCIAŻ LISBETH KAŻDE słowo znała już na pamięć, jeszcze raz uważnie przeczytała materiały na swój temat znalezione w domku letniskowym Bjurmana. Następnie usiadła we wnęce okiennej i otworzyła papierośnicę od Miriam Wu. Zapaliła papierosa i spojrzała w stronę Djurgården. Odkryła kilka szczegółów dotyczących swojego życia, o których wcześniej nie miała pojęcia.

Nagle tyle fragmentów owej układanki znalazło się na swoim miejscu, że aż poczuła lodowaty chłód. Przede wszystkim zainteresowały ją akta policyjnego dochodzenia, sporządzone przez Björcka w lutym 1991 roku. Nie miała pewności, kto spośród dorosłych, z którymi wówczas rozmawiała, nazywał się Björck, wydawało jej się jednak, że wie. Przedstawiając się, użył innego nazwiska. *Sven Jansson*. Pamiętała każdy szczegół jego twarzy, każde wypowiedziane przez niego słowo i każdy gest w trakcie owych trzech spotkań, kiedy miała z nim do czynienia.

To był jeden wielki chaos.

Zalachenko płonął w samochodzie jak pochodnia. Szarpnięciem zdołał otworzyć drzwi i wytoczyć się na ziemię, ale jedna noga, zaplątawszy się w pasie bezpieczeństwa, utknęła w morzu ognia. Nadbiegli ludzie, żeby ugasić pożar. Wkrótce zjawiła się straż pożarna. Gdy przyjechał ambulans, Lisbeth próbowała przekonać ratowników, żeby zostawili Zalachenkę i zajęli się jej mamą. Odepchnęli ją na bok. Zjawiła się policja, a świadkowie zdarzenia wskazali na nią. Usiłowała wytłumaczyć, co się stało, ale nikt jej nie słuchał i nagle znalazła się na tylnym siedzeniu radiowozu. Mijały minuty, długie minuty, które urosły do niemal godziny, zanim policjanci wreszcie weszli do mieszkania i zabrali jej mamę.

Agneta Sofia Salander była nieprzytomna. Doznała obrażeń mózgu. Pobicie spowodowało pierwszy z serii wielu wylewów. Już nigdy nie miała wyzdrowieć.

Nagle Lisbeth zrozumiała, dlaczego nikt nie czytał tych akt, dlaczego Holgerowi Palmgrenowi nie udało się ich zdobyć, a nawet teraz prokurator Richard Ekström, prowadzący postępowanie w jej sprawie, nie miał do nich dostępu. Tym dochodzeniem nie zajmowała się zwyczajna policja. Prowadził je drań ze służb specjalnych. Opatrzone było stemplami, które określały te akta jako ściśle tajne zgodnie z ustawami o bezpieczeństwie państwa.

Aleksander Zalachenko pracował dla Säpo.

To nie śledztwo, to wyciszenie sprawy. Zalachenko był ważniejszy niż Agneta Salander. Nikt nie mógł go zidentyfikować ani ujawnić. Nie istniał.

To nie Zalachenko stanowił problem, lecz Lisbeth Salander, ten szalony dzieciak, który zagrażał jednej z największych tajemnic państwa.

Tajemnicy, o której nie miała pojęcia. Zaczęła się zastanawiać. Zalachenko poznał jej matkę zaraz po przyjeździe do Szwecji. Przedstawił się swoim prawdziwym nazwiskiem. Nie zdążył jeszcze otrzymać pseudonimu ani szwedzkiej tożsamości. Wyjaśniało to fakt, iż przez te wszystkie lata nigdy nie znalazła jego nazwiska w żadnym dostępnym publicznie rejestrze. A przecież wiedziała, jak się naprawdę nazywa. Lecz on dostał nowe nazwisko od państwa szwedzkiego.

Zrozumiała, o co w tym wszystkim chodziło. Gdyby Zalachenkę oskarżono o ciężkie pobicie, adwokat Agnety Salander zacząłby grzebać w jego przeszłości. *A gdzie pan pracuje, panie Zalachenko? Jak właściwie pan się nazywa?*

Gdyby Lisbeth trafiła w ręce opieki społecznej, ktoś mógłby zacząć węszyć. Ze względu na wiek nie mogli jej oskarżyć, jednak zbyt szczegółowe śledztwo w sprawie podpalenia miałoby takie same skutki. Oczami wyobraźni widziała nagłówki gazet. Tak więc dochodzenie musiał przeprowadzić zaufany człowiek. Trzeba było utajnić akta i zakopać je głęboko, żeby nikt ich nie znalazł. Równie głęboko trzeba było zatem pogrzebać i Lisbeth.

Gunnar Björck.

Szpital św. Stefana.

Peter Teleborian.

Prawda, którą właśnie poznała, wprawiła ją w szał.

Kochane państwo… już ja sobie z tobą porozmawiam, jeśli znajdę osobę, do której będę mogła się z tym zwrócić.

Przez głowę przemknęło jej pytanie, co też minister spraw społecznych powiedziałby na koktajl Mołotowa rzucony w drzwi ministerstwa. Lecz z braku osób odpowiedzialnych Peter Teleborian stanowił godne zastępstwo. Zanotowała sobie w pamięci, żeby poważnie się z nim rozprawić, kiedy już skończy z całą resztą.

Jednak wciąż nie rozumiała kontekstu. Zalachenko pojawił się nagle po tylu latach. Groziło mu ujawnienie w publikacjach Daga Svenssona. *Dwa strzały. Dag Svensson i Mia Bergman.* Broń z jej odciskami palców.

Zalachenko, czy też człowiek, któremu zlecił wykonanie egzekucji, nie mógł rzecz jasna wiedzieć, że w szufladzie Bjurmana znalazła jego broń i dotykała jej. To przypadek, lecz od samego początku było dla niej oczywiste, że adwokata coś łączy z Zalą.

Mimo to historia wciąż się nie kleiła. Lisbeth nadal próbowała dopasować kolejne elementy układanki.

Istniała tylko jedna sensowna odpowiedź.

Bjurman.

Zgromadził o niej informacje. Powiązał ją z Zalachenką. Zwrócił się do niego.

Miała film dokumentujący to, jak Bjurman ją zgwałcił. To była jej broń przeciw niemu. Bjurman musiał wyobrażać sobie, że Zalachenko mógłby zmusić Lisbeth do ujawnienia, gdzie ukryła nagranie.

Zeszła z okna i wyjęła płytę CD z szuflady biurka. Była podpisana „Bjurman". Nawet nie schowała jej do etui. Nie oglądała jej od czasu premierowego pokazu u Bjurmana przed dwoma laty. Chwilę trzymała ją w dłoni, po czym włożyła z powrotem do szuflady.

Bjurman to idiota. Gdyby tylko zajmował się swoimi sprawami, zostawiłaby go w spokoju – musiałby oczywiście doprowadzić najpierw do uchylenia decyzji o ubezwłasnowolnieniu. Zalachenko nigdy by go w spokoju nie zostawił. Bjurman już na zawsze pozostałby jego pieskiem. Co akurat byłoby odpowiednią karą.

Siatka Zalachenki. Któreś z jej odgałęzień prowadziło do Svavelsjö MC.

Blond olbrzym.

On stanowi klucz do tej zagadki.

Lisbeth musi go odnaleźć i nakłonić, żeby zdradził jej miejsce pobytu Zalachenki.

Zapaliła kolejnego papierosa i popatrzyła na cytadelę na Kastellholmen. Przeniosła wzrok na kolejkę górską w lunaparku Gröna Lund. Nagle zaczęła mówić sama do siebie, naśladując głos, zasłyszany kiedyś w jakimś filmie.

Daaaaddyyyyy, I am coming to get yoooou.

Gdyby ktoś ją teraz słyszał, pomyślałby że jest stuprocentową wariatką. O wpół do ósmej włączyła telewizor, żeby poznać najświeższe informacje o pościgu za Lisbeth

Salander. Szok, jakiego doznała, nie dał się z niczym po-
równać.

BUBLANSKI DODZWONIŁ SIĘ na komórkę Hansa Faste
tuż po ósmej wieczorem. Nie była to bynajmniej wymiana
uprzejmości. Komisarz nie pytał, gdzie Faste się podziewał,
a tylko poinformował go chłodno o rozwoju wypadków.

Faste był wstrząśnięty.

Miał dosyć tego cyrku w pracy i zrobił coś, czego jeszcze
nigdy nie zrobił na służbie. Rozwścieczony wyszedł na miasto. Wyłączył telefon, przysiadł w pubie na dworcu central-
nym i wypił dwa piwa. Aż się gotował ze złości.

Później poszedł do domu, wziął prysznic i położył się
spać.

Potrzebował snu.

Obudził się w sam raz na wiadomości. Oczy omal nie
wyszły mu z orbit, gdy oglądał relację z ostatnich wydarzeń. Cmentarz pod Nykvarn. Przywódca Svavelsjö MC
postrzelony przez Lisbeth Salander. Obława na południo-
wych przedmieściach Sztokholmu. Krąg wokół niej się zacieśniał.

Faste włączył komórkę.

Ten pieprzony Bublanski zadzwonił niemal natychmiast
z informacją, że oficjalnie rozpoczęły się poszukiwania al-
ternatywnego sprawcy, a Faste zluzuje Jerkera Holmberga
na miejscu przestępstwa w Nykvarn. W finale sprawy miał
się zająć zbieraniem niedopałków w lesie. Salander miał ścigać ktoś inny.

Co, do jasnej cholery, Svavelsjö MC miał z tym wszystkim wspólnego?

Jeszcze okaże się, że ta pieprzona lesba Modig miała rację.

To niemożliwe.

To musi być Salander.

A on chciał ją schwytać. Chciał tego tak bardzo, że od
ściskania komórki niemal bolała go ręka.

HOLGER PALMGREN ze spokojem przyglądał się Mikaelowi Blomkvistowi, który chodził tam i z powrotem wzdłuż okna w jego pokoiku. Zbliżało się wpół do ósmej, tak więc rozmawiali już od niemal godziny. W końcu Palmgren zastukał w blat stołu, chcąc zwrócić uwagę Mikaela.

– Niech pan usiądzie, zanim do szczętu zedrze pan buty – odezwał się.

Mikael usiadł.

– Te wszystkie tajemnice – powiedział. – Nie rozumiałem kontekstu, póki nie opowiedział mi pan o przeszłości Zalachenki. Jedyne, co widziałem, to opinie o Lisbeth Salander, które stwierdzają, że ma zaburzenia psychiczne.

– Peter Teleborian.

– On musiał mieć umowę z Björckiem. To jakiś rodzaj współpracy.

Mikael z zadumą pokiwał głową. Bez względu na to, co się stanie, Peter Teleborian będzie następnym celem dziennikarzy śledczych.

– Lisbeth mówiła, żebym trzymał się od niego z daleka. Że to zły człowiek.

Holger Palmgren spojrzał ostro na Mikaela.

– Kiedy tak mówiła?

Mikael zamilkł. Uśmiechając się, popatrzył na Palmgrena.

– Kolejne tajemnice. Niech to szlag. Miałem z nią kontakt, teraz, w trakcie poszukiwań. Przez mój komputer. Z jej strony to były krótkie, tajemnicze wiadomości, jednak przez cały czas prowadziła mnie w dobrym kierunku.

Holger Palmgren westchnął.

– Oczywiście nie mówił pan o tym policji – odezwał się.

– Nie, raczej nie.

– Oficjalnie mnie też pan tego nie mówił. Ale zna się dziewczyna na komputerach.

Nawet pan nie podejrzewa, jak bardzo.

– Mocno wierzę, że Lisbeth jak zawsze spadnie na cztery łapy. Może nie wiedzie jej się najlepiej, ale daje sobie radę.

Nie tak znowu cienko. Ukradła prawie trzy miliardy koron. Raczej nie musi głodować. Tak jak Pippi Långstrump, ma skrzynię pełną złotych monet.

– Jednak nie do końca rozumiem – powiedział Mikael – dlaczego pan nie zareagował przez te wszystkie lata.

Palmgren znowu westchnął. Ogarnęło go niezmierne przygnębienie.

– Poniosłem porażkę. Gdy zostałem jej kuratorem, była jedną z wielu nastolatek z problemami. Zajmowałem się dziesiątkami takich przypadków. Zadanie przydzielił mi Stefan Brådhensjö, kiedy był jeszcze szefem opieki społecznej. Wtedy Lisbeth przebywała już w szpitalu św. Stefana, przez pierwszy rok nawet jej nie widziałem. Kilka razy rozmawiałem z Teleborianem, który wyjaśnił mi, że Lisbeth ma skłonności psychotyczne, a klinika zapewnia jej najlepszą możliwą opiekę. Wierzyłem mu, rzecz jasna. Ale rozmawiałem też z Jonasem Beringerem, dyrektorem szpitala w tamtym czasie. Nie sądzę, żeby miał z tą historią coś wspólnego. Na moją prośbę sporządził opinię i uzgodniliśmy, że spróbujemy przywrócić ją społeczeństwu poprzez umieszczenie w rodzinie zastępczej. Miała wtedy piętnaście lat.

– A pan wspierał ją przez cały ten czas.

– Niewystarczająco. Walczyłem o nią po tym zdarzeniu w metrze. Zdążyłem już ją poznać i polubić. Miała charakter. Nie dopuściłem do ponownego umieszczenia jej w klinice. Kompromisen było ubezwłasnowolnienie, a ja zostałem jej opiekunem prawnym.

– Ale przecież nie mogło być tak, że Björck był przy tym wszystkim i wpływał na decyzje sądu. Zwróciłoby to czyjąś uwagę. Chciał, żeby ją zamknięto w szpitalu, więc oczernił ją, posługując się ekspertyzami sporządzonymi między innymi przez Teleboriana, z nadzieją, iż sąd podejmie korzystną dla niego decyzję. Sąd jednak przychylił się do pańskich próśb.

– Nigdy nie uważałem, że Lisbeth powinna zostać ubezwłasnowolniona. Ale jeśli mam być szczery, nie zrobiłem zbyt wiele, żeby doprowadzić do uchylenia tej decyzji. Powinienem był zadziałać wcześniej i bardziej zdecydowanie. Ale uwielbiałem Lisbeth i... zawsze odkładałem to na później. Robiłem zbyt wiele rzeczy na raz. A potem zachorowałem.

Mikael kiwnął głową.

– Moim zdaniem nie powinien pan się obwiniać. Jest pan jedną z niewielu osób, które przez lata stały po jej stronie.

– Jednak przez cały czas nie wiedziałem, że powinienem coś zrobić, i na tym polegał problem. Lisbeth była moją podopieczną, ale nie powiedziała ani słowa o Zalachence. Odkąd wyszła ze szpitala, minęło jeszcze parę lat, zanim okazała mi zaufanie. Dopiero po procesie poczułem, że zaczyna ze mną rozmawiać nie tylko o formalnościach.

– Jak to się stało, że zaczęła mówić o Zalachence?

– Myślę, że mimo wszystko zaczynała nabierać do mnie zaufania. Poza tym wielokrotnie podejmowałem dyskusję o uchyleniu decyzji sądu. Wiele miesięcy się nad tym zastanawiała. Pewnego dnia zadzwoniła i poprosiła o spotkanie. Przemyślała sprawę. Opowiedziała historię o Zalachence i o tym, co sama sądzi o tych wydarzeniach.

– Rozumiem.

– Więc rozumie pan też, że musiałem sporo przetrawić. Wtedy właśnie zacząłem zgłębiać tę sprawę. I nie znalazłem Zalachenki w żadnym krajowym rejestrze. Momentami trudno było mi stwierdzić, czy Lisbeth nie zmyśla.

– Gdy miał pan wylew, Bjurman został jej opiekunem prawnym. To nie mógł być przypadek.

– Nie. Nie wiem, czy kiedykolwiek zdołamy to udowodnić, ale podejrzewam, że jeśli pogrzebiemy w tym dość głęboko, dojdziemy do... człowieka, który zastąpił Björcka i sprząta po Zalachence.

– Doskonale rozumiem, dlaczego Lisbeth stanowczo odmawiała rozmów z psychologami i urzędnikami – powiedział Mikael. – Za każdym razem, gdy próbowała coś wyjaśniać, było tylko gorzej. Wielu dorosłym chciała wytłumaczyć, co się stało, ale nikt nie słuchał. Sama usiłowała uratować życie swojej matce i obronić ją przed psychopatą. Ostatecznie zrobiła jedyną rzecz, jaka jej jeszcze pozostała. I zamiast usłyszeć „świetna robota" i „grzeczna dziewczynka", została zamknięta w domu wariatów.

– To nie jest aż takie proste. Z Lisbeth coś jest nie tak, mam nadzieję, że pan to rozumie – powiedział Palmgren ostro.

– Co ma pan na myśli?

– Jest pan świadomy, że miała dość skomplikowane dzieciństwo, problemy w szkole i tak dalej.

– Pisali o tym w każdej gazecie. Też bym miał kłopoty w szkole, gdybym dorastał w takich warunkach jak ona.

– Jej kłopoty to coś więcej niż trudna sytuacja w domu. Czytałem opinie psychiatryczne na jej temat i nie ma tam nawet diagnozy. Lecz myślę, że co do jednego możemy się zgodzić – Lisbeth nie jest taka jak inni. Grał pan z nią kiedyś w szachy?

– Nie.

– Ma fotograficzną pamięć.

– Wiem. Odkryłem to, gdy się spotykaliśmy.

– Dobra. Lisbeth uwielbia zagadki. Pewnego razu, na Boże Narodzenie, przyszła do mnie na kolację. Skłoniłem ją podstępem do rozwiązania kilku zadań z testu na inteligencję Mensy. Z tego rodzaju, gdzie podanych jest pięć podobnych symboli i należy wybrać szósty.

– Aha.

– Sam próbowałem go rozwiązać, miałem mniej więcej połowę poprawnych odpowiedzi. A siedziałem nad tym dwa wieczory. Ona rzuciła okiem na kartkę i odpowiedziała poprawnie na każde pytanie.

– No dobra. Lisbeth to naprawdę niezwykła dziewczyna.

– Bardzo trudno porównywać ją z innymi. Stawiałem na jakąś formę zespołu Aspergera czy coś w tym rodzaju. Jeśli poczyta pan kliniczne opisy przypadków tej choroby, zobaczy pan, że wiele objawów świetnie pasuje do Lisbeth, ale w wielu punktach nic się nie zgadza.

Zamilkł na chwilę.

– Nie stwarza zagrożenia dla ludzi, którzy jej nie drażnią i traktują z szacunkiem.

Mikael kiwnął głową.

– Jednak bez wątpienia jest agresywna – powiedział Palmgren cicho. – Gdy ktoś ją prowokuje albo jej grozi, może odpowiedzieć przemocą.

Mikael znów przytaknął.

– Pytanie, co robimy – kontynuował Palmgren.

– Szukamy Zalachenki.

W tym momencie do drzwi zapukał doktor Sivarnandan.

– Mam nadzieję, że nie przeszkadzam. Ale jeśli interesuje panów Lisbeth Salander, proponuję włączyć telewizor i obejrzeć wiadomości.

Rozdział 29
Środa 6 kwietnia – czwartek 7 kwietnia

LISBETH SALANDER trzęsła się z wściekłości. Rano spokojnie pojechała do domku letniskowego Bjurmana. Od poprzedniego wieczora nie włączała komputera, a w ciągu dnia była zbyt zajęta, żeby wysłuchać wiadomości. Podejrzewała, że awantura w Stallarholmen znajdzie się na czołówkach, nie spodziewała się jednak aż takiej burzy jak ta w serwisie informacyjnym.

Miriam Wu leżała w szpitalu na Södermalmie, skatowana przez blond olbrzyma, który porwał ją sprzed domu na Lundagatan. Jej stan określano jako poważny.

Uratował ją Paolo Roberto. Chociaż to, w jaki sposób znalazł się w magazynie pod Nykvarn, było rzeczą niepojętą. Gdy wychodził ze szpitala, proszono go o wywiad, lecz odmawiał wszelkich komentarzy. Jego twarz wyglądała tak, jakby miał za sobą dziesięć rund z rękami związanymi na plecach.

W lesie, dokąd uprowadzono Miriam Wu, policjanci odkopali szczątki dwóch osób. Wieczorem podano, że przeszukują kolejne miejsce. Być może w okolicy znajduje się więcej grobów.

Następnie relacja z pościgu za Lisbeth Salander.

Krąg wokół niej się zacieśniał. W ciągu dnia policja otoczyła ją na osiedlu domków letniskowych niedaleko Stallarholmen. Była uzbrojona i niebezpieczna. Postrzeliła jednego z członków Hell's Angels, być może nawet dwóch. Strzelanina miała miejsce pod domkiem Nilsa Bjurmana. Wieczorem policja zaczęła podejrzewać, iż Lisbeth Salander

621

prawdopodobnie zdołała się przecisnąć przez kordon obławy i opuściła ten teren.

Prowadzący postępowanie przygotowawcze Richard Ekström zwołał konferencję prasową. Udzielał wymijających odpowiedzi. Nie, niestety, nie może powiedzieć, czy Lisbeth Salander ma jakieś powiązania z Hell's Angels. Nie może potwierdzić informacji, jakoby widziano Lisbeth Salander w pobliżu magazynu pod Nykvarn. Nic nie wskazuje, żeby były to porachunki w świecie przestępczym. Nie ustalono jeszcze, iż jest ona sprawcą zabójstw w Enskede. Policja – mówił Ekström – nigdy nie twierdziła, że Lisbeth Salander to morderczyni, a jedynie poszukiwała jej w celu doprowadzenia na przesłuchanie w tej sprawie.

Lisbeth zmarszczyła brwi. Najwyraźniej w śledztwie zaszły jakieś zmiany.

WESZŁA DO INTERNETU i przeczytała relacje prasowe, a następnie po kolei przejrzała twarde dyski Richarda Ekströma, Dragana Armanskiego i Mikaela Blomkvista.

Poczta prokuratora zawierała mnóstwo interesującej korespondencji, a zwłaszcza sprawozdanie, przesłane przez komisarza Bublanskiego o 17.22. W krótkim tekście ostro skrytykował sposób, w jaki Ekström prowadzi postępowanie. Kończył słowami, które można by niemal określić jako ultimatum. Treść maila spisano w punktach. Bublanski żądał, by (a) natychmiast przywrócono do śledztwa komisarz Sonję Modig, (b) zmieniono priorytet dochodzenia, kierując poszukiwania na innych ewentualnych sprawców zabójstwa w Enskede oraz (c) rozpoczęto szczegółowe śledztwo w sprawie nieznanej postaci, określanej pseudonimem „Zala".

[Oskarżenia wobec Lisbeth Salander opierają się tylko na jednym obciążającym dowodzie – jej odciskach palców na narzędziu zbrodni. Co stanowi, jak dobrze wiesz, dowód na to, że dotykała rewolweru, ale nie na to, że z niego strzelała czy, co więcej, celowała do ofiar.

W obecnej sytuacji wiemy, iż w ten dramat zamieszane są inne postacie, policja z Södertälje znalazła zwłoki dwóch osób zakopane w lesie, a kolejne miejsce poszukiwań już oznaczono. Właścicielem magazynu jest kuzyn Carla-Magnusa Lundina. Powinno być rzeczą oczywistą, że Lisbeth Salander, bez względu na ewentualne skłonności do przemocy i to, jaki profil psychologiczny okaże się w jej przypadku prawidłowy, nie ma z tym nic wspólnego.]

Bublanski zakończył stwierdzeniem, że jeśli jego żądania nie zostaną spełnione, będzie musiał wycofać się ze śledztwa, czego nie zamierza robić po cichu. Ekström odpowiedział, że komisarz ma postępować tak, jak uważa za stosowne.

Więcej zdumiewających informacji Lisbeth znalazła w komputerze Dragana Armanskiego. Z krótkiej korespondencji z działem płac Milton Security wynikało, że Niklas Eriksson odchodzi z firmy w trybie natychmiastowym. Miał otrzymać wynagrodzenie za zaległy urlop oraz trzymiesięczną odprawę. Ochrona otrzymała polecenie, że gdy tylko Eriksson pojawi się w budynku, należy go eskortować do jego biurka, skąd zabierze rzeczy osobiste, a następnie wyprowadzić z siedziby firmy. Mail do działu technicznego informował, że identyfikator Erikssona ma zostać unieważniony.

Najciekawsza okazała się jednak krótka korespondencja między Draganem Armanskim i adwokatem Milton Security, Frankiem Aleniusem. Armanski pytał o najlepszy sposób reprezentacji interesów Lisbeth Salander, gdyby ta została schwytana. Alenius odpowiedział najpierw, iż Milton Security nie ma powodów, by angażować się w sprawy byłej pracownicy, która popełniła morderstwo. Wmieszanie firmy w taką sytuację można by uznać za bezpośrednie zagrożenie dla jej wizerunku. Armanski odpisał ze złością, że to, czy Lisbeth Salander popełniła morderstwo, jest wciąż kwestią otwartą, natomiast chodzi tu o wsparcie dla byłej pracownicy, którą on osobiście uważa za niewinną.

Zajrzawszy na twardy dysk Mikaela Blomkvista, Lisbeth stwierdziła, że nic nie napisał ani nawet nie włączał komputera od wczorajszego ranka. Nie było żadnych nowości.

SONNY BOHMAN odłożył teczkę na stół konferencyjny w pokoju Dragana Armanskiego i ciężko usiadł. Fräklund otworzył ją i zaczął czytać. Armanski stał przy oknie i spoglądał na Stare Miasto.

– Przypuszczam, że to ostatnia rzecz, jaką dostarczam. Dziś zostałem odsunięty od dochodzenia – odezwał się Bohman.

– To nie twoja wina – powiedział Fräklund.

– Oczywiście, że nie – zgodził się Armanski, po czym usiadł. Zebrał wszystkie materiały, w jakie przez niemal dwa tygodnie zaopatrywał go Bohman, i ułożył w stertę na stole.

– Odwaliłeś kawał dobrej roboty, Sonny. Rozmawiałem z Bublanskim. Wręcz żałował, że musiał cię odsunąć, ale ze względu na Erikssona nie miał wyboru.

– Wszystko w porządku. Odkryłem, że dużo lepiej się czuję w Milton Security niż na Kungsholmen.

– Możesz podsumować?

– Tak więc, jeśli zamiarem było schwytanie Lisbeth Salander, to wszyscy ponieśliśmy ogromną porażkę. To bardzo chaotyczne śledztwo, ścierały się tam różne dążenia, a Bublanski chyba niezupełnie panował nad wszystkim.

– Hans Faste...

– Hans Faste to popieprzony typ. Ale problemem jest nie tylko on i chaotyczne dochodzenie. Bublanski starał się w miarę możliwości iść za każdym tropem. Rzecz w tym, że Salander jest naprawdę niezła w zacieraniu śladów.

– Ale miałeś nie tylko pomóc w schwytaniu Salander – wtrącił się Armanski.

– No właśnie, i cieszę się, że zaczynając, nie poinformowaliśmy Erikssona o moim drugim zadaniu. Miałem być twoim zwiadowcą i kretem i dopilnować, żeby nie powiesili jej niewinnie.

– A co dzisiaj o tym sądzisz?

– Gdy zaczynaliśmy, miałem niemal pewność, że jest winna. Teraz już nie wiem. Pojawiło się tyle sprzecznych informacji...

– Tak?

– ...że już nie uznawałbym jej za główną podejrzaną. Coraz bardziej skłaniam się ku myśli, że jest coś w teorii Mikaela Blomkvista.

– A to oznacza, że musimy poszukać innego sprawcy. Przeanalizujemy całe śledztwo od początku? – powiedział Armanski, nalewając kawy uczestnikom spotkania.

DLA LISBETH SALANDER był to jeden z najgorszych wieczorów w życiu. Myślała o tamtej chwili, gdy wrzuciła bombę zapalającą do samochodu Zalachenki. Wtedy skończyły się wszystkie koszmary, a ona poczuła ogromny spokój wewnętrzny. Przez kolejne lata miała inne problemy, ale zawsze dotyczyły jej i tylko jej, więc potrafiła sobie z nimi poradzić. Teraz chodziło o Mimmi.

Leżała skatowana w szpitalu. Była niewinna. Nie miała z tym nic wspólnego. Jedyną jej winę stanowiło to, że znała Lisbeth Salander.

Lisbeth przeklinała samą siebie. To wszystko przez nią. Opadły ją wyrzuty sumienia. Trzymała w tajemnicy swój adres i na wszelkie sposoby dbała o własne bezpieczeństwo. A później namówiła Mimmi na przeprowadzkę do mieszkania, o którym wszyscy wiedzieli.

Jak mogła być tak nierozważna?

Równie dobrze mogła sama ją skatować.

Czuła się tak nieszczęśliwa, że łzy napłynęły jej do oczu. Lisbeth Salander nigdy nie płacze. Wytarła twarz.

O wpół do jedenastej nie mogła już dłużej wysiedzieć w domu. Ubrała się i wymknęła w noc. Wędrując uliczkami, dotarła do Ringvägen i stanęła przy wjeździe na teren szpitala. Chciała pójść do pokoju Mimmi, obudzić ją i wytłumaczyć, że wszystko będzie dobrze. Potem zobaczyła radiowóz na sygnale przy Zinken i umknęła w przecznicę, zanim ją zauważono.

Wróciła na Mosebacke tuż po północy. Była wyziębiona, więc rozebrała się i położyła do swojego łóżka z Ikei. Nie mogła zasnąć. O pierwszej wstała i przeszła nago po ciemku do pokoju gościnnego. Od chwili, gdy wstawiła łóżko i komodę, ani razu tam nie weszła. Usiadła na podłodze, opierając plecy o ścianę, i gapiła się w ciemność.

Lisbeth Salander ma pokój gościnny. Niezły żart.

O drugiej była już tak przemarznięta, że trzęsła się z zimna. Zaczęła płakać. Nie przypominała sobie, by kiedykolwiek wcześniej coś takiego jej się zdarzyło.

O WPÓŁ DO TRZECIEJ nad ranem Lisbeth Salander wzięła prysznic i ubrała się. Nastawiła ekspres do kawy, zrobiła kanapki i włączyła komputer. Weszła na twardy dysk Mikaela Blomkvista. Poprzedniego wieczora była zdumiona faktem, że nie uaktualnił swojego dziennika, lecz nie miała siły zastanawiać się nad tym.

Zapiski nadal pozostały nietknięte, więc otworzyła folder <LISBETH SALANDER>. Od razu znalazła nowy dokument zatytułowany [Lisbeth–WAŻNE]. Otworzyła zakładkę właściwości – tekst napisano o godzinie 00.52. Kliknęła i przeczytała wiadomość.

[Lisbeth, odezwij się do mnie natychmiast. Ta historia jest o wiele gorsza, niż sobie wyobrażałem. Wiem, kim jest Zalachenko, i sądzę, że wiem również, co się wydarzyło.

Rozmawiałem z Holgerem Palmgrenem. Zrozumiałem, na czym polegała rola Teleboriana i dlaczego umieszczenie ciebie w klinice było takie ważne. Chyba wiem, kto zabił Daga i Mię. I chyba wiem dlaczego, ale brakuje mi kilku istotnych fragmentów tej układanki. Nie rozumiem, jaką rolę odegrał Bjurman. ZADZWOŃ DO MNIE. ODEZWIJ SIĘ NATYCHMIAST. ROZWIĄŻEMY TO. /Mikael.]

Lisbeth przeczytała dokument dwa razy. Kalle Blomkvist nie próżnował. Zdolny Braciszek. *Pieprzony Zdolny Braciszek.* Nadal wierzył, że coś tu można rozwiązać.

Chciał dobrze. Chciał pomóc.

Nie rozumiał, że cokolwiek się zdarzy, jej życie się skończyło.

Skończyło się, gdy nie miała jeszcze trzynastu lat.

Istniało tylko jedno rozwiązanie.

Utworzyła nowy dokument i próbowała odpowiedzieć Mikaelowi, lecz myśli wirowały jej w głowie – chciała mu powiedzieć tyle rzeczy.

Zakochana Lisbeth Salander. To jakiś cholerny żart.

On nigdy się o tym nie dowie. Nie będzie pławił się w jej uczuciach – nigdy nie da mu tej satysfakcji.

Usunęła dokument i gapiła się na pusty ekran. Mikael nie zasługiwał jednak na zupełne milczenie. Wiernie stał w jej narożniku, niczym niezłomny ołowiany żołnierzyk. Utworzyła kolejny dokument i napisała jedną linijkę.

[Dzięki, że byłeś moim przyjacielem.]

NAJPIERW MUSIAŁA PODJĄĆ kilka decyzji logistycznych. Potrzebowała środka transportu. Skorzystanie z bordowej hondy zaparkowanej przy Lundagatan było możliwością kuszącą, lecz nie do przyjęcia. Materiały w komputerze prokuratora Ekströma nie zawierały żadnej wzmianki na temat jej nowego samochodu, co mogło wynikać z faktu, że kupiła go niedawno i nie zdążyła go jeszcze zarejestrować ani ubezpieczyć. Nie mogła mieć jednak pewności, że Mimmi nie wygadała się z tą sprawą na przesłuchaniu, w dodatku miała świadomość, że jej stary adres znajduje się pod obserwacją.

Policja wiedziała też o motocyklu, zresztą wyciągnięcie go ze schowka na Lundagatan byłoby jeszcze bardziej skomplikowane. Poza tym po kilku niemalże letnich dniach zapowiadano zmienną pogodę, a Lisbeth raczej nie miała ochoty jeździć motocyklem po drogach śliskich od deszczu.

Mogłaby oczywiście wypożyczyć samochód na nazwisko Irene Nesser, nie było to jednak do końca bezpieczne. Zawsze istniało ryzyko, że ktoś ją rozpozna, a tym samym norweska tożsamość stanie się bezużyteczna. Co oznaczałoby katastrofę, ponieważ ów paszport stanowił jej jedyną szansę ucieczki z kraju.

Po chwili uśmiechnęła się krzywo. Była jeszcze inna możliwość. Włączyła komputer, zalogowała się do systemu Milton Security i weszła do programu zarządzającego pojazdami należącymi do firmy. Do dyspozycji pracowników było dziewięćdziesiąt siedem samochodów, z których większość to oznakowane auta służące do ochrony i obserwacji, rozmieszczone przeważnie w dużych garażach w różnych częściach miasta. Firma miała też kilka zwykłych cywilnych samochodów, których używano w miarę potrzeby do podróży służbowych. Stały zaparkowane w garażu głównej siedziby Milton Security przy Slussen. Czyli praktycznie rzecz biorąc, tuż za rogiem.

Przejrzawszy dane osobowe pracowników, wybrała Marcusa Collandera, który właśnie rozpoczął dwutygodniowy urlop i podał numer kontaktowy do hotelu na Wyspach Kanaryjskich. Zmieniła nazwę hotelu i przestawiła cyfry w numerze. Następnie wprowadziła notatkę, iż ostatnim zadaniem Collandera było odstawienie jednego z cywilnych samochodów do serwisu, ponieważ zacina się sprzęgło.

Wybrała toyotę corollę z automatyczną skrzynią biegów, którą jeździła już wcześniej, i wpisała datę zwrotu na tydzień później.

Na koniec weszła do innej części systemu i przeprogramowała kamery, które będzie zmuszona minąć. Między czwartą trzydzieści a piątą rano pokażą powtórkę nagrania sprzed pół godziny, lecz ze zmienionym kodem czasowym.

Tuż przed czwartą spakowała plecak. Wzięła dwie zmiany ubrań, dwa pojemniki z gazem łzawiącym i naładowany paralizator. Spojrzała na dwie zdobyczne sztuki broni. Odrzuciła colta 1911 government Sandströma na rzecz polskiego wanada P-83 Nieminena z niepełnym magazynkiem. Był węższy i lepiej leżał w dłoni. Włożyła go do kieszeni kurtki.

LISBETH ZAMKNĘŁA POWERBOOKA, pozostawiła go jednak na biurku. Wcześniej skopiowała zawartość twardego dysku, zaszyfrowała i umieściła w internecie, a następnie wymazała wszystko, używając programu swojego autorstwa, który gwarantował, iż nawet ona sama nie miałaby możliwości odtworzyć danych. Nie spodziewała się, że laptop będzie jej jeszcze potrzebny, a był zbyt nieporęczny w transporcie. Zamiast niego wzięła palmtopa Palm Tungsten.

Rozejrzała się po gabinecie. Miała poczucie, że nigdy już nie wróci do mieszkania na Mosebacke, w dodatku pozostawiała po sobie tajemnice, które być może powinna zniszczyć. Zerknąwszy na zegarek, stwierdziła jednak, że musi się pospieszyć. Rozejrzała się po raz ostatni i zgasiła lampkę na biurku.

UDAŁA SIĘ DO SIEDZIBY Milton Security, weszła do środka przez garaż i wjechała windą do administracji. Na korytarzach nie spotkała nikogo i bez żadnych problemów wzięła kluczyki z niezamkniętej szafki w recepcji.

Trzydzieści sekund później była z powrotem w garażu i otworzyła zdalnie zamek centralny corolli. Rzuciła plecak na fotel pasażera, ustawiła siedzenie kierowcy i lusterko wsteczne. Otworzyła bramę garażu, używając swojego starego identyfikatora.

Tuż przed wpół do piątej wyjechała na Söder Mälarstrand przy moście Västerbron. Powoli robiło się jasno.

MIKAEL BLOMKVIST obudził się o wpół do siódmej. Mimo że nie nastawił budzika, spał zaledwie trzy godziny. Wstał, włączył komputer i otworzył folder <LISBETH SALANDER>. Od razu znalazł jej zwięzłą odpowiedź.

[Dzięki, że byłeś moim przyjacielem.]

Poczuł ciarki na plecach. Nie na taką odpowiedź czekał. Brzmiało to jak pożegnanie. *Lisbeth Salander sama przeciw całemu światu.* Nastawił ekspres i poszedł pod prysznic. Założywszy wytarte dżinsy, zdał sobie sprawę, że od tygodni nie robił prania i nie ma ani jednej czystej koszuli. Pod szarą marynarkę założył więc bordową bluzę.

Przygotowując kanapki, zobaczył nagle błysk metalu w szparze między mikrofalówką a ścianą. Zmarszczył brwi i używając widelca, wyciągnął stamtąd pęk kluczy.

Należały do Lisbeth. Znalazł je po napadzie przy Lundagatan, a później położył na mikrofalówce razem z jej torebką. Musiały spaść. Tak więc nie przekazał ich Sonji Modig, gdy przyszła po torebkę Lisbeth.

Wpatrywał się w klucze. Trzy duże i trzy małe. Pierwsze pasowały do drzwi wejściowych budynku, mieszkania i zamka patentowego. *Jej mieszkanie.* Nie pasowały jednak do zamków na Lundagatan. Gdzie, do diaska, mieszkała?

Przyjrzał się bliżej trzem mniejszym kluczom. Jeden pasował do jej Kawasaki, a drugi to typowy klucz do szafki albo innego mebla do przechowywania wartościowych przedmiotów. Chwycił trzeci, z wybitym numerem 24914. Nagle doznał olśnienia.

Skrytka pocztowa. Lisbeth Salander ma skrytkę pocztową.
Otworzył książkę telefoniczną na stronie z agencjami pocztowymi na Södermalmie. Mieszkała na Lundagatan, Ringen było więc za daleko. Może Hornsgatan. Albo Rosenlundsgatan.

Wyłączył ekspres, machnął ręką na śniadanie i podjechał bmw Eriki Berger na Rosenlundsgatan. Pudło. Następnie udał się na Hornsgatan. Kluczyk pasował idealnie do skrzynki numer 24914. Otworzywszy ją, znalazł dwadzieścia dwie przesyłki, które włożył do zewnętrznej kieszeni torby na laptop.

Pojechał dalej Hornsgatan, zaparkował przy kinie, a śniadanie zjadł w Copacabana przy Bergsunds strand. Czekając na caffe latte, przeglądał przesyłki jedną po drugiej. Wszystkie były zaadresowane na Wasp Enterprises. Dziewięć listów wysłano ze Szwajcarii, osiem z Kajmanów, jeden z Wysp Normandzkich, a cztery z Gibraltaru. Bez skrupułów rozerwał koperty. Dwadzieścia jeden zawierało wyciągi i zestawienia z różnych kont i funduszy. Mikael stwierdził, że Lisbeth Salander jest bajecznie bogata.

Ostatni list był grubszy. Adres napisano odręcznie. Na kopercie widniało nadrukowane logo, informujące, iż przesyłkę nadano z adresu Buchanan House na Queensway Ouay na Gibraltarze. Nagłówek dołączonej kartki ujawniał nadawcę, którym był Jeremy S. MacMillan, *Solicitor*. Miał ładny charakter pisma.

Jeremy S. MacMillan
Solicitor

Dear Ms Salander,
This is to confirm that the final payment of your property has been concluded as of January 20. As agreed, I'm enclosing copies of all documentation but will keep the original set. I trust this will be to your satisfaction.

Let me add that I hope everything is well with you, my dear. I very much enjoyed the surprise visit you made last summer and, must say, I found your presence refreshing. I'm looking forward to, if needed, be of additional service.

Yours faithfully

JSM*

List nosił datę 24 stycznia. Najwyraźniej Lisbeth nie opróżniała skrytki zbyt często. Mikael spojrzał na dołączoną dokumentację zakupu mieszkania w budynku przy Fiskargatan 9 na Mosebacke.

Zakrztusił się kawą. Cena opiewała na dwadziescia pięć milionów koron, a spłaty dokonano w dwóch ratach, w odstępie dwunastu miesięcy.

LISBETH SALANDER zobaczyła potężnie zbudowanego, ciemnowłosego mężczyznę, który otwierał boczne drzwi siedziby przedsiębiorstwa Auto-Expert w Eskilstunie. To garaż, warsztat i wypożyczalnia samochodów w jednym. Zwykła firma jakich wiele. Była za dziesięć siódma, a według napisanej odręcznie informacji na głównym wejściu otwierali dopiero o 7.30. Lisbeth przeszła przez ulicę, otworzyła boczne drzwi i podążyła za mężczyzną do środka. Ten usłyszał ją i odwrócił się.

– Refik Alba? – zapytała.

---

* Droga Pani Salander,
Niniejszym potwierdzam, iż dnia 20 stycznia dokonano ostatecznej spłaty Pani nieruchomości. Zgodnie z ustaleniami dołączam kopie całej dokumentacji, a sam zatrzymam oryginały. Wierzę, że będzie Pani zadowolona.
Mam nadzieję, że Pani sprawy układają się pomyślnie. Bardzo ucieszyła mnie Pani niezapowiedziana wizyta minionego lata i muszę przyznać, że Pani obecność była dla mnie przyjemną odmianą. Liczę, iż w razie potrzeby, skorzysta Pani jeszcze z moich usług.
Z poważaniem
JSM

– Tak. Kim pani jest? Jeszcze nieczynne.

Wyjęła pistolet Nieminena i trzymając oburącz, wycelowała w jego twarz.

– Nie mam ochoty ani czasu, żeby się z tobą użerać. Chcę zobaczyć rejestr wypożyczonych samochodów. Natychmiast. Masz dziesięć sekund.

Refik Alba miał czterdzieści dwa lata. Był Kurdem, urodzonym w Diyarbakirze, i w swoim życiu napatrzył się już na broń. Stał jak sparaliżowany. Po chwili uświadomił sobie, że skoro w jego biurze znalazła się szalona kobieta z pistoletem w ręku, to nie ma sensu dyskutować.

– Wszystko jest w komputerze.

– To go włącz.

Spełnił polecenie.

– Co jest za tymi drzwiami? – zapytała, gdy komputer zaczął mruczeć i rozświetlił się ekran.

– To tylko schowek na ubrania.

– Otwórz drzwi.

W środku było kilka kombinezonów.

– No dobra. Wejdź tam powoli, to nie będę musiała robić ci krzywdy.

Posłuchał bez protestów.

– Wyjmij komórkę, połóż na podłodze i kopnij w moją stronę.

Zrobił, jak kazała.

– Świetnie. A teraz zamknij drzwi.

Komputer był zabytkowym pecetem z Windows 95 i twardym dyskiem o pojemności 280 Mb. Otwarcie dokumentacji wypożyczalni sporządzonej w Excelu trwało całą wieczność. Dowiedziała się z niej, że białe volvo, którym jeździł blond olbrzym, wypożyczono dwa razy. Najpierw na dwa tygodnie w styczniu, a później od pierwszego marca. Samochód nie został jeszcze zwrócony. Klient na bieżąco spłacał tygodniową stawkę za wypożyczenie długoterminowe.

Nazywał się Ronald Niedermann.

Przejrzała segregatory na półce nad komputerem. Na jednym z nich starannie wypisano nazwę DOWODY TOŻSAMOŚCI. Wzięła go i wyszukała Ronalda Niedermanna. Gdy wypożyczał samochód w styczniu, posłużył się paszportem, a Refik Alba po prostu skopiował stronę z danymi. Od razu rozpoznała blond olbrzyma. Wyczytała, że był trzydziestopięcioletnim obywatelem Niemiec, urodzonym w Hamburgu. Fakt, iż Refik Alba skopiował paszport, oznaczał, że blond olbrzym to zwyczajny klient, a nie znajomy, który chciał na jakiś czas wypożyczyć samochód.

Na samym dole kopii Refik Alba zanotował numer komórki i skrytki pocztowej w Göteborgu.

Lisbeth odłożyła segregator i wyłączyła komputer. Rozejrzawszy się, zobaczyła na podłodze przy wejściu gumowy stoper do drzwi. Wzięła go, podeszła do schowka i zapukała lufą.

– Ej ty tam, słyszysz mnie?

– Tak.

– Wiesz, kim jestem?

Cisza.

Musiałby być ślepy, żeby mnie nie rozpoznać.

– Dobra. Wiesz, kim jestem. Boisz się mnie?

– Tak.

– Nie bój się mnie, panie Alba. Nic ci nie zrobię. Już prawie skończyłam. Przepraszam, że narobiłam kłopotu.

– Eee… w porządku.

– Masz tam dość powietrza?

– Tak… Czego ty w ogóle chcesz?

– Musiałam sprawdzić, czy pewna kobieta wynajęła od ciebie samochód dwa lata temu – skłamała. – Nie znalazłam tego, czego szukałam. Ale to nie twoja wina. Za kilka minut stąd wyjdę.

– Dobra.

– Zablokuję stoperem drzwi schowka. Są na tyle cienkie, że możesz je wyłamać, ale zajmie ci to chwilę. Nie musisz dzwonić na policję. Nigdy więcej już mnie nie zobaczysz, możesz otworzyć jak zwykle i udawać, że to się nigdy nie wydarzyło.

Prawdopodobieństwo, że Refik Alba nie zadzwoni na policję, było raczej znikome, ale nie zaszkodziło dać mu wybór. Wyszła z wypożyczalni, skręciła za róg do zaparkowanej tam toyoty corolli i szybko zmieniła się w Irene Nesser.

Irytowało ją, że nie znalazła po prostu adresu blond olbrzyma, na przykład gdzieś w okolicach Sztokholmu, a tylko numer skrytki pocztowej na drugim końcu Szwecji. Ale to jedyny trop, jaki miała. *Dobra. Na Göteborg.*

Dojechała do E4 i skręciła na zachód, w kierunku Arbogi. Włączyła radio, ale właśnie skończył się serwis informacyjny, zmieniła więc na prywatną stację. David Bowie śpiewał „putting out fire with gasoline". Nie znała wykonawcy ani piosenki, ale usłyszane słowa wydały się jej prorocze.

Rozdział 30
Czwartek 7 kwietnia

MIKAEL SPOGLĄDAŁ NA WEJŚCIE do budynku przy Fiskargatan 9 na Mosebacke. Więc tak wyglądał jeden z najbardziej ekskluzywnych i dyskretnych adresów w całym Sztokholmie. Włożył klucz do zamka. Pasował idealnie. Tablica ogłoszeń na klatce schodowej nie okazała się pomocna. Mikael przypuszczał, że budynek mieści głównie mieszkania firmowe, ale najwyraźniej było tu również kilka zwykłych mieszkań własnościowych. Nie dziwił go brak nazwiska Lisbeth na tablicy, wydawało się jednak nieprawdopodobne, by to miejsce stanowiło jej kryjówkę.

Piętro po piętrze sprawdzał drzwi. Żadne nazwisko nie brzmiało znajomo. Dopiero gdy wszedł na najwyższą kondygnację, zobaczył wizytówkę „V. Kulla"*.

Potarł czoło i nagle się uśmiechnął. Nie przypuszczał, by przez taki wybór nazwiska Lisbeth chciała się drażnić akurat z nim, raczej był to wyraz osobistej ironicznej refleksji – gdzieżby indziej *Kalle Blomkvist* miał szukać Lisbeth Salander.

Nacisnął dzwonek i odczekał minutę. Wyjął klucze i najpierw otworzył zamek patentowy, a potem dolny.

Chwilę później rozległo się wycie alarmu antywłamaniowego.

LISBETH ZNAJDOWAŁA SIĘ właśnie na E20 przy Glanshammar, tuż pod Örebro, gdy jej telefon komórkowy

* Dom Pippi Långstrump, Willa Śmiesznotka, nosi w oryginale nazwę Villa Villekulla (przyp. tłum.).

zaczął piszczeć. Natychmiast zahamowała i zjechała na pobocze. Wyjęła z kieszeni kurtki palmtopa i podłączyła do komórki.

Piętnaście sekund wcześniej ktoś otworzył drzwi do jej mieszkania. System alarmowy nie miał łączności z żadną firmą ochroniarską. Jego zadaniem było ostrzec wyłącznie ją, że ktoś się włamał albo w inny sposób otworzył drzwi. Po trzydziestu sekundach włączał się alarm, a nieproszony gość miał przeżyć niemiłą niespodziankę w postaci bomby z farbą, zamontowanej przy drzwiach jako atrapa bezpiecznika. Na twarzy Lisbeth pojawił się uśmiech oczekiwania i zaczęła odliczać sekundy.

MIKAEL GAPIŁ SIĘ SPESZONY na wyświetlacz urządzenia alarmowego. W ogóle nie pomyślał, że mieszkanie mogło być w ten sposób zabezpieczone. Na cyfrowym zegarze widział upływające sekundy. W redakcji „Millennium" alarm uruchamiał się, gdy w ciągu trzydziestu sekund nie wstukano prawidłowego czterocyfrowego kodu, a zaraz potem pojawiało się kilku muskularnych ochroniarzy.

Jego pierwszą myślą było zamknąć drzwi i szybko stamtąd odejść. Jednak tkwił w miejscu jak skamieniały.

Cztery cyfry. Niemożliwe, by przypadkowo zdołał wpisać prawidłowy kod.

25-24-23-22...

Pieprzona Pippi Lång...

19-18...

Jakiego kodu byś użyła?

15-14-13...

Czuł narastającą panikę.

10-9-8...

Następnie podniósł rękę i w desperacji wstukał jedyny kod, jaki przyszedł mu do głowy: 9277. Cyfry odpowiadające literom WASP na klawiaturze telefonu.

Ku jego ogromnemu zdziwieniu zegar zatrzymał się z sześciosekundowym zapasem. Alarm zawył ostatni raz, po czym wyświetlacz wyzerował się i zabłysła zielona lampka.

LISBETH WYTRZESZCZYŁA z niedowierzaniem oczy. Myśląc, że coś jej się przywidziało, potrząsnęła palmtopem, który – jak sądziła – miał jakąś wadę. Odliczanie zostało przerwane na sześć sekund przed uruchomieniem bomby z farbą. A w następnej chwili wyświetlacz wyzerował się.

Niemożliwe.

Nikt inny na całym świecie nie znał kodu. Żadna firma ochroniarska nie miała łączności z systemem.

Jak?

Nie mogła sobie wyobrazić, jak do tego doszło. Policja? Nie. Zala? Wykluczone.

Wzięła komórkę i wybrała numer. Po uzyskaniu połączenia z kamerą nastąpił transfer zdjęć o niskiej rozdzielczości bezpośrednio na jej telefon. Kamera była ukryta w przedpokoju, w urządzeniu imitującym alarm przeciwpożarowy, i co sekundę wykonywała jedno zdjęcie. Lisbeth przejrzała całą sekwencję od początku, czyli od momentu otwarcia drzwi i uruchomienia alarmu. Na jej twarzy pojawił się z wolna krzywy uśmiech, gdy zobaczyła Mikaela Blomkvista, który przez dobre pół minuty wykonywał nerwową pantomimę, aż wreszcie wstukał prawidłowy kod i oparł się o futrynę drzwi. Po jego minie można by sądzić, że ledwie uniknął ataku serca.

Pieprzony Kalle Blomkvist – wytropił ją.

Miał klucze, które zgubiła na Lundagatan. Był na tyle rozgarnięty, by przypomnieć sobie, że Wasp to jej pseudonim w sieci. A skoro znalazł mieszkanie, mógł nawet rozszyfrować, że należało do Wasp Enterprises. Obserwowała, jak nerwowo przechodzi korytarzem, po czym znika z pola widzenia kamery.

Niech to szlag. Jak mogłam być taka przewidywalna. I po co zostawiłam... Teraz jej tajemnice były dostępne dla wścibskich oczu Mikaela.

Po jakichś dwóch minutach namysłu stwierdziła, że to już bez znaczenia. Wyczyściła twardy dysk. To najważniejsze. Fakt, iż to właśnie Mikael Blomkvist odnalazł jej kryjówkę, można nawet uznać za korzystny. Już i tak znał więcej tajemnic Lisbeth Salander niż ktokolwiek inny. Zdolny Braciszek zrobi to, co trzeba. Nie sprzeda jej. Taką miała nadzieję. Włączyła bieg i zamyślona ruszyła w kierunku Göteborga.

PO PRZYJŚCIU DO PRACY o wpół do dziewiątej rano Malin Eriksson natknęła się pod drzwiami redakcji na Paola Roberto. Od razu rozpoznała boksera, przedstawiła się i wpuściła go do biura. Wyraźnie utykał. Czując zapach kawy, Malin stwierdziła po chwili, że Erika Berger już jest w redakcji.

– Witaj, Berger. Dzięki, że jednak znalazłaś czas na spotkanie. Późno się zapowiedziałem – odezwał się Paolo.

Erika z podziwem przestudiowała kolekcję siniaków i guzów na jego twarzy, następnie pochyliła się i pocałowała go w policzek.

– Nędznie wyglądasz – odpowiedziała.

– Nie pierwszy raz złamałem nos. A gdzie Blomkvist?

– Krąży gdzieś i bawi się w detektywa, szuka tropów. Jak zwykle nie można się z nim skontaktować. Poza dziwacznym mailem, wysłanym dzisiaj w nocy, nie odzywał się do mnie od wczorajszego ranka. A tak w ogóle dzięki, że... no, po prostu dzięki.

Wskazała na jego twarz.

Paolo Roberto roześmiał się.

– Napijesz się kawy? Mówiłeś, że masz jakieś informacje. Malin, zostań z nami.

Usiedli w wygodnych fotelach w gabinecie Eriki.

– Chodzi o tego blond szatana, z którym się biłem. Mówiłem Mikaelowi, że boks w jego wykonaniu nie był wart funta kłaków. Ale najśmieszniejsze, że on cały czas układał pięści w pozycji obronnej i krążył jak wprawny bokser. Mam wrażenie, że faktycznie przeszedł jakiś trening.

– Mikael wspominał o tym wczoraj przez telefon – powiedziała Malin.

– Ten obraz utkwił mi w pamięci, więc wczoraj wieczorem, po powrocie do domu, usiadłem przy komputerze i rozesłałem maile do klubów bokserskich w całej Europie. Opisałem, co się wydarzyło i podałem dokładny rysopis tego gościa.

– Aha.

– I chyba coś mam.

Położył przefaksowane zdjęcie na stole przed Eriką i Malin. Najprawdopodobniej zrobiono je na treningu w hali bokserskiej. Dwóch zawodników słuchało instrukcji starszego, otyłego mężczyzny w dresie i w skórzanym kapeluszu z wąskim rondem. Wokół ringu stało jeszcze kilka innych osób. W tle widać było wyrośniętego mężczyznę z kartonem w rękach. Miał ogoloną głowę, przez co wyglądał jak skin. Jego postać zakreślono na fotografii pisakiem.

– To zdjęcie sprzed siedemnastu lat. Facet w tle nazywa się Ronald Niedermann. Był wtedy osiemnastolatkiem, więc teraz powinien mieć około trzydziestu pięciu lat. Z wyglądu odpowiada olbrzymowi, który porwał Miriam Wu. Nie mogę ze stuprocentową pewnością potwierdzić, że to on. Zdjęcie jest dość stare i kiepskiej jakości. Widzę jednak duże podobieństwo.

– Skąd masz to zdjęcie?

– Dostałem odpowiedź od trenera z klubu Dynamic w Hamburgu. To weteran, nazywa się Hans Münster.

– No i?

– Pod koniec lat osiemdziesiątych Ronald Niedermann walczył przez rok w barwach klubu. A dokładniej mówiąc, usiłował walczyć. Rano dostałem maila od Münstera, więc zaraz do niego zadzwoniłem. Podsumowując jego słowa... Ronald Niedermann pochodzi z Hamburga, a w latach osiemdziesiątych zadawał się z grupą skinów. Ma starszego o kilka lat brata – bardzo zdolny bokser – i to właśnie dzięki niemu znalazł się w klubie. Niedermann miał przerażającą siłę i jedyne w swoim rodzaju warunki fizyczne. Münster mówił, że nigdy wcześniej nie widział tak mocnych uderzeń, nawet wśród najlepszych. Gdy pewnego razu zmierzyli siłę jego ciosu, prawie zabrakło skali.

– Wygląda na to, że mógłby zrobić karierę w boksie – powiedziała Erika.

Paolo Roberto potrząsnął głową.

– Według Münstera nie nadawał się na ring. Z wielu powodów. Przede wszystkim nie potrafił nauczyć się boksować. Stał w miejscu, wymierzając ciężkie, zamaszyste ciosy. Był wyjątkowo niezgrabny – opis pasuje idealnie do faceta, z którym walczyłem w Nykvarn. Ale, co gorsze, nie znał własnej siły. W trakcie zwykłych sparingów zadawał od czasu do czasu celny cios, który powodował drastyczne obrażenia. Przetrącone nosy, złamane szczęki i zupełnie niepotrzebne uszkodzenia. Po prostu nie mógł zostać w klubie.

– Umiał boksować, a jakby nie umiał – powiedziała Malin.

– Dokładnie. Jednak bezpośrednia przyczyna jego odejścia była natury medycznej.

– Co masz na myśli?

– Facet wydawał się prawie nie do zdarcia. Nieważne, jakie baty dostał, otrząsał się tylko i walczył dalej. Okazało się, że ma niezwykle rzadką chorobę o nazwie analgezja wrodzona.

– Wrodzone co?

– Analgezja. Sprawdziłem. To dziedziczna choroba genetyczna, która sprawia, że neuroprzekaźnik w synapsach nerwowych nie działa jak trzeba. Niedermann nie odczuwa bólu.

– Rany. Dla boksera to chyba idealna sytuacja.

Paolo Roberto potrząsnął głową.

– Przeciwnie. Ta choroba może oznaczać śmiertelne zagrożenie. Większość osób dotkniętych analgezją umiera w dość młodym wieku, dwudziestu, dwudziestu pięciu lat. Ból to system alarmowy organizmu, który sygnalizuje, że coś jest nie tak. Jeśli położysz rękę na rozżarzoną płytę, czując ból, szybko ją cofasz. Z tą chorobą nie zauważysz nic, póki nie poczujesz swądu spalonego mięsa.

Malin i Erika spojrzały po sobie.

– Mówisz poważnie? – zapytała Erika.

– Jak najbardziej. Ronald Niedermann nie czuje zupełnie nic i żyje tak, jakby był pod wpływem silnego znieczulenia miejscowego dwadzieścia cztery godziny na dobę. Dawał radę, ponieważ w jego przypadku inna cecha genetyczna kompensuje tę wadę. Zadziwiające warunki fizyczne i mocny kościec czynią go człowiekiem prawie nie do zdarcia. Dysponuje unikalną siłą. I najwyraźniej dobrze goją mu się rany.

– Teraz zaczynam rozumieć, jaką miałeś interesującą walkę.

– No. Czegoś takiego nie chciałbym przeżyć jeszcze raz. Jedyne, co zrobiło na nim jakiekolwiek wrażenie, to gdy Miriam Wu grzmotnęła go w krocze. Na kilka sekund opadł na kolana... a skoro nie czuł bólu, jego reakcja mogła być spowodowana na przykład tym, że cios w takie miejsce osłabia motorykę. I wierzcie mi, pewnie bym zszedł, gdyby Miriam Wu uderzyła mnie w ten sposób.

– Więc jak w ogóle mogłeś z nim wygrać?

– Osoby z tą chorobą tak samo jak wszyscy doznają obrażeń. Niech sobie ma kości z betonu, ale gdy przeciągnąłem mu dechą po karku, wyleciał z gry. Prawdopodobnie miał wstrząśnienie mózgu.

Erika popatrzyła na koleżankę.

– Dzwonię do Mikaela – powiedziała Malin.

MIKAEL SŁYSZAŁ DZWONEK komórki, lecz był tak oszołomiony, że odebrał dopiero po piątym sygnale.

– Tu Malin. Paolo Roberto sądzi, że zidentyfikował blond
olbrzyma.

– Świetnie – powiedział Mikael rozkojarzonym głosem.

– Gdzie jesteś?

– Trudno wytłumaczyć.

– Dziwnie to brzmi.

– Przepraszam. Co mówiłaś?

Malin streściła opowieść Paola.

– Dobra – odpowiedział Mikael. – Idź dalej tym tropem
i sprawdź, czy da się go znaleźć w jakimś rejestrze. To pilne.
Dzwoń do mnie na komórkę.

Ku zdumieniu Malin Mikael zakończył rozmowę, nie
mówiąc nawet „cześć".

Stał właśnie przy oknie i podziwiał wspaniały widok
rozciągający się od Starego Miasta daleko po Saltsjön. Był
zamroczony, niemal zszokowany. Zrobił obchód po mieszkaniu Lisbeth Salander. Na prawo od drzwi wejściowych
miała kuchnię. Potem salon, gabinet, sypialnia i wreszcie
mały pokój gościnny, który wydawał się nieużywany. Materac leżał wciąż niewypakowany z folii i brakowało pościeli.
Wszystkie meble były nowe i świeże, prosto z Ikei.

Ale nie w tym tkwił problem.

Mikaelem wstrząsnął fakt, że Lisbeth Salander kupiła
dawną garsonierę Percy'ego Barnevika*, wartą dwadzieścia
pięć milionów. Mieszkanie miało trzysta pięćdziesiąt metrów kwadratowych.

Mikael chodził po pustych, sprawiających niemal upior-
ne wrażenie korytarzach i salach wykończonych mozaiką

---

* Percy Barnevik – szef koncernu ABB, który odchodząc w 1996 roku na
emeryturę, otrzymał kilkaset milionów koron odprawy. Po sześciu latach
sprawa ta stała się przyczyną afery medialnej, a Barnevik w rezultacie po-
lubownych ustaleń zwrócił część pieniędzy. Obecnie angażuje się głównie
w działalność dobroczynną (przyp. tłum.).

parkietową z różnych rodzajów drewna i tapetami Tricii Guild, o których Erika Berger często wspominała z pomrukiem zachwytu. W samym środku mieszkania była cudownie jasna bawialnia z kominkami, w których Lisbeth najwyraźniej nigdy nie paliła. Poza tym ogromny balkon z fantastycznym widokiem, pralnia, sauna, siłownia, schowki i łazienka z wanną klasy King Size. Zmieściła się nawet piwniczka na wina, choć z jedną tylko butelką, nienaruszonym porto Quinta do Noval – *Nacional!* z 1976 roku. Mikael nie potrafił wyobrazić sobie Lisbeth z kieliszkiem takiego trunku w dłoni. Dołączona wizytówka informowała, iż to prezent od agenta nieruchomości, ofiarowany z okazji przeprowadzki.

W kuchni znajdowało się wszelkie możliwe wyposażenie, poustawiane wokół lśniącej czystością luksusowej francuskiej kuchenki z piekarnikiem gazowym Corradi Chateau 120, o jakim Mikael nawet nie słyszał, a na której Lisbeth ewentualnie gotowała wodę na herbatę.

Z szacunkiem obejrzał za to ekspres do kawy stojący na osobnym blacie. Miała urządzenie marki Jura Impressa X7 z dołączoną schładzarką do mleka. Ekspres również wydawał się nieużywany i chyba po prostu znajdował się w kuchni, gdy kupowała mieszkanie. Mikael wiedział, że to Rolls Royce w świecie ekspresów do kawy – profesjonalne urządzenie do użytku domowego, kosztujące ponad siedemdziesiąt tysięcy koron. Sam miał ekspres znacznie mniej ekskluzywny, zakupiony w krajowej sieci AGD John Wall za jakieś trzy i pół tysiąca koron. Była to jedna z niewielu ekstrawagancji w jego gospodarstwie domowym.

W lodówce znalazł nieotwarty karton mleka, żółty ser, masło, pastę rybną i w połowie pusty słoik z ogórkami konserwowymi. Szafka zawierała cztery napoczęte pojemniki witamin, herbatę ekspresową, kawę do najzwyklejszego w świecie ekspresu, stojącego na blacie przy zlewie, dwa bochenki chleba i torebkę sucharków. Na stole stał koszyk z jabłkami. W zamrażalniku znajdowały się zapiekana ryba oraz trzy tarty z bekonem. I to cała żywność, jaką Mikael znalazł w mieszkaniu. W koszu na śmieci pod zlewem obok kuchenki leżały puste opakowania po Billy's Pan Pizzy. Wystrojowi wnętrza brakowało proporcji. Lisbeth ukradła kilka miliardów i kupiła mieszkanie, które pomieściłoby królewski dwór. Lecz potrzebowała tylko trzech umeblowanych pokoi. Pozostałych osiemnaście świeciło pustkami.

Mikael zakończył obchód w gabinecie Lisbeth. W całym mieszkaniu nie było ani jednej rośliny, a na ścianach – żadnych obrazów ani plakatów. Brakowało dywanów i obrusów. Nigdzie nie znalazł ani jednej ozdobnej misy, świecznika czy innych drobiazgów, które przydałyby choć odrobinę domowego ciepła albo zdradzały sentymenty właścicielki.

Mikael miał wrażenie, jakby coś ściskało mu serce. Czuł, że chce odszukać Lisbeth Salander i ją przytulić.

Pewnie by go ugryzła, gdyby tylko spróbował.

Przeklęty Zalachenko.

Następnie Mikael usiadł przy jej biurku i otworzył segregator Björcka z aktami śledztwa z 1991 roku. Nie czytał wszystkiego, a tylko przeglądał, próbując podsumować.

Włączył PowerBooka Lisbeth z siedemnastocalowym ekranem, 200 GB twardego dysku i 1000 MB RAM. Był zupełnie pusty. Wszystko wyczyściła. Nie wróżyło to nic dobrego.

Sprawdził szuflady biurka i od razu znalazł colta 1911 government typu Single Action z pełnym magazynkiem na siedem nabojów. To pistolet, który Lisbeth zabrała z mieszkania dziennikarza Pera-Åke Sandströma, o czym Mikael nie miał pojęcia. Na liście klientów nie doszedł jeszcze do litery S.

PÓŹNIEJ ZNALAZŁ PŁYTĘ CD oznaczoną „Bjurman".

Włożył ją do napędu swojego iBooka i ze zgrozą przejrzał nagranie. Milczał zszokowany, patrząc na Lisbeth bitą, gwałconą i niemal pozbawioną życia. Oczywiste było, że film nagrano ukrytą kamerą. Nie widział go w całości, a tylko przeskakiwał między fragmentami, z których jeden był gorszy od drugiego.

Bjurman.

Lisbeth zgwałcił jej własny opiekun prawny, a ona udokumentowała to zdarzenie w najdrobniejszych szczegółach. Zapis daty na filmie wskazywał, że nagrano go dwa lata wcześniej. Zanim Mikael ją poznał. Sporo elementów tej układanki znalazło się na swoim miejscu.

Björck i Bjurman z Zalachenką w latach siedemdziesiątych. Zalachenko i Lisbeth plus koktajl Mołotowa z kartonu po mleku na początku lat dziewięćdziesiątych.

Później znów Bjurman, tym razem jako jej opiekun prawny, następca Holgera Palmgrena. Koło się zamyka. Zaatakował swoją podopieczną. Myślał, że to psychicznie chora, bezbronna dziewczyna, jednak ona umiała się bronić. Jako dwunastolatka podjęła walkę z byłym zawodowym mordercą z GRU i zrobiła z niego kalekę na całe życie.

Lisbeth Salander to kobieta, która nienawidzi mężczyzn, którzy nienawidzą kobiet.

Cofnął się myślą do czasu, gdy poznał ją w Hedestad. Musiało to być kilka miesięcy po gwałcie. Nie przypominał sobie, żeby choć słowem zasugerowała, iż coś takiego się wydarzyło. W ogóle nie powiedziała mu wiele o swoim życiu. Nawet nie potrafił sobie wyobrazić, co zrobiła z Bjurmanem – a jednak go nie zabiła. *Dziwna rzecz*. Inaczej Bjurman nie żyłby już od dwóch lat. Musiała go jakoś kontrolować i to w celu, którego Mikael jeszcze nie ogarniał. Po chwili zdał sobie sprawę, że narzędzie owej kontroli leży tuż przed nim na stole. Płyta. Dopóki ją posiadała, Bjurman był jej niewolnikiem. Więc zwrócił się do człowieka, którego uważał za swojego sprzymierzeńca. Do Zalachenki. Jej największego wroga. Jej ojca.

A później nastąpił ciąg zdarzeń. Pierwszy ginie Bjurman, a po nim Dag Svensson i Mia Bergman.

Ale jak...? Co sprawiło, że Dag Svensson został uznany za zagrożenie?

I nagle Mikael zrozumiał, co *musiało* wydarzyć się w Enskede.

W NASTĘPNEJ CHWILI Mikael zobaczył jakiś papier na podłodze pod oknem. Lisbeth wydrukowała stronę, potem zgniotła ją i wyrzuciła. Wygładził kartkę. Był to artykuł z internetowego wydania „Aftonbladet" – o porwaniu Miriam Wu.

Nie wiedział, jaką rolę odegrała ona w tym dramacie – jeśli w ogóle – ale była jednym z nielicznych przyjaciół Lisbeth Salander. Może nawet jej jedynym przyjacielem. Lisbeth podarowała jej swoje stare mieszkanie. A teraz dziewczyna leżała skatowana w szpitalu.

Niedermann i Zalachenko.

Najpierw jej matka, teraz Miriam Wu. Lisbeth pewnie szaleje z nienawiści.

Została maksymalnie sprowokowana.

Ruszyła w pościg.

W PORZE LUNCHU Dragan Armanski odebrał telefon z domu opieki w Ersta. Już od dawna spodziewał się rozmowy z Holgerem Palmgrenem, lecz nie chciał pierwszy się z nim kontaktować. Obawiał się, że będzie zmuszony przyznać, iż Lisbeth Salander bez wątpienia jest winna. Teraz mógł przynajmniej powiedzieć, że istnieją uzasadnione wątpliwości co do jej winy.

– Jakie zrobiłeś postępy? – zapytał Palmgren, pomijając wstępne grzeczności.

– Postępy w czym? – zdziwił się Armanski.

– W twoim śledztwie dotyczącym Salander.

– A co każe ci sądzić, że takie prowadzę?

– Nie marnuj mojego czasu.

Armanski westchnął.

– Masz rację – powiedział.

– Chcę, żebyś do mnie przyjechał.

– Dobra. Mogę odwiedzić cię w weekend.

– Odpada. Masz przyjechać dzisiaj wieczorem. Mamy sporo do omówienia.

MIKAEL ZROBIŁ KAWĘ i kanapki w kuchni Lisbeth. W głębi ducha liczył, że nagle usłyszy zgrzyt jej klucza w zamku. Lecz tak naprawdę wcale w to nie wierzył. Wyczyszczony twardy dysk wskazywał, że opuściła swoją kryjówkę na dobre. Za późno zdobył jej adres.

O wpół do trzeciej po południu wciąż jeszcze siedział przy jej biurku. Trzy razy przeczytał rzekomo nieistniejącą dokumentację sporządzoną przez Björcka. Miała formę notatki do niewskazanego z nazwiska przełożonego. Zalecenie było proste. Znaleźć grzecznego psychiatrę, który zamknie Lisbeth Salander na kilka lat w szpitalu. Dziewczyna ma przecież zaburzenia psychiczne, o czym świadczy jej zachowanie.

Mikael zamierzał w najbliższej przyszłości poświęcić sporo uwagi Björckowi i Teleborianowi. Już nie mógł się doczekać. W tym momencie dzwonek telefonu przerwał jego rozmyślania.

– Cześć, to znowu ja. Chyba coś mam – powiedziała Malin.

– Co?

– W ewidencji ludności nie figuruje żaden Ronald Niedermann. Nie ma go w książce telefonicznej, w spisie podatników, rejestrze pojazdów ani nigdzie indziej.

– Aha.

– Ale posłuchaj tego. W 1998 roku zarejestrowano w Urzędzie Patentowym nazwę spółki akcyjnej. To KAB Import AB, jako adresu używa skrytki pocztowej w Göteborgu. Zajmuje się importem elektroniki. Prezes zarządu to Karl Axel Bodin, stąd KAB, urodzony w 1941 roku.

– Nic mi to nie mówi.

– Mnie też nie. W zarządzie zasiada poza tym rewident, obecny również w kilkudziesięciu innych spółkach, dla których sporządza bilanse. Taki tam spec od podatków dla małych firm. Jednak od samego początku spółka w zasadzie nie prowadziła żadnej działalności.

– Aha.

– Trzecim członkiem zarządu jest osoba o nazwisku R. Niedermann. Jest data urodzenia, ale w numerze brakuje końcowych cyfr, czyli Niedermann nie ma szwedzkiego numeru PESEL. Urodził się 18 stycznia 1970 roku, figuruje jako przedstawiciel spółki na rynek niemiecki.

– Świetnie, Malin. Naprawdę świetnie. Mamy jakiś adres poza tą skrytką?

– Nie, ale wytropiłam Karla Axela Bodina. Jest zameldowany w zachodniej Szwecji, a mieszka pod adresem Gosseberga 612. Sprawdziłam, zdaje się, że to jakieś gospodarstwo rolne w pobliżu Nossebro, na północny wschód od Göteborga.

– Co o nim wiemy?

– Dwa lata temu zadeklarował przychody w wysokości 260 tysięcy koron. Nasz przyjaciel w policji twierdzi, że Bodin nie figuruje w rejestrze karnym. Ma licencję na sztucer do polowań na łosie i śrutówkę. Dwa samochody, ford i saab, obydwa to starsze modele. Nie figuruje w rejestrze dłużników. Nieżonaty, oficjalnie – rolnik.

– Anonimowy facet, bez kłopotów z prawem.

Mikael zastanawiał się kilka sekund. Musiał dokonać wyboru.

– Jeszcze jedno. Dragan Armanski z Milton Security wydzwaniał do ciebie kilka razy w ciągu dnia.

– Dobra. Dzięki, Malin. Oddzwonię.

– Mikael... wszystko u ciebie w porządku?

– Nie. Nie wszystko. Odezwę się.

Wiedział, że źle postępuje. Jako porządny obywatel powinien teraz zadzwonić do komisarza Bublanskiego. Lecz jeśli to zrobi, to albo będzie zmuszony opowiedzieć całą prawdę o Lisbeth Salander, albo zaplącze się w półkłamstwa i przemilczenia. Ale nie na tym polegał problem.

Lisbeth Salander ruszyła w pościg za Niedermannem i Zalachenką. Nie wiedział, co udało jej się odkryć, ale skoro on i Malin znaleźli adres Gosseberga 612, to i Lisbeth pewnie go znała. Istniało więc duże prawdopodobieństwo, że właśnie tam zmierza. Taki byłby kolejny logiczny krok.

Jeśli zadzwoni na policję z informacją, gdzie ukrywa się Niedermann, będzie musiał również powiedzieć, że przypuszczalnie zmierza tam Lisbeth Salander. Jest poszukiwana za trzy zabójstwa i udział w strzelaninie. Co oznacza, że do akcji wkroczą antyterroryści albo jakiś inny oddział szturmowy.

A Lisbeth Salander zapewne stawi zaciekły opór.

Mikael wyjął kartkę i długopis, a następnie zapisał to, czego nie może albo nie chce powiedzieć policji.

Najpierw zanotował *Adres*.

Lisbeth zadała sobie sporo trudu, żeby znaleźć kryjówkę. Tam miała swoje życie i swoje sekrety. Nie zamierzał jej wydać.

Następnie napisał *Bjurman* i postawił znak zapytania.

Zerknął na płytę CD na stole. Bjurman zgwałcił Lisbeth. Niemal ją zamordował, poważnie nadużył swojej pozycji opiekuna prawnego. Co do tego nie było żadnych wątpliwości. Powinien zostać zdemaskowany jako łajdak, ponieważ nim był. Istniał tu jednak problem natury etycznej. Lisbeth nie zgłosiła zdarzenia na policji. Pytanie, czy chciała, by ujawniono je w mediach w kontekście śledztwa – wówczas najintymniejsze szczegóły jej życia w kilka godzin staną się publicznie znane. Nigdy by mu nie wybaczyła. Płyta stanowiła materiał dowodowy, a pozyskane z niej zdjęcia świetnie nadawałyby się do popołudniówek.

Po chwili zastanowienia stwierdził, że decyzja w tej sprawie należy do Lisbeth. Lecz jeśli on zdołał wytropić jej mieszkanie, prędzej czy później zrobi to też policja. Włożył płytę do pudełka i schował do torby.

Następnie zapisał *dochodzenie Björcka*. Raport z 1991 roku był opatrzony klauzulą tajności. Wyjaśniał wszystkie zdarzenia.

Podawał z nazwiska Zalachenkę i ujawniał rolę, jaką w całej sprawie odegrał Björck. Jeśli dodać do tego listę klientów z komputera Daga Svenssona, Björcka czeka wiele nerwowych godzin twarzą w twarz z Bublanskim. Dzięki zachowanej korespondencji również Teleborian wpadł po uszy w to gówno.

Segregator doprowadzi policję do Gossebergi... ale on będzie miał przynajmniej kilka godzin przewagi.

Na koniec Mikael uruchomił Worda i spisał w punktach wszystkie istotne fakty, które poznał w ciągu ostatnich dwudziestu czterech godzin, rozmawiając z Björckiem i Palmgrenem i przeglądając materiały znalezione u Lisbeth. Zajęło mu to dobrą godzinę. Następnie zgrał wszystko wraz ze swoim własnym researchem na płytę.

Zastanawiał się, czy nie powinien skontaktować się z Draganem Armanskim, ale postanowił machnąć na to ręką. I tak miał już za dużo na głowie.

MIKAEL WSTĄPIŁ NA CHWILĘ do redakcji „Millennium" i zamknął się z Eriką Berger w jej gabinecie.

– Facet nazywa się Zalachenko – powiedział, nawet się nie witając. – To wyszkolony zabójca z radzieckiego wywiadu. Porzucił służbę w 1976 roku, w Szwecji dostał pozwolenie na pobyt i pensję z Säpo. Po upadku ZSRR został, jak wielu innych, pełnoetatowym gangsterem, robi interesy na traffickingu, broni i narkotykach.

Erika Berger odłożyła długopis.

– No dobra. Dlaczego wcale mnie nie dziwi, że w tej historii pojawia się KGB?

– Nie KGB, tylko GRU. Wywiad wojskowy.

– Więc to było na serio.

Mikael kiwnął głową.

– Czyli twierdzisz, że to właśnie on zabił Daga i Mię?

– Nie osobiście. Wysłał kogoś. Ronalda Niedermanna, którego odszukała Malin.

– Możesz to udowodnić?

– Mniej więcej. Część to tylko domysły. Ale Bjurman zginął, ponieważ chciał, żeby Zalachenko zajął się Lisbeth.

Mikael powiedział, co zobaczył na filmie znalezionym w mieszkaniu przy Fiskargatan.

– Zalachenko to jej ojciec. W połowie lat siedemdziesiątych Bjurman pracował dla Säpo i był jedną z osób, które zajęły się sprawą Zalachenki, gdy ten porzucił służbę. Później ta świnia została adwokatem. Wykonywał zlecenia dla wąskiej grupy w służbach specjalnych. Przypuszczam, że istnieje pewne ścisłe grono, które spotykając się od czasu do czasu w męskiej saunie, rządzi światem i strzeże tajemnicy Zalachenki. Założę się, że reszta Säpo nigdy nawet o nim nie słyszała. Istniało ryzyko, że z powodu Lisbeth cała ta tajemnica ujrzy światło dzienne. Więc zamknęli ją w psychiatryku.

– To nie może być prawda.

– Ależ tak – powiedział Mikael. – Mimo wszystko zaistniały tu różne okoliczności, a z Lisbeth nigdy nie było łatwo… w każdym razie od dwunastego roku życia stanowi zagrożenie dla bezpieczeństwa narodowego.

Naprędce streścił całą historię.

– Muszę to wszystko przetrawić – powiedziała Erika. – A Dag i Mia?

– Zostali zamordowani, ponieważ Dag znalazł powiązanie między Bjurmanem a Zalachenką.

– I co teraz będzie? Chyba musimy powiedzieć to wszystko policji?

– Część, ale nie wszystko. Zapisałem najważniejsze informacje na tej płycie, taka kopia zapasowa na wszelki wypadek. Lisbeth ściga Zalachenkę, a ja zamierzam ją odnaleźć. Dane z tej płyty nie mogą wyjść na zewnątrz.

– Mikael… nie podoba mi się to. Nie możemy zatajać informacji istotnych dla śledztwa w sprawie zabójstwa.

– Niczego nie zatajmy. Zadzwonię do Bublanskiego. Ale podejrzewam, że Lisbeth właśnie jedzie do Gossebergi.

Jest poszukiwana za trzy zabójstwa, więc jeśli zadzwonimy na policję, wyślą do akcji oddział szturmowy, zaopatrzony w amunicję myśliwską. Istnieje dość duże ryzyko, że Lisbeth stawi opór. A wtedy wszystko może się zdarzyć.

Mikael przerwał i uśmiechnął się smutno.

– Nie powinniśmy jeszcze mieszać w to policji, w przeciwnym razie narodowe siły bezpieczeństwa zostaną zdziesiątkowane. Muszę pierwszy znaleźć Lisbeth.

Erika Berger wciąż miała wątpliwości.

– Nie zamierzam zdradzać jej tajemnic. Niech Bublanski sam je rozgryzie. Chcę prosić cię o przysługę. Ten segregator zawiera akta dochodzenia Björcka z 1991 roku i część jego korespondencji z Teleborianem. Skopiuj to i przekaż Bublanskiemu albo Modig. Ja wyjeżdżam do Göteborga za dwadzieścia minut.

– Mikael…

– Wiem. Ale w tej walce będę stał po stronie Lisbeth do samego końca.

Erika Berger zacisnęła usta i nie odezwała się. Potem kiwnęła głową.

Mikael skierował się do wyjścia.

– Bądź ostrożny – powiedziała, gdy już znikał za drzwiami.

Pomyślała, że powinna z nim iść. Tak nakazywała przyzwoitość. Ale wciąż jeszcze nie powiedziała mu, że zamierza odejść z „Millennium" i że wszystko skończone – cokolwiek się zdarzy. Wzięła segregator i poszła do kopiarki.

SKRYTKA MIEŚCIŁA SIĘ w agencji pocztowej w centrum handlowym. Lisbeth nie znała Göteborga i nie za bardzo wiedziała, gdzie się znajduje. Gdy już odszukała to miejsce, usiadła w kawiarni, skąd miała idealny widok na skrytkę przez wąską szparę przy plakacie reklamującym Kasę Szwedzką – ulepszoną wersję poczty.

Irene Nesser miała dyskretniejszy makijaż niż Lisbeth Salander. Nosiła idiotyczne koraliki i czytała *Zbrodnię i karę*, którą znalazła w małej księgarni przecznicę dalej. Bez pośpiechu co pewien czas przewracała strony. Rozpoczęła obserwację w porze lunchu. Nie miała pojęcia, o której godzinie właściciel opróżnia skrytkę, czy robi to codziennie, czy może raz na dwa tygodnie, czy tego dnia wyjął już korespondencję, czy może dopiero po nią przyjdzie. Ale to jej jedyny trop, więc popijając caffe latte, czekała.

Niemal przysnęła z otwartymi oczami, gdy nagle zauważyła, że ktoś otwiera skrytkę. Zerknęła na zegarek. Za piętnaście druga. *To dopiero szczęście.*

Zerwała się z miejsca i stanęła przy oknie. Skrytkę opróżniał mężczyzna w czarnej skórzanej kurtce. Dogoniła go na ulicy. Szczupły dwudziestolatek. Za rogiem podszedł do renault i otworzył drzwiczki. Lisbeth zapamiętała numery rejestracyjne i wróciła biegiem do swojej corolli, którą zaparkowała sto metrów dalej, na tej samej ulicy. Dogoniła go, gdy skręcał w Linnégatan i podążyła za nim aleją Avenyn, w kierunku centrum handlowego Nordstan.

MIKAEL BLOMKVIST zdążył na ekspres X2000 o 17.10. Kupił bilet w pociągu, płacąc kartą kredytową, usiadł w pustym wagonie restauracyjnym i zamówił lunch.

Gdzieś w środku czuł wzbierający niepokój. Obawiał się, że wyruszył za późno. Miał nadzieję, iż Lisbeth do niego zadzwoni, choć tak naprawdę wiedział, że tego nie zrobi.

W 1991 roku próbowała zabić Zalachenkę. Teraz on, po tylu latach, postanowił jej odpłacić.

Holger Palmgren świetnie ją rozpracował. Doświadczenie życiowe nauczyło Lisbeth, że nie opłaca się rozmawiać z władzami.

Mikael zerknął na swoją torbę. Zabrał ze sobą colta, którego znalazł w jej mieszkaniu. Nie był pewien, dlaczego to zrobił, ale instynktownie czuł, że nie powinien go tam zostawiać. Musiał przyznać, że to niezbyt logiczne rozumowanie.

Gdy pociąg przetoczył się przez most Årstabron, chwycił telefon i zadzwonił do Bublanskiego.

– Czego pan chce? – zapytał komisarz zirytowany.

– Skończyć z tym.

– Skończyć z czym?

– Z całym tym bagnem. Chce pan wiedzieć, kto zabił Daga, Mię i Bjurmana?

– Jeśli ma pan jakieś informacje, chętnie ich wysłucham.

– Zabójca nazywa się Ronald Niedermann. To ten blond olbrzym, z którym bił się Paolo Roberto. Jest obywatelem Niemiec, ma trzydzieści pięć lat i pracuje dla kanalii o nazwisku Aleksander Zalachenko, znanego również jako Zala.

Bublanski milczał przez dłuższą chwilę. Później westchnął głośno, a Mikael usłyszał szelest przewracanej kartki i pstryknięcie długopisu.

– Jest pan tego pewny?

– Tak.

– Dobra. Gdzie jest Niedermann i ten drugi, Zalachenko.

– Jeszcze nie wiem. Ale powiem panu, jak tylko się dowiem. Niedługo Erika Berger przekaże panu akta pewnego dochodzenia z 1991 roku. Najpierw musi je skopiować. Tam znajdzie pan dużo informacji o Zalachence i Lisbeth Salander.

– Co ma pan na myśli?

– Zalachenko to ojciec Lisbeth. Były zawodowy zabójca radzieckiego wywiadu z czasów zimnej wojny.

– Zawodowy zabójca radzieckiego wywiadu – powtórzył Bublanski z powątpiewaniem w głosie.

– Miał wsparcie kilku fanatyków ze służb specjalnych, którzy kryli jego wybryki.

Mikael usłyszał, że Bublanski odsuwa krzesło i siada.

– Myślę, że najlepiej będzie, jeśli pan przyjdzie osobiście i złoży formalne zeznanie.

– *Sorry*, ale nie mam czasu.

– Słucham?

– Jestem poza Sztokholmem. Ale odezwę się, jak tylko znajdę Zalachenkę.

– Panie Blomkvist... Nie musi pan nic udowadniać. Sam mam wątpliwości co do winy Salander.

– Pozwolę sobie przypomnieć, że jestem tylko prostym prywatnym detektywem i nie mam zielonego pojęcia o robocie policyjnej.

Chociaż wiedział, że to dziecinne, nawet się nie pożegnał, tylko po prostu się rozłączył. Następnie zadzwonił do Anniki Giannini.

– Cześć, siostra.

– Cześć. Jakieś wieści?

– Pewnie. Być może będę potrzebował jutro adwokata.

Westchnęła.

– Co zrobiłeś?

– Jeszcze nic, choć mogą mnie zatrzymać za utrudnianie śledztwa czy coś w tym stylu. Ale nie dlatego dzwonię. Nie możesz mnie reprezentować.

– A to dlaczego?

– Ponieważ chcę, żebyś podjęła się obrony Lisbeth Salander, a nie możesz reprezentować nas obojga.

Mikael opowiedział w skrócie, o co chodzi. Annika Giannini złowróżbnie milczała.

– I masz na to dowody... – odezwała się w końcu.

– Tak.

– Muszę to przemyśleć. Lisbeth potrzebuje adwokata od spraw karnych...

– Nadajesz się idealnie.

– Mikael...

– Siostra, czy to nie ty chodziłaś obrażona, bo nie poprosiłem cię o pomoc, kiedy byłem w tarapatach?

Gdy zakończyli rozmowę, Mikael zastanowił się chwilę, po czym zadzwonił do Holgera Palmgrena. Właściwie nie musiał tego robić, ale uważał, że schorowanemu chłopinie należy się informacja, iż Mikael podąża pewnym tropem

657

i ma nadzieję na zakończenie sprawy w ciągu najbliższych godzin.

Problem w tym, że Lisbeth również miała własny trop.

LISBETH SALANDER sięgnęła do plecaka po jabłko, nie odrywając ani na chwilę wzroku od podwórza. Leżała na skraju lasku, podłożywszy sobie dywanik z samochodu jako prowizoryczną matę. Przebrała się w zielone bojówki z kieszeniami na nogawkach, grubą bluzę i krótką ocieplaną kurtkę.

Zabudowania, które składały się na gospodarstwo Gosseberga, były położone jakieś czterysta metrów od szosy. W odległości stu dwudziestu metrów od Lisbeth znajdowało się podwórze. Biały drewniany dom – zwyczajna piętrówka – do tego mały domek i jakieś siedemdziesiąt metrów dalej obora, w której Lisbeth przez otwarte drzwi dostrzegła maskę białego samochodu. Wydawało jej się, że to volvo, ale dystans był zbyt duży, żeby mogła mieć pewność.

Między nią a budynkiem i przez dwieście metrów w prawo, aż do małego jeziorka rozciągało się pole przecięte drogą dojazdową, która znikała w lesie rosnącym wzdłuż szosy. W miejscu, gdzie rozpoczynała się droga, stała chatka, najwyraźniej opuszczona, ponieważ okna przesłonięte były jasnym materiałem. Na północ ściana lasu odgradzała teren od najbliższego sąsiada – grupy zabudowań oddalonych o jakieś sześćset metrów. Gospodarstwo wydawało się dość odizolowane.

W pobliżu znajdowało się jezioro Anten, a wokoło rozpościerały się miejscowe krajobrazy – zaokrąglone zbocza z pasmami pól poprzecinanymi małymi wioskami i zwartymi partiami lasu. Z mapy samochodowej nie dało się wyczytać szczegółów, ale wyjeżdżając za czarnym renault z Göteborga, podążyła trasą E20 i skręciła na zachód w kierunku Sollebrunn i Alingsås. Po dobrych czterdziestu kilometrach samochód wjechał nagle na leśną drogę oznaczoną tablicą z nazwą Gosseberga. Zaparkowała w lasku za stodołą, jakieś sto metrów dalej na północ za owym zjazdem, po czym wróciła pieszo.

Nigdy wcześniej nie słyszała o miejscowości Gosseberga, jednak nazwa ta najwyraźniej odnosiła się do budynku mieszkalnego, na który właśnie patrzyła. Przy szosie minęła skrzynkę pocztową. Widniał na niej napis PL 192 – K.A. Bodin. Nazwisko nic Lisbeth nie mówiło.

Obeszła zabudowania i starannie wybrała punkt obserwacyjny. Zachodzące słońce świeciło jej w plecy. Od wpół do czwartej po południu, kiedy tu przyjechała, zdarzyło się tylko jedno. O czwartej z budynku wyszedł kierowca renault. W drzwiach zamienił jeszcze kilka słów z osobą, której Lisbeth nie mogła dostrzec. Następnie mężczyzna odjechał i jak dotąd nie wrócił. Poza tym nie zauważyła na podwórzu najmniejszego ruchu. Czekając cierpliwie, obserwowała budynek małą lornetką marki Minolta o ośmiokrotnym powiększeniu.

SIEDZĄC W WAGONIE restauracyjnym, zirytowany Mikael Blomkvist bębnił palcami w stół. X2000 utknął w Katrineholm. Stał tam już prawie godzinę, a z głośników usłyszał komunikat o nieco tajemniczej usterce wagonu, wymagającej naprawy. Szwedzka Kolej przepraszała za opóźnienie.

Niezadowolony westchnął, po czym dolał sobie jeszcze kawy. Dopiero po kolejnych piętnastu minutach pociąg gwałtownie ruszył. Mikael spojrzał na zegarek. Ósma.

Powinien był lecieć albo wynająć samochód.

Czuł, że jest coraz bardziej spóźniony.

OKOŁO SZÓSTEJ KTOŚ zapalił światło w pokoju na parterze, a chwilę później rozbłysła też lampa na ganku. Lisbeth dostrzegała cienie w pomieszczeniu na prawo od drzwi wejściowych, które wygladało na kuchnię, lecz nie mogła rozróżnić twarzy.

Nagle otworzyły się drzwi i na zewnątrz wyszedł blond olbrzym Ronald Niedermann. Miał na sobie ciemne spodnie i obcisły golf, który podkreślał jego muskulaturę. Lisbeth pokiwała głową. Wreszcie jakieś potwierdzenie, że dobrze trafiła. Kolejny raz musiała przyznać, że Niedermann to naprawdę solidny kawał ciała. Lecz bez względu na to, co przeżyli Paolo Roberto i Miriam Wu, blond olbrzym był takim samym człowiekiem jak wszyscy inni, z krwi i kości. Obszedł dom i na kilka minut zniknął w oborze przy zaparkowanym samochodzie. Wrócił do domu, niosąc w ręku saszetkę.

Po chwili znów wyszedł. Tym razem w towarzystwie starszego mężczyzny, niskiego i drobnej budowy, który utykał i podpierał się kulą. Było zbyt ciemno, żeby Lisbeth mogła rozróżnić rysy twarzy, mimo to poczuła lodowaty chłód na karku.

Daaaddyyy, I'm heeere…

Obserwowała, jak Zalachenko i Niedermann idą wzdłuż drogi dojazdowej. Zatrzymali się przy chatce, skąd blondyn wziął drewno na opał. Następnie wrócili do domu i zamknęli drzwi.

Lisbeth leżała w bezruchu jeszcze kilka minut. Później opuściła lornetkę i wycofała się jakieś dziesięć metrów w las. Otworzyła plecak, wyjęła termos, nalała sobie czarnej kawy i wzięła kostkę cukru do ssania. Jadła kanapkę z serem, kupioną wcześniej w drodze do Göteborga, i zastanawiała się.

Gdy skończyła, wyciągnęła z plecaka pistolet Nieminena. Wyjąwszy magazynek, sprawdziła, czy nic nie blokuje zamka ani lufy. Oddała pusty strzał. Miała sześć naboi. Powinno wystarczyć. Włożyła magazynek na miejsce i przeładowała. Zabezpieczyła pistolet i schowała do prawej kieszeni kurtki.

LISBETH ROZPOCZĘŁA podchody, przemieszczając się po łuku między drzewami. Uszła jakieś sto pięćdziesiąt metrów i nagle zatrzymała się w pół kroku.

Na marginesie swojego egzemplarza *Arytmetyki* Pierre de Fermat nabazgrał słowa „Mam w istocie cudowny dowód na prawdziwość tego twierdzenia, lecz margines jest zbyt wąski, by go pomieścić".

Kwadrat zmienił się w sześcian, $(x^3 + y^3 = z^3)$, a matematycy poświęcili stulecia, żeby znaleźć rozwiązanie zagadki Fermata. W latach dziewięćdziesiątych udało się to Andrew Wilesowi, po dziesięcioletnich zmaganiach i za pomocą najbardziej zaawansowanych komputerów na świecie.

I nagle Lisbeth zrozumiała. Odpowiedź była rozbrajająco prosta. Żonglowanie liczbami, które ułożyły się w rząd, aż każda znalazła się na właściwym miejscu, tworząc nieskomplikowany wzór, który można by raczej uznać za rebus.

Fermat nie miał przecież komputera, a rozwiązanie Andrew Wilesa opierało się na matematyce, której nie znano jeszcze, gdy twierdzenie zostało sformułowane. Fermat nigdy nie zdołałby wypracować takiego dowodu, jaki przedłożył Wiles. Rozwiązanie Francuza było rzecz jasna zupełnie inne.

Lisbeth ogarnęło takie zdumienie, że aż musiała przysiąść na pieńku. Patrząc prosto przed siebie, sprawdziła ponownie równanie.

A więc o to mu chodziło. Nic dziwnego, że matematycy rwali sobie włosy z głów.

Zachichotała.

Filozof miałby większe szanse rozwiązać tę zagadkę.

Wiele by dała, by móc poznać Fermata osobiście.

Zadziorny z niego drań.

Po chwili wstała i kontynuowała leśne podchody, zbliżając się do budynku od strony obory.

Rozdział 31
Czwartek 7 kwietnia

LISBETH DOSTAŁA SIĘ do obory przez klapę przy starym kanale gnojowym. Wewnątrz nie było żadnych zwierząt. Rozejrzawszy się, zobaczyła, że stoją tam tylko trzy samochody – białe volvo z wypożyczalni Auto-Expert, starszy ford i trochę nowszy od niego saab. W głębi leżała zardzewiała brona i inne narzędzia rolnicze pozostałe po działającym tu w przeszłości gospodarstwie.

Stała w oborze i z ciemności obserwowała dom. Zapadł już zmrok i we wszystkich pomieszczeniach na parterze paliło się światło. Nie dostrzegała żadnego ruchu, ale zdawało jej się, że widzi pulsującą poświatę ekranu telewizora. Rzuciła okiem na zegarek. 19.30. „Rapport".

Zdumiewał ją fakt, iż Zalachenko postanowił osiedlić się w domku na uboczu. Nie pasowało to do mężczyzny, jakiego pamiętała z przeszłości. Nigdy by się nie spodziewała, że znajdzie go na wsi, w białym chłopskim domku, widziała go raczej na anonimowym przedmieściu willowym albo w jakimś ciepłym kraju. Najwyraźniej oprócz Lisbeth Salander musiał mieć też innych wrogów. Miejsce wydawało się niechronione i to wzbudzało jej niepokój. Jednak liczyła się z tym, że Zalachenko ma w domu broń.

Po długim wahaniu wymknęła się z obory w zmierzch. Lekkim krokiem przebiegła przez podwórze i przywarła plecami do ściany budynku. Nagle usłyszała ciche dźwięki muzyki. Bezszelestnie obeszła dom i spróbowała zajrzeć przez okna, ale były za wysoko.

Lisbeth instynktownie nie podobała się ta sytuacja. Przez pierwszą połowę życia nieustannie drżała ze strachu przed mężczyzną, który tu mieszkał. Drugą połowę, od chwili gdy nie udało jej się go zabić, spędziła na oczekiwaniu, aż znów pojawi się w pobliżu. Teraz nie zamierzała popełnić błędu. Zalachenko może i jest starym kaleką, ale i profesjonalnym zabójcą, który wyszedł cało z niejednej walki.

Poza tym musiała wziąć pod uwagę Ronalda Niedermanna.

Najchętniej dopadłaby go na zewnątrz, na podwórzu, gdzie byłby pozbawiony ochrony. Raczej nie chciała z nim rozmawiać i byłaby zadowolona, mogąc posłużyć się bronią z celownikiem. Ale nie miała takiej. W dodatku Zalachenko poruszał się z trudem. Widziała go niewyraźnie, tylko przez kilka minut, gdy wyszedł z blond olbrzymem po drewno, i mało prawdopodobne, by nagle nabrał chęci na wieczorny spacer. To oznaczało, że jeśli chce poczekać na lepszą sposobność, musi się wycofać i przenocować w lesie. Nie miała śpiwora, a chociaż wieczór wydawał się dość ciepły, nocą będzie zimno. Teraz, gdy wreszcie Zalachenko był w zasięgu ręki, nie chciała ryzykować, że znów jej się wymknie. Myślała o Miriam Wu i swojej matce.

Przygryzła wargę. Musi dostać się do budynku, a to najtrudniejsze zadanie. Mogła oczywiście zapukać do drzwi i strzelić w tym samym momencie, gdy ktoś otworzy, a potem rzucić się do środka i poszukać drugiej kanalii. Jednak to oznaczało, że ścigany będzie wiedział o niebezpieczeństwie i prawdopodobnie zdąży się uzbroić. *Analiza konsekwencji. Jakie są możliwości?*

Nagle dostrzegła Niedermanna, który przeszedł za oknem ledwie kilka metrów od niej. Oglądając się przez ramię, rozmawiał z kimś w głębi pokoju.

Obaj są w pomieszczeniu na lewo od wejścia.

Lisbeth podjęła decyzję. Wyciągnęła pistolet z kieszeni kurtki, odbezpieczyła i bezszelestnie weszła na ganek. Trzymając broń w lewej dłoni, naciskała klamkę najwolniej jak tylko się dało. Drzwi nie były zamknięte na klucz. Zmarszczyła brwi i zawahała się, patrząc na dwa zamki patentowe.

Zalachenko nie zostawiłby otwartych drzwi. Skóra ścierpła jej na karku.

Coś wydawało się nie tak.

W sieni zupełna ciemność. Po prawej dostrzegła zarys schodów prowadzących na piętro. Na wprost widziała dwoje drzwi. Na lewo były trzecie, a ze szpary ponad nimi sączyło się światło. Stała w bezruchu i nasłuchiwała. Z pokoju po lewej dobiegały dźwięki – głos i szuranie krzesła. Podeszła dwoma szybkimi krokami, szarpnięciem otworzyła drzwi i wycelowała broń... Pokój był pusty.

Z tyłu usłyszała szelest ubrania, odwróciła się zwinnie jak jaszczurka. Już miała złożyć się do strzału, gdy w tej samej sekundzie jedna ogromna dłoń Ronalda Niedermanna ścisnęła żelaznym chwytem jej szyję, a druga uzbrojoną rękę. W takiej pozycji uniósł ją do góry niczym lalkę.

PRZEZ MOMENT WIERZGAŁA nogami w powietrzu. Potem wykręciła się i wymierzyła kopniaka w krocze Niedermanna. Trafiła w biodro. Miała wrażenie, jakby walnęła w pień drzewa. Gdy ścisnął ją mocniej, zobaczyła mroczki przed oczami i poczuła, że pistolet wypada jej z ręki.

Kurwa mać.

Niedermann wrzucił ją do pokoju. Z łoskotem upadła na sofę, a potem sturlała się na podłogę. Czuła krew napływającą do głowy. Wstając chwiejnie na nogi, zobaczyła na stole ciężką, trójkątną popielniczkę z litego szkła. Chwyciła ją i wzięła zamach, ale Niedermann złapał jej dłoń w powietrzu. Wolną ręką sięgnęła więc do kieszeni spodni, wyjęła paralizator, obróciła się i przycisnęła go do krocza olbrzyma.

Poczuła, jak silne drgania prądu przebiegają jej po ręce, którą trzymał Niedermann. Spodziewała się, że z bólu runie on na podłogę. Ale tylko spojrzał ma nią ze zdziwioną miną. Wytrzeszczyła oczy ze zdumienia. To oczywiste, że paralizator spowodował przykre doznanie, ale olbrzym zignorował ból. *Ten człowiek nie jest normalny.*

Niedermann schylił się, odebrał Lisbeth urządzenie i obejrzał je, nadal zdziwiony. Następnie wymierzył jej policzek otwartą dłonią. Poczuła, jakby walnął ją młotem. Padła na podłogę tuż obok sofy. Gdy podniosła wzrok, napotkała spojrzenie blond olbrzyma. Patrzył na nią z zaciekawieniem, jakby zastanawiał się, co ona teraz wymyśli. Niczym kot, który przygotowuje się do zabawy ze swoją zdobyczą.

W tym momencie zauważyła, że ktoś pojawił się w drzwiach w głębi pokoju. Odwróciła głowę.

Powoli zbliżył się do światła.

Szedł o kuli. Lisbeth dostrzegła protezę wystającą z nogawki spodni.

Jego lewa dłoń wyglądała jak zniekształcona bryła bez kilku palców.

Podniosła wzrok ku twarzy. Lewa połowa to łatanina blizn po oparzeniach. Zamiast ucha sterczał kikut, brakowało też brwi. Był łysy. Zapamiętała go jako atletycznego, pełnego wigoru mężczyznę z czarną czupryną. Miał metr sześćdziesiąt pięć centymetrów wzrostu, sama skóra i kości.

– Cześć, tato – powiedziała bezbarwnym głosem.

Aleksander Zalachenko spojrzał na córkę obojętnym wzrokiem.

RONALD NIEDERMANN zapalił górne światło. Obszukał ją, sprawdzając, czy nie ma dodatkowej broni, po czym zabezpieczył wanada i wyjął magazynek. Zalachenko przekuśtykał obok Lisbeth, usiadł w fotelu i chwycił pilota.

Jej wzrok padł na znajdujący się za nim ekran. Gdy włączył odbiornik, zobaczyła migoczący na zielono obraz terenu za oborą i fragment drogi dojazdowej do gospodarstwa. *Kamera noktowizyjna. Wiedzieli, że się zbliża.*

– Już zaczynałem wątpić, czy odważysz się podejść – powiedział Zalachenko. – Obserwowaliśmy cię od czwartej. Uruchomiłaś prawie wszystkie alarmy w okolicy.

– Czujniki ruchu – stwierdziła Lisbeth.

– Dwa przy drodze dojazdowej i cztery na porębie, po drugiej stronie łąki. Urządziłaś punkt obserwacyjny dokładnie tam, gdzie założyliśmy alarm. Stamtąd jest najlepszy widok na podwórze. Czasem łoś albo sarna podejdzie za blisko, czasem jakiś zbieracz jagód. Ale nieczęsto ma się okazję zobaczyć, że ktoś zakrada się tu z bronią w ręku. – Zamilkł na moment. – Naprawdę sądziłaś, że Zalachenko będzie siedział bezbronny w małym domku na wsi?

LISBETH POMASOWAŁA KARK i spróbowała wstać.

– Siedź na podłodze – powiedział ostro Zalachenko.

Niedermann przerwał dłubanie przy broni i ze spokojem spojrzał na Lisbeth. Uniósł brew i uśmiechnął się do niej. Ta, mając w pamięci obraz zmasakrowanej twarzy Paola Roberto, widziany w telewizji, stwierdziła, że lepiej będzie pozostać na podłodze. Odetchnęła i oparła się plecami o sofę.

Zalachenko wyciągnął zdrową rękę. Niedermann wyjął zza spodni pistolet, przeładował i podał mu. Lisbeth zauważyła, że to sig sauer, standardowa broń policji. Zalachenko kiwnął głową. Takie polecenie wystarczyło, by Niedermann odwrócił się na pięcie i założył kurtkę. Wyszedł z pokoju, a po chwili Lisbeth usłyszała trzask zamykanych drzwi.

– I żeby ci nie przyszło do głowy nic głupiego. Jak tylko spróbujesz wstać, strzelę w sam środek twojego ciałka.

Lisbeth odprężyła się. Zalachenko trafiłby ją dwa, może trzy razy, zanim zdążyłaby do niego podejść, a prawdopodobnie używał takiej amunicji, że wykrwawiłaby się w kilka minut.

– Jak ty, kurwa, wyglądasz – odezwał się, wskazując na kolczyk w jej brwi. – Jak pieprzona zdzira.

Lisbeth utkwiła w nim wzrok.

– Ale masz moje oczy – powiedział.

– Boli? – zapytała, wskazując skinieniem głowy na jego protezę.

Zalachenko patrzył na nią dłuższą chwilę.

– Nie. Już nie.

Pokiwała głową.

– Strasznie chcesz mnie zabić – odezwał się.

Nie odpowiedziała, a on nagle się roześmiał.

– Myślałem o tobie przez te wszystkie lata. Prawie zawsze, gdy patrzyłem w lustro.

– Trzeba było zostawić moją mamę w spokoju.

Zalachenko zaśmiał się.

– Twoja matka była kurwą.

Oczy Lisbeth zrobiły się czarne jak węgiel.

– Nie była żadną kurwą. Pracowała w spożywczym na kasie i starała się związać koniec z końcem.

Znów się zaśmiał.

– Możesz sobie o niej fantazjować. Ja wiem, że była kurwą. Szybko postarała się, żeby zajść w ciążę, a później chciała mnie zmusić do małżeństwa. I ja miałbym ożenić się z kurwą.

Lisbeth nic nie powiedziała. Wpatrywała się w otwór lufy, z nadzieją, że Zalachenko straci na chwilę koncentrację.

– Sprytnie pomyślane z tą bombą zapalającą. Nienawidziłem cię. Ale później to przestało być ważne. Nie warto było marnować na ciebie energii. Gdybyś się nie wychylała, zostawiłbym cię w spokoju.

– Gadanie. Bjurman zatrudnił cię, żebyś mnie sprzątnął.

– To zupełnie inna sprawa. Ubiliśmy interes. Bjurman chciał filmu, który jest w twoim posiadaniu, a tak się składa, że prowadzę mały biznes.

– I sądziłeś, że po prostu ci go dam.

– Owszem, córuniu. Jestem przekonany, że tak właśnie byś postąpiła. Nawet nie masz pojęcia, jak ludzie są chętni do współpracy, gdy Ronald ich o coś poprosi. Zwłaszcza gdyby włączył piłę i odciął ci stopę. Jeśli o mnie chodzi, byłaby to zresztą stosowna rekompensata... stopa za stopę.

Lisbeth pomyślała o Miriam Wu i pięściach Niedermanna w magazynie pod Nykvarn. Zalachenko błędnie zinterpretował jej minę.

– Nie musisz się obawiać. Nie zamierzamy cię ćwiartować.

Spojrzał na Lisbeth.

– Bjurman naprawdę cię zgwałcił?

Nie odpowiedziała.

– O kurwa, musiał mieć naprawdę skrzywiony gust. Czytam w gazetach, że wyrosłaś na jakąś pieprzoną lesbę. Nie dziwi mnie to. Rozumiem, że żaden facet cię nie chce.

Lisbeth nadal milczała.

– Może powiem Niedermannowi, żeby cię przeleciał. Wyglądasz, jakbyś tego potrzebowała.

Zastanowił się.

– Chociaż Niedermann nie robi tego z dziewczynami. Ale nie jest pedziem. Po prostu w ogóle nie uprawia seksu.

– W takim razie ty mnie przeleć – powiedziała Lisbeth prowokująco.

Podejdź bliżej. Popełnij błąd.

– Nie, mowy nie ma. To byłaby perwersja.

Chwilę siedzieli w milczeniu.

– Na co czekamy? – zapytała Lisbeth.

– Mój kumpel zaraz wróci. Przestawi tylko twój samochód i załatwi drobną sprawę. A gdzie jest twoja siostra?

Lisbeth wzruszyła ramionami.

– Odpowiadaj.

– Nie wiem i szczerze mówiąc, gówno mnie to obchodzi.

Zalachenko znów się roześmiał.

– Siostrzana miłość? Z was dwóch to Camilla miała trochę rozumu, ty zawsze byłaś bezwartościowym śmieciem.

Lisbeth nie odpowiedziała.

– Muszę jednak przyznać, że cieszę się, widząc cię znów z bliska.

– Zalachenko – odezwała się. – Jesteś cholernie wkurzający. To Niedermann zastrzelił Bjurmana?

669

– Oczywiście. Ronald Niedermann to idealny żołnierz. Nie tylko słucha rozkazów, lecz także sam podejmuje inicjatywę, kiedy to konieczne.

– Skąd go wytrzasnąłeś?

Zalachenko patrzył na córkę, a jego twarz przybrała szczególny wyraz. Otworzył usta, tak jakby chciał coś powiedzieć, ale zawahał się i zrezygnował. Zerknął na drzwi wyjściowe i uśmiechnął się nagle.

– Innymi słowy, nie rozszyfrowałaś tego jeszcze – powiedział. – Bjurman twierdził, że jesteś nadzwyczaj zdolnym researcherem.

Roześmiał się na całe gardło.

– Poznaliśmy się w Hiszpanii na początku lat dziewięćdziesiątych, kiedy wciąż jeszcze dochodziłem do siebie po tej twojej bombie. Miał wówczas dwadzieścia dwa lata, zastępował mi ręce i nogi. Nie pracuje dla mnie... jesteśmy wspólnikami. Prowadzimy świetnie prosperujący biznes.

– Handel żywym towarem.

Zalachenko wzruszył ramionami.

– Można powiedzieć, że nasza działalność jest wielokierunkowa, oferujemy różne usługi. Biznes doskonale się kręci dzięki temu, że zawsze pozostajemy w cieniu, niewidoczni. Czy naprawdę nie rozumiesz, kim jest Ronald Niedermann?

Lisbeth milczała. Początkowo nie miała pojęcia, do czego Zalachenko zmierza.

– To twój brat.

– Nie – zaprzeczyła, wstrzymując w napięciu oddech.

Zalachenko znów się roześmiał. Lecz jego pistolet cały czas groźnie mierzył w Lisbeth.

– A przynajmniej brat przyrodni – sprecyzował. – Owoc małej przyjemności, jaką sobie zafundowałem podczas misji w Niemczech w 1970 roku.

– Zrobiłeś ze swojego syna mordercę.

– Co to, to nie, tylko mu pomogłem urzeczywistnić jego własny potencjał. Talent do zabijania miał na długo przedtem, zanim wziąłem się za jego wykształcenie. Poprowadzi rodzinny biznes, kiedy mnie zabraknie.

– Wie, że jesteśmy przyrodnim rodzeństwem?

– Oczywiście. Ale jeśli sądzisz, że możesz na niego wpłynąć, powołując się na więzy rodzinne... Zapomnij o tym. Ja jestem jego rodziną. Ty jesteś ledwie pyłkiem kurzu na drodze. Dodam tylko, że masz jeszcze inne rodzeństwo. Przynajmniej czterech braci i trzy siostry w różnych krajach. Jeden z chłopaków to idiota, za to inny ma niezwykły potencjał. Prowadzi oddział firmy w Tallinie. Ale to Ronald jako jedyny jest godzien genów Zalachenki.

– Zakładam, że dla moich sióstr nie ma miejsca w rodzinnym biznesie.

Oniemiał ze zdumienia.

– Wiesz co, Zalachenko, jesteś tylko zwykłą szują, która nienawidzi kobiet. Dlaczego zabiliście Bjurmana?

– Bjurman był idiotą. Nie wierzył własnym oczom, gdy wyczytał, że jesteś moją córką. Był przecież jednym z nielicznych w tym kraju, którzy znali moją przeszłość. Muszę przyznać, że trochę się zaniepokoiłem, kiedy tak nagle nawiązał ze mną kontakt, ale później wszystko potoczyło się jak najlepiej. On nie żyje, a obwiniają za to ciebie.

– Ale dlaczego go zabiliście? – powtórzyła Lisbeth.

– Właściwie nie było tego w planach. Liczyłem na dłuższą współpracę z Bjurmanem. Zawsze dobrze znać kogoś, kto ma dyskretne dojście do Säpo. Nawet jeśli to idiota. Ale ten dziennikarz z Enskede jakoś odkrył powiązanie między nami i zadzwonił do Bjurmana akurat wtedy, gdy był u niego Ronald. Bjurman wpadł w panikę, nie można było przywołać go do porządku. Ronald musiał na poczekaniu podjąć decyzję. Dobrze postąpił.

LISBETH POCZUŁA, że serce ciąży jej w piersi jak kamień. Zalachenko potwierdził to, czego już zdążyła się domyślić. *Dag Svensson znalazł powiązanie.* Rozmawiała z obojgiem ponad godzinę. Mię od razu polubiła, lecz do Daga nie mogła się przekonać. Szalenie przypominał Mikaela Blomkvista – nieznośny naprawiacz świata, któremu się wydawało, że jedną książką coś zmieni. Mimo wszystko podobały jej się jego szczere zamiary.

W sumie wizyta u Daga i Mii okazała się stratą czasu. Nie mogli doprowadzić jej do Zalachenki. Dag Svensson natknął się na to nazwisko i zaczął drążyć, ale nie mógł zidentyfikować osoby.

Za to ona podczas tej wizyty popełniła brzemienny w skutki błąd. Wiedziała, że coś łączy Bjurmana z Zalachenką. Tak więc zapytała Daga o adwokata, chcąc się dowiedzieć, czy natrafił gdzieś na jego nazwisko. Nie natrafił, ale miał dobrego nosa. Od razu skupił się na Bjurmanie i zarzucił ją pytaniami.

Nie dając Dagowi dużo w zamian, przekonała się, że sama jest jedną z postaci tego dramatu. Zdała też sobie sprawę, iż dziennikarz posiada informacje, które chciałaby poznać. Ustalili, że spotkają się ponownie po świętach. Później Lisbeth pojechała do domu i położyła się spać. Rano dowiedziała się z porannych wiadomości, że zamordowano dwie osoby w mieszkaniu w Enskede.

W trakcie wizyty przekazała Dagowi jeden jedyny użyteczny szczegół. Nazwisko Nils Bjurman. Dziennikarz musiał do niego zadzwonić tuż po jej wyjściu.

To ona stanowiła powiązanie. Gdyby nie odwiedziła Daga i Mii, oboje mogliby jeszcze żyć.

Zalachenko roześmiał się.

– Nawet nie podejrzewasz, jak byliśmy zaskoczeni, że to ciebie policja ściga za te zabójstwa.

Lisbeth przygryzła wargę. Zalachenko przyglądał się jej uważnie.

– Jak mnie znalazłaś? – zapytał.

Wzruszyła ramionami.

– Lisbeth… Za chwilę wróci Ronald. Mogę mu kazać łamać ci po kolei kości, póki nie odpowiesz. Oszczędź nam fatygi.

– Skrytka pocztowa. Odszukałam samochód Niedermanna w papierach wypożyczalni i poczekałam, aż ten wasz pryszczaty zasraniec przyjedzie opróżnić skrytkę.

– Aha. W ten sposób. Dzięki. Zapamiętam to sobie.

Lisbeth zastanawiała się chwilę. Lufa pistoletu wciąż była w nią wycelowana.

– Naprawdę myślisz, że to po prostu ucichnie? – zapytała Lisbeth. – Popełniłeś zbyt wiele błędów, policja cię zidentyfikuje.

– Wiem – odpowiedział jej ojciec. – Wczoraj dzwonił Björck z wieścią, że jakiś dziennikarz z „Millennium" zwęszył sprawę i że to tylko kwestia czasu. Możliwe, że będziemy musieli coś z tym gościem zrobić.

– To będzie dłuższa lista. Mikael Blomkvist i naczelna Erika Berger, sekretarz redakcji i inni zatrudnieni w samym tylko „Millennium". Do tego jeszcze Dragan Armanski i część pracowników Milton Security. Komisarz Bublanski i inni z grupy śledczej. Ilu chcesz zabić, żeby to wyciszyć? Zidentyfikują cię.

Zalachenko znów się roześmiał.

– *So what?* Nikogo nie zastrzeliłem i nie mają przeciwko mnie żadnych dowodów. Niech sobie, kurwa, identyfikują. Wierz mi... mogą przeszukać ten dom do fundamentów i nie znajdą nawet pyłka, który powiązałby mnie z jakąkolwiek działalnością przestępczą. To ludzie z Säpo zamknęli cię w domu wariatów, nie ja, a oni raczej nie będą skorzy do odkrycia swoich kart.

– Niedermann – przypomniała Lisbeth.

– Jutro rano Ronald wyjeżdża na jakiś czas za granicę. Tam przeczeka rozwój wypadków.

Zalachenko spojrzał z triumfem na Lisbeth.

– A ty wciąż będziesz główną podejrzaną w sprawie tych zabójstw. Nie zaszkodzi więc, jeśli znikniesz po cichu.

RONALD NIEDERMANN wrócił po mniej więcej pięćdziesięciu minutach. Na nogach miał gumowce.

Lisbeth Salander zerknęła na mężczyznę, który – jak twierdził Zalachenko – był jej przyrodnim bratem. Nie dostrzegała najmniejszego podobieństwa. Wręcz odwrotnie, blond olbrzym był jej zupełnym przeciwieństwem. Miała za to silne przeczucie, że z Ronaldem Niedermannem coś jest nie tak. Budowa ciała, łagodna twarz i głos, który brzmiał tak, jakby nigdy nie przeszedł mutacji, wskazywały na jakąś wadę genetyczną. Do tego jeszcze niewrażliwość na działanie paralizatora i te olbrzymie ręce. Miała wrażenie, że nic w osobie Ronalda Niedermanna nie jest normalne.

Zdaje się, że w rodzinie Zalachenko nie brak wad genetycznych – pomyślała z goryczą.

– Gotowe? – zapytał jej ojciec.

Niedermann kiwnął głową. Wyciągnął rękę po swojego sig sauera.

– Idę z tobą – powiedział Zalachenko.

– To dość daleko.

– Idę. Przynieś moją kurtkę.

Niedermann wzruszył ramionami i zrobił, jak mu kazano. Potem zajął się swoją bronią, a Zalachenko ubrał się i zniknął na chwilę w sąsiednim pokoju. Lisbeth patrzyła, jak olbrzym zakłada na pistolet tłumik domowej roboty.

– Idziemy – powiedział Zalachenko, stając w drzwiach.

Niedermann schylił się i podniósł Lisbeth z podłogi. Popatrzyła mu w oczy.

– Ciebie też zabiję – powiedziała.

– Czego jak czego, ale pewności siebie to ci nie brakuje – stwierdził Zalachenko.

Niedermann uśmiechnął się do niej łagodnie, popchnął ją do drzwi wyjściowych i dalej na podwórze. Silnym chwytem trzymał ją za kark. Palcami jednej dłoni bez problemu obejmował jej szyję. Pokierował nią w stronę lasu na północ od obory.

Szli wolno, a i tak Niedermann musiał zatrzymywać się regularnie i czekać na Zalachenkę. Mieli duże latarki. Gdy weszli do lasu, Niederman puścił jej szyję. Podążał za nią, trzymając lufę pistoletu jakiś metr od jej pleców.

Przedzierali się zarośniętą ścieżką około czterystu metrów. Lisbeth potknęła się dwa razy, a blond olbrzym podnosił ją z ziemi.

– Skręć tu w prawo – odezwał się w pewnym momencie.

Po mniej więcej dziesięciu metrach wyszli na leśną polanę. Lisbeth zobaczyła wykopany dół. W świetle latarki Niedermanna dostrzegła łopatę wbitą w pryzmę ziemi. Nagle zrozumiała, co blond olbrzym miał załatwić. Gdy popchnął ją w stronę dołu, potknęła się i upadła na kolana, głęboko zanurzając ręce w kopcu piachu. Wstała i spojrzała na Niedermanna obojętnym wzrokiem. Zalachenko nie spieszył się, więc ten cierpliwie na niego czekał. Ani na moment nie opuścił wycelowanego w Lisbeth pistoletu.

ZALACHENKO BYŁ TAK ZDYSZANY, że dopiero po minucie mógł mówić.

– Powinienem teraz wygłosić jakąś mowę, ale chyba nie mam ci nic do powiedzenia – odezwał się.

– W porządku. Ja też raczej nie mam ci nic do powiedzenia. Uśmiechnęła się do niego krzywo.

– Miejmy to już za sobą – stwierdził Zalachenko.

– Cieszę się, że zdążyłam jeszcze wsadzić cię do paki – powiedziała Lisbeth. – Dzisiaj w nocy policja zapuka do twoich drzwi.

– Bzdura. Spodziewałem się, że zaczniesz blefować. Przyszłaś tu wyłącznie po to, żeby mnie zabić. Z nikim nie rozmawiałaś.

Lisbeth uśmiechnęła się szeroko. Jej twarz wyrażała czyste zło.

– Coś ci pokażę, tatusiu.

Powoli włożyła rękę do lewej kieszeni spodni i wyjęła prostokątny przedmiot. Ronald Niedermann śledził każdy jej ruch.

– Wszystko, co powiedziałeś w ciągu ostatniej godziny, zostało przesłane do internetowego radia.

Pokazała mu swojego palmtopa Palm Tungsten T3.

Czoło Zalachenki zmarszczyło się w miejscu, gdzie powinny być brwi.

– Pokaż – powiedział, wyciągając ku niej zdrową rękę.

Lisbeth szerokim łukiem rzuciła urządzenie w jego stronę. Chwycił je w locie.

– Bzdura – stwierdził. – To tylko zwykły palmtop.

GDY RONALD NIEDERMANN pochylił się, żeby zerknąć na urządzenie, Lisbeth oślepiła go, sypiąc mu piaskiem w oczy. Wprawdzie zdążył jeszcze automatycznie strzelić, lecz Lisbeth przesunęła się dwa kroki w bok i pocisk przeciął tylko powietrze w miejscu, gdzie przed chwilą stała. Chwyciła łopatę i z całej siły walnęła metalowym ostrzem w uzbrojoną rękę olbrzyma. Trafiła w kłykcie, a pistolet wyleciał w powietrze szerokim łukiem i zniknął w krzakach. Z głębokiej rany przy palcu wskazującym Niedermanna lała się krew.

Powinien wrzeszczeć z bólu.

Niedermann wymachiwał na oślep rozszarpaną dłonią, a drugą desperacko przecierał sobie oczy. Jedyna szansa Lisbeth na zwycięstwo w tej walce to szybko spowodować poważne obrażenia, bo gdyby doszło do walki wręcz, byłaby skazana na porażkę. Potrzebowała pięciu sekund przewagi, żeby uciec w głąb lasu. Zamachnęła się i rzuciła łopatę w stronę Niedermanna. Usiłowała jeszcze zakręcić trzonkiem tak, by trafić w niego ostrzem, ale stała w złej pozycji. Oberwał w twarz tępą krawędzią.

Jedyną reakcją na drugie złamanie kości nosowej w ciągu kilku dni było chrząknięcie. Blond olbrzym nadal nic nie widział, lecz machnąwszy prawą ręką, zdołał odepchnąć Lisbeth, która, potykając się, poleciała do tyłu i nieszczęśliwie nadepnęła na korzeń. Przez moment leżała na ziemi, lecz natychmiast zerwała się i stanęła na nogi. Niedermann został chwilowo unieszkodliwiony.

Dam radę.

Zrobiła dwa kroki w stronę suchych zarośli, gdy kącikiem oka – *klik* – dostrzegła, że Zalachenko unosi rękę.

Ten pieprzony dziad też ma broń.

Myśl przemknęła jej przez głowę niczym błyskawica.

Zmieniła kierunek w tym samym momencie, gdy rozległ się strzał. Pocisk trafił ją w biodro i straciła równowagę.

Nie czuła bólu.

Druga kula trafiła Lisbeth w plecy, zatrzymując się pod lewą łopatką. Jej ciało przeszył ostry paraliżujący ból.

Upadła na kolana. Przez kilka sekund nie mogła się poruszyć. Miała świadomość, że Zalachenko jest niedaleko, jakieś sześć metrów za nią. Ostatkiem sił podniosła się z ziemi i zrobiła chwiejny krok w stronę bezpiecznej gęstwiny.

Zalachenko miał czas wycelować.

Trzeci pocisk trafił ją mniej więcej dwa centymetry ponad lewym uchem. Przebił kość, powodując siateczkę promienistych pęknięć, i, przedostawszy się do wnętrza czaszki, utkwił w szarej masie cztery centymetry pod korą mózgową.

Dla Lisbeth medyczny opis umiejscowienia pocisku w jej własnej głowie byłby czystą abstrakcją. W praktyce wywołał natychmiastową silną traumę. Jej ostatnie doznanie to szok. Ognista czerwień przed jej oczami zmieniła się w białe światło.

A potem ciemność.

Klik.

Zalachenko próbował oddać jeszcze jeden strzał, lecz jego ręce drżały tak bardzo, że nie mógł wycelować. *Prawie udało jej się uciec*. Wreszcie zrozumiał, że Lisbeth już nie żyje, i opuścił broń. Cały się trząsł, a w jego ciele pulsowała

677

adrenalina. Popatrzył na pistolet. Zamierzał zostawić go w domu, lecz wrócił po niego i schował do kieszeni kurtki, tak jakby potrzebował talizmanu. *Potwór*. Dwóch dorosłych mężczyzn, a jeden z nich to Ronald Niedermann, w dodatku uzbrojony w sig sauera. *A tej pieprzonej zdzirze prawie udało się uciec.*

Rzucił okiem na ciało córki. W świetle latarki wyglądała niczym zakrwawiona szmaciana lalka. Zabezpieczył pistolet, włożył go do kieszeni, po czym podszedł do Ronalda Niedermanna, który stał bezradnie ze łzami w oczach. Z dłoni i twarzy ciekła mu krew. Nos nie zagoił się jeszcze po prestiżowej walce stoczonej z Paolem Roberto, a uderzenie łopatą spowodowało nowe straszliwe obrażenia.

– Chyba znowu złamałem nos – odezwał się.

– Idiota – powiedział Zalachenko. – Prawie udało jej się uciec.

Ten dalej przecierał oczy. Nie czuł bólu, jednak nie mógł powstrzymać łzawienia i prawie nic nie widział.

– Stań prosto, do jasnej cholery – wrzasnął Zalachenko, potrząsając pogardliwie głową. – Co ty byś beze mnie, kurwa, zrobił.

Niedermann mrugał zdezorientowany. Zalachenko pokuśtykał do ciała córki, chwycił ją za kurtkę na karku i zaciągnął do grobu, który był tylko płytką dziurą w ziemi, za małą, by można ułożyć ją tam wyprostowaną. Uniósł Lisbeth tak, że jej nogi spoczęły na dnie, a następnie wrzucił ciało do środka jak worek ziemniaków. Spadła twarzą do dołu, z nogami podkurczonymi w pozycji embrionalnej.

– Zasyp dół, to może wrócimy jeszcze dzisiaj do domu – rozkazał Zalachenko.

Na wpół ślepy Niedermann wykonał polecenie, a resztę ziemi, która nie zmieściła się w dziurze, ciężkimi machnięciami łopaty rozsypał dokoła.

Paląc papierosa, Zalachenko obserwował pracę syna. Wciąż jeszcze się trząsł, jednak poziom adrenaliny zaczął już spadać. Nagle doznał ulgi, że Lisbeth już nie ma. Doskonale pamiętał wyraz jej oczu w chwili, gdy wrzucała karton z benzyną do jego samochodu.

Była dziewiąta wieczorem. Zalachenko rozejrzał się i kiwnął głową. Udało im się odnaleźć sig sauera między krzakami. Później wrócili do domu. Zalachenko czuł niesamowitą satysfakcję. Poświęcił chwilę na opatrzenie dłoni Niedermanna. Uderzenie łopatą spowodowało głębokie rozcięcie, więc musiał je zaszyć – nauczył się tej sztuki już jako piętnastolatek w szkole wojskowej w Nowosybirsku. Niedermann przynajmniej nie potrzebował znieczulenia. Możliwe jednak, że będzie musiał zgłosić się z tym do szpitala. Zalachenko usztywnił mu palec i założył opatrunek.

Gdy skończył, otworzył piwo, a tymczasem Niedermann raz po raz przemywał oczy w łazience.

Rozdział 32
Czwartek 7 kwietnia

MIKAEL BLOMKVIST dotarł do Göteborga tuż po dziewiątej wieczorem. X2000 nadrobił część opóźnienia, lecz nie dojechał do celu punktualnie. Przez ostatnią godzinę w pociągu Mikael obdzwaniał wypożyczalnie samochodów. Najpierw próbował znaleźć coś w Alingsås, żeby wysiąść stację wcześniej, lecz o tak późnej porze było to niemożliwe. W końcu poddał się i załatwił volkswagena, podając numer rezerwacji hotelowej w Göteborgu. Miał odebrać samochód przy Järntorget. Machnął ręką na zawodną komunikację miejską i nieprzenikniony system biletowy – żeby go ogarnąć trzeba być co najmniej inżynierem z NASA – i wziął taksówkę.

Gdy wreszcie odebrał samochód, okazało się, że nie ma w nim mapy, pojechał więc na stację benzynową i kupił plan okolicy. Po chwili zastanowienia dołożył też latarkę, butelkę wody mineralnej i kawę na wynos, którą wstawił do uchwytu w desce rozdzielczej. Było już wpół do jedenastej, gdy mijał Partille, wyjeżdżając z Göteborga w kierunku północnym. Jechał na Alingsås.

O WPÓŁ DO DZIESIĄTEJ do grobu Lisbeth zbliżył się lis. Przystanął i rozejrzał się niespokojnie wokoło. Instynkt podpowiadał mu, że coś tu zakopano, ocenił jednak, że zdobycz jest na tyle trudno dostępna, że szkoda wysiłku, by po nią kopać. Były łatwiejsze łupy.

Gdzieś w pobliżu zaszeleściło jakieś nieważne nocne stworzenie, więc lis natychmiast nadstawił uszu. Ostrożnie zrobił krok, podniósł nogę, oznaczył moczem swój teren i ruszył dalej na polowanie.

BUBLANSKI ZWYKLE nie dzwonił wieczorem w sprawach służbowych, jednak tym razem nie mógł się powstrzymać. Chwycił słuchawkę i wybrał numer Sonji Modig.

– Przepraszam, że dzwonię tak późno. Nie śpisz jeszcze?

– Spokojnie, nie ma problemu.

– Właśnie przeczytałem akta śledztwa z 1991 roku.

– Rozumiem, że tak jak ja nie mogłeś się od nich oderwać.

– Sonja... jak wytłumaczysz to, co się teraz dzieje?

– Zdaje się, że Gunnar Björck, jedna z ważniejszych osób na liście klientów, umieścił Lisbeth Salander w szpitalu psychiatrycznym po tym, jak próbowała obronić siebie i matkę przed szalonym zabójcą, współpracującym z Säpo. Pomógł mu w tym między innymi Peter Teleborian, na którego ekspertyzie w dużej mierze opieraliśmy naszą ocenę stanu psychicznego Salander.

– To przecież zupełnie zmienia jej wizerunek.

– A na pewno wyjaśnia wiele spraw.

– Sonja, możesz przyjechać po mnie jutro o ósmej?

– Jasne.

– Odwiedzimy Smådalarö i porozmawiamy sobie z Björckiem. Sprawdziłem go. Ma dyskopatię i jest na zwolnieniu.

– Już nie mogę się doczekać.

– Myślę, że musimy przewartościować naszą opinię o Salander.

GREGER BACKMAN zerknął na żonę. Erika Berger stała przy oknie w salonie i patrzyła na wodę. W dłoni trzymała komórkę. Greger wiedział, że czeka na telefon od Mikaela Blomkvista. Wyglądała na bardzo nieszczęśliwą, więc podszedł do niej i ją objął.

– Blomkvist to duży chłopak – powiedział. – Ale jeśli naprawdę się niepokoisz, powinnaś zadzwonić do tego komisarza.

Erika westchnęła.

– Trzeba było to zrobić wiele godzin temu. Ale nie dlatego jestem smutna.

– Powinienem o czymś wiedzieć? – zapytał Greger.

Skinęła głową.

– Mów.

– Ukrywałam coś przed tobą. Przed Mikaelem. I przed wszystkimi w redakcji.

– Co ukrywałaś?

Odwróciła się do męża i opowiedziała mu, że została zatrudniona jako redaktor naczelna „Svenska Morgon-Posten". Greger aż uniósł brwi ze zdziwienia.

– Nie rozumiem, dlaczego mi nie powiedziałaś. Przecież to dla ciebie niezwykła szansa. Gratulacje.

– Chyba dlatego, że czuję się jak zdrajca.

– Mikael zrozumie. W pewnym momencie każdy musi iść dalej. A teraz właśnie nadszedł twój moment.

– Wiem.

– Naprawdę się zdecydowałaś?

– Naprawdę. Ale nie miałam odwagi nikomu o tym powiedzieć. I mam poczucie, że odchodzę w samym środku wielkiego zamieszania.

Greger Backman objął żonę.

DRAGAN ARMANSKI przetarł oczy i spojrzał w mrok za oknem domu opieki w Ersta.

– Powinniśmy zadzwonić do Bublanskiego – powiedział.

– Nie – sprzeciwił się Palmgren. – Ani Bublanski, ani inny przedstawiciel władz nigdy nie ruszył palcem w jej sprawie. Pozwól jej załatwić to po swojemu.

Armanski popatrzył na byłego opiekuna prawnego Lisbeth Salander. Wciąż zdumiewał go fakt, że stan zdrowia adwokata tak bardzo się poprawił, odkąd widzieli się ostatni raz w święta Bożego Narodzenia. Nadal mówił niewyraźnie, jednak z jego oczu promieniowała witalność. Miał też

683

w sobie gniew, którego Armanskiemu nigdy wcześniej nie było dane poznać. W trakcie spotkania Palmgren szczegółowo opowiedział mu historię, którą Mikael Blomkvist złożył w całość. Armanski nie krył szoku.

– Będzie próbowała zabić swojego ojca.

– Możliwe – powiedział ze spokojem Palmgren.

– Albo to Zalachenko ją zabije.

– To również jest możliwe.

– Więc mamy tak siedzieć i czekać?

– Dragan… dobry z ciebie człowiek. Ale nie ponosisz odpowiedzialności za to, jak postąpi Lisbeth Salander, ani za to, czy przeżyje, czy też nie.

Palmgren wykonał ruch ręką. Dawno już nie miał tak dobrej koordynacji jak teraz. Wydawało się, że dramat minionych tygodni wyostrzył jego osłabione chorobą zmysły.

– Nigdy nie popierałem ludzi, którzy sami chcą egzekwować prawo. Z drugiej strony nigdy też nie słyszałem, żeby ktokolwiek robił to z bardziej uzasadnionych pobudek. Ryzykuję, że wyjdę na cynika… To, co wydarzy się dziś w nocy, wydarzy się niezależnie od mojej czy twojej opinii. To jest zapisane w gwiazdach od chwili narodzin Lisbeth. A jedyne, co nam pozostaje, to postanowić, jak zachowamy się wobec niej, jeśli wróci.

Westchnąwszy smutno, Armanski tylko zerknął na starego adwokata.

– Jeśli spędzi następne dziesięć lat w pudle, to będzie jej własny wybór. Ja pozostanę jej przyjacielem.

– Nie wiedziałem, że taki z ciebie libertarianin.

– Ja też nie – przyznał Palmgren.

MIRIAM WU wpatrywała się w sufit. W pokoju paliła się nocna lampka, a z radia płynęła cicha muzyka. W nocnej audycji grali „On a Slow Boat to China". Poprzedniego dnia Miriam obudziła się w szpitalu. Przywiózł ją tam Paolo Roberto. Spała, budziła się niespokojna i znów zasypiała, zupełnie bezwolnie. Lekarze twierdzili, że doznała wstrząśnienia mózgu. W każdym razie potrzebowała odpoczynku. Miała też przetrącony nos, trzy złamane żebra i otarcia na całym ciele. Jej lewy łuk brwiowy spuchł tak bardzo, że mogła patrzeć tylko przez wąską szparę między powiekami. Bolało ją, gdy próbowała zmienić pozycję i gdy wciągała powietrze. Poza tym bolała ją szyja i na wszelki wypadek dali jej kołnierz ortopedyczny. Lekarze zapewniali, że całkowicie wróci do zdrowia.

Gdy obudziła się pod wieczór, siedział przy niej Paolo Roberto. Wyszczerzył zęby w uśmiechu i zapytał, jak się czuje. Zastanawiała się, czy wygląda równie kiepsko jak on.

Zadawała pytania, a on cierpliwie udzielał wyjaśnień. Fakt, iż był przyjacielem Lisbeth, z jakiegoś powodu wcale nie wydawał się niedorzeczny. Zadziorny z niego drań. Lisbeth lubiła zadziornych drani, za to nie cierpiała bufonów. Różnica była subtelna, lecz Paolo Roberto należał do pierwszej kategorii.

Dowiedziała się, w jaki sposób niespodziewanie pojawił się w magazynie pod Nykvarn. Zdziwiło ją, że z takim uporem kontynuował pościg za czarną furgonetką. Natomiast fakt, iż policja znalazła zwłoki zakopane w lesie obok magazynu, wzbudził w niej autentyczne przerażenie.

– Dzięki – powiedziała. – Uratowałeś mi życie.

Paolo potrząsnął głową. Nie odzywał się przez chwilę.

– Próbowałem to wyjaśnić Blomkvistowi. Chyba nie zrozumiał do końca. Myślę jednak, że ty zrozumiesz. Sama trenujesz boks.

Wiedziała, o co mu chodzi. Ten, kto nie był wtedy w magazynie pod Nykvarn, nigdy nie zrozumie, jak to jest walczyć z potworem, który nie czuje bólu. Pomyślała o swojej bezradności w tamtych chwilach.

Później tylko trzymała zabandażowaną dłoń Paola. Nie rozmawiali. Nie było już nic do powiedzenia. Gdy znów się obudziła, bokser już wyszedł. Miriam Wu pragnęła, żeby Lisbeth się odezwała.

To jej szukał Niedermann.

I Miriam Wu bała się, że ją dorwie.

LISBETH SALANDER nie mogła oddychać. Straciła poczucie czasu, lecz miała świadomość, że ją postrzelono, i wiedziała – choć dyktował jej to raczej instynkt niż racjonalne myślenie – że leży zakopana pod ziemią. Lewa ręka nie nadawała się do użytku. Gdy tylko nią poruszała, łopatkę przeszywały fale bólu i rozpoczynało się bezwolne balansowanie na granicy przytomności i zamroczenia. *Powietrza.* Jej głowę rozrywał pulsujący ból, jakiego nigdy wcześniej nie doznała.

Prawą rękę miała tuż przy twarzy, więc odruchowo zaczęła odgarniać od nosa i ust ziemię, która na szczęście była dość piaszczysta i sucha. Udało jej się zrobić dziurę wielkości pięści.

Nie miała pojęcia, jak długo leżała w tym dole. Rozumiała jednak, że jej życie wisi na włosku. Wreszcie zdołała sformułować logiczną myśl.

Pogrzebał mnie żywcem.

Poczuła falę paniki. Nie mogła oddychać. Nie mogła się poruszać. Była uwięziona we wnętrzu ziemi pod tonami piachu.

Usiłowała poruszyć nogą, lecz nie mogła nawet napiąć mięśni. Następnie popełniła fatalny błąd – spróbowała wstać. Podniosła głowę, chcąc się wydostać na powierzchnię, ale ból niczym wyładowanie elektryczne przeszył jej skronie. *Nie wolno mi zwymiotować.* Znów zapadła w nieświadomość.

Gdy odzyskała przytomność, ostrożnie zaczęła sprawdzać, których części ciała może używać. Mogła przemieścić ułożoną przy twarzy prawą dłoń o kilka centymetrów. *Powietrza.* Powietrze było ponad nią, ponad grobem.

Zaczęła odgarniać ziemię. Przesunęła łokieć i zyskała niewielkie pole manewru. Odpychając grzbietem dłoni piach, powiększała otwór przy twarzy. *Muszę kopać.*

W końcu zdała sobie sprawę, że chociaż tego nie widzi, ma wolną przestrzeń pod sobą i między nogami. Tam znajdowało się sporo powietrza, które dotąd utrzymywało ją przy życiu. Desperacko kręciła tułowiem tam i z powrotem, czując jak ziemia osypuje się na dół. Nacisk na klatkę piersiową zmniejszył się nieco. Mogła przemieścić całą rękę o kilka centymetrów.

Mijały minuty, a ona trudziła się, na wpół nieprzytomna. Odgarniała ziemię sprzed twarzy i garść za garścią spychała ją w wolną przestrzeń pod sobą. Po jakimś czasie zdołała uwolnić rękę na tyle, że mogła rozgarnąć ziemię z góry i centymetr po centymetrze oswobodzić głowę. Poczuła coś twardego, jakiś krótki korzeń albo patyk, chwyciła go i zaczęła kopać. Ziemia była sypka i dość luźna.

TUŻ PO DZIESIĄTEJ, wracając do swojej nory, lis znów minął grób Lisbeth Salander. Był zadowolony, ponieważ udało mu się schwytać i zjeść nornicę. Nagle wyczuł w pobliżu czyjąś obecność. Zamarł w bezruchu i nadstawił uszu. Wibrysy i nos drgały mu w napięciu.

Na powierzchnię wysunęły się nagle palce Lisbeth Salander niczym przerażający potwór z podziemnych czeluści. Gdyby to człowiek był widzem, prawdopodobnie zrobiłby w owej chwili to samo co lis. Wziąłby nogi za pas.

Lisbeth poczuła na ręce strumień chłodnego powietrza. Znów mogła odetchnąć.

Wygrzebanie się z dołu zajęło jej kolejne pół godziny. Nie pamiętała, jak to zrobiła. Dziwiło ją wprawdzie, że nie jest w stanie poruszać lewą ręką, lecz automatycznie po prostu odgarniała ziemię i piasek prawą.

Potrzebowała jakiegoś narzędzia. Dopiero po chwili wpadła na pomysł, czego mogłaby użyć. Opuściła rękę i zdołała z kieszeni na piersi wyciągnąć papierośnicę, którą dostała w prezencie od Miriam Wu. Otworzyła ją i niczym dużą łyżką wygrzebywała ziemię i ruchem samego nadgarstka odrzucała na bok. Nagle poczuła, że może poruszyć prawym ramieniem, i zdołała przepchnąć je przez piasek. Odgarnęła ziemię i wyprostowała głowę. Dzięki temu górną część ciała miała już na powierzchni. Gdy uwolniła tułów, zaczęła centymetr po centymetrze wypełzać z ziemi, aż wreszcie wydostała nogi.

Z zamkniętymi oczami czołgała się dalej, aż ramieniem natrafiła na pień. Powoli odwróciła się, oparła plecami o drzewo, grzbietem dłoni przetarła oczy i otworzyła powieki. Otaczał ją gęsty mrok, a powietrze było lodowate. Pociła się. Czuła tępy ból w głowie, lewym ramieniu i biodrze, lecz nie chciała teraz o tym myśleć, żeby nie marnować energii. Przez dziesięć minut siedziała nieruchomo i tylko oddychała. Powoli dotarło do niej, że nie może tam zostać.

Wytężyła wszystkie siły, by wstać. Ledwie utrzymywała równowagę.

Od razu poczuła mdłości, pochyliła się i zwymiotowała.

Ruszyła przed siebie. Nie miała pojęcia, w jakim kierunku ani dokąd zmierza. Z trudnością poruszała lewą nogą i co chwilę upadała na kolana. Za każdym razem potworny ból rozrywał jej głowę.

Nie wiedziała, ile przeszła, lecz nagle kątem oka dostrzegła światło. Zmieniła kierunek i pokuśtykała naprzód. Dopiero gdy znalazła się przy chatce na skraju podwórza, zdała sobie sprawę, że wróciła prosto do domu Zalachenki. Przystanęła i zachwiała się jak pijana.

Fotokomórki przy drodze dojazdowej i na porębie. Przyszła z innej strony. Nie wiedzą, że tu jest.

Myśl ta wprawiła ją w dezorientację. Miała świadomość, że jej obecny stan nie pozwala na podjęcie walki z Niedermannem i Zalachenką. Patrzyła na biały dom.

Klik. Drewno. Klik. Ogień.

Wyobraziła sobie kanister z benzyną i zapałkę.

Z trudem ruszyła w stronę chatki i chwiejnie dowlokła się do zaryglowanych drzwi. Uniosła rygiel, podpierając prawym ramieniem. Rozległ się głośny łomot, gdy rygiel spadł na ziemię, uderzając przy tym w drzwi. Weszła do mrocznego wnętrza i rozejrzała się.

To skład drewna. Nie było tam benzyny.

ZALACHENKO SIEDZIAŁ przy stole w kuchni. Usłyszawszy uderzenie rygla o drzwi, podniósł wzrok. Odchylił zasłonkę i wyjrzał. Jego oczy przywykły do mroku dopiero po kilku sekundach. Wiało coraz silniej. W prognozie pogody zapowiadano wietrzny weekend. Po chwili zauważył, że drzwi chatki są uchylone.

Razem z Niedermannem po południu przyniósł drewno. Zrobili to, by utwierdzić Lisbeth w przekonaniu, że trafiła pod właściwy adres, i wywabić ją z kryjówki.

Czyżby Niedermann zapomniał zaryglować? Potrafił być niewiarygodnie niezdarny. Zerknął na drzwi do dużego pokoju, w którym olbrzym przysnął na kanapie. Zastanawiał się, czy go nie obudzić, stwierdził jednak, że da mu trochę pospać, i wstał z krzesła.

ŻEBY ZDOBYĆ BENZYNĘ, Lisbeth musiała pójść do obory, gdzie stały samochody. Oparła się o pieniek i oddychała ciężko. Potrzebowała odpoczynku. Minęła zaledwie minuta, gdy z zewnątrz dobiegł ją odgłos kuśtykania Zalachenki.

W CIEMNOŚCIACH MIKAEL pomylił drogę w Mellby niedaleko Sollebrunn. Zamiast skręcić na Nossebro, pojechał dalej na północ. Dopiero w Trökörnie zorientował się, że się pomylił. Zatrzymał samochód i sprawdził na mapie.

Zaklął i zawrócił na południe w kierunku Nossebro.

LISBETH WYSZARPNĘŁA prawą ręką siekierę z pieńka moment wcześniej, nim Zalchenko wszedł do drewutni. Nie miała dość siły, by unieść ją nad głowę, więc tylko machnęła nią od dołu, opierając się na zdrowej nodze i wykonując półobrót.

Zalachenko właśnie włączał światło, gdy ostrze siekiery uderzyło z boku w prawą część twarzy, zmiażdżyło kość i wbiło się na kilka milimetrów w czoło. Nie zdążył nawet pojąć, co się stało, i tylko zawył jak opętany, gdy w następnej sekundzie jego mózg zarejestrował ból.

RONALD NIEDERMANN obudził się gwałtownie i zdezorientowany usiadł na sofie. Usłyszał skowyt, który z początku nie wydał mu się ludzkim głosem. Dobiegał z zewnątrz. Po chwili zdał sobie sprawę, że to Zalachenko. Szybko zerwał się na nogi.

LISBETH SALANDER zamierzyła się i jeszcze raz uderzyła siekierą, ale ciało nie usłuchało rozkazu. Chciała unieść narzędzie i zatopić je w głowie ojca, lecz wyczerpała już wszystkie siły i znacznie chybiła celu – trafiła tuż pod rzepką kolanową. Uderzenie okazało się mocne i siekiera wbiła się tak głęboko, że wymknęła jej się z rąk, gdy Zalachenko runął na twarz. Bez przerwy wrzeszczał.

Lisbeth schyliła się, żeby zabrać siekierę, a wtedy jej głowę przeszył piorunujący ból. Ugięły się pod nią nogi i musiała przysiąść. Wyciągnęła rękę i przeszukała kurtkę Zalachenki. W prawej kieszeni wciąż miał pistolet. Usiłowała skupić wzrok, czując jak podłoga faluje pod nią.

Browning kaliber 9 mm.

Pieprzona harcerska pukawka.

To dlatego jeszcze żyła. Gdyby oberwała z sig sauera albo podobnej broni, miałaby teraz w czaszce wielką dziurę na wylot.

Ledwie zdążyła to pomyśleć, gdy usłyszała kroki. Drzwi chatki przesłonił zamroczony jeszcze snem Niedermann. Stanął jak wryty i nic nie pojmując, gapił się na tę scenę wybałuszonymi oczami. Zalachenko wył jak opętany. Jego twarz przypominała krwawą maskę, a w kolanie tkwiła siekiera. Brudna i zakrwawiona Lisbeth Salander siedziała obok na podłodze. Wyglądała jak postać z horroru, których Niedermann widział w swoim życiu zdecydowanie za wiele.

NIECZUŁY NA BÓL BLOND OLBRZYM, posturą przypominający pancernego robota, nigdy nie lubił ciemności. Odkąd pamiętał, kojarzyła mu się z zagrożeniem.

Na własne oczy widział w mroku różne istoty i wciąż mu się zdawało, że czyha na niego jakieś nieopisane okropieństwo. W tej właśnie chwili owo okropieństwo przybrało materialną postać.

Przecież dziewczyna nie żyła. Co do tego nie miał żadnych wątpliwości.

Sam ją zakopał.

Tak więc ta siedząca na podłodze istota to nie dziewczyna, lecz upiór, który powstał z grobu. Nie można go pokonać ludzką siłą ani bronią.

Jej ciało już zaczęło się przeobrażać. Skóra przypominała jaszczurczy pancerz. Obnażone zęby to ostre kły, które rozerwą zdobycz na strzępy. Oblizywała się, wysuwając gadzi język. Zakrwawione dłonie kończyły się długimi na dziesięć centymetrów i ostrymi jak brzytwa szponami. Niedermann widział jej rozżarzone oczy. Słyszał, jak pomrukuje głucho i napina mięśnie, by skoczyć mu do gardła.

Nagle dostrzegł zupełnie wyraźnie, że między jej nogami wije się ogon, który po chwili zaczął groźnie smagać podłogę.

Wtedy uniosła pistolet i strzeliła. Pocisk przeszedł tak blisko jego ucha, że niemal czuł jego świst w powietrzu. Wydawało mu się, że istota zionie ku niemu ogniem.

Tego było już za wiele.

Przestał racjonalnie myśleć.

Odwrócił się na pięcie i biegł ile sił w nogach. Oddała jeszcze jeden strzał, który wprawdzie chybił, lecz zdawało się, że dodał mu jeszcze skrzydeł. Jednym susem przesadził płot i rozpłynął się w ciemności na polu. W szaleńczym pędzie gnał ku szosie.

Lisbeth obserwowała go ze zdumieniem, póki nie zniknął jej z oczu.

Dowlokła się do drzwi i wypatrywała go w mroku, lecz nic nie widziała. Po chwili Zalachenko pod wpływem szoku przestał wyć i tylko jęczał na podłodze. Sprawdziwszy magazynek, stwierdziła, że został jej jeszcze jeden nabój. Zastanawiała się, czy nie strzelić Zalachence w łeb. Przypomniała sobie jednak, że gdzieś tam w ciemności nadal jest Niedermann, warto więc zaoszczędzić ostatnią kulę. Jeśli ją zaatakuje, będzie potrzebowała czegoś więcej niż pocisk kalibru 9 mm. Ale to lepsze niż nic.

PODNIOSŁA SIĘ Z TRUDEM. Lekko utykając, wyszła z drewutni i zamknęła za sobą drzwi. Pięć minut zajęło jej założenie rygla. Chwiejnym krokiem powlokła się przez podwórze do domu. Na kredensie w kuchni znalazła telefon. Wybrała numer, pod który nie dzwoniła od dwóch lat. Abonent nie odbierał. Włączyła się automatyczna sekretarka.

Cześć. Tu Mikael Blomkvist. Nie mogę teraz odebrać, proszę zostawić nazwisko i numer telefonu, oddzwonię najszybciej jak to możliwe.

Piiip.

– Miklllall – odezwała się głosem, który brzmiał, jakby mówiła z pełnymi ustami. Przełknęła ślinę. – Mikael, mówi Salander.

A potem nie wiedziała już, co powiedzieć.

Powoli odłożyła słuchawkę.

Na stole leżał sig sauer Niedermanna rozebrany na części do czyszczenia, a obok wanad P-83 Nieminena. Lisbeth upuściła browninga na podłogę i wzięła do ręki wanada,

692

żeby sprawdzić magazynek. Znalazła też swojego palmtopa i schowała go do kieszeni. Następnie pokuśtykała do zlewu i nalała lodowatej wody do kubka po kawie. Wypiła cztery kubki. Gdy podniosła wzrok, zobaczyła swoją twarz w starym lusterku na ścianie. Z przerażenia omal nie pociągnęła za spust.

Jej odbicie w lustrze bardziej przypominało zwierzę niż człowieka. Z wykrzywioną twarzą i rozdziawionymi ustami wyglądała jak szaleniec. Była brudna. Jej głowę i szyję pokrywała zaschnięta mieszanina krwi i ziemi. Domyśliła się, co Niedermann musiał zobaczyć w drewutni.

Podchodząc bliżej do lusterka, zdała sobie nagle sprawę, że powłóczy lewą nogą. Czuła ostry ból w biodrze, tam, gdzie utkwił pierwszy pocisk Zalachenki. Druga kula utkwiła w łopatce, paraliżując lewą rękę. Bolało.

Jednak ból głowy był o wiele bardziej dotkliwy, tak że ledwie trzymała się na nogach. Powoli podniosła prawą rękę i pomacała tył głowy. Palcami wyczuła wlot pocisku.

Obmacując dziurę w czaszce, ze zgrozą zdała sobie sprawę, że dotyka własnego mózgu, że jest umierająca, a może nawet już powinna być martwa. Nie potrafiła pojąć, jakim cudem jeszcze trzyma się na nogach.

Nagle ogarnęło ją potworne zmęczenie. Nie wiedziała, czy mdleje, czy zasypia, w każdym razie doszła do leżanki, położyła się ostrożnie i oparła głowę prawą, nieuszkodzoną stroną na poduszce.

Musiała się położyć i odzyskać siły, lecz wiedziała też, że nie wolno jej zasnąć, dopóki Niedermann wciąż jest gdzieś tam na dworze. Prędzej czy później wróci. Prędzej czy później Zalachenko wydostanie się z drewutni i przywlecze do domu. Jednak Lisbeth nie miała już siły utrzymać się na nogach. Trzęsąc się z zimna, odbezpieczyła pistolet.

RONALD NIEDERMANN stał niezdecydowany na szosie między Sollebrunn i Nossebro. Był sam w ciemnościach.

Znów zaczął racjonalnie myśleć i wstydził się swojej ucieczki. Doszedł do wniosku, że Lisbeth Salander musiała przeżyć, choć nie rozumiał, jak to możliwe. *W jakiś sposób zdołała wydostać się spod ziemi.*

Zalachenko potrzebował go. Powinien więc wrócić do domu i skręcić jej kark. Jednocześnie Niedermann miał – i to od dawna – przeczucie, że wszystko skończone. Sprawy zaczęły iść źle od chwili, gdy Bjurman skontaktował się z nimi. Później było już tylko gorzej. Usłyszawszy nazwisko Salander, Zalachenko stał się zupełnie innym człowiekiem. Wszystkie zasady ostrożności i opanowania, na których temat przez tyle lat prawił mu kazania, nagle przestały obowiązywać.

Niedermann zawahał się.

Zalachenko potrzebował pomocy lekarza.

O ile Salander nie zdążyła go zabić.

A to oznaczało pytania.

Niedermann przygryzł wargę.

Długie lata był wspólnikiem ojca. Odnosili w tym czasie sukcesy. Zdołał odłożyć sporą sumkę, w dodatku wiedział, gdzie Zalachenko ukrył swój majątek. Miał potrzebne środki i kompetencje, by kontynuować działalność. Mądrze byłoby uciec i nie oglądać się za siebie. Jeśli Zalachenko w ogóle wbił mu coś do głowy, to zasadę, że trzeba umieć odejść bez sentymentów, gdy sytuacja wydaje się nie do opanowania. To podstawowa reguła, jeśli chce się przeżyć. *Nie marnuj energii na straconą sprawę.*

Salander nie jest istotą nadprzyrodzoną. Salander to *bad news*. Jego przyrodnia siostra.

Nie docenił jej.

Ronald Niedermann był rozdarty. Jakaś jego część chciała wrócić i skręcić jej kark. Inna z kolei podpowiadała mu, by uciekać pod osłoną nocy.

W tylnej kieszeni spodni miał paszport i portfel. Nie chciał wracać. Nie potrzebował niczego z domu Zalachenki.

No, może samochodu.

Stał tak niezdecydowany, gdy nagle zobaczył światła reflektorów po drugiej stronie wzniesienia. Odwrócił głowę. Może da się załatwić transport w inny sposób. Musiał tylko dostać się do Göteborga.

PO RAZ PIERWSZY W ŻYCIU – pomijając okres najwcześniejszego dzieciństwa – Lisbeth straciła kontrolę nad swoim położeniem. Przez lata wdawała się w bójki, była maltretowana, poddawana przez państwo przymusowej terapii oraz narażona na przemoc ze strony różnych osób. Jej ciało i dusza przyjęły o wiele więcej ciosów, niż ktokolwiek zdołałby znieść.

Jednak zawsze mogła się zbuntować. Odmawiała odpowiedzi na pytania Teleboriana. A gdy używano wobec niej przemocy, mogła uciec i się ukryć.

Ze złamanym nosem da się żyć.

Ale z dziurą w czaszce już nie.

Tym razem nie mogła dowlec się do własnego łóżka, nakryć kołdrą i przespać dwu dni, a potem wstać i powrócić do codziennych czynności, jak gdyby nic się nie stało.

Odniosła tak poważne obrażenia, że nie była w stanie na własną rękę rozwiązać problemu. Z powodu osłabienia jej organizm nie słuchał wydawanych mu poleceń.

Muszę na chwilę zasnąć – pomyślała. I nagle poczuła, że gdy tylko zamknie oczy, najprawdopodobniej już się nie obudzi. Przeanalizowała tę myśl, po czym stwierdziła, że ma to gdzieś. Co więcej, owa możliwość wydawała jej się wręcz kusząca. *Odpocząć. Nie musieć się budzić.*

Jej ostatnie myśli pobiegły ku Miriam Wu.

Mimmi, przebacz mi.

Trzymając w dłoni odbezpieczony pistolet Nieminena, Lisbeth Salander zamknęła oczy.

MIKAEL BLOMKVIST w świetle reflektorów już z daleka zobaczył Ronalda Niedermanna. Rozpoznał go od razu. Trudno się pomylić co do dwumetrowego blond olbrzyma, przypominającego posturą opancerzonego robota. Niedermann wymachiwał rękami. Mikael zmienił światła i zwolnił. Sięgnął do kieszeni torby i wyjął colta 1911 government, którego znalazł w mieszkaniu Lisbeth. Zatrzymał się jakieś pięć metrów przed olbrzymem, wyłączył silnik i otworzył drzwi.

– Dziękuję, że się pan zatrzymał – powiedział Niedermann zdyszany. Biegł. – Mam problemy z… silnikiem. Podwiezie mnie pan do miasta?

Jego głos był dziwacznie wysoki.

– Pewnie, już ja cię podwiozę – odpowiedział Mikael, celując w olbrzyma z pistoletu. – Na ziemię.

Ile jeszcze razy będzie wystawiany na próbę tej nocy? Ronald Niedermann gapił się z powątpiewaniem na Mikaela.

Nie bał się specjalnie ani pistoletu, ani typka, który nim wymachiwał. Czuł jednak pewien respekt przed bronią. Całe życie miał do czynienia z bronią i przemocą. Zakładał, że jeśli ktoś mierzy do niego z pistoletu, to znaczy, że jest zdesperowany i gotowy go użyć. Mrużąc oczy, usiłował przyjrzeć się mężczyźnie, lecz w świetle reflektorów widział tylko ciemną postać. *Glina? Nie brzmiał jak glina. Oni zawsze się legitymują. Przynajmniej na filmach.*

Ocenił swoje szanse. Wiedział, że jeśli na niego ruszy, odbierze mu broń. Jednak mężczyzna wydawał się zdecydowany, w dodatku osłaniały go drzwi samochodu. Mógłby mu wpakować jedną, a nawet dwie kulki. Jeśli będzie poruszał się szybko, tamten może chybi albo przynajmniej nie zdoła trafić w najważniejsze narządy. Ale gdyby nawet przeżył, to z ranami postrzałowymi raczej trudno byłoby kontynuować ucieczkę. Lepiej poczekać na lepszą sposobność.

– NA ZIEMIĘ! – wrzasnął Mikael.

Przesunął pistolet o kilka centymetrów i strzelił w rów.

– Następnym razem przestrzelę ci kolano – powiedział Mikael rozkazującym tonem.

Ronald Niedermann uklęknął, oślepiony blaskiem reflektorów.

– Kim jesteś? – zapytał.

Mikael sięgnął ręką do kieszeni w drzwiach samochodu i wyjął latarkę kupioną na stacji benzynowej. Skierował snop światła prosto w twarz olbrzyma.

– Ręce na plecy – rozkazał. – Rozstaw nogi.

Poczekał, aż Niedermann niechętnie wykona polecenie.

– Wiem, kim jesteś. Jeśli zrobisz coś głupiego, będę strzelał bez ostrzeżenia. Wyceluję pod łopatkę, prosto w płuco. Prawdopodobnie możesz mnie pokonać... ale nie pójdzie ci tak łatwo.

Odłożył latarkę na ziemię, wyjął pasek ze spodni i zrobił pętlę. Stanął między nogami klęczącego Niedermanna, założył mu pętlę na ramiona i zacisnął powyżej łokci – nauczył się tego w Kirunie, w trakcie służby wojskowej dwadzieścia lat temu. W ten sposób olbrzym był praktycznie bezradny.

I co teraz? Mikael rozejrzał się. Byli zupełnie sami w ciemności na szosie. Paolo Roberto nie przesadził, opisując Niedermanna. To prawdziwy wielkolud. Pytanie tylko, dlaczego biegł w środku nocy, jak gdyby gonił go sam diabeł.

– Szukam Lisbeth Salander. Przypuszczam, że ją spotkałeś.

Niedermann nie odpowiedział.

– Gdzie ona jest? – zapytał Mikael.

Blond olbrzym rzucił mu nieprzeniknione spojrzenie. Nie pojmował, co to za upiorna noc, że wszystko idzie nie tak.

Mikael wzruszył ramionami. Podszedł do samochodu, otworzył bagażnik i wyjął linę holowniczą. Nie mógł zostawić związanego Niedermanna na środku drogi. Rozejrzał się. Trzydzieści metrów dalej w świetle reflektorów połyskiwał znak drogowy: Uwaga łosie!

– Wstań – odezwał się Mikael.

Przyłożywszy lufę do karku Niedermanna, doprowadził go do znaku i zepchnął na pobocze. Kazał mu usiąść i oprzeć się plecami o słup. Olbrzym zawahał się.

– Sprawa jest prosta – powiedział Mikael. – Zamordowałeś Daga Svenssona i Mię Bergman. Byli moimi przyjaciółmi. Nie zamierzam cię wypuścić, więc albo cię tu przywiążę, albo przestrzelę ci kolano. Twój wybór.

Niedermann usiadł. Mikael okręcił linę wokół jego szyi i unieruchomił głowę, następnie pozostałymi osiemnastoma metrami skrępował mu tułów. Pozostałym kawałkiem liny przywiązał dłonie olbrzyma do słupa za pomocą kilku solidnych węzłów żeglarskich.

Gdy skończył, znów zapytał o Lisbeth Salander. Nie otrzymawszy odpowiedzi, wzruszył ramionami i zostawił Niedermanna na poboczu. Dopiero gdy wrócił do samochodu, poczuł pulsowanie adrenaliny i zdał sobie sprawę, czego właśnie dokonał. Przed oczami zamajaczyła mu twarz Mii Bergman.

Zapalił papierosa i napił się wody mineralnej. Patrzył na postać pozostawioną w ciemności. Po chwili wsiadł do samochodu i zerknąwszy na mapę, stwierdził, że do zjazdu prowadzącego do gospodarstwa Karla Axela Bodina pozostał ledwie kilometr. Uruchomił silnik i przejechał obok Niedermanna.

POWOLI MINĄŁ ZJAZD oznaczony tablicą „Gosseberga" i zaparkował pod stodołą przy leśnej drodze jakieś sto metrów dalej na północ. Wziął pistolet i zapalił latarkę. Na ziemi odkrył świeże ślady opon, pomyślał więc, że wcześniej musiał tu stać inny samochód, jednak nie zastanawiał się nad tym dłużej. Wrócił do zjazdu i oświetlił skrzynkę pocztową. PL 192 – *K.A. Bodin*. Poszedł dalej drogą.

Była niemal północ, gdy dostrzegł światło w zabudowaniach gospodarstwa Bodina. Zatrzymał się i nasłuchiwał.

Stał nieruchomo kilka minut, lecz nie słyszał nic oprócz zwyczajnych odgłosów nocy. Zamiast udać się prosto na podwórze, poszedł brzegiem łąki i zbliżył się do domu od strony obory. Przystanął jakieś trzydzieści metrów od niego. Był w stanie najwyższego napięcia. Sprint Niedermanna wzdłuż szosy sugerował, że coś tu się wydarzyło.

Mikael przeszedł już w połowie podwórko, gdy usłyszał jakiś odgłos. Obrócił się i przyklęknął, automatycznie unosząc broń. Po kilku sekundach zorientował się, że dźwięk dochodzi z małego budynku gospodarczego. Brzmiało to jak pojękiwanie. Szybko przeszedł przez trawnik i stanął przed domkiem. Zajrzawszy zza rogu, zobaczył, że w środku pali się światło.

Nasłuchiwał. Ktoś tam się poruszał. Mikael podniósł rygiel i otworzył drzwi. Wewnątrz ujrzał parę przerażonych oczu i zakrwawioną twarz. Na podłodze leżała siekiera.

– *Ja-pieprzę-o-rany* – wymamrotał.

Potem zobaczył protezę.

Zalachenko.

Bez wątpienia Lisbeth Salander była tu z wizytą.

Nie potrafił sobie wyobrazić, co mogło się wydarzyć. Szybko zamknął za sobą drzwi i zaryglował je.

ZALACHENKO TKWIŁ W DREWUTNI, a Niedermann na poboczu drogi na Sollebrun. Mikael mógł więc od razu udać się do budynku mieszkalnego w gospodarstwie Bodina. Możliwe, że był tam jeszcze ktoś, kto stanowi zagrożenie, lecz dom wydawał się opustoszały, tak jakby nikt w nim nie przebywał. Mikael opuścił pistolet i ostrożnie otworzył drzwi. Wszedł do ciemnej sieni i ujrzał prostokąt światła z kuchni. Jedyne, co słyszał, to tykanie ściennego zegara. Gdy zbliżył się do kuchennych drzwi, od razu zobaczył Lisbeth leżącą na sofie.

Przez moment stał jak sparaliżowany, patrząc na zmaltretowane ciało. Zauważył, że w zwisającej z sofy dłoni trzyma pistolet. Podszedł do niej powoli i uklęknął obok. Przypomniał sobie tamten wieczór, gdy znalazł Daga Svenssona i Mię Bergman, i przez sekundę pomyślał, że Lisbeth nie żyje. Po chwili zauważył jednak nieznaczny ruch klatki piersiowej i usłyszał słaby, rzężący oddech.

Próbował ostrożnie wyjąć pistolet z jej dłoni. Nagle Lisbeth zacisnęła na nim palce. Lekko uniosła powieki i patrzyła na Mikaela przez kilka długich sekund. Miała nieprzytomny wzrok. Po chwili usłyszał, że mamrocze coś tak cicho, że ledwie rozróżniał słowa.

– Pieprzony Kalle Blomkvist.

Zamknęła oczy i wypuściła pistolet. Mikael odłożył go na podłogę, wyjął komórkę i zadzwonił po pogotowie.

NOWY BESTSELLER SKANDYNAWSKI!

Księżniczka z lodu
Camilli Läckberg

Gdy w spokojnym miasteczku Fjällbacka na zachodnim wybrzeżu Szwecji zostaje znaleziona martwa Alexandra Wijkner, wszystko wskazuje na to, że popełniła samobójstwo. Matka kobiety ma jednak wątpliwości i prosi przyjaciółkę córki z dzieciństwa, pisarkę Erikę Falck, żeby przyjrzała się tej tragedii. Erika wspólnie z Patrikiem Hedströmem, kolegą z młodzieńczych lat, a obecnie policjantem, próbują rozwikłać sprawę. Wkrótce zaczynają podejrzewać, że śmierć Alex ma związek z mroczną tajemnicą z przeszłości.

Księżniczka z lodu i kolejne części sagi stały się olbrzymim sukcesem czytelniczym w całej Europie. Książki te nie ograniczają się jedynie do intrygi kryminalnej, ale są to także doskonałe powieści obyczajowe ze znakomicie oddanym klimatem współczesnej szwedzkiej prowincji oraz interesująco nakreślonymi, wiarygodnymi bohaterami.

Cykl zapoczątkowany przez *Księżniczkę* sprzedał się już w łącznym nakładzie prawie trzech milionów egzemplarzy w tłumaczeniach m.in. na niemiecki, francuski, angielski i hiszpański. We Francji m.in. powstaje film na podstawie pierwszych części sagi.

Kolejny tom znakomitej sagi kryminalnej Camilli Läckberg – *Kaznodzieja* – już w 2010 roku.

CZARNA SERIA

To co moje
Anne Holt

Dziewięcioletnia Emilia zaginęła w drodze ze szkoły do domu. Kilka dni później mały Kim zostaje porwany nocą ze swego pokoju. Wkrótce powraca do rodziny – nieżywy, z przypiętą kartką: „Dostajesz to, na co zasługujesz".

Niebo to miejsce na ziemi
Åke Edwardson

Do policji w Göteborgu nadchodzą co jakiś czas zgłoszenia, że nieznajomy mężczyzna zaczepia małe dzieci i proponując słodycze, zwabia je do samochodu. Ponieważ nie dochodzi do przestępstwa, zgłoszenia są ignorowane. Do czasu gdy z placu zabaw zostaje porwany czteroletni chłopczyk...

Księżyc z lodu
Jan Costin Wagner

Rozpaczającego po śmierci żony komisarza policji ratuje praca. Musi znaleźć sprawcę brutalnych zabójstw młodych kobiet. To okazuje się dopiero początkiem horroru...